GOLDMANN

Buch

»Weit unten im Süden ... diese glühende Hitze ... und in der Sonne die Rosen des südlichen Landes ...« Mit diesen Worten hatte Isao, der Held des Bandes »Unter dem Sturmgott«, zwei Tage vor seinem Freitod seine Wiedergeburt angekündigt. In diesem, dem dritten Band von Yukio Mishimas Romantetralogie »Das Meer der Fruchtbarkeit« reist auch der alternde Rechtsanwalt Honda, der 1932 die Verteidigung des jungen politischen Extremisten Isao übernommen hatte, in Richtung Süden nach Thailand und Indien. Man schreibt das Jahr 1941, wenige Monate vor Japans Angriff auf Pearl Harbor. Während des Krieges vertieft sich Honda in das Studium der buddhistischen Lehre vom Kreislauf der Wiedergeburten. Als er am thailändischen Königshof die kleine exzentrische Prinzessin Ying Chang kennenlernt, gibt sie sich ihm als Isaos Reinkarnation zu erkennen. 1952 kehrt Honda nach Japan zurück und trifft dort die Prinzessin, mittlerweile eine junge Studentin, wieder. Sie ist magischer Mittelpunkt einer korrupten Gesellschaft von zynischen Intellektuellen, erotomanischen Dichterinnen und ältlichen Amerikanerinnen. Doch an ihren seherischen Ausspruch, den sie im Alter von acht Jahren machte, kann sich Ying Chang nicht mehr erinnern ...

»Mishimas Figuren verlangen ihre Zeit, bis man mit ihnen umgehen kann, bis man sie zu verstehen, zu lieben beginnt. Seine Beobachtungsgabe ist sehr subtil. Seine Beschreibungen sind von einer poetischen Exaktheit – sie malen Bilder von präziser Schönheit.«

Stuttgarter Nachrichten

Autor

Yukio Mishima wurde 1925 in Tokyo geboren und beging 1970 in einer spektakulären Aktion rituellen Selbstmord. Mit dieser Tat wollte er auf den seiner Meinung nach endgültigen Bruch hinweisen, der den modernen Industriestaat von einem »reinen Japan« trennt. Mishima gilt neben dem Nobelpreisträger Yasunari Kawabata und Junichiro Tanizaki als bedeutendster japanischer Autor der Moderne. Sein Werk, das Kurzgeschichten, Romane, Reisebücher, Theaterstücke und Essays umfaßt, vereint westliche Einflüsse mit alten japanischen Traditionen und hat Weltgeltung erlangt.

Von Yukio Mishima ist außerdem im Goldmann Verlag erschienen:

Der Tempelbrand. Roman (9833)

Schnee im Frühling. Roman (8856)

Unter dem Sturmgott. Roman (9145)

(Band I und II der Tetralogie »Das Meer der Fruchtbarkeit«)

Über Yukio Mishima liegt im Goldmann Verlag außerdem vor:

Henry Scott Stokes: Yukio Mishima. Leben und Tod (8585)

YUKIO MISHIMA

DER TEMPEL DER MORGENDÄMMERUNG

ROMAN

GOLDMANN VERLAG

Aus dem Japanischen übertragen von Siegfried Schaarschmidt
Titel der Originalausgabe: »Akatsuki no tera«
erschienen als dritter Band der Tetralogie »Hojo no umi«
(»Das Meer der Fruchtbarkeit«)
Originalverlag: Shincho-sha, Tokyo 1969

Bei der Namensschreibung folgt die Übersetzung dem japanischen Brauch, d. h. die Familiennamen stehen vor den Vornamen.

Der Goldmann Verlag
ist ein Unternehmen der Verlagsgruppe Bertelsmann

Made in Germany · 1/90 · 1. Auflage
Genehmigte Taschenbuchausgabe

Umschlaggestaltung: Design Team München
Umschlagbild: Fuji / The Image Bank, München (206983)
Druck: Elsnerdruck, Berlin
Verlagsnummer: 9615
AR/Herstellung: Heidrun Nawrot
ISBN 3-442-09615-4

Erster Teil

I

In Bangkok herrschte Regenzeit. Die Luft war ständig von einem feinen Nieseln erfüllt. Selbst im heftigsten Sonnenschein tanzten gelegentlich Tropfen. Dabei war am Himmel immer irgendwo ein Stück Blau zu sehen; und hatten sich die Wolken um die Sonne dick zusammengeballt, so schimmerte doch der Himmel jenseits des Gewölks von einer blendenden Helle. Das vor einem heranziehenden Wolkenbruch den Himmel verfärbende, bedrohliche Braunschwarz hingegen konnte entsetzlich sein. Dann senkte sich eine unheilschwangere Düsternis über die niedrigen Häuserzeilen der weithin grünen, von einzeln aufragenden Palmen gefleckten Stadt.

Die Bezeichnung Bangkok, *bang* für »Stadt« und *kok* für »Olive«, stammte aus der Zeit der Ayutthaya-Dynastie, als es hier viele Ölbäume gab. Ein anderer alter Name war »Stadt der Engel«. Der Verkehr in der noch nicht einmal zwei Meter über Meereshöhe gelegenen Stadt spielte sich hauptsächlich auf künstlichen Kanälen ab. Aber was hieß da künstlich? Wurde irgendwo Erdreich ausgehoben, um es zu einem Damm für eine Straße aufzuschütten, bildete sich in der Grube auf völlig natürliche Weise ein Wasserlauf. Und häufte man Erde auf, um darauf ein Haus zu errichten, füllte sich wiederum ein Teich. Die so entstandenen Teiche verbanden sich von selbst mit den Wasserläufen, dergestalt, daß sich solche Kanäle nach sämtlichen Richtungen erstreckten, alle letztlich verbunden ihrem mütterlichen Gewässer, dem Menam-Fluß, der in der Sonne ebenso teebraun glänzte wie die Haut der Menschen hier.

Im Herzen der Stadt erhoben sich Gebäude im europäischen Stil, dreistöckig und mit Balkonen, im Ausländerviertel viele zwei-, auch dreigeschossige Backsteinbauten; aber die Alleebäume, einst schönstes Merkmal dieser Metropole, hatte man im Zuge der Straßenerneuerung hier und da gefällt und die Fahrbahn zum Teil gepflastert. Die verbliebenen Mimosenbäume senkten sich bis tief auf die Straßen herab und belegten sie, die grelle Sonne abhaltend, mit einer schattigen Trauer wie mit düsterem Seidenflor; ihre in der Schwüle zusammengeklappten, fiedrigen Blätter pflegten jedoch nach den von Donnerschlägen begleiteten Schauern rasch aufzuleben und ihre Spitzen mutig emporzukehren.

Mit seiner Betriebsamkeit erinnerte Bangkok an eine südchinesische Stadt. Zahllose dreirädrige Fahrraddroschken, zweisitzig, hinten und an den Seiten heruntergelassene Vorhänge, waren unterwegs; manchmal wurden von den Reisfeldern bei Bangkapi Wasserbüffel vorübergetrieben, auf deren Rücken noch die Krähen hockten; die glänzende Haut aussätziger Bettler leuchtete aus den Schatten heraus wie schwarze Schmutzflekken. Die Knaben liefen völlig nackt umher, die Mädchen trugen mit Metallfäden verstärkte Lendenschurze vor der Scham. Auf den Frühmärkten wurden fremdartige Früchte und Blumen feilgeboten. Vor den Banken im Chinesenviertel blitzten nach Art der Bambusvorhänge miteinander verbundene Ketten aus purem Gold.

Sobald es jedoch Nacht wurde, war die Stadt Bangkok dem Mond und dem Sternhimmel überlassen. Abgesehen von den Hotels, die über eigene Generatoren verfügten, strahlten nur hier und da die Häuser der Reichen mit ihren Stromspeichern in festlicher Helle. Die meisten benutzten Öllampen, behalfen sich mit Kerzen. In jedem der niedrigen Häuser längs der Ufer stellte man die Nacht hindurch eine Kerze in der Buddha-Nische auf, und lediglich das Blattgold der Statue warf einen schwachen Schein auf den rückwärtigen Teil des aus Bambusstangen gefügten Fußbodens. Vor der Nische glommen dicke, braune Räucherstäbchen. Den zitternden Lichtschimmer, der von den Kerzen aus den Häusern am anderen Ufer auf das Wasser fiel, durchkreuzte dann und wann ein vorübergleitendes Boot.

Im vergangenen Jahr, nämlich 1940, war der Landesname Siam in Thailand geändert worden.

Wenn man Bangkok als das Venedig des Ostens bezeichnete, so gewiß nicht wegen einer auf den ersten Blick erkennbaren Ähnlichkeit der beiden Städte, die in Wahrheit weder von der Struktur noch von der Größe her miteinander vergleichbar waren, aber da gab es einmal den Bootsverkehr auf den zahllosen Kanälen, zum anderen eine Unmenge heiliger Plätze. Hier in Bangkok standen siebenhundert Tempel.

Bei allem, was aus dem Grün aufragte, handelte es sich um

buddhistische Stupas; sie waren es, die zuerst den Schimmer der Morgendämmerung einfingen, auf ihnen lag bis zuletzt der Widerschein der Abendröte, und tagsüber veränderten sie mit der Sonne wieder und wieder ihr Aussehen.

Eine zwar nur kleine, dafür aber die jüngste und prächtigste Anlage war Wat Benchamabopit, der »Marmortempel«, den Rama V. Chulalongkorn der Große im neunzehnten Jahrhundert hatte errichten lassen.

Der derzeitige Herrscher, König Rama VIII., Seine Majestät Ananda Mahidol, war 1935 als Elfjähriger auf den Thron gekommen, bald darauf aber zur Weiterbildung in die Schweiz nach Lausanne geschickt worden, wo er noch jetzt, inzwischen siebzehn Jahre alt, mit großem Fleiß studierte. In seiner Abwesenheit war Ministerpräsident Luang Pibul Songgram zu diktatorischer Macht gelangt und hatte der Form halber eine Regentschaft eingerichtet. Prinz Achitto Apar, der erste Regent, war nicht mehr als eine Schmuckfigur, wohingegen Prinz Prude Panoma als der zweite Regent die eigentliche Autorität des Amtes innehatte.

In seinen Mußestunden pflegte Prinz Achitto Apar, ein tiefgläubiger Buddhist, gelegentlich den einen oder anderen Tempel aufzusuchen, und eines Abends wurde gemeldet, daß er die Absicht habe, sich zum Marmortempel zu begeben.

Diese Anlage befand sich an einem kleinen Wasserlauf, an dem entlang sich die Mimosenbäume der Nakhon Pathom Road reihten.

Die rötlichen Türflügel des von zwei steinernen Pferden bewachten Tempeltors, bekrönt von einem kristallartigen Zierat aus weißen Flammen im klassischen Khmer-Stil, standen offen. Zu beiden Seiten des vom Tor aus auf die Haupthalle führenden, mit Steinen belegten Weges erhob sich auf smaragdgrün leuchtenden Rasenflächen je ein laubenartiger Pavillon mit tief herabgezogenem Dach in altjavanischer Manier. Auf dem Rasen blühten kugelig geschnittene Büsche, und von den Dachtraufen der Pavillons sprangen auf Flammen reitende weiße Löwen auf.

An der Front der Haupthalle strahlten die weißen Säulen aus indischem Marmor, die beiden marmornen Wächterlöwen rechts und links und die niedrige Steinbalustrade im europäischen Stil ebenso hell im Widerschein der späten Sonne wie die gleichfalls marmornen Mauern des Gebäudes. Und doch war das alles nicht mehr als der reinweiße Bildgrund, vor dem sich der Dekor aus Gold und Rot um so herrlicher abhob. Die spitzbogigen Fenster zum Beispiel waren, während ihre inneren Gewände ein Mennigerot erkennen ließen, von reichen goldenen Flammen eingefaßt, die rings um sie aufloderten. Auch die weißen Säulen an der Fassade trugen ein Dekor, vor allem beherrscht von goldgleißenden *Naga*-Schlangen, die unvermittelt aus dem Kapitellschmuck hervorschossen. Das aufgebogene Dach mit den vielfach übereinandergeschichteten, scharlachroten chinesischen Ziegeln war umrandet von Reihen goldener Schlangen mit sichelförmig erhobenen Köpfen. Und an den Spitzen der einzelnen kleinen Aufsatzdächer darüber züngelten im Wettstreit miteinander zierliche goldene Schlangenschwänze zum blauen Himmel empor, gleichsam als würden Damenschuhe, die schmalen, hohen Absätze voran, in die Luft gewirbelt. All dieses Gold bekam unter der Tropensonne einen eher dunklen Glanz, so daß das Weiß der an den Giebeln schnäbelnden Tauben geradezu in die Augen fiel.

Als aber die weißen Tauben, von irgend etwas aufgeschreckt, in einer Wolke in den immer schwermütigeren Abendhimmel flogen, wurden sie schwarz wie Ruß; und der goldene Ruß der als Schmuckform überall am Tempel wiederholten Flammen war nun seinerseits wie ein Taubengeflatter.

Die vielen Palmen im Hof, hoch aufgerichtet, wirkten wie verwundert stehengeblieben; »Baumfontänen«, die mit der Fülle ihrer grünen Strahlen bogenförmig himmelwärts zielten.

Tier und Pflanze, Gold, Stein und Mennigerot, sie vermischten sich unter diesem Licht und schmolzen tanzend ineinander. Selbst an den beiden großen Wächterlöwen zu Seiten des Zugangs waren die marmornen Mähnen in Wahrheit wie die Blütenblattkränze von Sonnenblumen. Eng reihten sich in den weitaufgerissenen Mäulern die Samenkerne ihrer Zähne; Löwenköpfe, ja, und doch wütend auffahrende, weißrassige Sonnenblumen.

Prinz Achitto Apars Rolls Royce fuhr am Tempeltor vor. Die rot uniformierten Kadetten eines Bläserkorps, die bereits auf dem Rasen bei den Pavillons rechts und links Aufstellung genommen hatten, bliesen mit dicken braunen Backen ihre Instrumente. In den blankpolierten Schalltrichtern der Hörner spiegelten sich klein ihre Uniformen. Kein Instrument, das sich hier im Licht der Tropen besser geeignet hätte.

Ein Diener im weißen Rock mit rotem Hüftband folgte dem Prinzen mit aufgespanntem, grasgrünem Sonnenschirm. Und bewacht von seinem Hofmarschall mit blauer Schärpe, der die Opfergaben trug, sowie von zehn Mann der Palastgarde betrat der Prinz, Orden auf seiner weißen Militärjacke, den Tempel.

Solche Besuche Seiner Hoheit pflegten nach etwa zwanzig Minuten beendet zu sein. In der Zwischenzeit wartete die Menge auf dem Rasen und briet in der Sonne. Als schließlich aus dem inneren Sanktuarium, mit Gongschlägen vermischt, der Klang einer chinesischen Fiedel drang, hob der Schirmträger den an der Spitze mit einem zierlichen goldenen Türmchen geschmückten zusammengeklappten Sonnenschutz auf seine Schulter und trat an den Ausgang, während sich vier der Gardesoldaten mit ihren wie die Priesterkappen bis in den Nacken herabhängenden Kopfbedeckungen auf den Steinstufen postierten. Im Sanktuarium, wo es freilich so düster war, daß man von draußen, aus der blendenden Helle her nichts wirklich erkennen konnte und höchstens flackernden Kerzenschein wahrnahm, erhob sich jetzt ein lauter *Sutren*-Gesang, schwoll gleich darauf die instrumentale Begleitung an, um dann mit einem einzigen Gongschlag zu verstummen.

Der Diener spannte den grasgrünen Schirm aus und hielt ihn ehrerbietig über das Haupt des heraustretenden Prinzen; die Gardesoldaten salutierten mit erhobenem Säbel. Und nachdem der Prinz das Tempeltor wieder durcheilt hatte, bestieg er seinen Rolls Royce.

Die Menge, die ihm eine Weile noch nachschaute, zerstreute sich bald darauf; das Musikkorps zog ab, und über den Tempel senkte sich die sanfte abendliche Stille. Die Mönche in ihren safrangelben Gewändern, die gebräunte rechte Schulter entblößt, traten hinaus an den Fluß, lasen in einem Buch oder sprachen miteinander. Im Wasser trieben verwelkte rote Blüten, vertrocknete Früchte, spiegelten sich die Mimosenbäume vom anderen Ufer und die schönen Abendwolken. Die Sonne neigte sich hinter den Tempel, der Rasen dunkelte. Bald waren es nur noch die Säulen und die Wächterlöwen und die Mauern der Tempelfassade, die sich mit ihrer Helle gegen die hereinbrechende Dämmerung behaupteten.

Oder zum Beispiel Wat Po.

In diesem von Rama I. im achtzehnten Jahrhundert gestifteten Kloster mußte man sich schon regelrecht hindurchdrängen zwischen den Stupas und Hallen, so dicht standen sie dort.

Oben die grelle Sonne. Das Blau des Himmels. Die mächtigen weißen Rundpfeiler an den Galerien der Haupthalle jedoch verdreckt wie die Beine von weißen Elefanten.

Die Stupas waren mit winzigen Porzellanstücken geschmückt; sanft warfen die Glasuren die Sonne zurück. Der Große Stupa mit seinen Reihen smaragdfarbener Mosaiken und dazwischen den unzähligen, mit üppigen Blumen bemalten Porzellanstückchen – gelbe, rote, weiße Blütenblätter auf purpurviolettem Grund – ragte wie eingehüllt in einen keramischen Perserteppich hoch auf in den Himmel.

Daneben ein anderer Stupa in Grün. Unter dem alles zermalmenden Hammer der Sonne über die gleichsam abgewetzten Trittsteine dahintaumelnd eine trächtige Hündin mit schwer hängenden, schwarzfleckig rosigen Zitzen.

In der Nirvana-Halle dann die riesige, goldene Statue des Sterbenden Buddha, das Dickicht der hohen goldenen Locken auf eine eckige, mit einem Mosaik aus Blau und Weiß und Grün und Gelb belegte Ruhestütze gebettet, den Kopf auf den schlanken goldenen Arm gelegt; und am anderen Ende der düsteren Halle, weit drüben, funkelten die goldenen Fersen.

Seine Fußsohlen schließlich: herrlichste Einlegearbeit. In sorgfältig abgeteilten, schwarzgrundigen Kompartimenten hatte man das regenbogenfarben schimmernde Perlmutt zu Päonien, Muscheln und Kultgeräten, zu Felsformationen und über Teichen schwebenden Lotosblüten, zu Tänzerinnen und wundersamen Flügelwesen, zu Löwen, weißen Elefanten, Drachen und Pferden, zu Kranichen und Pfauen, zu Booten mit dreifachen Segeln, zu Tigern und Phönixen zusammengesetzt, um so an Ereignisse aus dem Leben Buddhas zu erinnern.

Die offenstehenden Fenster der Halle blendeten wie blankpolierte Messingtafeln. Unter den *Bodhi*-Bäumen ging eine Gruppe von Mönchen in leuchtend organgefarbenen Gewändern vorbei, die gebräunte rechte Schulter entblößt.

Draußen war es so heiß, als wäre die Luft selber von einem Fieber befallen. Über dem zwischen den Stupas angestauten Teich ließen glänzend grüne Mangrovebäume ihre vielen Luftwurzeln schaukeln. Der Felsstein auf der Mittelinsel, auf dem sich die Tauben vergnügten, war blau angestrichen und an der Sichtfläche mit einem riesigen Schmetterling bemalt; auf seine Spitze hatte man einen kleinen, schwarzen, unheimlich wirkenden Stupa gesetzt.

Oder auch Wat Phra Keo: Schutztempel des Palastes und berühmt für sein Hauptandachtsbild, den Smaragd-Buddha.

Eine Anlage, 1785 errichtet und seither kein einziges Mal zerstört.

Über den Marmorstufen, die von rechts und links zum Goldenen Stupa hinanführten, blitzte im Regen, halb Weib, halb Vogel, ein goldener *Kalavinka.* Die roten chinesischen Ziegel samt ihrer grünen Einfassung leuchteten im lichtdurchschossenen Regen nur um so prächtiger.

An den Galeriewänden des Mahamandapa waren, das ganze Gebäude umlaufend, Szenen aus dem »Ramayana-Epos« dargestellt.

Der tugendhaft tapfere Rama selbst, vor allem aber und immer anwesend der Affengott Hanuman, ruhmreicher Sohn der Windgottheit. Die schöne und edle Sita mit ihren Zähnen aus Jasminblüten, wie sie geraubt wird vom grimmigen *Rakshasa*-König. Und wie sich Rama mit seinen wachsam klugen Augen in unzähligen Schlachten schlägt.

Da gab es vor düsterem Hintergrund im Stil der Südlichen Sung- oder der frühen venezianischen Schule glänzende Paläste, gab es Affengottheiten, gab es Dämonenkämpfe. Da flog, auf einem Phönix reitend, ein Gott in den sieben Farben des Regenbogens über die fahle Landschaft hin. Ein Mann in goldenem Gewand zähmte mit der Peitsche ein Pferd, das auf seinen Hinterbeinen saß und Kleider trug. Aus dem Meer reckte jählings ein Fischungeheuer sein Haupt, um Truppen auf einer Brücke zu attackieren. Ein blaudunstiger See in der Ferne; ein weißes Pferd mit goldenem Sattel, gemächlich durch einen dunklen Wald trabend, und Hanuman hinter dem Gebüsch, das Schwert gezogen, lauerte ihm auf.

»Wissen Sie eigentlich, wie die volle Bezeichnung für Bangkok lautet?«

»Nein, keine Ahnung.«

»Nun, sie liest sich: *Krung thep phra mahanakorn amon latanakosin mahintara shiayutthaya mafma pop noppala rachatthani prilom.*«

»Und was heißt das?«

»Nahezu unübersetzbar. Es verhält sich damit wie mit der Ausschmückung der Tempel hierzulande: verspieltes Goldgeflimmer, verspielte Kompliziertheit, nichts als Schmuck um des Schmuckes willen... Aber zur Bedeutung vielleicht soviel: *krung thep* meint ›Hauptstadt‹, *pop noppala* ›neunfarbiger Diamant‹, *rachatthani* ›große Stadt‹ und *prilom* läßt sich etwa mit ›Gefühl des Wohlbehagens‹ wiedergeben. Man wählt die großartigsten und pompösesten Substantive und Adjektive aus, um sie dann wie zu einer Halskette aneinanderzureihen. So antwortet ja auch kein Untertan dem König des Landes mit einem simplen ›Ja‹; vielmehr hat er nach dem hiesigen Protokoll zu sagen: *Phrapout chao ka kollap promkan saikrao sai klamon.* Was man wohl übersetzen müßte mit: ›In aufrichtigster und ehrfurchtsvollster Reverenz beeile ich mich, wieder und wieder meine Stirn auf den Boden zu legen.‹«

Honda hatte sich tief in den Rohrsessel zurückgelehnt und lauschte den Worten Hishikawas amüsiert, doch unbeteiligt.

Dieser in allen Dingen so bewanderte, dabei irgendwie schmuddelige und nicht recht durchschaubare Mensch, typisch der gescheiterte Schriftsteller, war ihm vom Handelshaus Itsui als Dolmetscher und Führer beigegeben worden. Und Honda, bereits siebenundvierzig, hielt es für eine sich selbst zu erweisende Gefälligkeit, wenn er, besonders in einem solch schwül-heißen Land, die Dinge einem anderen überließ.

Daß er nach Bangkok gekommen war, ging auf ein Ersuchen der Firma Itsui zurück. Immer dann, wenn es nach Verkaufsgesprächen in Japan und Vertragsabschlüssen nach japanischem Recht im Ausland wegen irgendwelcher Ansprüche zum Streit kam, warf das, selbst bei einer Klage vor den dortigen Gerichten, Probleme des internationalen Zivilrechts auf. Auch kannten sich die ausländischen Rechtsanwälte in den japanischen Gesetzen nicht aus. Deshalb pflegte man in dergleichen Fällen häufig so zu verfahren, daß man einen sachkundigen Anwalt aus Japan anreisen ließ, damit er den einheimischen Anwälten die japanischen Rechtsverhältnisse darlegte und sie bei der Prozeßführung beriet.

Das Handelshaus Itsui hatte in diesem Januar hunderttausend Packungen des Fiebermittels »Calcos« nach Thailand exportiert; indessen waren in dreißigtausend Packungen die Tabletten feucht geworden, hatten sich verfärbt und damit ihre Wirksamkeit verloren. Und das, obwohl das Verfallsdatum aufgedruckt gewesen war.

Nun hätte zwar ein solcher Fall zivilrechtlich als Nichterfüllung vertraglicher Verpflichtung behandelt werden können, doch die Gegenseite hatte strafrechtlich auf Betrug geklagt. Nach Paragraph 715 des Bürgerlichen Gesetzbuches, nämlich wegen der Warenmängel, die von der mit ihm unter Vertrag stehenden Arzneimittelfirma verursacht worden waren, und ohne Rücksicht darauf, ob hier Fahrlässigkeit vorgelegen hatte oder nicht, mußte das Handelshaus Itsui natürlich Verantwortung und Schadenersatzleistung auf sich nehmen; immerhin erwies es sich als notwendig, bei einer derartigen, das internationale Zivilrecht streifenden Auseinandersetzung den Beistand eines so fähigen Anwalts aus dem Mutterland wie Honda in Anspruch zu nehmen.

Man hatte Honda im Oriental-Hotel (die Einheimischen sprachen es »Orienten-Hoten« aus), dem besten Hotel Bangkoks, ein Zimmer mit herrlichem Ausblick auf den Menam-Fluß besorgt. Von der Zimmerdecke her wehte ein großer, weißer Ventilator kühle Luft; aber angenehmer noch war es, bei Anbruch des Abends in den Garten am Ufer hinauszutreten und die ein wenig frischere Brise vom Fluß her zu genießen. Und während er gemeinsam mit Hishikawa, der gekommen war, um ihm die nächtliche Stadt zu zeigen, einen Aperitif zu sich nahm, ergab sich Honda in dessen Redseligkeit. Er fühlte sich so kraftlos, daß es seinen Fingern schon schwerfiel, einen Löffel zu halten, und gar Konversation zu machen, erschien ihm noch schwerer als ein versilberter Löffel.

Hinter Wat Arun, dem Tempel der Morgendämmerung, ging drüben am anderen Ufer die Sonne unter. Ein riesiges Abendrot umrahmte die Silhouette einiger besonders hoher Stupas, hielt aber darüber hinaus den ganzen weiten Himmel über dem flach erscheinenden Dschungel von Thon Buri fest im Griff. Und das Dschungelgrün wiederum sog wie Watte das Licht dieses Augenblicks in sich auf, daß es zu leuchten begann wie reiner Smaragd. *Sampans* zogen vorüber, Krähen flogen in dichten Schwärmen, eine schmutzige Rosenfarbe mischte sich in das Wasser des Flusses.

»Alle Kunst«, sagte Hishikawa, »ist ein Abendrot.« Wie stets, wenn er eine These vortrug, legte er eine kleine Pause ein, um die Reaktion seines Zuhörers abzuwarten. Solche Schweigeminuten freilich waren Honda noch weit lästiger als die Geschwätzigkeit dieses Mannes.

»Kunst an sich ist ein ungeheures Abendrot«, wiederholte Hishikawa, während auf sein Profil mit den fast siamesisch sonnengebräunten Wangen und einer allerdings ausgezehrten, körnigen Haut, wie sie kein Siamese besaß, der letzte Schimmer des Lichts vom gegenüberliegenden Ufer fiel. »Sie ist das Opferfeuer, mit dem ein Zeitalter sein Schönstes darbringt. Die taghelle Vernunft, die so lange geherrscht, versagt schließlich vor der sinnlosen Farbverschwendung eines solchen Abendhimmels; die Geschichte, die geglaubt, sich für ewig fortzusetzen, wird plötzlich ihres Endes gewahr. Schönheit tritt vor jedermanns Augen, und alles menschliche Tun und Streben wird davor zunichte. Man braucht nur den Glanz einer solchen Röte, das wilde Dahinjagen der davon gefärbten Wolken anzuschauen und schon verblaßt selbst das törichte Gerede von ›einer besseren Zukunft‹. Hier ist nichts als Gegenwart, und das Gift der Farben erfüllt die Luft. Sollte damit etwas anfangen? Nein, dies ist kein Anfang, sondern ein Enden und nichts sonst. Nichts daran ist essentiell. Die Nacht, sie hat ein Wesen eigener Art. Ein kosmisches Wesen, nämlich den Tod und die anorganische Existenz als solche. Und auch der Tag hat sein eigenes Wesen. Alles Menschliche gehört in seine Domäne. Doch es gibt nichts, das man als das Wesen der Abendröte bezeichnen könnte. Sie ist ein Spiel, mehr nicht. Ein zielloses, ein feierliches Spiel mit jedweder Form, mit Licht, mit Farbe. Sehen Sie jene pupurvioletten Wolken zum Beispiel... Selten bietet Natur ein derartiges Bankett von violetten Tönen. Ja, Abendwolken verachten alle Symmetrie; und dabei hat solch Auseinanderbrechen der Ordnung mit der Zerstörung eines weit Fundamentaleren zu tun. Die gemächlichen weißen Tagwolken lassen sich mit tugendhafter Vornehmheit vergleichen, indessen wird Tugend wohl kaum dergleichen Farben annehmen...

In jedem Zeitalter ist es die Kunst, die als erste den eschatologischen Endzustand voraussieht; sie bereitet ihn vor und verwirklicht ihn durch sich selbst. Gutes Essen und gutes Trinken, schöne Formen und schöne Kleider – aller Luxus, soweit er von den Menschen eines Zeitalters ersonnen wird, verdichtet sich in ihr. Und dieses Ganze verlangt nach Gestalt. Nach einer Gestalt, in der es, und zwar innerhalb kürzester Frist, das menschliche Dasein insgesamt erstürmt und zur Unterwerfung zwingt. Genau das geschieht durch das Abendrot. Sie fragen: wozu? Um die Wahrheit zu sagen: für nichts... Eine wirklich gründliche ästhetische Beurteilung noch der kleinsten, der unbedeutendsten Details (ich meine etwa die unsäglich duftende Krümmung am Rand jener orangefarbenen Wolke dort) handelt von der Universalität des weiten Firmaments. Das Abendrot ist das, was einem Innersten Farbe verleiht und es sichtbar macht, um es so ins Anschaubare zu verweben. Mit anderen Worten: Abendrot ist Ausdruck. Im Ausdruck allein erschöpft sich die Funktion des Abendrots. Da werden noch die winzigsten Regungen der Scham und der Freude, des Zorns und des Mißvergnügens umgesetzt in einen sphärischen Maßstab. Werden die Farben der für gewöhnlich unsichtbaren inneren Organe des Menschen vermöge dieser riesenhaften Operation nach außen gekehrt und über den gesamten Himmel ausgebreitet. Empfindlichste Zärtlichkeit und Ritterlichkeit verbinden sich mit Weltschmerz; ja, das Leiden selbst verwandelt sich schließlich in eine flüchtige Orgie. All die zahllosen kleinen Theorien, die man tagsüber so hartnäckig genährt, werden von der großen Gefühlsexplosion des Himmels, von dieser gleißenden Unbändigkeit der Emotionen hinweggefegt, und man begreift die Nutzlosigkeit jeder Systematisierung. Kurzum, es findet das alles seinen Ausdruck – einige zehn oder mehr Minuten lang – und ist vorbei... Abendrot ist Geschwindigkeit. Es hat seiner Natur nach etwas vom Flug an sich. Das Abendrot stellt, könnte man sagen, gleichsam die Fittiche dieser Welt dar. Wie die Schwingen des Kolibris, die nur so lange regenbogenfarbig aufblitzen, als er flügelflatternd Nektar saugt, läßt uns die Welt für einen flüchtigen Augenblick erkennen, daß sie zu fliegen imstande ist; ja, unter dem Abendrot beginnen alle Dinge in Trunkenheit und Ekstase aufzuschweben... um gleich darauf zu Boden zu fallen und zu sterben.«

Honda, während er Hishikawas Worte an seinem Ohr vorbeifließen ließ, sah zu, wie über dem anderen Ufer der Himmel allmählich von der Farbe der hereinbrechenden Nacht umhüllt wurde, wie zuletzt nur ein leichter Lichtstreifen am Horizont zurückblieb.

Alle Kunst eine Abendröte? Aber da drüben, da stand der Tempel der Morgendämmerung!

Tags zuvor, in aller Frühe, hatte sich Honda in einem Boot auf das andere Ufer übersetzen lassen und den Tempel der Morgendämmerung besucht.

Es war genau zum Sonnenaufgang gewesen, für einen Gang zu diesem Tempel also die angemessenste Zeit. Ringsum noch alles im halben Dunkel, nur die Spitze des Stupa bereits vom Licht berührt. Dahinter der Dschungel von Thon Buri, erfüllt vom schrillen Geschrei der Vögel.

Im Näherkommen war Honda aufgefallen, daß dieser Stupa lückenlos mit einer Unzahl rot- und blaubemalter chinesischer Porzellanteller belegt war. Jeweils nach mehreren Reihen war eine Balustrade eingeschoben, die erste braun, die zweite grün, die dritte purpurviolett. Die Teller stellten Blumen dar: ein kleiner gelber Teller bildete den Mittelpunkt der Blüte, die Teller ringsum waren die Blütenblätter; oder um einen Blütenkern aus einer umgestülpten, blaßvioletten Schale gruppierten sich Blütenblätter aus vielfarbig glasierten Tellern. Und so bis oben hinauf. Das Blattlaub bestand durchgängig aus Ziegeln. Schließlich senkten von der Spitze aus weiße Elefanten ihre Rüssel in die vier Himmelsrichtungen herab.

Der von diesem Stupa ausgehende Eindruck der Vielschichtigkeit, der Überfülle, war geradezu atembeklemmend. Indem hier Buntheit und Gefunkel aufwärtsschossen, Reihe um Reihe, um sich zur Spitze hin noch dichter zu drängen, schien es, als bestürmten einen von oben her vielfach übereinandergelagerte Träume. Auch die Stufensockel der reichlich steilen Treppe waren bis auf den letzten Winkel mit Blumenmotiven ausgefüllt, und die Stufen selbst wurden von erhaben gearbeiteten Vögeln mit Menschenköpfen getragen. Ein unendlich farbenprächtiges Turmgebilde, das sich, die vielfachen Träume, vielfachen Hoffnungen, vielfachen Gebete Schicht um Schicht zusammengepreßt, in immer neuen Anhäufungen dem Himmel näherte.

Als dann vom jenseitigen Menam-Ufer her der erste Schein der Morgendämmerung aufzuleuchten begann, wurde dieser von den abertausend Porzellantellern, nun abertausend kleinen Spiegeln, im selben Augenblick auch schon eingefangen, und der riesige Intarsienberg brach in ein wildes Gefunkel aus.

Der Stupa mit seinen so erstrahlenden Farben hatte lange Zeit die Morgenglocke ersetzt. Eine aufschreiende Buntheit als Antwort auf den Tagesanbruch. Wie er angelegt war, besaß er die gleiche Kraft, die gleiche Würde, die gleiche Wirkung des plötzlichen Losbrechens wie die Morgendämmerung selber.

Und damit, daß er sein gleißendes Abbild in das gespenstisch sienafarbene Morgenleuchten auf den lehmigen Wassern des Menam-Flusses mischte, verkündete er einen neuen, schwülheißen Tag...

»Von Tempeln werden Sie, fürchte ich, genug haben. Also möchte ich Sie heute abend irgendwo hinführen, wo es interessanter ist«, wandte sich Hishikawa an Honda, der gedankenverloren hinüber auf den dunkelnden Tempel der Morgendämmerung starrte. »Sie haben Wat Po, Sie haben Wat Phra Keo gesehen. Und als Sie den Marmortempel besuchten, erlebten Sie zufällig, wie der Regent sich zur Andacht begab. Gestern in aller Frühe schließlich Ihr Gang zum Tempel der Morgendämmerung. Nun, wenn Sie es darauf anlegen, werden Sie natürlich nie ein Ende finden; aber ich meine, das gesehen zu haben, müßte ausreichen.«

»Da haben Sie wohl recht«, gab Honda zur Antwort, unbestimmt und durchaus nicht geneigt, sich von den Überlegungen, in die er die ganze Zeit über vertieft gewesen, ablenken zu lassen.

Eben dachte er an das alte Traumtagebuch Kiyoakis, das er zwar schon lange nicht mehr aufgeschlagen gehabt, jetzt aber ganz unten in seinem Koffer bei sich hatte, um sich unterwegs auf der Reise mit der erneuten Lektüre die Zeit zu vertreiben. Seit er hierhergekommen war, hatte er der Hitze und seiner Mattigkeit wegen noch keinen Blick wieder hineingeworfen. Indessen waren ihm die leuchtend tropischen Farben eines bestimmten Traumes, von dem er einst gelesen, deutlich in Erinnerung geblieben.

Daß er, so beschäftigt er war, die Reise nach Thailand überhaupt auf sich genommen, hatte nicht allein mit der Arbeit zu tun. In seiner Jugend hatte er durch Kiyoaki zwei siamesische Prinzen kennengelernt und war in jenem leicht beeindruckbaren Alter Zeuge dafür gewesen, wie des einen Liebe zu einer gewissen Prinzessin Ying Chan gleichzeitig mit dem Verlust seines Smaragdrings aufs schmerzlichste endete. Und weil er damals die bittere Entdeckung gemacht, daß bloße Zeugenschaft eine schwere Fessel bedeutet, hatten sich ihm die vagen Bilder dieser Erinnerung in um so festerem und dauerhafterem Rahmen erhalten. Einmal mußte er nach Siam reisen! Doch seitdem er das beschlossen hatte, war viel Zeit vergangen.

Andererseits war der jetzt siebenundvierzigjährige Honda innerlich auf der Hut vor jeder noch so leisen Gemütserregung, hatte er unbewußt die Gewohnheit angenommen, in dergleichen von vornherein Täuschung und Übertreibung zu wittern. Ich habe, pflegte er sich wieder und wieder zu sagen, meine letzte Leidenschaft gehabt. Jene nämlich, mit der er seinerzeit auf sein Richteramt verzichtet hatte, um Isao zu retten, von dem er wußte, daß er eine Wiedergeburt Kiyoakis war... Und wobei er mit seiner Vorstellung von der Rettung eines Menschen so restlos Schiffbruch erlitten hatte.

Nachdem er aufgehört hatte zu glauben, er könne jemanden retten, war Honda ein um so tüchtigerer Rechtsanwalt geworden. War, nachdem er die Leidenschaft abgelegt hatte, bei allen seinen Rettungsversuchen erfolgreich gewesen. Ob es sich um eine Zivil- oder eine Strafsache handelte, er übernahm den Fall nur, wenn der Klient die entsprechenden Mittel besaß. Auf diese Weise war das Haus Honda zu weit mehr Wohlstand gelangt als zu Zeiten seines Vaters.

Jene notleidenden Anwälte, die mit einer Miene auftraten, als verkörperten sie die soziale Gerechtigkeit, und die eben daraus ihr Ansehen bezogen, waren ihm höchst lächerliche Figuren. Er blieb sich der vom Gesetz gezogenen Grenzen einer Rettung sehr wohl bewußt. In Wahrheit war es ja doch so, daß die meisten aus zufälligem Bedürfnis oder auch aus Dummheit die Gesetze verletzten, womit sie eine rechte Unachtsamkeit begingen; denn eigentlich war, wer das Anwaltshonorar nicht zu begleichen vermochte, zu einem Gesetzesbruch gar nicht qualifiziert.

Manchmal schien ihm sogar, es gäbe unter den von Menschen ersonnenen keinen anmaßenderen Streich, als dem Volk als solchem die Richtschnur des Gesetzes an die Hand zu geben. Wenn das Verbrechen zumeist aus Bedürfnis oder Dummheit resultierte: konnte man nicht letztlich dasselbe auch von den sogenannten Sitten behaupten, auf denen die Gesetze aufbauten?

Nach der Affäre um den »Shōwa-Göttersturm-Bund«, die mit dem Tod jenes Isao geendet hatte, war es ein um das andere Mal zu ähnlich gearteten Vorfällen gekommen, und vor allem nach der Revolte vom 26. Februar 1936 hatten die Unruhen im Lande zu erheblichen Spannungen geführt; andererseits war der kurz darauf eingeleitete sogenannte Chinesische Zwischenfall nach jetzt fünf Jahren noch immer nicht gelöst, hatte der Abschluß des Dreierpaktes zwischen Japan, Deutschland und Italien die Großmächte zusätzlich erregt, und die Gefahr eines Krieges zwischen Japan und den Vereinigten Staaten wurde ernstlich diskutiert.

Honda freilich interessierte sich nicht mehr für Tagesereignisse, für politische Komplikationen, für das Gerede von Kriegsgefahr; er erhoffte sich nichts und war über nichts besorgt. In der Tiefe seines Herzens war irgend etwas in sich zusammengebrochen. Die Zeit tobte wie ein Regenschauer, unzählige Menschen wurden von den Tropfen getroffen, Einzelschicksale unterschiedslos wie Kiesel benetzt, und es stand, wußte Honda, nicht in seiner Macht, dem irgendwo Einhalt zu gebieten. Und dennoch, ob alle Schicksale letztlich tragisch verliefen, war nicht sicher. Entsprach es doch dem Gang der Geschichte, daß die Wünsche der einen erfüllt und die Wünsche der anderen verworfen wurden. Wie unglücklich die Zukunft auch sein würde – daß sie die Hoffnungen aller vereiteln könnte, war nicht zu erwarten.

Hieraus den Schluß zu ziehen, Honda hätte sich in einen nihilistischen Melancholiker verwandelt, wäre falsch gewesen. Eher war er im Vergleich zu früher viel aufgeräumter, ja, geradezu heiter. Während seiner Richterzeit hatte in seiner Art zu reden etwas überaus Vorsichtiges gelegen, so als bewegte er sich auf allzu glatten *Tatami*-Matten. Jetzt war das anders. Freier auch in der Wahl seiner Kleidung, etwa indem er häufig in einen bequemeren Sakko mit Fischgrätenmuster schlüpfte, konnte er nun sogar Witze erzählen, war er überhaupt sehr viel großzügiger geworden. Nur seit er in diesem tropisch heißen Land weilte, wollte ihm dergleichen nicht so recht über die Lippen kommen.

Seinem Gesicht hatte sich eine gewisse, seinen Jahren angemessene seriöse Würde eingeprägt. Längst waren daraus die schlichten und klaren Züge, wie er sie in seiner Jugend besessen, verschwunden, und über die Haut, die einst wie ausgewaschenes Baumwolltuch gewesen war, hatte sich eine an Wohlleben gewöhnte Schwere wie von Seidendamast gelegt. Da Honda sehr wohl wußte, daß er nie den schönen jungen Mann abgegeben hatte, war ihm ein solcher undurchsichtiger Schleier der Jahre durchaus nicht unlieb.

Zu alledem war er seiner Zukunft nun weitaus sicherer als in der Jugend. In gewisser Hinsicht ist es ja doch so, daß junge Leute nur deshalb so viel von Zukunft reden, weil sie noch nicht imstande sind, sie sich zu eigen zu machen. Zu besitzen, indem man auf manches verzichtet, das eben ist das Geheimnis, von dem junge Leute freilich noch nichts wissen.

So wie einst Kiyoaki das Zeitalter nicht in Bewegung versetzt hatte, griff auch Honda nicht aktiv in das seine ein. Auf jene Ära Kiyoakis, in der man auf den Schlachtfeldern der Leidenschaft starb, war eine Zeit gefolgt, die die Jugend wieder auf wirklichen Schlachtfeldern, auf den Schlachtfeldern der Tat zu sterben zwang. Ihr Vorbote war Isaos Tod gewesen. Mit anderen Worten, diese beiden jungen Männer, von denen der letztere die Wiedergeburt des ersteren gewesen, waren auf gegensätzlichen Schlachtfeldern einen gegensätzlichen Schlachtentod gestorben.

Und Honda? Nirgends ein Anzeichen dafür, daß er sterben könnte! Weder hatte er je mit Inbrunst seinen Tod ersehnt, noch war er irgendwann einem zwangsläufig auf ihn zukommenden

Tod ausgewichen. Hier jedoch, in dieser tropischen Gegend, hatte er, tagsüber von den unausgesetzt herniederprasselnden Feuerpfeilen der Hitze durchbohrt, den Eindruck, bei der überall in solcher Üppigkeit wuchernden Vegetation handele es sich um die geilen Wucherungen des Todes selber.

»Früher einmal, vor etwa siebenundzwanzig, achtundzwanzig Jahren, genoß ich für einige Zeit den Vorzug, mit zwei siamesischen Prinzen befreundet zu sein, die zum Schulbesuch nach Japan gekommen waren. Der eine hieß Prinz Pattanadid und war ein jüngerer Bruder Ramas VI., der andere, sein Vetter und ein Enkel Ramas IV., nannte sich Kridsada. Wie mag es ihnen ergehen? Eigentlich hatte ich daran gedacht, sie aufzusuchen, wenn ich nach Bangkok käme; aber wie kann ich mich aufdrängen, wo man mich gewiß längst vergessen hat...«

»Weshalb haben Sie das nicht gleich gesagt?« erwiderte, fast wie mit einem Tadel für Hondas Zurückhaltung, der mit allen Wassern gewaschene Hishikawa. »Sie brauchen mich nur zu fragen, und ich verschaffe Ihnen sofort die gewünschte Antwort.«

»Sie meinen, ich könnte die Prinzen sehen?«

»Das werde ich freilich nicht schaffen. Denn beide, von ihrem Neffen, König Rama VIII., mit dem größten Vertrauen beehrt, weilen mit Seiner Majestät in Lausanne. Wie überhaupt der größte Teil der königlichen Familie in die Schweiz gegangen ist, so daß der Palast leersteht.«

»Oh, wie bedauerlich.«

»Immerhin bestünde die Möglichkeit, daß Sie einem Mitglied der Familie des Prinzen Pattanadid vorgestellt werden. Nun ja, das ist eine etwas seltsame Geschichte. Die jüngste Tochter des Prinzen, ein kleines Ding von gerade sieben Jahren, hat man zusammen mit ihren Kammerzofen allein in Bangkok zurückgelassen. Sie kann einem leid tun, lebt da in dem kleinen, sogenannten Rosenpalais wie unter Hausarrest.«

»Warum das?«

»Man hält sie für nicht ganz richtig im Kopf, weshalb sich die königliche Familie genierte, sie ins Ausland mitzunehmen. Tatsächlich behauptet nämlich die kleine Prinzessin, und zwar seit sie reden kann: ›Ich bin in Wirklichkeit gar keine siamesische Prinzessin, ich bin die Wiedergeburt eines Japaners, und meine wahre Heimat ist Japan.‹ Davon ist sie nicht abzubringen, was man ihr auch immer sagt. Es heißt, sie breche, wenn man ihr widerspricht, in einen Weinkrampf aus; also lasse ihre Umgebung sie heranwachsen, ohne sie in ihrem Traum zu stören. Eine Audienz zu erhalten ist zwar etwas schwierig; doch da Sie jene Beziehung hatten, wird es, wenn wir entsprechend vorgehen, schon zu machen sein.«

2

Nachdem er diese Geschichte gehört, fühlte sich Honda durchaus nicht gedrängt, die so bedauernswerte, wahnsinnige kleine Prinzessin sogleich aufzusuchen.

Er wußte nun, daß sie wie irgendein goldschimmerndes, schönes Tempelchen vorhanden war. Und wie ihm der Tempel nicht davonflog, so würde auch die Prinzessin, davon war er überzeugt, nicht enteilen. Nach seiner Vorstellung mußte in diesem Land auch der Wahnsinn, ähnlich der Architektur oder den endlosen Tänzen mit ihrer Monotonie und ihrem goldenen Aufwand, überaus prächtig sein und lange anhalten. Wenn ihm irgendwann, dachte Honda, danach zumute sein sollte, konnte er noch immer um eine Audienz nachsuchen.

Ein solches Zaudern mochte teils von seiner Tropenmattigkeit, teils von seinem nicht wegzuleugnenden Alter herrühren. In Hondas Haar mischte sich das erste Weiß; auch wäre er gewiß längst weitsichtig gewesen, hätte er nicht, zu seinem Glück, von Kind auf an einer leichten Kurzsichtigkeit gelitten, weshalb er noch ohne Altersbrille auskam.

Sich entwickelnde Dinge pflegte Honda nach einer der Erfahrungsregeln einzuordnen, die ihm in seinen Jahren in Fülle zur Verfügung standen, und so war er imstande, sie mit diesen Maßstäben zu interpretieren. Mit Naturkatastrophen war es freilich etwas anderes, aber die sogenannten historischen Phänomene, mochte es sich um noch so plötzlich eintretende Ereignisse handeln, warfen ja stets schon lange ihre zögernden Schatten voraus, unentschlossen wie ein Mädchen, bevor es den Liebenden erhört. Da Ereignissen, die genau der eigenen Erwartung entsprachen und sich obendrein mit der gewünschten Schnelligkeit einstellten, unweigerlich der Geruch von etwas Künstlichem anhaftete, war es das beste, wenn man, in Unterordnung unter die Regeln der Geschichte, eine keinesfalls zu forsche Haltung einnahm. Honda hatte genügend oft erlebt, wie Menschen nichts von dem, wonach es sie dürstete, erreichten und wie alle Entschlossenheit vergebens war. Manche hatten erreicht, was sie nicht wollten, und was sie begehrten, war ihnen ebendeshalb nicht zuteil geworden. Das galt sogar für den Selbstmord, der doch so ausschließlich vom eigenen Wunsch, von der eigenen Entscheidung abzuhängen schien: Isao hatte, um ihn ohne Makel zu vollziehen, ein ganzes Jahr im Gefängnis verbringen müssen.

Andererseits und genau bedacht, waren Isaos Attentat und sein *Seppuku* gleichsam das helle Abendgestirn, der Vorbote einer Nacht gewesen, deren glitzernder Sternhimmel bis zur Revolte vom sechsundzwanzigsten Februar über dem Land gestanden hatte. Gewiß, alle die jungen Leute hatten auf die Morgendämmerung gehofft, doch verkörpert hatten sie die Nacht. Und jetzt, auf welche Weise auch immer, streifte die Zeit das nächtliche Dunkel ab, und ein banger, atembeklemmend heißer Morgen stand bevor, ein Morgen, wie ihn sich keiner von ihnen erträumt hatte.

Der Dreierpakt zwischen Japan, Deutschland und Italien hatte zwar einen Teil der Nipponisten, der Frankophilen und Anglomanen aufgeschreckt, aber die große Mehrheit der Liebhaber des Westlichen, der Europafreunde und selbst die konservativ asiatisch Orientierten waren davon natürlich begeistert. Es war eine Ehe nicht mit Hitler, sondern mit den Wäldern Germaniens, nicht mit Mussolini, sondern mit Roms Pantheon. Es war ein Zusammenschluß der germanischen, der römischen und der Mythen aus den japanischen Annalen, ein schöner und so recht männlicher Freundschaftsbund zwischen den heidnischen Göttern in Ost und West.

Honda hatte sich zwar mit einer solch romantischen Einseitigkeit nicht abgefunden. Da indessen deutlich war, daß sich hier ein Traum, ein Fieberwahn ausbildete, der hinreichte, um das ganze Zeitalter erzittern zu lassen, erlag er, zumal ihn die Reise hierher, das plötzliche Ausspannen und Nichtstun erst recht erschöpft hatten, um so leichter der Versuchung, sich in die Erinnerungen an längst Vergangenes einzuschließen.

Die damals im Gespräch mit dem neunzehnjährigen Kiyoaki formulierte Vorstellung, daß nämlich der menschliche Willen seinem Wesen nach jener Wille sei, der die Geschichte zu beeinflussen *versuche* – diese Vorstellung hatte Honda noch nicht aufgegeben. Nun, der instinktive Argwohn eines Neunzehnjährigen gegen seinen eigenen Charakter kann gelegentlich eine erschreckend genaue Voraussage bedeuten. Letztlich hatte Honda ja mit der damaligen Formulierung die Verzweiflung über seinen von Natur aus vom Willen bestimmten Charakter ausgedrückt. Und diese Ratlosigkeit hatte sich mit den Jahren noch verstärkt, war schließlich zu einem chronischen Leiden geworden; nur sein Charakter hatte sich dadurch nicht im geringsten verändert. Er entsann sich einer besonders unheimlichen Passage, die er einst in jenen auf Empfehlung der Äbtissin vom Gesshūji-Tempel durchstudierten buddhistischen Schriften gefunden hatte, wo es im »Traktat über die Seinswerdung« im Hinblick auf die Drei Arten der Vergeltung hieß: »Freude zu empfinden, indem man Böses tut, ist darin begründet, daß das Böse noch nicht zur Reife gediehen.«

Wenn er also hier in Bangkok, angefangen von dem herzlichen Empfang, über das, was er gehört und gesehen hatte, bis hin zum Essen und Trinken wahrhaftig die in den Tropen übliche müßiggängerische Freude empfand, war das kein Beweis dafür, daß er in seinen nunmehr fast fünfzig Jahren nichts Böses getan hatte. Das Böse in ihm war wohl einfach noch nicht so reif, daß es wie eine duftende Frucht von selbst vom Zweige fiel.

In diesem Land des *Hinayana*-Buddhismus hatte sich, vor dem Hintergrund der in den kanonischen Schriften der Südlichen Tradition vertretenen naiven Lehre von der Kausalität, als eine zweite Schicht die ebenfalls auf einem Kausalitätsdenken beruhende Rechtsauffassung jener »Gesetzbücher des Manu« ausgebreitet, die einst Honda in seinen jungen Tagen so tief beeindruckt hatten; auch begegneten einem auf Schritt und Tritt hinduistische Gottheiten mit ihren unheimlichen Gesichtern. *Naga*-Schlange und *Garuda*-Vogel, die die Traufen der Tempeldächer schmückten, überlieferten bis auf den heutigen Tag die Erzählungen des »Nagananda«, eines indischen Epos aus dem siebenten Jahrhundert; und wenn der *Garuda* in Kindesliebe handelte, so zum Preise des Hindu-Gottes Vishnu.

Nachdem Honda nun einmal hier war, machte sich sein angeborener Forscherdrang wieder bemerkbar, und er fragte sich mit Interesse, wie wohl der *Hinayana*-Buddhismus jenes Geheimnis der Wiedergeburt erklären mochte, das ihn selbst veranlaßt hatte, ein in allem der Vernunft untergeordnetes halbes Leben daranzugeben.

Den Gelehrten zufolge war die indische Religionsphilosophie in sechs Perioden zu gliedern:

1. Zeit der Rigveda.
2. Zeit der Brahmanas.
3. Zeit der (mystischen) Upanishaden; eine Periode, die vom achten bis zum fünften vorchristlichen Jahrhundert andauerte, bestimmt von jener Bewußtseinsphilosophie, die im Einssein der Weltseele *Brahman* und der Einzelseele *Atman* gipfelte. Gleichzeitig wurde nun zum ersten Mal die Vorstellung vom *Samsara* deutlich, die, mit der Vorstellung vom *Karma* verknüpft, zum Gesetz der Kausalität führte und in Verbindung mit dem *Atman*-Denken systematisiert wurde.
4. Zeit des Schismas zwischen den verschiedenen Schulen.
5. Zeit der Ausformung des »Kleinen Fahrzeugs« oder *Hinayana*-Buddhismus, die vom dritten vorchristlichen bis zum sechsten nachchristlichen Jahrhundert andauerte.
6. Blütezeit des »Großen Fahrzeugs« oder *Mahayana*-Buddhismus während der nachfolgenden fünf Jahrhunderte.

Hondas Interesse galt der fünften Periode; gerade in dieser Zeit waren die ihm von früher her vertrauten, bis in die einzelnen Formulierungen hinein erstaunlich tief von den Vorstellungen des *Samsara* und der Wiedergeburten durchdrungenen »Gesetzbücher des Manu« kompiliert worden. Andererseits unterschied sich, wiewohl im Prinzip die gleiche, die nachbuddhistische *Karma*-Vorstellung auffällig von derjenigen in den Upanishaden. Und zwar lag der Unterschied darin, daß nun die Einzelseele *Atman* geleugnet wurde. Eben in dieser Tatsache, so kann man sagen, drückt sich das Wesen des Buddhismus aus.

Eines der drei Hauptmerkmale, durch die sich der Buddhismus von anderen Religionen unterscheidet, ist die Auffassung von der Nicht-Ichhaftigkeit aller Erscheinungen. Indem nun aber der Buddhismus diese Nicht-Ichhaftigkeit postulierte, indem er die Einzelseele *Atman* leugnete, die nach bisherigem Glauben allem Lebendigen zugrunde lag, mußte er konsequenterweise auch jene »Seele« leugnen, die die Eigenschaft besitzen sollte, in eine künftige *Atman*-Existenz überzugehen. Tatsächlich erkennt der Buddhismus eine transitorische Seele grundsätzlich nicht an. Und verfügt das Lebendige über keine innere Substanz wie eine Seele, so hat das Nichtlebendige noch viel weniger eine solche. In allem, was existiert, ist nirgends feste Substanz; es gleicht gewissermaßen der knochenlosen Qualle.

Hier allerdings erhob sich eine Schwierigkeit: Wenn nach Tod und gänzlicher Rückkehr ins Nichts der eine aufgrund seiner Übeltaten hinabstürzte in die unteren Kategorien der »Pfade«, der andere aber durch seine guten Taten emporstieg zu den höheren Kategorien – wer dann waren sie eigentlich? Wenn kein Ich existierte – was dann war die Substanz, das Subjekt von *Samsara* und Wiedergeburt?

Ratlos angesichts solchen Widerspruchs zwischen der vom Buddhismus geleugneten *Atman*-Vorstellung und der von ihm aufgenommenen *Karma*-Vorstellung, in die verschiedenen Schulen zerfallen, zerstritten und letztlich noch zu keinem logisch-systematischen Resultat gelangend: so verliefen, muß man vermuten, die drei *Hinayana*-Jahrhunderte.

Eine philosophisch glänzende Lösung des Problems sollte zwar erst mit der *Mahayana*-Lehre vom »Nur-Bewußtsein« erreicht werden; immerhin jedoch formulierte bereits die *Sautrantika*-Schule des *Hinayana* die Lehre von der »Samen-Durchduftung«: Gleichsam wie der Geruch eines Duftwassers in der Kleidung haftet, bleiben die Samen guter oder böser Tat im Bewußtsein zurück und prägen dieses, bis die so gesammelte Kraft zur Ursache wird, die die Kausalität in Gang setzt. Eine Auffassung, in der sich jene spätere Lehre vom »Nur-Bewußtsein« vorbereitete.

Heute und hier begriff Honda, was es gewesen war, das hinter dem nie verlöschenden Lächeln, hinter dem melancholischen Augenausdruck der beiden siamesischen Prinzen gestanden hatte: eine innere Haltung golden schwerer Trägheit, zaudernden Verweilens in der leichten Brise unter den Bäumen, inbrünstig in der Verehrung für Buddha, im Glauben an die Wiedergeburt, und so jeder klaren, logischen Systematisierung aus dem Wege gehend – dies alles unter der Gewalt der ermattenden Sonne dieses Landes der gleißenden Tempel, der Blumen und Früchte.

Gewiß, der kluge Prinz Pattanadid, um von Prinz Kridsada einmal abzusehen, hatte sich als ein erstaunlich scharfsinniger Philosoph erwiesen. Und dennoch, die Heftigkeit der Leidenschaft hatte all seinen Eifer, die Wahrheit zu ergründen, im Nu weggespült. Noch jetzt waren es weniger die Worte des Prinzen, an die sich Honda deutlich erinnerte, als vielmehr seine Gestalt: wie er auf die Nachricht vom Tode der Prinzessin Ying Chan hin auf der Wiese der sommerlichen »Südvilla« bewußtlos auf dem Stuhl zusammengesunken war. Daß dabei sein brauner Arm von der weiß lackierten Lehne des Stuhls geglitten, daß sein auf die Schulter gesunkenes Gesicht erblaßt war, dessen entsann sich Honda nur unklar, um so sicherer jedoch, wie aus dem leicht geöffneten Mund geradezu funkelnd die weißen Zähne hervorgeschaut hatten.

Und die Art, wie die schönen und schlanken braunen Finger, diese von Natur aus zur geschicktesten Liebkosung geschaffenen Finger, auf einmal so herabhingen, daß sie fast das sommergrüne Gras berührten, hatte ihm den Eindruck vermittelt, als wollten sie alle fünf im selben Augenblick noch dem Gegenstand ihrer Zärtlichkeit im Treuetod nachsterben.

Wie auch immer, Honda fürchtete, die Erinnerung der Prinzen an Japan möchte, wenngleich nach der verflossenen Zeit das freundschaftliche Gedenken wahrscheinlich überwog, insgesamt eine nicht eben gute sein. Gewiß hatte mancherlei zur Unbehaglichkeit beigetragen: die Isolation, die Sprachschwierigkeiten, die ungewohnten Gebräuche, besonders aber die Diebstahlaffäre und der Tod der Prinzessin Ying Chan. Das jedoch, dem die beiden Prinzen ganz entschieden ihr Verständnis verweigert hatten, war jener herausfordernde »Geist« der *Kendō*-Schulmannschaft gewesen, der im übrigen nicht nur so normale Schüler wie Honda und Kiyoaki ins Abseits gedrängt hatte, sondern auch die liberal und humanistisch gesinnten jungen Leute aus dem Kreis um die Literatenzeitschrift »Weiße Birke«. Peinlicherweise hatten die Prinzen offenbar selbst das undeutliche Gefühl gehabt, daß unter ihren Freunden das eigentliche

Japan nur schwach, dafür ein um so vollblütigeres Japan unter ihren Gegnern vertreten gewesen war. Dieses selbstbewußt kompromißlose Japan, stolz wie einst seine jungen Krieger im rotdurchflochtenen Panzer und dabei leicht verletzlich wie alle Jugend, griff bereits zu den Waffen, bevor die anderen es verspotteten, ging lieber freiwillig in den Tod, als sich verachten zu lassen. Inmitten einer solchen Welt hatte, im Gegensatz zu Kiyoaki, Isao gelebt, und zudem: er hatte an die Seele geglaubt.

Der nun fast fünfzigjährige Honda war – man konnte es für einen Vorzug seines Alters halten – frei von aller Einseitigkeit. Frei auch von Autorität, obwohl er sie einst besessen. Frei auch von Vernunft, obwohl er sie vordem geradezu verkörpert hatte.

Der *Kendō*-Geist zu Beginn der Ära Taishō war zugleich der Geist der blauweiß gesprenkelten Schul-*Kimonos* gewesen, der, selbst den daran stets unbeteiligten Honda eingeschlossen, das ganze Zeitalter eingefärbt hatte; mithin wäre es kleinlich gewesen, seine eigene erinnerte Jugend aus all dem herauslösen zu wollen.

Mit der Welt Isaos hingegen, die jenen Geist noch verfeinert, noch gründlicher ausgeprägt hatte, vermochte er seine jungen Jahre nicht zusammenzusehen, da war er nur mehr der Beobachter am Rande gewesen; und schon die Art, wie dieser jugendliche Geist Japans in einer so völlig isolierten Situation kämpfte und seine Selbstzerstörung betrieb, hatte ihn zwangsläufig zu der Überzeugung gebracht: ›Es muß der Einfluß des Westens, der Einfluß fremden Denkens gewesen sein, der mich überleben ließ.‹ Die angeborenen Vorstellungen führten in den Tod.

Wollte man leben, so durfte man nicht wie Isao auf Lauterkeit bestehen. Durfte man sich nicht sämtliche Rückzugswege abschneiden, nicht alles negieren.

Nichts hatte Honda mit solchem Nachdruck zu der Überlegung genötigt, was denn das reine Japan sei, wie der Tod Isaos. Konnte denn, wer mit »Japan« in Wahrhaftigkeit existieren wollte, einen anderen Weg gehen, als alles zu negieren, als gegen das reale Japan, gegen diese Japaner insgesamt zu protestieren? Als sich so das Leben schwerzumachen, um zuletzt irgendwen zu ermorden und sich die Klinge in den eigenen Leib zu stoßen? Aus Furcht wagte das keiner auszusprechen, Isao indessen hatte, so mußte man es wohl sehen, an sich selbst den Beweis dafür erbracht.

Im Grunde haftet dem innersten, reinsten Wesen eines Volkes wohl stets ein Blutgeruch, ein Schatten des Barbarischen an. Anders als die Spanier, die ungeachtet der Kritik der Tierfreunde aus aller Welt am Stierkampf als ihrem Nationalsport festhielten, hatten jedoch die Japaner gehofft, sie könnten mit der zivilisatorischen Aufklärung während der Meiji-Zeit alles vermeintlich »barbarische« Brauchtum beseitigen. Das Ergebnis war, daß sich der lebendigste, lauterste Geist des Volkes in den Untergrund verkroch, von wo aus er seine wilden Energien in gelegentlichen Eruptionen herausschleuderte und damit die Furcht und den Haß der anderen schürte.

Und dennoch war dies, unter einer wie grimmigen Miene auch immer, der alte makellose Geist. Wenn man sich hier in Thailand umsah, bekam man allmählich ein Auge für die Schönheit der japanischen Kultur, für ihre Einfachheit und Schlichtheit, für die Helle des Wassers im Fluß, auf dessen Grund man die Kiesel zählen kann, für die Reinheit und Klarheit shintōistischer Zeremonien. Tatsächlich aber lebte Honda nicht mit alledem. Wie die meisten Japaner pflegte er keine Notiz davon zu nehmen, sondern so zu tun, als gäbe es dergleichen nicht; ja, er hatte seine Jahre eher damit verbracht, daß er davor geflüchtet war. Daß er allem wahrhaft Fundamentalem, allem kraftvoll Naivem beständig ausgewichen war: der weißen Seide, dem lauteren Wasser, der unbefleckten Helle der im sanften Wind schwankenden Opferstreifen, dem vom *Torii* begrenzten reinen Bezirk, dem steinernden Göttersitz, den Bergen, dem weiten Meer, dem Schwert und seinem Schimmer, seiner Schärfe. Und wie er, Honda, war bereits der Großteil seiner verwestlichten Landsleute den rauheren Elementen Japans nicht mehr gewachsen.

Sollte nun aber Isao, der doch an die Seele geglaubt hatte, nach seinem Aufstieg zum Himmel als Mensch wiedergeboren worden sein (und fraglos würde hier der guten Ursache die gute Wirkung folgen müssen), wie wäre das zu verstehen gewesen?

Anzeichen, die eine Wiedergeburt denkbar erscheinen ließen, hatte es, wenn man so wollte, durchaus gegeben. Schließlich hatte Isao nach seinem Entschluß zu sterben insgeheim auf ein »anderes Leben« angespielt. Und kam, wer das eine Leben so konsequent auf Lauterkeit, auf die letzten Dinge ausrichtete, nicht notwendigerweise zu der Vorahnung einer neuen Existenz?

Inmitten der tropischen Schwüle begann sich in Hondas Herzen das Bild eines japanischen Shintō-Schreins aufzubauen, was ihm schon im bloßen Erinnern ein Gefühl verursachte, als tropfte klares Wasser auf seine Stirn. In den Augen derer, die über die steinerne Treppe heraufstiegen, wirkte das *Torii* lediglich als das feste Gerüst, das die weiter oben liegende Halle umschloß; dem nach beendetem Gebet Hinabsteigenden erschien es als ein Rahmen, nur angefüllt mit blauem Himmel. Seltsam, daß ein Ding hier die ehrwürdige Halle, da den leeren Himmel wie Vorder- und Rückseite in sich begriff. Ebendiese Form eines *Torii*, so kam es Honda vor, müsse Isaos Seele gehabt haben.

Zumindest hatte Isao in dem besten, einem schönen, einfachen und klar bestimmten, einem solchen *Torii* vergleichbaren Rahmen gelebt. Das Innere dieses Rahmens war daher notwendigerweise mit blauem Himmel ausgefüllt gewesen.

Mochte sich Isao auf der Schwelle des Todes innerlich auch weit vom Buddhismus entfernt haben – nach Hondas Ansicht deutete sich gerade hierin die besondere Art und Weise an, in der sich der Japaner mit dem Buddhismus befaßte. Es war das, als würde man das Menam-Wasser durch ein weißseidenes Tuch filtern.

Spätnachts, nachdem ihm Hishikawa die Geschichte jener Prinzessin erzählt hatte, durchwühlte Honda im Hotelzimmer seinen Reisekoffer bis auf den Boden und holte das in ein violettes *Furoshiki*-Tuch eingeschlagene Traumtagebuch Kiyoakis hervor.

Die vom allzu häufigen Lesen gebrochene Fadenbindung hatte Honda, so ungeschickt er in solchen Dingen war, mit eigener Hand sorgfältig erneuert; die hastig hingeworfenen, jugendlichen Schriftzüge Kiyoakis waren auf den Tagebuchseiten noch so lebendig wie je, wohingegen sich die dreißig Jahre alte Tinte allmählich ins Schwärzliche verfärbt hatte.

Richtig. Es war so, wie sich Honda erinnerte: Kurz nachdem er die beiden siamesischen Prinzen bei sich zu Hause empfangen, hatte Kiyoaki einen deutlich in Siam spielenden Traum gehabt und diesen notiert.

Kiyoaki trug »eine hohe und spitze, mit Edelsteinen reich besetzte Krone« und saß in einer von einem verwilderten Garten umgebenen Palasthalle auf einem prächtigen Sessel.

Er war daher – im Traum – zu einem Mitglied der siamesischen Königsfamilie geworden.

Im Deckengebälk hockte ein riesiger Schwarm von Pfauen, ließ den weißen Kot fallen, und Kiyoaki trug an seiner Hand einen Smaragdring, wie ihn der eine Prinz getragen hatte.

In diesem Smaragd begann »ein kleines, liebliches Frauengesicht« aufzuschimmern.

Das Gesicht also der kleinen, wahnsinnigen, noch unbekannten Prinzessin! Und da sich vorstellen ließ, es wäre, was sich in dem Smaragd an seinem Finger gespiegelt hatte, Kiyoakis eigenes, darübergebeugtes Gesicht gewesen, schien so gut wie kein Zweifel mehr daran möglich, daß die Prinzessin eine Wiedergeburt Kiyoakis – auf dem Umweg über Isao – war.

Gewiß war es nicht gerade ungewöhnlich, daß jemand, nachdem er den Besuch siamesischer Prinzen gehabt und ihren beeindruckenden Erzählungen gelauscht hatte, dergleichen träumte; aber nach seinen wiederholten Erfahrungen mußte Honda aus Kiyoakis Traum einen Hinweis auf die Wiedergeburt herauslesen.

Ja, es erschien ihm das nun schon selbstverständlich. Sowie er die klaffende Lücke in der Logik einmal überwunden hatte, öffnete sich ihm dahinter ganz mühelos der weitere Weg. Isao hatte nie etwas davon erwähnt, und also wußte es Honda nicht – aber vermutlich hatte während jener langen Haftzeit auch er von einem weiblichen Wesen in den Tropen geträumt.

Nach wie vor war Hishikawa eifrig um das Wohl Hondas während seines Aufenthalts bemüht; auch ging die Prozeßangelegenheit mit Hondas Hilfe gut vonstatten. Tatsächlich hatte er auf thailändischer Seite ein Versehen bemerkt.

Gemäß Paragraph 473 des auf angloamerikanischem Recht basierenden thailändischen Handelsgesetzbuches brauchte der Verkäufer in den folgenden Fällen keine Verantwortung für Warenmängel zu übernehmen:

1. wenn dem Käufer zum Zeitpunkt des Verkaufsabschlusses die Mängel bekannt waren, beziehungsweise wenn er sie, bei Einhaltung normaler Sorgfaltspflicht, hätte erkennen müssen;

2. wenn die Mängel zum Zeitpunkt der Warenübernahme erkennbar waren oder der Käufer die Ware ohne ausdrücklichen Vorbehalt akzeptiert hatte;

3. wenn die Ware bei einer öffentlichen Auktion verkauft worden war.

Nach seinen Ermittlungen war Honda davon überzeugt, daß sich der thailändische Kontrahent ein Versehen hatte zuschulden kommen lassen, auf das entweder der erste oder der zweite Absatz zutraf. Nähme er sich unter Vorlage entsprechener Beweise diesen schwachen Punkt vor, würde die Gegenseite die Klage unter Umständen zurückziehen.

Bei der Firma Itsui war man natürlich erfreut, und Honda, um so beruhigter, hatte das Gefühl, jetzt könnte er Hishikawa bitten, die Formalitäten für eine Audienz bei der Prinzessin einzuleiten.

Gleichwohl war ihm dieser Hishikawa recht lästig.

Zu keiner Zeit hatte sich Honda gewünscht, Umgang mit irgendwelchen Künstlern zu pflegen, und hatte ihn tatsächlich auch nie gehabt; schon gar nicht aber war er geneigt, in einem so fremden Land mit einem gescheiterten Schriftsteller in engeren Verkehr zu treten.

Desto unangenehmer war, daß Hishikawa, aufmerksam bis ins kleinste, als Beistand des unerfahrenen Reisenden nie eine verdrießliche Miene machte, um was immer man ihn auch bat, und daß er vor allem, ein Cicerone wie selten einer in diesem Land, noch dort jede Hintertür zu öffnen vermochte, wo man vorn vergebens anklopfte. Freilich wußte er selber recht gut, ein wie unbezahlbarer Führer er war.

Andererseits und ungeachtet der Tatsache, daß niemand sagen konnte, was denn für Bücher er früher geschrieben hatte, kehrte Hishikawa, darin unverbesserlich, stets den Künstler heraus. Ja, im Grunde seines Herzens verachtete er die »Spießbürger«, die er zu führen hatte, obwohl er doch mit ihnen sein Geld verdiente. Da dies überaus vergnüglich anzusehen war, machte sich Honda einen Spaß daraus, möglichst dem Bild eines Bourgeois zu entsprechen, das Hishikawa insgeheim von ihm zu haben schien. Mit Vorliebe erzählte er ihm daher von seiner Frau und von seiner Mutter, die er in Japan zurückgelassen hatte, oder er sprach mit Bedauern davon, daß er nicht mit Kindern gesegnet sei. Belustigend, wie Hishikawa hierauf reagierte: allen Ernstes so, als bedauerte er ihn.

In Wahrheit fand Honda, daß im Vergleich zu jener schönen Unreife, wie sie Kiyoaki und Isao ihr Leben lang bewiesen hatten, nichts Häßlicheres zu denken war als eine von der Kunst, von den Künstlern zur Schau getragene Unreife, aus der diese noch dazu Kapital schlugen. Ja, die sie gar bis in ihr achtzigstes Jahr mit sich schleppten, indem sie gleichsam die Windeln feilboten, aus denen sie nie herausfanden.

Noch lästiger war ihm der Pseudo-Künstler, seine unbeschreibliche Arroganz, die, gemischt mit einer eigentümlichen Servilität, den typischen Faulenzergeruch verbreitete. Hishikawa zum Beispiel pflegte die Trägheit dessen, der sich lediglich auf anderer Leute Kosten durchschlägt, mit der Lässigkeit des tropengewohnten, reichen Aristokraten zu drapieren. Honda war es jedesmal peinlich, wenn Hishikawa im Restaurant angesichts der Karte die Bemerkung vorausschickte: »Nun ja, da es ohnehin die Itsuis bezahlen...« Um dann einen recht teuren Wein aus der »Château«-Klasse auszuwählen. Honda selber machte sich gar nicht soviel aus Wein.

Und während er dachte: einen solchen Menschen möchte er nie verteidigen müssen, verbot ihm doch der Anstand des eingeladenen Gastes, um Hishikawas Ablösung zu bitten.

Sooft sie sich im Vorzimmer des Gerichts oder abends beim Dinner trafen, wandte sich der dickliche Leiter der Niederlassung fragend an Honda: »Und mit Hishikawas Leistung sind Sie zufrieden?« Worauf Honda mit einer Spur Bitternis hinter den Worten erwiderte: »O ja, er tut, was er kann.« Und dann mit einem gewissen Ärger gewahrte, daß jener sich damit begnügte, die Antwort einfach wörtlich zu nehmen und das, was hintergründig gemeint war, zu überhören.

Vertraut mit den undurchsichtigen gesellschaftlichen Verflechtungen in diesem Lande, die dem allmählich kompostierenden Unterholz im schwül-heißen, von einer grellen Sonne beschienenen Dschungel glichen, besaß Hishikawa zugleich die einträgliche Begabung, den Fäulnisgeruch schneller als alle anderen zu wittern, und vermutlich hatte er sich mit seinen kräftigen Goldfliegenflügeln auch schon auf dem Teller des hiesigen Itsui-Vertreters niedergelassen, um die Reste zu genießen.

»Guten Morgen!« erklang aus der Sprechanlage im Hotelzimmer die gewohnte morgendliche Stimme Hishikawas und riß Honda aus tiefem Schlaf. »Habe ich Sie geweckt? Oh, da bitte ich um Entschuldigung. Die zuständigen Herrschaften im Palast lassen selber die Leute ungerührt warten, wohingegen sie bei Audienzen schrecklich auf Pünktlichkeit bedacht sind. Deshalb komme ich vorsichtshalber so früh. Aber bitte, rasieren Sie sich nur erst in aller Ruhe! Wie meinen Sie? Frühstücken? Ach, da brauchen Sie sich keine Sorgen zu machen. Ich habe zwar noch nichts gegessen, das ist wahr, doch komme ich auch ohne das aus. Was denn, auf Ihrem Zimmer, mit Ihnen zusammen? Ja, vielen Dank, Sie beschämen mich ja geradezu. Da Sie mich so ausdrücklich einladen, werde ich mich also zu Ihnen hinaufbegeben. Soll ich Ihnen fünf Minuten Zeit lassen? Oder zehn? Na, da Sie ja keine Dame sind, muß ich wohl nicht so zurückhaltend sein, nicht wahr?«

Tatsächlich war dies keineswegs das erste Mal, daß Hishikawa an dem echt englischen, mehrgängigen »Gourmet«-Frühstück des Oriental-Hotels teilhatte.

Kurz darauf trat Hishikawa ein, in einem enganliegenden weißen Leinenanzug, während er sich mit dem Panama-Hut eifrig die Brust fächelte. Genau unter den großen weißen Flügeln des träge rotierenden Ventilators blieb er stehen und begann sich zu unterhalten.

»Übrigens«, wandte sich Honda, noch im Pyjama, an ihn, »ehe ich es vergesse: wie ist eigentlich die Prinzessin anzureden? ›Your Highness‹ dürfte genügen, oder?«

»O nein!« erwiderte Hishikawa mit der Kraft der Überzeugung. »Schließlich ist sie die Tochter des Prinzen Pattanadid, der als der jüngere Bruder des früheren Königs – wenn auch von einer Nebenfrau – den Titel Pra Ong Chao trägt, auf englisch ›Your Royal Highness‹; und seine Tochter hat den Titel Mon Chao, auf englisch also etwa ›Serene Highness‹, so daß Sie wohl am besten die Anrede ›Your Serene Highness‹ benutzen ... Aber so oder so, es braucht Ihre Sorge nicht zu sein. Ich werde das schon erledigen.«

Längst war gegen alle Widerstände die morgendliche Hitze in das Zimmer eingefallen. Diese Morgenstunden, die er zuerst auf seiner Haut empfand, nämlich nachdem er das vom Schweiß durchfeuchtete Bett verlassen hatte und unter die kalte Dusche getreten war, bedeuteten für Honda ein ungewöhnliches, sinnliches Erlebnis. Er, der er nach seiner Veranlagung den Kontakt mit der Außenwelt stets nur über den zwischengeschalteten Intellekt aufnahm, hatte in der Tat so wunderbare Erfahrungen wie hier, wo man alles mit der Haut erspürte, noch nie zuvor gemacht: wie man mit den Dingen zunächst dadurch in Fühlung kommen konnte, daß sie einem allmählich durch die Haut eindrangen: das heftige Grün der Tropengewächse, die roten Blüten der Mimosenbäume, der an den Tempeln aufleuchtende goldene Zierat, die plötzlichen, fahlen Gewitterblitze. Oder die warmen Regengüsse. Das laue Wasser in der Wanne. Die Welt war eine farbenprächtige Flüssigkeit, in der man gleichsam den ganzen Tag über badete. Wie hätte er sich dergleichen in Japan vorstellen können?

Während sie auf das Frühstück warteten, lief Hishikawa nach Art der Europäer unruhig im Zimmer auf und ab, betrachtete die an der Wand hängende mittelmäßige Landschaft, um darüber verächtlich die Nase zu rümpfen, und tat, als fühlte er sich, den Abglanz des Teppichmusters im Oberleder seiner blankpolierten, schwarzen Schuhe, geradezu hilflos in eine fremde Gegend verschlagen. Nein, von der Komödie, in der dieser Mensch den Künstler und er selber den Spießbürger spielte, hatte Honda allmählich genug.

Plötzlich, und indem er sich sozusagen auf dem Absatz umdrehte, holte Hishikawa ein violettes Samtetui aus der Tasche und streckte es Honda hin. »Beinahe hätte ich es vergessen. Überreichen Sie das doch, bitte, persönlich der Prinzessin!«

»Und was ist das?«

»Ein Präsent. In diesem Königshause ist es Usus, keinen Besucher zu empfangen, der mit leeren Händen kommt.«

Honda öffnete das Kästchen; drinnen lag ein herrlicher Perlenring.

»Wirklich, an dergleichen hätte ich nicht gedacht. Danke, dafür, daß Sie mich daran erinnern. Und was schulde ich Ihnen?«

»Ja, hören Sie... Nichts natürlich. Ich habe bei Itsuis gesagt, man solle Ihnen für die Audienz etwas besorgen. Sicher hat der Chef diesen Ring einem Japaner abgehandelt. Also kein Grund, irgendwelche Bedenken zu haben.«

Honda verstand es denn auch so, daß er unter solchen Umständen nach dem Preis besser nicht weiter fragte. Da er die Firma Itsui nicht mit seinen Privatdingen belästigen mochte, würde er dem Leiter der Niederlassung den Ring auf jeden Fall bezahlen; andererseits wollte er, da Hishikawa gewiß eine ordentliche Provision draufschlagen würde, auch wirklich nur den eigentlichen Preis begleichen.

»Nun, so nehme ich diese Freundlichkeit gern an.« Honda erhob sich, und während er das Etui in die Tasche jenes Jacketts schob, das er anziehen würde, fragte er beiläufig: »Wie lautet eigentlich der persönliche Name der Prinzessin?«

»Sie heißt Prinzessin Chantrapa. Prinz Pattanadid soll ihr, wie man sich erzählt, als seiner jüngsten Tochter den Namen einer Verlobten gegeben haben, die ihm vor langem durch den Tod entrissen wurde. Chantrapa oder Ying Chan bedeutet soviel wie ›Glanz des Mondes‹, und tatsächlich ist sie ja – wie die Engländer sagen – ›lunatic‹ oder wahnsinnig geworden«, erklärte Hishikawa triumphierend.

3

Unterwegs zum Rosenpalais sah Honda durch die Scheiben des Autos eine Kolonne junger Leute von der Yuwachon-Bewegung vorbeimarschieren, die in ihrer khakifarbenen Uniform, wie es hieß, die Hitlerjugend imitierte. Hishikawa neben ihm bemerkte mürrisch, neuerdings bekomme man in der Stadt tatsächlich nur selten amerikanischen Jazz zu hören; der Nationalfaschismus des Ministerpräsidenten Pibul scheine Wirkung zu tun.

Doch das waren Veränderungen, wie sie Honda bereits von Japan her kannte. Was allzusehr sich selbst überlassen bleibt, erreicht schließlich, so wie sich Wein allmählich in Essig und Milch in Joghurt verwandelt, seinen Sättigungsgrad, transmutiert unter den verschiedenen natürlichen Einwirkungen. Die Menschen hatten lange Zeit mit dem Entsetzen über ein Unmaß an Freiheiten und fleischlichen Begierden gelebt. Und nun die Frische des ersten Morgens, nachdem man dem Alkohol entronnen war. Stolze Empfindung, nur mit Wasser auszukommen... Diese neuartige Lust begann die Leute mitzureißen. Und wozu dergleichen führen konnte, das zu begreifen war für Honda nicht eben schwierig. Es war seine Überzeugung, die er sich aufgrund von Isaos Tod gebildet hatte: daß aus dem Lauteren oft genug ein Böses folgt.

»Weit unten im Süden... diese glühende Hitze... und in der Sonne die Rosen des südlichen Landes...«

Plötzlich hörte Honda noch einmal jene Worte, die der betrunkene Isao zwei Tage vor seinem Tod im Schlaf gemurmelt hatte. Und jetzt, acht Jahre später, eilte er zum Rosenpalais, um Isao wiederzubegegnen.

Eine freudige Hoffnung, ein Warten wie auf einen Regenschauer, der den heißen, ausgedörrten Boden durchfeuchten sollte.

In sich auf eine solche Regung zu stoßen, gab Honda ein Gefühl, als stünde er unvermittelt seinem eigenen wahren Ich gegenüber. In jungen Jahren hatte er manchmal Unruhe und Trauer, oder aber rationale Klarheit für sein Wesen gehalten; doch das Eigentliche war keines davon gewesen. Als er damals von Isaos *Seppuku* gehört hatte, war es nicht so sehr ein schneidender Kummer, als vielmehr tief in seinem Inneren die dumpfe Schwere einer gewissen Frustration gewesen, die sich mit der Zeit indessen in die frohe Erwartung einer Wiederbegegnung verwandelt und ihm gleichzeitig den Eindruck vermittelt hatte, es seien damals alle menschlichen Empfindungen von ihm abgefallen. Ja, vielleicht drückte sich sein wahres Wesen in einer nicht mehr dieser Welt angehörenden, überwältigenden Freude aus. Entging er doch als einziger dem Abschiedsschmerz, dem andere nicht zu entgehen vermochten.

»Weit unten um Süden... diese glühende Hitze... und in der Sonne die Rosen des südlichen Landes...«

... Das Auto hielt vor einem anmutigen Tor, hinter dem ein mit Rasen bewachsener Vorhof lag. Hishikawa stieg als erster aus, um der Wache mit einigen Worten in der Landessprache die Visitenkarten zu überreichen.

Honda, noch im Wagen, sah durch den Zaun, durch die abwechselnd im Rauten- und Pfeilfedermuster gebogenen Eisenstäbe hindurch, wie die flache Rasenfläche in aller Gemächlichkeit die grellen Sonnenstrahlen schluckte und auf der Wiese einige mit weißen und gelben Blüten besteckte Büsche ihre rundgeschnittenen Silhouetten darboten.

Dann führte ihn Hishikawa durch das Tor zum Palais.

Um als solches zu gelten, war das einfache, zweigeschossige Gebäude unter dem Schieferdach, bemalt mit inzwischen verblichener Farbe wie von gelben Rosen, freilich zu klein. Einen Teil der Fassade verdunkelte ein daneben hoch aufgeschossener Mimosenbaum mit seinen dichten, schwarzen Schatten; im übrigen verlieh das lehmige Gelb der Mauern dem daraufliegenden Schein der allzu grellen Sonne eine gewisse Schwermut.

Während sie über den kurvigen, vom Rasen eingefaßten Weg auf das Palais zugingen, war nirgends jemand zu sehen. Sich auf solche Weise einer übersinnlichen Freude zu nähern, das hatte etwas von knirschenden Fangzähnen und triefendem Geifer an sich, und Honda meinte, die Klauen eines Tieres wahrzunehmen, das sich, seinen Fußspuren nach, durch den Dschungel anschlich. Ja, nur für diese Freude war er geboren.

Das Rosenpalais schien eingesponnen in seinen eigenen, hartnäckigen und kleinen Traum. Der äußere Eindruck des kastenförmigen Gebäudes, ohne Ecktürme, ohne ein Mittelrisalit, verstärkte diese Vorstellung noch. Im Erdgeschoß gab es so viele bis zum Boden herabgezogene Fenster, daß man nicht sofort erkannte, welches eigentlich die Eingangstür war. Jedes der Fenster bestand aus einem mit geschnitzten Rosen ausgefüllten Holzpaneel und gelben, grünblauen und indigofarbenen Buntglasscheiben, die darüber im Rautenmuster aufstiegen und zwischen denen nochmals kleinere violette Scheiben in Form fünfblättriger Rosen nach vorderorientalischer Manier saßen. Sämtliche Fenster standen zum Hof hin halb offen.

Im Obergeschoß befanden sich nur in der Mitte über einem Lilienfries drei hohe Fenster nach Art einer Trias, auch sie geöffnet und rechts und links mit Rosenschnitzereien verziert.

Da die mit drei steinernen Stufen versehene Eingangstür ebenfalls bis zum Boden verglast war, versuchte Honda, noch ehe Hishikawa auf den Klingelknopf gedrückt hatte, indiskreterweise einen Blick durch eine der kleinen violetten Scheiben ins Innere zu werfen. Drinnen war alles von einem dunklen Purpurblau wie auf dem Grund des Meeres.

Die Glastür ging auf, und eine alte Dame erschien. Honda und Hishikawa nahmen ihre Hüte ab. Auf das flachnasige, braune Gesicht unter dem weißen Haar trat das den Thailändern eigene freundliche Lächeln. Doch war dieses Lächeln lediglich die Begrüßung; eine Bedeutung darüber hinaus hatte es nicht.

Hishika und die alte Dame wechselten einige Worte auf siamesisch. Nichts ließ erkennen, daß hinsichtlich der vereinbarten Audienz Schwierigkeiten aufgetaucht wären.

Schon hier in der Eingangshalle waren einige Stühle aufgereiht, zu wenige freilich, als daß man von einem Foyer hätte sprechen können. Hishikawa überreichte der alten Dame ein Päckchen, das sie, die Hände aneinandergelegt, mit Dank entgegennahm. Sie öffnete die Mitteltür und führte die beiden unverzüglich in den großen Audienzsaal.

Im Vergleich zu der vormittäglichen Hitze draußen war die hier gestaute, von einem leichten Schimmelgeruch erfüllte Kühle geradezu angenehm. Die Herren wurden aufgefordert, auf rot und goldenen chinesischen Stühlen mit geschnitzten Löwen an den Beinen Platz zu nehmen.

Während sie auf das Erscheinen der kleinen Hoheit warteten, ließ Honda seine Blicke gründlicher über die Inneneinrichtung des Palais schweifen. Nichts, außer dem leisen Flügelgesirr von Fliegen, war zu hören.

Zwischen Saal und Fenstern lief ringsum ein Arkadengang, Stütze eines Mezzaningeschosses; nur in der Mitte vor dem Thronsessel waren von den Arkaden herab dicke, schwere Vorhänge drapiert, während darüber an der Stirnseite des Mezzanins ein Porträt Chulalongkorns des Großen hing. Die korinthischen Arkadensäulen waren blau bemalt, ihre aufsteigenden Kanneluren mit einer Paste aus Goldstaub ausgestrichen; an den Kapitellen hatten goldene Rosen im orientalischen Stil den Akanthus ersetzt.

Das Rosenmotiv war durch den ganzen Palast beharrlich wiederholt. Die von weißen, mit Gold bemalten Profilen eingefaßte Mezzaninbalustrade bestand ausschließlich aus durchbrochen gearbeiteten goldenen Rosen. Selbst den riesigen Kronleuchter, der in der Mitte des Saales von der hohen Decke herabhing, umgab ein Kranz aus goldenen und weißen Rosen. Und blickte man zu Boden, so hatte auch der tiefrote Teppich ein Rosenmuster.

Einzig die beiden monströsen, vor dem Thronsessel aufgerichteten Elefantenstoßzähne, einem Paar weißer Sichelmonde gleichend, die aufeinander zu gebogen waren, bildeten einen traditionell thailändischen Dekor; mit einer leicht gelblichen Tönung schimmerte das hochpolierte Elfenbein aus der den prächtigen Thron umhüllenden Dunkelheit hervor.

Daß nur die auf den Vorhof hinausgehenden Fenster bis zum Boden herabgezogen waren, hatte Honda erst nach dem Eintreten bemerkt. Die auf den rückwärtigen Garten blickenden Fenster befanden sich zwar hinter dem Arkadengang, doch waren es, wie er an den offenstehenden Scheiben feststellte, Fenster mit einem Sockel in normaler Brusthöhe. Da dies die Nordseite war, wehte von dort eine frischere Brise herein.

Sein Blick war wie von ungefähr in diese Richtung gewandert, als er plötzlich eine dunkle Gestalt gewahrte, die sich in einen der Fensterrahmen schwang, und ein Schauder überlief ihn. Es war ein grünschimmernder Pfau. Er hatte sich auf das Fenstergesims niedergelassen und reckte den geschmeidigen, grüngolden funkelnden Hals. Auf dem stolzen Kopf die in Silhouette erscheinende Federkrone aufgeschlagen wie ein zierlicher Fächer...

»Wie lange will man uns eigentlich noch warten lassen?« murmelte Honda mit einigem Unwillen Hishikawa ins Ohr.

»So ist das immer. Hat keine besondere Bedeutung. Und schon gar nicht haben sie die Absicht, ihre Autorität dadurch zu steigern, daß sie warten lassen. Wie Sie ja inzwischen wissen: in diesem Land darf man nichts mit Eile betreiben. Zu Zeiten etwa des Königs Uchirad, eines Sohnes Chulalongkorns des Großen, pflegte Majestät erst im Morgengrauen das Lager aufzusuchen, sich aber dafür nicht vor Nachmittag zu erheben, so daß aus Trägheit und Müßiggang Tag und Nacht vertauscht wurden und selbst der Herr Hofkanzler von Amts wegen erst nachmittags um vier im Palast vorsprach, um in aller Morgenfrühe heimzukehren. Vermutlich ist das in den Tropen genau das richtige. Man vergleicht die Schönheit der Menschen hier mit der Schönheit von Früchten – nun ja, Früchte müssen in Trägheit reifen, um schön zu werden; fleißige Früchte, wenn es sie gäbe, brächten es da zu nichts.«

Der geflüsterten, aber wie stets umständlichen Rede Hishikawas müde, begann Honda den Kopf zurückzuziehen, mit dem Erfolg, daß er nun dem Atem des nachdrängenden Hishikawa auszuweichen hatte. Im selben Augenblick erschien die alte Dame von zuvor wieder und legte die Hände aneinander, so ihrer beider Aufmerksamkeit erheischend.

Vom Fenster mit dem Pfau her waren scharf zischende Stimmen zu hören, womit allerdings kein heroldsmäßiger Achtungsruf gemeint war, vielmehr schien man auf diese Weise den Vogel zu verjagen. Geräuschvoll flatternd verschwand der Pfau aus dem Fenster. Dann sah Honda an ebendieser Nordseite zwischen den Säulen drei weitere betagte Damen auftauchen. Eine hinter der anderen, dazwischen einen wohlbemessenen Abstand, kamen sie allmählich näher. Die Prinzessin – bemerkte er jetzt – wurde von der vorausschreitenden Hofdame an der Hand geführt; ihre andere Hand spielte mit einem Kranz aus weißen Jasminblüten. Als die kleine, siebenjährige Prinzessin Mondglanz zu einem vor den Elefantenzähnen stehenden, etwas größeren chinesischen Stuhl geleitet wurde, warf sich die Empfangsdame unverzüglich auf die Knie, wohl weil sie von niederem Rang war, und neigte den Kopf bis fast auf den Boden: eine Ehrenbezeigung, die man hierzulande *krab* nannte.

Die erste der betagten Hofdamen, den Arm um die Prinzessin gelegt, nahm mit ihr auf dem chinesischen Stuhl in der Mitte Platz; die anderen setzten sich nach rechts anschließend auf kleinere Stühle, und zwar so, daß die dritte Hofdame neben Hishikawa zu sitzen kam. Die Empfangsdame hatte sich inzwischen entfernt.

Hishikawas Beispiel folgend erhob sich Honda, machte eine tiefe Verbeugung und ließ sich wieder auf dem rot und goldenen chinesischen Stuhl nieder. Die Hofdamen mochten eine wie die andere nahe siebzig sein, und ihm schien, sie hielten die Prinzessin eher gefangen, als daß sie ihr aufwarteten.

Gekleidet war die kleine Hoheit nicht in den altmodischen *Panun*, vielmehr trug sie eine weiße, goldbestickte Bluse nach westlichem Schnitt, dazu etwas Rockartiges aus bedrucktem Thai-Kattun, das dem malaiischen *Sarong* ähnelte, hier aber *Passin* hieß, und an den Füßen rote, mit Gold verzierte Schuhe. Ihr Haar war zu dem landesüblichen Bubikopf geschnitten; der

Überlieferung zufolge eine Frisur, wie sie einst die tapferen Mädchen aus der Stadt Khorat trugen, als sie in männlicher Verkleidung gegen das eingedrungene Heer der Kambodschaner kämpften.

Ihre in Wahrheit lieblichen, klugen Gesichtszüge ließen durchaus nichts von Wahnsinn erkennen. Die großen schwarzen Augen waren fest auf die Besucher gerichtet, und in den schmalen, wohlgeformten Brauen und Lippen lag etwas so Würdevolles, daß sie, vielleicht auch durch den kurzen Haarschnitt, wie ein Prinz wirkte. Ihre Haut war von einer ins Gold gehenden Bräune.

Audienz oder nicht – sobald Honda und Hishikawa ihr die Ehre erwiesen hatten, ließ die kleine Prinzessin ihre Beine vom Stuhl herunterbaumeln, hielt den Jasminkranz verspielt in beiden Händen und wisperte, indem sie starr zu Honda herübersah, der ersten Hofdame etwas zu, was diese ihr mit einem knappen Wort verwies.

Nun wurde das violettsamtene Etui mit dem Perlenring, das Honda auf ein Zeichen Hishikawas hin aus der Tasche geholt hatte, der dritten Hofdame überreicht; bis es, durch die Hand der zweiten, dann der ersten Hofdame zur Prinzessin gelangte, entstand eine Pause, während der im Saal die Hitze zuzunehmen schien. Und da die erste Hofdame das Kästchen zunächst eingehend prüfte, war die Prinzessin schließlich der kindlichen Freude beraubt, es mit eigener Hand zu öffnen.

Achtlos ließ sie den Jasminkranz aus ihren schönen braunen Fingern gleiten und nahm den Ring, und für eine Weile ruhten ihre Blicke unverwandt auf den Perlen. Als dieses ungewöhnliche Verharren, aus dem weder Ergriffenheit noch Apathie erkennbar wurde, allzu lange andauerte, wollte Honda hierin schon ein Anzeichen für den Wahnsinn der Prinzessin vermuten. Da flog plötzlich wie Schaum auf dem Wasser ein Lächeln über ihr Gesicht. Die kindlich weißen, ein wenig unregelmäßigen Zahnreihen leuchteten auf. Honda war erleichtert.

Sie legte den Ring zurück in das Etui, das sie der ersten Hofdame in Verwahrung gab. Und nun zum ersten Mal sprach sie mit klarer und verständiger Stimme. Wie eine grüne Schlange im Mimosenbaum jetzt auf diesem, dann auf dem nächsten Ast aufschimmert, glitten ihre Worte nacheinander über die Lippen der drei Hofdamen, um zuletzt in Hishikawas Übersetzung das Ohr Hondas zu erreichen. Die Prinzessin hatte »Danke schön!« gesagt.

»Ich hege«, bat Honda Hishikawa sinngemäß zu dolmetschen, »seit langem die tiefste Verehrung für das thailändische Königshaus; auch meine ich annehmen zu dürfen, daß Eure Hoheit Japan gegenüber freundschaftlich gesonnen sind, und werde mir daher, falls es genehm ist, erlauben, nach der Rückkehr in meine Heimat eine japanische Puppe zu übersenden.«

Das von Hishikawa formulierte Siamesisch war noch relativ kurz; doch während die dritte, dann die zweite Hofdame diese Sätze weitervermittelte, wurden die Silben der einzelnen Wörter allmählich länger und zahlreicher, und was die erste Hofdame schließlich der Prinzessin vortrug, war eine schier endlose Rede.

Auf dieselbe Weise, von einem schwärzlich gerunzelten Mund zum anderen, so daß unterwegs jeder Glanz des Gefühls verlorenging, kam die Antwort der Prinzessin zu ihm zurück. Es war, als hätten die drei aus diesen Worten den jugendlich lebendigen Nährstoff gesogen und würden ihm lediglich die ihren künstlichen Gebissen unverträglichen Überreste vermitteln: »Ihre Hoheit erklärt, daß sie das freundliche Anerbieten Herrn Hondas gern akzeptieren werde.«

Hierauf geschah etwas Seltsames.

Eine kurze Unaufmerksamkeit der ersten Hofdame ausnutzend, sprang die Prinzessin von ihrem Stuhl, kam die etwa zwei Meter herübergelaufen und umklammerte Hondas Hosenknie; erschrocken stand Honda auf. Die Prinzessin weinte und rief etwas mit lauter Stimme, ohne von ihm zu lassen und am ganzen Leib zitternd. Honda beugte sich zu ihr hinab, und während sie weiter schrie und schluchzte, wagte er ihre schmalen Schultern mit beiden Händen zu umfassen.

Die betagten Hofdamen hatten, da sie die Prinzessin ja nicht gewaltsam von ihm losreißen konnten, die Köpfe zusammengesteckt, besorgt wisperten sie miteinander und beobachteten aufmerksam die Szene.

»Was sagt sie? So dolmetschen Sie doch schnell!« herrschte Honda den benommen dastehenden Hishikawa an.

Und mit schriller Stimme übersetzte dieser: »Herr Honda! Herr Honda! Ich bin so froh, daß Sie endlich gekommen sind!

Seit fast acht Jahren habe ich auf dieses Wiedersehen gewartet, um mich dafür zu entschuldigen, daß ich gestorben bin, ohne Ihnen vorher ein Wort davon zu sagen und, obwohl Sie sich so sehr für mich eingesetzt hatten. Zwar habe ich, wie Sie sehen, die Gestalt einer thailändischen Prinzessin, aber in Wirklichkeit bin ich Japanerin. Und da ich mein voriges Leben dort verbracht habe, ist Japan meine eigentliche Heimat. Bitte, Herr Honda, lassen Sie mich mit Ihnen nach Hause, nach Japan reisen!«

Als man schließlich die Prinzessin zu ihrem Stuhl zurückgeführt und die anfängliche, feierliche Form der Audienz wiederhergestellt hatte, spürte Honda, während er nun aus der Ferne auf das schwarze Haar der sich weinend an die Hofdame anschmiegenden Prinzessin sah, noch immer die Wärme und den Duft des Kindes an seinen Knien.

Die Hofdame erklärte, man wünsche, da sich die Prinzessin nicht wohl fühle, die heutige Audienz hiermit zu beenden, worauf Honda durch Hishikawa darum bitten ließ, ihm wenigstens zwei kurze Fragen zu gestatten, deren erste wie folgt laute: »In welchem Jahr und welchem Monat war es, daß Matsugae Kiyoaki und ich, während wir uns auf der Teichinsel auf dem Anwesen der Matsugaes befanden, vom Besuch der Äbtissin des Gesshūji-Tempels erfuhren?«

Sowie ihr diese Frage übermittelt wurde, hob die Prinzessin, beinahe ein wenig verdrossen, ihr verweintes Gesicht, das sie auf den Schoß der ersten Hofdame gelegt hatte, und indem sie sich eine von den Tränen festgeklebte Haarsträhne zurückstrich, sagte sie ohne jedes Zögern: »Im Oktober 1912.«

Honda war insgeheim erstaunt, wiederum aber nicht sicher, ob im Herzen der Prinzessin die Ereignisse aus bereits zwei früheren Existenzen tatsächlich derart genau und in ihrer ursprünglichen Form, sozusagen wie auf einer winzigen Bilderrolle, aufgezeichnet waren. Auch aus dem zuvor Geäußerten, nämlich Isaos Entschuldigung für seine Unhöflichkeit, hatte er nicht herauszuhören vermocht, ob dies alles auf einer detaillierten Kenntnis der Hintergründe beruhte. Und wirklich war der Prinzessin selbst die exakte Datumsangabe völlig unbeteiligt von den Lippen gegangen, gleichsam als wäre sie ihr eben erst eingefallen.

Nun stellte Honda seine zweite Frage: »In welchem Jahr und Monat, an welchem Tag wurde Iinuma Isao verhaftet?«

Die Prinzessin machte einen Eindruck, als beginne sie allmählich zu ermüden, überlegte jedoch nicht, sondern erwiderte sofort: »Am 1. Dezember 1932.«

»Genug damit!« sagte die erste Hofdame und ließ erkennen, daß sie die Prinzessin zum Aufbruch zu drängen gedachte.

Die Prinzessin indessen hüpfte plötzlich in die Höhe, stellte sich, ohne die Schuhe abzustreifen, auf den Stuhl und rief Honda mit gellender Stimme etwas zu. Leise tadelnd wies die Hofdame sie zurecht. Die Prinzessin schrie um so lauter und packte die Hofdame bei den Haaren. Aus dem Gleichklang dessen, was sie schrie, war zu schließen, daß sie denselben Satz ein um das andere Mal wiederholte. Die zweite und die dritte der Hofdamen eilten hinzu und versuchten, sie an den Armen festzuhalten, worauf die Prinzessin in ein wütendes Weinen ausbrach, daß es von der hohen Decke des Saales widerhallte. Zwischen den nach ihr haschenden Händen der betagten Damen ließ die Prinzessin ihre an Anmut wie an Schnelligkeit weit überlegenen Kinderarme bald hier, bald da hervorzucken, um zwickend zuzustoßen. Unter Schmerzensgeschrei wichen die alten Frauen zurück, und das Geheul der Prinzessin verursachte ein immer lauteres Echo.

»Was hat das zu bedeuten?«

»Die Prinzessin sagt, sie möchte, wenn sie übermorgen eine Ausfahrt zum Bang Pa In unternimmt, daß Sie, Herr Honda, sie unbedingt zu diesem ländlichen Palast begleiten. Und die Hofdamen wollen das verhindern. Ein hübsches Schauspiel, nicht wahr?« meinte Hishikawa.

Es kam zur Verhandlung zwischen Prinzessin Ying Chan und den Hofdamen. Schließlich nickte die Prinzessin und hörte zu weinen auf.

Schweratmend und während sie ihr Gewand ordnete, verkündete die erste Hofdame, diesmal direkt an Honda gerichtet: »Übermorgen wird sich Ihre Hoheit im Wagen zum Landschloß Bang Pa In begeben. Hierzu geruht sie die beiden Herren einzuladen und hofft sehr, daß Sie dem Folge leisten. Da wir dort zu Mittag speisen werden, belieben Sie bitte, sich vormittags um neun Uhr am Rosenpalais einzufinden.«

Diese mit aller Förmlichkeit ausgesprochene Einladung wurde von Hishikawa unverzüglich für Honda übersetzt.

Auf der Rückfahrt im Wagen redet Hishikawa unausgesetzt und ohne irgendwelche Befangenheit auf den in Gedanken versunkenen Honda ein. Daß dieser Mensch, der sich sonst als Künstler gebärdete, so wenig Rücksicht auf die Gefühle anderer nahm, zeugte von einer Sensibilität, wie sie eine abgenutzte Zahnbürste haben mochte. Hätte Hishikawa dergleichen delikate Umgangsformen für eine typisch spießbürgerliche Schwäche gehalten, würde das einer gewissen Logik nicht entbehrt haben; doch war er stolz darauf, durch seine Tätigkeit als Führer, von der er lebte, gerade in dieser Hinsicht einen feinen Spürsinn entwickelt zu haben.

»Ihre beiden Fragen vorhin waren, fand ich, vortrefflich. Wenn ich auch keine Ahnung habe, worum es sich eigentlich handelte – nachdem die Prinzessin jene überraschende Vertraulichkeit an den Tag gelegt hatte, als wäre sie sozusagen eine Wiedergeburt Ihres Bekannten, schien es Ihnen ja wohl um eine Art Test zu gehen. Oder sollte ich mich getäuscht haben?«

»Keineswegs«, erwiderte Honda gleichgültig.

»Und waren die Antworten denn richtig?«

»Nein.«

»Aber vielleicht wenigstens eine davon?«

»Leider nicht. Sie waren beide falsch«, log Honda in einem abfälligen Ton, und die sich darin ausdrückende Hoffnungslosigkeit verschleierte die Lüge nur um so mehr, so daß Hishikawa sie laut lachend für die Wahrheit nahm.

»Wirklich? Also völlig danebengeraten, wie? Und dabei brachte sie die Daten mit so vollendeter Ernsthaftigkeit vor. Hat ihr aber nichts geholfen. Der ganzen Wiedergeburtsgeschichte fehlt eben die Überzeugungskraft. Andererseits war es freilich auch von Ihnen einigermaßen boshaft. Diese niedliche kleine Prinzessin aufs Glatteis zu führen wie irgendeinen Wahrsager an der Straßenecke! Nun ja, das menschliche Leben hat letzten Endes nichts Geheimnisvolles an sich. Der Kunst allein ist das Mysterium vorbehalten; einfach deshalb, weil es ihr das ›gewisse Etwas‹ zu geben vermag.«

Und abermals war Honda bestürzt über den verbohrten

Rationalismus dieses Mannes. Er bemerkte einen roten Schatten draußen vorm Wagenfenster und blickte hinaus. Da war ein Flußlauf. Und auf dem Deich zwischen der Reihe der Rotpalmen mit ihren flammenfarbenen Stämmen entdeckte er über und über mit rauchig scharlachroten Blüten besteckte Phönixbäume. Um ihre Zweigspitzen waberte die Hitze.

Honda überlegte, wie er es anstellen könnte, ohne Hishikawas Begleitung nach Bang Pa In zu gehen. Auch wenn er dann keinen Dolmetscher hätte.

4

Hondas Plan, bei der Fahrt nach Bang Pa In Hishikawas Dabeisein nach Möglichkeit zu vermeiden, realisierte sich aufs müheloseste gerade dadurch, daß dieser ihn seine Unentbehrlichkeit erst recht fühlen lassen wollte und erklärte: »Offen gestanden behagt es mir gar nicht, mit der verrückten Prinzessin auch noch einen Ausflug zu machen, aber wenn ich nicht mitginge, wären Sie es, der darunter zu leiden hätte. Die alten Hofdamen sprechen schließlich kaum ein Wort Englisch.« Brauchte Honda ihm doch nur zu entgegnen, oh, er verstehe durchaus, welche Mühsal die Dolmetscherei bedeute, und für einen halben Tag wenigstens werde er, Honda, sein Vergnügen daran haben, das unverständliche Siamesisch einmal wie Musik an seinen Ohren vorüberrauschen zu lassen. Dabei wiegte er sich in der Hoffnung, die Beziehungen zu Hishikawa hätten sich auf diese Weise für immer erledigt.

Der schönen Stunden dieser Ausfahrt sollte sich Honda später noch oft erinnern.

Da die befahrbaren Straßen auf halbem Wege endeten, wurde die restliche Strecke auf einem palastähnlichen, prächtigen Hausboot zurückgelegt; und während man auf diesem dahintrieb und der Fluß und die bewässerten grünen Reisfelder ringsum gingen ineinander über, erhoben sich plötzlich irgendwo in den Feldern aus mittäglicher Ruhe die Wasserbüffel, und es glänzten ihre schlammbedeckten Buckel. Einmal glitt das Boot an einem nicht eben hohen Wäldchen vorbei, und die Prinzessin jauchzte über die vielen Eichhörnchen, die in den Bäumen am Ufer auf und ab kletterten. Ein anderes Mal war eine kleine grüne Schlange zu sehen, die sich im Untergehölz von Ast zu Ast schwang.

Hier und da ragten aus dem Dschungel strahlend goldene Stupas hervor, an denen das Blattgold offenbar aus Spenden der Gemeindemitglieder regelmäßig erneuert wurde. Honda wußte, daß dieses Blattgold in Japan hergestellt und in großen Mengen nach Thailand eingeführt wurde.

Besonders prägte sich ihm ein, wie Prinzessin Mondglanz, sonst während dieser Schiffsreise von einer kindlich fröhlichen Ausgelassenheit, für eine Weile, ans Dollbord gelehnt und völlig reglos, in die Ferne starrte. Die Hofdamen schienen an dergleichen gewöhnt; ohne davon Notiz zu nehmen, unterhielten sie sich weiter kichernd und im Flüsterton, wohingegen Honda sofort bemerkte, worauf der Blick der Prinzessin gerichtet war. Nie sollte er das vergessen.

Aus der Ebene quoll eine große Wolke herauf, die sich vor die Sonne schob. Da die Sonne schon hoch im Zenit stand, mußte die Wolke, um sie zu verdecken, ihre mächtigen, langen Fühler weit ausstrecken. Und nur, um sich über die Sonne zu werfen, zog diese schwarze Wolke überhaupt herauf. Doch gelang ihr das lediglich mit knapper Not. Zwar bedeckte ihr oberer, in den blauen Himmel ragender Teil zuletzt tatsächlich die Sonnenscheibe; aber er leuchtete erst recht von den glühenden Strahlen auf und widersprach so dem unheildrohenden Schwarz der Wolke. Und es war nicht nur das. Weil sie sich allzu gewaltsam gestreckt hatte, zeigten sich im unteren Teil der schwarzen Wolke Risse, durch die aus der Tiefe unaufhaltsam das Licht strömte. Wie aus einer großen Wunde ungehindert das lichthelle Blut aufschießt.

Draußen die Ebene war mit niedrigem Dschungel überzogen. Sein vergleichsweise naher vorderer Rand, vom Licht aus den Wolkenrissen strahlend beschienen, erglänzte in einem überirdischen Grün. Über dem ferneren Dschungel dagegen ging aus dem unteren Saum des schwarzen Gewölks ein wie Nebel dampfender Schauer nieder. Fein wie Pilzfäden hingen die Regenschwaden herab, verhüllten mit ihrem Geflecht den düsteren Dschungel. Und nur auf diesen Teil des Dschungels, der für das

Auge bis tief in die ferne Ebene hineinreichte, senkten sich die Pilzfäden herab, schienen diese Regenstreifen, die klar zu erkennen waren, unter dem von der Seite kommenden Wind deutlich hin und her zu schwanken. Der Schauer war auf diese eine Stelle fixiert, er war gefangen.

In diesem Augenblick begriff Honda plötzlich, was die Prinzessin sah.

Sie sah gleichzeitig Zeit und Raum. Jener entfernte Raum unter dem Regenschauer gehörte in Wahrheit entweder einem Zukünftigen oder einem Vergangenen an, beide jedenfalls von hier aus mit Augen nicht faßbar. Selbst aber unter einem gegenwärtig heiteren Stück Himmel zu stehen und die Regenzone so klar vor sich zu sehen, das bedeutete: Simultaneität verschiedener Zeiten, Simultaneität verschiedener Räume. Die Regenwolke gewährte einen flüchtigen Blick auf die Diskontinuität der Zeit, die ferne Distanz einen ebensolchen auf die Diskontinuität des Raumes. Mit anderen Worten: es waren die durch diese Welt gehenden Risse, auf die die Prinzessin so unverwandt starrte.

Dabei fuhr ihre kleine und feuchte, pfirsichfarbene Zunge (hätten es die Hofdamen bemerkt, wäre sie auf der Stelle ausgescholten worden) mit zärtlicher Hingabe über die Perlen an dem Ring, den ihr Honda verehrt hatte. Und das auf eine Weise, als verbürgte sich die kleine Hoheit mit dieser Geste für das so wunderbar Geoffenbarte.

Bang Pa In.

Ein Name, der Honda für immer unvergeßlich blieb.

Die Prinzessin wollte unbedingt an seiner Hand gehen, und obwohl die Hofdamen das mit einem Runzeln der Brauen quittierten, ließ sich Honda von der mit allem wohlvertrauten kleinen Person führen, wohin ihn die ein wenig feuchten, zierlichen Finger lenkten. Von einem Augenentzücken zum anderen spazierten sie durch den Park, zu einem chinesischen Landhaus, einem Pavillon im französischen Stil, einem Renaissancegarten, einem arabischen Turm.

Das Schönste war die Schwebende Halle, die inmitten eines großen, künstlich angelegten Teiches stand, gleichsam ein auf die Wasserfläche gesetztes Meisterstück des Kunstgewerbes.

An der zum Teich hinabführenden Treppe, die vom ansteigenden Wasser allmählich so überspült worden war, daß ihr unteres Ende unsichtbar in der trüben Tiefe lag, waren die im Wasser noch zu erkennenden weißen Marmorstufen vom Grün des Sumpfmosses gefärbt, auch Algen hatten sich darübergehängt, und überall saßen darauf kleine, silberne Luftbläschen. Gar zu gern hätte Prinzessin Mondglanz ihre Füße, ihre Hände eingetaucht, wurde aber von den Hofdamen immer wieder zurückgehalten. Honda verstand zwar nicht, was gesprochen wurde; indessen schien es, als hielte die Prinzessin diese Bläschen für ebensolche Perlen wie die am Ring und wollte sie auflesen, und nun stampfte sie wütend mit den Füßen.

Sowie jedoch Honda sie mit beschwichtigenden Gesten dazu einlud, setzte sie sich still neben ihn auf die Steinstufen und schaute mit ihm zu der Halle im Teich hinüber.

Offenbar wurde die Halle nicht als Tempelanlage, sondern lediglich für eine Rast während des Bootsvergnügens benutzt. Ein kleiner Pavillon, durch den man von allen Seiten hindurchsehen konnte und an dem sich ein wenig ausgeblichene, rötliche, gelbe Vorhänge im Wind blähten; dahinter war nur ein winziger und zudem völlig leerer Raum auszumachen.

Diesen kleinen Raum allerdings umstanden zahlreiche schlanke, mit Gold auf Schwarz bemalte Pfeiler, und zwischen den hoch hinaufreichenden Pfeilern schimmerten die Laubmassen am anderen Teichufer und der Himmel hervor, der ausgefüllt war mit Licht und mit brodelnden Wolken. Wenn man lange genug hinsah, war es wie beim Blick durch ein vertikal gehängtes Bambusrouleau: als hätte man eine wunderbare, aus ungewöhnlich langen Streifen zusammengesetzte Pleinairmalerei mit Wolken und Wald vor sich. Auch das Dach des Pavillons, wiewohl von der üblichen Art, besaß eine besondere Schönheit; goldgleißend stieg über den in sorgfältigem Rapport gelegten roten, gelben und grünen Ziegeln, über den vierfach gestaffelten Überdächern die schmale Spitze in den blauen Himmel auf.

Ob er schon damals im Anblick dieses Pavillons so empfunden, oder ob sich später erst in seiner Erinnerung Pavillon und Prinzessin Mondglanz unwillkürlich miteinander verschmolzen hatten, wußte Honda nicht zu sagen; die Halle in Teichesmitte jedenfalls, wie sie für immer in seinem Gedächtnis stand, behielt für ihn etwas von einer grazilen Tänzerin: die schlanken, schwarzgrundierten Pfeiler, der ebenholzfarbene und mit goldenem Filigranschmuck überreichlich behängte Körper und auf dem Kopf die spitze Goldkrone, so hatte sie sich für diesen einen Augenblick auf die Zehen erhoben.

5

Da Sprache nicht verfügbar war und auch der Versuch, sich über Absichten zu verständigen, vorsätzlich unterlassen wurde, konnte alles, was sich ereignete, beim Übergang ins Gedächtnis ohne die Dazwischenkunft irgendeines zusätzlichen Mittels, sondern einfach in seiner erlebten Gestalt zu einer Kette schöner, kleiner Bilder zusammenschießen, die ihrerseits in ebenso vielen, ebenso kleinen, mit kompliziertem Golddekor versehenen Rahmen steckten. Die dort draußen verbrachte Zeit war aufs innigste eingeflochten in das Malerische des Augenblicks. Schienen die Partikel fröhlicher Zeit eben noch im wildesten Wirbel durcheinanderzutanzen – die über die ins Wasser führenden Steinstufen hinab zu den Perlen ausgestreckte kindlich gerundete Hand der Prinzessin, die unschuldig feinen Furchen an ihren Fingern, auf ihrem Handteller, das kräftige Lackschwarz der ihr ins Gesicht gefallenen Haarsträhne, ihre geradezu melancholisch langen Wimpern, dazu auf der kleinen, dunklen Stirn der Widerschein des Wellengekräusels, flirrend wie Perlmutt auf schwarzem Grund –, gleich darauf schon war das alles, weil es zu ihrem Porträt in diesem einen Augenblick geworden, zur Ruhe gekommen. Und so tanzte nicht nur die Zeit, so tanzte auch die Luft über dem mittäglichen, vom Gesumm der Bienen erfüllten Park, es tanzten die Gefühle der kleinen Gesellschaft, während man sorglos umherschlenderte. Das schöne, den Korallen vergleichbare Innengerüst der Zeit lag offen zutage. Ja, jetzt war das ungetrübte Kinderglück der Prinzessin mit den Leiden und dem vergossenen Blut jener früheren Existenzen, die im Hintergrund ihres Glückes standen, eins geworden. Wie der blaue Himmel und das Regengewölk über dem fernen Dschungel, die sie unterwegs gesehen hatten.

Honda vermeinte sich im Augenblick so innerhalb der Zeit zu befinden, als stünde er in einem großen Saal, an dem man ringsum sämtliche Schiebewände entfernt hatte. Da war eine unendliche Weite, eine unendliche Freiheit, wie man sie sich in der gewohnten Behausung »Welt« nicht vorstellen konnte. Drüben standen dicht bei dicht in Reihen die schwarzen Pfeiler, und er meinte, seine Blicke, seine Stimme müßten durchdringen bis dorthin, wo sonst kein menschliches Gefühl mehr ankommt. Denn hinter diesen Ebenholzpfeilern des Saales, den die kindliche Glückseligkeit der Prinzessin so geweitet hatte, verbargen sich, wie bei einem Versteckspiel, Kiyoaki hinter jenem und Isao hinter diesem Pfeiler; ja, hinter jedem einzelnen Pfeiler verbargen sie sich, mit angehaltenem Atem, unauffällig angelehnt: die unendlich vielen Schatten all der Wiedergeburten...

Und die Prinzessin lachte. Genauer gesagt, ein Lächeln lag während des ganzen Ausflugs auf ihrem Gesicht, aber manchmal begann sich das Wellengekräusel ihres feuchten, hellroten Zahnfleisches plötzlich in ein großes Gewoge zu verwandeln, und dann wurde ein wirkliches Lachen daraus. Bei jedem solchen Lachen sah sie unfehlbar zu Honda auf.

Seit der Ankunft in Ban Pa In waren auf einmal auch die betagten Hofdamen ungenierter geworden, hatten jene steife Förmlichkeit abgelegt und kicherten und wisperten untereinander. Und als die Etikette erst vergessen war, blieb das Alter ihre einzige Anstandspflicht. Wie schrumpelige, boshafte Papageien ihre Schnäbel gemeinsam in einen Futterbeutel stecken, pickten sie an ihrem Betel, sie fuhren sich mit der Hand unter den Rock, um sich zu kratzen, wo es sie juckte; sie imitierten die Tänzerinnen, indem sie unter schrillem Gelächter quer zum Wege hüpften. Als eine der mumienhaften greisen Tänzerinnen, während ihr perückenartiges, weißes Haar über dem braunen Gesicht hell aufloderte in der Sonne, ihren vom Betelkauen rot verfärbten Mund lachend weit aufriß und, ihre Füße im Tanzschritt übereinandersetzend, die Ellbogen ihrer seitwärts erhobenen Arme scharf abgewinkelt in die Höhe stieß, nahmen sich diese die dürren Knochen offenbarenden Armwinkel gegen den Hintergrund des mit leuchtenden Haufenwolken besetzten Himmels wie Teile eines Scherenschnittes aus.

Auf ein einziges Wort der Prinzessin gerieten die Hofdamen in

Aufruhr, umringten sie, und wie ein Wirbelwind waren sie, Honda einfach stehenlassend, mit ihr davon, was ihn zunächst verblüffte. Doch als er das Häuschen sah, auf das sie zustrebten, verstand er. Demnach verspürte die Prinzessin ein menschliches Bedürfnis.

Die Prinzessin mußte urinieren! Dies machte auf Honda einen überaus rührenden Eindruck. Zum ersten Mal geschah es, daß ihm, dem Kinderlosen, dem es also nur theoretisch vorstellbar war, er hätte eine kleine Tochter und es ereignete sich dergleichen, das körperlich Ergreifende eines so plötzlichen Dranges derart unmittelbar zum Erlebnis wurde. Und insgeheim wünschte er sich, er könnte, sofern das überhaupt anginge, Beistand leisten, könnte die weichen, braunen Schenkel der Prinzessin stützen und sie hochheben.

Zurückgekommen, sprach die Prinzessin für eine Weile aus Schamhaftigkeit kein Wort, sah auch Honda nicht an.

Nach dem Mittagsmahl wurde im Schatten der Bäume gespielt.

Was für ein Spiel nach welchen Regeln es war, begriff er nicht. Wieder und wieder sangen sie die gleiche monotone Weise dazu, ohne daß er den Sinn verstanden hätte.

In Erinnerung blieb ihm der Aufbau des Spiels: mitten auf einer von schattenspendenden Bäumen umgebenen Wiese, auf die durch das Laub der Äste grelle Lichtflecke fielen, stand die Prinzessin; um sie hatten sich, je nach Laune mit angezogenen oder unterschlagenen Beinen, die drei Hofdamen niedergelassen. Eine von ihnen, obgleich sie allem Anschein nach im Sitzen am Spiel beteiligt war, rauchte dabei ihren in ein Lotosblütenblatt eingerollten Tabak weiter. Eine zweite hielt in einem mit Perlmutt eingelegten Lackgefäß neben ihrem Schoß Wasser für die rasch durstige Prinzessin bereit.

Das Spiel hatte wahrscheinlich mit dem »Ramayana« zu tun. Wenn die Prinzessin, einen Zweig gleichsam als Schwert schwingend, in einer komischen Pose den Rücken krümmte und entschlossen den Atem verhielt, erinnerte das an den Affengott Hanuman. Sooft aber die Hofdamen unter Händeklatschen eine Strophe zu Ende gesungen hatten, nahm sie eine andere Haltung ein. Bog sie den Hals ein wenig, so ließ das an eine Blume denken, über die der Wind hinstreicht, oder an ein von Ast zu Ast springendes Eichhörnchen, das plötzlich mit geneigtem Kopf innehält. Sich völlig verwandelnd, wurde sie Prinz Rama. Ihr aus der weißen, mit Gold bestickten Bluse hervorschießender, überaus schlanker und dunkler Arm streckte das Schwert in die Höhe und wies, Ehrfurcht gebietend, zum Himmel hinauf. In diesem Augenblick strich eine Bergtaube dicht über sie hinweg, ihr Gesicht mit den Flügeln beschattend; die Prinzessin rührte sich nicht. Tatsächlich war es, wie Honda bemerkte, ein *Bodhi*-Baum, der sich hinter ihr erhob. Die breiten Blätter seiner üppigen Laubmassen, jedes an der Spitze eines langen Stengels schaukelnd, hingen wie Glöckchen übereinander und gaben bei jedem Windhauch ein leises Klingeln von sich. Auffällig die gelben Adern auf den einzelnen grünen Blättern: als hätten sie die Strahlen der tropischen Sonne in sich hineingesogen...

Der Prinzessin war heiß geworden. In einem ein wenig eigensinnigen Ton verlangte sie irgend etwas von den Hofdamen, woraufhin diese die Köpfe zusammensteckten. Schließlich erhoben sie sich und machten auch Honda ein Zeichen. Die Gesellschaft trat aus dem Schatten der Bäume. Da man bis zur Bootslände ging, glaubte Honda, man wolle die Rückfahrt antreten, doch dem war nicht so. Man rief den Bootsführer und befahl ihm, ein breites, schön bedrucktes Baumwolltuch herauszugeben.

Hierauf wanderte die kleine Gruppe an dem von den Luftwurzeln der Mangrovebäume überhangenen Ufer entlang und wählte einen vor fremden Augen möglichst geschützten Platz. Zwei der Hofdamen schürzten ihre Röcke und begaben sich mit jenem Tuch in den Fluß, um es an einer etwa hüfttiefen Stelle so auszuspannen, daß es gegen neugierige Blicke vom anderen Ufer abschirmte. Schließlich hob auch die dritte Hofdame ihren Rock und führte, während sich ihre alten, dünnen Schenkel auf den zitternden Wellen spiegelten, die nackte Prinzessin ins Wasser.

Die Prinzessin entdeckte irgendwelche Fischlein, die um die Mangrovewurzeln schwärmten, und jauchzte laut auf. Honda seinerseits, zunächst verwundert darüber, daß die Hofdamen taten, als wäre er überhaupt nicht da, meinte, das müsse wohl ebenfalls eine Art Anstandsregel sein und setzte sich auf eine Wurzel am Ufer, von wo aus er der Badenden still zuschaute.

Die Prinzessin hingegen hielt nicht im mindesten still. Ohne ihren etwas zu dicken, kindlichen Bauch auch nur zu bedecken, lachte sie inmitten der durch das Baumwolltuch fallenden Sonnenstreifen wieder und wieder zu Honda herüber; und wenn sie, weil sie die Hofdamen bespritzte, gescholten wurde, sprang sie mit um so wilderem Geplansche davon. Das Wasser war keineswegs klar, vielmehr hatte es das gleiche, ins Gold spielende Braun wie die Haut der Prinzessin. Aber wenn es, so trübe und schwer es wirkte, in Spritzern durch die vom Baumwolltuch gefilterte Sonne flog, waren auch das die herrlichsten und klarsten Tropfen.

Einmal hob die Prinzessin die Hände. Unwillkürlich heftete sich Hondas Blick auf die sonst vom Arm verdeckte Stelle an der linken Seite der flachen Kinderbrust. Die drei Leberflecke, die sich dort hätten befinden müssen, waren nicht da. Oder sie waren so hell, daß sie in der braunen Haut untergingen; er nutzte weiter hoffend jede Gelegenheit, um hinzustarren, so daß ihm die Augen weh taten davon. Allein...

6

Der Streitfall, mit dem Honda zu tun hatte, fand einen unverhofft glücklichen Abschluß dadurch, daß die Gegenseite, ihre wenig vorteilhafte Situation erkennend, die Klage plötzlich zurückzog. Honda hätte natürlich sofort nach Japan zurückkehren können, doch bot ihm das Handelshaus Itsui als Zeichen der Dankbarkeit eine Vergnügungsreise auf Firmenkosten und ganz nach seinen Wünschen an. Als er daher erklärte, er würde gern nach Indien gehen, erwiderte man ihm, dies werde wohl, angesichts der immer drohenderen Kriegsgefahr, die letzte Gelegenheit sein, und versprach ihm die beste Unterstützung durch die verschiedenen Itsui-Büros unterwegs. Honda betete im stillen, solche Hilfeleistung möge nur ja nicht einen neuen Hishikawa bedeuten.

Nachdem er den Seinen in Japan Mitteilung gemacht hatte, ergab er sich zunächst dem Vergnügen, die Verbindungen der lediglich mit einer Geschwindigkeit von fünf- oder sechsundzwanzig Stundenkilometern fahrenden indischen Zügen herauszusuchen und so seinen Reiseplan aufzustellen. Beim Blick auf die Landkarte freilich begriff er, daß die Plätze, die er zu besuchen gedachte, die Ajanta-Höhlen und das am Ganges gelegene Benares, eine geradezu schwindelerregende Zahl von Kilometern auseinander lagen. Dabei wurde die Magnetnadel seiner auf das Unbekannte gerichteten Phantasie von dem einen wie dem anderen mit derselben Macht angezogen.

Sein Vorhaben, Prinzessin Ying Chan zu einer Abschiedsvisite aufzusuchen, scheiterte an der lästigen Vorstellung, daß er dafür wieder Hishikawa um seine Dolmetscherdienste bitten müßte. So schützte er den angesichts der Abreise übergroßen Drang der Geschäfte vor und drückte seinen Dank für den Ausflug auf einem Bogen Hotelpapier aus, den er, entsprechend kuvertiert, unmittelbar vor dem Aufbruch durch einen Botenjungen zum Rosenpalais bringen ließ.

Hondas Indienfahrt war von größter Buntheit. Doch dürfte es genügen, wenn hier von den tiefgreifenden Erlebnissen eines in den Höhlen von Ajanta verbrachten Nachmittags und von den ihn im Innersten erschütternden Eindrücken in Benares berichtet wird. An beiden Plätzen sah Honda Dinge, die für sein Leben außerordentlich wichtig, ja, bestimmend wurden.

7

Seine Reiseroute führte ihn zu Schiff nach Kalkutta; zum sechshundertachtundsiebzig Kilometer von dort entfernten Benares würde er einen vollen Tag mit dem Zug unterwegs sein, von Benares nach Mogulsarai einen Wagen benutzen, nach Manmad, und zwar für zwei Tage, abermals den Zug, und im Auto sollte er schließlich Ajanta erreichen.

Zunächst aber Kalkutta. Es war in den ersten Oktobertagen, und soeben wurde mit großem Trubel das jährliche Durga-Fest gefeiert.

Die Göttin Kali, die volkstümlichste unter den zehntausenden hinduistischer Gottheiten und vor allem hier in Bengalen und in Assam hochverehrt, hat ähnlich wie ihr Gemahl, der Weltzerstörer Shiva, zahllose verschiedene Namen und Gestalten; und in einer dieser Verkörperungen ist sie Durga, eine weit sanftere Göttin als die recht blutgierige Kali. Ihr zu Ehren hatte man, in der heldischen Pose, in der sie die Gottheit der Wasserbüffel züchtigt, überall in der Stadt riesige Durga-Puppen mit den grimmigsten Brauen aufgestellt, die nachts zudem von gleißenden Lichtern angestrahlt wurden.

Kalkutta mit dem Kalighat-Tempel bildet das Zentrum des Kali-Kults; das Gedränge am Tempel pflegt daher während solcher Festtage über jedes vergleichbare Maß hinauszugehen. Honda nahm sich unverzüglich einen indischen Führer, um dieses Heiligtum aufzusuchen.

Das eigentliche Wesen der Göttin Kali ist *Shakti*, was im ursprünglichen Sinne »Vitalität« bedeutet. Diese Erd- und Muttergottheit, gestaltet entweder als die mütterlich Füllige, als die weiblich Verführerische, oder als die scheinbar dumpf Grausame, als eine in jeder Hinsicht allmächtige Göttin also, bringt, sieht man sie im Zusammenhang mit anderen weiblichen Gottheiten irgendwo in der Welt, deren Wesenheiten zur höchsten Entfaltung. Sie wird vorgestellt im Bild von Tod und Zerstörung, den wohl ursprünglichsten Zügen des *Shakti*; sie ist Ausdruck von Seuchen und Katastrophen, von all jenen Kräften der Natur, die dem, was nur irgend lebt, Tod und Untergang verheißen. Ihr Körper ist schwarz, ihr Mund rot gefärbt von Blut, und zwischen ihren Lippen schauen große Eckzähne hervor; mit einem Halsschmuck aus Totenschädeln und frisch abgeschlagenen Köpfen behängt, tanzt sie in ihrer Raserei auf dem erschöpft daliegenden Leib ihres Gemahls. Da diese nach Blut dürstende Göttin nach Belieben eine Seuche, eine Katastrophe heraufbeschwor, um ihren Durst zu stillen, wurde es unerläßlich, ihr zur Besänftigung beständig Opfer darzubringen. Und man sagte, ein Tigeropfer lösche den Durst der Göttin für hundert Jahre, ein geopfertes Menschenleben für ein Jahrtausend.

Es war ein schwül-heißer Regennachmittag, als Honda den Kalighat-Tempel besuchte.

Am Tempeltor, vom Regen durchnäßt, trafen die Scharen der Pilger einerseits und andererseits die Bettler, die sich ihnen, ein Almosen erheischend, in den Weg stellten, unter wildem Geschrei aufeinander. Der heilige Bezirk selber war außerordentlich eng; an der Gebetshalle ging man unter in der Menge, um das auf hohen Marmorsockeln ruhende Heiligtum begann ein Stoßen und Schieben, daß es einem den Boden unter den Füßen wegriß. Die regennassen Sockel glänzten zwar in um so schönerem Weiß, doch waren sie von lehmigen Füßen, die daran hochzuklettern versuchten, und davon, daß das zum Aufmalen des Segenszeichens auf die Stirn verwendete Zinnober herumspritzte, ockerfarben und rot beschmiert. Es glich das alles einer gewaltsamen Tempelschändung, und das trunkene Schreien und Drängen wollte kein Ende nehmen.

Ein Priester reckte seinen langen, dunklen Arm aus dem Heiligtum und malte den Gläubigen, die ihr Opfergeld geworfen hatten, das kleine, runde Segenszeichen mit Zinnober auf die Stirn. Und wie aus der Menge jeder der erste sein wollte, dieses Mal zu erhalten, wie jetzt eine Frau im blaugrünen, vom Regen angeklebten *Sari*, das Fleisch zwischen Rücken und Gesäß entblößend, wie jetzt ein Mann, den Nacken über dem weißleinenen Hemd in eine Vielzahl schwarzglänzender Falten gefurcht, im Glaubenseifer vor den dunklen Finger des Priesters drängten, der dem einen wie dem anderen das Rot aufmalte, fühlte sich Honda von der ganzen Bewegung, von der Inbrunst her an die Haltung der Menge etwa auf Annibale Carraccis »Almosenspende des heiligen Rochus« erinnert, dem berühmten Gemälde des Bologneser Manieristen. Hier freilich, in dem bei Tage nur um so dämmrigeren Inneren des Heiligtums, zitterte im Kerzenlicht die Statue der Göttin Kali, die rote Zunge weisend, um den Hals den Schmuck aus abgeschlagenen Köpfen.

Als Honda, seinem Führer folgend, den hinteren Hof betrat, befanden sich auf diesem kaum mehr als dreihundert Quadratmeter großen Platz mit seinem unregelmäßig ausgewaschenen Steinbelag tatsächlich nur vereinzelt ein paar Leute. Zwei Säulen standen da, niedrig und dicht beieinander wie Torpfosten, darunter lag eine steinerne, in der Mitte eingebuchtete Schwelle, und das Ganze war ähnlich einem Waschplatz eingefaßt. Unmittelbar daneben noch einmal das gleiche, allerdings im kleineren Maßstab. Beide Säulenpaare waren naß vom Regen; aber an der Schwelle des kleinen stand zudem eine Pfütze von Blut, und Blut, das der Regen abgespült hatte, war in wirren Flecken über den Steinbelag ringsum verteilt. Aus der Erklärung des Führers erfuhr Honda, daß es sich bei der größeren Anlage um einen Opferaltar für Wasserbüffel handelte, der jetzt jedoch nicht mehr benutzt werde, bei der kleineren dagegen um einen Opferaltar für Ziegenböcke, und daß dort, vor allem bei einem so wichtigen rituellen Anlaß wie dem Durga-Fest, vierhundert Böcke geschlachtet würden.

Nun beim Blick auf die Rückseite des Kalighat-Tempels (zuvor im Gedränge war das in den Einzelheiten nicht auszumachen gewesen) stellte Honda fest, daß wirklich nur die Sockel aus strahlend weißem Marmor bestanden, der zentrale Stupa jedoch und ebenso die ihn umgebende Halle waren mit einem vielfarbigen Ziegelmosaik geschmückt, das ihn sogleich an den Tempel der Morgendämmerung in Bangkok erinnerte. Diese Dekorbänder aus feinen Blumenmotiven und einander zugewandten Pfauenpärchen waren durch den Regen von allem Staub befreit, und kalt stand ihre prächtige Buntheit über dem im Hof darunter vergossenen Blut.

Der Regen hatte eine Art, wie verwirrt in vereinzelten, dicken Tropfen zu fallen; desto mehr kochte die im Wind aufwirbelnde Luft von einer nebligen Feuchte.

Honda sah, wie sich eine Frau ohne Schirm dem kleineren Opferaltar näherte und ehrfürchtig an ihm niederkniete. Sie hatte das an indischen Frauen mittleren Alters häufig zu beobachtende volle und weiche, dabei kluge Gesicht, das auf ein gütiges Herz schließen ließ. Ihr grasfarbener *Sari* war völlig durchnäßt. In der Hand hielt sie einen mit heiligem Ganges-Wasser gefüllten kleinen Messingkessel.

Dieses heilige Wasser goß sie über den Säulen aus, entzündete ein selbst im Regen gut brennendes Öllämpchen und verstreute ringsum zierliche, karminrote Java-Blumen. Dann, auf dem blutbespritzten Steinbelag niederkniend, legte sie ihre Stirn an die eine Säule und betete. Und während sie so ins Gebet versunken war, konnte man zwischen ihrem vom Regen angeklebten Haar das rote Segensmal auf der Stirn deutlich sehen: es wirkte wie ihr eigenes Opferblut.

Honda empfand dabei eine innere Erschütterung, eine Art Faszination mischte sich mit einem schwer beschreibbaren Abscheu. Während er sich auf dieses Gefühl konzentrierte, verschwamm ihm allmählich die Szene ringsum, sah er nur noch übergenau die Gestalt der betenden Frau. Sah sie geradezu unheimlich genau. Im selben Augenblick, da er spürte, daß er eine noch größere Deutlichkeit und den damit verbundenen Abscheu nicht würde ertragen können, war die Frau plötzlich verschwunden. Er fragte sich, ob er nicht geträumt habe, doch keineswegs: jedenfalls sah er die Frau, die aufgestanden und gegangen war, jetzt an dem offenstehenden hinteren Tor, unter dessen grobem, eisernem Arabeskenschmuck hindurch sie davonschritt. Jedoch klaffte für ihn zwischen der Betenden und der Enteilenden ein Bruch, den er auf keine Weise zu überbrücken vermochte.

Jetzt wurde von einem Kind ein schwarzer, noch junger Ziegenbock hergeführt. Auf seinem naß-verstruppten Stirnfell war das rote Segensmal zu sehen. Als man ihm Weihwasser auf diese Stelle goß, schüttelte der junge Bock den Kopf und warf seine Hinterläufe, als wollte er sich losreißen.

Ein schnauzbärtiger junger Mann in einem schmutzigen Hemd erschien und nahm dem Kind das Böcklein ab. Er packte das Tier am Hals. Es begann ein aufreizend jämmerliches Mekkern auszustoßen, es krümmte sich und bog sich zurück. Das Fell an seinem Hinterteil hatte sich vom Regen aufgesträubt. Der junge Mann stieß es vorwärts, preßte seinen Kopf auf die Schwelle zwischen den beiden Pfosten des Opferaltars und klemmte das schwarze Schließeisen darüber, bis es fest auf dem Hals des Tieres auflag. Das Böcklein richtete sein Hinterteil auf, es schlug um sich, schrie. Der junge Mann hob ein sichelförmiges Schwert. Silbern blitzte die Klinge im Regen. Mit haarscharfer Genauigkeit fiel das Schwert. Der Kopf des Ziegenbocks rollte nach vorn weg, die Augen weit aufgerissen, die blasse Zunge aus dem Maul gestreckt. Vom Rumpf aus ging ein leichtes Zittern durch die vorderen Läufe, während sich die hinteren in einem wilden Zucken mehrmals so stark zusammenkrampften, daß die Gelenke gegen die Brust schlugen, um von Mal zu Mal wie ein Pendel schwächer zu werden. Der Blutstrom aus dem Hals war nicht eben groß.

Der junge Opferschlächter nahm den enthaupteten Bock bei den Hinterläufen und rannte damit vor das Tor. Dort befand sich ein Pfahl. Auf ihn hängte er den Rumpf und trennte ihn auf, was er mit großer Schnelligkeit erledigte. Zu seinen Füßen lag ein anderer geköpfter Ziegenbock im Regen, die Hinterläufe zitterten noch. Als litte dieser Restrumpf unter einem Alptraum... Ja, als hätte das Tier die so geschickt, so schmerzlos und in einem einzigen Augenblick gezogene Grenze zwischen Leben und Tod überschritten, ohne es recht zu merken, und träumte nun weiter den bösen Traum, aus dem es nicht erwachen konnte.

Der junge Mann schien im Umgang mit der Klinge geübt; pflichtgetreu hatte er die gefühllosen Regeln seines zugleich heiligen und widerwärtigen Amtes befolgt. Aus den Blutflecken, die auf sein schmutziges Hemd gespritzt, aus dem konzentrierten Blick seiner großen, tiefklaren Augen, aus seinen kräftigen, bäuerischen Händen troff die Heiligkeit wie etwas Alltägliches, wie Schweiß. Die daran gewöhnten Pilger wandten sich noch nicht einmal um. Heiligkeit mit beschmutzten Händen und Füßen hatte einfach ihren festen Platz unter ihnen.

Und der Kopf des Ziegenbocks? Er wurde innerhalb des Tores unter einem schlichten Regendach an dem Platz für die Votivgaben aufgestellt. Über das davor im Regen brennende Feuerbecken waren rote Blumen verstreut, einige ihrer Blütenblätter schmorten in den Flammen. Neben diesem dem Gott Brahma geweihten Feuerheiligtum lagen, die roten Schnittflächen wie Java-Blumen dem Beschauer zugekehrt, sieben oder acht schwarzfellige Bocksköpfe nebeneinander. Einer von ihnen war derjenige, der vor wenigen Minuten noch geschrien hatte. Hinter den Köpfen, tief vornübergebeugt, als wäre sie mit einer Nadelarbeit befaßt, war eine alte Frau eifrig dabei, mit ihren dunklen Fingern die schimmernden Eingeweide von der schlüpfrig glänzenden Innenseite einer Bockshaut abzulösen.

8

Unterwegs nach Benares mußte Honda wieder und wieder an diese Opferszene denken.

Das Opfer hatte gewirkt wie die hastige Vorbereitung auf ein anderes. Nein, nicht daß das Ritual zu rasch geendet hatte; vielmehr schien ihm, es hätte damit etwas begonnen, eine Brücke wäre nun geschlagen zu einem Unsichtbaren, einem Höheren, das noch weit heiliger, weit widerwärtiger sein mußte. Zu einer Kette von Zeremonien gleichsam, die er sich wie einen roten Teppich vorstellte, auf den Weg gebreitet um der nahen Ankunft jemandes willen, den zu benennen es keine Worte gab.

Benares ist der heiligste unter den heiligen Plätzen, das Jerusalem der gläubigen Hindus. Wo der Ganges, den die schneebedeckten Himalaya-Gipfel, Sitz des Gottes Shiva, mit ihren Schmelzwassern speisen, eine Krümmung von der Schönheit des Sichelmonds beschreibt, liegt auf seinem Westufer das alte Varanasi, das heißt die Stadt Benares. Sie ist dem Kali-Gemahl Shiva geweiht und gilt als das Tor zum Paradies. Mithin ist sie das Ziel der Pilger aus allen Teilen des Landes; und da man glaubt, die Fünf Heiligen Ströme – das sind, neben dem Ganges, die Flüsse Dutapapa, Krishna, Jamna und Sarasvati – seien hier vereinigt, genügt es, in diesem Wasser zu baden, um damit mühelos die Glückseligkeit im künftigen Leben zu erreichen.

In den »Veda«-Texten findet sich über das Begießen mit Wasser die folgende Stelle: »Wasser aber sei deine Arznei. Wasser klärt die Krankheit des Leibes; mit Lebenskraft erfüllt sie ihn. Wahrhaftig, wenn du dich des zehntausendfach wirkenden Mittels Wasser bedienst, wirst du alle Krankheiten, alle Übel heilen.« Und eine andere: »Wasser ist mit unsterblichem Leben erfüllt. Wasser bewahrt den Leib. Dem Wasser ist die Wunderkraft des Heilens zu eigen. Nie soll es geschehen, daß du der erhabenen Kraft des Wassers vergißt. Denn Wasser ist Arznei für das Herz wie für den Leib.« Entsprechend wird die zeremonielle Verpflichtung der Hindus, das Herz im Gebet, den Körper im Wasser zu reinigen, am vollkommensten in Benares auf einer der zahlreichen Ufertreppen oder *Ghats* vollzogen.

Als Honda am Nachmittag Benares erreichte, ließ er, sobald er im Hotel seine Koffer ausgepackt und gebadet hatte, einen Führer kommen. Eine auch von der Anstrengung der langen Bahnfahrt nicht geminderte, merkwürdig jugendliche Ungeduld hatte ihn in den Zustand einer gewissermaßen heiteren Unruhe versetzt. Vor den Hotelfenstern draußen war alles von einer beklemmenden Nachmittagssonne erfüllt. Wenn er sich, hatte er das Gefühl, in sie hineinwürfe, müßte es möglich sein, das Mysterium unmittelbar zu erfassen.

Indessen, Benares war eine Stadt sowohl von höchster Heiligkeit als auch von tiefstem Schmutz. Zu beiden Seiten der engen Gassen, in die über die Dachtraufen hinweg kaum ein Sonnenstrahl fiel, standen dicht beieinander die Geschäfte mit Obst, mit Gesottenem, beriet hier ein Astrologe, wurden einem dort Getreide und Mehl zugewogen; alles voller Gestank, Feuchtigkeit, Krankheit. Nachdem sie dies hinter sich hatten, traten Honda und sein Führer auf einen an den Fluß angrenzenden Platz hinaus; auf ihm saßen in Reihen rechts und links die aus dem ganzen Land hierher gepilgerten Siechen, in sich zusammengesunken, bettelnd, während sie auf den Tod warteten. Dazu die vielen Tauben. Der glühende Himmel nachmittags um fünf. Vor sich in seiner Bettelschale, einer Blechbüchse, ein paar Kupferstücke, das eine Auge rot und erblindet, hatte ein Leprakranker die fingerlosen Handstummel in den Abendhimmel aufgereckt wie ein Maulbeerbaum nach dem Beschnitt seine Äste.

Da gab es Verkrüppelte jeder Art, hüpften Zwergwüchsige umher. Körperlich ohne irgendein gemeinsames Merkmal, waren sie wie uralte, nicht zu entziffernde Schriftzeichen. Nicht weil Entartung oder Verfall sie so hatte werden lassen, sondern weil sie noch immer die Lebendigkeit und Wärme des Fleisches besaßen, wehte aus den verzerrten, verbogenen Gestalten ein zugleich widerwärtiger und heiliger Sinn. Blut und Eiter wurden von den unzähligen Fliegen weitergeschleppt wie Blütenpollen. All diese Fliegen waren dick und funkelten grüngolden.

Rechts, wo es zum Fluß hinabging, war ein mit bunt leuchtenden heiligen Symbolen bemaltes Sonnensegel aufgespannt, und neben der Menge, die der Predigt eines Priesters lauschte, lag, in ein Tuch eingewickelt, ein Leichnam.

Alles befand sich in einem Zustand des Schwebens. Das heißt: die nacktesten, häßlichsten Wirklichkeiten menschlichen Fleisches, einschließlich seiner Ausscheidungen und üblen Gerüche, Krankheitskeime und Verwesungsgifte, begannen, so der Sonne ausgesetzt, in der Luft dahinzutreiben wie in der normalen Realität der aufsteigende Dampf. Benares. Ein Teppich von geradezu prachtvoller Häßlichkeit. Eintausendfünfhundert Heiligtümer. Tempel, an denen neben den roten Säulen in schwarzen Ebenholzreliefs die Liebe dargestellt war in allen nur denkbaren Formen des Geschlechtsverkehrs. Häuser, in denen die Witwen von früh bis spät unter lauten Klagelitaneien inbrünstig den Tod herbeisehnten. Einheimische. Fremde Besucher. Sterbende. Gestorbene. Mit Pusteln übersäte Kinder. Kinder, die sich sterbend an die Brüste ihrer Mütter klammerten... Ein von ihnen allen, den Tempeln, den Menschen, Tag und Nacht dem himmlischen Firmament lustvoll entgegengehaltener, schreiender Teppich.

Der Platz war zum Fluß hin abgeschrägt, um so den Pilger wie von selbst zum Dasasvamedha-Ghat, dem wichtigsten aller *Ghats*, hinzulenken. Der Überlieferung zufolge sollte hier der Weltschöpfer Brahma das Zehn-Pferde-Opfer oder *Dasasvamedha* vollzogen haben.

Dieser Fluß da mit seinen gewaltigen, lehmfarbenen Fluten war also der Ganges! Das in Kalkutta so ehrfürchtig in den kleinen Messingkesseln gehütete, Gläubigen wie Opfertieren über die Stirn geträufelte heilige Wasser – hier floß es unmittelbar vor einem als gewaltiger Strom, hier war damit ein schier unfaßbares Festmahl der Heiligkeit angerichtet.

Kein Wunder, daß die goldene Ekstase die Kranken so gut wie die Gesunden, die Krüppel so gut wie die Sterbenden erfüllte. Kein Wunder, daß die Fliegen und die Maden, auch sie von dieser Lust befallen, fetter gediehen; daß auf dem den Indern eigenen, strengen und vom Durchlittenen geprägten Gesichtsausdruck eine von Fühllosigkeit kaum noch unterscheidbare fromme Andacht lag. Honda indessen wußte nicht recht, wie er seine Vernunft mit dieser grellen Abendsonne, mit diesem Gestank, diesem wie feinste Miasmen über den Fluß herantreibenden Windhauch in Übereinstimmung bringen sollte. Ob er sich in die abendliche Luft, in dieses auf Schritt und Tritt von all den monotonen Gebetslitaneien, den Gongschlägen, dem Geschrei der Bettler, dem Stöhnen der Kranken durchzogenen, schwülwarme Wollgewebe einfach fallen lassen durfte. Eher fürchtete er, seine Vernunft könnte wie eine Dolchklinge, die nur er versteckt bei sich trug, dieses in sich vollkommene Gewebe zerschlitzen.

Es ging darum, sie wegzuwerfen. Es blieb ihm nichts anderes übrig, als die Klinge der Vernunft, die ihm in jungen Jahren als sein vorherbestimmtes Schicksal erschienen war, inzwischen aber nach den verschiedenen Attacken durch das Problem Wiedergeburt nur noch locker in ihrem Heft saß, jetzt und hier in dem von Schweiß und Krankheitskeimen und Staub überlagerten Menschengewühle unbemerkt zu Boden gleiten zu lassen.

Unten im *Ghat* standen in Gruppen unzählige pilzförmige Schirme zum Ausruhen nach dem Baden beieinander; doch die Zeit der Waschungen mit ihrem Höhepunkt um Sonnenaufgang lag weit zurück, und so waren die meisten der von der Abendsonne beschienenen Plätze unter den Schirmen unbesetzt. Der Führer war zum Ufer gegangen und verhandelte mit dem Besitzer eines kleinen Bootes. Das nahm eine unbeschreiblich lange Zeit in Anspruch; inzwischen stand, das heiße Eisen der untergehenden Sonne im Rücken, Honda nur da und wartete.

Endlich legte das Boot mit Honda und seinem Führer an Bord doch ab. Das Dasasvamedha befand sich ungefähr in der Mitte der vielen *Ghats* auf dem Westufer des Ganges. So pflegten bei Besichtigungsfahrten die Boote sich zunächst stromabwärts nach Süden zu wenden, um dann, nachdem man die südlich des Dasasvamedha gelegenen *Ghats* gesehen hatte, stromaufwärts zu den *Ghats* nördlich davon zu fahren.

Auf dem im Gegensatz zu dem sakralen Westufer des Ganges nicht im geringsten für geheiligt erachteten östlichen Ufer, gemieden auch deshalb, weil als Esel wiedergeboren werden sollte, wer dort wohnte, war weithin nur das Grün niedrigen Buschwerks zu erkennen, aber nirgends so etwas wie ein Haus.

Sowie das Boot südwärts Fahrt aufnahm, wurde die grelle Abendsonne plötzlich so von Gebäuden verdeckt, daß die aus den verschiedenen prächtigen *Ghats*, den Säulenreihen an ihrer Rückseite und den wiederum auf die Säulen aufgesetzten, mehrstöckigen Häusern bestehende Szene dunkel vor einer leuchtenden Hintergrundskulisse stand. Einzig am Dasasvamedha-Ghat mit dem anschließenden freien Platz fiel das späte Licht voll herein. Und während sich der Abendhimmel bereits mit sanftem Rosenrot auf dem Fluß spiegelte, warfen die vorüberziehenden Segel ihre dämmrigen Schatten darüber.

Es war die Stunde des erfüllenden, geheimnisschweren Lichts kurz vor Einbruch der Dämmerung, war die Zeit eines Leuchtens, wie es der sorgfältigste Kupferstich enthält: alles scharf in den Konturen, doch über dem Ganzen eine Tönung wie von welken gelben Rosen und der Abglanz auf dem Fluß und die verbleichende Helle des Himmels in eine melancholische Harmonie gebracht.

Wirklich waren die *Ghats* architektonische Anlagen, die in ihrer Erhabenheit genau diesem Licht entsprachen. Obwohl nach vorn Treppen ins Wasser führten, wie sie Paläste oder Kathedralen haben mögen, ragte darüber lediglich die mächtige Rückwand auf; und reihten sich dort auch Säule an Säule und Bogen an Bogen, so waren doch die Säulen nur Pilaster und die Arkaden nur blinde Fenster, dergestalt, daß die Treppen selbst um so eindringlicher die Würde des heiligen Ortes verbreiteten. Die Säulenkapitelle hatten einen Dekor teils im korinthischen, teils in einem vorderorientalischen Mischstil, und an den bis zu zwölf Meter hohen Säulenschäften markierten weiße Striche die während des allsommerlichen Hochwassers erreichten Pegelstände, wobei zur Erinnerung an besonders ungewöhnliche Flutwellen, wie etwa die von 1928 und 1936, die Jahreszahlen hinzugefügt waren. Noch über dieser schon schwindelerregenden Höhe zogen sich auf der rückwärtigen Mauer weitere Arkaden hin, die zu Wohnungen gehörten, und auf den Steinbalustraden hockten die Tauben. Über den Dächern aber stand der von der untergehenden Sonne funkelnd erhellte, allmählich an Kraft verlierende Himmel.

Das Boot näherte sich einer dieser Ufertreppen, dem Kedar-Ghat. Fischer waren zu sehen, die neben ihren Booten die Netze auswarfen, und in dem stillen *Ghat* Badende und andere auf der Treppe, alles hagere, ebenholzfarbene Gestalten, jeder für sich ins Gebet oder in die Meditation versunken.

Honda bemerkte einen Mann, der soeben mitten über die große Treppe herabgestiegen kam, um mit den Waschungen zu beginnen. Hinter ihm erhob sich eine majestätische, lehmfarbene Säulenreihe, und in der schwindenden Helle wirkte der Schmuck an den Kapitellen überaus üppig und gedrängt. Doch obwohl der Mann jedenfalls den Mittelpunkt einer heiligen Handlung bildete, war es bei ihm, verglich man ihn mit den dunklen Leibern der ihn umgebenden, kahlgeschorenen Priester, höchst fragwürdig, ob es sich überhaupt um einen Menschen handelte. Er war hochgewachsen, ein stattlicher Greis, aber er als einziger leuchtete im reinsten Rosenrot.

Sein weißes Haar lag zu einem kleinen Knoten geschlungen oben auf dem Schädel, mit der linken Hand hielt er ein schweres, scharlachrotes Tuch um die Hüften; sonst war der füllige, ein wenig schwammige Körper nackt. Die Augen hatte er in inbrünstig trunkener Ergebenheit unbeweglich auf den Himmel über dem jenseitigen Ufer gerichtet. Sein rechter Arm streckte sich wie im Gebetsgestus langsam himmelwärts. Auf Gesicht, Brust und Bauch schimmerte die Haut im Abendlicht in der Farbe eines frischen weißen Pfirsichs und verlieh ihm eine Würde, die ihn von seiner Umgebung absonderte. Dabei hatten die Arme, die Handrücken, die Schenkel des alten Mannes hier und da, teils wie Male, teils in Streifen, und als wollten sie eben abblättern, noch Stellen mit irdischer, dunkler Haut. Gerade diese Stellen ließen das übrige Pfirsichweiß um so herrlicher hervortreten. Bei dem Mann handelte es sich um einen Leprakranken.

Einmal ein Geflatter von unzähligen Tauben.

Es war, weil sich das Erschrecken einer einzelnen Taube im Nu auf die anderen übertragen hatte: plötzlich flogen sie alle gleichzeitig aus den *Bodhi*-Bäumen auf, die zwischen den vielen *Ghats* mit ihren Ästen bis über das Wasser ragten; aus diesen Laubmassen hervor, von denen man sagte, in jedem der Blätter hause für zehn Trauertage die Seele eines Verstorbenen, um auf die Wiedergeburt zu warten. Tauben in solchen Schwärmen, daß es Honda auf dem wieder nordwärts gewendeten Boot vor den Augen flimmerte.

Das Boot hatte das Dasasvamedha-Ghat schon hinter sich und passierte soeben das »Haus der Witwen«, einen Komplex unmittelbar am Ufer stehender roter Sandsteingebäude, die Fenstergewände mit grün und weißem Mosaik verziert, drinnen grün gestrichen. Aus den Fenstern wehten Weihrauchschwaden, erklangen Gongschläge, drangen, von den Zimmerdecken zurückgeworfen, die einstimmigen *Kirtana*-Gesänge auf den Fluß heraus. Hier lebten, um auf den Tod zu warten, Witwen aus allen Landesteilen. Für sie bedeutete es das höchste Glück, die Zeit, bis sie, von Krankheit geschwächt, sterbend erlöst würden, in Benares zu verbringen, und so zogen sie gern ins Mumukshu Bhavan, das »Haus der Freudensuche«. Zumal sie hier alles in der Nähe hatten. Den Verbrennungshof gleich nördlich daneben. Und hinter diesem den goldenen Stupa des nepalesischen »Tempels zum Alliebenden Herzen«, berühmt für die dort dargestellten tausend Möglichkeiten des Beischlafs.

Hondas Auge blieb auf einem am Boot vorübertreibenden, halb schwimmenden, halb versinkenden, in Tücher eingewickelten Bündel haften: Nach Form, Volumen, Größe – dachte er – einem zwei-, dreijährigen Kind vergleichbar; und im selben Augenblick wußte er auch schon, daß es natürlich eine Kinderleiche war.

Wie von ungefähr schaute er auf seine Armbanduhr. Es war fünf Uhr vierzig. Allmählich begann ringsum die Dämmerung aufzusteigen. Gleichzeitig bemerkte er in dem *Ghat*, auf das sie zuhielten, hellen Feuerschein. Die Flammen von den Scheiterhaufen im Mani Karnika, dem Verbrennungshof.

Dieses *Ghat*, Sockelzone eines hinduistischen Tempels, öffnete sich zum Ganges hin mit zahlreichen größeren und kleineren, in fünf Reihen übereinandergeschichteten Plattformen. Der Tempel bestand aus einem großen Zentralstupa, den kleinere Stupas verschiedenster Art und Höhe umgaben, jeder mit einem von islamischen Lotosarkaden überwölbten Altan versehen; und allein schon deswegen und weil sich diese riesige gelbbraune Anlage zudem rußgeschwärzt über Reihen mächtig hoher Säulen erhob, verstärkte sich, je näher man kam, der Eindruck, hier schwebe, an eine verlassene Tempelruine erinnernd, in rauchumwölkter düsterer Majestät ein unheilkündendes Phantomgebilde herauf. Noch indessen lag zwischen Boot und *Ghat* die lehmgelbe Fläche des Stroms. Zu den dunkelnden Fluten trieben, nun Kehricht geworden, unzählige Opferblumen (darunter auch rote Java-Blumen, wie sie Honda in Kalkutta gesehen), Trauergaben und dergleichen; dazu spiegelten sich auf dem Wasser, ihre Spitzen nach unten, die aus den Scheiterhaufen lodernden Flammen.

Und zusammen mit den zum Himmel wirbelnden Funken flatterten aufgestört die in den Stupas nistenden Tauben umher. Das Firmament hatte sich mit einem ins Aschgrau spielenden dunklen Indigo überzogen.

Wo das *Ghat* ans Wasser stieß, befand sich ein kleines, aus verrußten Steinen errichtetes Heiligtum, wo man vor den Statuen des Gottes Shiva und der Göttin Sati, seiner Gemahlin, die sich um seiner Ehre willen in die Flammen gestürzt hatte, Blumen zu opfern pflegte.

Da an dieser Stelle dicht an dicht Boote festgemacht hatten, die sämtlich mit Brennholz für die Scheiterhaufen beladen waren, scheute sich Hondas Bootsmann, direkt auf das *Ghat* zuzuhalten. Jenseits der im Augenblick hell brennenden Holzstöße war in der Tiefe hinter den Säulen des Tempels ein kleines, bescheidenes Licht zu gewahren. Es war dies das nie verlöschende, heilige Feuer, und jeder der Scheiterhaufen erhielt von ihm die Flamme.

Der Wind vom Fluß her hatte ausgehaucht; hier stand eine atembeklemmende Hitze in der Luft. Und wie überall in Benares herrschte auch in diesem *Ghat* nicht etwa ungestörte Stille, vielmehr drang aus ihm ein Getöse herüber, das sich aus einem unaufhörlichen Hin und Her aus Schreien und Kinderlachen, aus rezitierenden und singenden Stimmen aufs harmonischste mischte. Und nicht nur Menschen waren da. Ausgemergelte Hunde rannten den Kindern hinterdrein; oder plötzlich tauchten auf der den Feuern entgegengesetzten Seite, wo die Stufen hinab ins dunkle Wasser führten, die glänzend schwarzen, kräftigen Rücken von Wasserbüffeln aus der Schwemme, um unter grellen Rufen ihrer Treiber einer nach dem anderen die Treppe emporzuklimmen. Und während sie bei jedem Schritt bedächtig hin und her schwankten, warfen ihre nassen Felle wie Spiegel die Flammen von den Scheiterhaufen zurück.

Manchmal waren die Flammen völlig in weißen Rauch gehüllt, und aus den Schwaden hervor flackerten ihre roten Zungen. Auf die Altane des Tempels hingetrieben, zog sich der wirbelnde Rauch wie ein Lebewesen ins Innere hinein.

Dieses Mani Karnika, Ort des Höhepunkts aller Reinigung, war eine Art Freiluftkrematorium, in dem sich, wie in Indien üblich, sämtliches unverhüllt und öffentlich abspielte. Dabei hatte es durchaus jene in Benares mit dem Geheiligten, dem Gereinigten koexistierende, Übelkeit erregende Widerwärtigkeit. Kein Zweifel, hier befand man sich am Ende dieser Welt.

Auf der sanft ansteigenden Treppe neben dem Heiligtum des Götterpaares Shiva und Sati lehnte ein in ein rotes Tuch eingewickelter Leichnam, der, durchtränkt mit dem Wasser des Ganges, darauf wartete, daß er mit dem Verbrennen an die Reihe käme. War es ein rotes Tuch, das den Leichnam so umhüllte, daß die menschliche Gestalt erkennbar blieb, dann handelte es sich um eine Frau. Ein weißes Tuch deutete auf einen Mann. Während der Leichnam auf den Holzstoß gelegt und das Feuer entzündet wurde, standen die Familienangehörigen zusammen mit dem kahlgeschorenen Priester unter einem Sonnensegel und warfen schließlich als letzten Dienst Butter und Weihrauchgaben in die Flammen. Erneut wurde ein Leichnam, diesmal in ein weißes Tuch gewickelt, auf einer Bambusbahre herbeigetragen. Die Angehörigen und der Priester begleiteten den Toten unter dem Absingen eintöniger Litaneien. Unmittelbar vor seinen Füßen jagten sich einige mit einem schwarzen Hund spielende Kinder. Wie überall in den indischen Städten zu beobachten, regte sich dazwischen das Lebendige auf eine verwirrend unbekümmerte Weise.

Sechs Uhr. Ohne daß es Honda recht bemerkt hätte, waren an vier, fünf Stellen die Feuer aufgelodert. Da der Rauch ausnahmslos auf den Tempel zu wehte, nahm er im Boot von dem widerlichen Geruch nichts wahr. Für ihn blieb es beim Anblick.

Ganz rechts befand sich der Platz, an dem die kalte Asche gesammelt wurde, um, sich selbst überlassen, im Wasser des Flusses zu versinken. Das Individuelle, das der Körper so hartnäckig gehütet hatte, war ausgelöscht; die Aschereste der vielen vermischten sich untereinander, lösten sich in den Wassern des heiligen Ganges auf und kehrten in die Vier Elemente, in die Große Klarheit zurück. Der untere Teil der aufgehäuften Asche hatte sich, bevor er ins Wasser versank, wahrscheinlich bereits der feuchten Erde ringsum bis zur Unkenntlichkeit vermengt. Die Hindus errichten keine Gräber. Honda erinnerte sich wieder des Schauders, der ihn, als er auf dem Aoyama-Friedhof in einiger Hast das Grab Kiyoakis besuchte, bei dem Gedanken überkommen hatte: daß Kiyoaki gewiß nicht unter diesem Grabstein liege.

Ein Leichnam nach dem anderen wurde den Flammen übergeben. Es war zu erkennen, wie die Binden um das Bündel durchbrannten und abfielen, wie das rote oder weiße Leichentuch aufglomm und verschwand, wie dann plötzlich ein schwarzer Arm in die Höhe fuhr oder der ganze Körper sich aufbäumte in der Glut, als würfe sich der Tote im Schlaf herum. Was verbrannt war, nahm das Schwarz ölig glänzender Tusche an. Ein zischendes Geräusch, als ob etwas überkochte, war bis auf den Fluß herüber zu hören. Am schwersten brannten die Schädel. Wieder und wieder machte, eine Bambusstange in der Hand, der

Leichenverbrenner die Runde, und wo zwar der Rumpf bereits zu Asche geworden war, der Kopf aber noch schwelte, zertrümmerte er mit seiner Stange den Schädel. Auf den Muskeln seiner kräftig zuschlagenden, dunklen Arme flackerte der Widerschein des Feuers; hart fiel das Echo dieses Geräuschs von den Mauern des Tempels zurück.

So sanft diese Reinigung war, um in die Vier Elemente zurückzukehren, so vergeblich dieses Aufblühen eines auch nach dem Tode noch in dem sich dagegen aufbäumenden Fleisch Verbliebenen – unter dem Flammengeflacker ständig eine andere flackernde Bewegung, ein Rötliches, das sich öffnete, ein Glänzendes, das sich krümmte, schwarze Flocken, die mit den Funken in die Höhe wirbelten: als wäre dort irgend etwas im Entstehen begriffen. Oder es stürzte plötzlich krachend ein Holzstoß in sich zusammen und ein Teil der Flammen erlosch, bis das Feuer, vom Leichenverbrenner geschürt, unversehens so hoch aufstiebte, daß die Lohe an den Altanbrüstungen des Tempels zu lecken schien.

Trauer gab es hier nicht. Was wie Unbarmherzigkeit wirkte, war eitel Freude. *Samsara* und Wiedergeburt wurden nicht nur geglaubt, sie hatten vielmehr den gleichen einfachen Sinn wie die sich unablässig vor aller Augen wiederholenden Vorgänge in der Natur: daß in einem Naßfeld der Reis gedieh, daß ein Baum Früchte trug. Und wie es da zu Ernte und Anbau der menschlichen Hand bedurfte, war auch hier eine gewisse Hilfe vonnöten; es war den Menschen sozusagen eingeboren, sich abwechselnd diesen natürlichen Beistand zu leisten.

Also hatte alles, was in Indien so unmenschlich erschien, seinen Grund in einer verborgenen, einer riesigen und zugleich entsetzlichen Freude! Honda scheute davor zurück, eine solch ekstatische Freude zu begreifen. Andererseits ahnte er, daß er nach alledem, was er an Beispiellosem gesehen, nie wieder davon loskommen würde. Als wäre das ganze Benares von einem heiligen Aussatz befallen, und Hondas Gesichtssinn selbst hätte sich an dieser unheilbaren Krankheit angesteckt.

Indessen sollte sich erst im Augenblick darauf der Eindruck, er habe das Äußerste aller Dinge gesehen, wirklich abrunden. Es war dies ein Augenblick, der Hondas Herz von einem kristallreinen Schauder erzittern ließ.

Jener Augenblick nämlich, in dem sich die heilige Kuh zu ihm umwandte.

Tatsächlich trottete selbst durch diesen Verbrennungshof eine von jenen heiligen weißen Kühen, wie man sie überall in Indien frei und ungehindert herumlaufen läßt. Und nachdem sie sich unbekümmert auch den Feuern genähert, hatte sie der Leichenverbrenner mit seiner Bambusstange schließlich doch verjagt; so stand sie ein gutes Stück jenseits der Scheiterhaufen vor dem dunklen Säulengang des Tempels. Da es in der Tiefe hinter den Säulen schon Nacht war, erschien das Weiß der heiligen Kuh wie erfüllt von einem überirdisch erhabenen Allwissen. Der vom Abglanz der Flammen schillernde weiße Bauch glich dem vom Mondlicht übergossenen Schnee der Himalaya-Gipfel. Es war die im Tier vollzogene, makellose Synthese aus kaltem, klarem Schnee und feierlich geläutertem Fleisch. Die Flammen umschlossen den Rauch, der Rauch bedeckte die Flammen; bald schlugen die Flammen rot hervor, um hochmütig auf das Ganze herabzuschauen, bald wurden sie vom wirbelnden Rauch überdeckt.

Da geschah es. Durch den Rauch hindurch, unter dem die Toten verbrannten, wandte wie in einem Traum die heilige Kuh ihr würdiges weißes Gesicht, und kein Zweifel, sie blickte zu Honda herüber.

An diesem Abend nach dem Essen bat Honda, man möge ihn am nächsten Morgen noch vor Tagesanbruch wecken. Danach legte er sich zu Bett und schlief mit Hilfe eines kräftigen Nachttrunks sofort ein.

Im Traum kamen ihm die verworrensten Bilder. Seine Traumfinger brachten eine Tastatur zum Erklingen, die sie noch nie berührt hatten; nach Ingenieursart inspizierten sie die ihm bisher bekannten Teile des Weltgebäudes bis in den letzten Winkel. Kaum war der unbefleckt reine Miwayama-Berg aufgetaucht, als auch schon auf seinem Gipfel die wie wild hingeschleuderten, schaudererregenden Felssteine des *Iwakura*-Göttersitzes erschienen, aus deren Spalten das Blut hervorspritzte, und nun war es die Göttin Kali mit heraushängender roter Zunge. Oder ein verbrannter Leichnam wurde in Gestalt eines schönen Jünglings wieder lebendig und erhob sich, Haar und

Hüften mit frisch glänzendem *Sakaki*-Laub bedeckt; und der schauerliche Tempel ringsum war auf einmal in den mit kühlen, groben Kieseln ausgelegten Innenhof eines Shintō-Schreins verwandelt. Alle letzten Begriffe, alle Gottheiten bewegten mit vereinten Kräften das riesige *Samsara*. Und langsam drehte sich dieses einem Spiralnebel im Weltall vergleichbare Rad: auf ihm Menschen in Lust oder Zorn, in Trauer oder Freude, dabei des Kreislaufs der Wiedergeburten noch so wenig inne, wie sie ihre irdischen Tage ohne das Bewußtsein davon verlebt, daß die Erde um sich selbst rotiert. Menschen gleichsam auf dem nächtlichen, bunt illuminierten Riesenrad auf dem Spielplatz der Götter.

Bis in seine Träume wurde Honda von dem erschreckenden Gedanken verfolgt: die Inder wüßten das. Wenn dem aber so war, dann hätten sie, wie die Erdrotation von keinem der fünf Sinne wahrgenommen, sondern nur mühsam erkannt wird mit Hilfe wissenschaftlicher Vernunft, das ja ebenfalls für das normale Aufnahme- und Denkvermögen nicht faßbare *Samsara*, diesen Kreislauf der Wiedergeburten, mit einer allerdings äußerst empfindlichen, sowohl systematischen wie intuitiven Übervernunft begreifen müssen. Und es wäre dieses Wissen, das die Inder dazu veranlaßte, soviel Trägheit an den Tag zu legen, sich dem Fortschritt so sehr zu widersetzen, was letztlich auch dazu geführt hatte, daß aus ihren Gesichtszügen die verbindlichen Merkmale, aus denen man sonst auf die Gefühle des anderen schließt, nämlich jener menschliche Ausdruck von Lust und Zorn, von Trauer und Freude, so völlig verschwunden waren.

Freilich beruhte dies auf Impressionen, wie sie für den nur flüchtig das Land Durchreisenden typisch waren. Träume pflegen ja gelegentlich die erhabensten Chiffren mit den trivialsten Gedanken zu vermengen. Offenkundig schimmerte in der Art solcher im Traum angestellten Überlegungen eben doch Hondas kalte, nüchtern abstrahierende Denkweise aus seiner früheren Richterzeit durch, hatte er körperlich wie geistig selbst jetzt noch so viel von jenem Temperament und jener Berufsgewohnheit, daß er, in seinem Denken vor jeder Hitze zurückschreckend wie die Zunge einer Katze, allzu heiße, ungeklärte Tatsachen erst abkühlen mußte und nur begrifflich bereits Durchgefrostetes zu sich nahm. Und in solchen Träumen schien er, darin so manchem Übervorsichtigen nicht unähnlich, besonders eifrig auf die Technik bedacht zu sein, jene Haltung von ehedem zu verteidigen.

Doch es waren nicht nur die nebelhaften Ungeheuerlichkeiten der Träume, schwerer, bedrängender noch und sich jeder Auflösung widersetzend lastete all das Rätselhafte auf ihm, dem er in der Wirklichkeit begegnet war. Ja, die Glut dieser Tatsachen wirkte, als er erwachte, weitaus heftiger in ihm nach. Ihm war, als hätte ihn ein Fieber befallen.

In der Rezeption am Ende des Hotelkorridors brannte ein düsteres Licht; sein bärtiger Führer unterhielt den Nachtportier mit irgendwelchen Späßen, er lachte leise. Als er Honda im weißen Leinenanzug über den dunklen Gang herankommen sah, grüßte er respektvoll aus der Ferne.

Daß Honda noch vor Tage aus dem Hotel aufbrach, geschah, weil er miterleben wollte, wie in den *Ghats* die Menge auf das Heraufkommen der Sonne wartete, um sie anzubeten.

Benares war dem umfassenden polytheistischen Prinzip des vielfältig Einen, war dem mit einer spezifischen, jedoch alles transzendierenden Göttlichkeit ausgestatteten Brahma in die Hand gegeben. Verkörperung dieses Gottes war die Sonnenscheibe, und in dem Augenblick, wenn sich die Sonne über den Horizont erhob, erreichte sein Gottwesen die höchste Entfaltung. Ja, man hatte sich angewöhnt, das heilige Benares und den Himmel wie gleich und gleich zu behandeln; ergab sich dies doch schon aus den Worten des Weisen Shankara, der einst erklärt hatte: »Als Gott geruhte, den Himmel und Benares auf die Waagschalen zu legen, sank das schwerere Benares zur Erde, stieg der leichtere Himmel empor.«

Die Hindus sehen in der Sonnenscheibe den Ausdruck eines höchsten göttlichen Bewußtseins, sie ist ihnen symbolisches Zeichen für die letzte Wahrheit. Und ebendeshalb war Benares so voller Verehrung für die Sonne, so voller Gebete an sie: in ihnen entledigte sich das Alltagsbewußtsein seiner irdischen Fesseln, und durch ihre Kraft wurde das ganze Benares himmelwärts getragen wie ein fliegender Teppich.

Anders als am Tage zuvor war das Dasasvamedha-Ghat jetzt von unzähligen Menschen erfüllt, flackerten unter den unzähligen Schirmen die Kerzen durch das noch düstere Morgengrauen. Im Himmel über dem Dschungel drüben auf dem anderen Ufer jedoch waren unter einem vielschichtigen Gewölk die ersten Anzeichen der Dämmerung wahrzunehmen.

Unter jedem der großen Bambusschirme war eine Bank aufgestellt, wurde der *Lingam*-Stein, Verkörperung Shivas, mit Blumen geschmückt und in kleinen Mörsern das Zinnober gestoßen, das man sich nach der Waschung auf die Stirn malen würde. Daneben waren dienstbare Mönche damit befaßt, dem roten Pulver aus Messinggefäßen Ganges-Wasser zuzusetzen, das man zuvor zum Tempel gebracht und geweiht hatte. Manche der Gläubigen waren bereits die Stufen hinabgestiegen, um die aufgehende Sonne im Wasser zu begrüßen, und nachdem sie zunächst dem mit den Händen geschöpften Wasser ihre Verehrung bezeigt hatten, tauchten sie gemächlich ihren ganzen Körper ein. Andere knieten unter ihren Schirmen, so den Sonnenaufgang erwartend.

Als das Licht der Morgenröte über den Horizont hervorzubrechen begann, gewann die Szene im *Ghat* zusehends an Konturen und Kolorit; es war, als ginge plötzlich von den bunten *Saris* der Frauen, von ihrer Haut, von all den Blumen, weißen Haaren, schorfigen Wundmalen wie von den messingnen Kultgeräten ein vielfarbiger Aufschrei aus. Das morgendlich düstere Gewölk veränderte allmählich sein Aussehen und wich vor der sich ausbreitenden Helle zurück. In dem Augenblick, in dem schließlich der blutrote Rand der Sonne drüben über dem niedrigen Dschungel sichtbar wurde, erklang aus der Menge, die so dicht um Honda gedrängt war, daß sie sich an seinen Schultern rieb, ein einstimmiger Seufzer der Verehrung, und manche ließen sich, wo sie gerade standen, auf die Knie nieder.

Diejenigen aber, die schon bis zu den Hüften im Wasser standen, legten entweder die Hände zusammen oder streckten beide Arme zur Seite, während sie zu dem langsam die volle Scheibe enthüllenden Rot der Sonne beteten. Die Schatten ihrer Oberkörper fielen lang auf das violettgoldene Wellengekräusel und reichten bis vor die Füße derer, die sich noch auf der Treppe befanden. Alle waren sie in Verzückung der Sonne jenseits des Flusses zugewandt. Und in diesem Zustand begannen sie, wie von einer unsichtbaren Hand geführt, einer nach dem anderen ins Wasser hinabzusteigen.

Schon hatte sich die Sonne von dem grünen Dschungel gelöst. Was bis dahin eine dem Auge erträgliche rote Scheibe gewesen war, wurde mit einem Male eine gleißende Lichtmasse, der kein Blick auch nur eine Sekunde standzuhalten vermochte. War nun eine drohend donnernde Flamme.

Und plötzlich wußte es Honda. Daß nämlich die Sonne, die sich Isao wieder und wieder hinter seiner Vision vom *Seppuku* vorgestellt hatte, genau diese Sonne gewesen war.

9

Seit etwa Ende des vierten nachchristlichen Jahrhunderts geriet der indische Buddhismus in einen immer rascheren Verfall. Wie es einmal treffend formuliert wurde: »Der Hinduismus mit seiner freundschaftlichen Umarmung tötete den Buddhismus.« Sie standen im gleichen Verhältnis zueinander wie Christentum und Judentum im alten Judäa, wie Konfuzianismus und Taoismus in China; so mußte auch in Indien der Buddhismus, um schließlich eine Weltreligion zu werden, das Land seiner Entstehung der stärker ethnisch fixierten Religion überlassen, mußte er eine Zeit daraus vertrieben werden. Der Name Buddhas blieb, sozusagen als Lückenbüßer, in einem fernen Winkel des hinduistischen Götterhimmels erhalten. Und zwar als die neunte der zehn Transfigurationen des Gottes Vishnu.

Dieser Gott kann, wie man glaubt, als Matsya (Fisch), Kurma (Landschildkröte), Varaha (Eber), Narasimha (Löwenmensch), Vamana (Zwerg) sowie als Parashurama, Rama, Krishna, Buddha und Kalki erscheinen. Nach Auslegung der Brahmanen verbreitete Vishnu als Buddha vorsätzlich eine Irrlehre, um die Menge zu verwirren und die Welt zu Fall zu bringen; womit er umgekehrt den Brahmanen die Gelegenheit eröffnete, das Volk zu unterweisen und es auf den wahren Weg, den hinduistischen Glauben, zurückzuführen.

Mit dem Niedergang des Buddhismus verfielen auch die Höhlentempel von Ajanta im westlichen Indien, und die Welt wußte nichts von ihnen, bis zwölf Jahrhunderte später, nämlich 1819, eine Einheit der britischen Armee zufällig auf sie stieß.

Die siebenundzwanzig Felshöhlen in dem Steilhang längs des Wagora-Flusses wurden während drei verschiedener Perioden angelegt, nämlich im zweiten vorchristlichen sowie im fünften und siebenten nachchristlichen Jahrhundert; abgesehen von den in die Zeit des *Hinayana*-Buddhismus fallenden Höhlen acht, neun, zehn, zwölf und dreizehn gehörten alle übrigen dem *Mahayana*-Buddhismus an.

Von vornherein war es Hondas Absicht gewesen, im Anschluß an die Reise ins heilige Land des lebendigen Hinduismus die verbliebenen Spuren eines untergegangenen Buddhismus aufzusuchen.

Nun drängte es ihn zu dieser Fahrt. Wußte er auch nicht recht warum – er mußte sie unternehmen.

Und die Tatsache, daß er sowohl an den Höhlen selbst wie in der Umgebung des Hotels, in dem er logierte, auf keine wogenden Menschenmassen traf, sondern eine herrliche Stille und saubere Einfachheit vorfand, machte ihn nur um so gewisser in diesem Gefühl.

Das heißt, in der Nähe Ajantas gab es noch nicht einmal ein Hotel, in dem er hätte absteigen können. So hatte er eines genommen, von dem aus gleichzeitig die Besichtigung des berühmten Ellora mit seinen hinduistischen Ruinen möglich war; von Aurangabad, wo das Hotel lag, betrug die Entfernung nach Ellora nur eben achtzehn Meilen, sechsundsechzig hingegen nach Ajanta.

Auf Betreiben des Handelshauses Itsui war im Hotel für ihn das beste Zimmer reserviert, wurde für ihn das beste der verfügbaren Autos bereitgehalten; dies und dazu die ehrerbietige Haltung des Chauffeurs, eines Sikh, mußte natürlich bei den englischen Touristen Unmut erwecken. So hatte er morgens vor der Ausfahrt im Speisesaal sofort die untergründig feindselige Haltung der Engländer gespürt, die ihn, den einzigen Asiaten unter den Gästen, einfach mit Schweigen übergingen. Sie sollte noch recht deutliche Züge annehmen. Kaum hatte der Ober Honda als erstem die Eier auf Speck serviert, als ihn ein arroganter älterer Herr mit einem schönen Bart, offensichtlich ein pensionierter Offizier, der mit seiner Frau am Nachbartisch saß, zu sich rief und ihn in knappen und barschen Worten abkanzelte. Bei den folgenden Gängen wurde Honda als letzter bedient.

Das Gemüt jedes Durchschnittstouristen würde sich bei einem solchen Vorfall schlagartig verfinstert haben. Aber Hondas Herz war unempfindlich genug, sich davon nicht verletzt zu fühlen. Seit Benares hatte es sich mit einer rätselhaften, dicken Schutzmembran überzogen, und an ihr glitt alles ab. Da die das notwendige Maß übersteigende Höflichkeit des Obers vermutlich durch ein entsprechend großes Trinkgeld verursacht worden war, das er im voraus von der Firma Itsui erhalten hatte, beeinträchtigte die Affäre ohnehin nicht im mindesten die »Würde der Objektivität«, mit der Honda seit seiner Richterzeit aufzutreten gewohnt war.

Der schwarzlackierte, schöne Wagen, von mehr als fünf, sonst offenbar beschäftigungslosen Leuten sorgfältig auf Hochglanz poliert, so daß sich die wild durcheinander blühenden Blumen im Hotelvorgarten darin spiegelten, wartete nur auf Hondas Erscheinen. Kaum war er eingestiegen, fuhr der Wagen an und bald darauf rollte man über eine großartige, für das westliche Indien typische Ebene dahin.

Es war dies eine Ebene, in der weit und breit keine Spur von einem Menschen zu sehen war. Dafür gelegentlich der dunkelbraun glänzende Strich, wenn ein Mungo, nachdem er spritzend aus einem Pfuhl am Straßenrand aufgetaucht war, quer über die Fahrbahn stiebte. Oder eine Herde von Langschwanzaffen, die zwischen Bäumen hervoräugten.

In Honda begann die Hoffnung auf Reinigung aufzusteigen. Eine Reinigung freilich nach indischer Art hätte ihn schaudern gemacht; die Rituale, die er in Benares gesehen, steckten ihm noch wie ein Fieber in Körper und Gemüt. Er war begierig auf eine Handvoll kalten, klaren Wassers.

Die Weite des Landes beruhigte ihn. Keine Felder, keine Bauern, nur endlose, schöne Ebene, hier und da überdeckt von den schwarzblauen Schatten tief herabreichender Mimosenbäume. Da waren Teiche und Bäche, blühten gelbe und rote Blumen, und über all dem hing wie ein Baldachin der glühende Himmel.

Diese Natur hatte so gar nichts Auffälliges, so gar nichts Heftiges. Noch ihre reglose, von funkelndem Grün umhüllte Schläfrigkeit war eitel Strahlen. Für Honda, dessen Inneres von wilden, unheildrohenden Flammen versengt war, bedeutete die

Ebene die Stimmung von Stille an sich; an die Stelle des aufspritzenden Opferbluts war hier die Reinheit eines weißen Reihers getreten, der sich aus einem Gebüsch erhob. Solange er vor tiefschattigem Grün flog, war sein Weiß verdüstert, um jedoch gleich darauf wieder hell aufzuleuchten.

Am Himmel in Fahrtrichtung wirbelten sanft die Wolken; aus dem Gewirr ihrer zerfaserten Ränder verbreitete sich ein seidener Schimmer. Die Bläue war grenzenlos.

Freilich kam Hondas Tröstung zum großen Teil aus dem Gefühl, daß er dabei war, ein dem Buddhismus zugehöriges Gebiet zu betreten. Mochte dieser auch dahingegangen und längst zu Ruinen geworden sein.

Und allerdings stellte er sich den Buddhismus, wie er ihn nach der Berührung mit jenem grellbunten, unheimlichen *Mandala* ersehnte, gleichsam als ein Stück Eis vor; hatte er angesichts der hellen Stille dieser Ebene bereits eine Vorahnung der so offenen, so unendlich gelassenen Ruhe Buddhas.

Ja, auf einmal war ihm nach Heimkehr zumute. Er befand sich auf dem Rückweg aus einem lärmenden, vom lebendigen Hinduismus beherrschten Königreich in das zwar verfallene, aber eben durch den Verfall um so reinere, ihm vertraute Land des lang hinschwingenden Klangs der Tempelglocken. Und wenn er an Buddha dachte, der ihm am Ende dieses Rückweges aus dem Herrschaftsbereich eines Absoluten erwartete, wurde ihm bewußt, daß er nie auf den Gedanken gekommen war, im Buddhismus etwas Absolutes zu suchen. Die Ruhe, in die heimzukehren er sich vorstellte, bedeutete das alltägliche Vertrautsein mit dem Vergänglichen. Jetzt also, dort hinter diesem so herrlich blauen, glühenden Himmel, würde er dem Grab des Buddhismus selbst, den Spuren des Versunkenen begegnen. Und noch ohne sie überhaupt gesehen zu haben, empfand Honda mit der größten Deutlichkeit den melancholisch kalten Lufthauch, der dort sein überhitztes Gemüt besänftigen sollte, fühlte er die Kühle des Steins in jenen Höhlen, die Klarheit des aus dem Felsen rinnenden Wassers.

Für sein Herz bedeutete das eine Art Schwäche. Es verlangte ihn wohl auch nur deshalb nach einer anderen, in stillen Stein verwandelten Religion, weil ihn der ungeheuerliche Anblick jener Lawine aus Farben, Fleisch und Blut dazu getrieben hatte.

Hier war ein wunderbar makelloses Erlöschen noch in den fernen Wolkenformen. Hier war in jedem der auf den ersten Blick so üppig schönen Schatten unter den Bäumen der Traum vom gleichen Baumschatten in einem früheren Leben. Aber da war niemand, der ihn aufgesucht hätte. In dieser absoluten Stille eines Vormittags, in dieser Welt, in der außer dem monotonen Geräusch des Motors nichts sonst zu hören war, trug der Ausblick über die gemächlich draußen vor den Scheiben vorübergleitende Ebene Hondas Herz allmählich und sicher heimwärts.

Irgendwann hatten sie plötzlich den Rand einer scharf in die flache Ebene eingeschnittenen Schlucht erreicht. Der erste Hinweis auf Ajanta. Der Wagen kurvte über endlose Serpentinen abwärts in das Stromgebiet des Wagora-Flusses, der unten auf der Talsohle wie ein Rasiermesser blitzte.

... In der kleinen Raststätte, zu der Honda, nachdem sie ausgestiegen waren, hinüberging, um sich eine Pause zu gönnen, wimmelte es wieder von Fliegen. Durch das Fenster unmittelbar vor sich sah Honda auf das Tor jenseits des Platzes, von dem aus der Rundgang durch die Höhlen seinen Anfang nahm. Er hatte das Gefühl, wenn er jetzt, so wie er war, seiner Ungeduld nachgäbe und sich sofort aufmachte, stünde das im Widerspruch zu der Ruhe, die er suchte. Er kaufte eine Ansichtskarte, und während er den Füllfederhalter in der verschwitzten Hand hielt, betrachtete er eine Weile bald das eine, bald das andere Detail auf dem miserabel gedruckten Foto von einer der Höhlen.

Anzeichen von Trubel gab es freilich auch hier. Dunkelhäutige in weißen Gewändern, Argwohn in den Blicken, kamen und gingen, und ihre mageren Kinder, die sich zum Andenken Halsketten kauften, schrien auf dem Platz herum. Dieser war bis in den letzten Winkel von der grellen, gelben Sonne ausgefüllt; in dem düsteren Gastraum lagen auf dem Tisch drei vertrocknete kleine Orangen. Fliegen schwärmten auf ihnen. Aus der Küche wehte ein strenger Geruch von Gebratenem.

Honda setzte zum Schreiben an. Er hatte Rie, seiner Frau, lange keine einzige Zeile geschickt; nun teilte er ihr auf der Postkarte mit: »Bin soeben bei den Höhlentempeln von Ajanta angelangt. Und im Begriff, sie mir anzusehen. Vor mir eine Orangeade, am Glasrand klebt Fliegendreck, ich kann sie nicht trinken. Aber keine Sorge, ich achte schon darauf, daß ich körperlich durchhalte. Indien ist wahrhaftig ein erstaunliches Land. Und Du nimm ja Rücksicht auf Deine Nieren. Grüße auch an Mutter.«

Zeilen der Zärtlichkeit? Nun, es war sein üblicher Stil. Gewiß hatte ihn das in seinem Herzen wie ein Nebel heraufschwebende Gefühl inniger Zuneigung, hatte ihn das daher rührende Heimweh plötzlich zur Feder greifen lassen; aber unterm Schreiben geriet ihm dergleichen unweigerlich ins Trockene.

Rie war eine Frau, die ihn, auch wenn er sie über Jahre in Japan allein gelassen hätte, im Augenblick der Rückkehr zweifellos mit demselben lächelnden Gesicht begrüßen würde, mit dem sie ihn verabschiedet hatte. Eine Frau, deren ihm dann entgegenkommendes Gesicht, abgesehen von vielleicht einigen grauen Haaren, so ohne die geringste Abweichung übereinstimmen würde mit dem einst zurückgebliebenen Gesicht wie die chinesischen Vierblatt-Blumenwappen auf dem rechten und dem linken Ärmel ihres offiziellen *Kimonos*.

Ein in seinen Konturen durch die Symptome eines leichten Nierenleidens stets etwas verwischtes, undeutlich wie der Mond am Taghimmel wirkendes Gesicht, das sich Honda jetzt in der Ferne nur in Erinnerung zu rufen brauchte, um zu begreifen, daß diesen Zügen tatsächlich nichts besser anstand, als so in der Erinnerung gespeichert zu sein. Natürlich konnte einer solchen Frau niemand böse sein. Und während Honda die Ansichtskarte schrieb, spürte er im Grunde seines Herzens eine tiefe Sicherheit, empfand er einem Unbenennbaren gegenüber aufrichtige Dankbarkeit. Von der Gewißheit, geliebt zu werden, war dies allerdings durch Welten getrennt.

Nachdem er die wenigen Zeilen geschrieben, verwahrte er die Ansichtskarte in der Tasche seines Jacketts, das er abgelegt hatte, und erhob sich. Er gedachte sie vom Hotel aus abzuschicken. Dann trat er auf den mittäglich heißen Platz hinaus. Der Mann, der ihn führen sollte, pirschte sich wie ein Attentäter an ihn heran.

Die siebenundzwanzig Höhlen waren auf halber Höhe an einer Stelle in den auf den Wagora-Fluß hinabschauenden Steilhang eingelassen, wo der Fels in einem breiten Band zutage lag. In der Mitte dieses Hangs, der vom Fluß, seinem steinigen Ufer und den mit Gras überwucherten Geröllfeldern aus allmählich immer steiler anstieg, um sich weiter oben unter einem Bewuchs von Buschwerk emporzutürmen, verlief deutlich erkennbar ein aus Steinplatten gebildeter Weg, der die Höhleneingänge miteinander verband.

Die erste Höhle war ein *Chaitya*. Insgesamt gab es hier vier solcher Gebetshallen sowie dreiundzwanzig *Viharas*, Überreste von Mönchsklausen, und um eine jener vier Hallen also handelte es sich hier.

Drinnen herrschte, genau wie es Honda sich vorgestellt hatte, eine dumpfe, kalte Düsternis wie um die Morgendämmerung. Da aber die große Buddhafigur mitten an der rückwärtigen Wand von einem fernen Abglanz des Lichts getroffen wurde, das zum kaum fußmattenbreiten Eingang hereinfiel, war die im Lotossitz dargestellte Gestalt mit ihren weichen Linien deutlich zu erkennen. Zum Betrachten der Malereien an der Decke und den vier Wänden freilich reichte das Licht nicht aus, und so ließ die Taschenlampe des Führers, unruhig flatternd wie eine leuchtende Fledermaus, bald hier, bald da ein Detail schwach aufschimmern. Immerhin wurden auf diese Weise die unterschiedlichsten Darstellungen sinnlicher Begierden sichtbar, wie sie Honda hier nun allerdings nicht erwartet hätte.

Halbnackte Frauengestalten, die goldene Kronen auf den Köpfen trugen und nur um die Hüfte prächtige Tücher geschlungen hatten, schwebten in allen denkbaren Posen im Lichtkreis der Lampe herauf. Die meisten hielten eine Lotosblüte in der Hand. In den Gesichtszügen glichen sie einander wie Schwestern. Die halbgeöffneten, außerordentlich schmal geschlitzten Augen waren von den feinen Sichelmonden der Brauen begleitet. Die Kühle des klugen, edel geformten Nasenrückens wurde durch die kleinen, ein wenig geweiteten Nasenflügel gemildert. Die Unterlippe war üppig, der Mund war absichtlich zusammengezogen. Honda bildete sich ein, so müßte, wenn sie einmal erwachsen wäre, Prinzessin Mondglanz aussehen. Im Gegensatz zu der kleinen Prinzessin aber hatten die Frauengestalten in diesen Bildern schön gereifte Körper, ihre Brüste waren zu vollen Kugeln erblüht, Granatäpfeln gleich, die jeden Augenblick zu platzen drohten. Und wie Ranken, die sich um die Brüste geschlungen hatten, hingen die kostbar gearbeiteten Halsgeschmeide aus Gold und Silber und Edelsteinen in einem lockeren Geflecht herab. Manche waren in Rückenfigur gegeben, sitzend, die Beine seitwärts umgeschlagen, wobei ihre schwellenden Hüften deutlich hervortraten; andere hatten ihren weichen Unterleib so weit entblößt, daß er aus dem nur mit Mühe vom Beckenknochen gehaltenen Schamtuch quoll. Einige der Frauen tanzten, einige lagen im Sterben...

Und während der Lichtschein von der Taschenlampe des aufdringlich redseligen Führers weiterwanderte, verschwanden die Frauengestalten eine nach der anderen wieder im Dunkel.

Beim Herauskommen aus der ersten Höhle sorgte, wild dröhnend wie ein angeschlagener Gong, die tropische Sonne dafür, daß sich das soeben Gesehene augenblicklich zu einem Phantasma reduzierte; es war einem zumute, als läge man, halb wachend, halb träumend, in einem leichten Mittagsschlummer und suchte in seinem eigenen Inneren die verschiedenen Grotten längst vergessener, uralter Erinnerungen auf. Das einzige, von dem man zuverlässig wußte, daß es reale Wirklichkeit war, das war der blitzende Lauf des Wagora-Flusses unten im Tal und der Anblick seiner steinigen Ufer.

Honda versuchte wie immer, dem stumpfsinnigen Gerede des Führers zu entkommen. Er verweilte daher in den ehemaligen Mönchsklausen, die der Führer aus lauter Gleichgültigkeit ausließ und die auch keinerlei Sehenswürdigkeit boten, absichtlich so lange, bis die anderen weitergegangen und er allein war.

Wo nichts zu sehen war, wurde im Gegenteil die Phantasie erst recht lebendig. So war es in einer dieser Klausen. Hier gab es keine Buddhafigur, keine Wandmalereien zu bewundern; rechts und links in der Höhle standen Reihen von dicken, schwärzlichen Pfeilern, und hinten in der Mitte befand sich ein in der merkwürdig tiefen Düsternis verschwimmendes Lehrpodium, zu dem hin zwei lange und breite, einander zugewandte Steintische sich erstreckten. Da vorn am Eingang relativ viel Licht hereinfiel, schien es, als hätte sich eine Schar von Mönchen soeben von diesen zum Studium wie zum Essen benutzten Steintischen erhoben und wäre zum Luftschöpfen ins Freie getreten.

Das völlige Fehlen jeder Farbe beruhigte Honda. Beim näheren Hinsehen allerdings war in einer kleinen Vertiefung auf dem einen Tisch eine Spur von altem Eisenrot zurückgeblieben.

Hatte also doch irgendein einzelner die ganze Zeit über dort gesessen, um nun davonzugehen?

Aber wer sollte das gewesen sein?

Allein geblieben in der Kühle der Höhle, war es Honda, als flüsterte die ringsum andrängende Dunkelheit mit unzähligen Stimmen auf ihn ein. Zum ersten Mal, seit er in Indien war, erlebte er eine solche Absenz von Dekor und Farbe, weckte dies in ihm so sehr das Gefühl von der Präsenz eines Wunderbaren. Und dessen eindeutige, lebendige Existenz wurde seiner empfindenden Haut durch nichts stärker vermittelt als durch Verfall und Untergang. Ja, wirklich hatte dieses Wesen bereits begonnen, Gestalt anzunehmen. In dem Modergeruch, der all die Felsen bis in die feinsten Ritzen überzog.

Wie immer, wenn sich in ihm etwas ausformen wollte, überkam Honda eine aus Ekstase und Furcht gemischte Empfindung, ein gleichsam tierhafter Affekt, mit dem sich etwa der Fuchs, den fernen Geruch witternd, seiner Beute nähert. Und während er es noch nicht wirklich eindeutig begriff, hatte in der Tiefe seines Herzens eine ferne, unverwechselbare Erinnerung sich dessen doch bereits bemächtigt. Honda war vor Erwartung innerlich verwirrt.

Als er aus jener Mönchsklause heraustrat und durch die Halle draußen in Richtung auf die nächste, die fünfte Höhle weiterging, machte der Plattenweg einen großen Bogen und eröffnete damit einen neuen Ausblick: auf eine Stelle, an der dieser vor den Höhlen vorbeiführende Weg hinter einer Reihe unter den Fels gestemmter, von Nässe triefender Stützen verlief. Naß waren sie deshalb, weil sie sich auf der Rückseite eines zweistrahligen Wasserfalls befanden. Honda wußte, in jener Gegend mußte die fünfte Höhle liegen, und er blieb stehen, um über das dazwischen eingegrabene Tal hinweg den Wasserfall zu betrachten.

Der eine der beiden Strahlen traf auf den Felsen auf und zerstiebte, der andere bildete ein ununterbrochenes Silberband; beide waren sie schmal und fielen mit Ungestüm. Ihr Sturz abwärts über die gelblichgrüne Felswand zum Wagora-Fluß hinab hallte hell und rein von den Bergen ringsum wider. Zwar sah unter dem Wasserfall, links und rechts der Strahlen, der düstere Eingang zur Höhle hervor, aber sonst begleiteten Mimosenbüsche mit ihrem glänzenden Grün und den roten Blüten das herabstürzende Wasser, und herrlich war sein blendendes Gefunkel, war der Regenbogen in seinem Gesprüh anzuschauen. An der Linie, die Hondas Augen und den Wasserfall verband, tanzten, sie gleichsam umspielend, einige gelbe Falter auf und ab.

Honda blickte zu dem Anfang des Wasserfalls hinauf und war über die schier schwindelerregende Höhe erstaunt. Ihm schien, als öffnete sich hoch droben eine mit dem Maßstab der hiesigen nicht mehr meßbare Welt. Das Grün auf den Felsen, über die der Wasserfall herabstürzte, war die satte Farbe von Moosen und Farnen; aber oben am Gipfel war es ein lichtes Hellgrün. Zwar lag auch dort allerlei Felsgestein zutage, dieses sanfte Leuchten des grünen Grases indessen hatte etwas Überirdisches. Ein schwarzes Zicklein weidete dort. Und noch über der Wiese in dem vollkommen blauen Himmel waren einige lichtdurchglühte Wolken aufs prächtigste ineinander verschlungen.

Er meinte, von da oben her irgend etwas zu hören; doch nirgends konnte es stiller sein. Und meinte er, von der Stille erdrückt zu werden, so rauschte wieder das Tosen des Wasserfalls auf. Hingegeben lauschte er bald der Stille, bald dem Tosen.

In ihm stritt die Ungeduld, die ihn zu der vom dunstigen Staub des Wasserfalls übersprühten fünften Höhle trieb, mit einer Furcht, die seine Schritte hemmte. Es war so gut wie sicher, daß ihn dort nichts erwarten würde. Dennoch fielen wie Tropfen jene Worte Kiyoakis in sein Herz, die dem Freund im Fieber über die Lippen gekommen waren: »Wir sehen uns wieder. Bestimmt. Unter dem Wasserfall.«

Bisher hatte er gedacht, es sei der Sanko-Wasserfall am Miwayama-Berg gemeint gewesen. Und wahrscheinlich zu Recht. Andererseits war ihm, mit dem endgültigen Wasserfall müsse Kiyoaki diesen von Ajanta gemeint haben.

10

Die »Südsee«, an deren Bord Honda Indien verließ, war ein mit sechs Passagierkabinen ausgestatteter Fahrgastfrachter der Itsui-Reederei. Die Regenzeit war vorüber, und nachdem das Schiff bei schon kühlem Nordostmonsun den Golf von Siam überquert und Paknam an der Menam-Mündung passiert hatte, fuhr es unter ständiger Lotung des Gezeitenpegels stromaufwärts nach Bangkok. Der Himmel an diesem dreiundzwanzigsten November war trocken und von einem Emailblau.

Ah, welche Erleichterung, aus dem derart von Miasmen überzogenen Land in die vertraute Stadt zurückzukehren! Nicht, daß er sich nach ihr verzehrt hätte, aber nachdem er den so schrecklichen indischen Reiseballast verstaut hatte, blieb Honda dabei, daß er sich oben an Deck gegen die Reling lehnte. Die Ballaststücke knirschten indessen in den tiefen Laderäumen seiner Seele gegeneinander.

Unterwegs glitt einmal ein Zerstörer der thailändischen Kriegsmarine vorüber, sonst herrschte einsame Stille längs der mit Palmen, Mangrovebäumen und Schilfrohr bestandenen Ufer des Flusses, hinter denen nur selten aufsteigender Rauch von einer Ansiedlung zu bemerken war. Als sich schließlich zur Rechten Bangkok und zur Linken Thon Buri näherten, sah man auf dem letzteren Ufer mit Wedeln der *Pandang*-Palmen gedeckte Häuser, die auf Stelzen standen, und aus den glänzenden Laubschatten hervor blinkte hier und da die dunkle Haut der Arbeiter in einer Obstplantage. Sie kultivierten Bananen, Ananas, Mangostanen und andere Fruchtarten.

In einer Ecke dieser Plantage war auch eine Gruppe hoher Betelpalmen auszumachen, wie sie die Kletterfische für ihre Landausflüge bevorzugen; ein Anblick, bei dem Honda wieder an jene bejahrten Hofdamen denken mußte, die vom Kauen der in *Kimma*-Blätter eingewickelten Betelnüsse feuerrote Lippen gehabt hatten. Unter Pibul, der einem modernistischen Denken zuneigte, war dergleichen zwar längst untersagt. Vermutlich aber hatten sich die Hofdamen wenigstens in dem von der Hauptstadt entfernten Bang Pa In den Kummer über dieses Verbot einmal von der Seele kauen wollen.

Allmählich nahm die Zahl der mit einem einzigen Ruder vorangetriebenen Wasserfahrzeuge zu. Und schließlich tauchte dahinter das Mastengewirr der Handels- und Kriegsschiffe auf. Es war dies Khlong Toei, der Hafen Bangkoks.

Das schlammige Flußwasser hatte in der späten Nachmittagssonne etwas seltsam Prächtiges, eine Farbe wie schwärzlich angerußte Rosen; und da es zudem von dem obenhin treibenden Öl schillernd irisierte, erinnerte es Honda an die in Indien so oft beobachtete schlüpfrig-glatte Haut der Leprakranken.

Unter der Menge, die beim Anlegen mit geschwenkten Hüten das Schiff begrüßte, konnte er nach und nach den dicklichen Leiter der Itsui-Niederlassung mit einigen seiner Angestellten sowie den Präsidenten des Japanischen Klubs ausmachen; die Anwesenheit Hishikawas freilich, der versteckt hinter dem Rücken des Itsui-Chefs stand, löste in Honda sogleich ein Gefühl der Bedrückung aus.

Bevor noch einer von den Itsui-Leuten dem die Gangway herabkommenden Honda das Gepäck abnehmen konnte, hatte es ihm Hishikawa, der von der Seite herzusprang, förmlich entrissen. Dabei begrüßte er ihn mit einer bis dahin nie gezeigten, bereitwillig unterwürfigen Haltung: »Seien Sie willkommen, Herr Honda! Wie froh bin ich, Sie gesund zu sehen. Die Indienreise wird für Sie gewiß eine rechte Strapaze gewesen sein.«

Honda indessen, da er dies, weniger sich selbst, als vielmehr dem Itsui-Vertreter gegenüber, für eine recht ungebührliche Art der Begrüßung hielt, ging darauf gar nicht ein, sondern wandte sich sogleich mit seinem Dank an den Leiter der Niederlassung.

»Sie haben mich mit Ihrer so wohldurchdachten Vorbereitung, wohin ich unterwegs auch immer kam, wahrhaftig in Erstaunen versetzt. Dank Ihres Beistands reiste ich geradezu wie ein Fürst.«

»Es sollte mich freuen, wenn Sie auf diese Weise bemerkt haben, daß das Handelshaus Itsui selbst angesichts der Einfrierung der japanischen Guthaben in England und Amerika noch keineswegs die Waffen streckt.«

Im Wagen zum Oriental-Hotel hielt sich Hishikawa, der mit dem Gepäck auf dem Beifahrersitz Platz genommen hatte, bescheiden zurück, während der Itsui-Chef von der in Hondas

Abwesenheit in Bangkok eingetretenen Verschlechterung der allgemeinen Stimmung sprach. Und er riet ihm, nur ja achtzugeben; die Gefühle Japan gegenüber, angeheizt durch eine geschickte angloamerikanische Propaganda, hätten einen kritischen Punkt erreicht. Durch das Wagenfenster war zu sehen, wie sich, anders als früher, Scharen zerlumpter Menschen durch die Straßen drängten.

»Flüchtlinge aus Französisch-Indochina, die teils wegen der Gerüchte, die japanische Armee könne jeden Tag einmarschieren, teils wegen der Unsicherheit der dortigen politischen Lage in großer Zahl von der Grenze her nach Bangkok hereinströmen.«

Hingegen hatte sich im Hotel an der nach englischer Art teilnahmslosen Gleichgültigkeit des Personals nicht das geringste geändert. Ja, nachdem er sich auf seinem Zimmer eingerichtet und kalt abgeduscht hatte, fühlte sich Honda innerlich völlig ausgeglichen.

In der Zwischenzeit hatte sich, um Honda anschließend zum Abendessen auszuführen, der Itsui-Chef zusammen mit den anderen in den Sesseln der dem Garten zugewandten Lobby niedergelassen; über ihnen an der Decke drehte sich gemächlich ein riesiger Ventilator, und manchmal war zu hören, wie irgendwelche Insekten gegen seine Flügel stießen.

Als Honda jetzt von seinem Zimmer herunterkam, fiel ihm zum wiederholten Male das um ihre Umgebung völlig unbekümmerte Verhalten dieser Clique »japanischer Herren in den südlichen Außenterritorien« auf, einer Gruppe, der also auch er selber angehörte. Es war so gar nichts Liebenswürdiges in ihrem Benehmen.

Warum eigentlich? Nun, er hätte sich wohl richtiger sagen sollen, daß er in ebendiesem Augenblick das Häßliche an ihnen, das Häßliche an sich selbst in seiner vollen Wahrheit erst entdeckte. Daß es ihm einfach unglaublich erschien, es könnte sich hier um die gleichen Japaner handeln, wie es die beiden herrlichen jungen Männer, Kiyoaki und Isao, gewesen waren.

Gewiß, soweit es die erstklassigen Leinenanzüge nach englischem Schnitt, die weißen Hemden, die Krawatten betraf, war an diesen Männern nichts zu bemängeln; aber gleichzeitig wedelte ein jeder emsig mit seinem japanischen Fächer, wobei ihm die daran befestigte Schnur mit der schwarzen Glasperle um das Handgelenk hing. Lachten sie, so waren die Goldzähne zu sehen, und alle trugen sie Brillen. Der Vorgesetzte berichtete, selbstverständlich mit der größten Bescheidenheit, von seinen beruflichen Heldentaten, und die Untergebenen quittierten die schon so oft gehörten Geschichten ebenso selbstverständlich mit dem üblichen Beifall: »Da haben Sie allerdings Entschlossenheit gezeigt, jaja, der Mut der Aufrichtigkeit, nicht wahr?« Hierauf kam das Gespräch auf exotische Frauen, es wurde für den Krieg als das Mittel zur Konfliktlösung plädiert oder – mit gedämpfter Stimme – die Anmaßung der Militärs kritisiert... Das alles in dem für die Tropen typischen, sich ewig wiederholenden, litaneiartig schlaffen Tonfall, aufs merkwürdigste verknüpft mit einer sich brüstenden Vitalität. Irgendwo tief im Inneren unendlich müde, auch verschwitzt und ständig versucht, sich zu kratzen, bewahrten sie gleichwohl ihre steife Haltung, während manchmal in einem Winkel ihres Herzens wie rote Lilien im Sumpf die Angst hochtrieb, sie könnten sich bei dem Vergnügen letzte Nacht eine Krankheit geholt haben... Als er eben noch auf seinem Zimmer in den Spiegel geschaut, hatte Honda sein eigenes, von der Reise natürlich zusätzlich ermüdetes Gesicht durchaus nicht so deutlich als eines erkannt, das schließlich doch auch zu ihnen gehört hätte. Erkannt hatte er nur einfach das Gesicht eines Siebenundvierzigjährigen, eines Mannes, der einst an der Gerechtigkeit mitgewirkt, dann sein Geschäft in die Gassen hinter der Gerechtigkeit verlegt hatte und noch immer am Leben war.

›Meine Häßlichkeit ist von besonderer Art‹, dachte Honda, sich an sein rasch zurückgekehrtes Selbstvertrauen klammernd, während die wenigen, mit einem roten Teppich belegten Stufen von der Tür des Aufzugs zur Lobby hinunterging. ›Jedenfalls bin ich, anders als diese Geschäftsleute da, ein mit Gerechtigkeit Vorbelasteter.‹

Als man an diesem Abend in einem kantonesischen Speiselokal schon einiges an Alkohol getrunken hatte, meinte, laut und in Gegenwart Hishikawas, der Itsui-Chef zu Honda: »Unser guter Hishikawa, wissen Sie, nimmt es sich furchtbar zu Herzen, daß er Ihnen vielleicht lästig gewesen ist und Ihre Gefühle verletzt hat. Nach Ihrer Abreise trieb er es in seiner Zerknirschung so weit, daß er sich selber bis an den Rand eines Nervenzusammenbruchs mit Vorwürfen überhäufte: ›Ich habe unrecht getan, ich habe falsch gehandelt.‹ Nun ja, da ich es war, der Ihnen Hishikawa mitgab – einfach, weil ich dachte: mag er als Mensch auch seine Fehler haben, so ist er doch recht brauchbar –, fällt die Verantwortung dafür, daß er Ihnen im Gegenteil nur eine Last gewesen, natürlich auf mich. Es ist mir daher nicht leicht, Sie darum zu bitten; aber angesichts der Tatsache, daß Ihnen bis zu Ihrem Rückflug nur noch vier, fünf Tage bleiben (Ihr Platz auf einer Militärmaschine ist übrigens bereits reserviert) und daß Hishikawa seinerseits reuevoll versichert, er werde sich hinfort bemühen, sich in allem Ihren Wünschen zu fügen: könnten Sie sich in Ihrer Großzügigkeit nicht bereit finden, es noch einmal mit ihm zu versuchen?«

Woraufhin Hishikawa über den Tisch hinweg in einer flehentlichen Haltung erklärte: »Ich bitte Sie, tadeln Sie mich ganz nach Ihrem Belieben. Ich habe mich einfach unverzeihlich benommen.« Und dabei den Kopf so tief senkte, daß er fast das Tischtuch berührte.

Für Honda eine recht deprimierende Situation.

Die Worte des Chefs hatten sich immerhin so angehört, als wäre er weiterhin fest davon überzeugt, daß er ihm einen ausgezeichneten Führer mitgegeben habe. Und aus Hishikawas Benehmen wiederum würde man zweifellos schließen, er, Honda, habe sich in seiner Launenhaftigkeit Hishikawa gegenüber ziemlich anmaßend verhalten. Wenn er also jetzt Hishikawa zurückwies, hieße das, ihn zu verletzen. Mithin blieb ihm gar nichts anderes übrig, als seine unterwürfigen Dienste für die restlichen Tage zu ertragen, und das am besten so, daß er ihn fühlen ließ, es sei dies letztlich alles Hishikawas eigene Schuld. Auf diese Weise brauchte Honda selber an Gesicht nichts einzubüßen...

Für einen Augenblick packte Honda die Wut, gleich darauf aber begriff er, daß es die Situation nur zu seinem Nachteil verändern würde, wenn er sich hier durchsetzen wollte. Gewiß hatte Hishikawa dem Chef keine konkreten Beispiele für seine »Fehler« gebeichtet; und wie es in seiner Natur lag, hatte er nicht die geringste Ahnung, warum man ihn eigentlich nicht mochte. Nach seiner Denkart hatte man nun einmal etwas gegen ihn und, indem er dies als ein Faktum betrachtete, schien er offenbar darum bemüht, die Sache irgendwie zu bereinigen. So war es, nachdem er den Itsui-Chef geschickt auf seine Seite gezogen hatte, zu dessen wenig einfühlsamer Rede gekommen.

Die Unempfindlichkeit des dicklichen Niederlassungsleiters war Honda noch bereit, hingehen zu lassen, nicht aber diese Komödie, die Hishikawa, wohl wissend, daß man ihn verabscheute, mit der schamlosesten Scharfsinnigkeit inszenierte; diesen listigen, umsichtig vorbereiteten Annäherungsversuch.

Plötzlich wäre Honda lieber schon am nächsten Tag nach Japan zurückgekehrt. Aber nach alledem den Reiseplan zu ändern, das hätte unfehlbar so gewirkt, als zeige er recht kindisch seine Verachtung für Hishikawa; und es leuchtete ihm ein, daß er in ein Dilemma geraten war, in dem er gerade das nicht tun durfte. Nachdem er anfangs zu nachsichtig gewesen war, hatte er es jetzt nur um so mehr zu sein.

Als einziges blieb ihm übrig, Hishikawa hinfort wie eine Maschine zu behandeln. Also protestierte er lächelnd: hier müsse der Itsui-Chef in einem schrecklichen Irrtum befangen sein; schließlich sei er, Honda, ja völlig auf Hishikawas Hilfe angewiesen, wenn er in den nächsten Tagen Geschenke besorgen, Buchhandlungen besuchen und mit dem Rosenpalais Verbindung aufnehmen wolle, um sich dort zu verabschieden. Und wenigstens kostete er in einer Art technischen Triumphs die Befriedigung darüber aus, daß er hinsichtlich seiner wahren Gefühle so prächtig zu heucheln vermochte.

Hishikawas Verhalten hatte sich allerdings gewandelt.

Das erste, womit er Honda bekannt machte, war eine Buchhandlung, in der, so wie in einem mangelhaft belieferten Gemüseladen nur hier und da einiges Grünzeug zum Verkauf in den Regalen liegt, lediglich eine spärliche Reihe broschierter, teils englischsprachiger, teils thailändischer Bücher von der schlechtesten Druckqualität zur Auswahl stand; früher hätte sich Hishikawa nun sogleich in abfälligen Worten über den Tiefstand der thailändischen Kultur geäußert, jetzt jedoch ließ er Honda suchen und schwieg dazu.

Englische Ausgaben über den thailändischen *Hinayana*-Buddhismus waren nicht zu finden, noch weniger solche über *Sam-*

sara und Wiedergeburt. Dafür wurde Hondas Aufmerksamkeit von einem dünnen Bändchen Gedichte auf ordinärem Papier gefesselt, einem Privatdruck, wie es schien; der weiße Umschlag war von der Sonne vergilbt und umgebogen. Er überflog das englische Vorwort, woraus er erfuhr, daß hier nach dem unblutigen Umsturz vom Juni 1932 ein offenbar mitbeteiligter junger Mann in Versen seine Enttäuschung über die Zustände nach jener Revolution zum Ausdruck gebracht habe, für die er sich notfalls aufzuopfern bereit gewesen war. Eine Gedichtsammlung zudem, die zufällig im Jahr nach Isaos Tod veröffentlicht worden war. Honda schlug eine Seite auf, und was da in einem nachlässig gedruckten, unbeholfenen Englisch stand, las sich etwa wie folgt:

Und keiner, der es begreift:
daß aus dem Opfer der Jugend, der Zukunft geweiht,
nichts sonst entstand als das Gewürm der Fäulnis.
Und keiner, der es begreift:
daß auf dem Acker des Schutts, der eine neue Welt verhieß,
nichts sonst gedieh als giftiges Dorngesträuch.
So schwingt das Gewürm die goldenen Flügel,
weht der Wind aus dem Giftdorn die Pest herbei.
Ach, war auch in unserer Brust die heiße Liebe zum Land
röter noch als im Regen die Blüten am Mimosenbaum:
wie rasch nach dem Regen nun Traufen, Pfeiler, Balustraden
sich überziehen mit dem weißen Moderhauch der Tyrannei!
Die Weisheit von gestern erblindet im Bad des Profits,
der Feuergeist von gestern hockt in bestickter Seidensänfte.
Wahrlich, da ist es besser,
wenn irgendwo weit weg in Kabin oder Patani,
wo Quitte, Sandel, Rotholz wuchern,
auf Pfaden zwischen Ranken, Dornen, Pfefferrohr
im Dschungel, der von Regen trieft und Sonne,
Nashorn, Tapir, Bison
oder manchmal eine Elefantenherde unterwegs zur
  Wasserstelle
knackend über meine ausgebleichten Knochen trampeln.
Ja, besser ist es,
wenn, mit eigner Hand zerschlitzt, das rote Mondrund
  meiner Kehle

schimmert in den Tropfen am Geäst –
denn keiner, der es begreift,
keiner, der es begreift –
und singt sein schmerzlich wütendes Lied.

Honda war von diesen Versen politischer Verzweiflung tief betroffen. Er vermochte sich kein Gedicht vorzustellen, das die Seele des toten Isao besser getröstet hätte. Denn fest stand: Isao war zwar in den Tod gegangen, ohne die erträumte Erneuerung erreicht zu haben; zweifellos aber hätte er mit dem Augenblick, da sie zustande gekommen, eine wachsende Enttäuschung empfunden. Gewiß, Grundprinzip seines Handelns war es gewesen, so oder so zu sterben, ob im Scheitern oder im Erfolg. Nur ist es das menschliche Unvermögen, daß man sich nicht außerhalb der Zeit stellen kann, um unbefangen abzuwägen, welchen Tod zu welchem der beiden Zeitpunkte man sterben will. Daß man nicht durch neutralen Vergleich die Wahl hat zwischen dem Tod nach und dem Tod vor der Erfahrung jener Enttäuschung, die auf einen Umsturz zu folgen pflegt. Wer früher stirbt, für den wird ein Tod, der diese Erfahrung einschließt, unmöglich; wer später stirbt, kann keinen Tod ohne diese Erfahrung haben. Man muß daher wohl oder übel beide Formen des Todes für die Zukunft einplanen und sich dann so entscheiden, wie es einem ein vorausschauendes Abwägen befiehlt. Natürlich hatte sich Isao für einen Tod ohne die Erfahrung der Enttäuschung entschieden; das war so ganz aus der einem klaren Fluß vergleichbaren Klugheit geschehen, wie sie Jugendliche besitzen, die noch nie die Macht geschmeckt haben.

War man hingegen an einer Revolution beteiligt und geht, als hätte man damit den Blick auf die Rückseite des Mondes getan, aus einer nach dem Sieg empfundenen Enttäuschung oder Verzweiflung in den Tod, so bedeutet dies wahrscheinlich nur eben die Flucht aus einer den Tod noch übersteigenden Ödnis. Und es läßt sich, wie aufrichtig das Sterben auch gemeint war, schwer der Eindruck vermeiden, daß es sich um nicht mehr als einen pathologischen Selbstmord gehandelt habe, vollzogen am schwermütigen Nachmittag der Revolution.

Dieses politische Gedicht, er sollte es der Seele des toten Isao weihen – überlegte Honda. Isao mochte, wenn es hochkam, mit dem Traum von der Sonnenscheibe gestorben sein; hier in den Zeilen des Gedichts aber legte unter rissiger Sonne der Morgen eine eitrig schwärende Wunde bloß. Dennoch, zwischen Isaos mutigem Tod und der Verzweiflung in diesem Gedicht, beides zufällig derselben Epoche angehörig, spannte sich ein durch nichts zu zerreißender Faden. Schließlich konnte es ja sein, daß die von einzelnen unter Einsatz ihres Lebens verfolgten Zukunftsträume, die edelsten wie die verruchtesten, die schönsten wie die schmutzigsten, sämtlich am gleichen Platz angesiedelt oder gar, zum noch größeren Erschrecken, untereinander identisch wären. Mit anderen Worten, Honda glaubte, gerade weil Isaos Weitblick von solcher Klugheit und also sein Tod von solcher Aufrichtigkeit gewesen war, müsse der Sterbende die in diesem politischen Gedicht enthaltene Verzweiflung geahnt haben.

Daß auf ihn selbst, wenn er derartige Überlegungen anstellte, natürlich der Schatten des riesigen Indien fiel, dessen war sich Honda bewußt. Indien hatte seinem Denken eine Struktur ähnlich den vielfach geschichteten Blättern der Lotosblüte aufgeprägt, und daher vermochte er sich mit einem raschen, geradlinigen Argumentieren nicht mehr zu begnügen. Als er damals unter Aufgabe sogar seines Amtes Isao zu Hilfe geeilt, obzwar getrieben auch von der Reue darüber, daß er einst nicht imstande gewesen war, Kiyoaki zu retten, da hatten sich in ihm, vielleicht das einzige Mal in seinem Leben, Selbstlosigkeit und Opferbereitschaft geregt. Doch nachdem er Isao auf dieselbe unsinnige Weise verloren hatte, war es ihm mehr und mehr als der einzige Ausweg erschienen, die in die Wiedergeburt eingeschlossene, aber entgegengesetzte Vorstellung zu beschwören, das Danach also außerhalb des *Samsara* zu suchen. Und nun war es eben jenes schauerliche Indien gewesen, das Honda, dem es immer schwerer gefallen war, »menschlich« zu empfinden, den letzten Anstoß in dieser Richtung gegeben hatte.

Das Vorauserkennen der Enttäuschung, die, ob Erfolg oder Niederlage, ob später oder früher, im Verlaufe der Zeit notwendigerweise eintritt, ist an sich noch keine Weitsicht. Geht dies doch über den üblichen Pessimismus nicht hinaus. Worauf es einzig und allein ankommt, ist, daß es sich um ein Vorauserkennen handelt, das durch den Vollzug der Tat, durch den Vollzug des Todes geschieht. Und dies hatte Isao aufs herrlichste verwirklicht. Erst durch ein solches Verhalten wird es möglich, die von der Zeit ringsum aufgestellte, durch Menschenkraft nicht zu überwindende gläserne Scheidewand von dort nach hier und von hier nach dort gleichermaßen durchsichtig zu machen. Vergangenheit und Zukunft aller Begierden und Sehnsüchte, aller Träume und Ideale werden damit gleichwertig und gleichartig, sind, mit anderen Worten, einander ebenbürtig.

Ob Isao im Augenblick des Todes tatsächlich in eine derartige Welt geschaut, das war eine Frage, die Honda, selbst dem Alter nahe, nicht außer acht lassen durfte, wenn er erfahren wollte, was man wohl im Sterben wahrnimmt. Zumindest war sicher, daß sich in jenem Augenblick der reale Isao und ein gestaltlos imaginärer Isao wechselseitig angesehen und daß dabei des Diesseitigen Vorauserkenntnis den wahrscheinlich noch nicht sichtbaren Glanz des Jenseitigen deutlich begriffen, die Blicke darüber aber, ihrerseits voll unendlichen Verlangens, voll Wehmut nach Erreichtem oder Nichterreichtem herüberschauend, ebenso deutlich den Glanz der Sehnsüchte aus einer nun abgewandten Vergangenheit erfaßt hatten. Beider Existenzen waren vermittels zweier unwiederholbarer Phänomene durch jene gläserne Scheidewand hindurch miteinander verbunden gewesen. Und so deuteten Isao und dieser politische Dichter auf die ewige Verkettung zwischen dem Poeten, der sich, nachdem er vorbeigegangen, nach dem Tode sehnt, und dem Jüngling, der sich weigerte vorbeizugehen und starb. Wenn dies zutraf, was wäre dann aus dem geworden, das beide, jeder auf seine Weise, gewollt und erhofft? Nach Hondas Theorie, an der er seit seiner Jugendzeit unverrückbar festhielt, galt noch immer: Geschichte ist durch den menschlichen Willen nicht zu bewegen, dabei gehört es zum Wesen des menschlichen Willens, daß er die Geschichte unter allen Umständen zu beeinflussen versucht.

Nun, auf welche Weise und wann jedoch sollte Honda diesen so trefflich zur Weihegabe geeigneten Gedichtband der Seele Isaos überreichen?

Er könnte ihn natürlich nach Japan mitnehmen und dort auf sein Grab legen. Nein, wie Honda nur zu gut wußte: das Grab war leer.

Aber vielleicht könnte er ihn der Prinzessin Ying Chan schenken! In der Tat wäre es das beste, ihn der kleinen Hoheit, die so ausdrücklich darauf beharrte, der wiedergeborene Isao zu sein, zum Präsent zu machen. Das bedeutete fürwahr eine Eilpost, wie sie unmittelbarer und schneller nicht ankommen könnte. Und er selbst würde dabei zum schnellfüßigen Boten, der die Mauer der Zeit mühelos durchbräche.

Ob freilich die eben siebenjährige Prinzessin, wie klug sie auch war, die Verzweiflung in solchen Gedichten überhaupt begriffe? Zudem hatte diesmal die Wiedergeburt, nämlich von Isao her, allzu offenkundige Gestalt angenommen, so daß sich gerade deshalb bei Honda ein gewisser Zweifel meldete. Vor allem war, obwohl er doch in jenem hellen Sonnenlicht unentwegt danach Ausschau gehalten hatte, auf der lieblichen, dunklen Haut unter Ying Chans Arm von dem Dreigestirn der Leberflecke nichts zu entdecken gewesen...

Drei Tage, nachdem Honda – er würde also neben einem feinen indischen *Sari* diesen Gedichtband als Geschenk überreichen – durch Hishikawa im Rosenpalais hatte anfragen lassen, wurde ihm von dort die Nachricht übermittelt, daß die Prinzessin diesmal eigens den wegen der Abwesenheit des Königs geschlossenen Chakri-Palast öffnen werde, um ihm in der »Halle der Königinnen« eine Audienz zu gewähren.

Allerdings hatten die Hofdamen eine strenge Bedingung daran geknüpft. Die Prinzessin, die während der Dauer seiner Indienreise sehnsüchtig auf Hondas Rückkehr nach Thailand gewartet habe, behaupte nämlich mit widerspenstiger Beharrlichkeit, sie werde an dem Tage, an dem Honda wieder in seine Heimat fahre, mit ihm zusammen nach Japan gehen, und da sie zugleich ständig Klage darüber führe, daß man für sie noch keine Reisevorbereitungen treffe, habe man zu ihrer Beruhigung schließlich vorgegeben, solche tatsächlich einzuleiten. Man bitte Honda daher, bei der Audienz weder von seiner Heimreise noch von Tag und Stunde seiner Abfahrt irgendein Wort zu erwähnen und sich möglichst so zu stellen, als ob er für immer in Thailand bliebe.

11

Der Morgen am Tag vor seiner Abreise nach Japan war wiederum von heiterer Klarheit und, da sich der Wind gelegt hatte, recht heiß.

Um zu der auf vormittags zehn Uhr angesetzten Audienz pünktlich zu sein, passierten, beengt von Krawatte und Jackett, Honda und Hishikawa um neun Uhr vierzig den Posten der Garde.

Der 1882 unter König Chulalongkorn dem Großen errichtete Palast war von einem italienischen Architekten als eine überaus prächtige Mischung aus Neobarock und siamesischem Stil angelegt.

Er besaß eine gegen den Hintergrund des blauen Tropenhimmels eher wie ein Blendwerk wirkende, reiche Fassade. Wenn man daran hinaufsah, ging von ihrem geradezu schwindelerregenden Glanz und dem verwirrenden Dekor, mochte dieser auch noch so europäisch sein, der für das tropische Asien so typische Zauber und Rausch aus, den hier alle Architektur besaß. Die Aufgänge der von rechts und links flach ansteigenden Marmortreppen wurden von Bronzeelefanten bewacht, und das über sie zu erreichende Portal hatte nach Art der römischen Tempel ein mächtiges, auf Säulen gesetztes und von einem Flachbogen überwölbtes Giebelfeld, in das in prachtvollen Farben das Porträt des großen Königs eingelassen war. Bis dahin herrschte, von Marmor, Reliefdekor und Gold unterstützt, das reinste europäische Neobarock vor; darüber jedoch, eingefaßt von einer mit korinthischen Säulen aus rosa Marmor geschmückten Galerie, erhob sich majestätisch wie die Aufbauten eines Schiffes eine siamesische Palasthalle, von der man noch eben die schachbrettartig in Rotbraun und Gold auf weißem Grund gemusterte Decke erkannte, während an ihren Giebeln das wie ein baumförmiger Leuchter gestaltete Wappen der Chakri-Dynastie eingeschnitzt war. Über dieser Halle schließlich, bis hinauf zu der goldenen, mit dem Flammenzierat bekrönten Spitze, wucherten die charakteristisch siamesischen rot und goldenen, kompliziert aufeinandergesetzten Dächer so in den blauen Himmel hinauf, daß sich an den Firstenden die aufgebogenen Schmuckziegel staffelten wie die eckigen Schultern der Tänzerinnen. Das alles zusammen konnte die Vorstellung erwecken, in der Anlage des Chakri-Palastes werde gezeigt, wie die ausschweifend wirren und bunten, ja wilden königlichen Tropenphantasien das feste und rationale, europäisch kalte Sockelgeschoß allmählich zermalmen und sich einverleiben. Gleichsam als spreizte ein Nachtmahr, scharf die Krallen und der Schnabel, seine rot und goldenen Schwingen über der würdevoll kühlen und bleichen Brust des schlafenden Herrschers.

»Ist das vielleicht schön?« fragte Hishikawa, indem er stehenblieb und sich im Hinaufblicken den Schweiß vom Gesicht wischte.

Honda spürte sofort, daß Hishikawas üble Angewohnheit wie in Nachwirkung eines gehabten Anfalls wiederaufzuleben drohte. Also geschah es aus reiner Freundlichkeit, wenn er dem schon beim Erkennen der ersten Symptome rigoros den Garaus machte.

»Ob schön oder nicht schön – was kann uns das kümmern? Wir sind ja der Einladung lediglich gefolgt, um die Prinzessin zu sehen, nicht wahr?«

Hishikawa, der sich auf Hondas unerwartet entschiedene Bemerkung zu ihm umgewandt hatte, bekam auf einmal einen Ausdruck der Furcht in die Augen, und er schwieg. Honda seinerseits bedauerte es, daß er eine so wirkungsvolle Methode nicht vom Anfang seines Bangkok-Aufenthalts an benutzt hatte.

Da der Wachoffizier, der die beiden führte, beiläufig zu verstehen gab, daß es allerlei mühsame Vorbereitungen gekostet habe, den so lange abgeschlossenen Palast lediglich einer Laune der Prinzessin Chantrapa wegen zeitweilig zu öffnen, ließ Honda, indem er diesmal einen Wink aus Hishikawas Augen getreulich befolgte, rasch eine angemessene Summe Geldes in die Tasche des Offiziers gleiten.

... Die mächtigen Flügel des Portals taten sich auf. Die Besucher traten ein und befanden sich in einer dämmrigen Halle, auf deren Mosaikfußboden aus schwarzem, weißem, grauem und geflecktem Marmor etwa zwanzig Rokokostühle mit Mahagoni-Rahmen aufgereiht waren; doch sogleich übernahm eine ihnen vom Ansehen bekannte Hofdame die beiden Herren aus den

Händen des Offiziers und geleitete sie durch eine große Tür auf der rechten Seite. Dahinter lag ein hoher und lichter, ganz im europäischen Stil gehaltener Prachtsaal mit einem Kronleuchter und mehreren mit einem floralen Muster in Marmor eingelegten Tischen italienischer Manier, um die rot und goldene Louis-quinze-Stühle standen.

Die Wände waren mit den lebensgroßen Porträts der vier Gemahlinnen Chulalongkorns des Großen sowie der Königinmutter geschmückt, und wie Hishikawa erläuterte, hatte es sich bei drei der vier Königinnen um Schwestern gehandelt. Sämtliche Porträts waren im viktorianischen Stil gehalten. Sie zeugten von dem bemühten Diensteifer des ausländischen Malers, doch machten besonders die Gesichter den Eindruck, als hätten hier einerseits des Künstlers Ehrlichkeit und Schmeichelei, seine Treuherzigkeit und Arglist, seine von dem Problem gehemmte Kühnheit, ob er den Realismus wirklich so weit treiben dürfe, und andererseits seine ungenierte Unwahrhaftigkeit ständig miteinander im Widerstreit gelegen wie Sand und Wellen am Gestade. Die etwas schwermütige Grazie, wie sie fürstlichen Personen eignet, entsprach einer ebenso schwermütigen Sinnlichkeit der dunklen Haut; zudem verlieh das Südländische in Kleidung und Hintergrund den sich realistisch gebenden Gemälden wie von selbst etwas Phantastisches.

Das Porträt der Königinmutter Thep Sirin, einer zierlichen, greisen Aristokratin, verriet in den Gesichtszügen mehr als die anderen eine düstere, wilde Würde. Und langsam, Bild für Bild genau betrachtend, ging Honda weiter, wobei er aus Hishikawas Erläuterungen erfuhr, daß Königin Prephaiphim, die Hauptgemahlin, die jüngste der drei Schwestern unter den vier Ehegefährtinnen des großen Königs gewesen sei. Bezog man ihre beiden Schwestern Sawaeng Watana und Sunantha in den Vergleich mit ein, mußte für jedermanns Augen Königin Sunantha, die älteste, als die schönste erscheinen.

Königin Sunanthas Porträt hing in einem Winkel des Saales, halb von Schatten verdeckt. Sie war, die eine Hand auf einen Tisch am Fenster gestützt, stehend wiedergegeben; draußen im mattblauen Himmel trieben Abendwolken, und vor dem Fenster war ein Orangenbaum zu erkennen, die Äste schwer von Früchten. Auf dem Tisch standen eine enghalsige Cloisonné-

Vase mit einer kleinen Lotosblüte sowie eine Weinkaraffe und Trinkschalen aus Gold: Die Königin selbst, deren schöne, nackte Füße unter einem goldfarbenen *Panun* hervorschauten, trug eine über die Schulter des bestickten, blaßroten Obergewands gelegte breite Schärpe, und auf ihrer Brust glitzerte ein großer Orden; in der anderen Hand hielt sie einen aus Elfenbein gefertigten Fächer. Die Fächerquaste und der Teppich auf dem Boden hatten die Scharlachfarbe der Abendröte.

Was Honda am meisten an ihr fesselte, war die Tatsache, daß ihn das kleine, unter all den fünf Bildnissen lieblichste und schönste Gesicht mit den vollen, aufgeworfenen Lippen, dem etwas wütenden Blick und dem kurzgeschnittenen Haar irgendwie an Prinzessin Mondglanz erinnerte. Als er genauer hinschaute, zerbröckelte diese Ähnlichkeit, wenngleich nicht für lange. Von irgendwoher aus den Winkeln des Raumes heraufsteigend wie die Abenddämmerung, die das Bild beherrschte, begann sich in der den Fächer haltenden kleinen und klugen, dunklen Hand, oder in der Art, wie sich die auf den Tisch gestützte andere Hand umbog, erneut derselbe Eindruck der Ähnlichkeit durchzusetzen; ja, nun wollte es sogar scheinen, als gliche die Königin bis zu den strengen Augen und dem Mund der Prinzessin Ying Chan wie ein Ei dem anderen. Nachdem sie jedoch so bis zum äußersten angewachsen war, zerrieselte diese Ähnlichkeit schließlich abermals und unaufhaltsam wie im Stundenglas der Sand.

Im gleichen Augenblick öffnete sich die rückwärtige Tür, und es erschienen, die Prinzessin in ihrer Mitte, jene drei betagten Hofdamen. Honda und Hishikawa hielten inne, wo sie standen, und verbeugten sich tief.

Der Ausflug nach Bang Pa In hatte, wie es schien, auch die Herzen der Hofdamen erweicht, denn keine machte Anstalten, die mit einem Freudenschrei auf Honda zulaufende Ying Chan aufzuhalten. Und Hishikawa sammelte mit dem gleichen Eifer, mit dem eine Taube nach verstreuten Erbsen pickt, die von der Prinzessin wild herumgeworfenen Worte auf und flüsterte sie Honda ins Ohr.

»Das war aber eine lange Reise... Ich habe mich so allein gefühlt... Warum haben Sie mir nur nicht häufiger geschrieben? ... Wo gibt es nun mehr Elefanten, in Thailand oder in Indien?

... Nach Indien zu reisen, hätte ich keine Lust; ich möchte schnell nach Japan zurück...«

Hierauf nahm die Prinzessin Honda bei der Hand und führte ihn vor das Porträt der Königin Sunantha. »Das ist meine Großmutter«, sagte sie voller Stolz.

»Sie wünschte«, mischte sich die erste Hofdame ins Gespräch, »Herrn Honda vor allem dieses schöne Bildnis zu zeigen; daher die Einladung in den Chakri-Palast.«

»Aber wissen Sie, von Königin Sunantha habe ich nur meinen Körper. Mein Herz habe ich aus Japan; also könnte eigentlich mein Körper hierbleiben, und es würde genügen, wenn nur mein Herz nach Japan zurückkehrte. Doch dafür müßte ich sterben. Und so hat eben auch mein Körper mit nach Japan zu gehen. Wie ein Kind seine geliebte Puppe überallhin mitnimmt... Verstehen Sie, Herr Honda? Meine niedliche Gestalt, die Sie mit Ihren Augen sehen, ist in Wahrheit bloß eine Puppe, die ich bei mir trage.«

Zweifellos hatte sie in ihrem unschuldigen Geplapper bei weitem nicht so folgerichtig geredet, wie Hishikawa es dolmetschte. Aber die Klarheit in den Augen der munter plaudernden Prinzessin ließ Honda innerlich schon erschauern, bevor die Worte übersetzt waren.

»Es gibt noch eine Puppe«, erklärte sie, nach wie vor ohne Rücksicht darauf, was die Erwachsenen davon halten mochten. Dann sprang sie, sich von Honda entfernend, auf die Mitte des Saales zu, bis wohin das von den Stäben des Fensters durchkreuzte Sonnenlicht hereinfiel, und während sie sich darein vertiefte, auf einem der Tische, dessen Platte sie knapp mit der Brust erreichte, das ein wenig aus den Fugen geratene, komplizierte Einlegemuster von jeder einzelnen Ranke bis zu den Blüten mit der Fingerspitze nachzuziehen, fuhr sie in einem singenden Tonfall fort: »Es gibt in Lausanne noch eine Puppe, die mir ganz ähnlich sieht, und das ist meine ältere Schwester. Nur daß sie gar keine Puppe ist. Meine Schwester hat ein thailändisches Herz und einen thailändischen Körper, ganz im Gegensatz zu mir, die ich ja doch eigentlich eine Japanerin bin.«

Hondas Geschenke, den *Sari* und den Gedichtband, nahm die Prinzessin mit Freuden an; in dem Buch freilich blätterte sie nur kurz und legte es beiseite. Eine der Hofdamen entschuldigte dies mit einem mitleidigen Bedauern in der Stimme: die Prinzessin sei eben noch nicht imstande, Englisch zu lesen. Hondas Experiment war gescheitert.

Auf Drängen der Prinzessin berichtete Honda in dieser so wenig familiären Umgebung allerlei Geschichten aus Indien. Doch als er sah, daß sich, während sie ihm eifrig zuhörte, ihre Augen mit Tränen füllten und den Ausdruck einer unbeschreiblichen Trauer bekamen, begann ihn der Gedanke zu schmerzen, daß er ihr seine Abreise am nächsten Tag verheimlichte.

Wann würde er sie wohl wiedersehen? Einmal erwachsen, wie schön würde sie sein! Aber wußte er denn, ob er dann überhaupt die Gelegenheit fände, ihr unter die Augen zu treten? Leicht konnte es sein, daß dies heute ein Abschied für immer war. Daß auch das Geheimnis der Wiedergeburt über kurz oder lang wie der Schatten eines am Tropennachmittag über den Garten dahinschwebenden Falters aus dem Gedächtnis der Prinzessin verschwand; ja, möglicherweise waren die Lippen der kleinen, wahnsinnigen Prinzessin Werkzeug lediglich dafür gewesen, ihm mit einem Wort Isaos Entschuldigung zu vermitteln, sein schmerzliches Gefühl darüber auszudrücken, daß er in den Tod gegangen war, ohne Abschied von ihm. Gewiß wäre es besser, mit einer solchen erleichternden Vorstellung von Bangkok abzureisen.

Indessen, da war kein Zweifel: die unter Hondas Erzählung immer feuchter gewordenen Augen der Prinzessin ahnten die Trennung voraus. Hatte er auch eher dem Kind gemäße, anmutige Episoden für seinen Bericht ausgewählt, die Trauer in den großen Pupillen vertiefte sich nur noch.

Honda sprach Satz für Satz, und dazwischen dolmetschte Hishikawa jeweils das Gesagte, indem er es gestikulierend unterstrich. Plötzlich weiteten sich die Augen der Prinzessin, als wollten sie ihr aus dem Kopf springen. Die Hofdamen starrten mit verfinsterten Mienen zu Honda herüber. Er begriff nicht, was geschehen war.

Gleich darauf schrie Ying Chan schrill auf und klammerte sich an Honda; die Hofdamen erhoben sich, erregt versuchten sie, die Prinzessin von ihm loszureißen. Doch sie schmiegte ihr Gesicht an Hondas Knie und schluchzte unter irgendwelchen Klagerufen.

Die Tumultszene nahm einen ähnlichen Verlauf wie seinerzeit schon einmal. Sobald die Hofdamen die Prinzessin von Honda weggezerrt hatten, machten sie ihm ein Zeichen, er möge enteilen; doch bis ihm Hishikawa dieses Signal gedolmetscht hatte, war Honda schon wieder in Gefahr, von der schreienden Prinzessin festgehalten zu werden. Er lief zwischen Tischen und Stühlen davon, die kleine Hoheit weinend hinter ihm her, ihrerseits von drei Seiten verfolgt von den Hofdamen; mit Gepolter fielen die Louis-quinze-Stühle um, der Prachtsaal war zur Spielwiese für ein wildes Haschen geworden.

Als er sie endlich abgeschüttelt, die Vorhalle durchquert hatte und aus dem Portal hinaus die Marmortreppe hinabgesprungen war, hörte er in seinem Rücken, widerhallend von den hohen Decken im Palast, das laute Weinen der Prinzessin und zauderte. Doch da drängte ihn Hishikawa: »Laufen Sie rasch zu! Die Damen meinen, sie würden schon irgendwie mit ihr fertig werden. Schnell!« Und so durcheilte Honda schweißtriefend den weiten Vorhof des Palastes.

Im anfahrenden Wagen sagte Hishikawa zu dem noch keuchenden Honda: »Ich bitte Sie vielmals um Entschuldigung. Sie werden gewiß bestürzt gewesen sein.«

»Keineswegs. Nachdem das bei jedem Male passiert«, erwiderte Honda, während er sich unentwegt mit seinem großen weißen Taschentuch den Schweiß abwischte und sich wieder in Fasson zu bringen suchte.

»Sie wollten der Prinzessin vorhin erzählen, Sie wären aus Indien gern mit dem Flugzeug zurückgekehrt, hätten aber in den Militärmaschinen keinen Platz bekommen. Nicht wahr?«

»Ja, das sagte ich.«

»Oh, dann habe ich falsch übersetzt, habe unbewußt einfach die Wahrheit gedolmetscht: daß Sie jetzt mit dem Flugzeug nach Japan zurückkehrten, aber die kleine Prinzessin nicht mitnehmen könnten, da es sich um eine Militärmaschine handelte und für sie dort kein Platz wäre. Deshalb schlug sie solchen Lärm und schrie: ›Ich will nicht, daß Sie gehen! Oder Sie müssen mich mitnehmen!‹ Und die Hofdamen starrten Sie so finster an, weil das gegen die Abmachung verstieß. Nein, wie konnte ich nur! Ich muß Sie wirklich auf den Knien um Verzeihung bitten«, entschuldigte sich Hishikawa mit unbewegtem Gesicht.

12

Der regelmäßige Flugverkehr zwischen Japan und Thailand war im Jahr zuvor, also 1940, aufgenommen worden. Nachdem Japan jedoch seine Absicht zu erkennen gegeben hatte, zur Unterbringung von Nachschublieferungen an Chiang Kai-shek eine Beobachterdelegation nach Französisch-Indochina zu entsenden, hatte man sich dort auf einmal recht nachgiebig gezeigt, und so war zu der bereits bestehenden Verbindung über Taipeh – Hanoi – Bangkok eine weitere Südroute über Saigon hinzugekommen.

Es waren dies Zivilfluglinien, die von der Aktiengesellschaft Dainippon betrieben wurden. Das Handelshaus Itsui indessen hielt es für würdiger, dafür zu sorgen, daß wichtige Gäste mit den für Passagiere zwar nur schlecht eingerichteten, dafür sehr schnellen und mit weit besseren Motoren ausgerüsteten Militärmaschinen reisten. Auf diese Weise konnte bei denjenigen, die den Ankommenden erwarteten, der Eindruck einer hochoffiziellen Mission erweckt werden; auch ließ sich so der erhebliche Einfluß des Hauses auf die Armee demonstrieren.

Honda nahm ungern Abschied von der tropischen Szenerie. Als die goldenen Stupas inmitten des Dschungelgrüns allmählich in sich zusammenschrumpften, begann ihm die dort erlebte Begegnung mit einer Wiedergeburt lediglich wie ein Märchen, wie ein Traum zu erscheinen. So weitreichend die Beweise dafür auch gewesen waren, hatte das alles, da die Prinzessin noch so klein war, zugleich etwas von Freud und Leid eines Kinderliedes gehabt; hatte einem wirren, blumengeschmückten Festwagen geglichen, der vor den neugierigen Blicken des Reisenden schwankend vorübergezogen war, ohne daß dieser, wie im Falle Kiyoakis und Isaos, mit dem Strom eines ganzen Lebens, mit den Folgen seines raschen Dahinwirbelns in Berührung gekommen wäre.

Wie seltsam doch, daß selbst das Wunder der Alltäglichkeit bedurfte! Und je mehr sich das Flugzeug Japan näherte, desto beruhigender war für Honda die Vorstellung, daß er dort nichts als Alltäglichkeit hinterlassen hatte, aus der das Wunderbare längst gewichen war. Nicht nur die Norm der Vernunft, auch die Fesseln des Sentiments waren von ihm gefallen. Hatte ihn doch nicht einmal der Abschied von Prinzessin Ying Chan mit sonderlicher Trauer berührt; und weder war es ihm lästig noch bewegte es ihn irgendwie, in der Maschine zwischen Offizieren zu sitzen, denen bei ihrer Diskussion über den nahen Krieg der Schaum in die Mundwinkel trat.

Daß er, als er Rie am Flughafen erblickte, eine Art von Zärtlichkeit empfand, war natürlich, und wie vorausgeahnt spürte er jetzt ganz real, wie durch die Vermittlerrolle ihres ein wenig gedunsenen, schläfrig bleichen Gesichts sein damals abgereistes Ich mit dem jetzt zurückkehrenden zusehends zusammenwuchs. Der Zwischenraum zwischen den beiden Zeitpunkten verschwand; ihm war, als schlösse sich die tiefe, rote Wunde von unterwegs ohne auch nur die Spur einer Narbe.

»Willkommen!« rief seine Frau aus der wartenden Menge heraus und nahm den dunklen Kaschmirschal von den Schultern, um ihm gleich darauf bei der Verbeugung die Honda so vertraute Stirnlocke ihrer Dauerwellenfrisur entgegenzustrecken, die sie, nie zufrieden mit dem Stil des Schönheitssalons, zu Hause stets eigenhändig wieder aufzulösen pflegte, und die dann erst recht konventionell wirkte. Aus dem Haar stieg der brenzlige Geruch von irgendwelchen Chemikalien auf.

»Mutter geht es gut. Aber schließlich wird es nachts empfindlich frisch, und ich möchte nicht, daß sie sich erkältet; also erwartet sie dich mit Ungeduld zu Hause.«

Es stimmte Honda friedlich, daß aus Ries Tonfall, mit dem sie, noch bevor er danach gefragt hatte, von ihrer Schwiegermutter sprach, so gar nichts von einer Verpflichtung herausklang. So wünschte er sich das Leben.

Im Taxi nach Hause sagte Honda: »Du könntest mir nicht, nach Möglichkeit gleich morgen, den Gefallen tun und aus irgendeinem Kaufhaus eine Puppe besorgen, oder?«

»Aber gern.«

»Ich habe einer kleinen Prinzessin, die ich in Thailand traf, versprochen, daß ich ihr eine japanische Puppe schicke.«

»Du denkst an eine der üblichen japanischen Bubikopfpuppen?«

»Ja, sie sollte nicht allzu groß sein, ungefähr so vielleicht«, erwiderte Honda und hielt seine beiden Hände vor Brust und Bauch, um die Größe anzudeuten. Zwar hatte er mit dem Gedanken gespielt, eine Knabenpuppe zu schenken: Sinnbild für den Wunsch, daß ein Mädchen als Junge wiedergeboren werden möge; doch dann hatte er das zu unnatürlich gefunden und davon Abstand genommen.

Am Eingang des Hauses in Hongō hieß die Mutter, die Schultern unter dem feingestreiften *Omeshi-Kimono* vom Alter gebeugt und schmal, den Sohn willkommen. Ihr kurzgeschnittenes Haar war geradezu aufdringlich schwarz gefärbt; über dieses Haar hinweg hatte sie die Bügel ihrer schmalen Goldrandbrille auf die Ohren geschoben, wovon ihr Honda schon so oft hatte abraten wollen, doch war, wenn es ihm auffiel, nie die richtige Stunde dafür.

Als er sich, von Mutter und Frau umsorgt, wieder wie eh und je über den breiten, düsteren und kalten *Tatami*-Gang in die hinteren Räume dieses Hauses begab, in dem er aufgewachsen war, bemerkte er plötzlich, daß er es unbewußt in der gleichen Art zu gehen tat wie einst sein Vater, wenn er heimkam.

»Wie gut, daß du zurück bist, bevor der Krieg ausbricht, nicht wahr? Das hat mich doch recht unruhig gemacht«, sagte seine Mutter, während sie, die in jüngeren Jahren mit Begeisterung im Patriotischen Frauenverein aktiv gewesen war, jetzt schweratmend den vom kalten Nachtwind durchwehten Gang dahintrippelte. Seine alte Mutter hatte Angst vor dem Krieg.

Nachdem er sich zwei, drei Tage ausgeruht hatte, begab sich Honda wieder regelmäßig in sein Büro im Maru-Building; der geschäftige, dabei friedliche Alltag begann. Der japanische Winter machte, daß seine Vernunft rasch zu sich kam. Gleichsam als wäre sie ein winterlicher Zugvogel, wie er ihn freilich auf jener Südostasienreise nicht gesehen hatte, ein Kranich zum Beispiel, der über die zugefrorene Bucht seines nach Japan zurückgekehrten Herzens flöge.

Am Morgen des achten Dezember erschien seine Frau im Schlafzimmer, um ihn zu wecken, dabei sagte sie ruhig: »Entschuldige, aber ich bin heute früher als sonst...«

»Was ist?« Er dachte, seiner Mutter sei etwas zugestoßen und sprang auf.

»Der Krieg mit Amerika hat begonnen. Eben in den Rundfunknachrichten ...« fuhr Rie fort, noch immer in einem Tonfall, als müsse sie sich für das frühe Wecken entschuldigen.

Als er an diesem Morgen im Büro eintraf, brodelte dort alles von der Nachricht vom Angriff auf Pearl Harbor; an Arbeit war nicht zu denken. Angesichts des unaufhörlichen und durch nichts zu bändigenden Lachens, das von den jungen Büromädchen herüberkam, fragte sich Honda verwundert, ob Frauen sich denn nicht anders auszudrücken wüßten, als patriotischen Jubel und sinnliches Entzücken so miteinander zu vermengen.

Die Mittagspause rückte heran. Die Angestellten verabredeten, gemeinsam vor den Kaiserpalast zu ziehen. Nachdem er sie alle hatte gehen lassen, schloß Honda das Büro ab; aber sein einsamer Spaziergang nach dem Essen führte ihn wie von selbst ebenfalls auf den Platz an der Nijūbashi-Brücke.

Offenbar hatten hier im Marunouchi-Viertel alle den gleichen Gedanken gehabt. Auf den breiten Fußsteigen wimmelte es von Menschen.

›Ich bin siebenundvierzig‹, überlegte Honda. Nichts war ihm mehr geblieben von Jugend und Kraft und lauterer Leidenschaft, weder körperlich noch geistig. Zehn Jahre weiter, und er würde sich auf den Tod vorzubereiten haben. Daß er im Krieg fallen könnte, war so gut wie ausgeschlossen. Er war nie für wehrtauglich befunden worden. Und selbst wenn dem so gewesen wäre, er brauchte nicht zu befürchten, daß man ihn an die Front jagte.

Er war in einem Alter, in dem man die patriotischen Heldentaten der Jugend besser aus der Ferne beklatschte. Hatten sie sogar Hawaii bombardiert! Eine bewundernswürdige Aktion, die freilich ihm in seinem Alter absolut fremd war.

War es wirklich nur das Alter, das ihn davon ausschloß? Gewiß nicht. Honda war von Anfang an nicht für Taten geboren.

Er ging wie jedermann Schritt für Schritt sein Leben ab in Richtung auf den Tod, aber selbst das nur, weil er ein Mensch war, der lediglich im Schritt zu gehen wußte. Gerannt war er nie. Er versuchte, andere zu retten; in einer Krise, aus der ihm andere hätten heraushelfen können, hatte er sich nie gesehen. Er war von Natur aus nicht dafür geschaffen, gerettet zu werden. Hatte es nie vermocht, einen Eindruck wie in einer schwierigen Lage zu erwecken, so daß andere unbewußt die Hände ausgestreckt und es für nötig befunden hätten, etwas zur Unterstützung eines von ihm selbst für wichtig erachteten, weithin ausstrahlenden Wertes zu unternehmen. Das eben wäre ja gewesen, was man Faszination nennt. Und Honda war, zu seinem eigenen Bedauern, ein völlig auf sich begrenzter Mensch, dem alles Mitreißende abging.

Zu sagen, Honda wäre eifersüchtig gewesen auf den Enthusiasmus über den Angriff auf Pearl Harbor, hätte eine Übertreibung bedeutet. Nur war er, sehr egozentrisch, von der bedrückenden Einsicht überwältigt, daß sein Leben nunmehr tatsächlich enden würde, ohne irgendwelchen Glanz gewonnen zu haben. Er, der er bisher doch dergleichen Glanz ernstlich nie erhofft hatte!

Daß andererseits, wenn er sich der Visionen im indischen Benares erinnerte, jede noch so heroische Glorie zu verblassen schien – lag das nicht daran, daß das Mysterium der Wiedergeburt ihm den Willen geschwächt, den Mut geraubt, ja ihm die Nutzlosigkeit alles Tuns bewußtgemacht... daß diese ganze Philosophie ihn letztlich dazu verführt hatte, nur seine Selbstsucht zu steigern? Wie bei einem Mann, der einem neben ihm zerplatzenden Feuerwerkskörper ausweicht: Honda hatte das Gefühl, daß sein Herz angesichts des Enthusiasmus der anderen um so verschlossener wurde.

Die Fähnchen mit dem roten Sonnensymbol, die *Banzai*-Rufe der Menge, die vor der Nijūbashi-Brücke zusammenlief, konnte er schon von weitem sehen und hören. Er ließ einen breiten Abstand, so daß zwischen ihm und diesen Menschen ein gutes Stück freien Kiesplatzes blieb, und betrachtete aus der Ferne das vergilbte Gras und die winterlichen Kiefern auf der Böschung des Palastgrabens. Wie er so stand, beide Hände in die Manteltaschen geschoben, kamen zwei Mädchen in ihren blauen Bürokleidern vorbei, die lachend und sich an den Händen haltend hinüber zur Brücke rannten. Ihre beim Auflachen plötzlich sichtbaren weißen Zähne hatten in der Wintersonne feuchtschimmernd geblitzt.

Ihre schönen, bogenförmigen Winterlippen, diese Mädchenlippen, die im Vorüberlaufen für einen Augenblick einen leuchtenden, warmen Riß in die klare Luft gezogen – gewiß hatten die Helden in den Bombenflugzeugen zwischendurch von solchen

Lippen geträumt. Immer sind junge Männer so. Nach dem unnachsichtig Wildesten verlangen sie, und angezogen werden sie von der sanftesten Verführung. Nun, vielleicht ist ihnen das auch der Tod: eine sanfte Verführung... Honda selbst war einst jung gewesen. Ein »hoffnungsvoller junger Mann« freilich, für den der Tod keinerlei Anziehungskraft besessen hatte.

In diesem Augenblick nahm der in der Wintersonne vor Honda leuchtende weite Kiesplatz plötzlich das Aussehen einer unendlich breiten Ebene an. Deutlich tauchte jenes mit »Totenfeier für die Gefallenen bei Delisi« betitelte Foto aus seinem Gedächtnis herauf, ein Bild aus einem der Fotoalben über den russisch-japanischen Krieg, das ihm vor mehr als dreißig Jahren Kiyoaki einmal gezeigt hatte. Es legte sich über die Szene vor ihm, bis es sie schließlich ganz beherrschte. Dort das Ende eines Kampfes, hier der Anfang eines Kampfes. Jedenfalls eine unglückverheißende Vision.

Sanfte, dunstverhangene Berge, die, breit auf die Ebene gelagert, linker Hand in Stufen anstiegen, weiter rechts jedoch mit einzelnen kleinen Gehölzen auf den rauchig-gelben Horizont zu verschwammen, und nun schien zwischen den Baumreihen, die sich statt der Berge am rechten Rand zu erheben begannen, der fahle Himmel hervor...

Dies der Hintergrund jenes Fotos. Genau in der Mitte und sehr klein waren die hölzerne Stele, der Altar mit dem aufgeblähten weißen Tuch und die darauf aufgestellten Blumen zu erkennen, dazu abertausend Soldaten, die mit gesenkten Köpfen einen Halbkreis darum bildeten.

Deutlich sah Honda diese Vision vor sich. Dann waren da wieder die *Banzai*-Rufe, drang wieder das Meer der helleuchtenden Fähnchen mit dem Sonnenrund in seine Augen. Und dennoch blieb davon in seinem Herzen ein von bitterem Schmerz erfüllter, unauslöschlicher Eindruck zurück.

13

Während des Krieges widmete Honda seine Mußestunden vornehmlich dem Studium all der verschiedenen Auffassungen vom Kreislauf der Wiedergeburten, und er hatte seine Freude daran, herumzulaufen und nach derart in Widerspruch zu den Zeitläuften stehenden Literatur zu suchen. Da es immer weniger Neuerscheinungen gab, vermittelten einem die verstaubten Schätze in den Antiquariaten um so mehr ein regelrechtes Gefühl des Luxus. Dort wenigstens konnten Wissensdrang und Neigung, abgesondert von der Gegenwart, ihre Wünsche unverhohlen befriedigen. Auch gerieten, verglichen mit dem rapiden Ansteigen der sonstigen Kosten, die niedrigen Buchpreise nicht in Bewegung, was sowohl für westliche wie für japanische Publikationen galt.

Aus solchen antiquarischen Büchern erfuhr Honda eine Menge auch über okzidentale Theorien einer Seelenwanderung.

Da war zum Beispiel die eine, die man Pythagoras, dem ionischen Philosophen des sechsten vorchristlichen Jahrhunderts, zuschrieb; doch stand die pythagoreische Lehre von der Seelenwanderung unter dem Einfluß jener Mysterien der vorausgegangenen Orphiker, die vom siebenten zum sechsten Jahrhundert ganz Griechenland beherrschten. Dieser Orphizismus seinerseits hatte sich aus dem Dionysoskult entwickelt, dessen wilde Flammen während der verworrenen und unruhigen zwei Jahrhunderte zuvor überall aufgezüngelt waren.

Der Gott Dionysos war aus Asien herübergewechselt und stand im Zusammenhang mit der Verehrung der verschiedenen lokalen Muttergottheiten sowie mit den Fruchtbarkeitsriten der Griechen; mit anderen Worten: beide Kulte hatten ursprünglich denselben Ausgangspunkt gehabt. Und daß die Große Muttergottheit noch jetzt eine lebendige Vorstellung war, hatte Honda im Kalighat-Tempel in Kalkutta mit eigenen Augen erlebt. Zunächst im nördlich gelegenen Thrakien verehrt, verkörperte Dionysos das zyklische Leben der Natur, er starb mit Einbruch des Winters und erstand mit dem Frühlings aufs neue. So übermütig, ausschweifend er sich gab, war er also gleichwohl Wegbereiter der schönen, jung dahingerafften Zerealgeister, wie sie

Adonis repräsentierte. Wie Adonis unweigerlich mit Aphrodite verbunden war, wurde Dionysos nunmehr in den Mysterien allerorten mit der Erdmutter zusammengebracht. Daher verehrte man ihn in Delphi neben der Göttin Gäa; und als Hauptgottheit bei den attischen Lenäen vollzog er dort die Heilige Götterhochzeit.

Dionysos stammte aus Asien. Und der zu Raserei und Unzucht, zum Genuß rohen Fleisches und zum Totschlag führende Kult um ihn – als die kategorische Infragestellung der »Seele« – stammte ebenfalls aus Asien. Diese wilden Leidenschaften, die der Klarheit der Vernunft keinen Raum ließen und es weder Menschen noch Göttern gestatteten, in einer schönen, gegründeten Gestalt zu verharren, fielen wie ein die Sonne verdunkelnder Heuschreckenschwarm in die fruchtbare Fülle der von Apollo gehüteten Felder Griechenlands ein, dörrten sie augenblicklich aus und fraßen die Ernte auf bis auf den letzten Halm. Ein ungeheuerliches Ereignis, und unwillkürlich mußte Honda an seine eigenen Erlebnisse in Indien denken.

All das Unheilvolle wie Rausch, Tod, Wahnsinn, Fieber, Zerstörung – was eigentlich war daran, daß es die Menschen in solchem Maße reizte und ihre Seelen zu einem »Hinaustreten« verführte? Warum konnten die Seelen der Menschen nicht anders, als ihre bequemen, dämmrig stillen Gehäuse aufzugeben und davonzufliegen? Wieso verabscheuten die Herzen das gleichförmig ruhige Beharren?

Und das geschah in der Geschichte so gut wie im einzelnen. Zweifellos aus der Empfindung heraus, daß anders eine Berührung mit dem umfassenden Kosmos, mit dem Ganzen, dem All und Einen unmöglich gewesen wäre. Wenn die Menschen sich am Wein berauschten, ihr Haar wild flattern ließen, sich die Kleider zerrissen, ihre Genitalien entblößten, wenn sie rohes Fleisch hinunterschlangen, daß ihnen das Blut von den Lippen troff, so hofften sie, sich damit dem »Großen Umfassenden« so weit wie möglich zu nähern.

Hierin liegt die Bedeutung der von den Orphikern verfeinerten und zum Mysterium erhobenen spirituellen Erfahrungen, wie sie sich im *Enthusiasmus* (Erfülltsein mit Gott, Besessenheit) und in der *Ekstase* (Außersichsein, Selbstentrückung) ereigneten.

Jedenfalls war es diese Erfahrung der Ekstase, die das Denken der Griechen zuerst auf die Vorstellung von einer Seelenwanderung hinlenkte. Verzückung als die tiefste psychologische Ursache für das Wiedergeborenwerden.

In der orphischen Mythologie wurde der Gott Dionysos als Dionysos Zagreus bezeichnet. Zagreus entstammte danach der Verbindung zwischen Persephone, der Tochter der Erdgöttin, und dem obersten Gott Zeus und war das Lieblingskind seines göttlichen Vaters, von diesem mit der künftigen Weltherrschaft betraut. Als sich, so hieß es, der Himmel, nämlich Zeus, in Persephone als die jungfräuliche Erde verliebte, habe er die Gestalt der Großen Schlange, also des Erdgeistes, angenommen und sie so geschwängert.

Die Folge hiervon war, daß seine Gemahlin Hera in tiefer Eifersucht entbrannte und das unterirdische Riesengeschlecht der Titanen aufwiegelte, woraufhin diese das Kind Zagreus durch ein Spielzeug verlockten und entführten, es töteten, zerstückelten, kochten und verspeisten. Nur das Herz wurde Zeus von der Hand Heras zum Mahle vorgesetzt; doch er verehrte es Semele, seiner Geliebten, und so wurde Dionysos aufs neue geboren.

Zeus seinerseits, erzürnt über das Verhalten der Titanen, schleuderte seine Blitze gegen sie, und aus der Asche der verbrannten Titanen entstand hernach das Menschengeschlecht.

Auf diese Weise hatten die Menschen zwar die böse Natur der Titanen erhalten; doch von dem verzehrten Fleisch des Zagreus waren sie innerkörperlich zugleich mit einer Spur göttlicher Substanz behaftet, weshalb die Orphiker lehrten, daß man sich in der Ekstase Dionysos öffnen und durch Selbstvergöttlichung jenen heiligen Urquell erreichen müsse. Ihr Heiliges Mahl wirkte später noch im christlichen Brot und Wein nach.

Was nun den Sänger Orpheus betraf, der von den Thrakerinnen zerrissen wurde, so gehörte er wie Dionysos zu denjenigen, die vom Tod wiedererstanden, und sein Sterben, seine Rückkehr ins Leben und die von ihm berichteten Geheimnisse des Hades bildeten die wichtigsten Teile der orphischen Lehre.

Wie auch immer, schon in der Annahme, daß die durch die Ekstase aus ihrem körperlichen Gehäuse davonschweifende Seele imstande wäre, vorübergehend in die Mysterien des Dionysos einzutauchen, lag das Wissen um die Trennung von Seele und

Körper. Der Körper war aus der bösen Asche der Titanen geboren; die Seele hingegen hatte den klaren Abglanz des Dionysos bewahrt. Auch sprachen die Orphiker davon, daß das irdische Leiden mit dem körperlichen Tod nicht ende; daß vielmehr die aus dem dahingeschiedenen Leib entwichene Seele, nachdem sie eine Zeit im Hades verbrachte, abermals auf Erden erscheine und im Körper eines anderen Menschen oder eines Tieres wohne, so gezwungen, den ewigen »Kreis des Werdens« zu durchlaufen.

Die Ursache dafür, daß die ihrer Natur nach mit Heiligkeit begabte, unvergängliche Seele einen so düsteren Kreislauf durchwandern mußte, lag letztlich in der im Fleisch begangenen Ursünde, das heißt in der Ermordung des Zagreus durch die Titanen. Das irdische Leben fügte neue Schuld hinzu, Schuld häufte sich auf Schuld; der Mensch war für immer unfähig, sich aus dem Leiden dieses Kreislaufs zu befreien. Und je nach Art der Schuld konnte man keineswegs damit rechnen, stets als Mensch wiedergeboren zu werden; es war ebenso möglich, daß man dann die Existenz eines Pferdes, Schafes oder Vogels erhielt, daß man als Hund oder als kalte Schlange durch den Staub kroch.

Die Pythagoreer, denen nachgesagt wurde, sie hätten die orphische Doktrin teils weiterverfolgt, teils vertieft, fügten der Lehre von der Wiedergeburt als Besonderheit ihre Auffassung von einem »All-Atem« hinzu.

Spuren dieser Theorie, daß nämlich »das Universum atmet«, entdeckte Honda in den Anschauungen vom Leben und von der Seele, wie sie jener König Milinda äußerte, der später lange Dispute über indisches Denken führte; auch bestand hier eine gewisse Ähnlichkeit mit den Mysterien des japanischen Alt-Shintōismus.

Die im Vergleich zu den klaren, märchenhaften *Jataka*-Geschichten des *Hinayana*-Buddhismus – bei aller Wechselbeziehung zwischen beiden Auffassungen – von der düsteren, ionischen Schwermut eingefärbte Lehre von der Seelenwanderung begann Honda doch recht zu ermüden; da war es ihm weit angenehmer, der Ansicht des Philosophen Heraklit zu lauschen, der vom »Panta rhei« sprach, also davon, daß sich alle Dinge in fließender Veränderung befänden.

In dieser Philosophie des fließend All-Einen verbanden sich enthusiastisches Erfülltsein und ekstatisches Außersichsein; das Eine war das Ganze, aus dem Ganzen kam das Eine, und aus dem Einen kam das Ganze. In einer Zeit und Raum überschreitenden Sphäre verging das Ich, und mühelos vollzog sich die Vereinigung mit dem All; hineingenommen in ein göttliches Erlebnis, konnte einer zu allem werden. So war es möglich, daß sich Mensch und Natur, Vogel und Tier, vom Wind erfüllter, rauschender Wald und vom Geschupp der Fische glitzernder Bach, von Wolken bedeckter Berg und von Inseln übersätes, blaues Meer gegenseitig aus dem festgefügten Rahmen ihrer jeweiligen Existenz herauslösten, um ineinander aufzugehen, sich zu vereinigen. Dies war die Welt, wie Heraklit sie lehrte.

Das Lebendige und das Tote,
das Wachende auch und das Schlafende,
das Junge wie das Alte bilden eines und sind dasselbe.
Wenn diese sich verändern, werden sie zu jenen;
und wenn jene sich verändern, werden sie abermals
zu diesen...
Der Gott ist sowohl Tag wie Nacht,
der Gott ist sowohl Winter wie Sommer,
der Gott ist sowohl Krieg wie Frieden,
der Gott ist sowohl Fülle wie Hunger;
es sind dies nur seine verschiedenen Gestalten...
Tag und Nacht sind eines,
Gut und Böse sind eines,
Ende und Anfang des Kreises sind eines...

Dies einige Beispiele für Heraklits sublime Art zu denken. Als Honda nun mit dergleichen Ideen in Berührung kam, und das mit dem Gefühl, er müßte von ihrem Glanz erblinden, empfand er zwar tatsächlich eine gewisse Befreiung; gleichzeitig jedoch war ihm, als dürfte er seine beiden Hände nicht allzu rasch von den verwirrten Augen entfernen. Einmal, weil er fürchtete, sie könnten ihre Sehkraft einbüßen, zum anderen, weil er den Eindruck hatte, daß seine Sensibilität und sein Denken noch nicht die Reife erreicht hatten, um sie einer so unendlichen Lichtfülle auszusetzen.

14

Honda wandte daher eine Zeitlang den Blick hiervon ab und vertiefte sich in italienische Seelenwanderungstheorien, die diese Vorstellung im siebzehnten und achtzehnten Jahrhundert zu neuer Blüte brachten.

Einer, der an die Seelenwanderung glaubte, war der um 1600 lebende Mönch Tommaso Campanella. Nachdem dieser häretische und aufsässige Philosoph neunundzwanzig Jahre im Kerker verbracht hatte, ging er nach Frankreich, wo er für den Rest seines Lebens Glück und Ruhm genoß und bei Gelegenheit der Geburt des späteren Ludwigs XIV. diesem eine Eloge widmete, in der er den Eintritt des Prinzen in diese Welt als den Beweis für die Lehre von der Seelenwanderung bezeichnete.

Campanella hatte durch Giovanni Botero von der *Samsara*-Doktrin der Brahmanen gehört; hatte erfahren, daß die Seelen der Toten selbst in Affen, Elefanten und Rindern wiedergeboren würden. Und mit dem Hinweis darauf, daß schließlich die Pythagoreer an die Unvergänglichkeit der Seele und an die Wiedergeburt geglaubt hatten, bezeichnete er in seinem Hauptwerk, dem »Sonnenstaat«, die dortigen Bürger als »weise Männer, die vor den Anmaßungen der Mogulen ursprünglich aus Indien geflüchtet« seien und nannte sie »pythagoreische Brahmanen«, blieb aber hinsichtlich ihres Glaubens an die Wiedergeburt absichtlich undeutlich. Campanella selbst vertrat die Auffassung: »Nach dem Tode kommt die Seele weder in die Hölle noch in das Fegefeuer, auch nicht ins Paradies.«

Wenn irgendwo seine These von der Seelenwanderung ein wenig greifbarer aufleuchtete, so in den »Kaukasischen Sonetten«, wo er, indem er seinen Gefühlen schmerzlicher Trauer freien Lauf ließ, beispielsweise davon schrieb, daß er keineswegs davon überzeugt sei, sein Tod werde die Menschheit voranbringen; oft genug erblühe, wenn sich das Unglück gewendet, das Böse erst recht, und die Wahrnehmung existiere ja auch nach dem Tode für ewig fort, habe dann nur die Leiden dieser Welt vergessen. Da man schon nicht wisse, ob man frühere Existenzen in Kummer oder in Frieden verbracht habe, wie also wolle man erkennen, was nach dem Tode komme?

Verglichen mit der freudigen Erwartung, wie sie in Benares geherrscht, waren die Europäer, die sich mit der Lehre von der Seelenwanderung befaßt hatten, ausnahmslos von dem Elend, der Trübsal dieser Welt bedrückt gewesen. Auch hatten sie in der künftigen Existenz nicht das Entzücken gesucht, sondern lediglich das Vergessen.

Giovanni Battista Vico hingegen, ein Philosoph des achtzehnten Jahrhunderts und heftiger Gegner des Descartes, vertrat zwar die gleiche Lehre von der Seelenwanderung, doch wirkte er mit seiner mutigen Frische und seinem streitbaren Geist eher als Wegbereiter der dann von Nietzsche formulierten »ewigen Wiederkehr«. Mit Vergnügen las Honda jene Stelle, an der Vico, gestützt auf lediglich unsichere Kenntnisse, die Japaner als ein Volk hohen Rittertums pries und erklärte: »Wie die Römer zur Zeit der Punischen Kriege verehren die Japaner die heldische Natur des Menschen, sind im Militärischen von einer großen Tapferkeit und besitzen eine dem Latein sehr ähnliche Sprache.«

Vico interpretierte die Geschichte nach seiner Idee vom »Ricorso«, also der Wiederkehr. So gelange jede Kultur, herkommend aus einer anfänglich »gefühlsmäßigen Barbarei«, letztlich zu einer ihrer Art nach weit übleren »durchdachten Barbarei«. Wobei er unter der ersteren die edle, noch unaufgeklärte Wildheit verstand, unter der letzteren aber eine niederträchtige Verschlagenheit und durchtriebene Falschheit. Mithin müsse die vergiftete »durchdachte oder zivilisatorische Barbarei« im Laufe der Jahrhunderte notwendigerweise von einer neuen »gefühlsmäßigen Barbarei« überschwemmt werden und selbst zugrunde gehen ... Honda fand, dies träfe durchaus auf die wenn auch erst kurze Geschichte des modernen Japan zu.

Obgleich Vico an der katholischen Lehre von der Vorsehung festhielt, kam er doch, wenn er sich wie im folgenden so recht als Agnostiker äußerte, der Vorstellung vom *Karma* und von der Kausalität sehr nahe.

»Gott und seine Geschöpfe sind verschiedene Wesenheiten; denn da einer Wesenheit als solcher der Seinsgrund und die Seinsessenz eigentümlich zugehören, unterscheidet sich die Wesenheit des Geschöpfs, insofern nämlich, als es deren Essenz betrifft, grundsätzlich von der Wesenheit des Schöpfergottes.«

Nahm man das hier als solcherart Wesenheit gesehene Geschöpf als *Dharma*, als *Atman*-Seele, und den Seinsgrund als *Karma*, so war sein Hingelangen zu der von ihm graduell verschiedenen göttlichen Wesenheit zweifellos gleichzusetzen mit der »Befreiung«, dem Eintritt ins *Nirvana*.

In seinen theologischen Theorien lehrte Vico, daß die Schöpfung Gottes sich »innerlich« beständig zu den Geschöpfen und »äußerlich« zur Realität hin wandle und die Welt mithin ein in der Zeit Geschaffenes sei; der als Widerschein Gottes Unendlichkeit und Ewigkeit erkennende menschliche Geist sei, wie er betont, deshalb unsterblich, weil er, vom Körper nicht eingeschränkt, auch nicht bestimmt werde durch die Zeit. Über die Frage allerdings, warum das Unendliche ins Endliche herabgestiegen sei, stellte Vico, indem er dies für nicht erkennbar erklärte, keine Überlegungen an. Dabei war ja genau das der Punkt, an dem ein Durchdenken der Lehre von der Wiedergeburt erst einzusetzen hatte.

Und in der Tat war es höchst erstaunlich, daß die indische Philosophie unbeirrt auf eine nie erlahmende, auch die Visionen und die Träume nicht ausschließende Erkenntniskraft vertraute, daß sie sich nie in eine agnostizistische Erkenntnisunfähigkeit verstrickte.

15

Nachdem Honda nun wußte, daß eine westliche Vorstellung von der Seelenwanderung nur durch vereinzelte Denker und in einem schmalen Rinnsal seit dem Altertum überliefert worden war, hielt er Berichte für durchaus überzeugend, denen zufolge der im zweiten vorchristlichen Jahrhundert im Nordwesten Indiens herrschende hellenistische König Menandros, der König Milinda des Pali-Textes, bei der Begegnung mit dem Weisen Nagasena in seinen Fragen sowohl die tiefsten Zweifel wie auch die heftigste Wißbegier für die buddhistische Lehre vom *Samsara* und von der Wiedergeburt gezeigt habe: die Philosophie der altgriechischen Pythagoreer schien völlig vergessen.

Im »Milindapanha«, dem in die japanischen Gesamtausgaben

der kanonischen Schriften aufgenommenen »Buch von den Fragen des Königs Milinda«, begann der erste Band mit der folgenden Beschreibung der königlich baktrischen Hauptstadt.

»Und ist uns dies zu Ohren gekommen. Daß es in einem Landstrich, den die Griechen (durch Kolonisation) zu ihrem Reich gemacht, eine Hauptstadt gab, die hieß Sagala. Es war das ein Treffplatz für Handel und Wandel, dazu ein höchst angenehmer Ort, wo blau die Berge glänzten und hell das Wasser sprang, mit Lust- und Blumengärten, mit Wäldern, Teichen, Seen, mit Hügeln, Bächen, Hainen, Auen, kurzum, das Paradies (auf Erden); und das Volk dort war erfüllt von frommen Gedanken. Doch nicht das allein. Da man die Feinde sämtlich vertrieben hatte, verspürte niemand auch nur die Spur von Furcht und Drangsal. Des Königs Schloß aber war mit den verschiedenen Schanzen ringsum, den vielfachen Wällen, den achtunggebietenden Toren, den festverschlossenen Pforten, den hohen, weißen Mauern und den tiefen Gräben aufs beste zur Verteidigung gerüstet. Ferner folgten die Plätze in dieser Stadt, die kreuzweise angelegten Straßen wie die Basare einem überaus kunstvollen Plan, waren die mit Auslagen herrlich geschmückten Gewölbe der Kaufleute voll von kostbaren Dingen ohne Zahl, verliehen Hunderte Barmherziger Häuser der Stadt eine fromme Weihe, ragten Tausende hoher Türme, gleich den Gipfeln des Himalaya, himmelstrebend auf bis in die Wolken. Und in den Straßen kamen und gingen Männer wie die Kiefern und Frauen wie die Blumen, untereinander gemischt aus allen Kasten hoch und niedrig: Brahmanen, Aristokraten und Krieger, Bauern, Handwerker und Kaufleute, gemeines Volk und Sklaven. Diese Bürger nahmen Gelehrte und Erzieher jedweder Richtung und Schule mit offenen Armen auf, so, daß Sagala gleichsam den Eindruck einer Pflegestätte für künftige Patriarchen und Exegeten aller Religionen erweckte. Auch standen längs der Straßen große und kleine Läden Dach an Dach, in denen *Kothumbari*-Gewebe aus Benares und andere Stoffe gehandelt wurden; aus dem Duftwasserbasar wehten balsamische Wohlgerüche heran und reinigten die Stadt von ihren Dünsten; ferner gab es viele Läden, in denen man *Mani*-Glücksperlen und mancherlei andere Kleinode verkaufte, Läden, in denen Waren aus Gold, Silber, Kupfer und Stein feilgeboten wurden, so daß einem war, als beträte man das Innere eines Schatzberges und wäre von all dem Glanz geblendet. Dann wieder (wenn man die Schritte in andere Richtung lenkte) waren da die Geschäfte der großen Getreidehändler, die Speicherhallen mit der Fülle kostbarer Güter, Buden mit allen Arten von Getränken und Speisen, mit allen Arten von süßen Kuchen; es gab nicht eines, an dem Mangel geherrscht hätte. In einem Wort, dieses Sagala nahm es an Reichtum mit Uttarakuru auf und glich in seiner blühenden Betriebsamkeit der Stadt des Himmels, Arakamandar.«

In dieser prächtigen, bunten Stadt nun geschah es, daß der in Rede und Wortstreit unübertroffene und recht selbstbewußte König Menandros, der das Indische jener Tage als bloße geistige Spreu verachtete, zuerst den ihm an Erkenntnis gleichwohl weit überlegenen Weisen Nagasena traf.

Die Frage, mit der der König das Gespräch eröffnete, lautete: »Wenn ich dich, heiliger Mann, Nagasena nenne – wer denn ist dieser Nagasena?«

Der Weise fragte zurück: »Und wer, glaubst du, sei Nagasena?«

»Nun, heiliger Mann, mich dünkt, Nagasena sei das Lebendige (das ist: die Seele), das in einem Leib existiert und ein und aus geht als der Wind (das ist: als der Atem).«

Als Honda dies las, mußte er bei der Antwort des Königs an den »All-Atem« des Pythagoras denken. Hatte doch, da das griechische Wort Psyche ursprünglich Atem bedeutet, die ionische Naturphilosophie gelehrt: Ist die Psyche sein Atem, so ist der Mensch ein Wesen, das sich durch Luft erhält, mithin erhält sich aber auch das All durch Atem und Luft.

Der Weise fragte weiter, wieso dann jene, die die Muschel, die Flöte oder das Horn bliesen, nicht stürben; schließlich kehre ja, einmal ausgehaucht, ihr Atem nicht in sie zurück. Darauf freilich wußte ihm der König nicht zu antworten. Und Nagasena sprach ein Wort aus, das auf den fundamentalen Unterschied zwischen der griechischen Philosophie und dem Buddhismus verwies: »Es ist nicht an dem, daß im Atem die Seele sei. Der ausgehende Atem und der eingehende Atem gehören nur den verborgenen Kräften (das ist: den sich zum Sein anhäufenden Komponenten) des Leibes an.«

Da meinte Honda auch schon den Dialog vorauszuahnen, der dann tatsächlich auf der nächsten Buchseite folgte:

»Und es fragte der König: ›Sage mir, heiliger Mann, wird ein jeder nach dem Tode zurückkehren ins Leben?‹

›Die einen werden wiedergeboren, die anderen nicht.‹

›Wer aber sind sie?‹

›Wer gesündigt hat, wird wiedergeboren; wer ohne Sünde ist und rein, wird nicht wiedergeboren.‹

›Und wirst du, heiliger Mann, wiedergeboren werden?‹

›Sollte ich auf die Weise sterben, daß ich im Augenblick des Todes in meinem Herzen am Leben hänge, so werde ich wiedergeboren werden; andernfalls kehre ich nicht zurück.‹

›Du überraschst mich, heiliger Mann.‹«

In diesem Augenblick entflammte in König Menandros die heftigste Wißbegierde; hartnäckig ging er eines um das andere die Probleme von Wiedergeburt und *Samsara* an. Nachdem das buddhistische »Nicht-Ich« bewiesen war, stellte er im Bezug auf das Subjekt des *Samsara* die forschende Frage: »Ist also das Nicht-Ich wahr, wie wäre dann überhaupt die Wiedergeburt möglich?« Damit aber, nämlich indem er sich nach griechischer Art des diskursiven Dialogs bediente, trieb er Nagasena in die Enge. Denn einerseits mußte, wenn das *Samsara* durch die *Karma*-Verkettung – aus Gutem folgt Angenehmes, aus Bösem folgt Beschwerliches – die Vergeltung bewirken sollte, allerdings ein konstantes Subjekt vorhanden sein, das die Taten verantwortete; andererseits wurde die in der Zeit der »Upanishaden« geglaubte *Atman*-Seele von der *Abhidharma*-Exegese jener buddhistischen Richtung, der Nagasena angehörte, strikt geleugnet, so daß sich der Weise, noch in Unkenntnis des erst in späterer Zeit entwickelten, sublimen Vorstellungssystems vom »Nur-Bewußtsein«, auf die Antwort beschränkte: »Es gibt kein als Substanz faßbares Subjekt des *Samsara*.«

Immerhin erschien es Honda von einer unsäglichen Schönheit, wie Nagasena das *Samsara* mit einer Heiligen Öllampe verglich: sei ihre Flamme am Abend, um Mitternacht und in der Morgendämmerung auch keineswegs völlig die gleiche, so könne man wiederum nicht behaupten, daß es sich um verschiedene Flammen handele; brenne sie doch, sich aus derselben Lampe nährend, die ganze Nacht hindurch. Das der *Karma*-Kausalität unterworfene Einzel-Dasein sei keine substantielle Existenz, sondern wie diese Flamme nur eine »Kette der Erscheinungen«.

Und schließlich interpretierte, auffälligerweise fast in Übereinstimmung mit dem, was Jahrhunderte später jener italienische Philosoph erklärte, auch Nagasena: »Die Zeit aber ist das fortdauernd Lebendige des *Samsara.*«

16

Nun war es nur natürlich gewesen, daß König Menandros zum Gesprächspartner einen Buddhisten gehabt hatte, denn als Landesfremder stand der König von Anfang an außerhalb der vom Hinduismus gesetzten Schranken. Wer nicht in das indische Kastensystem hineingeboren war, konnte sich, mochte er auch der Herrscher sein, noch so sehr um eine Annäherung bemühen, er wurde von den gläubigen Hindus unweigerlich abgewiesen.

Hondas erste Begegnung mit dem Begriff *Samsara* hingegen war damals erfolgt, als er sich vor dreißig Jahren, nachdem er im Elternhaus des Matsugae Kiyoaki eine Predigt der Äbtissin des Gesshūji-Tempels gehört, aus eigenem Antrieb die »Gesetzbücher des Manu« in der französischen Übersetzung von L. Delongchamps als Lektüre vorgenommen hatte. Dieser zwischen dem zweiten vorchristlichen und dem zweiten nachchristlichen Jahrhundert kompilierte Kodex tradierte das *Samsara*-Denken, wie es sich in der mit dem achten vorchristlichen Jahrhundert einsetzenden Zeit der »Upanishaden« herausgebildet hatte, die auf der Einheit von *Brahma* und *Atman* basierten. Und in der »Brihadaranyaka Upanishad« hieß es: »Wahrlich, wer Gutes tut, wird Gutes haben, und wer Böses tut, wird Böses haben; reine Tat macht rein, und böse Tat macht schwarz. Das ist, weil der Mensch gebildet ist aus Begierden. Der Begierde folgt der Wille, dem Willen folgt die Tat, und nach der Tat geschieht das *Samsara.*«

Rückschauend schien es, als wären Hondas Benares-Erlebnisse seit jener fernen Vergangenheit, da er sich als Neunzehnjähriger in diesen Kodex vertieft hatte, vorausbestimmt gewesen. Die »Gesetzbücher des Manu« enthielten alles über Religion, Moral, Sitte und Recht, begannen mit der Schöpfung und endeten mit dem *Samsara*; aufgrund einer weisen Entscheidung der

Engländer waren sie selbst während der britischen Indienherrschaft als positives Recht für die in Indien ansässigen Hindu-Gläubigen in Kraft geblieben.

Jetzt bei der neuerlichen Lektüre wurde Honda der Ursprung der in Benares erlebten Begeisterung und Inbrunst erst recht begreiflich. Vor allem aus der Art, in der das herrliche erste Kapitel schilderte, wie ein aus sich selbst existierender Gott, nachdem er mit seinem Glanz das Chaos der Finsternis durchbrochen, zunächst das Wasser schuf und darin einen Samen aussetzte; wie dieser heranwachsend zu einem sonnengleich funkelnden, goldenen Ei gedieh; wie nach einem Jahr das Ei zerbrach und daraus Brahma, der Urvater des Kosmos, geboren wurde. Und das Wasser, das Brahma genährt, war das Wasser von Benares gewesen.

Das in den »Gesetzbüchern des Manu« verkündete *Samsara*-Prinzip unterteilt die Wiedergeburt des Menschen in drei Kategorien, entsprechend den drei Naturen, die den Leib eines jeden regieren. Die heitere und gelassene, von klaren Empfindungen erfüllte Natur der Weisheit (*Sattva*) wird als Gott wiedergeboren; die immer betriebsame, wankelmütige, unaufrichtig handelnde und auf sinnliches Vergnügen bedachte Natur der Unwissenheit (*Rajas*) wird als Mensch wiedergeboren und als Tier die *Tamas*-Natur, die ein Leben in Liederlichkeit und Trägheit, in Schwäche und Grausamkeit, in Unglauben und Laster führt.

Die Verbrechen, auf die eine Wiedergeburt als Tier oder Pflanze erfolgt, sind genau geregelt: Ein Brahmanenmörder fährt in den Leib von Hund, Schwein, Esel, Kamel, Rind, Ziege, Schaf, Hirsch oder Vogel; ein Brahmane, der das Geld eines Brahmanen stiehlt, wird tausendmal zu Spinne, Schlange, Echse oder Wassertier; wer das Bett eines Edlen beschmutzt, wird hundertmal zu Gras, Busch, Ranke oder zu einem fleischfressenden Tier, der Korndieb wird zur Ratte, der Honigdieb zur Schmeißfliege, der Milchdieb zum Vogel, der Gewürzdieb zum Hund, der Fleischdieb zum Kondor, der Fettfleischdieb zum Kormoran, der Salzdieb zur Grille, der Seidendieb zum Rebhuhn, der Hanfdieb zum Frosch, der Baumwolldieb zum Kranich, der Rinderdieb zur Riesenechse, der Weihrauchdieb zur Bisamratte, der Gemüsedieb zum Pfau, der Feuerdieb zum Reiher, der Möbeldieb zur Hornisse, der Pferdedieb zum Tiger, der Frauendieb zum Bären, der Wasserdieb zum Kuckuck, der Obstdieb zum Affen.

17

Der thailändische *Hinayana*-Buddhismus wiederum stützte sich in dieser Hinsicht auf die schlichten *Jataka*-Legenden aus den kanonischen Schriften Südlicher Tradition, die noch ganz die Ursprünglichkeit der frühen Pali-Texte überlieferten, und danach war es keineswegs ungewöhnlich, wenn selbst Buddha, obwohl ohne Schuld, während seiner vorausgegangenen *Bodhisattva*-Existenzen auch einmal als Ratte oder goldener Schwan wiedergeboren wurde.

Dieser in Thailand praktizierte Südliche Buddhismus war in Japan bis zur Meiji-Zeit unbekannt gewesen. Es handelte sich dabei ursprünglich um eine der »Zwanzig Schulen des Kleinen Fahrzeugs«, in die der *Hinayana*-Buddhismus in den ersten hundert oder zweihundert Jahren nach dem Tode Buddhas zerfallen war, und zwar um die sogenannte »Lehre der Älteren« (oder *Theravada*); sie wurde im dritten vorchristlichen Jahrhundert während der Regierungszeit des Königs Ashoka durch dessen Sohn Mahendra nach Ceylon gebracht, von wo aus sie sich nach Birma, Thailand und Kambodscha weiterverbreitete.

In Thailand galten die im Pali-»Tripitaka«, dem »Dreifachen Korb« der kanonischen *Theravada*-Schriften, und zwar im ersten, dem »Korb der Regeln«, ausführlich gegebenen Vorschriften bis zum jetzigen Tage als Gebote für das klösterliche Leben und beherrschten seinen Ablauf bis ins kleinste; für die Mönche bestanden zweihundertfünfzig, für die Nonnen dreihundertfünfzig Gebote.

Aber wie wurden dort *Samsara* und Wiedergeburt aufgefaßt? Mit welchen Unterschieden zur Lehre vom »Nur-Bewußtsein«, und gefärbt von welchen Besonderheiten? Was für eine Vorstellung von Wiedergeburt war es, die der einzelne innerlich besaß, zum Beispiel – um von der kleinen Prinzessin einmal abzusehen – die gelbgewandeten Mönche, die man überall in Bangkok traf? Fragen, auf die Honda gern eine Antwort gehabt hätte; und so durchforschte er eifrig die buddhistischen Schriften.

Hieraus erfuhr er, daß die Südliche *Theravada*-Lehre eben aus jener Schule der *Abhidharma*-Exegese hervorgegangen war, zu der der Weise Nagasena, der Gesprächspartner des Königs Menandros, gehört hatte. Zu dem Weg, auf dem sich die Aufzeichnung des Dialogs der beiden verbreitet hatte, meinten manche Wissenschaftler: Der Text sei vermutlich zunächst in den griechisch kolonisierten Gebieten Nordwestindiens entstanden, dann nach Osten ins Land Magadha gelangt und dort in die Pali-Fassung umgeschrieben worden; so habe er, um einiges vermehrt, Ceylon erreicht und schließlich von da aus nach Birma und Thailand gefunden. Auf diese Weise sei er als »Milindapanha« Teil der siamesischen Ausgabe des »Tripitaka« geworden.

Mithin war anzunehmen, daß die *Samsara*-Vorstellung, wie sie die Thailänder hegten, weitgehend mit derjenigen zusammenfiel, die der Weise Nagasena vertreten hatte. »Das wahre Wesen des *Karma*, das jegliche Wiedergeburt bewirkt, ist *Cetena*, das heißt: der Wille«, lautete die Ansicht dieser Schulrichtung, ein Gedanke, der mit den in den »Agama-Sutren« wiedergegebenen Auffassungen übereinstimmte und dem allerfrühesten buddhistischen Denken nahe kam. Zum Problem der Motivation hieß es da: In den Körpern der Menschen wie in den Dingen der äußeren Welt sei kein ursprünglich Gutes oder Böses; was sie zum Guten oder Bösen hin bewege, sei allein das Herz. Sei *Cetena*. Der Wille.

So weit, so gut. Indem nun aber die *Abhidharma*-Exegese das Nicht-Ich postulierte, gelangte sie zu der These, daß die körperhafte Welt als solche insgesamt indifferent sei. Angenommen, man hatte da einen Wagen; ungeachtet des Umstands, daß alle die Teile, die diesen Wagen bildeten, lediglich materielle Elemente waren, konnten sie doch dadurch, daß der Wagenlenker einen Menschen überfuhr und flüchtete, zum Instrument des Verbrechens werden: im gleichen Sinne, nämlich da erst Herz und Wille die Schuld, also die Ursache für das *Karma* bewirkten, waren wir Menschen an und für sich »ohne ein Ich«. Allerdings fuhr *Cetena* mit im Wagen unseres Körpers, und aufgrund der Sechsfachen *Karma*-Pfade – Beharrung, Erregung, Blindheit für das Wahre sowie Nicht-Beharrung, Nicht-Erregung und Einsicht in das Wahre – kamen *Samsara* und Wiedergeburt zustande. Obwohl indessen der *Cetena*-Wille so zur Ursache für das *Samsara* wurde, war er doch nicht dessen Subjekt. Die Frage des Subjekts blieb letztlich ungeklärt. Die künftige Welt war einfach die an die jetzige Welt anschließende Fortsetzung; die die Nacht hindurch brennende Heilige Lampe, die mit dieser hiesigen Welt verkettet blieb – sie war das Leben.

Und wenn Honda darüber nachdachte, was sich eigentlich im Herzen der kleinen thailändischen Königstochter ereignet hatte, so schien ihm, er könnte sich mit einem solchen Bild schon zufriedengeben.

Bangkok. Stadt, in der in jedem Jahr während der Regenzeit sämtliche Wasserläufe über die Ufer traten und dann die Grenzlinien zwischen ihnen und den Straßen einerseits, den Feldern andererseits sogleich verschwanden; Stadt, in der die Straßen Flüsse und die Flüsse Straßen waren. War es da verwunderlich, wenn auch in einem Kinderherzen die Traumflut stieg und die Wirklichkeit überschwemmte, wenn die Deiche gegenüber der künftigen Welt und der vergangenen Welt brachen, wenn plötzlich diese jetzige Welt unter Wasser stand? Dabei sahen aus den überschwemmten Feldern die grünen Blattspitzen der Reispflanzen hervor, und auf dem, was vordem in Wasserlauf und Naßfeld unterschieden gewesen war, blinkte dieselbe Sonne, spiegelten sich dieselben wirren Kumuluswolken.

Nachdem so im Herzen der Prinzessin Mondglanz, ihr selber nicht bewußt, künftige und vergangene Welt ein Hochwasser angerichtet hatten, mochten freilich gerade die Reste der gegenwärtigen Welt, die hier und da wie Inseln aus der weiten, nach dem Regen im Mondschein glitzernden Wasserfläche ragten, um so unglaubhafter erscheinen. Die Deiche waren gebrochen, die Grenzen verwischt. Was geblieben war, sprach deutlich von früherer Existenz.

18

Honda hatte das Gefühl, er könne nun, da er um das in Bangkok verbliebene, schöne und liebliche Rätsel wußte, um so leichter zur Lehre vom »Nur-Bewußtsein«, die ihn einst so gefesselt hatte, und damit zu dem prächtigen, einem Dom vergleichbaren System des *Mahayana*-Buddhismus zurückkehren.

Wirklich stellte die Lehre vom »Nur-Bewußtsein« ein so hoch aufragendes, geistig-religiöses Gebäude dar, daß es einen schwindeln mußte. Immerhin hatte hier der Buddhismus, der ein »Ich«, eine »Seele« ja leugnete, mit einer äußerst gründlichen, komplizierten Theorie das begriffliche Dilemma überwunden, das hinsichtlich des Subjekts des *Samsara* entstanden war. Wie der Tempel der Morgendämmerung in Bangkok erhob sich das beispiellos verwirrende philosophische Gebilde in einen blaßblauen Frühhimmel, in eben jener mystischen Stunde des Tagesanbruchs, der mit seinem kühlen Windhauch und seinem ersten leichten Schimmer alles erfüllte.

War es doch dieses »Nur-Bewußtsein« gewesen, mit dessen Hilfe der jahrhundertelang unlösbare Widerspruch zwischen *Samsara* und Nicht-Ich endlich aufgehoben wurde. Was durchlief den Kreis von Leben und Tod oder ging ein in das Paradies des Reinen Landes? Was mochte das sein?

....

Der Begriff »Nur-Bewußtsein« wurde zuerst von dem Inder Asanga benutzt. Schon zu Beginn des sechsten Jahrhunderts, als sein Name durch den »Traktat aus der Diamant-Klause« nach China gelangte, war das Leben Asangas halb von der Legende überwuchert. Zwar berief sich die Lehre vom »Nur-Bewußtsein« in ihrem Ursprung auf die *Abhidharma*-Schriften des *Mahayana*, und eine Strophe daraus enthält, wie wir sehen werden, in der Tat den wichtigsten Kern dieser Auffassung; aber erst Asanga brachte sie in seinem Hauptwerk, dem »Kommentar zum Großen Fahrzeug«, in ein System. Übrigens bezeichnet das Sanskritwort *Abhidharma* den dritten Teil des »Tripitaka«-Kanons (nach den »Sutren« und den »Regeln«) und meint inhaltlich »Glaubenslehre«, hier also Glaubenslehre des *Mahayana*-Buddhismus.

Normalerweise leben wir vermöge der psychischen Funktionen der sogenannten Sechs Sinne, nämlich der Sechs Bewußtseinsformen Sehen, Hören, Riechen, Schmecken, Tasten und Denken. Als ihnen zugrunde liegend, postuliert die Lehre vom »Nur-Bewußtsein« ein siebentes, das *Mana*-Bewußtsein, von dem man sich vorstellen muß, daß es sämtliche ichbezogenen, das individuelle Selbst begleitenden Bewußtseinsarten umschließt. Aber damit nicht genug. Noch tiefer darunter wird als letztes und eigentliches das *Alaya*-Bewußtsein angenommen. Ein Bewußtsein, das, vom Wort her mit »Speicher« übersetzbar, alle Samen der existenten Welt verwahrt.

Leben ist Tätigsein. Und das *Alaya*-Bewußtsein ist in steter Bewegung. Da es die Samen speichert, die die Frucht aller Vergeltung, die Folge allen Handelns sind, kann die Tatsache, daß wir leben, nichts anderes bedeuten, als daß das *Alaya*-Bewußtsein tätig ist.

Dieses Bewußtsein fließt unaufhaltsam wie ein weiß schäumender Wasserfall. Sichtbar immer als die eine Kaskade, ist das Wasser dennoch in keiner Sekunde das gleiche. Es ist in einem unaufhörlichen Wechsel begriffen, es strömt, läßt seine stiebende Nebelfahne wehen. »Gleichsam der fortwährend sich wandelnde, wütende Strom«, wie es an einer Stelle jener Vasubandhu formulierte, der in Vervollkommnung der Theorie Asangas die »Dreißig Gesänge vom Nur-Bewußtsein« schrieb.

Eine Formulierung übrigens, die der zwanzigjährige Honda damals, als er Kiyoakis wegen den Gesshūji-Tempel besuchte, von der Äbstissin gehört hatte und die ihm, trotz aller Beklommenheit in jenem Augenblick, für immer im Ohr geblieben war.

So wie sich ihm andererseits damit die Erinnerung an seine Indienreise, an den Ausflug nach Ajanta verknüpfte: nämlich an den zum Wagora-Fluß hinabstürzenden zweistrahligen Wasserfall, der gerade dann seinen Blick auf sich gezogen hatte, als er aus einer der völlig leeren Mönchsklausen mit dem Gefühl herausgetreten war, irgend jemand wäre bis eben noch in der Höhle gewesen.

Und als er gemeint hatte, es spiegelte dieser letzte, endgültige Wasserfall sowohl den Sankō-Wasserfall am Miwayama-Berg, unter dem er Isao zuerst begegnet war, wie auch, lange zurück, den Wasserfall auf dem Anwesen der Matsugaes, an dem ihm die Äbstissin zuerst vor Augen gekommen war.

Es sind also im *Alaya*-Bewußtsein alle Folge-Samen eingepflanzt. Die Folgen aus den Handlungen, die die erwähnten sieben Bewußtseinsformen während eines Lebens bewirken, doch nicht nur aus solcher mentalen Tätigkeit, sondern Samen auch aus den hierzu das Gegenstück bildenden materiellen Daseinsformen, mit denen jene inneren Vorgänge einhergehen. Die Art dieser Aufnahme wird – wie man bei der Übertragung wohlriechender Essenzen auf ein Gewand von Durchduftung spricht – als »Samen-Durchduftung« bezeichnet.

Je nachdem nun, ob man das *Alaya*-Bewußtsein selbst für völlig unbefleckt, also neutral hält oder nicht, ergeben sich verschiedene Denkweisen. Ist es neutral, so müssen die das *Samsara* auslösenden Kräfte äußere, und das heißt: Kräfte der Kausalität sein. Denn dann wird notwendigerweise alles in der äußeren Welt Existente, werden alle Versuchungen, ja, alle auch innerlich durch die sieben Bewußtseinsformen vorhandenen sinnlichen Täuschungen vermöge ihrer Kausalitäts- oder *Karma*-Kräfte auf das *Alaya*-Bewußtsein einwirken.

In der Lehre vom »Nur-Bewußtsein« jedenfalls werden derartige *Karma*-Kräfte beziehungsweise die diese Kräfte ausströmenden *Karma*-Samen für unmittelbare oder Hilfsursachen gehalten, und es wird gefolgert, daß das *Alaya*-Bewußtsein beides, das Subjekt wie die Triebkräfte, enthält und daß diese gemeinsam das *Samsara* auslösen. Was wohl zu der Vorstellung geführt hat, daß, wie Asanga versichert, schließlich auch das *Alaya*-Bewußtsein selbst keineswegs »ungefärbt«, sondern ein zusammengesetztes Bewußtsein sei, in dem sich Wasser und Milch miteinander vermischen; halb befleckt und Triebkraft hin zur Welt der Täuschungen, halb rein und Triebkraft hin zur Erleuchtung. Die in ihm enthaltenen Samen würden also vermöge derjenigen unter ihnen, die aus guter oder böser Tat herrühren, als entsprechende Folge Freuden oder Leiden in einer künftigen Existenz bewirken. Und das ist der Punkt, an dem sich die Lehre vom »Nur-Bewußtsein« von der die Aktivität der *Karma*-Kräfte betonenden »Kusha«-Schule unterscheidet: indem sie einerseits die Realisation des *Alaya*-Bewußtseins aus den *Alaya*-Samen zum Naturgesetz erhebt (gleichartige Ursachen haben gleichgerichtete Folgen), und andererseits durch Beigesellung der *Karma*-Samen zu jenen *Alaya*-Samen ein sittliches Gesetz entstehen läßt (aus der Ursache guter oder böser Tat resultiert gute oder böse Folge) entwickelt die Lehre vom »Nur-Bewußtsein« eine in sich selbständige Welt.

Das *Alaya*-Bewußtsein verkörpert mithin die Gesamtvergeltung für alles Lebendige, ist die Grundursache für das Existente schlechthin. Daß sich ein *Alaya*-Bewußtsein als Mensch realisiert, bedeutet mithin nichts Geringeres, als daß der Mensch wirklich existiert.

Das *Alaya*-Bewußtsein läßt diese Welt, die von uns bewohnte Welt der Täuschungen, manifest werden. Als Wurzel unserer Erkenntnis umfaßt es alle Gegenstände des Erkennens, um sie uns so erst deutlich zu machen. Die Welt des *Alaya*-Bewußtseins setzt sich zusammen aus dem Körperlichen (den sogenannten Fünf Wurzeln: Auge, Ohr, Nase, Zunge, Leib), aus der natürlichen (der illusorischen) Welt und aus den Samen (den latenten Kräften, die alles Materielle und Geistige zur Realisation zu bringen vermögen). Sowohl das Ich als die Wesenheit, von der wir glauben, daß wir sie fest besäßen, als auch die Seele, von der wir annehmen, sie überlebte unseren Tod – sie fallen, da sie aus dem alles schaffenden *Alaya*-Bewußtsein entstanden sind, wieder ins *Alaya*-Bewußtsein zurück; so ist letztlich alles nur Bewußtsein.

Angenommen aber, wir würden uns, ausgehend von dem Wort »Nur-Bewußtsein«, als ein in Wesenheit vorhandenes Subjekt vorstellen, würden der Lehre vom »Nur-Innen« folgen, die die äußere Welt insgesamt als eine Spiegelung im Herzen gedachter Ideen ansieht, so dürfte man zu Recht behaupten, wir vermengten »Ich« und *Alaya*-Bewußtsein. Denn das Ich als Konstante hat ja wohl eine unveränderliche Realität; das *Alaya*-Bewußtsein hingegen ist der keinen Augenblick verweilende »Strom des Nicht-Ichs«.

In Asangas »Kommentar zum Großen Fahrzeug« wird hinsichtlich jener Samen, die, vom *Alaya*-Bewußtsein »durchduftet«, die Welt der Täuschungen offenbar werden lassen, von drei Arten der »Durchduftung« gesprochen.

Da sind erstens die Samen der Benennung.

Wenn es zum Beispiel heißt, die Rose sei eine schöne Blume,

so wird hierbei mit der Benennung »Rose« eine Unterscheidung gegenüber anderen Blumennamen getroffen; um festzustellen, eine wie schöne Blume sie ist, treten wir vor eine Rose hin und erkennen, daß sie tatsächlich anders ist als andere Blumen. »Rose« erscheint zunächst als Benennung, der Begriff erregt die Phantasie, die erregte Phantasie kommt mit der Wesenheit in Berührung, und deren Duft, Farbe und Gestalt werden vom Gedächtnis gespeichert. Oder aber es hat uns die Schönheit einer Blume bewegt, die wir gesehen, ohne ihren Namen zu wissen; dies erregt unseren Erkenntnisdrang; so erfahren wir, daß man sie als »Rose« bezeichnet, und gelangen auf diese Weise dahin, sie unserer Begriffswelt einzugliedern. Wir lernen also Bedeutung, Name, Wort, Objekt, lernen weiter, diese miteinander zu verbinden. Dieses Lernen betrifft keineswegs nur den schönen Namen, die genaue Bedeutung, vielmehr wird alles für die sensorische Wahrnehmung und das Denken Erreichbare in dem ohne Anfang existierenden Gedächtnis gespeichert, und es entsteht dadurch die uns umgebende Welt.

Da sind zweitens die Samen der Ich-Beharrung.

Hat das *Mana*-Bewußtsein, die siebente der insgesamt acht Bewußtseinsformen, dem *Alaya*-Bewußtsein gegenüber eine das Selbst als eine von allem anderen Sein unterschiedene Ich-Vorstellung einmal ausgelöst, setzt sich diese mit dem Anspruch auf ein absolut individuelles Ich durch und wirkt schließlich auch auf die übrigen sechs Bewußtseinsformen ein; so kommt es zu einer »Durchduftung« mit Ich-Beharrung. Tatsächlich mußte Honda den Eindruck gewinnen, die Formung des neuzeitlichen Ich-Gefühls und die Irrtümer der darauf beruhenden Philosophie hätten von hier ihren Ausgang genommen.

Da sind drittens die Samen der Welt-Teilhaftigkeit.

»Welt« steht hier für die Gesamtheit der illusionierten Welt, bestehend aus der Welt der Begierde, der Welt der Form und der Welt der Nicht-Form; und aus der Teilhaftigkeit an ihr begründet sich die Kausalität. Mithin sind diese Samen – als die Verursacher der Welt der Täuschungen und Leiden – nichts anderes als die sogenannten *Karma*-Samen. Und auf der Wirkamkeit ihrer *Karma*-Kräfte beruhen die Unterschiede in den Schicksalen sowie die ungleiche Verteilung von Glück und Unglück.

Aus alledem wurde Honda klar, was das Subjekt des *Samsara*

war, was es war, das den Kreis der Geburten und Tode durchlief: nämlich das *Alaya*-Bewußtsein, dieser wild dahinstrudelnde »Strom des Nicht-Ichs«.

19

Je tiefer Honda aber in die Lehre vom »Nur-Bewußtsein« vordrang, desto größer wurde notwendigerweise sein Interesse an der Art, in der das *Alaya*-Bewußtsein die Welt manifest werden ließ. War es nach dieser Lehre doch so, daß die durch das *Alaya*-Bewußtsein bewirkten kausalen Folgen »gleichzeitig«, das heißt: in einem Augenblick zustande kamen, und noch dazu wechselweise bald Ursache, bald Wirkung waren. Für Honda, der sich Ursache und Wirkung durchaus nicht anders denken konnte als in einer zeitlichen Abfolge, gab es keine schwierigere Vorstellung als diese simultan-reziproke Kausalität zwischen dem *Alaya*-Bewußtsein und der Welt der Täuschungen. Immerhin war ihm das eine klargeworden: daß hierin der grundsätzliche Unterschied in der Interpretation der Welt aufschien, der die Lehre vom »Nur-Bewußtsein« und die *Mahayana*-Lehre insgesamt vom *Hinayana*-Buddhismus trennte.

In der Welt des *Hinayana*-Buddhismus war, wie in Bangkok zur Regenzeit zwischen Flußlauf und Naßfeld und Ackerland, nirgends unterbrochene, unendliche Kontinuität. Die Monsunregen, die heutzutage zu Überschwemmungen führten, waren in der Vergangenheit die gleichen gewesen und würden es auch in der Zukunft sein. Der mit scharlachroten Blüten besteckte alte Phönixbaum im Garten stand gestern dort, also würde er morgen noch immer dort stehen. Ihre Existenzen erfuhren offenbar ebensolche Wiedergeburten, wie sie, wäre er sich einer Fortsetzung nach dem Tode sicher, Honda selbst erfahren würde: indem nämlich seine Vergangenheit sanft in die Zukunft hinüberglitte. Die Welt so gelten zu lassen, wie sie war, und sie mit der in den Tropen selbstverständlichsten Natürlichkeit hinzunehmen wie die Erde das Wasser – dies entsprach dem *Hinayana*, der Südlichen *Theravada*-Lehre. »Was in den Drei Welten mit Realität behaftet ist, hat als Existenz Kontinuität.« Das heißt:

unser lebendiges Sein erstreckt sich aus der Vergangenheit über die Gegenwart bis in die Zukunft; es ist ein Fortexistierendes, das schwer und träge dahinfließt wie der in Vergangenheit, Gegenwart und Zukunft ewig fließende gelbbraune, von den Wurzeln der Mangrovebäume gesäumte Strom.

Im Gegensatz hierzu sah der *Mahayana*-Buddhismus, und da vor allem die Lehre vom »Nur-Bewußtsein«, diese unsere Welt als den für keinen Augenblick stille stehenden, strudelnden Wasserlauf, oder als einen weiß gischtend herabstürzenden Wasserfall. Und hatte die Welt die Gestalt des Wasserfalls, so waren sowohl die Grundursachen für diese Welt als auch die Basis, von der aus Erkenntnis sie erfaßte, ebensolche Wasserfälle. Es war das eine Welt, die von Sekunde zu Sekunde entstand und verging. Weder für vergangene Existenz noch für künftige Existenz gab es irgendwelche Beweise; nur das Gegenwärtig-Augenblickliche – dies die für den *Mahayana*-Buddhismus charakteristische Weltsicht – als das mit Händen Greifbare und das mit Augen Erfaßbare besaß Realität: »Was in der Gegenwart mit Realität behaftet ist, hat keine Körperlichkeit in Vergangenheit und Zukunft.«

Aber wieso »mit Realität behaftet«?

Angenommen, es steht da – wir sehen sie oder können sie berühren – eine Narzisse: wenigstens in diesem einen gegenwärtigen Augenblick ist der Narzisse und damit der sie umgebenden Welt Realität verliehen.

Das läßt sich mit Sicherheit sagen.

Wenn jedoch einer, während er schläft, die Narzisse neben seinem Kopfkissen in einer Vase stehen hat – wie dann? Ist er etwa imstande, die ganze Nacht hindurch Sekunde für Sekunde den Beweis für die Existenz dieser Blume fortzusetzen?

Mit anderen Worten: existiert denn diese eine Narzisse, diese sie umgebende Welt auch während einer Zeit, in der der Blick erloschen, Gehör und Geruch vermindert, die Zunge erlahmt, der Körper verlassen, das Bewußtsein geschwunden ist?

Und doch mußte die Welt existieren!

Das siebente, das *Mana*-Bewußtsein konnte vermöge seiner Ich-Beharrung die Welt bejahen. Oder es konnte sie verneinen. Entweder also, und wäre er auch seiner fünf Sinne beraubt, existierte die ihn, Honda, umgebende Welt, wohlgeordnet in Dingen von körperlicher Ausdehnung wie in Füllfederhalter und Vase, Tintenfaß und roter Glaskaraffe (auf ihr im morgendlichen Licht das weiße Fensterkreuz in sanften Kurven gespiegelt), wie in Gesetzbüchern, in Briefbeschwerer und Schreibtisch, in Wandtäfelung, gerahmten Bildern und dergleichen, und zwar, weil er ein Ich hatte und weil dieses Ich erkenntnisfähig war. Oder aber gerade weil er ein Ich hatte und weil dieses Ich erkenntnisfähig war, blieb es lediglich bei schattenhaften Phänomenen, bei Projektionen seines Erkennens, und die Welt war daher ein Nichts, besaß keine Existenz ... Wurde wie ein schöner *Kemari*-Ball von der so gearteten, hartnäckigen Anhaftung am Ich mit allem Hochmut nach Belieben herumgestoßen.

Und doch mußte die Welt existieren!

Hierfür war dann freilich ein Bewußtsein nötig, das die Welt hervorbrachte und ihr ein Dasein gab, ein Bewußtsein, das jene eine Narzisse existieren ließ und ununterbrochen Sekunde um Sekunde für diese Tatsache bürgte. Und eben das war das *Alaya*-Bewußtsein; ein Letztes und Endgültiges, das wie der Polarstern der lichtlosen, langen Nacht Existenz verlieh und das – wie er – wach blieb diese lichtlose, lange Nacht hindurch, um in jedem Augenblick für Existenz und Realität zu bürgen.

Denn schließlich mußte die Welt ja existieren!

Und sollten auch all seine Bewußtseinsformen bis hinab zur siebenten die Welt für ein Nichts erklären, sollten auch die Fünf Komponenten persönlichen Daseins schwinden und der Tod ihn heimsuchen – solange das *Alaya*-Bewußtsein vorhanden wäre, würde die Welt durch dieses existieren. Alles hatte Existenz durch das *Alaya*-Bewußtsein; alles war vorhanden, weil das *Alaya*-Bewußtsein vorhanden war. Angenommen indessen, das *Alaya*-Bewußtsein käme zum Erlöschen ...?

Aber die Welt mußte existieren!

Das *Alaya*-Bewußtsein also würde nicht erlöschen. Es war vielmehr – mit immer anderen Wassern Sekunde um Sekunde – in unaufhörlich tosender Bewegung wie der Wasserfall. Strömte deshalb ewig, um so die Welt in die Existenz zu heben.

Mußte die Welt doch existieren!

Und warum?

Weil erst die Tatsache, daß die Welt als die Welt der Täuschungen existierte, die Möglichkeit zur Erleuchtung schuf.

Darauf zu bestehen, daß die Welt existierte, war mithin die ultimative sittliche Forderung. Auf diese Weise gab das *Alaya*-Bewußtsein die endgültige Antwort auf die Frage nach der Notwendigkeit der Welt-Existenz.

War nun die Realität der Welt als Welt der Täuschungen ultimative sittliche Forderung, so bildete ebendieses *Alaya*-Bewußtsein, das alles Sein bewirkte, die Quelle für eine solche sittliche Forderung, woraus nun freilich zu interpretieren war: *Alaya*-Bewußtsein und Welt, nämlich die im Angebundensein an Schmerz und Leiden zur Gestalt gekommene Welt der Täuschungen, standen miteinander in einer Wechselbeziehung. Denn wäre das *Alaya*-Bewußtsein nicht, würde die Welt nicht existieren; und wäre die Welt nicht existent, hätte das *Alaya*-Bewußtsein keine Möglichkeit, als dessen Subjekt das *Samsara* zu durchlaufen, bliebe folglich der Weg zur Erleuchtung für immer verschlossen.

Durch eine höchste sittliche Forderung waren *Alaya*-Bewußtsein und Welt miteinander verknüpft; in der Notwendigkeit der Welt-Existenz begründete sich das *Alaya*-Bewußtsein.

Realität besaß jedoch nur der eine gegenwärtige Augenblick, und insofern, als es das *Alaya*-Bewußtsein war, das mit letzter Sicherheit für die Realität des einen Augenblicks bürgte, existierte es selbst – als dasjenige, das die Welt als Ganzes manifest werden ließ – am Schnittpunkt von Zeit- und Raumachse.

Und Honda begriff, wenn auch mit Mühe: hierin wurzelte das für die Lehre vom »Nur-Bewußtsein« charakteristische Prinzip von der simultan-reziproken Kausalität.

Nun mußte jede Auffassung innerhalb des Buddhismus authentisch bewahrt sein und dem entsprechen, was Gautama Buddha unmittelbar gelehrt hatte, mußte also aus den kanonischen Texten zu belegen sein; und so berief sich die Lehre vom »Nur-Bewußtsein« auf die folgende, recht dunkle Strophe aus den *Abhidharma*-Schriften des *Mahayana*:

> Die Wesen alle sind im Bewußtsein gespeichert
> und das Bewußtsein wieder in den Wesen;
> beide jeweils Ursache des anderen
> und immer so des anderen Folge.

Soviel Honda davon begriff, war die Welt – gemäß der Kausalitätsabfolge im *Alaya*-Bewußtsein – in Querschnitten jeweils eines gegenwärtigen Augenblicks zu denken; das heißt: man zerlegte, wie man eine Gurke in runde Scheiben schnitt, die Welt in einzelne Gegenwartsaugenblicke und betrachtete dann diese Scheiben.

Die Welt entstand und verging mit jedem Augenblick; in diesen Scheiben aber wurde die dreifache Art und Weise des Entstehens und Vergehens deutlich: »Samen schaffen Existenz«, »Existenz durchduftet Samen« und »Samen schaffen Samen«. Beim ersten Vorgang – »Samen schaffen Existenz« – erzeugten also Samen die gegenwärtige Welt, was naturgemäß ihre Anhaftung an der Vergangenheit einschloß. Vergangenheit wirkte nach. Beim zweiten Vorgang – »Existenz durchduftet Samen« – wurden die Samen des *Alaya*-Bewußtseins von der jetzt gegenwärtigen Welt durchduftet und auf die Zukunft hin befleckt. Mithin warf hier künftige Unsicherheit ihre Schatten voraus. Doch war es nun keineswegs so, daß alle Samen, von Existenz befleckt, Existenz bewirkt hätten. Ein Teil dieser Samen, wiewohl befleckt, blieb auch weiterhin nur Samen. Das meinte der dritte Vorgang: »Samen schaffen Samen«. Und lediglich diese dritte Art der Kausalität ereignete sich begreiflicherweise nicht simultan, sondern kontinuierlich, wurde in »anderer Zeit« vollzogen.

Jedenfalls trat die Welt als Ganzes durch diese drei Vorgänge im Augenblick der Gegenwart in Erscheinung.

Zudem geschahen die beiden ersten Vorgänge – »Samen schaffen Existenz« und »Existenz durchduftet Samen« – nicht nur immer wieder aufs neue im gleichen Augenblick, im selben Augenblick auch wirkten sie aufeinander ein, um in demselben Augenblick schon zu enden. Ein Augenblicksquerschnitt, in dem allein die Samen fortdauerten, wurde beiseite gelegt; es kam der nächste Augenblicksquerschnitt. Die Struktur unserer Welt bestand demnach darin, daß eine endlose Zahl von Augenblicksquerschnitten gleichsam wie dünne, runde Gurkenscheiben in pausenloser Geschäftigkeit auf den Stab, den die sich fortsetzenden Samen des *Alaya*-Bewußtseins bildeten, gestoßen und damit abgelegt wurden.

Das *Samsara* wurde nicht etwa ein Menschenleben lang nur vorbereitet, um dann mit dem Tod einzusetzen; es war vielmehr dasjenige, durch das die Welt in jedem Augenblick erneuert und in jedem Augenblick widerrufen wurde.

Die Samen, indem sie mit jedem Augenblick die riesige Scheinblume »Welt« erblühen ließen und wieder zerstörten, setzten sich fort; doch bei dieser Fortsetzung (»Samen schaffen Samen«) waren, wie erwähnt, die *Karma*-Samen als Hilfsursachen nötig. Und sie rührten von der Durchduftung mit augenblicksgebundener Existenz her.

Eigentlicher Sinn der Lehre vom »Nur-Bewußtsein« war also: Alles der Welt Angehörige ist existent in unserem Augenblick der Gegenwart. Die Augenblickswelt zerfällt im nächsten Augenblick, nur um abermals existent zu werden. Die jetzt sichtbare Welt ist in jedem nächsten Augenblick eine andere. Die Welt als Ganzes ist somit *Alaya*-Bewußtsein . . .

20

Als er mit seinen Betrachtungen bis zu diesem Punkt vorgedrungen war, hatten vor Hondas Augen all die Dinge in seiner Umgebung ein bis dahin unvorstellbares Aussehen angenommen.

Zufällig war er für den gleichen Tag wegen eines über lange Jahre hingezogenen Rechtsstreits in eine Villa im Shōtō-Viertel im Bezirk Shibuya gerufen worden, wo man ihn im Empfangszimmer im Obergeschoß zu warten bat. Der Prozessierende pflegte, wenn er nach Tōkyō kam, mangels geeigneter Hotels in diesem Haus eines aus seiner Heimat gebürtigen, reichen Mannes abzusteigen, da es, nachdem sich der Besitzer vor den Luftangriffen nach Karuizawa in Sicherheit gebracht hatte, ohnehin leer stand.

Es gab wohl kein anderes Verfahren, das so die Zeiten überdauert hatte wie diese Verwaltungsgerichtssache. Ausgelöst durch ein 1899 erlassenes Gesetz, reichte die Streitursache indessen noch weiter zurück bis in die Tage unmittelbar nach der Meiji-Restauration von 1868. Der Prozeßgegner, einst der Minister für Landwirtschaft und Handel, später der Minister für Landwirtschaft und Forsten, hatte mit jeder Kabinettsumbildung gewechselt, auch war ein Anwalt auf den anderen gefolgt. So befand sich die Sache jetzt in Hondas Obhut, und zwar unter der ebenfalls durch Generationen vererbten vertraglichen Vereinbarung, daß er im Falle einer günstigen Entscheidung ein Drittel des dann dem Kläger zufallenden Bergwaldes als Erfolgshonorar erhalten solle; doch fürchtete Honda, selbst er werde diesen Prozeß zu Lebzeiten schwerlich zu einem Ende bringen.

Mithin hatte er, wenn er, wie gebeten, die Villa in Shibuya aufsuchte, seine Arbeit auch nur als Vorwand genommen, in Wahrheit jedoch auf den enthülsten Reis und das Hühnerfleisch gehofft, Dinge, die ihm sein Klient als Geschenk vom Lande mitbringen würde.

Der Klient hätte längst vor ihm eintreffen sollen, war aber noch nicht da. Offenbar kam man mit den Zügen nur mehr schlecht voran.

Um sich, in Bürgeruniform und Wickelgamaschen, angesichts des heißen Juninachmittags ein wenig frische Luft zu verschaffen, schob Honda das schmale und hohe englische Fenster auf und stellte sich davor. Da er kein Soldat gewesen, war es ihm bisher noch nie gelungen, die Gamaschen ordentlich zu wickeln; meist rutschten sie ihm als Wulst auf die Waden, und dann hatte er beim Gehen das peinliche Gefühl, als schleppte er einen Bettelsack hinter sich her. Rie, seine Frau, warnte ihn immer wieder, er solle nur aufpassen, daß er in den überfüllten Bahnen damit nicht hängenbleibe.

An einem Tag wie diesem drang der Schweiß durch die Gamaschenwülste. Und Honda wußte sehr wohl, daß ihm der hintere Rockschoß der billig glänzenden, über und über zerknitterten Sommeruniform aus einer Art Zellwolle mit all den Sitzfalten auf eine lächerliche Weise schlaff über den Rücken herabhing. Doch da etwas zurechtziehen zu wollen, war hoffnungslos.

Vom Fenster aus konnte er im Junilicht die ganze Gegend bis hin zum Bahnhof Shibuya übersehen. Die Wohnviertel in der unmittelbaren Nachbarschaft waren von den Bränden verschont geblieben, aber die Gegend vom Rand des Hügels bis hinab zum Bahnhof bildete ein einziges, frisches Trümmerfeld, aus dem hier und da die ausgebrannten Ruinen der Bürogebäude aufragten: Resultat jener Luftangriffe vor knapp einer Woche, bei denen dies alles in Flammen aufgegangen war. In zwei aufeinanderfolgenden Nächten, am 24. und 25. Mai 1945, hatten fünfhundert Maschinen vom Typ B 29 die verschiedenen Viertel der Oberstadt Tōkyōs mit Bombenteppichen belegt. Noch roch es nach Feuer, und man hatte den Eindruck, als triebe jetzt im hellen Tagesschein ein letztes Nachflackern der Höllenszene darüber hin.

Den damit verbundenen Geruch, an den eines Krematoriums erinnernd, nur weit alltäglicher, nämlich mit Kochdünsten und dem Arom von Holzfeuern vermischt und gesteigert durch einen entsetzlich technisch-chemischen Gestank wie aus Arzneimittelfabriken – diesen Ruinengeruch war Honda längst gewohnt. Obwohl sein Haus in Hongō bisher nichts abbekommen hatte.

Wenn wieder und wieder, als würde über einem die Finsternis aufgebohrt, mit metallischem Geheul die Bomben fielen, die Umgebung rings von den Detonationen erzitterte und aus den Phosphorbomben die Brände schossen, dann war, regelmäßig in solchen Nächten, aus einem Winkel des Himmels so etwas wie ein unirdisch lieblicher Gesang zu vernehmen, der die Szene begleitete. Daß dies das klägliche Weinen derer war, die in der untersten aller Höllen litten, kam Honda erst später in den Sinn.

In den Ruinen vor seinen Augen hatte der Brandschutt eine rötliche Farbe angenommen, lagen die Dächer, wie sie in sich zusammengesunken waren. Schwarz verkohlten Palisaden gleich standen größere und kleinere Stützbalken in langen Reihen; die von ihnen abblätternde Asche tanzte in dem leichten Wind.

An manchen Stellen blitzte irgend etwas auf, daß es Honda in die Augen blendete. Es war wohl meist nur der Widerschein auf den Splittern von Fensterscheiben, auf Glasstücken, die sich in der Hitze gekrümmt hatten, auf zerborstenen Flaschen. Und doch sogen diese Fragmente das ganze Junilicht in sich auf. Zum ersten Mal wurde Honda des Glanzes gewahr, den der Schutt haben konnte.

Die Betonfundamente der Häuser, obwohl vom Lehm der zusammengebrochenen Wände überhäuft, waren deutlich auszumachen. Die einen höher, die anderen tiefer gelegen, leuchteten sie mit ihren scharfen Linien in der Nachmittagssonne. Das Ruinenfeld als Ganzes wirkte daher wie die Mater einer Zeitungsseite mit ihrem Auf und Ab; freilich nicht düster grau wie diese, sondern vorwiegend von der rotbraunen Färbung schwachgebrannter Blumentöpfe.

Da es ein Geschäftsviertel gewesen war, gab es kaum Gärten mit Baumbestand. Die halb verbrannten Alleebäume hatten überlebt.

Einige der Hochhausruinen besaßen auf dieser Seite keine Scheiben mehr, und durch die leeren Fensterhöhlen sah man um so deutlicher, wie zu den Fenstern auf der Rückseite das Licht hereinfiel; um die Gesimse herum waren die Mauern mit schwarzen Rußzipfeln bedeckt: offenbar von den herausschlagenden Flammen.

Dort aber, wo die Straßen sich hinabsenkten und zwischen ihnen auf den verschiedenen Ebenen zahllose verwinkelte Nebengassen verliefen, waren eine Menge Betonstufen übriggeblieben, die, so bedeutungsvoll sie sich gaben, ins Nirgendwo führten. Unter ihnen war nichts, und über ihnen war nichts. Nur diese Stufen, obwohl im selben Ruinenfeld, in dem es weder ein Woher gab noch ein Wohin, beharrten fest auf ihrer Richtung.

Über dem Ganzen lag eine tiefe Stille, doch zugleich war da etwas, das sich leise regte, das weich und rundlich zu schweben schien. Honda starrte wie gebannt darauf; ihm war für einen Augenblick, als sähe er die von unzähligen Würmern zerfressenen, schwarzen Leiber der Toten sich erheben. Tatsächlich trieb mit dem Wind überall sich ablösende Asche in die Höhe. Weiße Asche, schwarze Asche. Dann wieder hängte sich die Asche, wie um auszuruhen, an die zerfallenen Mauern. Strohasche, Asche von Buchseiten, Asche aus einem Antiquariat, aus einem Bettengeschäft – sich ununterscheidbar miteinander vermischend, stob sie auf und taumelte über das weite Ruinenfeld dahin.

Auch begriff Honda nun, warum ein Stück Asphaltstraße so auffällig dunkel glänzte: Wasser, das aus einem geborstenen Leitungsrohr spritzte, floß ungehindert darüber hin . . .

Der Himmel war seltsam hoch, das Sommergewölk von makellosem Weiß.

Dies also die Welt, wie sie sich jetzt Hondas fünf Sinnen darbot. Ja, seine Studien über *Samsara* und Wiedergeburt, denen er alle freien Stunden gewidmet hatte, nachdem er, mit Gespartem wohlversorgt, während der Kriegszeit nur ihm genehme Rechtsfälle übernommen – diese Studien, wollte ihm plötzlich scheinen, wären im Grunde darauf angelegt gewesen, in seinem Inneren ein solches Ruinenfeld manifest werden zu lassen. Und die Zerstörung bewirkt hätte somit er selber.

Diese endzeitliche Welt, ausgebrannt, geschunden, so weit das Auge reichte, war an sich jedoch weder ein Ende, noch gar ein Anfang. Es war die Welt, wie sie sich Sekunde um Sekunde mit der größten Gelassenheit erneuerte. Das *Alaya*-Bewußtsein, durch nichts aus seinem Rhythmus zu bringen, nahm diese rotbraunen Ruinen für die eine Welt, nur um sie im nächsten Augenblick beiseite zu legen, und würde Tag für Tag und Monat für Monat die von tieferen Spuren der Zerstörung gezeichneten Welten auf dieselbe Weise bestätigen.

Zu einem Vergleich mit der früheren Stadt fühlte sich Honda nicht im geringsten gedrängt. Während das Gefunkel aus den Trümmern seine Blicke bannte, während ein Stück zerbrochenen Glases ihm jetzt in die Augen blitzte, um in der nächsten Sekunde zu verlöschen, vermittelte ihm dies vielmehr, rein sinnlich, die Gewißheit, daß auch das gesamte Ruinenfeld zu verschwinden und neuer Zerstörung entgegenzugehen hatte. Katastrophe gegen Katastrophe, gegen den unermeßlichen Absturz und Zusammenbruch den noch gigantischeren, noch umfassenderen Untergang in jedem einzelnen Augenblick zu setzen, ja, mit der Gewißheit der gesetzmäßigen Totalvernichtung Sekunde um Sekunde im Herzen gefaßt zu sein auf den Zerfall einer noch ungewissen Zukunft – diese Vorstellung, die ihm aus der Lehre vom »Nur-Bewußtsein« zuteil geworden war, berauschte Honda mit einer so kühlen Frische, daß ihn ein Schaudern überkam.

21

Nachdem er das Gespräch mit seinem Klienten beendet und die Geschenke in Empfang genommen hatte, ging Honda hinunter zum Bahnhof Shibuya, um nach Hause zu fahren. In den Nachrichten war von einem Großangriff von B-29-Maschinen auf Ōsaka zu hören; die Gerüchte verstärkten sich, das Hauptzielgebiet würde sich nun nach Westjapan verlagern. Tōkyō schien eine kurze Pause gegönnt.

Das machte Honda Lust, sich ein wenig auszulaufen, solange es noch hell war. Er könnte zum Beispiel auf den Dōgenzaka-Hügel hinaufsteigen; dort oben lag schließlich, was von dem Anwesen des Marquis Matsugae übriggeblieben war.

Soviel er wußte, hatte die Familie Matsugae um 1920 herum von dem ursprünglich knapp fünfzig Hektar großen Gelände dreiunddreißig Hektar an die Hakone-Immobilien AG verkauft, doch die Hälfte der nach vielen Schwierigkeiten erhaltenen Kaufsumme beim Zusammenbruch der Fünfzehnten Nationalbank verloren. Hierauf hatte offensichtlich der Adoptiverbe der Matsugaes, ein rechter Lebemann, die restlichen, noch über fünfzehn Hektar nach und nach so weit veräußert, bis das Anwesen auf die jetzigen reichlich dreitausend Quadratmeter geschrumpft war. Honda war gelegentlich am Tor vorbeigefahren, natürlich aber, da er keinerlei Beziehungen mehr zu der Familie besaß, nie hineingelangt. Er verspürte eine gewisse Neugier zu erfahren, ob es bei dem Luftangriff in der vergangenen Woche etwa niedergebrannt war.

Die Fußsteige vor den Brandruinen der Geschäftshäuser längs der Dōgenzaka-Straße waren bereits geräumt; der Weg hügelwärts machte also keine Mühe. Hier und da sah er Leute, die ihre primitiven Luftschutzgruben mit verkohltem Gebälk und Zinkblech abgedeckt hatten, um sich auf ein Leben im Unterstand einzurichten. Die Abendessenszeit war nahe, und von den Herdfeuern stieg der Rauch auf. Einige der Gestalten füllten sich an einer öffentlichen Zapfstelle ihre Töpfe mit Wasser. Der Himmel überzog sich mit einer ungewöhnlichen Abendröte.

Nach der Steigung lief die Straße auf der Höhe dahin, und das ganze Nampeidai-Viertel hier oben hatte einst zu dem Fünfzig-

Hektar-Anwesen der Matsugaes gehört. Später war es parzelliert worden und so auf den heutigen Tag gekommen; doch nun, als ein einziges Ruinenfeld, so weit das Auge reichte, hatte es, vom Abendrot aus dem offenen Himmel übergossen, den riesigen Maßstab wie in alten Zeiten zurückgewonnen.

Allein das Gebäude der Militärpolizeiabteilung hatte den Angriff überdauert, und Soldaten mit Armbinden gingen ein und aus. Honda meinte sich mit Sicherheit zu erinnern, daß das Haus der Matsugaes unmittelbar danebengestanden hatte. Und richtig, jetzt entdeckte er dahinter auch die steinernen Torpfeiler.

Als er dann vor dem Tor stand, wirkte das Grundstück selbst für dreitausend Quadratmeter recht klein. Das kam daher, daß es für zahlreiche Einzelhäuser aufgeteilt gewesen war. Der winzige Weiher und der Gartenhügel neben der Ruine erschienen wie ärmliche Miniaturen im Vergleich zu dem ausgedehnten Teich und dem Ahornberg von einst. Da nach hinten zu keine Steinmauer gestanden hatte und die Hecke aus Buschwerk niedergebrannt war, verschmolz das Grundstück für Hondas Augen in das weite Ruinenfeld, das sich übergangslos in Richtung Nampeidai fortsetzte. Es mußte sich, diesen Eindruck gewann er, hier genau um die Stelle handeln, an der sich der große und weitverzweigte, später also aufgefüllte Teich befunden hatte.

Im Teich war eine Mittelinsel gewesen, vom Ahornberg herab hatte sich ein Wasserfall in ihn ergossen, und als Honda einmal mit Kiyoaki im Boot zur Mittelinsel übergesetzt war, hatte er von dort aus zuerst die Gestalt Satokos im blaßblauen *Kimono* erblickt. Kiyoaki: der schöne junge Mann, und auch er, Honda selbst, war danach in seiner Jugendlichkeit weit typischer gewesen, als er es sich jetzt vorstellen konnte. Da hatte etwas begonnen, hatte etwas geendet. Und doch war keine Spur davon geblieben.

Das Besitztum des Hauses Matsugae war in der schonungslosen, gleichmacherischen Zerstörung durch die Luftangriffe wiedererstanden. Sogar das Auf und Ab des Geländes war unterscheidbar wie einst; und schon bei einem Blick hin über das Ruinenfeld konnte Honda ziemlich genau angeben: hier hatte sich der Teich befunden, da der *Omiyasama*-Schrein, das Haupthaus, dort die Villa im westlichen Stil, die Kutschenauffahrt. Mit aller Deutlichkeit war das Anwesen, das er so oft besucht hatte, seinem Gedächtnis eingeprägt.

Jetzt unter den dahinjagenden Abendwolken übertünchte einheitlich ein rostiges Rot die unzähligen Trümmer: verbogene Bleche, geborstene Dachziegel, zerfetzte Bäume, geschmolzenes Glas, verkohlte Holzpaneele, oder die wie Skelette hilflos aufragenden Rauchfänge über den Küchenherden, die zu Rhomben zersplitterten Türen. Zusammengebrochen, am Boden liegend, dabei so aufsässig, so jeder Regel spottend, daß man ein eben aus der Erde schießendes Brennesselgestrüpp vor sich zu sehen glaubte. Und das um so eher, als die Abendsonne jedem Trümmerstück einen scharf umrissenen Schatten verlieh.

Der Himmel, gemustert von den überall verstreuten, auseinanderbrechenden Wolken, war von einem gleichmäßigen Rot. Bis tief in ihr Inneres davon eingefärbt, zogen die Wolken lange Fäden hinter sich her, deren jeder einen goldenen Schimmer verstrahlte. Es war das erste Mal, daß Honda einen solch unheildrohenden Himmel sah.

Da plötzlich fiel ihm eine menschliche Gestalt auf, die drüben inmitten des weiten Ruinenfeldes auf einem übriggebliebenen Gartenstein saß. Das Rückenteil der leicht glänzenden *Mompe*-Hose aus dunkellila Tuch hatte im Schein der Abendsonne ein tiefes Weinrot angenommen. Das leuchtendschwarze, hochgesteckte Haar war feucht. In der zusammengekrümmten Haltung lag etwas Schmerzliches. Die Gestalt schien zu weinen, doch kein Schluchzen zuckte durch ihre Schultern; sie schien zu leiden, doch keine Welle der Qual verzerrte ihren Rücken. Sie war vornübergebeugt, als wäre sie so in den Tod hineingesunken. Und für jemanden, der seinen Gedanken nachhing, dauerte diese Reglosigkeit zu lange an. Aus dem Glanz des Haars schloß Honda, es könnte sich um eine Frau in mittleren Jahren handeln, vielleicht um die Besitzerin jenes Grundstücks, vielleicht um eine nahe Verwandte.

Sollte sie krank sein, etwa einen Anfall erlitten haben? Dann müßte er ihr, überlegte Honda, natürlich zu Hilfe kommen. Und während er auf sie zuging, fiel sein Blick auf eine schwarze Handtasche und einen Stock, die sie neben dem Stein abgelegt hatte.

Er berührte mit der Hand ihre Schulter und rüttelte sie leicht und mit der größten Vorsicht. Fürchtete er doch, sie könnte, allzu kräftig angefaßt, in Asche zusammenfallen.

Die Frau wandte ihm schräg von unten ihr Gesicht entgegen. Honda sah es und erschrak. Daß das schwarze Haar eine Perücke war, hatte er an der unnatürlichen Linie, mit der die Frisur auf der Stirn auflag, sofort erkannt; aus dem dermaßen dick aufgetragenen Schminkweiß, daß es die Vertiefungen um die Augen und die Falten regelrecht unter sich begrub, leuchtete das nach Hofsitte auf der Oberlippe in einem aufgewölbten Hügel und auf der Unterlippe nur verwischt aufgetragene Rouge zu ihm herauf. Unter diesem mit Worten nicht zu beschreibenden Greisenhaften war es das Gesicht der Tadeshina.

Und ganz unwillkürlich nannte Honda ihren Namen und sagte: »Ja, Sie sind das, Frau Tadeshina!«

»Mit wem habe ich wohl die Ehre?« gab sie zur Antwort. Und: »Einen Augenblick, bitte!« Worauf sie rasch die Brille aus ihrem *Kimono* hervorholte. In der verschlagenen Art, in der sie gemächlich die Brillenbügel auseinanderklappte und auf die Ohren schob, zeigte sie sich noch ganz als die Tadeshina von einst. Unter dem Vorwand, sie müsse ihr Gegenüber mit Hilfe ihrer Lesebrille identifizieren, versuchte sie, blitzschnell kalkulierend herauszufinden, wer er denn wäre.

Aber der Versuch scheiterte. Auch nachdem sie die Brille aufgesetzt hatte, war es ein völlig unbekannter Mann, der vor ihr, der Alten, stand. Jetzt erst erschien auf ihrem Gesicht eine Unsicherheit, und zugleich damit eine betont altmodische Überheblichkeit im Stile des Hofadels, eine sanfte Kälte nämlich, die sie lange genug geschickt zu kopieren gelernt hatte. So sagte sie, diesmal in steifer Förmlichkeit: »Sie wollen mir, bitte, verzeihen, doch ist mein Gedächtnis nicht mehr das beste, und wirklich kann ich mir nicht denken, mit wem ich . . .«

»Ich bin Honda. Es ist dreißig Jahre her, da war ich mit Matsugae Kiyoaki in einer Klasse am Gakushū-in, war ein guter Freund von ihm, und habe ihn häufig auch hier in seinem Haus besucht.«

»So? Da sind Sie also der Herr Honda von damals, nicht wahr? Das freut mich allerdings. Der Herr Honda! Entschuldigen Sie nur, daß ich Sie nicht gleich erkannte . . . Na, und ob Sie es sind: haben sich auch äußerlich kein bißchen verändert seit Ihren jungen Jahren. Nein, so etwas . . .«

Dabei fuhr sie sich eilig mit dem Ärmel unter die Brille. Waren jedoch früher die Tränen der Tadeshina stets anzweifelbar gewesen – diesmal, und zwar so, daß davon das Schminkweiß auf ihren Wangen zusehends naß wurde wie eine gekalkte Wand im Regen, flossen sie ihr ganz von selbst und reichlich aus den trüben Augen: Tränen, als ob ein Wasserfaß überliefe, dazu ohne Beziehung zu irgendwelcher Pein oder Freude und also weit glaubhafter als alle Tränen ehedem.

Dennoch, ihre Greisenhaftigkeit wirkte schreckenerregend. Honda hatte den Eindruck, die Haut unter der dicken Schminke wäre längst vom Moos des Alters überwuchert, während ein präziser, schon nicht mehr menschlicher Verstand emsig weiterarbeitete wie die tickende Uhr in der Tasche eines Toten.

»Wenn ich Sie so vor mir sehe – wirklich fabelhaft, wie rüstig Sie wirken! Und wie alt sind Sie jetzt?« fragte Honda.

»Ich gehe dieses Jahr ins Fünfundneunzigste. Zwar höre ich ein wenig schwer, doch sonst fehlt mir nichts; und da auch die Beine noch munter mitmachen, kann ich, wie hierher, jeden Spaziergang – freilich am Stock – allein unternehmen. Im Haus meines Neffen, bei dem ich wohne, hat man natürlich etwas dagegen, aber mir ist es gleich, wann und wo es mich trifft, und so laufe ich lieber umher, solange ich dazu noch fähig bin. Die Luftangriffe schrecken mich schon gar nicht. Sollte ich etwas von einer Bombe oder von dem Phosphor abbekommen, werde ich mit Vergnügen sterben, ohne irgend jemandem Scherereien zu machen. Es mag sich seltsam anhören, wenn ich das sage: beim Anblick der Toten, die in diesen Tagen am Straßenrand liegen, habe ich eher das Gefühl, daß ich sie beneide. Als ich deshalb letzthin erfuhr, das ganze Shibuya sei abgebrannt, wollte ich einmal nach den Resten der Matsugae-Residenz sehen; also habe ich mich heimlich davongestohlen und hierher aufgemacht. Ach ja, was würden wohl der Herr Marquis und die Frau Marquise empfunden haben, hätten sie zu ihren Lebzeiten das alles in diesem Zustand vor sich gesehen?! Aber vielleicht war es nur gut für sie, daß sie dahingegangen sind, ohne die Katastrophe mehr mitzuerleben.«

»Unser Haus ist zum Glück noch nicht abgebrannt, und dennoch habe ich, was meine Mutter betrifft, genau den gleichen Eindruck. Wirklich war es wohl besser, daß sie starb, solange Japan im siegreichen Vorrücken war.«

»Ach, Sie Bedauernswerter, da haben Sie Ihre liebe Frau Mutter verloren... wie schrecklich! Und ich war so unaufmerksam, Ihnen noch nicht einmal mein Beileid auszusprechen...« sagte die Tadeshina, die die einst üblichen, dabei keineswegs tiefgefühlten Kondolenzformeln nicht vergessen hatte.

»Wie ist es eigentlich den Ayakuras seither ergangen?« fragte Honda, fand jedoch gleich darauf, er hätte das wohl nicht fragen sollen. In der Tat geriet die alte Frau in ein geradezu auffälliges Zögern. Indessen pflegte ja die Tadeshina, indem sie mit solchen Emotionen vor allem Eindruck machen wollte, schon immer von der Aufrichtigkeit nie weiter entfernt zu sein als eben dann, wenn sie sich »geradezu auffällig« betroffen zeigte.

»Nachdem das gnädige Fräulein die Kutte zu nehmen beliebte, gab ich meinen Dienst bei den Ayakuras auf; danach war ich nur noch einmal dort, bei der Totenfeier für den gnädigen Herrn. Die Frau Gräfin ist noch am Leben; doch nach dem Tode des gnädigen Herrn löste sie den Haushalt in Tōkyō auf und ging zu Verwandten nach Shishigatani in Kyōto. Und was das gnädige Fräulein betrifft...«

»Haben Sie Satoko jemals wiedergesehen?« fragte Honda unwillkürlich und spürte dabei, wie ihm das Herz klopfte.

»Ja, dreimal seither. Wenn ich sie besuchte, hat sie mich stets aufs freundlichste empfangen, war sogar so liebenswürdig zu sagen, ich möge doch die Nacht im Tempel bleiben – und das einer Person wie mir gegenüber...«

Diesmal setzte die Tadeshina ihre beschlagene Brille ab, holte flink ein billiges Papiertaschentuch aus ihrem Ärmel und preßte es eine Weile auf ihre Augen. Und als sie es wegnahm, hatte sich an den Augenwinkeln das Schminkweiß abgelöst.

»Aber es geht ihr gut, oder?« fragte Honda weiter.

»Oh, sie ist wohlauf. Zudem – wie soll ich sagen? – von einer immer reineren Schönheit, die, nun befreit vom Staub dieser Welt, immer klarer zu erblühen scheint. Sie müssen sie unbedingt einmal besuchen. Sie wird sich gewiß freuen.«

Unversehens fiel Honda wieder jene spätnächtliche Autofahrt ein: Satoko und er allein auf dem Rückweg aus Kamakura.

... Sie war »die Frau eines anderen« gewesen. Und damals doch so sehr eine Frau, daß es schon einem Affront gleichgekommen war.

Als hätte sich das eben gestern ereignet, erinnerte er sich des verwirrenden Augenblicks, in dem Satoko, das Ende der Affäre bereits vorausahnend, ihr Profil mit den langen, auf einmal geschlossenen Wimpern gegen den Hintergrund der in der morgendlichen Vordämmerung draußen vorüberhuschenden Laubmassen erhoben und erklärt hatte, sie sei gefaßt auf alles.

Wieder zu sich kommend, bemerkte er, daß der Beileid heuchelnde Ausdruck aus dem Gesicht der Tadeshina verschwunden war und sie ihn neugierig beobachtete. Falten wie bei einer abgebunden gefärbten, schweren Seide standen um ihr hügelförmiges Lippenrot, und indem sich diese Falten zu beiden Mundwinkeln hin ein wenig zusammenzogen, prägten sie etwas aus, das man für ein Lächeln halten konnte. Dann plötzlich blitzte, während die Pupillen flink hin und her huschten, ein Schuß Koketterie aus den wie zwei alte Brunnen inmitten fleckig gewordenen Schnees daliegenden Augen.

»So so, Herr Honda, waren Sie also auch in das gnädige Fräulein verliebt?! Ich wußte es doch!«

Weniger aus Mißvergnügen darüber, daß er nach all den Jahren so grundlos verdächtigt wurde, als vielmehr weil ihm die leidenschaftliche Glut der Tadeshina unheimlich war, versuchte Honda das Thema zu wechseln; und da besann er sich auf die Geschenke, die er zuvor von seinem Klienten erhalten hatte. Er könnte ihr, schoß es ihm durch den Kopf, wenigstens zwei Eier und ein wenig von dem Hühnerfleisch abtreten.

Wie erwartet, zeigte die Tadeshina über die Eier eine wahrhaft kindliche Freude und Dankbarkeit.

»Was denn, richtige Eier? Wie lieb von Ihnen – wo ein Ei heutzutage eine solche Rarität ist! Mir scheint, ich habe jahrelang keines mehr zu Gesicht bekommen. Nein, so was!«

Aus der ihm schon peinlichen Art ihrer umständlichen Dankesbekundungen, die nicht enden wollten, begriff Honda, daß diese alte Frau nicht gerade reichlich zu essen bekam. Und was ihn noch mehr erschreckte: sagte sie doch, nachdem sie die in ihrem Einkaufsbeutel verstauten Eier wieder herausgeholt hatte, um sie vor sich in den schon von der Dämmerung gezeichneten Himmel zu halten: »Ach, entschuldigen Sie, wenn das ungehörig wirkt – aber statt sie mit nach Hause zu nehmen, werde ich mich besser gleich hier ...«

Mit diesen Worten hob sie das eine Ei wie bedauernd der blassen, dunkelnden Bläue entgegen. Und die zarte und kalte Eischale zwischen den zitternden, greisen Fingern füllte sich mit Licht.

Daraufhin rollte die Tadeshina das Ei eine Weile zärtlich auf ihrem Handteller hin und her. Ringsum war es völlig still, so war nur das feine Geräusch zu hören, mit dem sich das Ei auf der trockenen Haut der Alten rieb.

Honda überließ es ihr, eine Stelle zu suchen, an der sie das Ei aufschlagen konnte. Er war nicht dazu aufgelegt, sich an dieser Widerwärtigkeit zu beteiligen; er scheute sich zu helfen. Überraschend geschickt öffnete die Tadeshina das Ei an der Kante des Steins, auf dem sie saß. Brachte es dann vorsichtig, um nur ja nichts zu verschütten, bis nahe an ihren Mund, und während sie langsam den Kopf zurückneigte, ließ sie den Inhalt zwischen den zum Abendhimmel aufgesperrten Lippen, den weiß strahlenden Reihen ihres künstlichen Gebisses hindurch hinunterfließen. Für einen Augenblick wurde, als es sich auf ihren Mund zu bewegte, das Eigelb als eine rundliche, schimmernde Masse sichtbar, und unangenehm gesund gluckste es aus der Kehle der Tadeshina.

»Ah, da habe ich endlich wieder einmal etwas wirklich Nahrhaftes zu mir genommen. Das kräftigt. Mir ist fast, als würden meine Reize von einst aufs neue erwachen. Ja, Sie werden das gewiß für unglaublich halten, aber als junges Ding galt ich in unserem Viertel als Schönheit.«

Ihr Tonfall hatte plötzlich etwas durchaus Freimütiges.

Es gibt einen Zeitpunkt, in dem die Dinge, kurz bevor sie die hereinbrechende Dunkelheit umfängt, eine um so auffälligere Deutlichkeit gewinnen. Und so war es jetzt. Die ausgezackten, verkohlten Balken in den Ruinen, die frischen Risse an den zerfetzten Bäumen in den Gärten, daneben die aufgebogenen Zinkbleche, Regenpfützen in den Beulen – alles spiegelte sich dem Auge mit einer schon peinlichen Akkuratesse. Am Himmel fern im Westen war zwischen einigen dort aufragenden, schwarzen Hochhausruinen ein einziger Streifen Rot übriggeblieben. Fetzen von diesem Rot leuchteten auch aus den Fenstern dieser Ruinen. Das sah aus, als glühte in einem menschenleeren, verlassenen Haus eine einzelne rote Lampe.

»Wie soll ich Ihnen nur danken?! Sie waren schon als junger Mann stets so liebenswürdig und sind es nun erst recht. Zwar habe ich nichts, um mich erkenntlich zu erweisen, aber wenigstens ...« Die Tadeshina begann, nahezu blindlings, in ihrem Beutel herumzufingern. Und bevor Honda ihr Einhalt gebieten konnte, hatte sie ein Buch in alter Blockbindung hervorgekramt und es ihm in die Hand gedrückt.

»... wenigstens möchte ich Ihnen diese Sutra schenken, die ich Tag für Tag gehütet und bei mir gehabt habe. Mir gab sie einmal ein Priester als Schutz für die Gesundheit, und damit einem nichts zustößt; aber in der Tat besitze ich sonst nichts, mit dem ich Ihnen zeigen könnte, wie sehr ich mich gefreut habe, ausgerechnet Sie wiederzusehen und mit Ihnen von alten Zeiten zu plaudern. Ja, nehmen Sie sie nur! Es wird Tage geben, an denen Sie trotz drohender Luftangriffe ausgehen, auch laufen böse Fieber um; solange Sie indessen diese Sutra bei sich haben, werden Sie von allen Übeln verschont bleiben. Ich bitte Sie, nehmen sie sie als das geringste Zeichen meines guten Willens und meiner Verehrung.«

Honda hob das erhaltene Buch mit dem Ausdruck seines Dankes an die Stirn, um dann den Titel anzuschauen: »Sutra vom Großen Goldenen Pfauenkönig«. Mühsam waren im Licht der Dämmerung die Schriftzeichen auf dem Umschlag zu lesen.

22

Seit diesem Tag vermochte Honda seinen Wunsch, Satoko zu sehen, nur schwer zu unterdrücken; freilich spielte dabei die Tatsache, daß er aus dem Mund der Tadeshina erfahren hatte, Satoko sei nun noch schöner als je, eine nicht unerhebliche Rolle. Nichts wäre ihm schrecklicher gewesen als die Vorstellung, einer ebenso in Trümmer gesunkenen »Ruine der Schönheit« zu begegnen.

Indessen verschärfte sich die Kriegslage mit jedem Tag; war es schon überaus schwierig, ohne Beziehungen zur Armee überhaupt Fahrkarten für die Züge zu bekommen, so lag eine Reise zum eigenen Vergnügen völlig außerhalb jeder Vorstellung.

Während so die Zeit verging, las sich Honda in die Pfauenkönig-Sutra ein, die er von der Tadeshina erhalten hatte. Mit Schriften des esoterischen Buddhismus war er bis dahin noch nicht vertraut gewesen.

In winzigem, mühsam lesbarem Druck wurden zunächst Erläuterungen sowie eine Einführung in die geheimen Vorschriften gegeben.

Hiernach nahm der Pfauenkönig im *Susiddhi*-Hof des »Mutterleib-Mandala« vom südlichen Rand her die sechste Position ein; da ihm die Fähigkeit innewohnte, alle Buddhas hervorzubringen, hieß er mit anderem Namen auch »Buddha-Erzeuger Pfau«.

Diese demnach mit weiblichem Aspekt ausgestattete Gestalt hatte, wie aus den von Honda bisher gesammelten buddhistischen Schriften hervorging, deutlich ihre Wurzel im hinduistischen *Shakti*-Glauben. Dieser gipfelte in der Verehrung der Shiva-Gemahlin Kali oder Durga, und es war also jene Darstellung der blutgierigen Kali in dem von Honda besuchten Kalighat-Tempel in Kalkutta gewesen, die das Urbild für den Pfauenkönig abgegeben hatte.

Sobald er das herausgefunden hatte, gewann die zufällig in seine Hände gelangte Sutra plötzlich sein ganzes Interesse. Schließlich waren, zusammen mit den in den esoterischen Riten verwendeten *Dharani*-Formeln und *Mantra*-Sprüchen, die alten Götter der Hindus unter allerlei Transfigurationen wie eine Lawine über die Welt des Buddhismus hereingebrochen.

Was nun die ursprüngliche Pfauenkönig-Sutra betraf, so sollte Buddha einst erklärt haben, sie diene als Abwehrzauber gegen Schlangengift beziehungsweise bewirke die sofortige Heilung eines Schlangenbisses.

In der Sutra hieß es: »Als einmal einer mit Namen Shri, er war noch nicht lange unter den Brüdern, hinging, Holz zu suchen für das Bad der Mönche, lag unter einem fremdartigen Baum eine schwarze Schlange, die kam hervor und biß den Mönch in den rechten Zeh, dergestalt, daß er mit zuckenden Gliedern auf der Erde kroch, die Augen verdrehte und Schaum ausspie. Da begab sich Ananda zu Buddha und sprach: ›Ach, hätten wir etwas, ihn zu heilen!‹ Und Buddha antwortete und tat ihm kund: ›Nimm du das Magische Buch des in Wahrheit Erscheinenden Großen

Pfauenkönigs zu dir und umarme den Mönch Shri; und befolgst du alsdann die geheimen Regeln und Sprüche, so vermag das Gift keinen Schaden zu stiften, vermögen weder Schwert noch Stock zu verletzen, und ein jegliches ist gebannt.‹«

Wenn man diese sowohl gegen Schlangengift als auch gegen alle fiebrigen Krankheiten, Verletzungen und Schmerzen wirksame Sutra rezitierte, und selbst dann schon, wenn man in seinem Herzen nur an den Pfauenkönig dachte, konnten, wie man glaubte, Furcht und böse Feinde und jedes Unheil vertrieben werden; es war also ein glückverheißender Text, und die geheimen Riten der Pfauenkönig-Sutra, die während der Heian-Zeit allein der Abt vom Tōji-Tempel und der prinzliche Priester des Ninnaji-Tempels vollziehen durften, waren ganz auf die Fürbitten um Wohlergehen in allen denkbaren Wechselfällen, von der Naturkatastrophe bis zu Epidemie und Niederkunft, konzentriert.

Im Gegensatz zu seinem Urbild, der blutgierigen Göttin Kali mit ihrer heraushängenden Zunge und dem Halsschmuck aus frisch abgeschlagenen Köpfen, wurde der Pfauenkönig, wie es sich für die Vergöttlichung dieses Vogels gehört, stets auf schönste und prunkvollste Weise dargestellt.

Ob es die *Dharani*-Formel »Kakakakakakakakakakakaka« war, von der es hieß, sie imitiere den Ruf des Pfauen, oder der *Mantra*-Spruch »Mayukichirateishaka« (sinngemäß: »Der Pfau erfülle sich!«), oder der vorgeschriebene, feierlich als »Zeichen des Großen Buddha-Erzeugers Pfau« bezeichnete und hierfür charakteristische *Mudra*-Gestus, bei dem Handrücken an Handrücken lag, während die beiden Daumen und die beiden kleinen Finger gegeneinander standen – all dies war Beschreibung, war Nachbildung der Majestät des Pfauen. Ja, der *Mudra*-Gestus hatte geradezu die Gestalt eines Pfauen: die kleinen Finger veranschaulichten den Schwanz, die Daumen den Kopf, die übrigen Finger die Schwingen; und aus der Art, wie sich bei der Rezitation des *Mantra*-Spruches die sechs Flügel-Finger hin und her bewegten, war gleichsam zu erkennen, daß der Pfau tanzte.

Im Hintergrund des auf einem goldenen Pfau sitzenden Königs spannte sich natürlich das azurne Firmament Indiens. Um im Herzen der Gläubigen eine möglichst prächtige Vision aufsteigen zu lassen, waren dieser Tropenhimmel, diese eindrucksvollen Wolken, diese nachmittägliche Trägheit, diese sanfte Abendbrise unbedingt vonnöten.

Geradeaus gerichtet, stand der goldene Pfau mit seinen Beinen fest auf der Erde. Er hatte die Schwingen gebreitet, trug auf sich den König, und als Nimbus schützte sein prunkend aufgestelltes Schweifgefieder den königlichen Rücken. Der König saß im Lotossitz auf einer weißen Lotosblüte, die auf dem Pfau auflag. Vierarmig, hielt er in der ersten Hand rechts eine geöffnete Lotosblüte, in der zweiten die *Karma*-Frucht, links in der zum Herzen geführten ersten Hand den Granatapfel des Glücks und in der zweiten fünfunddreißig Pfauenfedern.

Das frontal gegebene Gesicht und die Haut des von Barmherzigkeit durchdrungenen Königs waren auffällig blaß, sein nur von dünner Seide verhüllter, darunter deutlich ausgeprägter Körper war mit allerlei Schmuck aufs herrlichste ausgestattet: mit einer Krone auf dem Haupt, einem juwelenverzierten Gehänge um den Hals, lang herabhängenden Pendants in den Ohrläppchen und Ringen an den Armen. Unter den schweren Lidern seiner halbgeöffneten Augen hervor drang indessen, als wäre er soeben aus einem Mittagsschlaf erwacht, eine unverkennbare Mattigkeit. Immer Barmherzigkeit zu üben, immer Menschen aus Heimsuchungen zu erretten, das mochte ein Gefühl entstehen lassen, das der tatenlosen Trägheit ähnelte, wie sie Honda über den hellen Ebenen Indiens erlebt hatte.

Verglichen mit der so überaus bleichen und stillen Erscheinung des Königs wirkte das den Nimbus bildende Rad des Pfauenschwanzes in seiner Farbigkeit geradezu pompös. Bunter als bei anderen Vögeln, kam es dem Gewölk bei Sonnenuntergang am nächsten, und wie ein esoterisches *Mandala* die chaotische Welt, so vermochte dieses Schwanzgefieder die Farbenflut der alle Ordnungen sprengenden Abendwolken, ihre Zügellosigkeit in den Formen, ihren Aufruhr von Licht einzubinden in die Ordnung eines in Farbabstufungen angelegten, geometrischen Musters. Sein schwermütiges Leuchten aus Gold, Grün, Indigo, Violett und Braun verwies jedoch auf jenen Zeitpunkt, in dem bei schwindendem Abendrot die Scheibe der untergehenden Sonne selbst schon nicht mehr sichtbar ist.

Es fehlte in diesem Pfauenrad nur das Rot. Gesetzt den Fall, es gäbe so etwas wie einen roten Pfau, und auf ihm, während er die

Flügel breitet, nähme ein ebenso roter Pfauenkönig Platz – man würde ihn, wollte es Honda scheinen, für niemand anderes als die Göttin Kali halten.

Und auf einmal wußte er es ganz sicher: in den Abendwolken am Himmel über den Ruinen, zwischen denen er der Tadeshina begegnet war, hatte sich ein solcher Pfau geoffenbart.

Zweiter Teil

23

»Da haben Sie sich ja einen wunderbaren Zypressenhain angelegt«, meinte Hondas neue Nachbarin, »und zuvor war es hier so öde, stand kein einziger Baum.«

Hisamatsu Keiko war eine überaus charmante Dame.

Sie mochte nahe an die Fünfzig sein, doch besaß ihr Gesicht eine dafür ein wenig zu straffe, zu glatte Jugendlichkeit; freilich ging das Gerücht, sie habe eine Schönheitsoperation hinter sich. Sie gehörte zu den in der Tat recht seltenen Japanern, die imstande waren, selbst mit einem Yoshida Shigeru oder mit General MacArthur völlig zwanglos zu reden; im übrigen war sie seit langem geschieden. Ihr augenblicklicher Freund, ein junger Offizier der amerikanischen Besatzungsstreitkräfte, tat in einem Camp am Fuße des Fuji-Berges Dienst, weshalb sie ihr offensichtlich jahrelang vernachlässigtes Sommerhaus hier draußen in Ninooka oberhalb Gotembas wieder instand gesetzt hatte und dann und wann erschien, um ein Rendezvous mit ihm zu haben oder, wie sie zu sagen pflegte, »in aller Ruhe alte Briefe zu beantworten«. Und so bekam Honda in seinem Landhaus sie zur Nachbarin.

Das war im Frühjahr 1952. Honda zählte jetzt achtundfünfzig. Zum ersten Mal in seinem Leben hatte er ein Landhaus erworben; für den nächsten Tag waren zur Einweihung Gäste aus Tōkyō eingeladen. Der Vorbereitungen wegen wollte Honda schon heute hier schlafen und freute sich, daß ihm die Nachbarin Keiko den Gefallen tat, das Haus und den fast zweitausend Quadratmeter großen Garten als erste und im voraus zu inspizieren.

»Ich habe es richtig mitgenossen, als wäre es mein Haus, und darauf gewartet, daß es endlich fertig würde«, meinte Keiko, während sie, Schritt für Schritt in ihren Schuhen mit den hohen, schmalen Absätzen stelzend wie ein Wasservogel, über die noch vom Frost durchdrungene, vergilbte Wiese ging. »Den Rasen haben Sie voriges Jahr angesetzt, nicht wahr? Dafür hat er ja schon prächtig Wurzeln geschlagen. Zunächst den Garten herzurichten und dann allmählich das Haus zu bauen, das kann, finde ich, auch nur, wer wirklich Spaß daran hat.«

»Ja, und weil ich hier doch noch keine Bleibe hatte, mußte ich in Gotemba übernachten und bin von dort aus heraufgefahren, mich um den Garten zu kümmern«, erwiderte Honda, der sich zum Schutz gegen die stechende Kälte unter seine dicke, ein wenig ausgefranste Wolljacke, wie sie die Pariser Concierges zu tragen pflegen, ein seidenes Schaltuch geschlungen hatte.

Einer Frau gegenüber, die wie Keiko stets nur dem Vergnügen gelebt hatte, war ihm zumute, als würde man ihn sogleich durchschauen und die gewisse Ungelenkheit bemerken, mit der er sich, nach Jahren harter Arbeit, nun bei nahendem Alter plötzlich im Müßiggang übte.

Daß er hier und auf diese Weise Eigentümer eines Landhauses geworden war, verdankte er letzten Endes einem verstaubten, heutzutage völlig unbekannten Gesetz, nämlich dem am 18. April 1899 vom Kaiser unterzeichneten und gesiegelten und damit in Kraft getretenen »Gesetz über die Rückerstattung von Grundstücken, Waldungen und Feldfluren aus Staatsbesitz«.

Im Juli 1873 war der Erlaß über die Neufestsetzung der Grundsteuern ergangen, woraufhin Regierungsbeamte jedes einzelne Dorf bereisten, um die Besitzverhältnisse an Grund und Boden zu klären. Eigentümer nun, die eine Besteuerung fürchteten, stellten sich selbst bei ihrem eigenen Land ahnungslos und leugneten den Besitz. So waren in vielen Fällen Privat- und Gemeindeländereien als herrenlos in Staatsbesitz übergegangen.

Sehr viel später, weil sich das Bedauern und der Unwillen hierüber allerorten und mit viel Lärm Luft machten, kam es zu jenem Gesetz von 1899, dessen Artikel 2 verlangte, daß, wer einen Antrag auf Rückerstattung stelle, den Beweis für sein altes Besitzrecht zu führen und entweder eine amtliche Urkunde hierüber oder wenigstens eines von sechs anderen, im Gesetz genannten Belegdokumenten beizubringen habe. Ferner verfügte Artikel 6: »Die Einklagung fällt in die Zuständigkeit des Verwaltungsgerichts.«

Bis ins erste Jahrzehnt des Jahrhunderts wurden zahlreiche hierauf fußende Klagen eingebracht; da jedoch das Verwaltungsgericht erste und letzte Instanz, eine Berufung also nicht möglich war und es zudem kein Mittel gab, auf die Aktenbearbeitung im Gericht einzuwirken, zog sich alles entsetzlich in die Länge.

Bei dörflichen Körperschaften, denen aufgrund einer unbedacht geäußerten Unwahrheit die gemeindeeigenen Waldungen konfisziert worden waren, besaß der betreffende Ortsteil oder Weiler das Recht zum Prozessieren und trat vor dem Verwaltungsgericht als Kläger auf. Selbst wenn inzwischen die Eingemeindung in eine Stadt erfolgt war, blieb – in Form einer »Besitzgemeinschaft« – der frühere Ortsteil erhalten und anspruchsberechtigt.

Ein Dorf in der Nähe von Miharu in der Präfektur Fukushima hatte einen solchen Prozeß im Jahre 1900 begonnen; seitdem war der Staat recht hartnäckig gewesen, und die Klägerseite hatte ihm darin nicht nachgestanden. In dem halben Jahrhundert war aus dem ursprünglichen Prozeßgegner, dem Minister für Landwirtschaft und Handel, nach vielfachem Wechsel der Minister für Landwirtschaft und Forsten hervorgegangen, waren die Anwälte der Klägerseite dahingestorben und hatten den Fall von Generation zu Generation weitervererbt. 1940 war ein Vertreter des Dorfes nach Tōkyō gekommen, hatte den als Anwalt bereits berühmten Honda aufgesucht und ihn mit dem hoffnungslosen Prozeß betraut.

Schließlich wurde die in fünfzig Jahren festgefahrene Situation durch Japans Niederlage überwunden.

Nach der 1947 in Kraft gesetzten neuen Verfassung war jede Spezialgerichtsbarkeit unzulässig; das Verwaltungsgericht wurde also aufgelöst, und die noch schwebenden Verwaltungsgerichtsverfahren kamen vor das Oberlandesgericht Tōkyō, um dort als Zivilprozesse abgewickelt zu werden. So gewann Honda diesen Prozeß mühelos; aber freilich war das lediglich das Glück dessen, der zufällig jetzt das Mandat hatte.

Und Honda erhielt, gemäß dem seit der Meiji-Zeit weitervererbten Anwaltsvertrag, das Erfolgshonorar. Das hieß: ein Drittel der dem Dorf zurückerstatteten Waldungen. Da man es seinem Belieben anheimstellte, entweder das Waldstück als solches zu übernehmen, oder sich die Summe, die es bei einem Verkauf zu den augenblicklichen Preisen erbringen würde, auszahlen zu lassen, wählte Honda das letztere. Auf diese Weise gelangte er in den Besitz von dreihundertsechzig Millionen Yen.

Das veränderte Hondas Leben von Grund auf. Schon seit der Kriegszeit des Anwaltsdaseins allmählich überdrüssig, beließ er es zwar bei der inzwischen wohlbekannten Firmierung »Rechtsanwaltsbüro Honda«, vertraute die eigentliche Arbeit aber den jüngeren Leuten an und zeigte sich nur noch gelegentlich im Büro. Auch sein Umgang veränderte sich, desgleichen seine innere Haltung. Weder die Tatsache, daß ihm auf solche Weise nahezu vierhundert Millionen zugefallen waren, noch die neue Zeit, die dies möglich gemacht hatte, vermochte er recht ernst zu nehmen, und mit sich selbst versuchte er es ebenso zu halten.

Es hätte nahegelegen, etwa das Haus in Hongō abreißen und neu bauen zu lassen; es war so verwohnt, daß es besser abgebrannt wäre. Indessen, in Tōkyō irgend etwas Neues anzufangen, noch einmal den Traum von ewiger Unveränderlichkeit zu träumen, das wollte Honda nicht mehr. Und zweifellos würde beim nächsten Krieg diese Gegend in Trümmer fallen.

Rie, seine Frau, hatte gemeint, statt zu zweit in diesem weitläufigen, alten Haus zu leben, sollten sie lieber das Grundstück verkaufen und ein Apartment beziehen; Honda hingegen dachte an ein Landhaus irgendwo in einer nicht allzusehr von Menschen überlaufenen Umgebung, und als Grund schützte er vor, um das Wohl seiner kränklichen Frau besorgt zu sein.

Auf Vermittlung Dritter fuhren sie miteinander nach Hakone, um sich in Sengokuhara ein Grundstück anzusehen; doch als sie hörten, welch entsetzlich feuchtes Klima dort herrschte, kamen ihnen Bedenken. Und so folgten sie einem Vorschlag des Chauffeurs, ließen Hakone hinter sich und nahmen drüben in Gotemba die vor etwa vierzig Jahren entstandene Villenkolonie von Ninooka in Augenschein. Große Persönlichkeiten hatten hier von früher her ihre Landsitze; seit Kriegsende allerdings waren, aus Mißtrauen gegenüber den amerikanischen Besatzungssoldaten beim Fuji-Truppenübungsplatz und den ihnen nachlaufenden Mädchen, Tore und Türen fest verschlossen. Immerhin war zu erfahren, daß ein westlich dieser Kolonie gelegenes Ödland, das einst Staatsbesitz gewesen und im Gefolge der Landreform unentgeltlich an die Bauern verteilt worden war, wohlfeil zu haben sei.

Der Boden hier am äußeren Abhang des Hakone-Kraters bestand nicht aus Vulkanasche wie am Fuße des Fuji-Berges, war aber doch so mager, daß er sich allenfalls zur Bepflanzung mit Zypressen geeignet hätte, den Bauern also eher eine Last war. Honda gefiel dieses Stück: mit Pampasgras und Beifuß bewachsen, neigte es sich in sanfter Schräge einem Bergbach zu, und direkt gegenüber war der Fuji-Berg zu sehen.

Auf seine Frage wurde ihm ein recht günstiger Preis genannt, und ohne auf Rie zu hören, die ihn drängte, es noch einmal zu überdenken, hinterlegte Honda auf der Stelle eine Anzahlung für gut eineinhalb Hektar.

Was ihr, meinte Rie, gar nicht behage, sei der unsäglich düstere und rauhe Eindruck, den dieses Brachland mache. Sie fürchtete, in eine Art Schwermut zu verfallen. Spürte instinktiv, daß sie auf ihre alten Tage dergleichen nicht gebrauchen konnte. Da es Honda seinerseits um ein gesteigertes Vergnügen ging, erachtete er hierzu eine gewisse Melancholie der Landschaft für unerläßlich.

»Ach was, wenn wir erst einmal aufgeräumt, eine Wiese angelegt und das Haus hingestellt haben, wird das«, redete er ihr zu, »der heiterste Landsitz, den du dir denken kannst.«

Seine Methode, mit dem Hausbau Zimmerleute aus dem Ort zu beauftragen, auch bei der Bepflanzung und Gestaltung des Gartens Einheimische zu beschäftigen, hatte zwar ein langsameres Vorankommen zur Folge gehabt, gleichzeitig aber dazu beigetragen, die Ausgaben zu begrenzen. Die Eigenheit, den verschwenderischen Umgang mit Geld für geschmacklos zu halten, war ihm jedenfalls geblieben.

Gleichwohl entsprang die Freude, neben seiner Nachbarin her gemächlich das eigene, ausgedehnte Besitztum abzuschreiten, einem Bedürfnis, das sich in Hondas Innerem seit jenen Jugendtagen ausgeprägt hatte, in denen er oft und auf ebendiese Weise Gast in der Residenz der Matsugaes gewesen war. Noch die Vorfrühlingskälte, in der jetzt mit dem leichten Wind eisige Pfeile von den Schneeresten in Hakone herübertrieben, empfand er ganz als die Kälte in seinem eigenen Garten, so wie ihn die Verlorenheit, mit der sich ihrer beider dünne Schatten auf der weiten Wiese malten, von der über seinem Grundstück liegenden Einsamkeit überzeugte. Zum ersten Mal meinte er mit Händen greifen zu können, was eigentlich den Stolz auf jedes Privateigentum begründete. Mochte er das seine auch keineswegs durch fanatisches Besitzdenken erreicht, sondern es in jeder Hinsicht allein der Vernunft und der Gunst der Stunde zu verdanken haben.

Keiko hatte, wann immer er sie ansah, in ihrem allzu schönen Profil nie eine Spur weder von Koketterie noch von Zurückweisung. Dafür ging von ihr eine Wirkung aus, die einen Mann an ihrer Seite (selbst einen achtundfünfzigjährigen wie Honda!) in einen Zustand versetzte, daß er sich plötzlich wieder als der Jüngling fühlte.

Worin denn bestand sie? Diese weibliche Fähigkeit, die einem Achtundfünfzigjährigen rücksichtslos eine Helle und Heiterkeit aufzwang, wie sie der Jüngling mit der größten Gelassenheit zu besitzen scheint, während er doch tatsächlich, in einer Gefühlsmelange aus Irritation und Ehrfurcht vor den Frauen, nur wild entschlossen Haltung zu wahren sucht und sich dabei in geheuchelter Unschuld und in Eitelkeiten verfängt . . .

Für Honda war das Alter zu einer Größe geworden, die er nicht mehr in die Rechnung einzubeziehen gedachte. Bis in seine vierziger Jahre hatte er auf die Altersbilanz aus einem Soll-und-Haben-Vergleich stets äußerst empfindlich reagiert; jetzt indessen war er da zu einer weit sorgloseren, weniger eindeutigen Auffassung gelangt. Und wenn er gelegentlich entdeckte, daß sich sein achtundfünfzigjähriger Körper noch ausgesprochen kindliche Züge bewahrt hatte, erschreckte ihn das durchaus nicht. War doch, was man das Älterwerden nannte, ohnehin eine Art Bankrotterklärung.

In bezug auf seine Gesundheit war er furchtsam wie irgendeiner; in bezug auf seine Emotionen hatte er aufgehört, vor Ausschweifungen zurückzuschrecken. Und was die Kontrollfunktion der Vernunft betraf, so war ihre dringliche Notwendigkeit entfallen. Erfahrungen schließlich stellten nichts anderes mehr dar als die abgenagten Knochen auf dem Teller.

Keiko stand mitten auf der Wiese und verglich Hakone im Osten mit dem Fuji im Nordwesten. Tat dies mit einer Würde, die man schon Hochmut nennen durfte. Die Brustwölbung ihrer Kostümjacke, ihr straff aufgerichteter Nacken – das alles hatte etwas von der Erscheinung eines Heerführers an sich. Ihr junger Offizier mußte gewiß manchen Befehl hinnehmen, der nicht leicht zu befolgen war.

Im Gegensatz zu den klaren, noch hier und da vom Schnee gefleckten Kammlinien um Hakone war der Fuji-Berg halb von Wolken verhüllt und wirkte daher wie ein flüchtiges Bild. Infolge einer optischen Täuschung erschien er, wie Honda bemerkte, bald höher, bald niedriger.

»Heute habe ich zum ersten Mal einen Buschsänger gehört«, sagte Honda und ließ dabei seinen Blick durch die noch etwas kränkelnden, in der Benadelung wie im Astwerk dünnen Wipfel der auf Abstand gepflanzten Zypressen schweifen, die er in der Nachbarschaft gekauft und hierher transportiert hatte.

»Ja, der kommt Mitte März. Im Mai dann können Sie den Kuckuck bewundern. Ich meine, ihn hören Sie nicht nur, sondern Sie sehen ihn auch. Wahrscheinlich ist das hier oben die einzige Stelle, an der man ihn beobachten kann, wie er im Fluge schreit.«

»Gehen wir doch ins Haus«, schlug Honda vor, »ich werde den Kamin anheizen und uns einen Tee aufgießen.«

»Die Biskuits dazu habe ich mitgebracht.«

Womit Keiko das Päckchen erklärte, das sie zuvor am Hauseingang abgelegt hatte. Da sie zu dem PX-Laden, in den sich seit Kriegsende das Uhrengeschäft Hattori auf der Ginza, Ecke Owari-Viertel, verwandelt hatte, freien Zutritt besaß, pflegte sie ihre Geschenke meist dort zu besorgen. Dort gab es auch, sehr billig zudem, genau die Sorte englischer Biskuits, an die sie seit der Vorkriegszeit gewöhnt war, und sobald sie die in diese Kekse eingebackene dünne Schicht steifer Aprikosenmarmelade zwischen den Zähnen spürte, war für sie die Verbindung der Gegenwart mit den Teestunden ihrer Jungmädchenzeit hergestellt.

»Übrigens, ich habe da einen Ring, über den ich gern einmal Ihr Urteil gehört hätte«, sagte Honda, während sie schon auf das Haus zugingen.

24

Seidelbast, noch in Knospen, umgab die Terrasse, in deren einem Winkel ein Futterplatz für die Vögel eingerichtet war, gedeckt mit den gleichen roten Ziegeln wie das Dach des Hauses. Sobald Honda und Keiko näher kamen, flogen die Sumpfmeisen, die sich dort in einem ganzen Schwarm eingefunden hatten, mit einem so schrillen Gezwitscher auf, als hätte sie einer mit Nadeln gepeinigt.

Innerhalb des Hauseingangs befand sich eine zusätzliche, in der Mitte mit einem Buntglasdekor versehene Windfangtür, rechts und links eingefaßt von vielfach unterteilten, orangefarben verglasten Fenstern nach Art der einstigen Holländerhäuser in Nagasaki, so daß der Raum drinnen nur undeutlich auszumachen war. Hier zu stehen und zu beobachten, wie das von ihm selbst bis in die Einzelheiten eingerichtete Innere in den pathetischen Farben des Sonnenuntergangs versank, wie das aus einem alten Bauernhaus erworbene und so belassene dicke Fachwerkgebälk, die schlichte, norddeutsch-antike Deckenleuchte, die paneelierten und im volkstümlichen *Ōtsu-e*-Stil bemalten Schiebetüren und die *Samurai*-Rüstung mit Pfeil und Bogen von dem gelben, hinsterbenden Licht überflutet wurden – es glich das einem schwermütigen Stilleben aus der niederländischen Schule, für das ein Maler wie zum Beispiel Jan Treck einmal japanische Sujets aufgegriffen: ein Anblick, den Honda über alles liebte.

Er bat Keiko hinein und ließ sie in einem Sessel am Kamin Platz nehmen, während er, was ihm jedoch nicht recht gelingen wollte, die Holzscheite anzuzünden versuchte. Nicht daß der Kamin unzulänglich gewesen wäre und etwa den Rauch nach unten in den Raum gedrückt hätte; schließlich hatte Honda für diese Anlage ausnahmsweise sogar einen Fachmann aus Tōkyō geholt. Aber jedesmal, wenn es darum ging, hier ein Feuer zu entfachen, stand ihm die Vorstellung im Wege, daß er, wie sehr er sein Leben auch durchforschte, einfach nie die Gelegenheit hatte, sich dergleichen simple Kenntnisse und Techniken anzueignen. Nie war er, wie er plötzlich begriff, dazu gekommen, »Dinge« zu berühren.

Eine in seinem Alter seltsame Entdeckung. Eigentliche Muße hatte er sein Leben lang nicht gekannt; und so war diese Unfähigkeit Beweis dafür, daß er im Grunde auch ohne Beziehung zum Lebensstil der Aristokraten gewesen war: pflegte man sich dort doch den Umgang mit der Natur, den Umgang mit dem Meer und seinen Wellen, dem Baum und seiner Zähigkeit, dem Stein und seiner Schwere, mit Schiffsgerät, mit Netz und Jagdgewehr nicht, wie der Arbeiter, in mühevoller Tätigkeit, sondern im Gegenteil vermöge hinlänglicher Muße anzueignen.

Kiyoaki allerdings hatte seine Muße nicht der Natur, er hatte sie seinen Emotionen zugewandt; und gewiß hätte er sich, wäre er am Leben geblieben, zu nichts Besserem entwickelt als zu einem rechten Flaneur.

»Warten Sie, ich werde Ihnen helfen«, sagte Keiko und beugte sich mit einer eleganten Bewegung vor, nachdem sie, die Zungenspitze zwischen den strengen Lippen, Hondas Ungeschicklichkeit lange genug mit angesehen hatte. Vor seinem nach oben gerichteten Blick schienen sich ihre Hüften unaufhörlich zu erweitern. Da das Kostüm eng auf Taille geschnitten war, ging das Seladongrün des faltenlosen Rockes kugelig auf wie bei einer der großen koreanischen Vasen aus der Zeit der Yi-Dynastie.

Zur Tatenlosigkeit verurteilt, solange Keiko das Feuer in Gang brachte, erhob sich Honda, um den Ring zu holen, von dem er zuvor gesprochen hatte. Als er zurückkam, glitten bereits in einem wilden Rot die Flammen über das Holz herauf, knackten in dem sie kokett umspielenden Rauch die Scheite, und aus den Stücken, die noch frisch waren, kochte blasig der Saft heraus. Die Ziegelmauer hinter der Feuerstelle flackerte vom Widerschein. Keiko hatte sich zurückgelehnt; befriedigt betrachtete sie das Ergebnis ihrer Bemühungen.

»Was sagen Sie nun?«

»Sie sind wirklich zu bewundern!« Honda trat in das Licht des Feuers, nahm den Ring und reichte ihn Keiko. »Das ist er, von dem ich vorhin sprach. Wie finden Sie ihn? Ich habe ihn gekauft, um ihn zu verschenken.«

Keiko wandte ihre Finger mit den rot lackierten Nägeln vom Feuer ab, streckte sie dem vom Fenster hereinfallenden Licht entgegen und nahm den Ring gründlich in Augenschein.

»Ah, ein Herrenring«, murmelte sie.

Es war ein Ring, dessen viereckig geschliffenen, dunkelgrünen Smaragd die eindrucksvollen, halb tierhaften Fratzen zweier außerordentlich fein in Gold modellierter *Yaksha*-Dämonen als Dekor umgaben. Wohl um zu vermeiden, daß sich das Rot ihrer Nägel im Grün des Steins spiegelte, faßte Keiko ihn jetzt anders, klemmte ihn zwischen ihre Finger, schob ihn dann prüfend auf ihren Zeigefinger. Da er, wenngleich ein Herrenring, für eine sehr grazile, braune Hand gearbeitet war, saß er nicht einmal allzu locker auf Keikos Finger.

»Ein herrlicher Smaragd! Aber diese Steine neigen leider dazu, sich im Laufe der Zeit, wahrscheinlich durch innere Verwitterung, aus der Tiefe des Grüns herauf einzutrüben und mürbe zu werden. Ich fürchte, das ist hier auch der Fall. Dennoch ein schöner Stein. Und dazu die seltene Fassung – so etwas dürfte als Antiquität seinen Preis haben.«

»Was glauben Sie, wo ich ihn gekauft habe?«

»Im Ausland?«

»Nein, in den Ruinen Tōkyōs. Im Geschäft des Prinzen Tōin-no-miya.«

»War das eine Zeit damals, nicht wahr? Wie kann auch ein Prinz, mag er noch so sehr in Schwierigkeiten sein, einen Antiquitätenhandel anfangen! Ich war einige Male dort. Dachte irgendwelche interessanten Entdeckungen zu machen – aber dann waren es hauptsächlich solche Stücke, wie man sie früher bei Verwandten sah ... Das Geschäft existiert ja wohl nicht mehr. Bestimmt war es so, daß sich Tōin selber im Geschäft nie hat blicken lassen, und sein ehemaliger Haushofmeister als der Geschäftsführer hat sich ordentlich schadlos gehalten und den ganzen Gewinn in die eigene Tasche gesteckt. Tatsächlich ist doch keiner aus dem Kaiserhaus, der nach dem Krieg einen Handel aufgezogen hat, damit zurechtgekommen. Sie hätten besser jede noch so hohe Vermögenssteuer zahlen sollen, um dann in aller Bescheidenheit zu bewahren, was ihnen geblieben ist. Aber natürlich hatten sie immer jemanden, der sie zu dem angeblich großen Profit überredete. Und vor allem war Tōin sein Leben lang Soldat gewesen. Er kann einem schon leid tun; aber den *Samurai*-Firmen war es einst genauso ergangen.«

Hierauf erzählte Honda ihr die Geschichte dieses Ringes.

1947 hatte er gehört, Prinz Tōin habe, nachdem er seinen Status als Mitglied des Kaiserhauses verloren, von dem durch die Vermögensbesteuerung in Bedrängnis geratenen ehemaligen Adel billig Kunstgegenstände zusammengekauft und einen speziell für Ausländer gedachten Antiquitätenhandel angefangen. Dies hatte in Honda den Wunsch geweckt, sich ohne Nennung seines Namens – obzwar auch bei einer Wiederbegegnung der Prinz sich seiner gewiß nicht erinnern würde – einmal aus reiner Neugier in dem Geschäft umzusehen. Dabei war ihm in einer der Glasvitrinen dieser Ring, ein Abschiedsgeschenk der Prinzessin Ying Chan, aufgefallen, den der siamesische Prinz Chao P. unvergeßliche vierunddreißig Jahre zuvor eines Tages im Internat des Gakushū-in vermißt hatte.

Sofort war ihm klargewesen, daß der damals vermißte Ring also tatsächlich gestohlen worden war. Die Bedienung im Geschäft hatte die Herkunft natürlich nicht preisgegeben; immerhin, da er jedenfalls aus dem Besitz einer früheren Adelsfamilie stammte, mußte der Mann, der sich jetzt aus Geldnot davon getrennt hatte, gleichzeitig mit Honda die Schule besucht haben. Und ergriffen von alter Hochherzigkeit hatte er den Ring erworben. Um ihn auf irgendeine Weise dem ursprünglichen Besitzer zurückzugeben.

»Da werden Sie deswegen wohl wieder nach Thailand fahren, wie? Sozusagen zur Ehrenrettung Ihrer Schule«, spöttelte Keiko.

»Das hatte ich für irgendwann im Sinne; doch ist das nun nicht mehr nötig. Prinzessin Ying Chan ist zum Studium nach Japan gekommen.«

»Eine tote Prinzessin? Zum Studium?«

»Aber nein. Prinzessin Ying Chan die Zweite. Ich habe sie zur morgigen Party eingeladen, und bei dieser Gelegenheit werde ich ihr als der Namensnachfolgerin den Ring auf den Finger stecken. Sie ist achtzehn. Hat wunderschönes schwarzes Haar und strahlende Augen, und da sie vor der Abreise aus ihrer Heimat offenbar tüchtig studiert hat, spricht sie ein recht ordentliches Japanisch«, sagte Honda.

25

Sobald Honda am nächsten Morgen, allein in seinem Landhaus, erwachte, zog er über Schal und Wolljacke einen dicken Wintermantel, um gegen die Kälte gewappnet zu sein, und trat hinaus in den Garten. Quer über die Wiese ging er zu der Laube am westlichen Rand des Grundstücks hinüber. Von dort aus den Fuji-Berg bei Tagesanbruch zu beobachten, bereitete ihm mehr Vergnügen als irgend etwas sonst.

Der Berg war vom ersten Frühröt gefärbt. Hondas noch vom

Schlaf benommene Augen umfingen den wie ein rosiger Mangankiesel erglänzenden Gipfel gleichsam so, als träumten sie weiter: dieses edle Dach eines Domes, diesen japanischen Tempel der Morgendämmerung.

Es hatte Zeiten gegeben, da Honda nicht recht gewußt, was er suchte, ob die Einsamkeit oder frivole Freuden. Nur daß ihm zum eigentlichen Hedonisten etwas Wesentliches gefehlt hatte.

Ja, so alt hatte er werden müssen, bis sich irgendwo tief in ihm zum ersten Mal das Verlangen nach Verwandlung regte. Er, der er die Wiedergeburten anderer mit solch unverwandt festen Blicken verfolgte, hatte sich nie sonderlich mit Gedanken über diese seine eigene Unwandelbarkeit herumgequält; als aber jetzt die Jahre näherrückten, in denen das Alter mit einem letzten Aufleuchten die einförmige Ebene seines Lebens überschaubar erschimmern ließ, provozierte gerade die Gewißheit dieser Unfähigkeit zur Verwandlung in ihm die Illusion, sie wäre dennoch möglich.

Vielleicht brächte doch auch er etwas zustande, womit er selber nie gerechnet hatte. Bisher war all sein Tun vorhersehbar gewesen, hatte ihm – wie die Taschenlampe dessen, der einen nächtlichen Weg wandert – seine Vernunft stets einen Schritt voraus geleuchtet. Dadurch, daß er geplant, daß er ein jedes zunächst abgeschätzt hatte, war es vermeidbar gewesen, sich selbst zu überraschen, zu erschrecken. So hatte er noch bei den erstaunlichsten Dingen (jene Wiedergeburten eingeschlossen) alles Rätselhafte in Gesetzmäßigkeiten verwandelt.

Er mußte sich in Verwirrung setzen. Das war jetzt geradezu eine Lebensnotwendigkeit. Und sollte es ein Privileg sein, Klugheit zu verachten, sie mit Füßen zu treten – nun gut, er besaß genügend Selbstgefälligkeit, zu meinen, ihm allein sei dies gestattet. Seine sichere Welt mußte noch einmal ins konturlos Unbestimmte hinabgestoßen werden. In etwas, das für ihn so ungewohnt wie möglich war!

Daß er die dafür nötigen physischen Voraussetzungen längst eingebüßt hatte, wußte Honda durchaus. Sein Haar war dünn und an den Schläfen grau geworden, sein Bauch angeschwollen wie das Bedauern. Die Merkmale des nahenden Alters, die ihm einst in jungen Tagen so widerwärtig erschienen – jetzt trug er sie am eigenen Leibe, und keine Stelle war davon ausgenommen. Natürlich hatte er sich in seiner Jugend nicht für so schön wie Kiyoaki, aber auch nicht für besonders häßlich gehalten. Zumindest war es nicht erforderlich gewesen, einen Typ wie sich selbst hinsichtlich der Schönheit als negative Größe einzusetzen und alle Gleichungen darauf aufzubauen. Daß heute, da Häßlichkeit seine unerläßliche Prämisse geworden, die Welt schön war wie zuvor – woher kam das? Ach, so wurde der Tod erst zum Übel, zum schlimmsten Übel.

Sechs Uhr zwanzig. Der Fuji, die Farbe des Morgenrots hatte er inzwischen abgestreift, stand jetzt, zu zwei Dritteln von Schnee bedeckt, in klar konturierter Schönheit gegen den blauen Himmel. Fast mit einem Zuviel an Bestimmtheit, so deutlich war er zu sehen. Die Schneedecke hatte, über alle Unebenheiten hinweg, eine zarte, empfindsame Gespanntheit; was an die sorgsame genaue Verteilung fettloser Muskulatur erinnerte. Außer am Fuß des Berges waren lediglich um den Gipfel und beim Hōei-Krater kleinere rötlich-schwarze Flecken. Dazu der blaue Himmel: völlig wolkenlos und von einer solchen Härte, daß, hätte man einen Stein geworfen, dessen Aufschlag mit heftigem Echo zu hören gewesen wäre.

Dieser Fuji-Berg beeinflußte alle Arten des Wetters, er beherrschte alle Emotionen. In ihm erhob sich, klar und weiß, als faktische Existenz, was Honda an Fragen bedrängte.

Und während sich die Gefühle beruhigten, meldete sich der Hunger. Honda freute sich auf das Frühstück: zu dem Brot, das er noch in Tōkyō gekauft hatte, würde er sich ein halbweiches Ei und Kaffee kochen und das Ganze unterm Gezwitscher der Vögel verzehren. Um elf sollte seine Frau zusammen mit Prinzessin Ying Chan kommen, um mit den Vorbereitungen zu beginnen.

Als er gefrühstückt hatte, ging er abermals in den Garten.

Es war kurz vor acht. Hinter dem Fuji-Gipfel stiegen wie Schneerauch nach und nach kleine, dünne Wolken auf. Mit einer Gebärde, als wollten sie um den Gipfel herumspähen, streckten sie ihre feinen Glieder aus; doch sobald sie auf die Vorderseite herausgetanzt waren, wurden sie von dem harten Himmel aufgesogen. Wie kraftlos sie im Augenblick auch schienen, ihre Energie durfte nicht unterschätzt werden. Unter Umständen würden sich bis Mittag solche Wolken unvermerkt konzentrieren und nach wiederholten Überraschungsangriffen die gesamte Gestalt des Fuji schließlich verhüllen.

Bis gegen zehn Uhr blieb Honda gedankenverloren in der Laube sitzen. Die Bücher, die er sein Leben lang nach seiner Gewohnheit kaum jemals aus der Hand gelegt, rückten in die Ferne. Er sehnte sich nach den ursprünglichen Materialien, aus denen das Leben und die Gefühle noch nicht herausgefiltert waren. Und so saß er untätig und reglos da. Eine Wolke, die zunächst links am Gipfel aufgetaucht und schließlich am Hōei-Krater hängengeblieben war, hatte ihren Schwanz steil aufgerichtet wie die Fischungeheuer auf dem First eines Tempeldaches.

Seine Frau, die er gebeten hatte, ja pünktlich zu sein, erschien um elf mit einem laut dröhnenden Taxi, doch neben ihr keine Prinzessin Ying Chan. Und noch während sie mit ihrem vielen Gepäck beim Aussteigen war, sagte Honda mit einem Blick auf ihr mißvergnügt gedunsenes Gesicht: »Was denn, du kommst allein?«

Rie hob die schweren, wie kleine Dächer vorstehenden Augenlider, ohne jedoch sofort zu antworten.

»Das werde ich dir dann in Ruhe erzählen. Was glaubst du, was ich durchgemacht habe! Aber nimm mir doch, bitte, erst einmal das Gepäck ab!«

Rie hatte bis zur verabredeten Zeit gewartet; Ying Chan war nicht erschienen. War trotz wiederholter Zusagen am Telefon einfach nicht gekommen. Als Rie im Heim für ausländische Studenten, der einzig möglichen Kontaktstelle, angerufen hatte, wurde ihr erklärt, die Prinzessin sei seit dem vorigen Abend nicht zurückgekommen. Jedenfalls sollte sie von einer japanischen Familie, bei der irgendwer Neues von den hiesigen thailändischen Studenten wohnte, zum Abendessen eingeladen gewesen sein.

Rie in ihrer Ratlosigkeit hatte überlegt, den ihm, Honda, versprochenen Termin von elf Uhr zu verschieben; aber wie hätte sie ihm, da das Landhaus noch kein Telefon besaß, eine Verspätung mitteilen können? Sie war also in größter Eile zum Studentenheim gefahren, um dort beim Verwalter eine englisch beschriftete Planskizze mit einer genauen Wegebeschreibung zu hinterlegen. Wenn alles gutginge, war demnach anzunehmen, daß Ying Chan bis zum Beginn der Party am Abend hier einträfe.

»Unter diesen Umständen wäre es besser gewesen, du hättest Kitō Makiko gebeten ...«

»Aber ich kann doch unmöglich einen Gast damit belästigen! Und angenommen, ich hätte Makiko darum angegangen – welche Mühe für sie, eine ihr unbekannte Ausländerin ausfindig zu machen und sie mit hierherzubringen! Außerdem bin ich mir gar nicht so sicher, ob eine berühmte Person wie sie sich dazu bereit gefunden hätte. Sie erwartet ja wohl schon pflichtschuldigste Dankbarkeit dafür, daß sie uns die Ehre gibt, überhaupt zu erscheinen.«

Worauf Honda schwieg. Daß sie aber auch so in ihrem Urteil versagen konnte!

Nimmt man ein Bild ab, das lange aufgehängt war, so bleibt an der Wand ein frisches Weiß zurück, genau in der Größe, die der Rahmen hatte. Ein unschuldiges Weiß, zweifellos, und dennoch unvereinbar mit der Umgebung, zu heftig, zu einseitig in seinem Anspruch. Seit Honda sich beruflich von der Gerechtigkeit zurückgezogen hatte, überließ er sie in allen Stücken seiner Frau. Und jenes Weiß an der Wand beteuerte in einem fort: ›Ich bin korrekt, ich bin aufrichtig; keiner kann mir etwas vorwerfen!‹

Wie es schien, war es einerseits Hondas unerwarteter Reichtum, andererseits die Häßlichkeit des Alters, die sie an sich selbst gewahrte, wodurch das Bild jener stummen, sich unterordnenden Rie von der Wand verschwunden war. Gleichzeitig mit dem erlangten Wohlstand begann sie ihren Mann zu fürchten. Und je mehr sie ihn fürchtete, desto größer ihre Ungehaltenheit; unbewußt trat sie einem jeden mit Feindseligkeit entgegen, berief sich unausgesetzt auf ihr Nierenleiden, während sie sich innerlich doch leidenschaftlicher als je danach sehnte, geliebt zu werden. Dies Verlangen nach Liebe wiederum machte sie nur um so häßlicher.

Kaum war sie im Landhaus eingetroffen und hatte all die Pakete mit Speisevorräten in die Küche transportiert, ließ Rie geräuschvoll das Wasser laufen und spülte Hondas Frühstücksgeschirr. In der Hoffnung, die Erschöpfung werde ihren Krankheitszustand verschlimmern, war sie mit der Konstruktion des Vorwurfs befaßt, sie habe – obwohl keiner sie das geheißen hatte – ja gleich wieder arbeiten müssen, lud sich also alles auf, was ihr körperlich schadete, und wartete unterdessen darauf, daß Honda ihr Einhalt gebieten würde. Tatsächlich wäre es, wenn er sie jetzt nicht davon abbrächte, danach erst recht schwierig, und so rief Honda ihr besorgt zu: »Laß das doch bis später und ruh dich ein wenig aus! Wir haben noch genügend Zeit ... Prinzessin Ying Chan macht einem schon Ärger. Erst sagt sie von sich aus, sie wolle helfen, und wenn es soweit ist, bin ich es, der in der Klemme sitzt und schließlich einspringen muß.«

»Wenn ich dich helfen ließe, käme ich noch weniger zurecht«, erwiderte Rie und kehrte, während sie sich die nassen Hände abtrocknete, in den Salon zurück.

In dem dämmrigen Raum, in den hinein die Mittagssonne nicht weiter als bis zu den Fensterbänken drang, wirkten Ries Augen unter den geschwollenen Lidern wie die kleinen Pupillenlöcher in der *Nō*-Maske der Wahnsinnigen. Dazu ihr über all die Jahrzehnte nie richtig ausgeheilter, von der wachsenden Zerknirschung über die eigene Unfruchtbarkeit wie ein Sack aufgedunsener Körper. ›Ich verhalte mich durchaus korrekt. Und doch bin ich eine Frau, die versagt hat.‹ ... Ihre stets gleichbleibende Zärtlichkeit für die inzwischen verstorbene Schwiegermutter war aus solchem Selbstvorwurf gekommen. Hätte sie Kinder gehabt, womöglich viele Kinder – vermutlich wäre es ihr gelungen, den Mann mit den Anhäufungen ihres süßen, weichen Fleisches zu umschließen, ihn einzuschmelzen. Aber in einem Organismus, dem die Vermehrung verweigert wird, setzt der Verfall ein. So wie ein Fisch, an einem Herbstnachmittag aus dem Meer geschleudert, zu verfaulen beginnt. Rie schauderte es vor ihrem reich gewordenen Mann.

Honda hatte früher die Qualen seiner stets auf das Unmögliche hoffenden Frau nachsichtig ignoriert. Jetzt war ihm die Widerwärtigkeit, die es bedeutete, daß das in ihm herangewachsene Verlangen nach einem Unmöglichen seine Frau und ihn in einem delikaten Punkt zu Komplizen machte, geradezu unerträglich. Ries Existenz indessen gewann durch diesen neuen Abscheu noch an Gewicht.

›Wo hat Ying Chan gestern abend übernachtet? Und warum? Im Studentenheim haben sie eine Heimmutter; auch der Verwalter scheint streng zu sein. War das der Grund? Vor allem: bei wem hat sie geschlafen?‹

Unaufhörlich umkreisten Hondas Gedanken diese Fragen. Er empfand nur einfach ein Unbehagen. Ein Unbehagen von der Art, wie wenn er sich morgens nicht richtig hatte rasieren können, oder wie wenn er nachts für den Kopf nicht die gewohnte Lage auf dem Kissen fand. Ein Unbehagen, das keineswegs in menschlicher Anteilnahme, eher in einer gewissen Entfremdung wurzelte und gleichwohl einer dringlichen Notwendigkeit des Daseins entsprach. Ja, ihm war zumute, als hätte ihm jemand einen fremden Gegenstand in das Gehäuse seines Geistes geworfen. Eine aus dem Ebenholz des thailändischen Dschungels geschnitzte, kleine schwarze Buddha-Figur zum Beispiel.

Seine Frau redete unterdessen von kleinlichen Details. Wie die Gäste zu empfangen wären, und wer von denen, die über Nacht bleiben würden, welches Gästezimmer erhalten sollte. Doch all das lag längst außerhalb von Hondas Interesse.

Allmählich begriff Rie, daß ihr Mann mit seinen Gedanken ganz woanders weilte. Und war sie früher, wenn er sich in sein Arbeitszimmer eingeschlossen hatte, nie in Versuchung geraten, sich darüber zu beunruhigen (weil sie sicher gewesen war, daß ihn dort die Juristerei festhielt) – jetzt deutete sie aus seiner Unaufmerksamkeit ein unsichtbar in ihm brennendes Feuer und aus seinem Schweigen irgendwelche heimlichen Pläne.

Sie folgte seiner Blickrichtung, als wäre dort etwas herauszufinden. Doch vor dem Fenster, durch das Honda hinausstarrte, war nichts als die vergilbte Wiese, über die einige Vögel flogen.

Da ihnen die Landschaft noch bei Tageslicht vorgeführt werden sollte, waren die Gäste auf vier Uhr eingeladen. Um ein Uhr erschien Keiko, um ihre Hilfe anzubieten. Das war die nicht erwartete Rettung; Honda und Rie waren glücklich.

Seltsamerweise hatte Rie unter all den vielen neuen Freunden Hondas nur Keiko gegenüber ein offenes Herz. Instinktiv spürte sie, daß Keiko ihrem Wesen nach nicht zu ihren Feinden gehörte. Wieso aber eigentlich? Nun, offensichtlich empfand Rie in ihrer angeborenen Bescheidenheit Keikos einnehmend freundliche Art, ihren stattlichen Busen und ihr mächtiges Gesäß, ihre gesetzte Rede und sogar den Duft ihres Parfüms als eine Art Garantie. Vergleichbar dem roten, regierungsamtlichen Siegel, das im Bäckerladen auf der Belobigungsurkunde prunkt.

Während er mit halbem Ohr dem Gespräch der Frauen draußen in der Küche lauschte, schlug Honda, innerlich völlig ausgeglichen, am Kamin die Morgenzeitung auf, die Rie aus Tōkyō mitgebracht hatte.

Der Aufmacherartikel auf Seite eins befaßte sich mit dem »Wortlaut der Zusatzklauseln zum Administrativabkommen«, denen zufolge nach Inkrafttreten des japanisch-amerikanischen Friedensvertrages sechzehn Stützpunkte der US-Luftwaffe auf japanischem Boden verblieben; daneben war unter der Überschrift »Verpflichtung zum Schutz Japans – ›Wir werden keine Invasion durch kommunistische Mächte zulassen!‹« ein Gespräch mit Senator Smith abgedruckt, in dem dieser die entschlossene Haltung des amerikanischen Partners bekräftigte. Auf Seite zwei, besorgniserregend groß herausgestellt, hieß es zur amerikanischen Konjunkturlage: »Produktionsrückgang bei zivilen Bedarfsgütern – Rezession in Westeuropa bewirkt eine neue Situation«.

Allein, Hondas Gedanken kehrten immer wieder zu der Tatsache zurück, daß Ying Chan nicht da war. In den buntesten Phantasien malten sich ihm die Umstände aus, die sie aufgehalten haben könnten. Das Ausschweifende an diesen Phantasien ängstigte ihn. Vom Tragischsten bis zum Unzüchtigsten stellte sich ihm die Wirklichkeit dar wie in einer Vielzahl von Querschnitten durch einen gestreiften Achat. Und er wurde sich bewußt, daß er, jedenfalls so weit seine Erinnerung reichte, noch nie erlebt hatte, daß Realität solche Gestalt annahm.

Das heftige Geknister des Papiers, als er die Zeitung zusammenfaltete, erschreckte ihn. Die dem Kamin zugewandten Seiten waren ausgedörrt, waren heiß. ›Eine heiße Zeitung‹, dachte er benommen, ›nein nein, das kann natürlich nicht sein.‹ Und auf eine merkwürdige Weise verband sich diese Empfindung mit der tief in seinem schlaffen Körper vorhandenen Mattigkeit. Gleich darauf erinnerten ihn die auf frische Scheite übergreifenden Flammen an die Bestattungsfeuer in Benares.

Keiko, eine große Schürze vorgebunden, erschien und fragte: »Was meinen Sie, wollen wir es für den Aperitif nicht bei Sherry, Whisky mit Soda und Dubonnet belassen? Cocktails, finde ich, verursachen zuviel Mühe.«

»Das machen Sie nur, wie Sie denken!«

»Und für die thailändische Prinzessin? Alkohol ist da wohl nicht das richtige; vielleicht sollten wir für sie einen Softdrink vorbereiten.«

»Nun, sie wird vermutlich gar nicht kommen«, sagte Honda gelassen.

»Ach so?« erwiderte Keiko, gleichfalls gelassen, und zog sich zurück. Ihre hervorragenden Umgangsformen ließen Honda die Fähigkeit Keikos, andere zu durchschauen, um so unheimlicher erscheinen. Ja, ihm kam es vor, als würden, gerade aufgrund solch vornehmer Gleichgültigkeit, Frauen wie Keiko ein wenig zu hoch eingeschätzt.

Die erste, die eintraf, war Kitō Makiko. Gemeinsam mit Frau Tsubakiwara, ihrer Schülerin, war sie in deren vom Chauffeur gesteuerten Wagen über Hakone gekommen.

Makiko genoß als Dichterin hohes Ansehen. Freilich verfügte Honda über keinerlei Maßstab dafür, was in der Welt der *Waka*-Literatur als berühmt galt; nachdem er indessen Makikos Namen selbst von Leuten nennen hörte, von denen er das am allerwenigsten gedacht hatte, begann er zu ermessen, welch große Verehrung man ihr entgegenbrachte. Frau Tsubakiwara, die einer ehemaligen *Zaibatsu*-Familie angehörte, war zwar vom etwa gleichen Jahrgang wie die knapp fünfzigjährige Makiko, betete sie jedoch an wie eine Göttin.

Die Tsubakiwara trug, nach sieben Jahren, noch immer Trauer um ihren als Marineleutnant gefallenen Sohn. Wie sie früher gewesen, wußte Honda nicht; jetzt jedenfalls machte sie ganz den Eindruck einer vom Essig des Schmerzes durchdrungenen, gramerfüllten Frucht.

Makiko war heute so schön wie je. Wie sehr auch gealtert, hatte ihr Teint in seiner Helle gleichwohl das Heftige von liegengebliebenem Schnee; daß das zunehmend weißere Haar nicht aufgefärbt war, verlieh ihren Gedichten das Siegel einer »Aufrichtigkeit«. Sie bewegte sich ungezwungen, dabei mit dem Anschein des Geheimnisvollen, und achtete bei wichtigen Leuten sehr auf Geschenke und Einladungen. Verleumder pflegte sie mühelos aus dem Felde zu schlagen, und obwohl ihr Inneres längst verkümmert war, hatte sie sich doch die Wehmut aus einem halben Leben und die Illusion von Einsamkeit bewahrt.

Damit verglichen, erschien die Trauer der Tsubakiwara weitaus frischer. Ein überaus tragischer Kontrast, gewiß; aber während die verfeinerte, zur Maske erstarrte, künstlerische Trauer der Meisterin ein überragendes Gedicht nach dem anderen hervorbrachte, kam die nie vernarbende, lebendige Trauer der Schülerin über das lyrische Rohmaterial nicht hinaus, ließ keinen Vers entstehen, der anderen ans Herz gegriffen hätte. Ohne Makikos Fürsprache wäre der Ruf der Tsubakiwara als Dichterin augenblicklich in nichts zerronnen.

Und Makiko wiederum verstand es sehr wohl, die Inspiration für ihre Lyrik aus der ständig an ihrer Seite einhergehenden Trauer zu ziehen, die herrenlose Grundsubstanz an Trauer aufzunehmen und mit dem eigenen Namen zu versehen. So wirkten der Rohdiamant der Trauer und der Edelsteinschleifer zusammen, um mit den Jahren eine Kette unzähliger Meisterwerke zu schaffen, ein Halsgeschmeide, das imstande war, all die vielen Altersfalten zu verbergen.

Ihre allzu frühe Ankunft brachte Makiko in Verlegenheit. »Ich fürchte, der Chauffeur ist zu schnell gefahren«, sagte sie, wobei sie sich zu der neben ihr stehenden Tsubakiwara umwandte.

»In der Tat. Die Straßen waren ja auch leerer als erwartet.«

»Werden wir also zunächst den Garten besichtigen. Wie wir hörten, muß das eine Lust sein. Wir wandern ganz gemächlich umher, und vielleicht gelingt uns dabei ein Gedicht. Nein nein, machen Sie sich, bitte, keine Umstände!« meinte Makiko zu Honda.

Honda bestand darauf, sie zu begleiten, nahm einen Sherry samt Gläsern und Gebäck mit, um dies in der Laube zu servieren, und so traten sie hinaus. Seit Mittag war es erheblich wärmer geworden. Jenseits des sich nach Westen trichterförmig in ein Flußtal hinabsenkenden Gartens, gleichsam als einbezogene Landschaft, der Fuji-Berg: jetzt von frühlingsmäßigem Wolkengeflock umgeben, so daß nur der reinweiße Gipfel sichtbar war.

»Vor der Terrasse mit dem Vogelhaus«, erklärte Honda unterwegs, »gedenke ich bis Sommer einen Swimmingpool anlegen zu lassen.« Doch war die Reaktion der Damen hierauf so kühl, daß sich Honda eher wie ein Hotelangestellter vorkam, der irgendwelche Gäste zu führen hat.

Nichts fiel Honda schwerer, als mit Künstlern und anderen Leuten ihres Schlages zu verkehren. Sein neuerlicher Umgang mit Makiko hatte eingesetzt, nachdem sie sich 1948 beim fünfzehnten Jahrestag zum Gedächtnis an Isao wiederbegegnet waren; Lyrik war also nicht im Spiel gewesen. Ihr einstiger offizieller Kontakt, er der Verteidiger, sie die Zeugin (ein Verhältnis freilich, nicht weit entfernt von einer gewissen Komplizenschaft), hatte sich einfach aus der sehnsuchtsvollen Rückerinnerung an Isao, die sie einander in Wahrheit jedoch nie offen eingestanden, in den privaten Bereich hinein ausgeweitet. Und ausgerechnet jetzt, in einem Augenblick, da Makiko mit ihrer Schülerin sich anschickte, in weihevoller Dichterpose dem Fuji in seiner Vorfrühlingsgestalt gegenüberzutreten, mußte Honda diese so deplazierte Bemerkung über einen Swimmingpool entschlüpfen!

Dabei wußte Honda, daß ihn die beiden Damen zwar nicht gerade verachteten, doch ihm gegenüber keinerlei Hemmung empfanden. Jedenfalls war er für sie einer, der außerhalb ihres Faches, außerhalb ihrer Arena stand. Und er konnte sich leicht vorstellen, wie Makiko mit jemandem, der etwa mit irgendeiner Affäre belastet sein mochte, in den folgenden Worten über ihn spräche: ›Rechtsanwalt Honda, wissen Sie, ist ein guter Bekannter von mir. Nein nein, Gedichte schreibt er keine. Aber auf Fälle wie den Ihren versteht er sich und ist sowohl in Zivil- wie in Strafsachen enorm beschlagen. Na, ich werde einmal mit ihm reden, damit er sich Ihrer annimmt.‹

Trotzdem, irgendwo in einer unerklärbaren Tiefe fürchtete er Makiko, und Makiko ihrerseits dürfte Honda ebenso gefürchtet haben. Denn wie es schien, hatte sie die Beziehung zu Honda hauptsächlich deswegen wiederaufgenommen, um ihren Namen zu schützen. Schließlich kannte Honda ihr wahres Wesen und wußte, daß sie notfalls zu jeder Lüge, vor allem auch zu der sorgfältig geplanten, fähig war.

Davon abgesehen, war Honda eine für die Damen angenehme Erscheinung und in keiner Weise störend. Pflegten sie sich doch in seinem Beisein völlig zwanglos zu unterhalten, wohingegen sie sich vor Rie unverzüglich hinter rein gesellschaftlicher Konversation verbargen. Und Honda wiederum hatte sein Vergnügen daran, den Gewohnheiten dieser beiden nun gewiß nicht mehr jungen, einst freilich charmanten Damen als Unbeteiligter zuzuschauen. Zu beobachten, wie sie in ihren unabänderlich von Trauer erfüllten Gesprächen die Natur so verwandelten, daß Sinnliches und Vergangenes zu einem zusammenflossen, daß Landschaft und Erinnerung einander Gewalt antaten . . . Wie sie nicht anders konnten, als umherzugehen und – dem Gerichtsvollzieher vergleichbar, der die Möbel Stück um Stück mit seiner Marke beklebt – allem Schönen, das ihnen in die Augen fiel, sogleich das Siegel der Poesie aufzuheften, als wäre dies die einzige Methode, vor solcher Schönheit zu bestehen. Ja, sie hatten eine Art Verhalten zur Umwelt wie zwei an Land gegangene Wasservögel, die eine Zeitlang, von Begeisterung überwältigt, unbeholfen dahinwatscheln, um anschließend wieder ins Wasser zu gleiten und dort mit einer Eleganz und Leichtigkeit zu paddeln und unterzutauchen, die man ihnen bis dahin nicht zugetraut hat. Ihr Hinundherkreuzen, ihr Manövrieren zu verfolgen, war für Honda eine Augenlust. Sah man ihnen, sobald sie sich ans Dichten machten, doch deutlich an, wie sie sich, ohne Scheu vor fremden Blicken, ins Bad des Geistes begaben. Eine Szene ähnlich der, die Honda damals in Bang Pa In erlebt hatte, als die junge Prinzessin und die bejahrten Hofdamen ins Flußbad gestiegen waren.

›Ob wohl Ying Chan noch kommt? Wo mag sie nur gestern über Nacht geblieben sein?‹ Wie einen unvermittelten Satz in Parenthese schob die Besorgnis ihren rauhen Holzspan in Hondas Betrachtungen ein.

»Was ist das für ein herrlicher Garten! Als Hintergrund die Berge von Hakone im Osten, den Fuji im Westen – eigentlich eine Schande, daß Sie hier in Muße leben und kein einziges Gedicht schreiben. Wir martern uns unter dem schmutzigen Himmel Tōkyōs ab, eine Zeile zustande zu bringen, während Sie in solcher Umgebung Ihre juristischen Bücher lesen. Welch ungerechte Welt!«

»Oh, die juristische Lektüre habe ich längst aufgegeben«, erwiderte Honda und schenkte von dem Sherry ein. Die Bewegung der *Kimono*-Ärmel und der Hände, mit denen die beiden Damen die Gläser ergriffen, war unvergleichlich schön. Um genau zu sein: die Tsubakiwara ahmte dabei, angefangen von der Geste, mit der sie ihren Ärmel leicht hochhielt, bis hin zu der Art und Weise, in der sie die den Stiel des Glases umfassenden, beringten Finger bog, in allen Stücken Makiko getreulich nach.

»Wie glücklich wäre Akio gewesen, hätte er diesen Garten gesehen!« meinte, den Namen ihres toten Sohnes nennend, die Tsubakiwara. »Er liebte den Fuji, und bevor er in die Marine eintrat, hatte er in seinem Studierzimmer ein gerahmtes Foto von ihm hängen, so daß er ihn stets bewundern konnte. Wirklich hatte er einen so recht jugendlichen, erfrischenden Geschmack. Und einen so reinen dazu.« Und wie jedesmal, wenn sie auf ihren Sohn zu sprechen kam, liefen für einen Augenblick die Kräuselwellen eines Schluchzens über ihr Gesicht. Es schien, als hätte sich in der Tiefe ihres Herzens ein empfindlicher Mechanismus entwickelt, der auf die bloße Erwähnung des Sohnes hin eiligst reagierte und, unabhängig von ihrem Willen, einen bestimmten, vorgeprägten Gesichtsausdruck auslöste; und wie man den Namen des Kaisers üblicherweise mit einer ehrfurchtsvollen Miene auszusprechen pflegte, bedeutete das kurze Aufscheinen jenes Schluchzens offenbar die verkürzte Signatur des Namens »Akio«.

Makiko hatte auf ihrem Schoß das Notizbuch aufgeschlagen, um einen Einfall für ein Gedicht festzuhalten.

»Was denn, Sie haben schon eines formuliert?«

Die Tsubakiwara, mit einem gewissen Neid, blickte auf Makikos gesenkten Nacken. Honda desgleichen. Und diese weiß schimmernde Haut, die einst den jungen Isao so gefesselt hatte, schwebte wie der verblassende Morgenmond auf seine Augen zu und tief in sie hinein.

»Da kommt ja Herr Imanishi – aber natürlich ist er das!« rief die Tsubakiwara, als sie eine Gestalt bemerkte, die sich über die Wiese näherte. Schon aus der Ferne waren die helle Stirn und der hohe Wuchs deutlich auszumachen, und auch an der schwankenden Gangart, an dem langen Schatten, der auf dem Rasen hinter ihm herwanderte, hatte sie ihn erkannt: das mußte er sein. »Schrecklich, nicht wahr? Bestimmt wird er wieder seine geschmacklosen Geschichten zum besten geben. Er verdirbt einem geradezu die Inspiration«, sagte sie.

Imanishi Yasushi war Germanist, etwa vierzig Jahre alt, hatte während des Krieges über das »Junge Deutschland« gearbeitet, seit Kriegsende die unterschiedlichsten literarischen Essays verfaßt und träumte von einem »Tausendjährigen Reich des Sexus«. Er beteuerte, er werde hierüber ein Buch schreiben; aber es wurde wohl nichts daraus. Vermutlich war ihm, nachdem er allzu viel und bis ins letzte Detail über den Inhalt geredet hatte, die Lust zur Niederschrift vergangen; andererseits war nicht recht klar, welcher Bezug zwischen jenem von Ungeheuerlichkeiten und von Schwermut erfüllten »Tausendjährigen Reich« und ihm selbst, der er, zweiter Sohn des Inhabers der Imanishi-Effekten, das Leben eines wohlhabenden Junggesellen führte, eigentlich bestehen sollte.

Von bleichem, nervösem Äußeren, war er gleichwohl sehr umgänglich und redselig und wurde von Leuten aus der Finanzwelt ebenso geschätzt wie von linken Literaten. In der blutleeren, intellektualistischen Zügellosigkeit, wie sie mit dem Verfall von Autorität und bestehender Moral nach Kriegsende eingesetzt hatte, meinte er zum ersten Mal in seinem Leben die ihm angemessene Art einer Entfesselung gefunden zu haben. Und eingeweiht in die Lehre von der politischen Relevanz sexueller Wahnideen, entwickelte er sich selbst zu einem Meister auf diesem Gebiet. Er, der er früher nur ein Träumer mit Novalis-Zügen gewesen war.

Seine Art, unter Wahrung der aristokratischsten Manieren die größten Obszönitäten auszusprechen, fand durchaus den Beifall der Frauen. Und wer ihn ein »Chamäleon« nannte, bewies damit nur, daß er selbst noch nicht frei war von feudalistischen Resten. Andererseits pflegte er es darauf anzulegen, ernsthafte Progressisten durch seinen Zukunftsentwurf jenes »Tausendjährigen Reiches« zu entmutigen.

Wenn er redete, tat er das nie mit lauter Stimme. Schließlich hätte die Gefahr bestanden, daß sonst das Ganze aus der Sphäre empfindsamer Sensualität abgezogen und in ein festes Denkschema verwandelt worden wäre.

Während sie auf die anderen Gäste warteten, ließen sich die vier in der Laube von der Nachmittagssonne bescheinen. Das Rauschen des Bergbaches in der Schlucht unmittelbar darunter hallte unausgesetzt in der Tiefe ihrer Ohren wider und verhinderte jeden klaren Gedanken. Honda kam unwillkürlich das

Wort vom »fortwährend sich wandelnden, wütenden Strom« in den Sinn.

Imanishi hatte das von ihm beschworene Reich auf den Namen »Land der Granatäpfel« getauft. Eine Bezeichnung, die sich auf die herausplatzenden, roten Kerne dieser Früchte bezog. Und da er erklärte, er sei im Traum wie im Wachen beständig unterwegs zwischen dort und hier, wollte natürlich jeder hören, was sich dort zutrug.

»Nun, wie stehen die Dinge, was tut sich im ›Land der Granatäpfel‹ in diesen Tagen?«

»Die Bevölkerung ist nach wie vor unter bester Kontrolle. Allerdings sind, angesichts des häufigen inzestuösen Ehebruchs, jene komplizierten Fälle nicht selten, daß jemandem ein und dieselbe Person zugleich Tante, Mutter, Schwester und Cousine ist, weshalb zum einen Teil Kinder von geradezu überirdischer Schönheit, zum anderen Teil häßliche Krüppel geboren werden. Die schönen Neugeborenen, Knaben wie Mädchen, werden von klein auf abgesondert. Nämlich im sogenannten ›Garten der Vielgeliebten‹. Dort ist alles aufs vortrefflichste eingerichtet, gleichsam das Paradies auf Erden: stets spendet eine künstliche Sonne die angemessene Menge ultravioletter Strahlen, und alle gehen sie nackt und stählen sich in Schwimm- und anderen sportlichen Wettkämpfen; Blumen blühen in verwirrender Vielfalt, kleines Getier und Vögel werden im Freien gehalten. Die Kinder leben in diesem Garten von den nahrhaftesten Speisen, und da ihre Gewichtszunahme durch eine wöchentliche Körperkontrolle gesteuert wird, gewinnen sie nur immer mehr an Schönheit. Aber das Lesen von Büchern ist strengstens untersagt. Eine sehr vernünftige Regelung, beeinträchtigt doch dergleichen Gedrucktes die äußere Schönheit. Sobald sie nun herangewachsen sind, läßt man sie einmal in der Woche aus dem Garten heraus, damit sie den Häßlichen draußen als sexuelles Lustobjekt dienen, und hat das zwei, drei Jahre angedauert, so werden sie getötet. In der Tat ist das die wirkliche Menschenliebe: die Schönen zu töten, solange sie jung sind. Bei diesen Tötungen entfalten die Künstler des Reiches ihre ganze Originalität. Genauer gesagt: überall im Lande bestehen Bühnen für Sexualmord, und auf ihnen werden die körperlich schönen Mädchen und jungen Männer, nachdem man ihnen die verschiedensten –

Rollen zugeteilt hat, zu Tode gemartert. Dabei treten all jene Figuren aus Mythologie und Geschichte auf, die einst in der Blüte ihrer Jugend und Schönheit grausam umgebracht wurden; freilich gibt es auch zahlreiche Erstaufführungen. In den herrlichsten, die Sinne betörenden Kostümen, der herrlichsten Beleuchtung, der herrlichsten Dekoration und begleitet von der herrlichsten Musik erfahren sie einen Tod mit allem Pomp; und solange noch ein Funken Leben in ihnen ist, werden sie von der großen Menge der Zuschauer vergewaltigt. Üblicherweise verschlingt man danach die toten Körper. Und die Gräber? Nun, der Friedhof befindet sich unmittelbar neben dem ›Garten der Vielgeliebten‹. Auch er ist wunderschön, und wenn die Häßlichen, die Verkrüppelten in Mondnächten über diesen Friedhof pilgern, erfüllt sie das mit einer romantischen Begeisterung. Schließlich sind statt der Grabstelen lebensgetreue Statuen all der Toten aufgestellt, und es ist wohl sonst kein Friedhof denkbar, der schöne Leiber in solchen Mengen enthielte.«

»Aber warum müssen sie eigentlich getötet werden?«

»Weil sie es rasch überdrüssig sind, am Leben zu sein . . . Die Menschen im ›Land der Granatäpfel‹ sind außerordentlich weise und wissen daher sehr gut, daß es in dieser Welt nur zwei Rollen gibt, die der Lebende spielen kann: entweder die des Erinnerten, oder die des Erinnernden. Wenn Sie mich allerdings hier schon danach fragen, muß ich Ihnen einiges über die Religion im ›Land der Granatäpfel‹ berichten. Man glaubt dort nicht an eine Auferstehung. Denn da eine Gottheit nur in jenem höchsten Augenblick sichtbar werden kann, mithin das Wesen der Gottheit die Einmaligkeit ist, erscheint eine Wiederkehr, nach der einer nicht schöner wäre als zuvor, einfach sinnlos. Oder können Sie sich ein ausgewaschenes Hemd vorstellen, das weißer wäre als eines, das man zum ersten Mal anzieht? Die Gottheit im ›Land der Granatäpfel‹ ist quasi zum einmaligen Gebrauch bestimmt. Wir haben es also bei der Religion dieses Landes zwar mit einem Polytheismus zu tun, aber einem sozusagen temporären: die vielen Götter bringen ihre totale physische Existenz zum Einsatz, sie repräsentieren, in unablässiger Folge, einen höchsten Augenblick nach dem anderen, um sofort danach zu verschwinden. Nun, es wird Ihnen schon aufgegangen sein: der ›Garten der Vielgeliebten‹ ist nichts Geringeres als eine Pflanzanstalt für Götter. In einer ewigen Kette müssen sich die Gottheiten opfern, um die Geschichte dieser Welt in etwas zu verwandeln, das die Dauer der Schönheit besitzt. Soviel zum Theologischen. Eine sehr vernünftige Lehre, finden Sie nicht? Zudem sind sich die Menschen in diesem Lande, da sie keinerlei Heuchelei kennen, durchaus der Tatsache bewußt, daß Schönheit und sexuelle Anziehungskraft Synonyme darstellen und daß nur der Geschlechtstrieb hin zur Gottheit beziehungsweise zur Schönheit führt. Um den Gott zu besitzen, muß man ihn durch sexuelle Begierde erwerben, und die sexuelle Inbesitznahme erfolgt im Klimax sexueller Ekstase; da sich jedoch der Augenblick höchster Lust nicht fortsetzen läßt, bedeutet ein solches Besitzen nichts anderes als die Vereinigung dieser Nicht-Dauer mit der Nicht-Dauer der Existenz des Objekts. Und das sicherste Mittel hierzu ist die Austilgung des Objekts im sexuellen Klimax; weshalb sich die Menschen dieses Landes mit der heitersten Selbstverständlichkeit dareinfinden, daß sexueller Besitz Mord und Kannibalismus im Gefolge hat. Im übrigen muß man es schlechthin als großartig bezeichnen, wie die in dieser Art sexuellen ›Besitzes‹ liegende Paradoxie sogar noch das Wirtschaftssystem des Landes beherrscht. Ausgehend von dem Grundsatz, daß Besitz soviel bedeutet, wie dasjenige zu töten, das man liebt, wird auch hier gleichzeitig mit dem Erreichen von Besitz ebendieser Besitz wieder getilgt, ist jeder dauerhafte Besitz ein Verstoß gegen die Liebe; das System des Privateigentums wird also vom Standpunkt der Liebe aus abgelehnt. Körperliche Arbeit ist nur insoweit gestattet, als sie den schönen Körper kultiviert, mithin sind die häßlichen Liebenden davon befreit: freilich ist die industrielle Produktion in diesem Land ohnehin völlig automatisiert, so daß Menschenkraft hierfür nicht nötig ist. Und Kunst? Nun, sie befaßt sich lediglich mit den unendlich variablen Inszenierungen auf jenen Tötungsbühnen sowie mit der Errichtung der Statuen für die schönen Toten. Bestimmt von der religiösen Perspektive, basiert alles auf einem sinnlichen Realismus; Abstraktion ist prinzipiell verpönt, wie es andererseits strengstens untersagt ist, das Alltagsleben in die Kunst einzubeziehen ... Sexuelle Begierde, um sich dem Schönen anzunähern; um dann jedoch dem Augenblick Dauer zu verleihen, die Erinnerung ... Damit ist, wie Ihnen einleuchten dürfte, das Fundament gegeben, auf dem das ›Land der Granatäpfel‹ beruht. Tatsächlich stellt Erinnerung die eigentliche Grundidee dar – Erinnerung sozusagen als Inhalt nationaler Politik. Das Kristallgleiche, das sich im Klimax sexueller Ekstase verkörpert, kristallisiert sich in der Erinnerung unaufhörlich weiter, und nach dem Tode des schönen Gottes wird so die höchste sexuelle Erregung aus der Erinnerung abrufbar. Das zu erreichen, dafür leben die Menschen im ›Land der Granatäpfel‹. Verglichen mit diesem himmlischen Juwel bedeutet, wird man sagen können, die körperliche Existenz des Menschen – des Liebenden wie des Geliebten, des Tötenden wie des Getöteten – lediglich das Mittel, um dahin zu gelangen. Es ist das nichts anderes als die diesem Lande zugrunde liegende Idee im Sinne des reinen Begriffs. Erinnerung als ausschließlich einziger Gegenstand unseres Geistes. Obgleich sich der Gott im Augenblick sexuellen Besitzes offenbart – erst im Verlaufe jenes zeitraubenden Prozesses, mit dem der Gott zum ›Erinnerten‹ und der Liebende zum ›Erinnernden‹ wird, kann der Gott wahrhaftig bezeugt, Schönheit nun wirklich erreicht und sexuelle Begierde zu einer Liebe geläutert werden, die sich vom Besitz löst. Weil dem so ist, sind Gottheit und menschliche Existenz zwar räumlich nicht getrennt, aber zeitlich gegeneinander verschoben. Dies ist der Kern des temporären Polytheismus. Verstehen Sie? Von ›Mord‹ zu sprechen, klingt grausam; indessen ist Mord der unumgänglich notwendige Schritt zur Reinigung der Erinnerung, und um Erinnerung zur feinsten und konzentriertesten Essenz zu destillieren. Außerdem, die häßlichen, krüppelhaften Bewohner des Landes sind noble Leute. Sind wahrhaftig zu bewundern. Meister in der Selbstverleugnung, leben sie in völliger Ich-Entleerung. Und da sie, getreu ihrer Rolle als Liebende gleich Tötende gleich Erinnernde und ohne eine Erinnerung an sich selbst, ihr Dasein allein in ehrfürchtigem Gedächtnis an den schönen Tod der Geliebten verbringen, da die Beschäftigung mit dieser Erinnerung zur einzigen Aufgabe ihres Lebens wird, ist das ›Land der Granatäpfel‹ – zugleich Land der Zedern, der schönen Andenken, der Trauerzeichen – das friedlichste und stillste Reich in der Welt, ein Reich der Rückbesinnung. Sooft ich dorthin komme, denke ich: Ah, eigentlich möchte ich nie wieder nach Japan zurück! Das Land fließt über von aller Süße und Zärtlichkeit, die Menschennatur haben kann. Es ist, wie ich finde, in Wahrheit das Land der Menschlichkeit und Eintracht. Schon wenn Sie bedenken, daß man dort nicht solche barbarische Gewohnheiten hat, das Fleisch von Rindern und von Schweinen zu verzehren.«

»Sagen Sie – man ißt dort Menschenfleisch? Aber welche Teile denn?« fragte Makiko offensichtlich aus Kurzweil.

»Nun, das wissen Sie ja wohl, auch ohne daß Sie danach fragen, nicht wahr?« erwiderte Imanishi in einem leisen, sanften Tonfall.

Amüsiert stellte Honda bei sich fest, wie überaus komisch es war, daß er, der ehemalige Richter, eine solche Unterhaltung gelassen hingehen ließ. Früher hätte er sich einen Menschen wie diesen Imanishi nicht im Traume vorzustellen vermocht. Der Gerichtspsychiater Lombroso würde hier gewiß für eine sofortige Entfernung aus der Gesellschaft plädiert haben.

Doch während ihm Imanishis sexueller Geschmack durchaus nicht behagte, ergab sich Honda anderen Phantasien. Angenommen, es wäre dies nicht Imanishis Hirngespinst: vielleicht, wer weiß, waren sie alle tatsächlich Bewohner eines von den Göttern gewollten Tausendjährigen Reiches des Sexus. Vielleicht war es ein Spiel auf der Bühne der Götter, wenn sie ihn, Honda, als den Erinnernden überleben ließen, Kiyoaki und Isao aber als die Erinnerten töteten. Andererseits hatte Imanishi erklärt, es gäbe keine Auferstehung. Nun, die Wiedergeburt im *Samsara* basierte auf einer der Auferstehung diametral entgegengesetzten Vorstellung; bestand ihre Eigenheit doch gerade darin, daß sie letztlich die Einmaligkeit des einzelnen Lebens verbürgte. Insofern jedenfalls, als hier von einer zeitlichen Verschiebung zwischen menschlicher Existenz und Gottheit die Rede war und von einer Begegnung mit der Gottheit lediglich in der Erinnerung, enthielt Imanishis Theorie durchaus etwas, das Honda zu einem Rückblick auf sein Leben und seine Reisen, zu unbestimmten Spekulationen verführte.

Und trotz alledem, was war das nur für ein Mensch!

Machte sich ein Vergnügen daraus, all die Finsternisse in sich absichtlich im Licht des Tages auszubreiten. Schon die gleichgültige Miene, mit der er von dergleichen sprach wie von anderer Leute Ausgeburten, bewies so recht sein ganzes Dandytum.

Honda, der lange genug in der Welt von Recht und Gericht gestanden hatte, besaß tief in seinem Inneren insgeheim eine Art gefühlsmäßiger Achtung vor dem Gesinnungstäter. In Wahrheit waren wirkliche Gesinnungstäter außerordentlich selten, und eigentlich konnte er sich nicht erinnern, daß er, außer Isao, je einem begegnet wäre.

Umgekehrt hegte er für den reuigen Verbrecher Gefühle, in die sich Abscheu und Verachtung mischten.

Auf welche Seite also würde Imanishi gehören?

Daß er je bereuen könnte, war nicht anzunehmen; aber auch der Adel des Gesinnungstäters ging ihm völlig ab. Bei seinem prahlerischen Versuch, die Verächtlichkeit des Geständigen mit seinem Dandytum zu bemänteln, war es ihm einfach darum zu tun, aus beidem, aus dem Geständnis wie aus dem Dandytum, Kapital zu schlagen. Ah, wie häßlich – so ein transparentes anatomisches Modell... Daß er sich trotzdem von Imanishi mehr oder weniger angezogen fühlte, ja, daß es einem gewissen Neid auf Imanishis »Mut« entsprungen war, wenn er ihn, wie er es getan, hierher ins Landhaus eingeladen hatte – das wollte sich Honda partout nicht eingestehen. Geschweige denn die Tatsache, daß er das, was er träumte, nicht etwa aus Stolz verbarg oder aus der Selbstsicherheit, ihm werde ein Absturz in die »Verächtlichkeit des Geständigen« schon nicht widerfahren, sondern weil er offenbar im Gegenteil die wie Röntgenstrahlen durchdringenden Blicke Imanishis fürchtete... Die bewußten eigenen Phantasien hatte Honda bei sich seine »Krankheit der Objektivierung« getauft. Es war die unterste, von Schaudern des Entzückens erfüllte Hölle, in die der ewig Unbeteiligte, der stets nur Erkennende fällt...

›Dieser Mann hat die Augen eines Fisches‹, dachte Honda, während er verstohlen das Profil Imanishis betrachtete, der, den Damen zugewandt, noch immer redete.

Um die Zeit, da die Sonne die Wolken links am Fuji-Berg verfärbt und zerrieben hatte, war es soweit, waren die Gäste endlich vollzählig versammelt.

Als die vier aus der Laube zum Haus zurückkehrten, machte sich der inzwischen eingetroffene Freund Keikos, ein amerikanischer Oberleutnant, bereits in der Küche nützlich; darauf er-

Frau Shinkawa war außerordentlich lebhaft.

Auch verspürte sie ein auf ihre alten Tage noch zunehmendes, nicht zu beschreibendes Verlangen, von sich selber zu reden; dabei vertrugen sich ihre Versuche, ein Publikum zu finden, tatsächlich ganz ausgezeichnet mit dem neuen Geist, wie er sich nach Aufhebung der Standesunterschiede entwickelte. Die Qualität ihrer Zuhörer war ihr noch nie ein Problem gewesen.

Sie sagte der Chansonsängerin Artigkeiten von einer Ehrerbietung wie gegenüber einem Mitglied des Kaiserhauses und durfte dafür ihre eigenen Geschichten ausbreiten. Sie feierte Kitō Makikos Gedichte in den höchsten Tönen, um sofort danach zu erzählen, wie einmal ein Engländer sie mit den Worten gepriesen habe: »Madam, Sie sind wahrhaftig eine Dichterin!« Und zwar habe jener Engländer sie deshalb so gelobt, weil sie, angesichts der Spätsommerwolken über Karuizawa, zu bemerken gewagt, das seien ja Wolken wie bei Sisley.

Als sie indessen zu ihrem Mann vor den Kamin trat, kam sie aus einer merkwürdigen Intuition heraus ebenfalls auf jene vor vierzig Jahren bei den Matsugaes abgehaltene Gartengesellschaft zurück und sagte: »Wenn ich es bedenke, waren das damals doch recht barbarische Zeiten: man gab ein teures Bankett und rief einige *Geishas* ins Haus – mehr fiel einem dazu nicht ein. Wenigstens insoweit, als dergleichen unzivilisierte Gebräuche verschwunden sind und die Ehepaare gemeinsam am gesellschaftlichen Leben teilnehmen, hat Japan gewisse Fortschritte gemacht. Ja, schau dich um! Die Damen auf dieser Party sind nicht mehr die Schweigsamen und Stummen. Die Konversation früher bei irgendwelchen Gartengesellschaften war von einer geradezu unerträglichen Langeweile; jetzt aber beteiligen sie sich doch alle am geistreichen Gespräch!«

Es war allerdings kaum anzunehmen, daß Frau Shinkawa, die es von nichts sonst zu reden verlangte als von sich selber, ihr Ohr auch nur eine Sekunde den Worten anderer geneigt hätte, ob heute oder vor vierzig Jahren.

Rasch wandte sie sich wieder vom Kamin ab, und als sie an einem Wandspiegel vorüberkam, warf sie einen kurzen Blick in das düstere Glas. Sie fürchtete keinen Spiegel. Was für Spiegel auch immer, sie waren für sie lediglich eine Art von Abfallkörben, in die sie ihre darin aufscheinenden Falten fallen ließ.

Jack, Oberleutnant in der Zahlmeisterei der Armee, arbeitete unentwegt. Vergnügt schauten die anderen dem überaus gutmütigen und ergebenen »Besatzer« zu. Das erzieherische Geschick Keikos, die ihn mit Würde zu lenken verstand, suchte seinesgleichen.

Manchmal streckte Jack von hinten her wie aus Übermut seinen Arm aus, um Keikos Brüste zu berühren, und Keiko, mit einem ruhigen, ein wenig bitteren Lächeln, ließ ihn gewähren, preßte die beringte, dichtbehaarte Männerhand noch fester auf ihren Busen.

»So ein Schäker, nicht wahr? Dieser Mensch ist wirklich unverbesserlich«, sagte sie in einem trockenen, zurechtweisenden Tonfall, während sie sich in der Runde umschaute. Jacks Gesäß in der Uniformhose wölbte sich zu mächtigen Rundungen, und die anderen Gäste blickten bald auf dieses, bald auf Keikos imposantes Hinterteil, um herauszufinden, welches das größere wäre.

... Die Tsubakiwara unterhielt sich noch immer mit Imanishi. Zu ihrem Erstaunen war sie hier zum ersten Mal einem Menschen begegnet, der ihren wohlgehüteten Kummer rundheraus für töricht erklären wollte.

»Wie sehr Sie sich auch abhärmen, Ihr Sohn wird nicht wieder lebendig. Aber davon einmal abgesehen: Sie finden es einfach beruhigend, den Luftballon Ihres Herzens stets so mit Kummer anzufüllen, daß nur ja nichts anderes eindringen kann. Sie blasen ihn – um es ein wenig unhöflicher zu formulieren – mit dem ständig zum Nachtanken bereitstehenden Gas eines hausgemachten Kummers auf, weil Sie es für ausgemacht halten, daß ihn niemand sonst für Sie aufblasen könnte. Auf diese Weise sind Sie zugleich die Sorge los, von fremden Emotionen bedrängt zu werden.«

»Nein, was sind Sie grausam! So mit mir zu reden!«

Aus dem Taschentuch hervor, in dem sie ihr Schluchzen verbarg, sah die Tsubakiwara zu Imanishi auf. ›Diese Augen‹, dachte er, ›sind wie die Augen einer jungen Unschuld, die darauf brennt, vergewaltigt zu werden.‹

Baufirmendirektor Murata hatte Shinkawa übertrieben hochachtungsvoll als den Senior der Finanzwelt angesprochen; diesen jedoch beeindruckte es keineswegs, von einem solchen Unternehmer als der »große Ältere« behandelt zu werden. Murata pflegte überall an den Baustellen der Firma seinen Namen in riesigen Schriftzeichen herauszustellen; noch die dürftigste Gelegenheit ließ er nicht aus, um für sich Reklame zu machen. Und gleichwohl gab es keinen, der vom Äußeren her weniger nach Baumeister aussah als er. Ja, seinem blassen, flachen Gesicht waren noch deutlich die Spuren einer Vorkriegs-Beamtenkarriere als Progressiver eingezeichnet. Kaum hatte der Idealist, der bis dahin immer von anderen abhängig gewesen war, einmal in seinem Leben aus eigener Kraft Erfolg gehabt, so war vor seinen Augen plötzlich der klare, freie Ozean des Banausentums aufgegangen. Er hatte die Tänzerin Fujima Ikuko zur Geliebten genommen; Ikuko trug einen mit Lackfäden durchwebten *Kimono,* an der Hand einen Ring mit einem fünfkarätigen Diamanten, und sie hielt auch beim Lachen den Rücken streng gestrafft.

»Übrigens, wirklich ein hübsches Haus, Herr Honda; aber wenn Sie mich mit dem Bau beauftragt hätten, ich hätte Ihnen einen weit niedrigeren Preis gemacht. Wie schade!« erklärte er Honda mindestens schon zum dritten Male.

Der Diplomat Sakurai und der Journalist Kawaguchi hatten Kyōya Akiko in ihre Mitte genommen und diskutierten internationale Probleme. Sakurais fischähnliche und Kawaguchis gealterte, vom Alkohol verwüstete Haut: ein prächtiger Kontrast von beruflicher Kühle und beruflicher Heißblütigkeit. Die Chansonsängerin, völlig unempfindlich für die von einer feinen Eitelkeit durchzogene Rivalität, mit der die Männer ihre bedeutsamen, halb für Damenohren bestimmten Debatten führten, hielt sich unterdessen eifrig an die Toastschnittchen, während sie bald auf den verwilderten weißen Schopf des einen, bald auf das allzu gepflegte schwarze Haar des anderen blickte. Die charmante Operation, mit der sie es zuwege brachte, die kleinen Schnittchen, ohne abzubeißen, in ihr wie zur Artikulation eines O geformtes Goldfischmündchen zu befördern, wurde lediglich von ihrem melancholischen Augenausdruck begleitet.

»Hören Sie«, sagte Kitō Makiko, nachdem sie sich eigens deswegen zu Imanishi bemüht hatte, »Sie haben einen seltsamen Geschmack!«

»Ach, muß ich etwa jedesmal um Erlaubnis bitten, wenn ich mit einer Ihrer Schülerinnen anbändeln will? Dabei ist mir zumute, als wäre ich im Begriffe, meine Mutter zu verführen; ich empfinde regelrecht eine Art heiligen Schauder. Nein nein, bei Ihnen würde ich mich hüten, das zu versuchen. Ihnen ist viel zu deutlich auf das Gesicht geschrieben, was Sie von mir denken. Ich bin nun einmal der Typ, der Ihnen sexuell den größten Ekel erregt.«

»Wie gut Sie das wissen!« erwiderte Makiko beruhigt und mit der bezauberndsten Stimme der Welt. Und nachdem sie einen Streifen Schweigen wie die schwarze Einfassung einer *Tatami*-Matte zwischen sich und ihn gelegt hatte, fuhr sie fort: »Aber selbst wenn es Ihnen gelingen sollte, sie zu verführen – die Rolle ihres Sohnes werden Sie nie spielen können. Dieser Frau ist niemand heiliger und schöner als der Tote, und allein seiner Göttlichkeit dient sie als Priesterin.«

»Ich weiß nicht recht. Mir scheint das alles höchst verdächtig. Es hat doch etwas von Blasphemie zu glauben, ein Lebender wäre imstande, reine Gefühle fortdauern zu lassen oder sie zu repräsentieren.«

»Ebendeswegen dient sie den reinen Gefühlen des Toten.«

»Jedenfalls kommt es bei ihr aus der Notwendigkeit, weiterzuleben. Und schon das genügt mir, um daran meine Zweifel zu haben.«

Vor lauter Ekel schloß Makiko halb die Augen und lachte. »Es gibt doch tatsächlich keinen einzigen Mann auf dieser Party«, sagte sie und ging, da eben in diesem Augenblick Honda nach ihr rief, zu ihm hinüber. Die Tsubakiwara saß, zur Seite geneigt, im Winkel einer Bank an der Wand und weinte. Vorm Fenster draußen die Nachtluft war eisig kalt, der Dunst an den Scheiben rann in Tropfen herab.

Honda wollte Makiko bitten, sie möge sich doch um Frau Tsubakiwara kümmern. Denn vielleicht waren das gar nicht die Wirkungen des erinnerten Schmerzes, sondern der kleinen Menge des genossenen Alkohols, und sie wäre also tränenselig betrunken gewesen.

Aber da kam Rie mit aschfahlem Gesicht angelaufen und flüsterte Honda ins Ohr: »Ich weiß nicht, es heult so komisch ... seit einer ganzen Weile schon ... draußen im Garten ... Kann sein, ich täusche mich.«

»Na, und? Hast du nachgesehen?«

»Nein, dazu war ich zu ängstlich.«

Honda trat an eines der Fenster und wischte mit den Fingern den Dunst von der Scheibe. Über dem Zypressenhain jenseits der noch winterlichen Wiese ging ein gespenstischer Mond auf. Mit langem Schatten hinter sich lungerte ein wildernder Hund umher. Blieb stehen, zog den Schwanz ein, und während sein helles Brustfell im Mondlicht aufschimmerte, stieß er ein kummervolles Geheul aus.

»Ist es das?« fragte Honda seine Frau.

Sie jedoch, nachdem die Ursache ihrer kindlichen Furcht geklärt war, mochte nicht sofort klein beigeben und setzte ein Lächeln auf wie ein hilflos herumtapsendes Huhn in der Mauser.

Als Honda genauer hinhörte, drang von weit hinter den Zypressen als Antwort das Geheul zwei oder drei anderer Hunde herüber, bald näher, bald ferner.

Es war ein Wind aufgekommen.

27

Spätnachts beobachtete Honda durch das Fenster seines Arbeitszimmers im Obergeschoß den Mond, der jetzt klein und fröstelnd über den Himmel zog. Prinzessin Mondglanz war nicht erschienen, dafür er in ihrer Vertretung.

Bei Ende der Party war es kurz vor zwölf gewesen. Diejenigen Gäste, die über Nacht blieben, hatten sich, nun im engeren Kreis, allmählich auf ihre Zimmer begeben. Im Obergeschoß befanden sich zwei für Gäste, daran schloß sich Hondas Arbeitszimmer an, und dahinter lag das Schlafgemach des Ehepaares. Rie ihrerseits hatte sich, sowie die anderen Gäste weggefahren waren, damit entschuldigt, daß sie sich vor Müdigkeit taub bis in ihre geschwollenen Finger fühle, und war ebenfalls schlafen gegangen. In seinem Zimmer allein geblieben, erinnerte sich Honda ihrer bis zu einem stumpfen Glänzen aufgedunsenen Handrücken, die sie ihm triumphierend vorgehalten hatte.

Ein innerlich angestauter Groll hatte sich nach außen aufgebläht, so daß die davon angehobene, weiße Haut keinerlei Konturen mehr besaß; seltsam unschuldig kindliche, rundlich weiche Handrücken, die er danach noch lange, wie seinen Lidern eingeprägt, zu sehen glaubte. Er hatte seine Frau anläßlich der Hauseinweihung zu einem festlichen Turnier herausgefordert; sie hatte sich ihm verweigert. Wenn er jetzt nicht abgewiesen worden wäre, was hätte sich daraus ergeben? Unter dieser subkutanen Fettschicht aus widerlicher Güte und Mitleid schien etwas trostlos Einsames dahinzutreiben.

Honda sah sich in dem nur des Scheins halber eingerichteten, nach westlicher Art und hell angelegten Arbeitszimmer um. Wenn er wirklich darin arbeitete, pflegten seine Arbeitszimmer so nicht auszusehen. Dann hatten sie vielmehr die undurchdringliche Unordnung des Lebendigen und den Geruch eines Vogelnests. Jetzt stand auf dem kunsthandwerklich aus einer einzigen Zelkova-Platte gefertigten Tisch säuberlich ausgerichtet eine Maroquingarnitur im englischen Stil, lagen in der Federschale mehrere Bleistifte, von ihm selbst sorgfältig gespitzt und so angeordnet, daß die in Gold eingepreßten, frisch leuchtenden Schriftzeichen wie die Kragenspiegel von Militärkadetten eine Reihe bildeten; ferner war da, eine Hinterlassenschaft seines Vaters, der bronzene Briefbeschwerer in Gestalt eines Krokodils sowie ein leerer Briefkorb aus geflochtenen Bambusspänen.

Wiederholt erhob er sich vom Stuhl, um an das Erkerfenster zu treten, an dem die Vorhänge nicht zugezogen waren, und die Scheiben blank zu wischen. Von der Wärme im Raum begann sich das Rund des Mundes rasch zu trüben und zu verzerren. Und er wußte, wenn er ihn nicht klar hielte, würden die Leere und der Ekel in seinem Herzen weiter anschwellen, würde sich diese ganze unförmige und düstere Geschwulst unmittelbar in fleischliche Begierde verwandeln. Lähmendes Entsetzen: zu erfahren, daß am Ende eines langen Lebens die Dinge so und nicht anders aussahen... Erneut setzte das Hundegeheul ein; die schmächtigen Zypressen im Hain knarrten im Wind.

Seit sich seine Frau im Nebenzimmer zur Ruhe begeben hatte, war geraume Zeit verstrichen. Honda löschte die Lampe und ging an das Bücherregal, das die Wand zum benachbarten Gästezimmer einnahm. Sacht zog er einige europäische Bücher heraus und stapelte sie auf dem Boden. Dies also war es, was er seine »Krankheit der Objektivierung« getauft hatte. Ein unwiderstehlicher Zwang, der ihn in dem Augenblick, da ihn das Übel überkam, dazu nötigte, alle ihm bisher Freund gewesene Gesellschaft in die Rolle des Feindes zu plazieren.

Aber warum? Nun, auch das war schließlich nur einer der vielen Aspekte des Menschen, wie er ihn in all den Jahren vom Richterpodium oder dann von der Verteidigerbank her »objektiv« in Augenschein genommen hatte. Wieso hatte jedoch jene Art des Beobachtens dem Recht entsprochen, während die, auf die er sich jetzt vorbereitete, gegen das Gesetz verstieß? Wieso war man dort dafür geehrt worden, während einen hier Tadel und Verachtung erwarteten? ... Angenommen, es wäre dies ein Verbrechen, so doch jedenfalls ein Verbrechen aus Vergnügen; und aus seiner Erfahrung als Richter kannte Honda durchaus auch ein von aller Ichsucht befreites, einfach heiteres Vergnügen. Ein solches Vergnügen war zugegebenermaßen dadurch geadelt gewesen, daß es den Pulsschlag nicht beschleunigt hatte. Wäre es also das Wesen des Verbrechens, daß es das Herz so rasen machte? Wäre das Privateste eines Menschen, wäre das Herzklopfen angesichts des bevorstehenden Genusses der entscheidende Faktor, der den Gesetzesbruch bewirkte? ...

Wie auch immer, dergleichen Überlegungen waren reine Vernünftelei. Als er die Bücher aus dem Regal zog, spürte Honda in seiner Brust ein Pochen, wie es, besser als ihm in seinem Alter, einem jungen Mann angestanden hätte, und er wurde sich so recht seiner schwachen, schutzlosen Existenz bewußt, die sich hiermit, allein und auf sich gestellt, gegen die Gesellschaft wandte. Die Fesseln, die ihn hoch in den Lüften gehalten hatten, sie lösten sich, der Absturz begann, unaufhaltsam wie der des Sandes im Stundenglas. Schon waren Gesetz und Gesellschaft zu seinen Gegnern geworden ... Hätte er etwas mehr Mut entwikkelt und dies nicht in seinem Arbeitszimmer, sondern im Winkel eines Parks praktiziert, in dem sich das junge Laub üppig hinspreizte, oder aber in einer von Finsternis umschlungenen Seitengasse im fleckig aus fremden Häusern fallenden Schein der Lampen – dann erst recht wäre er zu einem noch weit schändlicheren Missetäter geworden. ›Ja ja‹, hätten die Leute laut gelacht, ›vom Richter zum Anwalt, vom Anwalt zum Verbrecher!‹ Und: ›Da haben wir mal einen, der das Tribunal so liebt, daß er sein Leben lang nicht davon loskommt!‹

In dem von Büchern befreiten Stück Zwischenwand befand

sich ein kleines Loch. Die dämmrige, verstaubte Höhlung im Regal war gerade weit genug, um den Kopf hineinzustecken. Plötzlich erfüllte dieser Staubgeruch Hondas Brust mit der inbrünstigen Erinnerung an seine Kindheit, ließ die armseligen roten Funken seiner geheimen Knabenlüste noch einmal aufsprühen durch die Dunkelheit. Und all jene schwermütige Lasterhaftigkeit wurde ihm wieder lebendig, die er – das Kitzeln des blausamtenen Kragens der Bettjacke auf der Haut vermischt mit dem Klosettgeruch – in dem Augenblick gespürt, als er zum ersten Mal einen obszönen Ausdruck im Wörterbuch gefunden hatte. Gleich darauf entdeckte er jetzt in seinem Herzklopfen die allerdings läppischste Karikatur jenes vornehm erhabenen Herzklopfens, von dem, wie geschehen, einst Kiyoaki fortgerissen worden war. Immerhin gab es also wenigstens einen düsteren Verbindungsgang zwischen dem neunzehnjährigen Kiyoaki und ihm, dem achtundfünfzigjährigen Honda. Wenn er die Augen schloß, hatte er die Vorstellung, in der Dämmerung im Bücherregal flögen wie Mückenschwärme winzige, rote Partikel von Fleisch umher.

Im benachbarten Gästezimmer waren Makiko und die Tsubakiwara untergebracht, im dahinterliegenden Imanishi. Aber seit einiger Zeit hatte es sichere Anzeichen dafür gegeben, daß zwischen beiden Zimmern ein Hin und Her stattfand, war ein heimliches Öffnen von Türen, war ein Gewisper unterdrückter Stimmen zu hören gewesen, aus dem wie das Aufklatschen auf eine Wasserfläche ein herrisches Zurechtweisen herausklang. Manchmal verstummte es, dann wieder begann es von neuem. Irgend etwas war wie ein fallender Mah-Jongg-Stein dabei, über eine Schräge in noch tiefere Nacht hinabzurollen.

Soviel stand fest. Aber was Honda zu sehen bekam, ging weit über alle Vermutungen hinaus.

Im Nachbarzimmer standen, parallel zur Wand mit dem Guckloch, zwei Betten. Das Bett unmittelbar darunter war schwer auszumachen, doch das entferntere konnte er voll übersehen. Dunkel freilich war es auch, da lediglich am Kopfende die Lampe brannte.

Zu Hondas Entsetzen kam seinen spähenden Blicken in gleicher Höhe ein im Dämmerlicht weitaufgerissenes Augenpaar entgegen. Tatsächlich waren das Makikos Augen.

Sie saß in ihrem weißen Nacht-*Kimono* auf dem hinteren Bett. Das Gewand war vorn straff übereinandergelegt, und während ihr von der Seite beleuchtetes, silberweißes Haar eher verschwamm, hatte das abgeschminkte Gesicht deutlich die kalte, klare Helle von einst. In den Schulterrundungen zwar machte sich das zur Fülle neigende Alter bemerkbar; besonders aber die regelmäßig atmende Brust ließ eine nicht im mindesten erschütterte Vitalität erkennen. Makiko erschien gleichsam wie das in Weiß gekleidete Wesen der Nacht. Als sähe er, hatte Honda das Gefühl, den Fuji im Mondlicht vor sich. Und war der Fuß des Berges unter den weichen Falten der blaugestreiften Decke vergraben, so hatte Makiko ihren Schoß halb damit verhüllt und die eine Hand nachlässig auf der Decke liegen.

Makikos Augen, von denen er zunächst gefürchtet, sie hätten seine spähenden Blicke gewahrt, waren jedoch keineswegs dem Guckloch zugewandt. Sie sahen nach unten, sie starrten unbeweglich auf das Bett an der Wand.

Andererseits hätte man, nur aus ihren Augen schließend, meinen können, sie sinne, fest auf einen Fluß unmittelbar unter sich blickend, über einem Gedicht. Es wäre das der Zeitpunkt, da der Geist, weil er ein eben entdecktes, von Leben überschäumendes Chaos zu fixieren trachtet, sozusagen die Augen des Jägers bekommt, der den Pfeil einlegt. Was allein natürlich noch nicht hindert, jemanden für einen Menschen edler Denkungsart zu halten.

Aber Makiko sah unter sich weder einen Fluß noch Fische. Vielmehr im Dämmerlicht auf einem Bett sich windende menschliche Gestalten. Honda reckte den Kopf in die Höhe, bis er mit dem Schädel an den oberen Boden des Regals anstieß, um mit einem Blick schräg durch das kleine Guckloch zu erkennen, was sich auf dem Bett vor der Wand ereignete. Bleiche, ausgezehrte Männerschenkel umschlangen die Schenkel einer Frau. Unmittelbar unter sich konnte Honda die Stelle ausmachen, an der sich die nicht gerade von Lebensfülle strotzenden, ja, ermatteten Körper mit der sanften Bewegung von Wassertieren ineinandersenkten. Von ihnen ausgehend verbreitete sich ein schweißiger Schimmer durch das Dunkel; zwei feuchte Dikkichthügel, begehrlich und begehrt zugleich, offenkundig traktierend und doch von einem ernsten Schauder begleitet, berührten sie sich bald, bald trennten sie sich wieder; und der weiße Unterleib der Frau, soweit ihn der Lichtschein erreichte, wirkte dabei in Hondas Augen so sittsam und wohlanständig, als wäre zwischen die beiden ein Blatt Papier eingeschoben.

Imanishi freilich hatte mit der ganzen Impertinenz der Schamlosigkeit seine erbärmlichen Intellektuellenschenkel darüber auseinandergetan. Das alles war von derselben Art wie seine wortreichen Darlegungen: nichts als flüchtige Phantastereien, diesmal ausgedrückt in dem Erzittern, das, einem freudlosen Wellengekräusel vergleichbar, durch seine flachen, ein mageres Steißbein entblößenden Hinterbacken lief. Imanishis Mangel an Ernsthaftigkeit konnte Honda wütend machen.

Verglichen damit war der Tsubakiwara, war ihren einzelnen Seufzern die Aufrichtigkeit nicht abzusprechen. Als er die Blickrichtung ein wenig änderte, sah Honda, wie sie die Hand nach Imanishis Haar ausgestreckt hatte und sich verzweifelt daran festhielt wie eine Ertrinkende . . . Schließlich rief sie den Namen ihres Sohnes. Aber mit gequälter, ersterbender Stimme. »Akio . . . Akio . . . verzeih mir!«

Ihre Worte gingen in einem Schluchzen unter, das Imanishi allerdings nicht im geringsten rührte.

Plötzlich begriff Honda das Feierliche und zugleich Widerwärtige der Situation, und er biß sich auf die Lippe. Ihm war klargeworden: Ob auf Makikos Geheiß oder nicht – es war in dieser Nacht nicht zum ersten Mal, daß die Tsubakiwara vor Makikos Augen (und nur vor den ihren!) diese offensichtliche Kasteiung betrieb. Ja, wahrscheinlich machte ebendies das eigentliche Wesen dessen aus, was die Meisterin Makiko und die Schülerin Tsubakiwara miteinander verband: hier die Hingabe, dort die Verachtung.

Honda sah wieder zu Makiko hinüber. Gelassen hatte sie, während ihr silbern leuchtendes, weißes Haar verschwommen zu schweben schien, den Blick nach unten gerichtet. Mochten sie auch von verschiedenem Geschlecht sein – Honda ahnte, daß Makiko und er demselben Menschenschlag angehörten.

28

Da auch der folgende Tag klar und heiter war, unternahmen die Hondas, zusammen mit den drei über Nacht gebliebenen Gästen sowie der Nachbarin Keiko, auf zwei Wagen verteilt eine Ausfahrt zum Sengen-Schrein in Fuji-Yoshida. Nach dem Schreinsbesuch gedachten alle, mit Ausnahme Keikos, nach Tōkyō zurückzukehren, weshalb man also das Landhaus abschloß. Als er den Schlüssel herumdrehte, überkam Honda das bange Gefühl, in ihrer Abwesenheit könnte Ying Chan hier auftauchen; indessen war dies doch recht unwahrscheinlich.

Gerade an diesem Morgen hatte Honda in der »Blütenlese aus Dichtungen unseres Reiches«, einem Geschenk Imanishis, zu blättern begonnen. Natürlich war ihm an der Lektüre des von Miyako no Yoshika verfaßten »Tagebuchs vom Fuji-Berg« gelegen gewesen, und so hatte er Imanishi gebeten, ihm die aus der höfischen Zeit stammende Sammlung zu besorgen.

»Der Fuji-Berg liegt im Lande Suruga. Sein Gipfel, gleichsam wie abgespant, türmt sich in klaren Linien aufwärts bis in den Himmel hinein.« Beschreibungen dieser Art waren nicht eben interessant; aber dann kam eine Passage wie die folgende: »Am fünften Tag im elften Monat des Jahres Jōgan siebzehn (das ist: 875) begingen, so berichtet uns ein Greis, Beamtenschaft und Volk ein seit alters gefeiertes Fest. Die Sonne stieg zum Mittag hinan, das Firmament war von einer ungemein schönen Helle. Als man den Kopf erhob und hinaufblickte zum Gipfel des Berges, waren dort zwei schöne Jungfrauen in weißen Gewändern, die tanzten miteinander über der höchsten Spitze des Berges. Mit den Leuten seines Dorfes, so der Greis, habe er gesehen, daß sie mehr als einen Fuß darüber geschwebt.« Diese Stelle war Honda von früher her dunkel im Gedächtnis haftengeblieben; nur hatte er später nie Gelegenheit gehabt, sie wieder nachzulesen.

Daß der mancherlei Augentäuschungen verursachende Fuji an einem klaren Tag dergleichen Trugbilder entstehen ließ, war durchaus nicht ungewöhnlich. Konnte man doch häufig beobachten, wie der sanfte Hangwind droben am Gipfel in einen heftigen Sturm umschlug und den Schneerauch zum blauen

Himmel aufwirbelte. Und es war schon denkbar, daß dieser Schneerauch in den Augen der Leute aus der Gegend zufällig so gewirkt hatte, als wären da zwei schöne Frauengestalten.

Der Fuji besaß zwar so etwas wie eine kühle Bestimmtheit; doch gerade durch sein exaktes Weiß und seine Kälte gab er allen nur möglichen Gesichten Raum. Kälte rief letztlich Schwindelgefühle hervor, so wie es einem ja auch am Ende der Vernunft zu schwindeln beginnt. Da von allzu ebenmäßiger Form, besaß der Fuji etwas übernatürlich Erhabenes, das gewissermaßen von einer undefinierbaren Sinnlichkeit war, während er andererseits etwas Begrenztes hatte. Zu sagen, an dieser seiner Begrenzung habe man zwei weißgewandete Schöne tanzen gesehen, klang daher keineswegs so unwahrscheinlich.

Daß es zu alledem die weibliche Gottheit Konohanasakuyahime, die »Schöne der entfalteten Baumblüte« war, die im Sengen-Schrein verehrt wurde, verlockte Honda erst recht.

Sie fuhren in zwei Wagen, die Tsubakiwara mit Makiko und Imanishi in dem ihren, Honda mit seiner Frau und Keiko in einem Mietwagen, den er für die Rückfahrt nach Tōkyō angefordert hatte. Diese Verteilung hatte sich ganz zwanglos ergeben; doch Honda behielt eine Spur Bedauern zurück: er hatte sich insgeheim gewünscht, neben Makiko zu sitzen. Schulter an Schulter im Wagen, hätte er gern noch einmal in ihre Augen, jene wie abschußbereite Pfeile scharf blickenden Augen gesehen.

Die Fahrt nach Fuji-Yoshida war nicht sehr bequem. Die Staatsstraße, die von Subashiri her den Kagosaka-Paß überquerte, um danach am Yamanaka-See entlang der Route der alten Kamakura-Straße nordwärts zu folgen, bestand überwiegend aus ungepflasterten, steilen Bergstrecken; genau auf der Höhe des Kagosaka-Passes kreuzte sie die Grenze zur Präfektur Yamanashi.

Während er Keiko und Rie, die nebeneinandersaßen, ihrem Gespräch von Frau zu Frau überließ, blickte Honda eifrig wie ein Kind zum Fenster hinaus. Daß Keiko mitgekommen war, trug erheblich dazu bei, ihn vor Ries Gejammere zu schützen. Rie war inzwischen in einem Zustand wie eine Bierflasche, die überschäumt, sobald erst die Kappe abgerissen ist. Seit dem Morgen hatte sie gegen eine Rückkehr nach Tōkyō mit dem Wagen geredet und erklärt, schon in ihrer Kinderzeit habe sie eine solche lange, dazu sinnlose und völlig überflüssige Autofahrt nicht vertragen.

Und nun in ihrer Unterhaltung mit Keiko war dieselbe Rie auf einmal sanftmütig, ja liebenswürdig.

»Wegen Ihrer Nieren brauchen Sie nichts zu befürchten«, sagte Keiko geradeheraus.

»Meinen Sie? Ach, wenn Sie das sagen, wird mir gleich wohler. Seltsam, nicht wahr? Wenn man mich wie mein Mann so ostentativ, dabei unaufrichtig bemitleidet und umsorgt, macht mich das nur nervös.«

Natürlich pflegte Keiko, möglicherweise aus Taktgefühl, nie ein Wort für Honda einzulegen.

»Er gehört nun einmal zu denen, die sich auf Vernunftgründe verstehen und auf nichts sonst. Was kann man dagegen tun?«

Nachdem sie die Präfekturgrenze überquert hatten, zeigte sich die Nordseite des Berges noch völlig von Schnee bedeckt. Überfroren und wellig eingesunken, hatte er ein flach eingeschnittenes Zickzackmuster wie eine Schlangenhaut bekommen. Ähnlich der Haut auf Ries Handrücken, wenn die Schwellung zurückgegangen war.

Für den Augenblick war Rie, wie Honda fand, durchaus erträglich. Dabeizusein, wenn zwei Frauen (und eine davon die seine!) so über ihn lästerten, daß er es hören mußte, gab ihm vorübergehend ein Gefühl des Behagens.

Jenseits des Kagosaka-Passes waren allerorten Reste von Schnee liegengeblieben; in den gelichteten Wäldern am Yamanaka-See schien er, verharscht, wie Kreppseide den Boden zu überziehen. Die Kiefern waren leicht vergilbt, nur das Wasser des Sees leuchtete in einer heiteren Farbe. Die weiße Haut des rückwärts sichtbaren Fuji, Ursprung all der Helle, die diese Gegend erfüllte, glänzte wie mit Öl bestrichen.

Als sie den Sengen-Schrein erreichten, war es halb vier am Nachmittag. Bei einem Blick auf die drei, die aus dem anderen Wagen, einem schwarzen Chrysler, stiegen, überkam Honda das unheimliche Gefühl, er sähe aus einem schwarzen Sarg Tote wiederauferstehen. Am Morgen, vor den Augen aller, hatten die drei zwar die Spuren der vergangenen Nacht sorgfältig getilgt; aber die ganze Zeit über auf engem Raum eingepfercht zu sein, mußte die in der Erinnerung zurückgehaltene Erbärmlichkeit aufs neue hochgespült haben, gleichsam ein Fall von Bauchwassersucht, die, wie oft auch punktiert, nie ganz zu beseitigen ist. Wie vor Verlegenheit blinzelten die drei angesichts der blendenden Helle des Schnees, der dort, wo sie ausstiegen, am Straßenrand lag. Makiko trotz allem mit gestrafften Schultern; Imanishis Haut hingegen, bleich und abgespannt, ekelte Honda an. Schließlich hatte dieser Mann die tragische Schönheit einer erotischen Vision, von der er selbst tags zuvor vor aller Ohren gesprochen hatte, durch seine würdelose Art befleckt, und nun machte er nach alledem noch den Versuch, dies zu verbergen.

Aber Honda hatte es ja gesehen. Der Beobachter und der unbemerkt Beobachtete waren bereits an der Grenzscheide ihrer beiden so gegensätzlichen Welten aufeinandergetroffen. Makiko blickte an dem riesigen, steinernen *Torii* hinauf, an dem auf einer Steintafel die Schriftzeichen »Fuji-Berg« eingehauen waren; sie holte wieder ihr zur Niederschrift von Gedichten benutztes Notizbuch hervor und zückte den mit einer lila Schnur daran befestigten, schmalen Bleistift.

Einander stützend, gingen die sechs den aufgeweichten Weg zum Schrein hinan. Die durch die Bäume fallende Sonne ließ stellenweise den Schnee feierlich erglänzen. In den Wipfeln der uralten Zedern, von denen unaufhörlich die braunen Nadeln auf die Schneepolster niederrieselten, hatte sich das Licht wie ein Nebel eingenistet, und manche Zweige erschienen wie langgestreckte, grüne Wolkenbänke. Am Ende des Zugangsweges war ein von Schnee umgebenes rotes *Torii* zu erkennen.

Diese Vorausdeutung auf ein Göttliches lenkte Hondas Erinnerung plötzlich auf Iinuma Isao. Dann blickte er wieder zu Makiko hinüber. Und ihm war, als hätte Makiko, nun unter dem Einfluß dieses Göttlichen, jenen mitternächtlichen Augenausdruck auf einmal verloren. Von diesen veränderlichen Augen also war Isao geliebt, möglicherweise – aber wer wußte das zu sagen! – auch getötet worden.

Keiko, nie und durch nichts aus der Fassung zu bringen, hatte eine großzügige Art, die Dinge auf einen allgemeinen Nenner zu bringen: »Oh, wie schön! Einfach prachtvoll, finde ich. Und so japanisch!«

Eine Feststellung, die etwas derart Endgültiges hatte, daß sich

Makiko mit einem einigermaßen gereizten Ausdruck zu Keiko umwandte. Was Rie ihrerseits aus der Distanz und mit dem Gefühl beobachtete, diesmal sei es wohl schicklicher, der anderen den Triumph zu überlassen.

Den Weg zum Schrein nur schwankend Schritt um Schritt zurücklegend, machte die Tsubakiwara ganz den Eindruck eines mit nassem Gefieder kummervoll dahinstelzenden Kranichs, wehrte aber Imanishi, der sie stützen wollte, gelassen ab und vertraute sich lieber Hondas Arm an. An Gedichte zu denken, dazu war sie nicht in der richtigen Verfassung.

Ihr Schmerz war zu rein, um nur vorgetäuscht zu sein, und Honda fühlte sich, mit einem Blick auf ihr geneigtes Gesicht, davon schon innerlich gerührt, als er plötzlich den Augen Makikos begegnete, die von der anderen Seite her auf das Profil der Tsubakiwara gerichtet waren. Makiko hatte in dem vom Widerschein des Schnees angeleuchteten Gesicht der Betrübten wie stets etwas Lyrisches entdeckt. Und damit beendete sie ihr Gedicht.

Sowie sie die Heilige Brücke erreichten, an der der Weg hinauf zum Fuji-Gipfel abzweigte, meinte, noch mit einem Schwanken in der Stimme, die Tsubakiwara zu Honda: »Seien Sie mir nicht böse. Aber bei der Vorstellung, daß es sich hier um den Fuji-Schrein handelt, ist mir, als käme mir Akio lachend entgegengelaufen ... Er hat diesen Berg ja so geliebt.«

Ihr Leidenszustand hatte etwas sonderbar Leeres: als wehte, wie der Wind nach Lust und Laune durch eine verlassene Laube bläst, die Trauer ungehindert durch diese innerlich völlig leere Frau. Und das in einer seltsamen Stille. Ihre von Haarsträhnen überdeckten, ausgetrockneten Wangen, verwüstet wie die einer Besessenen, nachdem der tobende Geist gewichen, schienen durchlässig geworden wie Japanpapier. Sahen aus, als ginge die Trauer leise durch sie ein und aus. Gleichsam wie der Atem.

Im Anblick dieser Gestalt vergaß Rie ihre eigene Krankheit, sie begann sich wie die Gesundheit selber zu benehmen. Und wenn Honda der Verdacht überkam, all die Leiden seiner Frau könnten nur vorgetäuscht, auch die Schwellungen eine bloße Fiktion sein, so in solchen Augenblicken.

Die Gruppe gelangte schließlich zu dem nahezu zwanzig Meter hohen, rotlackierten *Torii*, trat durch dieses hindurch und traf vor dem roten, zweistöckigen Haupttor auf die von großen Haufen schmutzigen Schnees umgebene *Kagura*-Halle. Das für den Göttertanz bestimmte offene Gebäude war an drei Seiten mit dem geweihten Strohseil behängt; aus den hohen Zedernwipfeln herabfallend, ließ ein einzelner klarer Sonnenstrahl die papierenen Votivstreifen auf dem rohhölzernen Erstlingsopfertisch aufleuchten, der auf den Dielbrettern stand. Vom Blinken des Schnees ringsum war die Halle bis hinauf zur Gitterwerkdecke erhellt; doch der auf den Votivstreifen liegende Strahl fiel besonders in die Augen, und zudem zitterten die vornehm wirkenden Streifen in dem leichten Wind.

Eine Sekunde lang erschien Honda dieses reine, weiße Papier wie lebendig.

Die Tränen der Tsubakiwara überschwemmten jetzt alle Dämme. Doch versetzte ihr Jammergeschrei keinen mehr in Erstaunen.

Kaum hatte sie die Votivstreifen erblickt, als sie, wie von Furcht gepackt, hinüber vor die rotlackierte, von geschnitzten Wächterlöwen und Drachen flankierte Haupthalle lief, um dort, die Stirn bis tief auf den Boden geneigt, in laute Klagerufe auszubrechen.

Honda fand es inzwischen durchaus verständlich, daß ihre Trauer auch so lange nach dem Krieg in keiner Weise zu stillen war. Hatte er doch als Augenzeuge jenes Mysterium miterlebt, das, wie in der vergangenen Nacht, ihren Schmerz immer wieder erneuerte.

29

Tags darauf kam in Hondas Abwesenheit ein Anruf von Keiko aus Ninooka. Rie lag in ihrem Haus in Hongō, von der Party erschöpft, zu Bett, ging aber, als sie hörte, daß es Keiko war, an den Apparat.

Es handelte sich darum, daß Ying Chan heute allein in Gotemba erschienen war. »Als ich den Hund ausführte, ging vor dem Tor Ihres Hauses eine junge Dame auf und ab. Irgendwie wirkte sie unjapanisch, und ich sprach sie an, woraufhin sie antwortete: ›Ich bin eine Thailänderin.‹ Ich fragte sie weiter, und sie erzählte, Herr Honda habe sie eingeladen, doch sei sie an jenem Tag leider verhindert gewesen und jetzt in der Hoffnung, man wäre noch da, herausgekommen. Erstaunlicherweise wirkte sie sehr gelassen. Aber nachdem sie ganz allein diese Fahrt unternommen hatte, hätte es mir leid getan, wenn sie sofort wieder umgekehrt wäre. So lud ich sie zu mir auf einen Tee ein und brachte sie dann zum Bahnhof. Eben bin ich von dort zurück. Sie sagte, sobald sie wieder in Tōkyō sei, wolle sie sich bei Herrn Honda entschuldigen. Telefonieren, meinte sie, mag sie nicht; am Telefon japanisch zu sprechen, das mache ihr Kopfschmerzen. Wirklich ein süßes Ding, pechschwarzes Haar und so große Augen ...«

Als sich Keiko damit die Sache von der Seele geplaudert hatte, bedankte sie sich noch einmal für die Party. Für diesen Abend erwarte sie den bewußten amerikanischen Offizier mit einigen Kameraden zum Pokern bei sich; oh, da müsse sie noch einiges vorbereiten, setzte sie hinzu und hängte auf.

Bei Hondas Heimkehr berichtete ihm Rie ausführlich den Inhalt des Anrufs. Honda hörte mit einem offensichtlich verwirrten Gesicht zu. Daß er in der Nacht zuvor von Ying Chan geträumt hatte, offenbarte er seiner Frau natürlich nicht.

Ein Vorteil seines Alters war die Fähigkeit zu unbegrenzter Geduld. Andererseits, er hatte Verpflichtungen, hatte dies und jenes zu tun und konnte unmöglich die ganze Zeit über zu Hause darauf warten, daß Ying Chan ihn plötzlich besuchte. Zwar hätte er vielleicht den Ring seiner Frau dalassen können, doch gerade den wollte er gern persönlich überreichen, und so trug er ihn in der Innentasche seines Jacketts ständig bei sich.

Etwa zehn Tage darauf meldete ihm Rie, Ying Chan habe ihm in seiner Abwesenheit aus nicht näher erkenntlichem Grund einen Besuch abstatten wollen. Sie, Rie, sei gerade im Begriff gewesen, zur Trauerfeier für eine alte Klassenkameradin und entsprechend gekleidet auszugehen, als sie Ying Chan erblickt habe, wie sie zum Tor hereingekommen.

»War sie allein?« fragte Honda.

»Ja, es schien so.«

»Die Ärmste! Das nächste Mal sollte ich von mir aus etwas verabreden, vielleicht sie zum Essen einladen.«

»Na, ob sie da kommen wird?« meinte Rie mit einem leisen Lächeln.

Da er ahnte, daß eine telefonische Verabredung Ying Chans Gefühle belasten würde, setzte Honda einfach einen Tag fest und schickte ihr eine Karte für das Shimbashi-Theater, es ihr überlassend, ob sie kommen wollte oder nicht. Dort gastierte eben das *Bunraku*-Puppentheater; und wenn er ihr die Nachmittagsvorstellung gezeigt hätte, könnten sie auf dem Rückweg in dem erst kürzlich wieder in japanische Hände zurückgekehrten Imperial Hotel zu Abend essen.

Auf dem Nachmittagsprogramm standen »Die Rebellion am Kagami-Berg« und »Der Affenführer von Horikawa«; und keineswegs mehr verärgert darüber, daß Ying Chan auch nach langem Warten nicht erschien, hörte sich Honda in aller Ruhe und allein die Szene »Im Frauengemach« an. In der langen Pause vor der »Horikawa«-Aufführung ging er hinaus in den Garten. Es war ein schöner, heiterer Tag, und viele der Zuschauer taten desgleichen, um draußen Luft zu schöpfen.

Honda fand es bewundernswürdig, wie gut gekleidet man heutzutage wieder einen solchen Ort aufzusuchen pflegte. In den zurückliegenden Jahren war das ganz anders gewesen. Gewiß, es befanden sich viele *Geishas* unter den Zuschauern; aber auch sonst hatten die *Kimonos* der Damen nichts mehr, das an die Brandruinen erinnerte, sondern waren von einer eher aufwendigen Pracht, wie überhaupt jetzt in der Nachkriegszeit der Geschmack bei alt und jung eine so deutliche Wendung zum Auffälligen genommen hatte, daß man versucht war, hier eine noch üppigere Farbenfülle zu konstatieren als einst bei den Besuchern des Teigeki-Theaters in der Taishō-Zeit.

Gegenwärtig wäre Honda, hätte er es gewollt, durchaus in der Lage gewesen, sich unter solchen *Geishas* die schönste und jüngste auszusuchen und ihr Patron zu werden. Die Freude, ihr zu kaufen, was sie sich wünschte, ihre leise, der Frühlingswolke vergleichbare Koketterie, ihre Füße in den faltenlos weißen, wie einem *Kimekomi*-Puppenkörper so meisterlich angepaßten *Tabi*-Socken – dies alles wäre sein. Indessen sah er voraus, wie dergleichen enden würde. Eingeengt vom goldenen Reif der Lust, würde das Wasser überkochen, und die aufwirbelnde Asche des Todes würde ihm den Blick verschleiern.

Der Reiz dieses Theaterbaus lag darin, daß der Garten auf den Fluß hinausging und daß im Sommer der Wind vom Wasser her Kühlung brachte. Der Fluß freilich floß nur träge; langsam zogen die Leichter, trieben die Abfälle darauf hin. Honda konnte sich noch jetzt deutlich an die Flüsse Tōkyōs im Kriege erinnern: wie sie, nachdem die Schornsteine der Fabriken aufgehört hatten zu rauchen, so unheimlich klar gewesen waren, daß man die unzähligen Toten, die Opfer der Bombenangriffe, darin hatte schweben sehen, und sich ein Himmel auf dem Wasser gespiegelt hatte von einem so unwirklichen Blau wie in der Stunde des Sterbens. Die schmutzige Flußfläche jetzt hingegen zeugte von Prosperität.

Zwei *Geishas,* kurze *Haori*-Jacken über ihren *Kimonos,* lehnten an der Balustrade und genossen die frischere Brise über dem Fluß. Die eine trug einen breiten Nagoya-*Obi* mit einem offenbar handgemalten Motiv aus dunkelstengligen, reinweißen Kirschblüten, darunter einen wie Haifischhaut gemusterten *Kimono* mit hier und da verstreuten, fallenden Kirschblütenblättern; sie war klein von Gestalt, hatte aber ein volles und weiches Gesicht. Die andere hingegen zeigte in jeder Hinsicht einen Hang zum auffällig Prunkvollen, und ein ironisches Lächeln lag zwischen ihrer ein wenig zu langen Nase und den dünnen Lippen. Die beiden plapperten unausgesetzt, wobei sie einander immer wieder mit einem übertriebenen Erstaunen zunickten, während von den langen, mit einem Goldmundstück versehenen Importzigaretten, die sie zwischen ihren Fingern hielten, ruhige und auch nicht im geringsten von diesem Erstaunen erzitternde Rauchfäden aufstiegen.

Nach einer Weile bemerkte Honda, daß die Blicke der beiden Frauen dann und wann zum anderen Ufer hinüberglitten. Das ehedem Kaiserliche Marinehospital dort drüben, davor noch immer das Standbild des großen Flottenführers, war jetzt ein amerikanisches Militärlazarett und mit Verwundeten aus dem Koreakrieg belegt. Hell schien die Frühlingssonne auf die halb aufgegangenen Kirschblüten im Vorgarten, unter denen junge US-Soldaten zu erkennen waren, die in Rollstühlen geschoben wurden; daneben andere, die an Krücken humpelten oder, den Arm in einem weißen Dreiecktuch, spazierengingen. Kein fröhlicher Zuruf, den beiden schönen *Kimono*-Damen zugedacht, erscholl über den Fluß herüber, kein für die GIs so typischer scherzhafter Pfiff. Wie eine sich nur dem Auge darbietende Szenerie aus einer anderen Welt, mit den vielen, sich absichtlich teilnahmslos gebenden Figuren der jungen, in ihren Bewegungen unsicheren Verwundeten besetzt, lag das von der Nachmittagssonne merkwürdig klar erleuchtete drübige Ufer in vollkommener Stille da.

Die beiden *Geishas* kosteten diesen Gegensatz offensichtlich aus. Selbst unter weißer Schminke und Seide verborgen, den Körper in eine verführerisch einladende Frühlingsmattigkeit getaucht, erteilten sie den Wunden und Leiden jener Fremden, ihren abgerissenen Beinen und Armen, den Segen. Denen, die doch bis gestern die Sieger gewesen . . . Solch zärtliche Bosheit und exquisite Heimtücke war nun einmal ihre Natur.

Honda als der unbeteiligte Beobachter empfand durchaus das Schillernde in dem Kontrast zwischen den beiden Ufern. Da drüben die Soldaten, einst Angehörige der Besatzungsarmee, die in den vergangenen sieben Jahren die Kontrollmacht Japans gewesen, sie waren nun das in Stücke gehauene männliche Geschlecht: verdreckt, blutig, elend, verletzt in seinem Stolz, irreparabel von Unglück betroffen, tränenüberströmt und sich in Schmerzen windend; und hier hingegen die Frauen des besiegten Landes: vom Blut profitierend, das die einstigen Sieger vergossen, nährten sie ihre Maden aus dem Schweiß und aus den Wunden der Männer, breiteten wie die riesigen Phönixfalter ihre schwarzen *Haori*-Flügel und trugen prunkend ein bis zur Verschwendung verfeinertes weibliches Geschlecht zur Schau. Doch auch der Wind über dem Fluß vermochte keine Kopulation zu bewirken, und es ließ sich leicht nachfühlen, welche Grausamkeit für die amerikanischen Männer in der Vorstellung lag, daß sie für das triumphierende Aufblühen einer solch verlockenden Süße, die ihnen unerreichbar bleiben mußte, für eine so herzlos vorgezeigte Herrlichkeit geblutet haben sollten.

»Man möchte es einfach nicht glauben«, erreichte die Stimme der einen Hondas Ohr.

»Scheußlich! Ich kann gar nicht hinsehen. Ausländer sind ohnehin so groß; da wirken sie in dem Zustand um so erbärmlicher. Aber schließlich haben wir auch Übles durchgemacht; also sind wir quitt.«

»Nun ja, das ist eben der Fluch der bösen Tat«, meinte die eine der beiden kaltblütig. Und dabei blickten sie mit wachsendem Interesse auf das andere Ufer hinüber, einem Interesse, das, auf dem Höhepunkt angekommen, plötzlich zu schwinden schien; aber es war nur, weil sie beide und fast gleichzeitig jetzt ihre Puderdosen aufklappten, schräg in den Spiegel spähten und sich mit der Quaste die Nase betupften. Der streng duftende Puder, von der Flußbrise aufgewirbelt, stäubte über die *Haori*-Säume, erreichte sogar noch die Ärmelöffnungen von Hondas Jackett. Die kleinen, vom Puder ein wenig behauchten Spiegel ließen, wie er bemerkte, stumpfe Lichtreflexe wie von tanzenden Ameisenjungfern über die Stauden zu seinen Füßen huschen.

In der Ferne erklang das Klingelzeichen zum Pausenende. Was nun noch kam, war lediglich der eine Akt aus dem »Horikawa«. Als er in der Überzeugung, sie werde wohl doch nicht mehr kommen, seine Schritte in das Innere des Theaters lenkte, hatte Honda die Empfindung, daß er Ying Chans wundersame Abwesenheit geradezu sinnlich genoß. Er stieg die wenigen Stufen aus dem Garten hinauf und betrat das Foyer. Hinter einer der Säulen im Foyer stand Ying Chan.

Seine von der Tageshelle geblendeten Augen nahmen das Lackschwarz ihres Haars, das Dunkel ihrer Pupillen wahr wie eine Finsternis, aus der eine Kette von Glanzlichtern erstrahlte. Der schwere Duft eines Öls wehte aus ihrem Haar. Ying Chan entblößte langsam ihre schönen, weißen Zähne; sie lachte.

30

Das Imperial Hotel, in dem sie danach zu Abend aßen, befand sich in einem desolaten Zustand. Die Besatzungsstreitkräfte hatten sich zwar den Anschein gegeben, als verstünden sie etwas von der Kunst in diesem Bau des Frank Lloyd Wright, und dabei doch die Steinlaternen im Garten kaltblütig mit weißer Farbe bemalt. Im großen Speisesaal die gotisch nachempfundene Dekke wirkte heruntergekommen und weit düsterer als früher; nur das Weiß der Tücher auf den aufgereihten Tischen war von einer blendenden Feierlichkeit.

Nachdem Honda bestellt hatte, zog er sogleich die kleine Schachtel mit dem Ring aus seiner Jackentasche und legte sie vor Ying Chan hin. Ying Chan öffnete den Deckel und seufzte.

»Ein Stück, das ich Ihnen auf jeden Fall zurückgeben möchte«, sagte Honda und berichtete ihr in möglichst einfachen Wendungen die Geschichte, die sich um diesen Ring rankte. Das Lächeln, das Ying Chan während des Zuhörens dann und wann aufscheinen ließ, paßte nicht immer zum Verlauf seiner Erzählung, und manchmal war er besorgt, in Wahrheit verstünde sie ihn nicht.

Ihre über den Tisch vorspringenden Brüste waren, anders als ihr unschuldig kindlicher Gesichtsausdruck, herrlich wie die einer Galionsfigur. Und auch ohne den Augenschein begriff er, daß sich unter der langärmeligen Bluse der Studentin ein Körper verbarg, wie ihn jene Göttinnen in den Wandmalereien der Höhlentempel von Ajanta gehabt.

Dieser so behend erscheinende, dabei von der Schwere einer dunklen Frucht erfüllte Leib, dieses geradezu atemberaubend schwarze Haar, diese von der ein wenig aufgeblähten Nase zur Oberlippe gezogenen, unbestimmt verheißungsvollen Linien – es schien, Ying Chan ließe, so wie sie jetzt Hondas Erzählung hinnahm, auch das, was ihr eigener Körper ihr zurief, ins Ungewisse an sich vorüberrauschen. Ihre überaus großen, dunklen Augen gingen an allem Intellektuellen achtlos vorbei, wirkten irgendwie blind. Oh, Wunder der Morphologie! Daß Ying Chan hier vor Honda eine Körperlichkeit besaß, von der er den Eindruck hatte, sie verbreite einen allzu wilden Wohlgeruch, war den bis nach Japan reichenden, unaufhörlich strahlenden Lichtkreisen des fernen Dschungels zu verdanken; ja, ihm war, als handele es sich bei der sogenannten blutsmäßigen Herkunft um eine Art unergründlicher, noch gestaltloser Stimme, die einen auf Schritt und Tritt verfolge – manchmal ein heißes Geflüster, manchmal ein rauher Schrei: Ursache aller schönen körperlichen Gestalt und Quell zugleich für den von ihr ausgehenden Zauber.

Als der Ring mit dem tiefgrünen Smaragd auf Ying Chans Finger glitt, hatte Honda das Gefühl, den Augenblick zu erleben, in dem zum ersten Mal jene ferne, unergründliche Stimme und der Körper dieses Mädchens in eines verschmolzen.

»Ich danke Ihnen«, sagte Ying Chan mit einem einschmeichelnden Lächeln, ohne daß sie deshalb auch nur im geringsten an Würde eingebüßt hätte. Natürlich wußte Honda, es war das ihr üblicher Gesichtsausdruck, wenn sie die Empfindung hatte, man habe ihren eigenwilligen Leidenschaften Verständnis entgegengebracht; dennoch versuchte er diesem Lächeln nachzueilen, als es wie eine zurückgleitende Welle schon wieder davongehuscht war.

»In Ihrer Kinderzeit pflegten Sie zu behaupten, Sie seien die Wiedergeburt eines jungen Japaners, den ich gut gekannt habe; Sie stürzten Ihre Umgebung damit in Verwirrung, daß Sie erklärten, Ihre wahre Heimat sei Japan und Sie wollten rasch dorthin zurück. Nun, nachdem Sie in Japan sind und diesen Ring an Ihrer Hand tragen, hat sich demnach für Sie ein anderer großer Ring geschlossen.«

»Ah, davon weiß ich nichts«, erwiderte Ying Chan ohne irgendein Anzeichen der Erregung. »Von der Zeit, als ich klein war, habe ich überhaupt nichts behalten. Wirklich, glauben Sie mir! Alle necken sie mich und sagen, als Kind wäre ich ein bißchen komisch im Kopf gewesen; dann erzählen sie mir dasselbe, was Sie eben sagten, und lachen mich aus. Dabei kann ich mich einfach an nichts erinnern. Und was Japan angeht – nun, gleich bei Kriegsausbruch reiste ich ja in die Schweiz und blieb dort bis zum Ende. Das einzige war, daß ich eine japanische Puppe, die ich von irgend jemandem geschenkt bekam, über alles liebte . . .«

›Die hatte ich Ihnen geschickt‹, war Honda versucht einzuwerfen, ließ es aber schließlich.

»Nach Japan bin ich nur zum Studium gekommen, weil mir mein Vater beigebracht hat, daß die japanischen Schulen so gut sind . . . Ich weiß nicht recht, aber neulich ist mir da ein Gedanke aufgestiegen. Nehmen wir an, es hätte sich so verhalten, daß ich ein Kind gewesen wäre wie ein Spiegel: der alles, was in anderen vor sich ging, reflektierte; und das hätte ich dann ausgesprochen. Wenn Sie zum Beispiel irgend etwas dachten, hätte sich das sofort in allen Einzelheiten in mir widergespiegelt. Das wäre doch möglich gewesen, oder?«

Ying Chan hatte die Angewohnheit, eine Frage so zu intonieren, daß sie, wie im englischen Interrogativsatz, mit einem

Ansteigen der Stimme endete. Und tatsächlich erinnerte ihr »... oder?« an die goldenen Schlangenzierate, die in Thailand an den Traufspitzen der mit roten China-Ziegeln gedeckten Tempeldächer scharf aufgebogen in den blauen Himmel zuckten.

Eher zufällig fiel Hondas Blick auf eine Familie, die an einem Tisch in der Nähe Platz genommen hatte. Das Familienoberhaupt, offenbar ein Geschäftsmann, in der Mitte, zu beiden Seiten seine Frau und die erwachsenen Söhne; man war bereits beim Essen, vornehm, soweit es die Kleidung betraf, aber irgendwie grob in den Gesichtszügen. Wahrscheinlich Neureiche, die ihr Geld am Koreakrieg verdienten, mutmaßte Honda. Besonders die Söhne hatten Gesichter schlaff wie Hunde, die eben vom Mittagsschlaf zu sich gekommen waren, und das Plebejische troff ihnen aus Augen und Mund. Mit widerlichem Geräusch schlürfte die Familie ihre Suppe.

Die Söhne stießen einander an, um dann und wann zu Hondas Tisch herüberzustarren. ›Da nimmt doch‹, sagten ihre Augen, ›dieser Alte seine Kebse, die noch aussieht wie eine Studentin, mit hierher zum Dinieren!‹ Nein, etwas anderes konnten die Blicke nicht meinen. Unwillkürlich mußte Honda an Imanishi denken und daran, wie er ihn in jener Nacht in Ninooka so unbeschreiblich würdelos empfunden hatte. Der Vergleich mit seiner eigenen Situation drängte sich ihm auf.

Es war dies ein Augenblick, in dem Honda begriff, daß es in der Welt strengere Regeln gab als die der Moral. Wer sich nicht so benahm, wie es als geziemend galt, wurde schon dadurch bestraft, daß er nicht nur niemanden zum Träumen reizte, sondern in dem Rufe stand, anderen einen Ekel zu verursachen. Und gewiß war man früher, bevor man von Menschlichkeit wußte, dem Häßlichen gegenüber noch weit grausamer gewesen als jetzt.

Als nach dem Essen Ying Chan zur Toilette ging und Honda allein in der Lobby zurückblieb, fühlte er sich plötzlich erleichtert. Nun würde er, ohne Rücksicht auf irgendwen, Ying Chans Abwesenheit genießen können.

Doch auf einmal stiegen in ihm Zweifel auf. Noch immer hatte er nicht herausgefunden, wo eigentlich Ying Chan in der Nacht vor der Einweihung des neuen Hauses in Ninooka geblieben war.

Überhaupt dauerte es recht lange, bis Ying Chan wiederkam. Er erinnerte sich an jenen Augenblick damals in Bang Pa In, als die kleine Prinzessin, von ihren Hofdamen umringt, urinieren gegangen war. Gleich darauf sah er wieder – an jenem braunen, von den Luftwurzeln der Mangrovebäume überhangenen Fluß – die nackte Gestalt der badenden Prinzessin. Sosehr er auch seine Augen angestrengt hatte: an der linken Seite der Brust die drei Leberflecke, die sich dort hätten befinden müssen, waren nicht dagewesen!

Was sich Honda wünschte, war im Grunde einfach; es Liebe zu nennen, hätte recht unnatürlich geklungen. Es ging ihm ja nur darum, die Prinzessin, so wie sie augenblicklich war, einmal splitterfasernackt und bis ins Detail zu betrachten; mit musterndem Auge festzustellen, daß die einst so kleinen, flachen Brüste nun begehrlich ihre Köpfe hoben wie flügge Vögel aus dem Nest, daß sich die pfirsichfarbenen Warzen wie rebellisch aufgeworfen hatten, daß unter den braunen Achseln zarte, übereinandergefaltete Schatten lagen und innen an den Armen gleichsam wie Sandbänke die sensiblen Stellen zutage traten; daß, kurzum, noch im Licht der Morgendämmerung schon alle Vorkehrungen zur endlichen Reife getroffen waren. Und dann dies mit dem Körper der kleinen Prinzessin zu vergleichen und innerlich zu erschauern. Im Zentrum, um das der Leib in unbefleckter Sanftheit triebe, der Nabel, still wie ein winziges Korallenatoll. Statt von *Yaksha*-Wächtergottheiten rings von dichtem Haar beschirmt: was einst nichts als nur ein ernstes, festes Schweigen gewesen, sich jetzt aber in ein ununterbrochenes, feuchtes Lächeln verwandelt hätte. Oder die Art, wie sich die schönen Zehen einzeln spreizten, wie die Hüften leuchteten, wie sich die langen Beine streckten, so mit ganzer Inbrunst die Regeln und die Träume des Daseinstanzes zu ertragen – das alles hätte er gern noch einmal mit dem Bild der kindlichen Gestalt von ehedem verglichen. Es war ihm darum zu tun, Zeit zu begreifen. Zu erfassen, was die Zeit ausgelöst, was sie gereift hatte. Sollten am Ende solch sorgfältiger Gegenüberstellung nach wie vor die Leberflecke an der linken Seite nicht zu entdecken sein – nun, so würde sich Honda wohl zu guter Letzt doch in sie verlieben. Denn es war die Wiedergeburt, die die Liebe behinderte, war das *Samsara,* das die Leidenschaft stocken ließ ...

Durch Ying Chans Rückkehr in die Lobby unvermittelt aus seinen Träumen aufgestört, fragte Honda geradeheraus, und in seinen Worten hallte ungewollt so etwas wie eine heftige Eifersucht nach: »Was ich Sie zu fragen vergaß: am Abend vor der Party in Gotemba haben Sie, ohne das Studentenheim zu benachrichtigen, außerhalb übernachtet – bei einer japanischen Familie, wenn ich richtig vermute, wie?«

»Ja, bei einer japanischen Familie«, antwortete Ying Chan ohne das geringste Zögern, während sie sich vorsichtig in den Sessel neben Honda setzte, sich nach vorn neigte und ein um das andere Mal auf ihre ordentlich zusammengestellten, schönen Beine blickte. »Es wohnt dort jemand Bekanntes aus Thailand, und die Leute redeten mir zu, ich solle doch bleiben, solle unbedingt bleiben, und so bin ich eben dageblieben.«

»Sicher eine interessante Familie, viel Jugend, nicht wahr?«

»Nicht einmal. Die beiden Söhne und die Tochter, ich und der Gast aus Thailand haben Gestenraten gespielt. Ihr Vater macht in Südostasien große Geschäfte, weshalb er zu uns außerordentlich freundlich ist.«

»Und jener Gast aus Thailand, ist das ein Student?«

»Nein, eine Studentin. Wieso?« fragte Ying Chan zurück, und wieder ließ sie die letzte Silbe in den Himmel aufsteigen.

Hierauf meinte Honda, es sei doch sehr bedauerlich, daß sie so wenig japanische Bekannte habe; der Sinn eines Auslandsstudiums bestehe, ermahnte er sie, ja gerade darin, daß man mit den Leuten des Landes einen möglichst ausgedehnten Umgang pflege. Mit ihm allein müsse sie freilich Hemmungen haben; also werde er nächstens einige jüngere Personen mitbringen. Ein Einfall, mit dem er unbewußt den Köder ausgelegt hatte. Schließlich verabredeten sie, sich in genau einer Woche abends um sieben Uhr wieder hier in der Hotel-Lobby zu treffen. Beim Gedanken an Rie erschien es ihm irgendwie bedenklich, Ying Chan zu sich nach Hause einzuladen.

31

Er fuhr nach Hause. Er stieg aus dem Taxi. Der feine Nieselregen legte sich so auf seine Schläfen, daß er es spürte.

Der Hausdiener kam ihm entgegen und meldete, die gnädige Frau sei müde gewesen und früh schlafen gegangen. Aber seit über einer Stunde warte ein aufdringlicher Besucher auf Herrn Hondas Rückkehr; er habe ihn wohl oder übel in den kleinen Salon gebeten. Ob ihm ein Iinuma bekannt sei? Honda brauchte den Namen nur zu hören und wußte: ›Dieser Mensch will Geld.‹

Er hatte Iinuma zuletzt vor vier Jahren beim fünfzehnten Jahrestag zum Gedächtnis an Isao getroffen. Damals war deutlich geworden, in welcher Notlage er sich seit Kriegsende befand; dennoch hatte die außerordentlich einfache Feier irgendwo in einem Shintō-Schrein einen angenehmen Eindruck hinterlassen.

Wenn Honda sofort vermutete, daß es ums Geld gehe, so deshalb, weil sie alle, die in letzter Zeit eine alte Bekanntschaft mit ihm zu erneuern suchten, tatsächlich nichts anderes im Sinn hatten. Da erschienen heruntergekommene Verteidiger. Vagabundierende Staatsanwälte, die ihr Amt verloren hatten. Gescheiterte Gerichtsreporter . . . Ein jeder hatte von Hondas plötzlichem Glücksfall gehört und glaubte, in der auf diese Weise erworbenen Summe wäre auch für ihn ein Anteil enthalten. Aber nur die Bescheidenen unter ihnen pflegte Honda zu unterstützen.

Als er den Salon betrat, erhob sich Iinuma vom Stuhl und verbeugte sich so tief, daß dabei der ganze Mann, vom Rücken des erbärmlich schlaffen Anzugs bis zu dem gesprenkelt ergrauten Nackenhaar, überschaubar wurde. Die Armut zu spielen war ihm besser eingegangen als die Armut selber. Honda drängte ihn, doch Platz zu nehmen, und ließ den Diener Whisky bringen.

Er sei, log Iinuma allzu offensichtlich, zufällig an Hondas Haus vorbeigekommen und habe gleich den Wunsch verspürt, sich endlich einmal bei ihm zu zeigen. Schon nach dem ersten Glas gab er sich betrunken. Als Honda ihm ein zweites einschenkte, legte er seine Linke zusätzlich an den schmalen Boden des Whiskyglases, um es ihm so mit beiden Händen entgegenzustrecken: eine – wie Honda fand – widerliche Geste. Ratten hielten häufig ihr Futter so.

Hierauf ergriff Iinuma die Gelegenheit, seine Tirade zu eröffnen.

»Ja ja, nun ist plötzlich überall von Gegenkurs, von Kursschwankung die Rede; aber wenn Sie mich fragen: ich für mein Teil bin überzeugt, binnen Jahresfrist wird sich die Regierung an eine Revision der Verfassung machen. Schließlich, wenn man schon hier und da von Wiedereinführung eines Wehrdienstes munkelt, heißt das doch, daß sich die nationale Basis genügend gefestigt hat, wenigstens das zu akzeptieren. Das Ärgerliche ist eben, daß man diese Basis nicht sichtbar werden läßt, daß man sie weiter verschleiert. Dabei sehen wir ja, wie andererseits die Roten immer stärker werden, nicht wahr? Bedenken Sie nur die Gewalttätigkeiten bei der Demonstration der Wehrdienstgegner neulich in Kōbe! Obwohl sich das eine ›Großkundgebung der Jugend gegen die Wiedereinführung des Wehrdienstes‹ nannte – merkwürdig übrigens, wie viele Koreaner sich daran beteiligten –, haben sie der Polizei mit Steinen und chinesischem Pfeffer, ja, sogar mit Molotowcocktails und Bambusspeeren eine regelrechte Schlacht geliefert. Um dann auch noch – an die dreihundert Studenten, Kinder und Koreaner – das Präsidium der Präfekturpolizei von Hyōgo zu stürmen und die Freilassung der Festgenommenen zu verlangen . . .«

›Er will Geld‹, dachte Honda, ohne recht zuzuhören. Mochten sich die Anhänger des New Deal noch so sehr für eine sozialistisch gefärbte Politik einsetzen, mochten die Roten noch so sehr toben – Iinuma mußte doch wissen, daß an dem System des Privateigentums nicht zu rütteln war . . . Draußen vorm Fenster der Regen schien, wie Schicht über Schicht gelegt, dichter geworden. Mit dem Taxi hatte er Ying Chan bis zum Studentenheim gebracht, und nun kam er von der Überlegung nicht los: Wie würde wohl der Frühlingsregen, der heimlich auch in ihr vermutlich recht nüchtern eingerichtetes Zimmer eindrang, auf Ying Chans in den Tropen herangewachsenen Körper wirken? In welcher Stellung lag sie da, wenn sie schlief? Stöhnend, das Gesicht nach oben gekehrt? Oder zusammengerollt und lächelnd? Oder schlief sie auf die Seite gedreht, den Kopf auf dem Arm, die leuchtenden Fußsohlen weisend wie der goldene Sterbende Buddha in der *Nirvana*-Halle?

». . . Und der vom Allgemeinen Gewerkschaftsrat in Kyōto

veranstaltete ›Kongreß für die vollständige Beseitigung der Repressionsparagraphen‹ ist ja auch in Gewalt ausgeartet, nicht wahr? Jedenfalls wird, von daher gesehen, damit zu rechnen sein, daß die diesjährigen Maifeiern nirgends friedlich verlaufen, vielmehr in wilden Ausschreitungen enden. Überall in den Universitäten haben linke Studenten die Gebäude besetzt, es kommt zu Zusammenstößen mit der Polizei. Und das, Herr Honda, unmittelbar nach Abschluß des Friedensvertrags und des Sicherheitspaktes mit den USA. Wenn das keine Ironie ist . . .«

›Er will Geld‹, dachte Honda.

». . . Es heißt, Ministerpräsident Yoshida habe die Absicht, die Kommunistische Partei für illegal erklären zu lassen; da kann ich ihm nur aus vollem Herzen zustimmen. Japan wird von neuen Stürmen geschüttelt. Und wenn man die Dinge weiter so treiben läßt, bricht über uns, kaum daß wir den Friedensvertrag haben, die rote Revolution herein. Schon sind fast keine amerikanischen Truppen mehr da; wie soll man also zum Beispiel einen Generalstreik bekämpfen? Mir passiert es häufig, daß ich aus Sorge über Japans Zukunft einfach keinen Schlaf finde. Nun ja, in diesem Alter kann man schließlich nicht mehr aus seiner Haut heraus; habe ich nicht recht?«

›Natürlich will er Geld‹, dachte Honda nur. Aber auch nach einer ganzen Reihe von Gläsern kam Iinuma noch immer nicht auf sein Hauptanliegen zu sprechen.

Er berichtete kurz von seiner vor zwei Jahren erfolgten Scheidung, sprang aber dann plötzlich in die Vergangenheit zurück, um mit peinlichem Nachdruck die Rührung zu schildern, die ihn damals, als Honda unter Aufgabe seines Richteramts unentgeltlich die Verteidigung Isaos übernommen, ergriffen habe; sie werde ihn zeitlebens nicht verlassen. Jetzt von Iinuma eine Gedächtnisrede auf Isao zu hören, hätte Honda kaum ertragen, und so bog er dem rasch die Spitze ab, bevor es dazu kam.

Auf einmal zog Iinuma das Jackett aus. Nicht, daß es so heiß gewesen wäre. ›Vielleicht‹, vermutete Honda, ›weil er betrunken ist.‹ Iinuma band auch die Krawatte ab, öffnete die Knöpfe an seinem Oberhemd, dann die am Unterhemd und machte die vom Trinken gerötete Brust frei. Honda sah, wie die fast völlig weißen Haare auf der Brust, einzelnen Nadeln vergleichbar, das von der Lampe darauf fallende Licht wirr zerteilten.

»Ehrlich gesagt, habe ich Sie heute abend aufgesucht, um Ihnen das zu zeigen. Es ist dies meine größte Schmach, weshalb ich eigentlich beschlossen hatte, es bis an mein Ende geheimzuhalten, und ich möchte das nach Möglichkeit auch; andererseits, Ihnen wenigstens, habe ich gedacht, will ich es zeigen, damit Sie über mich lachen. Habe gedacht: Herr Honda wenigstens wird mich verstehen; er wird, mein Versagen eingeschlossen, bis hinab auf den letzten Grund begreifen: ›Genau das ist Iinuma‹... Nein, um ganz aufrichtig zu sein – ich schäme mich ja so unsäglich; mit dieser Schande zu leben, und das bei einem Sohn, der einen solch prächtigen Tod gestorben ist...« Iinuma brach in Tränen aus, seine Worte gerieten in Unordnung. »... Sehen Sie, das ist die Narbe davon, daß ich unmittelbar nach Kriegsende einen Selbstmordversuch unternahm, indem ich mir den Dolch in die Brust stieß. Mein Fehler war, ich hatte Angst, beim *Seppuku* zu versagen; so habe ich schließlich das Herz um eine Winzigkeit verfehlt. Geblutet hat es mächtig.«

Iinuma wies, während er mit dem Finger darüberstrich, wie paradierend auf eine bläulich-lila glänzende Narbe. Tatsächlich, selbst Honda mußte feststellen: dort war etwas von einem unauslöschlichen Resultat. Die rauhe, rötliche Haut hatte durch Buckel und Wülste die stümperhafte Wunde geschlossen und so ein schwer zu deutendes Ergebnis herbeigeführt.

Iinumas Brust, eigensinnig wie je, war dabei auch jetzt noch unter der weißen Behaarung hochmütig aufgewölbt. ›Geld also wollte er nicht‹, wurde es Honda endlich klar, ohne daß er sich im geringsten schämte, eben das erwartet zu haben. Iinuma war sich, verglichen mit früher, gleich geblieben. Ja, durchaus verständlich, wenn auch ein Mensch seines Schlages das, was ihn innerlich bedrängte, beschmutzte, erniedrigte, zu einem Kristall zusammenschießen ließ; wenn er diesen zu einem Chalzedon veredelte, ihm gar etwas Sublimes andichtete und deshalb auf den Wunsch verfiel, ihn einem möglichst vertrauenswürdigen Zeugen vorzuführen. Ob Ernst oder Komödie, die auf seiner Brust entstandene, bläulich-lila Narbe jedenfalls war der einzige Edelstein, den Iinumas Leben produziert hatte. Und Honda, mochte es ihm auch lästig sein, war sozusagen als Honorar für sein damaliges hochherziges Eintreten vor Gericht die Ehre widerfahren, als Zeuge auserwählt zu werden.

Während er in die Ärmel seines Jacketts fuhr, entschuldigte sich, wie plötzlich ernüchtert, Iinuma für sein langes Bleiben und bedankte sich für die Bewirtung. Honda jedoch, indem er den so überstürzt Aufbrechenden noch einmal zurückhielt, packte fünfzigtausend Yen zusammen und schob sie ihm in die wieder und wieder ausweichende Anzugtasche.

»Nein, wirklich zuviel der Güte«, erklärte Iinuma schließlich mit der förmlichsten Verbeugung, »aber ich nehme es dankbar an und werde es zum Wiederaufbau der Seiken-Schule verwenden.«

Honda begleitete ihn im Regen bis vor den Eingang. Iinumas Gestalt verschwand durch das vom Granatapfelbaum überbuschte Seitenpförtchen. Sie erschien ihm, er wußte nicht warum, wie eine der zahllosen nächtlichen Inseln rings um das düstere Japan. Wie ein wildes und schroffes, zur Wasserversorgung allein auf den Regen angewiesenes, notleidendes Eiland.

32

Nachdem er den Ring Ying Chans Hand anvertraut hatte, war Honda keineswegs erleichtert; vielmehr nahm seine innere Unruhe nur noch zu.

Vor allem beschäftigte ihn das schwierige Problem, wie es denn anzustellen wäre, daß er, bei völliger Zurücknahme seiner eigenen Person, Ying Chans Nacktheit ungehindert zu Gesicht bekäme. Am besten wäre es, sie würde sich dabei, ohne seiner gewahr zu werden, völlig natürlich benehmen: in der lebhaftesten Bewegung, nachlässig hingelagert, jedes noch so tiefe Geheimnis ihres Inneren offenbarend; und er hätte die Gelegenheit, sie unterdessen gleichsam mit der Gründlichkeit eines Biologen zu studieren. Von ihm selbst durfte auch nicht die Spur einer Einwirkung ausgehen, oder alles hätte sich augenblicklich in nichts aufgelöst.

Ein vollendet auskristallisierter Quarz, eine Kristallschale, die außer für die freie Bewegung eines anmutigen Geschöpfs für nichts sonst Raum bot – und darin Ying Chan...

Daß er bei Kiyoaki und Isao, als deren Leben zu einem solchen durchsichtig klaren Bergkristall zusammengeschossen war, nicht ganz unbeteiligt gewesen, darauf war Honda stolz. In beiden Fällen hatte er die hilfreich ausgestreckte Hand dargestellt, eine freilich vergeblich ausgestreckte Hand, die keine Rettung gebracht hatte. Entscheidend war, daß er diese seine Rolle, ohne das alles zu begreifen, mit der größten Natürlichkeit und in der reinsten Einfalt gespielt hatte (und das in der Hoffnung, er gäbe den intellektuellen Part). Aber dann, nachdem er begriffen! Nachdem ihm jenes glühendheiße Indien so schonungslos die Einsicht in dergleichen vermittelt hatte – zu welcher Hilfeleistung dem Leben gegenüber war er denn fähig? Welche Art der Einmischung, der Teilhabe konnte da stattfinden?

Und Ying Chan war zudem eine Frau. Sie besaß einen Körper, gefüllt bis zum Rand des Glases mit der lichtlosen Dunkelheit des Zaubers. Das verführte. Das verlockte Honda wieder und wieder zum Leben. Und zu welchem Ziele denn? Nein, er wußte es nicht. Vielleicht, um mit fremder, durch den Zauber dieses Lebens herbeigerufener Hilfe ebendieses Leben zu zerstören. Oder um ihm, Honda, diesmal nun wirklich endgültig die Unmöglichkeit einer Teilhabe begreiflich zu machen.

Natürlich ahnte Honda, daß das eigentliche Wesen seines Vergnügens darin lag, Ying Chan in ihrem Kristall zu erhalten; indessen war er außerstande, sich von dem ihm angeborenen Forschungsdrang loszusagen. Sollte es tatsächlich nichts geben, um diese widersprüchlichen Gelüste miteinander zu versöhnen und auf solche Weise der dunklen, aus dem Schlamm des Lebensstromes hervorgetriebenen Lotosblüte namens Ying Chan Herr zu werden?

So gesehen wäre es besser gewesen, es hätte sich an Ying Chan der klare Beweis dafür ergeben, daß sie eine Wiedergeburt Kiyoakis und Isaos war. Dann nämlich würde sich die Leidenschaft abgekühlt haben. Andererseits hätte sie ihn gewiß nie in solchem Maße gefesselt, wäre sie von allem Anfang an nur irgendein Mädchen gewesen, ohne jede Beziehung zu der von Honda erlebten *Samsara*-Kette. Nun, wahrscheinlich lag die Quelle für beides, für das, was seine Leidenschaft so bitter verhöhnte, wie für die überirdische Faszination, in dem gleichen *Samsara*. War die Ernüchterung *Samsara* und die Täuschung *Samsara* . . .

Bei diesem Gedanken verspürte Honda den ernstlichen Wunsch, er stünde näher am Ende seines Lebens, wäre ein schon greisenhafter Mann, damit zufrieden, sein Geld zu machen. Dergleichen Männer kannte Honda eine ganze Menge. Was Gewinn und Karriere, was den Kampf um Macht betraf, da waren sie die Klugheit in Person, verstanden sich besser als irgendwer darauf, die Mentalität eines gefährlichen Konkurrenten zu durchschauen; jedoch Frauen gegenüber, obwohl sie mit Hunderten im Bett gelegen hatten, blieben sie die reinsten Ignoranten. Kraft ihres Geldes und ihrer Autorität umgaben sie sich mit einem Wandschirm von Frauen und Possenreißern, doch dann begnügten sie sich mit diesem Zustand. Und die Frauen ihrerseits saßen da und zeigten wie der Mond nur immer das eine Gesicht ... ›Nein‹, dachte Honda, ›das ist keine Freiheit, das ist ein Käfig. Das heißt sich beschränken auf das, was man mit eigenen Augen sieht; heißt in einem Käfig hocken, der, von innen verriegelt, die Welt aussperrt.‹

Andere waren ein wenig klüger. Sie hatten Geld, sie hatten Einfluß, sie hatten Menschenkenntnis. Und da sie sich so vortrefflich auf den Menschen verstanden, waren sie fähig, aus dem unscheinbarsten Symptom an der Oberfläche auf all das zu schließen, was darunter lag. Überragende Psychologen, würzten sie das Leben mit Bitteressig. Besaßen hübsche, kleine Gärten, deren Bepflanzung und Steinarrangements sie auszuwechseln befehlen konnten, wann immer es ihnen beliebte; kunstvolle Amateurgärten, in denen die Welt und das Leben verdichtet, geordnet, systematisiert waren: die Täuschung zu einem Trittstein, die Gefallsucht zu einem Kreppmyrtenbaum, die Geradheit zu einer Kolonie von Schachtelhalmen, die Anhänglichkeit zu einem Handspülbecken, die Treue zu einem kleinen Wasserfall, die zahllosen Verrätereien zu einer überraschend aufsteigenden Felsgruppe. Und einen solchen allegorischen Garten von früh bis spät vor Augen, genossen sie still das Vergnügen, so der Welt und dem Leben den Widerstand genommen zu haben, während sie selber die Bitternis und Überlegenheit des Erkennenden, wie in einer erlesenen Schale den grünen Teeschaum, fest in ihren beiden Händen hielten.

Nein, mit diesen Leuten hatte Honda nichts gemein. Er war nicht einfach zufrieden, er war von Unruhe erfüllt und keineswegs mehr ein völlig Unwissender. Schon deshalb nicht, weil er bereits einen Blick auf die Grenze zwischen dem Erfahrbaren und dem Nicht-Erfahrbaren geworfen hatte. Und die Unruhe wiederum, sie war doch das schönste Kleinod, das man der Jugend entwenden konnte. Honda hatte einst, Zeuge der Lebensabläufe bei Kiyoaki und Isao, mit eigenen Augen Formen des Schicksals gesehen, bei denen das Ausstrecken der helfenden Hand völlig sinnlos gewesen war. Er hatte sich geradezu überlistet gefühlt. Als wäre, vom Gesichtspunkt des Schicksals aus, lebendig zu sein nichts anderes als bloße Augenwischerei. Und das menschliche Dasein? Nun, dies war – wie ihm Indien eingehämmert hatte – Wirrsal und Bedrängnis.

Doch von alledem einmal abgesehen, war Honda viel zu sehr von einer absolut passiven Erscheinungsform des Lebens, von seiner normalerweise nicht sichtbaren, im ontologischen Sinne letzten und wesentlichen Gestalt fasziniert, viel zu tief auch eingefärbt von der anspruchsvollen Erkenntnis, daß außerhalb ihrer ein Leben nicht existieren könne. Mithin fehlte ihm grundsätzlich jede Befähigung zum Verführer. Denn in der Tat war in der Perspektive des Schicksals der Akt der Verführung, war schon die Absicht zu verführen eitel und nichtig. Sobald man annahm, es gäbe außerhalb der allein vom Schicksal säuberlich vorgetäuschten Erscheinungsform des Lebens sonst kein Leben – wie hätte menschliches Eingreifen dann möglich sein sollen? Wie wäre eine solche reine Form des Daseins auch nur sichtbar geworden? Und eben weil sie abwesend war, blieb einem zunächst einmal nichts anderes übrig, als sich mit der Kraft der Imagination zu behelfen. Die in ihrem Universum eigenständig existierende, ja, in sich ein Universum bildende Ying Chan mußte auf alle Fälle von Honda isoliert gehalten werden. Irgendwie war sie eine optische Existenz, ein Regenbogen aus Fleisch und Blut. Das Gesicht rot, der Hals orange, die Brüste gelb, der Leib grün, die Oberschenkel blau, die Unterschenkel indigo, die Fußzehen violett; dazu über dem Gesicht, in unsichtbarem Infrarot, das Herz, und dort, wohin sie ihre Sohlen setzte, die Fußspuren der Erinnerung in ebenso unsichtbarem Ultraviolett . . . Die Enden des Spektrums aber gingen über in das Firmament des Todes. Ein gegen den Himmel des Todes gewölbter Regenbogen: das war es. Denn galt das »Nicht-Wissen« als die erste

Bedingung aller Erotik, so mußte ihr Äußerstes im ewig Unbegreiflichen liegen. Und also im Tod...

Als jenes unerwartete Geld eingegangen war, hatte Honda wie jeder gedacht, es solle seinem Vergnügen zustatten kommen; bereits damals freilich war für sein wesentlichstes Vergnügen Geld entbehrlich gewesen. Mitzumachen, zu schmeicheln, zu protegieren, zu besitzen, zu beherrschen, das kostete Geld, dazu konnte Geld dienlich sein; von all dem jedoch war Hondas Vergnügen weit entfernt.

Gerade die Freuden, die kein Geld kosteten, bargen, wie er wußte, Wonnen in sich, die erschauern machten. Unter den Händen in der Dunkelheit das feuchte Moos an dem Baumstamm zu spüren, hinter dem man sich versteckte; vom Boden her, auf dem man kniete, den melancholischen Geruch von vertrocknetem Laub wahrzunehmen. Im Jahr zuvor in einer Mainacht im Park war das gewesen. Schwer hatten die jungen Blätter geduftet, wirr verschlungen die Liebespaare im Gras gelegen. Rings um das Gehölz das pathetische Hin und Her der Scheinwerfer auf der Autostraße. Lichtkegel, die in einem Augenblick die hohen Koniferen wie die Pfeiler eines Shintō-Schreins angestrahlt hatten, um sie gleich darauf einen nach dem anderen unbarmherzig in die Schatten hinein umzustoßen; und dann das Zittern, wenn sie über die Wiese geglitten waren. Die weiße, fast grausam heilige Herrlichkeit hochgeschobener Unterwäsche, die für einen Augenblick aufgeblitzt hatte. Einmal auch ein Lichtkegel, der leicht über das Gesicht einer mit offenen Augen daliegenden Frau gefegt war. Aber wie hätte er erkennen können, daß sie die Augen geöffnet hatte? Jedenfalls hatte er in ihren Pupillen einen Lichtreflex aufschimmern gesehen, und demnach mußten die Augen zumindest ein wenig offengestanden haben. Es war eine schmerzliche, unvermittelt aus dem Dunkel des Daseins herausgerissene Sekunde gewesen, so daß selbst dasjenige sichtbar geworden war, das eigentlich im Unsichtbaren hätte bleiben sollen.

Sich so weit mit den Liebenden zu identifizieren, daß man den gleichen Schauder, das gleiche Herzklopfen empfand wie sie und ihre Unruhe teilte; und dabei dennoch der zu bleiben, der zwar beobachtete, nie aber beobachtet wurde. Solche ihrem stillen Gewerbe nachgehenden Scharfrichter hatten überall hinter

Bäumen und Büschen gesessen wie die Grillen. Und Honda war einer von diesen Namenlosen gewesen.

Aus dem Dunkel heraufschwebende, einander vertraute, hell entblößte Unterleiber junger Männer und Frauen. Zärtlichkeit der um die Stellen tiefsten Dunkels tanzenden Hände. Weiße Männergesäße wie Pingpongbälle. Und dann die geradezu gesetzmäßige Verläßlichkeit der Stoß um Stoß gestöhnten Seufzer.

Ja, natürlich. In dem Augenblick, in dem der Scheinwerfer plötzlich jenes Frauengesicht angeleuchtet, es aus dem Dunkel des Daseins herausgerissen hatte, da war es nicht etwa die Täterin gewesen, die ertappt zurückgefahren war. Eher hatte die Spione ein Schauder überlaufen. Und als von weit außerhalb des nächtlichen Parks, aus der Gegend, über der wie die Glut in der Asche der Abglanz der Neonlichter gestanden, die melodische Sirene eines Streifenwagens erscholl, war es zwar hinter den Bäumen bei den Voyeuren vor lauter Furcht und Panik unruhig geworden; die beobachteten Frauen hingegen hatten in ihrer Verzückung um keinen Deut nachgelassen und die beobachteten Männer die Silhouetten ihrer Oberleiber erst recht und unerschrocken wie die Wölfe steil in die Höhe gereckt.

Zufällig erfuhr Honda einmal aus einem Gespräch beim Mittagessen von einem im Ruhestand lebenden Rechtsanwalt eine hübsche kleine Skandalgeschichte, die diesem bei der Polizei zu Ohren gekommen war. Es drehte sich dabei – zur Anzeige war die Sache nie gelangt – um einen in Juristenkreisen jedermann wohlbekannten, hochangesehenen alten Herrn; er, dem also Ehre und schuldiger Respekt gezollt wurden, war als gewohnheitsmäßiger Voyeur von der Polizei gefaßt worden. Ein Mann von damals fünfundsechzig Jahren. Der junge Polizist forderte seine Karte und vernahm den vor Scham bebenden alten Herrn unbarmherzig zum Sachverhalt, ließ sich von ihm bis ins einzelne vorführen, wie er sich an die Paare herangepirscht hatte, um ihm hierauf die heftigsten Vorwürfe zu machen. Und je mehr er über die Stellung des alten Herrn erfuhr, desto belustigter begann er ihn zu verhöhnen, führte ihm mit großsprecherischen Worten die entsetzliche Kluft vor Augen, die zwischen seinem gesellschaftlichen Ansehen und einem solchen Vergehen liege, und obwohl er einräumte, daß Menschenkraft nicht hinreiche, einen derartigen Abgrund zu überbrücken, benutzte er die Unmöglichkeit dieses Brückenschlags, den alten Herrn mühelos zur Verzweiflung zu treiben. Von einem, der sein Enkel hätte sein können, in dieser Weise »belehrt«, verlor der alte Herr alle Haltung, der Kopf fiel ihm vornüber, und wieder und wieder wischte er sich den Schweiß von der Stirn. Schließlich, nachdem einer der untersten Vertreter der Verwaltungshierarchie ihn all diese Schmach hatte schlucken lassen, hieß es, man werde noch einmal ein Auge zudrücken, und der alte Herr wurde auf freien Fuß gesetzt. Zwei Jahre darauf starb er dann an Krebs.

Wie, wenn Honda an seiner Stelle gewesen wäre?

Nun, er hätte das Arkanum schon gewußt, um jenen hoffnungslosen Abgrund ohne Schwierigkeit zu überbrücken. Genau das waren ja eben die mystischen Formeln Indiens.

Dieses zu Tränen rührende, allerbescheidenste Vergnügen der Welt – wieso eigentlich hatte der greise Richter es nicht mit juristischen Worten interpretieren können? Indessen erging es Honda nicht besser. Während jenes ganzen Mittagessens, wiewohl er sich den Anschein gab, als nähme er die Geschichte für einen äußerstenfalls ergötzlichen Klatsch, wurde er den Verdacht nicht los, der Rechtsanwalt denke sich etwas dabei und erzähle ihm das absichtlich, so daß er sich gedrängt sah, an den entsprechenden Stellen in das häßliche Lachen über einen Dritten einzustimmen; ja, es schwindelte ihn angesichts des schauerlichen Kontrasts zwischen der Erbärmlichkeit, die, abgerissenen Strohsandalen vergleichbar, jenes Vergnügen in den Augen der Welt besaß, und dem so überaus feierlichen Ernst, der im tiefsten Kern einem jeden Vergnügen zugrunde lag. Nach der mit Grausen durchlittenen Tortur dieses einstündigen Mittagessens jedenfalls hatte er mit solcher Gewohnheit, auf der ihn glücklicherweise keiner je ertappt, hatte er mit solchen erregenden Ausflügen rigoros Schluß gemacht.

Die Gefahr einfach zu ignorieren, das war für ihn, der er seine Vernunft bereits allzu offenkundig in den Schmutz gezogen hatte, unmöglich. Einer wirklichen Gefahr zu trotzen, brauchte es schließlich die Vernunft, und auch der Mut dazu erwuchs allein aus ihr.

Wenn aber Geld keine Sicherheit verbürgte, wenn der echte Schauder nicht käuflich war, was eigentlich stand einem in Hondas Alter dann noch gegenüber dem frischen, dem unverfälschten Leben zu Gebote? Wo doch sein Hunger danach mit den Jahren nur immer noch wuchs und keine Anzeichen dafür vorhanden waren, daß er nachlassen würde.

Letztlich mußte er sich wohl, sowenig er dazu geneigt war, irgendeines Mediums bedienen. Gesetzt den höchst unwahrscheinlichen Fall, Ying Chan würde mit ihm schlafen, so wäre da etwas, das sie ihm natürlich nicht vorführen würde, das einzige allerdings, worauf Honda wirklich begierig war, und um dies zu berühren, sähe er sich ja ebenfalls vor die Notwendigkeit gestellt, allerlei indirekte und umständliche, künstliche Mittel anzuwenden.

... Von solchen Überlegungen gequält und ohne Schlaf die ganze Nacht, konnte Honda darauf verfallen, die in einem Winkel des Bücherregals vergessene, von Staub bedeckte »Sutra vom Großen Goldenen Pfauenkönig« hervorzuholen und darin zu blättern. Zu versuchen, den *Mantra*-Spruch »Mayukichirateishaka« zu rezitieren, dieses »Der Pfau erfülle sich!«. Es war das ein bloßes, dazu schwerverständliches Spiel. Und hätte er tatsächlich nur dank dieser Sutra den Krieg heil überstanden, mochte sein so gerettetes Leben allerdings nicht viel mehr sein als eine Fiktion.

33

Für die Geschichte von der Pfauenkönig-Sutra, die Honda erzählte, zeigte Keiko ein überraschendes Interesse.

»Sie sagen, so etwas hilft gegen Schlangenbisse? Dann müssen Sie es mir aber unbedingt beibringen. In meinem Garten in Gotemba habe ich häufig Schlangen.«

»Nun ja, wenigstens an die einleitenden Worte zu den *Dharani*-Formeln erinnere ich mich. Sie lauten: ›Tadoyataitchimitchichirimitchichiribirimitchi.‹«

»Wissen Sie, das klingt wie das ›Chiribiribin‹ im Schlager«, lachte Keiko.

Von einer solch ungehörigen Reaktion auf eine kindliche Weise verstimmt, brach Honda dieses Thema ab.

Keiko war in Begleitung eines Studenten von der Keiō-Universität erschienen, den sie als ihren Neffen vorgestellt hatte. Er trug einen Anzug ausländischer Herkunft und eine ebenfalls importierte, teure Armbanduhr. Seine Brauen waren dünn, seine Lippen schmal. Über sich selbst verblüfft, bemerkte Honda, daß er diesen jungen Mann vom Schlage des modernen Stutzers mit Augen abschätzte, die sich unvermerkt in diejenigen verwandelten, mit denen einst jene »Kerle von der *Kendō*-Mannschaft« andere betrachtet hatten.

Hingegen war Keiko durch nichts aus der Fassung zu bringen. Stets verfuhr sie mit der größten Gelassenheit. Hatte man sie einmal mit irgend etwas betraut, so wickelte sich alles in der besten Ordnung ab.

Als Honda sie zum Beispiel vor zwei Tagen, da sie wieder in der Stadt war, zum Mittagessen ins Tōkyō-Kaikan eingeladen hatte, war er darauf zu sprechen gekommen, daß er Ying Chan gern mit einem netten jungen Mann, einem von möglichst forscher Jugend, bekannt machen würde. Aus dieser einen Anspielung hatte Keiko sofort alles begriffen.

»Ich verstehe. Es behagt Ihnen nicht recht, daß sie noch unberührt ist. Ich werde Ihnen also bei nächster Gelegenheit meinen Nichtsnutz von Neffen präsentieren. Mit ihm jedenfalls gibt es hinterher keinerlei Scherereien. Und Sie haben dann das Vergnügen, der Kleinen gegenüber in aller Ruhe die Rolle des zärtlichen, überaus gütigen Trösters zu spielen ... Na, was für ein wunderbarer Plan!«

Freilich, sobald das Wort »wunderbar« über Keikos Lippen kam, pflegte dabei das Wunderbare verlorenzugehen. Was das Vergnügen betraf, so mangelte es ihr grundsätzlich an jenen stimmungsvollen Emotionen, die doch selbst eine Prostituierte mehr oder minder unbewußt vortäuschen würde. Sie war hierin allzu methodisch.

Um darzulegen, was für ein Modenarr ihr Neffe sei – übrigens heiße er Shimura Katsumi –, hatte sie Honda dann erzählt, durch Vermittlung eines amerikanischen Freundes seines Vaters habe er seine Maße nach New York geschickt und lasse sich für jede neue Jahreszeit einen Anzug bei Brooks Brothers anfertigen. Und schon aus dieser Geschichte war das Erscheinungsbild des jungen Mannes deutlich geworden.

... Solange jetzt von der Pfauenkönig-Sutra die Rede gewesen war, hatte sich Katsumi gelangweilt umgesehen. Die Lobby des Imperial Hotels wirkte wie der Eingang zu einem Friedhof, so tief war die aus unverputztem Ōya-Tuffstein bestehende Unterkante des Mezzaningeschosses herabgezogen; es kam hinzu, daß in der einen Ecke der Lobby am Zeitungsstand die grellfarbigen Umschläge der amerikanischen Magazine und Taschenbücher wie vertrocknete Grabblumen wild durcheinanderblühten.

Darin, daß sie anderen nicht aufmerksam zuzuhören vermochten, glichen sich Tante und Neffe durchaus; allerdings war es bei dem Neffen reine Ungezogenheit, wohingegen es sich bei der Tante um so etwas wie den Ausdruck einer Höflichkeit zu handeln schien. Und vermutlich hätte es Keiko zuwege gebracht, so auch die schrecklichste und ergreifendste Beichte ungerührt an ihrem Ohr vorüberrauschen zu lassen.

»Die Schwierigkeit ist, daß man nie weiß, ob Ying Chan wirklich kommt«, sagte Honda.

»Seit der Hauseinweihung leiden Sie da offenbar an krankhaften Angstzuständen. Warten wir das doch in Ruhe ab. Und kommt sie nicht – nun gut, dann gehen wir eben zu dritt essen und haben auch so unseren Spaß. Gerade Katsumi entwickelt von Natur aus keineswegs irgendwelche Ungeduld, wenn er auf jemanden wartet. Stimmt's?«

»Hm? . . . Ach, so . . . natürlich«, gab Katsumi in einem etwas zu kecken Tonfall, dabei undeutlich, zur Antwort.

Als wäre ihr eben in diesem Augenblick etwas eingefallen, holte Keiko plötzlich einen Eau-de-Cologne-Stift aus ihrer Handtasche und strich sich damit über ihre mit Jadependants behängten Ohrläppchen.

Wie auf ein Signal hin erloschen in der Lobby sämtliche Lichter.

»Tja, ein Stromausfall!« war Katsumis Stimme zu hören.

Honda fragte sich, wozu denn wohl bei einem Stromausfall die Feststellung dienlich sein sollte, es handele sich um einen Stromausfall. Manche Leute benutzten die Sprache bestenfalls, um damit ihre Faulheit zu entschuldigen.

Keiko, wie zu erwarten, sagte kein Wort. Im Dunkeln verstaute sie den Eau-de-Cologne-Stift wieder, und vom Zuklappen des Metallverschlusses an der Handtasche sprang ein überlegenes Geräusch auf, mit dem sich eine zweite Dunkelheit auszuweiten begann. In dieser, so hatte man den Eindruck, war Keiko in zunehmender Expansion begriffen, ließ, zusammen mit der aufsteigenden Duftwolke, ihr üppig festes Gesäß, dieses herrschaftsgewohnte Frauenfleisch heimlich ins Unbegrenzte anschwellen.

Nach einem jedoch nur kurzen Schweigen begannen sie, wie um das Dunkel zu zerteilen, eine gezwungen heitere Unterhaltung nach der Art Schiffbrüchiger.

»Nun ja, während der Besatzungszeit, weil die Amerikaner bevorzugt mit der knappen Elektrizität beliefert wurden, hatte man sich mit den häufigen Stromsperren abgefunden; das soll aber doch nicht etwa so weitergehen, wie?«

»Einmal bei einem allgemeinen Stromausfall kam ich nachts zufällig durch Yoyogi und sah, wie nur in der amerikanischen Siedlung hell die Lampen brannten; diese Lichterkolonie hoch über dem sonstigen Dunkel erschien mir wie eine Stadt, deren Bewohner von irgendeinem anderen Stern gekommen waren, hübsch anzuschauen, dabei auch wieder unheimlich.«

So finster es war, reichte doch der Schein der vorbeihuschenden Autolichter auf der Straße draußen jenseits des im Vorhof gelegenen Teiches bis herein zum Portal mit der Drehtür. Ein wenig nachschwingend, wenn jemand sie benutzt hatte, machte diese gläserne Drehtür, daß das Scheinwerferlicht – wie auf den Grund eines Gewässers hinabfallende Sonnenstrahlen – in Streifen erzitterte. Honda erinnerte sich der Szene im Park und verspürte ein gelindes Erschauern.

»Im Dunkeln atmet es sich so herrlich frei und leicht«, sagte Keiko. Als Honda zurückfragen wollte, was dann mit denen sei, die gerade bei Tage leicht atmeten, stieg mit einem Male Keikos Schatten riesig auf und glitt über die Wand. Ein Hotelboy kam mit Kerzen heran. Und nachdem die Kerzen hier und da auf die Aschenbecher aufgesteckt waren, wirkte die Lobby nun tatsächlich wie ein Friedhof.

Ein Taxi fuhr am Eingang vor. Ying Chan in einem mädchenhaften, kanariengelben Abendkleid trat ein. Honda war sprachlos angesichts dieses Wunders. Sie hatte sich nur fünfzehn Minuten über die verabredete Zeit verspätet.

Schön war Ying Chan im Kerzenlicht anzuschauen. Ihr Haar

zerfloß ins Dunkel, in ihren Augen flackerten die vielen Flammen. Da sie lachte, schimmerten auch ihre Zähne intensiver als bei elektrischer Beleuchtung. Und die Schatten noch übertreibend, atmete unter dem Kanariengelb des Kleides ihre Brust.

»Erinnern Sie sich? Mein Name ist Hisamatsu. Wir sahen uns, es ist schon einige Zeit her, in Gotemba«, sagte Keiko. Ohne sich für damals zu bedanken, antwortete Ying Chan lediglich mit einem lieblichen »Ich weiß«.

Keiko stellte Katsumi vor, Katsumi bot ihr seinen Sessel an. Er war, soviel begriff Honda sofort, von ihrer Schönheit gewaltig beeindruckt.

Mit einer eher unbedachten Geste, jedenfalls nicht, um ihn Honda eigens vorzuführen, ließ Ying Chan den bewußten Smaragdring an ihrem Finger aufscheinen. Im Kerzenlicht glänzte sein Grün wie die Deckflügel eines herzugeflogenen Käfers. Die prachtvollen goldenen Fratzen der *Yaksha*-Wächterdämonen hatten, von Schatten durchzogen, einen wütenden Ausdruck. Honda nahm es als ein Zeichen für Ying Chans Zärtlichkeit, daß sie den Ring angesteckt hatte.

Schon hatte ihn auch Keiko bemerkt, und ohne viel Umstände faßte sie nach dieser Hand. »Ah, was haben Sie da für einen herrlichen Ring. Aus Ihrer Heimat?« Sie konnte unmöglich vergessen haben, daß sie ihn in Gotemba bereits einer Vorbesichtigung unterzogen hatte; dennoch sagte sie das mit einer so überzeugenden Natürlichkeit, als wäre es ihr tatsächlich entfallen.

Honda starrte in eine der Kerzenflammen, indes er innerlich eine kleine Wette einging: würde Ying Chan zugeben, daß es ein Geschenk von ihm war?

»Ja, er stammt aus Thailand«, erwiderte sie nur, und Honda war erleichtert, ja, fasziniert von der arglosen Sittsamkeit, die letzten Endes er selbst veranlaßt hatte.

Keiko – anscheinend war der Ring, den sie soeben betrachtet hatte, bereits wieder vergessen – erhob sich aus ihrem Sessel und übernahm das Kommando.

»Gehen wir doch zu Manuela. Wenn ich mir vorstelle, was das für Zeit kostet, erst woanders zu essen und dann einen Nachtklub aufzusuchen, halte ich es wirklich für das beste, wir gehen gleich in den Klub, finden Sie nicht? Und dort schmeckt es ausgezeichnet.«

Katsumi war mit seinem Pontiac gekommen, übrigens eine Erwerbung über einen amerikanischen Strohmann. Wenn sie den Wagen benutzten, wären sie in zwei Minuten bei Manuela.

Ying Chan setzte sich auf den Beifahrersitz, Honda und Keiko nahmen hinten Platz. Keikos prächtige Haltung beim Ein- und Aussteigen bot ein Schauspiel eigener Art. So weit sie zurückdenken konnte gewohnt, stets vor allen anderen einzusteigen, rutschte sie nicht etwa auf der Hinterseite ihres Rockes in den Fond; vielmehr faßte sie den Platz, auf dem sie sitzen würde, fest ins Auge, um dann mit einem einzigen Schwung ihr amphorengleiches Gesäß dorthin zu befördern.

Beim Blick von hinten auf die neben dem Fahrer sitzende Ying Chan fiel die Schwärze ihres über den Rand der Lehne herabfließenden Haars ganz besonders auf. Es erinnerte Honda an dunkles Efeulaub, das über eine verfallene Schloßmauer hängt. Mittags, in seinem Schatten rastend die Echsen . . .

Miß Manuela besaß einen kleinen, eleganten Nachtklub gegenüber dem NHK-Funkhaus. Als sie Keiko und Katsumi erblickte, die vor den anderen die Treppe herunterkamen, begrüßte die dunkelhäutige Tänzerin, ein Mischblut, ihre beiden Stammgäste geradezu freundschaftlich.

»Ah, wie schön! Und Sie auch, Katsumi? Na, Sie sind ziemlich früh. Aber, bitte, heute abend steht Ihnen das ganze Lokal zur Verfügung.«

Um diese frühe Stunde fegte über die noch völlig leere Tanzfläche des Klubs wie ein Nordwind allein die Musik, ließ die Spiegelkugel einzelne Lichtreflexe darüber hinhuschen wie auf nächtlicher Straße verstreute, weiße Papierschnitzel.

»Großartig! Ein Nachtklub nur für uns!« rief Keiko und streckte ihre beiden, von Ringen glitzernden Hände in den dämmrigen Raum. Jenseits dieses umarmenden Jubelschreis funkelten und tönten traurig die Blasinstrumente.

»Nein, Sie müssen sich zu uns setzen!« meinte Keiko mit allem Nachdruck, als Miß Manuela in Vertretung des Obers die Bestellungen entgegennehmen wollte. Katsumi stand auf und rückte ihr einen Sessel zurecht. Worauf Keiko ihr endlich auch Ying Chan und Honda vorstellte. »Dieser Herr«, fügte sie, auf Honda gemünzt, hinzu, »ist mein neuer Freund. Ja, ich bin auf den japanischen Geschmack gekommen!«

»Das hört man gern. Sie rochen mir auch ein wenig zu sehr nach Amerika. Wenn Sie von dem Parfüm nicht mehr soviel nehmen, um so besser«, erwiderte Miß Manuela und begann Keiko mit übertriebener Gebärde zu beschnuppern, während Keiko mit ebensolcher Übertreibung die schamhaft Errötende spielte. Über diese Komödie brach Ying Chan in das herzlichste und spaßigste Lachen aus, und um ein Haar hätte sie dabei ein Wasserglas auf dem Tisch umgestoßen. Honda wechselte einen etwas verlegenen Blick mit Katsumi, wobei er sich darüber klar wurde, daß sie einander zum ersten Mal wirklich ansahen.

Keiko indessen, wie sich plötzlich besinnend, kehrte zu ihrer würdevollen Gelassenheit zurück und fragte, ohne viel zu überlegen: »Wie war das bei dem Stromausfall vorhin? Hatten Sie Schwierigkeiten?«

»Aber nicht im geringsten. Wir bieten unseren Gästen ohnehin nur Kerzenschimmer«, parierte Miß Manuela mit Überlegenheit, ließ die Perlen ihrer weißen Zähne im Dämmerlicht leicht aufschimmern und warf Honda ein verständnisinniges Lächeln zu.

Die Mitglieder der Band, im Aufbruch zu einer Pause, grüßten zu Keiko herüber; sie winkte zur Antwort mit ihrer hellen Hand. Alles drehte sich um Keiko als den Mittelpunkt.

Dann speisten die vier. Honda liebte es zwar gar nicht, an dämmrigen Plätzen etwas zu sich zu nehmen, doch fügte er sich ins Unvermeidliche. Der beim Schnitt durch das Chateaubriand sichtbar werdende Rest von Blut hätte hellrot sein müssen, war jedoch von einer melancholischen, fast schwärzlichen Farbe.

Allmählich kamen mehr Gäste. Und er, Honda, hier an einem solchen Ort des Vergnügens, dazu sich jung gebärdend! Eine Vorstellung, die ihm für einen Augenblick ein Gefühl wie kurz vor einer Ohnmacht verursachte. Es war schon so, wie das Gerede ging: Besser heute als morgen die Revolution.

Als plötzlich seine drei Begleiter am Tisch sich erhoben, schrak Honda auf. War etwas passiert? Nein, Keiko und Ying Chan waren aufgestanden, weil sie zur Toilette gehen wollten, und Katsumi seinerseits lediglich aus Gründen der Etikette, die dies erheischt, wenn Damen ihren Platz verlassen. Katsumi setzte sich wieder; zum ersten Mal waren die beiden Männer unter sich. Der Achtundfünfzigjährige und der Einundzwanzigjährige, zwischen Musik und Tanzenden und um Worte verlegen, blickten jeder nach einer anderen Richtung und schwiegen.

»Sie ist ja wirklich phantastisch«, sagte Katsumi plötzlich mit einer etwas heiseren Stimme.

»So, gefällt sie Ihnen?«

»Dieser Typ, bronzebraun, zierlich, dabei gut gebaut, ein bißchen unbeholfen im Japanischen – solche Mädchen haben mich schon immer begeistert. Wie soll ich sagen? Jedenfalls genau mein Geschmack.«

»Finden Sie, nicht wahr?« Obwohl jedes Wort des jungen Mannes seinen Widerwillen nur verstärkt hatte, stimmte ihm Honda mit einem sanftmütigen Lächeln zu, um ihn dann zu fragen: »Was bedeutet Ihnen eigentlich der Körper?«

»Ja, darüber habe ich mir noch nie Gedanken gemacht. Sie meinen in sexueller Hinsicht?« erwiderte Katsumi leichthin und knipste gleichzeitig sein Dunhill-Feuerzeug an, um es Honda, der sich eine Zigarette anstecken wollte, rasch hinzuhalten.

»Sie nehmen zum Beispiel eine Weintraube in die Hand. Wenn Sie allzu fest zupacken, platzen die Beeren. Umschließen Sie sie aber gerade mit so viel Festigkeit, daß sie noch nicht platzen, dann teilt sich Ihren Fingern der wunderbare Widerstand mit, der von der gestrafften Haut der Beeren ausgeht. Das meine ich, wenn ich vom Körper spreche. Ich weiß nicht, ob Sie mir da folgen können.«

»Aber ja, natürlich«, gab der Student, gerade in dem Alter, in dem man mächtig den Erwachsenen hervorkehrt, vielsagend zur Antwort, wobei er sein Selbstbewußtsein mit gewissen Erinnerungen zu verstärken schien.

»Das sollte mich freuen. Mehr verlange ich gar nicht«, beendete Honda das Gespräch.

... Später, Katsumi hatte Ying Chan zum Tanz aufgefordert und drei Nummern hintereinander mit ihr getanzt, sagte er, als sie zum Tisch zurückkehrten, mit dem unschuldigsten Gesicht zu Honda: »Ich habe immerzu an Ihre Geschichte mit den Weintrauben denken müssen.«

»Wovon ist denn hier die Rede, wie?« fragte Keiko vorwurfsvoll. Doch gingen beide Bemerkungen in der lärmenden Musik unter, ohne irgendeine Spur zu hinterlassen.

Eine tanzende Ying Chan! Honda, der nicht tanzen konnte,

wurde nicht müde, ihr dabei zuzuschauen. All die Hemmungen, in die das Leben in einem fremden Land sie einschnürte, waren von ihr abgefallen; ihre ganze Natur ergoß sich in den Ausdruck des Glücks: den relativ schmalen Nacken hin und her biegend (wie überhaupt ihr Hals und ihre Fesseln die Schlankheit und Behendigkeit selber waren), unter dem wehenden Rock wie zwei hohe Palmen auf ferner Insel die schönen Beine auf die Fußspitzen angehoben, schien sie in dauerndem Wechsel bald ermattet, bald von neuem Feuer erfüllt, vertauschte sie von einem Augenblick auf den anderen ein Sichgehenlassen mit Ungestüm; und während sie sich bei einem Jitterbug, von Katsumis Fingerspitzen geführt, im Kreise drehte, blieb für Honda von ihrem beständigen Lächeln beim Tanzen der Schimmer dieses lachenden Mundes, dieser weißen Zähne wie der Halbmond auch dann noch sichtbar, wenn sie ihm bereits wieder den Rücken zuwandte.

34

Die Welt war voller beunruhigender Zeichen.

Zum Ersten Mai kam es vor dem Kaiserpalast zu Ausschreitungen. Die Polizei schoß in die Menge; der Tumult nahm zu. Eine Gruppe von sechs oder sieben aus der Masse der Demonstranten stürzte sich auf das Auto eines Amerikaners, kippte es um und steckte es in Brand. Ein Polizist auf weißem Motorrad wurde angegriffen, sprang aus dem Sattel und flüchtete, worauf das weiße Motorrad ebenfalls in Flammen aufging. Ein amerikanischer Marinesoldat, der in den Palastgraben gefallen war, tauchte mehr als zehn Minuten lang auf und ab, ohne zu wissen, wohin er schwimmen sollte; denn sobald sein Gesicht über dem Wasser erschien, kamen die Steine geflogen. Überall auf dem weiten Platz züngelten Flammen auf. Währenddessen standen um die General Headquarters in Hibiya, um die Meiji-Lebensversicherung und andere Gebäude Postenketten von US-Soldaten mit aufgepflanzten Bajonetten.

Diese Ausschreitungen waren nicht leichtzunehmen. Niemand hielt die Sache damit für beendet; ja, man müßte wohl damit rechnen, daß künftig noch weit schlimmere Gewaltakte Schlag auf Schlag begangen würden.

Honda, der am Ersten Mai nicht in seinem Büro im Maru-Building gewesen war, hatte das alles zwar nicht mit eigenen Augen gesehen, die Einzelheiten aber zum Teil im Radio gehört oder in den Zeitungen gelesen und den Eindruck gewonnen, die Situation sei ernst genug. Er, der er damals die Kriegszeit über eher gleichgültig geblieben war, konnte es sich, wie die Dinge jetzt standen, nicht mehr leisten, das Tagesgeschehen zu ignorieren. Die klassische Drittelung des Vermögens erschien ihm plötzlich zu unsicher; auf jeden Fall mußte er sich, überlegte er, von seinem Bekannten, der ihn in Finanzfragen beriet, hierüber genauere Auskünfte holen.

Am nächsten Tag, unfähig, still zu Hause zu sitzen, machte er einen kleinen Spaziergang. In den Geschäftsstraßen in Hongō glänzten die alten Häuserzeilen in der frühsommerlichen Sonne; nichts deutete auf Katastrophe hin. An der spartanisch wirkenden Buchhandlung, die vor allem juristische Literatur anbot, ging er vorbei, um dann eine zu betreten, vor deren Eingang sich eine bunte Vielfalt von Zeitschriften stapelte. Unter Spaziergang verstand er seit langem den Besuch einer Buchhandlung.

Die vielen Titel auf den Buchrücken die Reihen entlang beruhigten ihn innerlich. Alles war zu Ideen geworden und hier verwahrt. Menschliche Leidenschaft so gut wie politischer Aufruhr: hier waren sie zu Drucklettern umgeformt und in eine stille Ordnung eingegangen. Und wirklich alles war verfügbar. Von Strickvorlagen bis zu internationaler Politik.

Warum ihn der Aufenthalt in einer Buchhandlung so beruhigte, hätte Honda nicht sagen können; nur daß es sich hierbei um eine Gewohnheit schon seit seiner Kinderzeit handelte. Kiyoaki und Isao hatten dergleichen nie gehabt. Was überhaupt verbarg sich hinter einer solchen Gewohnheit? Da gab es den Ängstlichen, dem es bange wurde, wenn er die Welt nicht ständig im Exzerpt vor sich hatte, da gab es den Eigensinnigen, der hartnäckig keine Wirklichkeit außer der bereits dokumentierten anzuerkennen bereit war; aber nach Stéphane Mallarmé würde alles eines Tages seinen Ausdruck finden, und wenn also die Welt in einem schönen Buch endigte, wäre es nie zu spät, den Dingen nachzueilen, nachdem sie abgeschlossen waren.

Natürlich. Der Zwischenfall vom Vortag war es bereits. Hier flammten keine Molotowcocktails. War kein Gebrüll. Keine Gewalt. Noch nicht einmal der ferne Widerschein von Blut. Brave Bürger mit ihren Kindern wühlten in sentimentalen Romanen; eine rundliche Frau in einem lindgrünen Pullover, die Einkaufstasche am Arm, fragte mit herrischer Stimme, ob denn die jüngste Nummer einer bestimmten Frauenzeitschrift noch nicht erschienen sei. Ganz hinten vor der Wand – eine Vorliebe des alten Buchhändlers – waren in einer Schale Schwertlilien arrangiert und darüber hing, von literaturbeflissener Hand wenig kunstvoll beschrieben, ein Blatt mit den Worten »Lesen ist Nahrung für das Herz«.

Honda machte einmal die Runde, wobei er in dem engen Laden wieder und wieder mit anderen Kunden ins Gedränge kam; und nachdem kein Buch sein Interesse geweckt hatte, näherte er sich schließlich dem Regal, in dem die populären Zeitschriften ausgebreitet lagen. Davor stand, eifrig in ein Magazin vertieft, ein junger Mann im Turnhemd, offenbar ein Student. Schon von weitem war aufgefallen, daß er mit einer recht ungewöhnlichen Hingabe unverwandt auf ein und dieselbe Seite starrte. Und so warf Honda, rechts neben ihn tretend, wie zufällig einen Blick auf die den jungen Mann so fesselnde Magazinseite.

Was er sah, war das in einem miserablen, wolkig grünen Druck wiedergegebene, ganzseitige Foto einer nackten, in Strikke eingeschnürten Frau, die mit gespreizten Schenkeln dasaß. Die ganze Zeit über, in der linken Hand das Magazin und ohne von seiner Umgebung auch nur Notiz zu nehmen, hatte der junge Mann demnach diese eine Seite fixiert.

Nun aus der Nähe indessen bemerkte Honda, daß seine Haltung etwas seltsam Erstarrtes hatte; daß in der Biegung seines Nackens, in seinem Profil, in seinen Augen etwas ähnlich schematisiert Unnatürliches war wie in irgendeinem ägyptischen Reliefbildnis. Und gleich darauf sah er deutlich, wie sich die in die Hosentasche versenkte rechte Hand des jungen Mannes mit mechanischer Heftigkeit bewegte.

Unverzüglich verließ Honda die Buchhandlung. Der schöne Spaziergang war ihm verdorben.

›Wie kommt dieser Mensch eigentlich dazu – und das vor anderen Leuten!? Vielleicht hatte er das Geld nicht, sich das Magazin zu kaufen. Na, hätte ich es doch einfach wortlos erstanden und ihm gegeben! Wieso bin ich nur nicht gleich darauf verfallen? Hätte, ohne lange zu zaudern, die Brieftasche gezogen, und die Sache wäre in Ordnung gewesen.‹

Aber nachdem er eine Strecke wie von einem Telegrafenmast bis zum anderen gegangen war, hatte sich Hondas Ansicht geändert.

›Nein, darum kann es sich nicht gehandelt haben. Hätte er das Heft wirklich haben wollen – so unerschwinglich ist dergleichen ja nicht; und wenn er seinen Füllhalter versetzt hätte.‹

Es mußte sich für den jungen Mann schlechterdings verboten haben, das Heft zu erwerben und mit nach Hause zu nehmen. Von diesem Punkt aus ließ Honda seiner Phantasie die Zügel schießen. Irgendwie kam ihm der junge Mann durchaus nicht wie ein Fremder vor.

In solche Gedanken versunken daheim von seiner Frau empfangen zu werden, wäre ihm peinlich gewesen; und so weitete er den Rückweg ein wenig aus und bog nicht, wie sonst, an der Ecke bei der Methodistenkirche ein.

Wenn der junge Mann das Magazin nicht mit nach Hause genommen hatte, so wahrscheinlich nicht deswegen, weil er eine lästige Familie fürchtete oder kein Versteck dafür wußte. Vielmehr lebte er – entschied Honda eigenmächtig – allein in einem Logierhaus. Also war es klar, daß ihn in dem Augenblick, in dem er in sein Zimmer zurückkehrte, die dort lauernde Einsamkeit ansprang wie ein Haustier; und wahrscheinlich hatte der junge Mann Angst davor, sein Vergnügen mit dieser Einsamkeit zu teilen, und vor ihr das Foto der gefesselten Nackten aufzuschlagen. Ja, es mochte so sein, daß in jenem Zimmer eine von ihm selbst hergestellte absolute Freiheit wie in der Haftzelle herrschte, und also würde es ihm eine grausige Vorstellung bedeutet haben, sich in diesem kleinen, viereckigen Raum wilder Freiheit, diesem vom Samengeruch erfüllten düsteren Nest dem gepeinigten Gesicht der grünlichen, um die Brüste herum von Stricken umschlungenen, hüllenlosen Frau, ihren wie zwei Taubenfittiche aufgebogenen Nasenflügeln gegenüberzusehen. Es würde ihm inmitten solch perfekter Freiheit die Konfrontation mit der Gefesselten wie ein Mord vorgekommen sein ... Aus dem und keinem anderen Grund zog er es vor, sich den Blicken der Leute auszusetzen. Hoffend, so der von diesen Blicken in Fesseln gelegte Mann zu werden, der dann, gefährdet und gedemütigt, der gefesselten Frau entgegenzutreten imstande wäre. Die von ihm gewählten Umstände verdeutlichten das subtile, alle fleischliche Liebe wie ein feiner seidener Faden durchziehende *sine qua non*.

Faszination eines außerordentlich partikulären, von Süße durchdrungenen Gemeinen und Niedrigen. Hätte es sich um das Kunstfoto eines bildhübschen Modells gehandelt, wäre der junge Mann gewiß nicht in dem Maße von der Begierde gepackt worden. Aber dieses Geschlecht: wild wie die Tag und Nacht durch die Großstadt fegenden Stürme. Ein riesiger, düsterer Exzeß. Straße, über die die Flammen der Molotowcocktails züngelten; unterirdischer, dunkler Kanal der Leidenschaften . . . Als Honda in der Ferne die aus der Zeit seines Vaters stammenden, würdevoll ernsten Torsäulen aus Stein erblickte, hatte er das Gefühl, er selber werde seine Greisenjahre weit jenseits dessen verleben müssen, was einst für seinen Vater das Alter gewesen war. Im Vorhof dann, in den er durch das Seitenpförtchen eingetreten war, sah er, daß an den Zweigenden des Magnolienbaumes die großen, weißen Blüten wie im Wettstreit miteinander weit aufgegangen waren; und plötzlich spürend, daß ihn der Spaziergang ermattet hatte, meinte er bei sich, das beste wäre es wohl, man könnte sein Leben damit zubringen, *Haiku*-Gedichte zu schreiben.

35

Honda hatte den Wunsch geäußert, bei Erhalt der Zigarren, um die er Keiko gebeten, mit ihr und möglichst auch in Gegenwart Katsumis etwas zu besprechen; so holte ihn Katsumi mit seinem Wagen am Maru-Building ab. Es war ein sonnendurchglühter Frühsommernachmittag.

Originale Havanna-Zigarren waren nirgends zu haben; immerhin gab es im PX amerikanische Sorten, die von der Halbinsel Florida stammten. Es war vereinbart, daß Keiko die Zigarren kaufen würde und die beiden Männer ihr bis an das im früheren

Matsuya-Kaufhaus untergebrachte PX mit dem Wagen entgegenkämen.

Honda selbst durfte das Matsuya-PX natürlich nicht betreten. Er ließ Katsumi davor halten und sah aus dem Wagen heraus zum Eingang hinüber. Vor den mit weißen Vorhängen verhüllten Schaufenstern lungerten unzählige Porträtzeichner herum, um die heraustretenden amerikanischen Soldaten zu bestürmen. Die jungen Soldaten, offenbar von der Koreafront zurück, standen ohne großes Widerstreben Modell. Auch ein amerikanisches Mädchen, das einkaufen gekommen war, setzte sich mit seinen groben Bluejeans auf die Messingstange vor einem der Schaufenster und ließ sich zeichnen.

Wenn man so, um die Zeit totzuschlagen, vom Wagen aus zuschaute, eine belustigende Szene. Die GIs, die vor aller Augen und ohne jede Verlegenheit ihre ernsten Gesichter hinhielten, taten dies wie in Erfüllung einer beruflichen Pflicht, so daß man nicht wußte, wer hier eigentlich der Kunde war. Neugierige umringten sie; wenn einer des Zusehens müde war und ging, trat sogleich ein anderer an seine Stelle, und aus dieser Menge hervor ragten wie von Statuen die rosigen Gesichter der lang aufgeschossenen US-Soldaten.

»Na, sie scheint sich zu verspäten«, meinte Honda zu dem vor ihm sitzenden Katsumi und stieg aus, um sich draußen in der Sonne ein wenig die Beine zu vertreten.

Er mischte sich unter die Menge und beobachtete die junge Amerikanerin, die porträtiert wurde. Sie war nicht hübsch. Sie ließ ihre Beine in den Bluejeans baumeln, sie trug nach Männerart ein kurzärmeliges, kariertes Hemd, und der helle Streifen, der von einem zwischen den Hochhäusern hereinfallenden Sonnenstrahl in halber Höhe über ihre sommersprossige Wange lief, krümmte sich dann und wann, wenn sie auf ihrem Kaugummi kaute. Sie war weder arrogant, noch war sie apathisch. Von anderen betrachtet zu werden, beeinträchtigte ihre natürliche Art in keiner Weise, und ihre braunen, tiefliegenden Augen blickten wie angebunden und fast ohne jede Bewegung in eine bestimmte Richtung.

Vor diesem Mädchen, das die Neugier der Leute für nichts erachtete, überkam Honda plötzlich, so wie sich ein angezündetes Haar von der Spitze her blitzschnell zusammenrollt, ein Gefühl der Begeisterung: war das nicht genau das Mädchen, das er gesucht hatte? Im selben Augenblick wurde er von einem neben ihm stehenden Mann angesprochen. Er mußte Honda schon die ganze Zeit über gemustert haben, um ihn nun schließlich zu fragen: »Sagen Sie, wir kennen uns doch von irgendwoher, nicht wahr?«

Als Honda sich zu ihm umwandte, war es ein kleiner Mann, der etwas Rattenartiges an sich hatte und einen armselig ausgebeulten Anzug trug. Sein Haar war an den Seiten wie mit der Heckenschere schnurgerade hoch geschnitten; seine Augen huschten unstet hin und her und hatten ein Funkeln, in dem sich Unterwürfigkeit und Erpressung miteinander mischten. Allein sein Anblick schon verursachte Honda ein Unbehagen.

»Sie entschuldigen«, sagte Honda mit eisiger Strenge, »ich wüßte wirklich nicht ...«

Der andere streckte sich, um Hondas Ohr zu erreichen, und flüsterte: »Aber hören Sie, wo wir doch nachts im Park hinter den Bäumen zusammen auf der Lauer gestanden haben!«

Wie sehr er sich auch dagegen wehrte, Honda erbleichte. Dann wiederholte er im gleichgültigsten Tonfall: »Wovon reden Sie eigentlich? Sie müssen mich verwechselt haben.«

Auf diese Worte hin verfurchte sich das Gesicht des kleinen Mannes plötzlich zu einem bitter spöttischen Lächeln. Daß wie die feinsten Sprünge in der Erdkruste ein Hohnlächeln solcher Art gelegentlich die Kraft besaß, jedes noch so große Haus im Nu in sich zusammenfallen zu lassen, wußte Honda durchaus. Indessen, vorderhand war nichts beweisbar. Und was noch günstiger war: einen so wichtigen Namen besaß Honda bereits nicht mehr. Ja, man konnte es als das Verdienst dieses Lächelns bezeichnen, daß er dadurch das Schwinden seines Rufes erst so recht gewahrte.

Er stieß den Mann mit der Schulter beiseite und begann weiterzugehen. Auf den Eingang des PX zu. Und dort, gerade im richtigen Augenblick, erschien jetzt Keiko.

Sie voran, die Brust unter dem lila Kostüm gestrafft, und hinter ihr her ein amerikanischer Soldat, mit beiden Händen so riesige Papiertüten umfassend, daß sie sein Gesicht nahezu verdeckten. Honda nahm an, es wäre Jack, ihr Geliebter; aber er hatte sich getäuscht.

Mitten auf dem Bürgersteig stellte Keiko dem amerikanischen Soldaten Honda vor, um dann von dem GI zu erklären: »Ich weiß nicht, wie er heißt; jedenfalls ein sehr liebenswürdiger Mensch, der sich bereit fand, mir die Sachen bis an den Wagen zu tragen.« Als jener kleine Mann sah, daß Honda mit dem Soldaten sprach, ergriff er die Flucht.

Keiko hatte eine Brosche an ihre Brust geheftet, die golden gleißte wie der Große Chrysanthemenorden. Durch den Glanz der Maisonne schritt sie hinüber zum Wagen, wo ihr Katsumi unter einer scherzhaft ergebenen Verbeugung die Tür öffnete. Der GI reichte die Tüten eine nach der anderen Katsumi hin, der sie wankend und nur mit Mühe entgegennahm.

Das alles war natürlich ein Schauspiel. Die Menge vor dem PX hatte den Porträtzeichnern den Rücken gekehrt und sah mit benommen geöffneten Mäulern zu.

Als der Wagen anfuhr, winkte Keiko dem liebenswürdigen GI noch einmal zu, und dieser erwiderte den Gruß; doch auch aus der Menge erhoben zwei, drei Männer die Hand.

»Na, was sind Sie so beliebt!« meinte Honda in einem etwas frivolen Tonfall, und zwar einfach aus der Notwendigkeit, sich selber zu beweisen, in welch kurzer Zeit er einen psychischen Schock wie eben zu überwinden imstande war.

Keiko lachte befriedigt. »Die Welt ist nicht bloß voller Teufel. Wirklich ein wahres Wort«, sagte sie, holte rasch ein schwer mit chinesischer Spitze besetztes Taschentuch hervor und schneuzte sich nach westlicher Manier geräuschvoll die Nase, die sich danach, als wäre nichts gewesen, herrlich wie je aus ihrem Gesicht erhob.

»Das kommt davon, daß du jede Nacht ohne alles schläfst«, bemerkte Katsumi vom Steuer her.

»Du bist mir von einer Unverschämtheit! Als hättest du mich dabei beobachtet... Übrigens, wohin fahren wir?«

Aus Furcht, in der Ginza-Gegend möglicherweise abermals jenem kleinen Mann zu begegnen, schlug Honda vor: »Gehen wir doch in das neue... na, wie heißt es gleich?... an der Hibiya-Ecke...« Es machte ihn nervös, daß er den Namen vergessen hatte.

»Ich weiß, Sie meinen das Nikkatsu-Hotel«, half Katsumi ein, und bald darauf glitten sie, während sie zwischen dem Menschengedränge hindurch den grünlich-braunen, verschmutzten Flußlauf glänzen sahen, über die Sukiyabashi-Brücke.

Keiko war außerordentlich liebenswürdig und klug; doch fiel ein gewisser Mangel an Sanftmütigkeit auf. Mochte es sich um Literatur, Kunst, Musik, ja, selbst um Philosophie handeln, sie redete darüber mit dem gleichen typisch weiblichen, eine Spur übertriebenen Vergnügen, als ginge das Gespräch um Parfüms und Halsschmuck; und obwohl sie ihre Ansichten über Kunst und Philosophie nie offen zur Schau stellte, waren ihre Kenntnisse doch reichhaltig und von beträchtlicher Qualität, ja, auf manchen Gebieten von vorzüglicher Klarsicht.

Wenn man bedachte, wie in der Meiji- und Taishō-Zeit die Damen der oberen Kreise dazu neigten, entweder die gestrenge und getreue Gattin zu spielen, oder aber sich als die überspannt Frivole zu gebärden, mußte Keikos Fähigkeit, die goldene Mitte zu wahren, geradezu verblüffen. Und dennoch ließen sich die Leiden dessen, der sie zu seiner Frau machen würde, leicht vorstellen. Nein, nicht daß sie tyrannisch gewesen wäre; aber sie ließ selbst in kleinsten Dingen eine Haltung verspüren, aus der Unnachsichtigkeit sprach.

Ein Panzer vielleicht? Wozu? Sie, die in der felsenfesten Überzeugung erzogen worden war, es werde nie nötig sein, sich mit dergleichen zu wappnen, hatte es offenbar auch nie darauf angelegt, sich die Welt zum Feind zu machen und gegen sie anzukämpfen. Wer immer vor ihr erschienen, er war in ihre Dienste getreten, er stand spürbar unter dem gewissen autoritären Zwang, den sie auf andere ausübte.

Ihrer Natur nach pflegte Keiko zwischen einer von ihr gewährten Gunst und der eigenen Zuneigung nicht zu unterscheiden, so daß derjenige, den sie favorisierte, zunächst durchaus des Glaubens sein mochte, er würde geliebt.

Auch jetzt wieder, als sie, vor sich einen Sherry, im Zwischengeschoß über der einem neuen Rugby-Feld nicht unähnlichen Lobby ihre Maßregeln zu ergreifen begann, hatte Honda das geradezu bedrückende Gefühl, hier würde dargelegt, wie der Vogel namens Ying Chan nach der französischen Küche zuzubereiten sei.

»Du hast sie seither zweimal getroffen. Was war dein Eindruck? Wie weit bist du gegangen?« nahm Keiko zunächst Katsumi ins Verhör. Und während sie fragte, zog sie die bis dahin vergessenen Zigarren, eine große, mächtige Kiste, aus einer der Papiertüten und legte sie Honda ohne ein Wort auf den Schoß.

»Was ich für einen Eindruck hatte? Allmählich scheint jedenfalls der richtige Zeitpunkt gekommen.«

Unterdessen ließ Honda, indem er sich den lange nicht genossenen Duft einer Zigarre vorstellte, seinen Finger zärtlich über den Kistendeckel gleiten, über dieses nachgerade an das Papiergeld irgendeines kleinen europäischen Staates erinnernde Design aus Goldmünzen und mit goldenen Lettern bedruckten rosa Bändern auf grünem Grund; die Worte Katsumis erregten in ihm erneut den heftigsten Widerwillen. Dabei war er über sich selber betroffen: kostete er doch diesen Widerwillen wie in Vorahnung eines Unbestimmten mit Freuden aus.

»Hast du sie schon geküßt?«

»Ja, einmal.«

»Und wie war es?«

»Wie soll es gewesen sein? Ich brachte sie zum Studentenheim, und dort am Tor habe ich sie eben kurz geküßt.«

»Deswegen frage ich ja, wie es war.«

»Sie schien ziemlich aufgeregt. Bestimmt war es bei ihr das erste Mal.«

»Offenbar hast du dich ungeschickter angestellt als üblich.«

»Bei ihr ist das anders. Sie ist schließlich eine Prinzessin.«

Als nächstes wandte sich Keiko an Honda und sagte: »Das beste, Sie nehmen sie mit nach Gotemba. Sie lügen ihr vor, es gäbe eine Party, da müsse sie versprechen, über Nacht zu bleiben, und zwar das Ganze zu möglichst später Abendstunde. Daß sie in der Lage ist, anderswo zu übernachten, das hat sie ja bewiesen; und weil sie Sie damals bei der Einladung sitzengelassen hat, Ihnen mithin Ersatz schuldet, wird sie gar nicht ablehnen können. Zudem, wenn es um einen Ausflug allein mit Katsumi ginge, würde sie sich wohl hüten; wären Sie nicht dabei, fiele also die Geschichte ins Wasser. Natürlich fährt Katsumi seinen Wagen, nicht wahr? Sie dürfen auch ruhig behaupten, ich würde in Gotemba warten. Nicht daß mir das irgend etwas ausmachte . . . Nun, Sie erreichen Ihr Landhaus, aber da sind sonst überhaupt keine Gäste da. Komisch, wie? Doch die Prinzessin mag das noch so komisch finden, sie als Ausländerin kann unmöglich davonlaufen und nach Tōkyō zurückfahren. Hier hat dann Katsumi seine Fähigkeit zu beweisen. Sie brauchen wirklich an dem Abend nur alles Katsumi zu überlassen, um dem Augenblick entgegenzusehen, in dem Ihre Canard à l'Orange angerichtet ist.«

36

Gotemba-Ninooka um Mitternacht. Nachdem er im Salon das Kaminfeuer gelöscht hatte, trat Honda mit aufgespanntem Schirm auf die Terrasse.

Der Swimmingpool davor begann bereits Gestalt anzunehmen; auf die rauhen Betonflächen trommelte der Regen. Bis zur Fertigstellung war es noch weit; nicht einmal die Einstiegsleitern waren bisher montiert. Im Licht von der Terrasse her bekam der durchnäßte Beton die Farbe einer kalten Kompresse. Zum Bau des Pools brauchte es eigens aus Tōkyō herbeigerufener Arbeiter, und so ging es damit nur langsam voran.

Selbst jetzt bei Nacht war deutlich zu erkennen, daß auf dem Boden des Pools der Wasserablauf nicht richtig funktionierte, und Honda meinte bei sich, das werde er, wieder in Tōkyō, reklamieren müssen. Stellenweise hatten sich auf dem Boden Pfützen gebildet, die die Regentropfen hochhüpfen ließen. Und die davon erzitternden, kleinen Wasserspiegel warfen traurig den Schein der Terrassenlaterne zurück. Die nächtlichen Nebel, die aus dem Flußtal westlich des Gartens gestiegen waren, hatten auf halber Höhe der Wiese haltgemacht und trieben dort bleich umher. Honda schauderte es vor Kälte.

Der unfertige Pool begann für ihn allmählich das Aussehen eines riesigen Grabes anzunehmen, in dem, wie viele Gebeine man auch darin aufhäufte, noch immer Platz für weitere wäre. Nein, in Wahrheit hatte er von Anfang an so ausgesehen. Als würden die Skelette, eines um das andere hinabgestoßen auf den Grund, das Wasser aufspritzen lassen, um dann stille zu werden; um sich, nachdem sie bis eben in den Flammen dörrten, nun zusehends mit Wasser vollzusaugen und schimmernd aufzuschwellen. Da war Honda in einem Alter, in dem es früher durchaus nicht ungewöhnlich gewesen war, wenn einer sein Gehäuse für das ewige Leben erstellen ließ – und er baute ausgerechnet einen Swimmingpool! Grausamer Versuch, seinen allmählich verfallenden Körper in die Fülle der blauen Flut zu tauchen. Wirklich hatte er sich angewöhnt, sein Geld lediglich für schlechte Scherze auszugeben. Wie würden doch die im blauen Wasser gespiegelten Hakone-Berge und sommerlichen Wolken sein Greisentum ins Prächtige verwandeln! Und welches Gesicht erst würde Ying Chan machen, wenn sie erführe, daß der hier ausgehobene Pool ihm vor allem den Wunsch erfüllen sollte, ihre Nacktheit unmittelbar vor Augen zu haben, sobald es Sommer geworden wäre!

Indem er sich umwandte, um die Regenläden vorzuschieben, sah Honda unter dem Schirm hervor zu den Lichtern im Obergeschoß hinauf. Vier Fenster waren noch erhellt. Da er die Lampen in seinem Arbeitszimmer zuvor gelöscht hatte, waren es die vier Fenster der beiden anschließenden Gästezimmer. In dem neben dem Arbeitszimmer hatte er Ying Chan untergebracht. Im Zimmer dahinter Katsumi . . .

Die am Schirm vorbeistreichenden Regentropfen schlugen auf seine Hose; er spürte, wie sie ihn bis auf die Knie durchnäßten. In der kalten Nachtluft begannen in allen seinen Gelenken insgeheim die kleinen roten Blumen des Schmerzes aufzublühen. Dem Auge unsichtbar, waren es, stellte er sich vor, so etwas wie winzige *Higan*-Blumen. Paradiesblumen, um sie mit ihrem Sanskrit-Namen zu bezeichnen. Solange er jung gewesen war, hatten sich seine Knochen bescheiden unterm Fleisch verborgen gehalten, hatten ehrbar ihren Dienst verrichtet, um jetzt nur immer lauter auf sich aufmerksam zu machen; sie sangen, sie knurrten mißvergnügt, sie bohrten sich in das welke Fleisch, und in der Hoffnung, sie könnten dem zähen Dunkel dieses Fleisches entfliehen und sich mit dem gleichen Recht des Dinglichen ungehindert im Lichte draußen baden wie die beständig von ihm übergossenen jungen Halme und Steine und Bäume, warteten sie auf die Gelegenheit, ins Freie zu stürzen. Wohl wissend, daß der Tag so ferne nicht mehr war . . .

Während er zu den erleuchteten Fenstern hinaufsah, mußte er

daran denken, wie sich Ying Chan entkleiden würde, und plötzlich wurde es ihm heiß um die Brust. Hatten die Knochen die Wärme übernommen? Oder die roten Blumen in den Gelenken ein Heufieber ausgelöst? Rasch zog Honda die Regenläden zu, löschte im Salon die Lichter und schlich auf leisen Sohlen ins Obergeschoß hinauf. Um möglichst ohne irgendein Geräusch in sein Arbeitszimmer zu gelangen, öffnete er die nächstgelegene Tür zu seinem Schlafzimmer, trat in dieses ein und ging von dort aus, sich vorsichtig durch das Dunkel tastend, bis zu jenem bewußten Bücherregal. Bei jedem einzelnen der schweren Bücher zitterten ihm, wenn er es herunternahm, die Hände. Schließlich legte er sein Auge an das Guckloch hinter dem Regal.

Ying Chan, die sich, ein Lied summend, in den Lichtkreis der dämmrigen Lampe hineinbewegte: ein Augenblick, den er wie keinen anderen herbeigesehnt hatte. Gefühl, wie sommers nahe der Abenddämmerung auf das Erblühen der »Nachtgesichtchen« an den *Yūgao*-Kürbisstauden zu warten. Oder aber auch: Augenblick, da das Bild auf einem bemalten, langsam sich öffnenden Fächer endlich vollkommen aufgeschlagen war. Ja, Ying Chan in einem Augenblick zu sehen, in dem sie von niemandem gesehen wurde: dies war es im Grunde, was Honda sich mehr als alles in der Welt gewünscht hatte. Obgleich damit, daß er sie anschaute, die Bedingung, sie solle »von niemandem gesehen« werden, schon zerstört war. Von absolut niemandem gesehen zu werden und nicht zu bemerken, daß man gesehen wird, waren zwei Zustände, die einander ähnelten und sich in Wahrheit doch prinzipiell unterschieden ...

Erstaunenswert, wie gleichmütig Ying Chan auch dann noch geblieben war, als sie, hier angekommen, begriffen hatte, daß die Geschichte von der Party eine Lüge war.

Honda selbst, nicht wissend, womit er – und sei es auch nur einer jungen Ausländerin gegenüber – die Dinge hätte beschönigen sollen, war mit dem Eintreffen im Landhaus zunächst in peinliche Verlegenheit geraten; zumal Katsumi, um in diesem Punkt den Braven zu spielen, jede Erklärung ihm überlassen hatte. Aber eine solche Erklärung war gar nicht nötig gewesen. Sobald im Kamin das Feuer brannte, hatte Honda zu trinken angeboten, und Ying Chan hatte das glücklichste Lächeln gezeigt und nichts gefragt. Vermutlich in der Annahme, sie habe bei der Einladung sein Japanisch mißverstanden. Wie Einladungen in einem fremden Land ja häufig zu recht grotesken Szenen führen, weil man einander sprachlich verfehlt. Damals, als Ying Chan nach Japan gekommen und Honda wiederbegegnet war, hatte ihn der japanische Botschafter, der von seinen einstigen Beziehungen zum thailändischen Hof wußte, in einem Empfehlungsbrief ausdrücklich darum gebeten, er möge sich doch im Umgang mit der Prinzessin ausschließlich der eigenen Sprache bedienen und so dazu beitragen, ihr Japanisch zu vervollkommnen.

Beim Anblick Ying Chans, ihres unbekümmerten Gesichts, hatte ihn dann doch so etwas wie ein Gefühl des Erbarmens beschlichen. Zu sehen, wie sie sich in der ihr unvertrauten Fremde, umsponnen von einer von freundlichem Entgegenkommen weit entfernten sexuellen Intrige, so nahe an das Kaminfeuer kuschelte, daß ihre eine braune Wange von den Flammen glühte und ihr Haar schon fast schmorte, dazu ihr fortwährendes Lächeln, ihre schönen, weiß schimmernden Zahnreihen: dies alles war ihm auf einmal unsäglich bemitleidenswert erschienen.

»Als Ihr Herr Vater in Japan weilte, und es kam der Winter, litt er so entsetzlich unter der Kälte, daß es einem richtig zu Herzen ging. Was hat er sich nach dem Sommer gesehnt! Geht es Ihnen auch so?«

»O ja, wenn es kalt ist, das finde ich abscheulich.«

»Nun, diese Kälte jetzt wird bald vorüber sein, und in zwei Monaten haben Sie den japanischen Sommer, der sich von dem Sommer in Bangkok nicht wesentlich unterscheidet... Wirklich, wenn ich Sie so frösteln sehe, muß ich an Ihren Herrn Vater denken. Und an die Zeit, als ich jung war.« Mit diesen Worten war Honda, um die Asche seiner Zigarre abzustreifen, an den Kamin getreten, wobei er von oben her einen verstohlenen Blick auf Ying Chans Schoß gewagt hatte. Gleich hatten sich ihre bis dahin geöffneten Knie empfindsam wie die Blätter einer Mimose zusammengetan.

Da sie sämtliche Sessel beiseite geschoben und sich auf den Teppich vor dem Kamin gesetzt hatten, war es unterdessen möglich gewesen, Ying Chan in den verschiedensten Stellungen zu beobachten. Saß sie zum Beispiel im Sessel, so konnte sie in streng aufrechter Haltung Würde wahren, oder, ihre schönen Beine übereinanderschlagend, die durchtriebene und zugleich wachsame Lässigkeit westlicher Frauen spielen; aber nun, da das vom Sessel vorgegebene Regelhafte weggefallen war, hatten sich plötzlich Stellungen ergeben, die Honda in Erstaunen stürzten. Etwa gleich zu Anfang, nachdem sie ans Feuer gerückt war: wie sie die Schultern fröstelnd gekrümmt, das Kinn vorgestoßen, den Hals auf die traurigste Weise eingezogen und dabei mit flatternd hochgereckten, schmalen Handgelenken geredet hatte, erinnerte das geradezu an eine bestimmte chinesische Art des Einschmeichelns. Dann wieder, noch näher am Kamin, kauerte sie vor dem Feuer wie auf einem tropisch nachmittäglichem Markt irgendeine Obsthändlerin vor der sie bedrängenden, grellen Sonnenflut, sich selber mit knapper Not im tiefen Schatten der Bäume haltend. Und das in der denkbar derbsten Pose: beide Knie aufgestellt, das Gesäß leicht angehoben, den Rücken so gebuckelt, daß die vollen Brüste genau auf den prallen Oberschenkeln zu liegen kamen und der Körper insgesamt um diesen neuen Schwerpunkt der gegen die Schenkel gepreßten Brüste leise schwankte. In solchen Augenblicken war die muskuläre Anspannung ausschließlich in die weit weniger edlen Teile wie Gesäß, Schenkel und Rücken verlagert, so daß Honda einen heftigen Geruch von Wildheit verspürte, wie er aus den Haufen alten Laubs im Dschungel aufzusteigen pflegt.

Und Katsumi? Er hatte die ganze Zeit über die Lichtreflexe des facettierten Cognacglases auf seine blasse Hand fallen lassen und Gleichmut geheuchelt, obschon er reichlich nervös gewesen war. Honda hatte seine Begierde einfach ins Verächtliche gezogen.

»Heute nacht dürfen Sie jedenfalls beruhigt sein. Ich werde in Ihrem Zimmer ordentlich heizen«, hatte Honda erklärt, um damit die Frage, ob Übernachtung oder nicht, erledigt zu haben, bevor es darüber zur Diskussion kommen konnte. »Ich werde zwei große elektrische Stövchen aufstellen; denn dank der Fürsprache Keikos ist das Haus mit einer ebenso leistungsstarken elektrischen Installation versehen, wie sie den Besatzungstruppen zusteht.« Warum dieses Landhaus, wenn schon im westlichen Stil errichtet, nicht wenigstens mit einer koreanischen oder chinesischen Beheizung ausgestattet worden war, darüber hatte Honda kein Wort verloren. In der Tat hatte man ihm eine Wandheizung vorgeschlagen, und zwar nicht mit dem schwer erhältlichen Öl, sondern mit Steinkohle zu befeuern. Auch seine Frau war dafür gewesen. Honda jedoch hatte das verworfen. Für eine solche Wandheizung wären doppelt starke Wände nötig gewesen. Und Honda war es darum gegangen, lediglich normal starke Wände zu haben.

... Er wolle im Landhaus in aller Ruhe etwas durchsehen, hatte Honda erklärt und so getan, als fahre er ohne jede Begleitung los; doch was ihm beim Weggang seine Frau gesagt, die üblichen, besorgten Worte nur, hatte sich wie eine Verwünschung mit der Zähigkeit von schwarzem Ruß in seinem Kopf niedergeschlagen: »Daß du dir mal keinen Schnupfen holst; denn es ist kalt da draußen. Besonders an so einem Regentag dürfte es in Gotemba kälter sein, als man denkt. Also wirklich, sieh dich vor!«

Honda preßte sein Auge an das Guckloch. Die Wimpern bogen sich um und bohrten sich in die dünne Haut seiner Lider.

Ying Chan war noch nicht umgezogen. Der Gäste-*Kimono* für die Nacht lag so auf dem Bett, wie Honda ihn hingelegt hatte. Sie saß vor dem Spiegeltisch, irgend etwas eifrig betrachtend. Zunächst glaubte er, es handelte sich um ein Buch; doch war es deutlich kleiner und dünner, wahrscheinlich ein Foto. Wessen Foto aber, das konnte er auch unter dem günstigsten Blickwinkel nicht erkennen.

Sie summte eine monotone Weise vor sich hin. Ein thailändisches Lied, wie es schien. Damals in Bangkok hatte er gelegentlich Schlager in solch chinesischer Art mit hoher, schriller Stimme singen gehört, als ob einer über die Saiten einer Fiedel striche. Das erinnerte ihn plötzlich an die gleißenden Goldketten nachts vor den Banken, an Szenen auf den lärmenden Märkten, die man morgens auf Booten in den Kanälen abzuhalten pflegte.

Ying Chan verwahrte das Foto in ihrer Handtasche und trat zwei, drei Schritte auf das Bett, also genau auf das Guckloch zu. Völlig entgeistert, hatte Honda das Gefühl, Ying Chan sei im Begriffe, gegen das Guckloch anzugehen. Aber sie sprang auf das entferntere, noch mit der Tagesdecke überzogene der beiden Twin-Betten, und indem sie ihre geraden Beine in die Höhe warf, wechselte sie mit einem Satz auf das für sie aufgeschlagene Bett unmittelbar an der Wand herüber. Jetzt waren nur ihre Beine in seinem Blickfeld.

Einige Male hüpfte sie auf dem Bett auf und nieder. Bei jedem Sprung wechselte sie die Richtung, und er sah, daß sich die Nähte an ihren Strümpfen verdreht hatten.

Ihre in den Schimmer der Nylons gehüllten, schönen Beine, von den Waden abwärts sich sanft verjüngend zu den straffen Fußgelenken hin, hüpften mit leicht eingeknickten Knien, während die Fußsohlen auf der elastisch schwingenden Matratze haftenblieben; dabei geriet ihr Rock ins Wehen und gab vorübergehend den Blick auf die Schenkel frei. Oben an den Strümpfen in dem anders gewirkten, bräunlicheren Rand waren wie an einer bleichen Erbsenpflanze, deren Schoten jeweils nur einen einzigen Kern gebildet haben, die Halter vom Strumpfgürtel zu sehen. Noch weiter darüber – wie der durch ein Oberlichtfenster hereinfallende Himmel der Morgendämmerung – ein Stück der im Halbdunkel liegenden, bloßen Haut der Schenkel.

Als würde die hüpfende Ying Chan jeden Augenblick das Gleichgewicht verlieren, begannen in Hondas Blickfeld wie bei einer Ohnmacht die Beine nach rechts zu sinken; indessen kamen sie schließlich doch ohne Sturz vom Bett herunter. Diese Art der Akrobatik schien, eine recht kindliche Gewohnheit, der Versuch zu sein, den Zustand der Matratze in einem ihr nicht vertrauten Bett zu prüfen.

Dann inspizierte sie den von Honda für die Nacht bereitgelegten baumwollenen Damen-*Kimono* in allen Einzelheiten. Sie zog ihn über ihr Kleid und stellte sich vor den Spiegel, um sich aus den verschiedensten Blickwinkeln zu betrachten. Endlich legte sie ihn wieder ab, setzte sich auf den Stuhl vor dem Spiegeltisch, faßte geschickt mit beiden Händen nach hinten in ihren Nacken und öffnete den Verschluß ihrer goldenen Halskette. Hob dann den Finger gegen den Spiegel und wollte auch den Ring abziehen; doch ließ sie das. Während dieser ganzen Zeit sah er, da sie ihm den Rücken zukehrte, ihre irgendwie mechanisch gesteuerten, an die Bewegungsart auf dem Meeresgrund erinnernden, schlaff und lässig geführten Verrichtungen und Gebärden fast nur im Spiegelbild.

Den Ring, statt ihn abzuziehen, streckte sie mit der Hand

hoch empor, dem Licht der Deckenlampe entgegen. Grün loderte die Smaragdflamme aus dem an ihrem Finger allzu auffälligen Herrenring; und die goldenen Fratzen der *Yaksha*-Wächterdämonen verschossen ihre Strahlen.

Schließlich langte Ying Chan mit beiden Händen auf den Rücken, um den kleinen Haken über dem Reißverschluß aus der Öse zu heben. Honda hielt den Atem an.

Da jedoch ließ Ying Chan auf einmal die Hände sinken und wandte ihr Gesicht nach rechts zur Tür. Denn diese, von der sie sicher gewesen, daß sie verschlossen war, öffnete sich jetzt unter dem Druck des Ersatzschlüssels, den Katsumi von Honda erhalten hatte. Freilich ein schlecht gewählter Zeitpunkt; Honda biß sich auf die Lippen. Hätte Katsumi mit seinem Erscheinen noch zwei oder drei Minuten gewartet, wäre Ying Chan bereits ausgezogen gewesen.

In dem verschwommenen, runden Rahmen des Gucklochs wurde die plötzliche Unruhe des unschuldigen jungen Mädchens zu dem Bild eines schicksalhaften Augenblicks. Wußte sie doch diese eine Sekunde lang nicht, wer hereintreten würde. Vielleicht, hochmütig einherschreitend und den Raum mit dem Duft von Lilien erfüllend, ein weißer Pfau. Und sogleich würde das Flügelflattern des Vogels, würde sein dem Knirschen einer Radscheibe ähnlicher Schrei diesen ganzen Raum in ein Zimmer im Rosenpalais verwandelt haben: an einem Nachmittag ohne auch nur von ferne einen menschlichen Laut ...

Indessen, es erschien ein ganz gewöhnlicher, affektierter junger Mann. Mit keinem Wort der Entschuldigung dafür, daß er unangemeldet die Tür geöffnet hatte, erklärte Katsumi recht ungeschickt, da er nicht schlafen könne, habe er sich gedacht, sich noch ein wenig mit ihr zu unterhalten. Das Lächeln kehrte auf ihr Gesicht zurück; sie bot ihm einen Stuhl an. Und es begann ein langes Gespräch zwischen beiden. Katsumi bediente sich, um ihr zu schmeicheln, des Englischen, so daß Ying Chan im Nu sehr redselig wurde. Honda am Guckloch kam das Gähnen an.

Katsumi legte seine Hand auf die Hand des Mädchens. Da sie die ihre nicht zurückzog, strengte Honda erneut seine Augen an, war jedoch nicht imstande, den Kopf aufrecht zu halten und lange hinzuschauen.

Er lehnte sich an das Bücherregal und versuchte, den ferneren Verlauf mit dem Ohr zu verfolgen. Die Dunkelheit ließ seiner Vorstellungskraft freien Lauf, und seine Phantasie erklomm mit einer weit gründlicheren Logik Sprosse um Sprosse. Danach hatte Ying Chans Entkleidung bereits begonnen, und ihre schimmernde Nacktheit entfaltete sich. Als sie mit einem Lächeln den linken Arm erhob, leuchteten, Sternenemblem an diesem dem schwermütigen Himmel der Tropennacht vergleichbaren Leib, an der linken Seite der Brust jene beieinanderstehenden drei Leberflecke auf. Für Honda Zeichen der Unerreichbarkeit ... Er bedeckte seine Augen. Im Nu zerbrach der Traum von den Sternen in der Nacht.

Irgend etwas war da zu hören.

Eiligst brachte Honda sein Auge wieder an das Guckloch. Dabei stieß er mit dem Kopf gegen die Regalkante, und mehr als der Schmerz beunruhigte ihn das entstandene Geräusch; doch die Situation drüben auf der anderen Seite war nicht so, daß man das bemerkt hätte.

Katsumi hielt Ying Chan umschlungen, das Mädchen wehrte sich. Die beiden Körper schwankten hin und her, erschienen bald in dem Lichtkranz des Gucklochs, bald verschwanden sie daraus. Der Reißverschluß auf dem Rücken des Mädchens war aufgerissen; in einem spitzwinkligen Dreieck trat der schweißglänzende, braune Rücken hervor, durchschnitten von dem Zugband des Büstenhalters. Ihre Rechte, die sie frei bekommen, hatte Ying Chan zur Faust geballt; wie ein umherschwirrender Käfer funkelte das Grün des Smaragds. Gleich darauf schlitzte er Katsumis Wange. Er preßte die Hand auf sein Gesicht und wich zurück ... Schließlich war zu hören, wie Katsumi die Tür öffnete und ging. Ying Chan keuchte, sie sah sich um, und als sie einen Stuhl nahm und ihn fortschleppte, tat sie dies offenbar, um ihn vor die Tür zu stellen.

Hatte er bis dahin zugeschaut, so überfiel Honda jetzt Bestürzung. Er fürchtete, der sich so erwachsen gebende, dabei so verzärtelte Katsumi könnte am Ende kommen und sich etwas zur Behandlung seiner Wunde holen.

Hondas nunmehr einsetzende Betriebsamkeit war ein Schauspiel für sich. Besorgt, nur kein Geräusch zu machen, schob er die schweren Bücher Band um Band wieder in das Regal, kontrollierte im Halbdunkeln mit der Gründlichkeit eines Verbrechers, daß kein Buchtitel auf dem Kopf stand, und sowie er dies erledigt hatte, überprüfte er noch, ob die Eingangstür zum Arbeitszimmer auch ja verschlossen war, schaltete hier das Stövchen aus und schlich sich auf Zehenspitzen in sein Schlafzimmer; nachdem er sein Nachtzeug angezogen hatte, warf er, was er bisher getragen, in den Kleiderschrank und kroch ins Bett, darauf vorbereitet, sich in dem Augenblick, in dem Katsumi an die Tür klopfen sollte, den Anschein zu geben, als werde er aus dem Schlaf aufgestört und erhebe sich nur widerwillig.

Es war dies für ihn ein Erlebnis unentdeckter »Jugend«. Diese Schnelligkeit, diese Flinkheit, diese überstürzten Bewegungen – so hätte ein Internatsschüler einen Verstoß gegen die Hausregeln geschickt vertuscht, um sich mit dem arglosesten Gesicht ins Bett zu legen. Nach all dem aber, den Kopf zwar scheinbar friedlich auf dem Kissen, brauchte es eine ganze Weile, bis sich das heftige, von dem wie lebendigen Kissen zurückgeworfene Herzklopfen beruhigte.

Katsumi brütete offenbar darüber, ob er Honda aufsuchen solle oder nicht. Sein langes Zögern mochte daher rühren, daß er zunächst einmal sorgfältig abwog, welche Vorteile welchen Nachteilen gegenüberstünden, wenn er seinen Impuls nachgäbe und zu Honda ginge . . . Während er, ohne wirklich mit ihm zu rechnen, auf Katsumi wartete, schlief Honda ein.

Am nächsten Morgen hatte es zu regnen aufgehört; durch die Vorhangspalten am Ostfenster fiel eine goldbrokatene Helle.

Um den jungen Leuten das Frühstück zu machen, band sich Honda noch ein Schaltuch unter den Kragen seines dicken Morgenrocks und ging hinunter zur Küche. In einem Sessel in der Diele bemerkte er Katsumi, der bereits angezogen war. Mit einem raschen Blick auf das blasse Gesicht des jungen Mannes rief er ihm von der Treppe aus zu: »Na, Sie sind aber früh auf!«

Im Kamin hatte Katsumi schon ein Feuer angefacht. Nicht, daß er seine linke Wange eigens verborgen hätte; aber als Honda sie im Licht der Flammen verstohlen betrachtete, war er doch enttäuscht, keine so bedeutende Wunde zu entdecken, wie er angenommen hatte. Lediglich einen leichten Kratzer, der sich auf Befragen auch auf jede andere Weise würde erklären lassen.

»Wollen Sie sich nicht einen Augenblick setzen?« sagte Katsumi, als wäre er der Hausherr, und rückte Honda einen Sessel zurecht.

»Ja, also guten Morgen!« wiederholte Honda und nahm Platz.

»Ich meinte, es wäre nötig, unter vier Augen darüber zu sprechen. Deshalb bin ich absichtlich so früh aufgestanden, verstehen Sie«, erklärte Katsumi, wie um Honda zur Dankbarkeit zu verpflichten.

»Und . . . wie war es?«

»Sehr gut.«

»Das heißt?«

»Wie ich erwartet hatte«, erwiderte der junge Mann mit einem Lächeln, das für den anderen voll tieferer Bedeutung sein sollte. »Sie wirkt zwar wie ein Kind, ist es aber durchaus nicht.«

»Es war bei ihr aber doch das erste Mal, oder?«

»Ja, ich war der erste Mann in ihrem Leben . . . Das wird einem hinterher natürlich geneidet werden.«

Weiter in dieser Weise zu sprechen, erschien Honda albern, und so unterbrach er ihn und fragte: »Sagen Sie, ob Ihnen wohl aufgefallen ist: sie hat ein Körpermal, nämlich seitlich der linken Brust drei so herrlich beieinanderstehende Leberflecke, daß man sie für künstlich halten könnte. Haben Sie die gesehen?«

Für einen Augenblick flog Verwirrung über das arrogante Jünglingsgesicht. Welchen der gegebenen Wege wählen, um nicht bei der Unwahrheit ertappt zu werden? Wie den Anschein retten? Schließlich der Entschluß, um der großen Lüge willen lieber die kleinere preiszugeben . . . Belustigend zu beobachten, wie dies alles eine Sekunde lang vor diesen jungen Augen vorüberzog. Plötzlich ließ sich Katsumi mit einer übertriebenen Gebärde im Sessel zurückfallen und rief mit schriller Stimme: »Ah, ich gebe mich geschlagen! Das war aber auch hinterhältig von Ihnen! Und ich bin dumm genug und merke es nicht. Lasse mich – ›du bist der erste‹ – von ihrem Englisch bezaubern. Dabei haben Sie ihren Körper schon so genau ausgeforscht.«

Diesmal war es an Honda zu lächeln. ». . . deshalb fragte ich Sie ja, ob Sie die Leberflecke gesehen haben.«

Der junge Mann antwortete mit angehaltenem Atem. Sah er sich jetzt doch von der Notwendigkeit bedrängt, seine erkünstelte Gelassenheit unter Beweis zu stellen. »Freilich habe ich sie gesehen. Wie sie da ein wenig feucht vom Schweiß unter der Achselhöhle aufleuchteten, hatte die Haut an dieser Stelle auf einmal etwas von einer unvergeßlich geheimnisvollen Schönheit.«

Hierauf begab sich Honda in die Küche und stellte ein europäisches Frühstück zusammen, bei dem es nur Kaffee und Croissants gab. Katsumi machte sich freiwillig nützlich, mit einem Eifer jedoch, den man, nach seiner sonst üblichen Haltung, von ihm nicht erwartet hätte. Wie von einem Pflichtgefühl getrieben, verteilte er die Teller, fragte, wo er denn die Teelöffel finde, und legte sie dazu. Jetzt zum ersten Mal empfand Honda ein gewisses, dem Mitleid nicht unähnliches Gefühl der Freundschaft für den jungen Mann.

Darüber, wer denn Ying Chan das Frühstück aufs Zimmer bringen sollte, kam es zum Disput. Schließlich mußte sich Katsumi mit Hondas Behauptung, dies sei das Privileg des Hausherrn, zufriedengeben. Worauf Honda ein Gedeck auf ein Tablett setzte und damit langsam die Treppe hinaufstieg.

Er klopfte an Ying Chans Tür. Keine Antwort. Er stellte das Tablett zunächst auf dem Fußboden ab und schloß mit dem Ersatzschlüssel auf. Da von drinnen irgend etwas dagegen gestemmt war, ließ sich die Tür nur mit Mühe öffnen.

Honda sah sich in dem von der Morgensonne erfüllten Zimmer um. Ying Chan war verschwunden.

37

In jüngster Zeit traf sich die Tsubakiwara häufiger mit Imanishi.

Übrigens hatte die gute Dame in der Tat keine Augen im Kopf. Besaß sie schon keine entschiedene Meinung über die Männer, so war sie, wenn sie einen Mann vor sich sah, zunächst nie in der Lage zu unterscheiden, welcher Sorte er zugehörte, ob er, mit anderen Worten, Schwein, Wolf oder Kohlkopf war. Und ausgerechnet eine wie sie unterfing sich, Gedichte zu schreiben.

So gewiß die Einsicht ins Schickliche das Zeichen triumphierender Liebe ist – Imanishis Selbstbewußtsein fand offenbar nirgends eine trostreichere Stütze als an dieser Frau, die für alles, was sich schickte, blind war. Sie hatte zu dem Vierzigjährigen eine Liebe entwickelt wie zu einem Sohn.

Von körperlicher Jugendlichkeit, von Frische und Draufgängertum war Imanishi so weit entfernt wie sonst wohl kein Mann. Er hatte einen schwachen Magen, holte sich leicht eine Erkältung, seine Haut war schlaff und bleich, und da er bei seiner Länge nirgends von Muskulatur zusammengehalten wurde, glich sein Körper einem aufgelöst herabhängenden *Obi*-Gürtel, ja, selbst sein Gang hatte etwas Schlenkerndes. Kurzum, er war ein Intellektueller.

Sich in einen solchen Mann zu verlieben, mußte von außerordentlicher Schwierigkeit sein; doch die Tsubakiwara hatte das ebenso geschafft, wie sie mit Leichtigkeit die miserabelsten Gedichte schrieb. Ihre Unerfahrenheit, worum immer es sich auch handelte, war von einem makellosen Glanz. Die Willfährigkeit, mit der sie erklärte, sie freue sich über jede Kritik an ihren Gedichten, befähigte sie, Imanishis ständiger Kritik an ihrer Person mit Vergnügen zu lauschen. Alles pflegte sie mit dem Gedanken abzudecken, kritisiert zu werden sei schließlich der kürzeste Weg zur Vollkommenheit.

In Wahrheit freilich hatte Imanishi innerlich so viel mit ihrer Art gemein, daß er es nicht nur keineswegs als lästig empfand, wenn sie im Bett wie eine Schülerin ernsthafte Gespräche über Literatur und Poesie führte, sondern selber auch diese Gelegenheit für seine weltanschaulichen Konfessionen benutzte. War doch eben solche seltsame Mischung aus konsequentem Zynismus und Unreife die Ursache für die verquälte Jugendlichkeit, die über Imanishis Gesicht flackerte. Die Tsubakiwara ihrerseits glaubte inzwischen fest daran, daß es seiner eigentlichen Lauterkeit entspringe, wenn er mit Vorliebe Dinge sagte, die andere verletzen mußten.

Die beiden pflegten ein erst kürzlich fertiggestelltes, nettes Hotel auf der Shibuya-Höhe zu frequentieren. Die Zimmer dort lagen in einzelnen Anbauten, getrennt zudem durch einen kleinen Bachlauf, der so geführt war, daß er zu einem Teil die in die Zimmer einbezogenen Innengärtchen durchfloß. Die Hölzer waren noch frisch, alles war sauber und der Eingang für fremde Blicke unauffällig.

Gegen sechs Uhr abends am sechzehnten Juni gerieten sie, unterwegs im Taxi dorthin, vor dem Bahnhof Shibuya in eine riesige Menschenmenge, und der Chauffeur, so behindert, verweigerte die Weiterfahrt. Da das Hotel von hier aus zu Fuß in fünf, sechs Minuten zu erreichen war, stiegen Imanishi und die Tsubakiwara aus.

Dröhnend schlug die von der Menge gesungene Internationale an ihre Ohren. Sie sahen Banner flattern mit der Aufschrift: »Nieder mit dem Antisubversionsgesetz!« Vom Viadukt der Tamagawa-Linie hing ein Tuch herab, auf dem in mächtigen Lettern geschrieben stand: »Ami go home!« Die Gesichter der auf dem Platz sich drängenden Leute waren erregt; in einer nicht recht erklärbaren heiteren Stimmung schien man darauf aus, den Untergang zu beschleunigen.

Die Tsubakiwara suchte ängstlich Schutz hinter Imanishis Rücken. Er hatte, seinerseits in Furcht und Panik, das Gefühl, seine Füße würden willenlos mitgerissen. Der Schein von den Straßenlaternen, der durch die Beine der über den Platz treibenden Menge fiel, bildete ein verwirrtes Gewebe zuckender Blitze; und indem die wie ein rascher Regenschauer anschwellenden Schritte, dazu die den Gesang zerreißenden Schreie und ein unregelmäßiges Händeklatschen immer lauter wurden, erhob sich aus dieser Menschenmasse drohend die Nacht des Aufruhrs. Imanishi erinnerte das an jenes unheimliche Frösteln, wenn bei einer seiner häufigen Erkältungen plötzlich das Fieber anzusteigen begann. Zwischen Körper und Körper eingepreßt, hatte er die Empfindung, es könnte ihm, wie dem Kaninchen das Fell, jeden Augenblick alles vom Leib gerissen werden, so daß er nackt dastünde.

»Die Polente! Die Polente!« kamen von irgendwoher Rufe näher, und die Menge geriet in Verwirrung. Der Gesang der Internationale, bis dahin eine einzige große Woge, brach auseinander, hier und da in Resten zurückbleibend wie nach dem Regen die Pfützen. Und noch diese Pfützen wurden vom Geschrei fortgefegt; ununterscheidbar vermischten sich die Rush-hour-Ströme mit den Singenden. Weiße Polizei-Lkws brausten heran und stoppten neben der Bronzestatue des getreuen Hundes Hachikō;

dunkelblaue Helme auf den Köpfen, sprangen die Männer eines Einsatzkommandos – von ferne wirkten sie wie ein auffliegender Heuschreckenschwarm – von den Wagen herunter.

Imanishi nahm die Tsubakiwara bei der Hand und lief mit ihr durch die sich stoßende, flüchtende Menge keuchend davon. Als sie die andere Seite des Platzes erreicht hatten und für einen Augenblick vor dem Eingang eines Geschäfts verschnauften, begriff Imanishi zu seinem Erstaunen, daß er, was er von sich nie geglaubt hätte, zu solchem Laufschritt fähig war. Er hatte es fertiggebracht, zu rennen! Bei diesem Gedanken beengte plötzlich ein unnatürliches Herzklopfen seine Brust.

Verglichen damit lag in der Furcht der Tsubakiwara, wie sonst in ihrem Kummer, gewissermaßen etwas Stereotypes. Sie hielt ihre Handtasche gegen die Brust gepreßt, sie lehnte sich an Imanishi, als wäre ihr wunder wie elend; doch da auf ihren dick von Puder überdeckten Wangen violettes Neonlicht flackerte, erschien ihre Angst wie unvermittelt in Perlmutt verwandelt. Selbst in ihren Augen war nichts Gequältes.

Imanishi beugte sich vorsichtig aus der Nische des Ladeneingangs, um einen Blick hinüber auf den vom Tumult wogenden Bahnhofsplatz zu wagen. Wütendes Gebrüll und Jammerschreie stiegen auf; am Bahnhofsgebäude zeigte die erleuchtete Uhr gelassen die Stunde an.

Ein heftiger Geruch von Untergang trieb heran. Die Welt war dabei sich zu röten wie Augen, die nicht genügend Schlaf gehabt haben. Imanishi meinte jenes merkwürdige Rascheln in einer Seidenraupenkammer zu hören, wenn die Tiere sich in stetem Kampf miteinander durch die Maulbeerblätter fressen.

Da loderte in der Ferne auf einem der weißen Polizei-Lkws eine Flamme auf. Vermutlich von einem Molotowcocktail. Im Nu hatte das wild um sich greifende Feuer den warmen Schein von rotem Fleisch angenommen. Ein Gejohle erhob sich, dann weißer Rauch. Imanishi wurde sich bewußt, daß auf seinen Lippen ein Lächeln lag.

Als sie sich schließlich entfernten und weitergingen, bemerkte die Tsubakiwara, daß da etwas von Imanishis Hand herunterhing, und tadelnd meinte sie: »Sag mal, was hast du da eigentlich?«

»Ach, das? Zufällig vorhin aufgelesen.«

Im Gehen breitete er, was wie ein dunkler Fetzen Abfall wirkte, vor ihren Augen aus. Es war ein Büstenhalter aus schwarzer Spitze. Ein Modell, völlig verschieden von dem, wie es die Tsubakiwara zu tragen pflegte; zweifellos von einer Frau, die stolz auf ihre Brüste war: trägerlos, dazu von einer überaus großen Nummer, und das in die Schalen eingenähte Fischbein ließ die ehrfurchtheischende Plastizität der einst darin verwahrten Zwillingsrundungen erahnen.

»Wie abscheulich! Und wo hast du das aufgelesen?«

»Eben zuvor. Als wir zwischen den Flüchtenden zu dem Laden herüberliefen, schlang sich etwas um meinen Fuß, und erst danach sah ich es und streifte es ab – da war es dieses Ding. Scheinen eine Menge Füße daraufgetrampelt zu haben. Schau, das trieft ja von Dreck!«

»So was Schmutziges! Wirf es bitte sofort weg!«

»Merkwürdig ist es aber doch. Je mehr ich darüber nachdenke, desto merkwürdiger«, meinte Imanishi, es noch immer in der Hand haltend und geradezu übermütig die neugierigen Blikke der Vorüberkommenden herausfordernd. »Wie kann so etwas verlorengehen? Einfach nicht vorstellbar, nicht wahr?«

Nein, das war es wirklich nicht. Ein Büstenhalter, selbst ein trägerloses Modell, war schließlich mit mehreren Verschlußhaken gesichert. Und auch bei noch so weitem Brustausschnitt des Kleides – daß der Büstenhalter aufgegangen und herausgerutscht wäre, schien unmöglich. Entweder also hatte ihn sich, eingekeilt in die Menschenmassen, eine Frau mit eigener Hand heruntergerissen, oder aber er war ihr heruntergerissen worden. Da das letztere recht schwierig gewesen wäre, blieb es zwangsläufig bei der Vermutung, sie habe es selbst getan.

Aber wozu? Jedenfalls war hier inmitten der Flammen des Dunkels, des Geschreis ein fülliges Brüstepaar ausgespielt worden. Genaugenommen freilich nur ihre Satinhülle; doch gerade die Formschalen aus schwarzer Spitze bezeugten das Pralle der von ihnen gestützten Rundungen, ihre vitale Elastizität um so deutlicher. Ja, voller Stolz und mutwillig hatte die Frau sie fallen lassen; der Mond, seines Hofes beraubt, strahlte irgendwo in der Finsternis des Aufruhrs. Und lediglich seine Gloriole war es, die Imanishi gefunden hatte; dennoch vermeinte er die Wärme der

Brüste, ihre einer Berührung verschlagen ausweichende Zartheit sowie all die Erinnerungen an empfundene Lust, die sie umschwärmten wie die Insekten eine Lampe, weit zuverlässiger mit seinen Händen ergriffen zu haben, als wenn er etwa die Brüste selbst gefunden hätte. Er führte das Ding plötzlich an seine Nase. Es verströmte, unbeeinträchtigt von dem daran haftenden Schmutz, auf eine aufdringliche Weise den Geruch billigen Parfüms. Und Imanishi stellte sich vor, es hätte einer auf amerikanische GIs spezialisierten Prostituierten gehört.

»Was bist du für ein schrecklicher Mensch!«

Die Tsubakiwara war aufrichtig wütend. Seine in Worten formulierten Peinlichkeiten pflegten stets auch die Würze der Kritik zu enthalten; ein solch widerliches Gebaren jedoch gedachte sie nicht hinzunehmen. Zumal das keine Kritik mehr war, sondern eine gezielte Verhöhnung. Ja, nachdem sie mit einem flüchtigen Blick die enorme Größe dieses Trägerlosen abgeschätzt hatte, spürte sie, daß Imanishi damit unausgesprochen ihre eigenen, alten und welken Brüste verächtlich machte.

Sobald sie sich nur ein Stück vom Bahnhofsvorplatz entfernt hatten, boten die Straßen am Fuß des Dōgenzaka-Hügels und nach Shōtō hinüber – hastig auf den Ruinen errichtet eine kleine Bude neben der anderen – den gewohnten Anblick. Zu so früher Stunde schon torkelten die Betrunkenen umher, flackerten über ihren Köpfen wie Goldfischschwärme die Neonlichter.

›Besser, wir beeilen uns, sonst kommt die Hölle wieder. Besser, es geht jetzt mit allem ganz schnell auf die letzte Katastrophe zu‹, dachte Imanishi. Der Gefahr kaum entronnen, rötete die nunmehr unbesorgt reflektierbare Gefahr seine Wangen. Ohne weitere Vorwürfe der Tsubakiwara abzuwarten, hatte er den schwarzen Büstenhalter bereits aus seinen Fingern auf die von schwüler Feuchte überlagerte Straße gleiten lassen.

Imanishi litt unter der fixen Idee, der Untergang müsse so schnell wie möglich kommen, oder die zermürbende Hölle der Alltäglichkeit nähme erneut ihren Lauf; der Zusammenbruch müsse besser heute als morgen erfolgen, oder – und da wäre jeder Tag zuviel – er würde einer Illusion zum Opfer fallen. Besser ein Ende auf einen Schlag, als vom Krebsgeschwür der Illusion zerfressen zu werden. Das mochte freilich nichts weiter sein als die unbewußte Furcht, seine eigene, von ihm selbst nicht angezweifelte Mittelmäßigkeit könnte, wenn er sich nicht bald eindeutig entschiede, offenkundig werden.

In den unscheinbarsten Phänomenen witterte Imanishi Anzeichen für den Weltuntergang. Findet der Mensch doch stets Symptome für das, was ihm wünschenswert erscheint. Ja, je rascher die Revolution ausbräche, desto besser. Ob linke oder rechte Revolution, darüber machte er sich keine Gedanken. Und trüge sie einen Mann wie ihn, der er dank der Effektenfirma seines Vaters ein müßiges Leben führte, auf die Guillotine – na, großartig! Nur beunruhigte ihn das eine Problem: ob ihm die Menge, nachdem er seine Widerwärtigkeit nach Kräften herausgestrichen, wirklich den Gefallen tun würde, ihn zu hassen. Angenommen, man sähe in dieser seiner Haltung einen Beweis der Reue – was dann? Käme aber der Tag, an dem man auf dem geschäftig turbulenten Bahnhofsvorplatz die Guillotine aufschlüge und das Blut flösse inmitten der gewohnten Banalitäten, so würde vielleicht auch er durch seinen Tod zu einem »Erinnerten« werden. Er malte sich aus, wie man ihn auf die denkbar geschmackloseste Guillotine brächte: ringsum zum Schmuck die Schlußverkaufsfahnen der nahen Geschäfte, die rohen Holzstangen mit den rotweißen Tüchern einer Lotteriebude umwikkelt, ein Billigpreisschild auf das Fallbeil geklebt. Und ihn schauderte.

Mit einem leichten Zupfen an seinem Ärmel machte die Tsubakiwara den in seinen Träumen dahinwandelnden Imanishi auf den Eingang ihres Hotels aufmerksam. Das unmittelbar hinter dem Tor im Bedientenzimmer wartende Mädchen ging ihnen wortlos voraus und geleitete sie zu ihren schon gewohnten Räumen. Sobald sie allein waren, drang in Imanishis noch immer erregten Kopf allmählich das Rauschen des Baches ein.

Sie hatten ein Hühner-*Mizutaki* und Reiswein bestellt, und pflegten sie sonst, während sie die in diesem Hause recht langsame Zubereitung abwarteten, eine geziemende körperliche Intrade durchzuexerzieren, so nötigte diesmal die Tsubakiwara Imanishi in die Toilette und hieß ihn, nachdem sie den Wasserhahn aufgedreht hatte, sich unter ihrer Aufsicht die Hände zu waschen.

»Fester, noch fester!« sagte sie.

Imanishi, der zunächst nicht verstand, warum er sich die Hände waschen sollte, begann aus ihrer ernsthaften Art zu begreifen: es war, weil er jenen Büstenhalter aufgelesen hatte.

»Du machst das nicht richtig. Noch gründlicher!« Wild beschmierte sie Imanishis Hände mit Seife, und ohne Rücksicht darauf, daß das mit Kupfer ausgeschlagene Becken entsetzlich dröhnte und das Wasser herumspritzte, drehte sie den Hahn auf volle Stärke. Imanishis Hände wurden davon wie taub.

»Jetzt ist es aber wohl genug.«

»Noch längst nicht. Wie stellst du dir das eigentlich vor – mich mit solchen Händen zu berühren?! Mich zu berühren, das heißt soviel, wie das Gedächtnis meines Sohnes zu berühren, mit dem mein Körper angefüllt ist. Akios geheiligtes Gedächtnis, sozusagen die Gottheit mit solchen Händen anzufassen ...«

Soweit gekommen, senkte sie plötzlich das Gesicht und bedeckte ihre Augen mit dem rasch hervorgeholten Taschentuch.

Imanishi, seine Hände weiter unter dem Wasserstrahl walkend, warf heimlich einen Blick auf sie. Wenn sie zu schluchzen anfinge, bedeutete dies das Signal für ihn zum Aufhören, dafür, daß nun ein anderes auf sie zukäme, heranbrandete und sie bereit wäre, alles hinzunehmen.

Als sie endlich saßen und sich gegenseitig von dem Reiswein einschenkten, erklärte Imanishi mit gespielt weicher Stimme: »Ich wünschte, ich würde bald sterben.«

»Ich auch«, erwiderte die Tsubakiwara sanft, wobei über die dem weißen Izumo-Papier vergleichbare Haut ihrer Augenlider die leichte Röte der Trunkenheit strich.

Im angrenzenden Zimmer, zu dem die Schiebetüren offenstanden, leuchtete wie leise atmend das wellige Auf und Ab der mit hellblauer Seide überzogenen Bettdecken; hier vor ihnen auf dem Tisch in kleinen Schalen schwebte auf den angerußt wirkenden Falten der gewässerten Abalone-Scheiben das Grellrot künstlich gefärbter Kirschen, brodelte in dem Keramiktopf die *Mizutaki*-Brühe.

Ohne daß sie davon gesprochen hätten, wußten sie, Imanishi so gut wie die Tsubakiwara: beide warteten sie auf irgend etwas. Vermutlich sogar auf dasselbe.

Die Tsubakiwara schauderte es angesichts der Sünde und in Vorahnung der Strafe dafür, daß sie sich hinter Makikos Rücken heimlich trafen; sie war gepeinigt von der Vorstellung, jeden Augenblick werde, den roten Korrekturpinsel gezückt, Makiko ins Zimmer treten und erklären: ›Auf diese Weise kann natürlich keine Poesie zustande kommen. Wissen Sie, ich werde Ihnen zuschauen, und Sie nehmen sich fest vor, ein Gedicht zu verfertigen, indem Sie mit Ihrem Körper die Ergriffenheit gestalten. Hierzu, liebe Frau Tsubakiwara, bin ich schließlich da.‹

Imanishi seinerseits, typisch für ihn, wünschte sich im stillen, es unter Makikos Augen zu tun und dabei übergossen zu werden von dem Gewitterschauer ihres Abscheus. Jene erste Nacht in Gotemba-Ninooka war für ihn zu dem erträumten Gipfelpunkt geworden; dorthin, so hoffte er, werde er die Prozedur mit der Tsubakiwara auch heute treiben können. Auf der äußersten Spitze des Gipfels hatten kalt wie die Sterne Makikos durchdringende Augen geblitzt. Unter allen Umständen mußte er diese Höhe noch einmal erreichen.

Ohne jene Augen blieb seine Vereinigung mit der Tsubakiwara unweigerlich mit dem Geruch des Unechten, mit dem Makel des unerlaubten Verkehrs behaftet. Waren dies doch die Augen der würdevollsten Kupplerin. Alles durchbohrend wie die einer Göttin hatten sie damals aus dem dämmrigen Winkel des Schlafzimmers gefunkelt: Augen einer Zeugin, Verbindung stiftend und gleichzeitig gegen sie protestierend, Nachsicht übend und gleichzeitig voller Verachtung; Augen wie die einer irgendwo auf den Sockel gehobenen, mystischen Justitia, die widerwillig ihre Zustimmung erteilt. Auf diesen Augen allein beruhte ihrer beider Rechtmäßigkeit; losgelöst von ihnen waren sie nichts als welke Wassergräser, dahintreibend auf der Oberfläche der Erscheinungen, war ihre Vereinigung nicht mehr als das Aneinanderschlagen der *Go*-Steine in der Dose: die nur für einen Augenblick aufklingende, anorganische Berührung einer Frau, die im Traum von einer nie wiederkehrenden Vergangenheit befangen war, mit einem Mann, der dem Traum von einer sich nie verwirklichenden Zukunft nachjagte.

Imanishi hatte das Gefühl, im angrenzenden Schlafraum, an einem Platz, bis zu dem das Licht des vorderen Zimmers nicht reichte, säße die reglose Makiko schon und wartete auf sie. Dieses Gefühl wurde immer bedrängender, so daß er sich schließlich erhob, um nachzuschauen; und als er sich, obwohl sie ihn mit keinem Wort zurechtgewiesen hatte, zu der Tsubakiwara umwandte, schien sie das gleiche empfunden zu haben. Aber in einem Winkel des viereinhalb Matten großen Raumes ließen lediglich von einem Wandbrett purpurviolette Schwertlilien ihre wie Schwalbenfittiche ausgebreiteten Blüten schweben ...

Nachdem sie es hinter sich hatten, ergaben sie sich, während sie in der denkbar nachlässigsten Pose dalagen, einem schier uferlosen Geplauder wie unter Frauen. Imanishi, nun befreit, sprach in der übelsten Weise über Makiko: »Sie spiegelt dir ja doch nur etwas vor, um dich auszunutzen. Und du lebst in der Furcht, du für dich könntest, wenn du dich von ihr losmachtest, als Dichterin nicht bestehen. Nun, bis jetzt mußtest du freilich dieses Gefühl haben; aber du solltest dir darüber klarwerden, daß du an dem entscheidenden Wendepunkt angekommen bist, an dem deine künftige Vervollkommnung als Dichterin in Frage gestellt ist, sofern du dich nicht entschlossen von Makiko trennst und selbständig wirst.«

»Auch wenn ich es wollte – bestimmt würde, wenn ich einmal unabhängig wäre, meine dichterische Entwicklung sofort zum Stillstand kommen.«

»Warum willst du dir das unbedingt einreden?«

»Das rede ich mir nicht ein, es ist die Wahrheit. Oder besser: mein Schicksal.«

Imanishi war nahe daran zu fragen, ob denn ihre Dichtung bisher »Entwicklung« gehabt habe; doch seine Wohlerzogenheit ließ es ihm geraten erscheinen, eine solch unhöfliche Frage nicht zu stellen. Zudem waren seine Worte, mit denen er versucht hatte, das Verhältnis zwischen ihr und Makiko zu trüben, durchaus nicht ernst zu nehmen gewesen. Und offenbar hatte die Tsubakiwara dies bei ihrer Antwort sehr wohl gewußt.

Schließlich zog sie wenigstens das Bettuch hoch und wickelte sich so hinein, daß sie bis an den Hals darunter verschwand, um dann, den Blick zur düsteren Zimmerdecke gerichtet, eines ihrer Gedichte aus der jüngsten Zeit vorzutragen, für das Imanishi sofort eine Kritik parat hatte.

»Gewiß ein schönes Gedicht, aber irgendwie zu eng, zu sehr

im Alltäglich-Irdischen steckengeblieben; für mein Gefühl fehlt ihm so etwas wie der sinnliche Bezug aufs Universum. Vielleicht liegt es daran, daß die letzte Zeile ›. . . blau aber ist der tiefe Weiher‹ keinen Aufschwung darstellt, zu allgemein erscheint. Das baut auf keiner wirklichen Beobachtung auf.«

»Nun ja, wenn ich es recht überlege, ist es schon so, wie du sagst. Unmittelbar nach der Niederschrift eines Gedichts so hart kritisiert zu werden, das ist freilich schmerzlich; nach einigen zehn Tagen jedoch begreift man es plötzlich selber auch. Immerhin, Makiko hat dieses Gedicht gelobt. Hat im Gegensatz zu dir gemeint, die letzte Zeile sei sehr schön. Ja, sie könnte sogar noch ruhiger sein, etwa ›. . . und blau der tiefe Weiher‹.«

Aus den Worten der Tsubakiwara sprach ein Gefühl des Stolzes, so als lasse sie auf dem Teller ihrer Hand die eine Autorität mit der anderen Autorität kämpfen. Und von plötzlicher Heiterkeit beflügelt, begann sie über Bekannte zu klatschen, womit sie Imanishi stets das größte Vergnügen bereitete.

»Neulich traf ich Keiko; sie hat mir etwas Interessantes erzählt.«

»Na, und was?«

Sofort war Imanishi voller Begierde; hatte er bis dahin auf dem Bauch gelegen, so drehte er sich jetzt halb zu ihr herum, wobei er die lange Asche seiner Zigarette auf das Bettuch über ihrer Brust fallen ließ.

»Es ging um Herrn Honda und die thailändische Prinzessin«, sagte die Tsubakiwara. »Vor einigen Tagen ist er mit dieser Prinzessin und ihrem Boy-friend, Keikos Neffen Katsumi, einem Studenten, zu einem heimlichen Treffen ins Landhaus nach Gotemba-Ninooka gefahren.«

»Also haben sie zu dritt miteinander geschlafen?«

»Das würde Herr Honda gewiß nie tun. Wahrscheinlich hat er, da er ein so ruhiger, verständiger Mensch ist, rein aus generöser Laune gehandelt, um den jungen Verliebten eine Gelegenheit zu verschaffen. Es ist zwar eine bekannte Tatsache, daß er die Prinzessin auf Händen trägt, aber bei diesem Altersunterschied dürfte ja wohl nichts daraus werden.«

»Na, und was hat Keiko dabei für eine Rolle gespielt?«

»Sie ist rein zufällig mit hineingezogen worden. In jener Nacht, Keiko war ebenfalls in ihrem Landhaus in Ninooka, und

Jack, der dienstfrei hatte, schlief bei ihr – in dieser Nacht also gegen drei Uhr habe es, erzählte sie, plötzlich heftig an ihre Tür geklopft, und die Prinzessin sei hereingestürzt. Keiko und Jack, beide aus dem Schlaf aufgestört, müssen in arge Verlegenheit geraten sein; denn wie sehr sie auch in die Prinzessin drangen, um den Hergang zu erfahren – es war kein Wort darüber aus ihr herauszubringen. Sie habe sie gebeten, sie möchten sie doch für diese eine Nacht dabehalten, was sie dann auch getan haben; in der Überlegung, daß sie gleich am Morgen Herrn Honda in seinem Landhaus Bescheid sagen könnten. Nach alledem verschliefen sie es jedoch, und eben in dem Augenblick, als sie ihren Jack, der ins Camp zurück mußte, nach einer einzigen Tasse Kaffee in aller Eile zu seinem Jeep gebracht und ihm vom Tor aus nachgewinkt hatte, sah sie einen aschfahlen Herrn Honda herüberkommen. So aufgeregt, erzählte Keiko lachend, habe sie ihn noch nie erlebt. Und da sie natürlich gewußt habe, daß er Ying Chan suchte, habe sie ihn ein wenig hinhalten wollen und gefragt: ›Ja, was ist denn mit Ihnen? Sie scheinen es mit dem Spazierengehen eilig zu haben!‹ Worauf er ihr mit schriller Stimme entgegnet habe, Ying Chan sei verschwunden. Nach einigem Hin und Her, und nachdem sie ihn genügend gefoppt, habe Herr Honda es schließlich aufgeben und umkehren wollen. ›Wenn Sie Ying Chan suchen – sie ist bei mir über Nacht geblieben.‹ Bei diesen Worten Keikos sei der fast Sechzigjährige ein wenig errötet, um dann mit der denkbar fröhlichsten Stimme auszurufen: ›Was denn, ist das wahr?‹ Von Keiko geführt, habe er das Gästezimmer betreten, und sobald er das Gesicht der dort noch friedlich schlafenden Prinzessin gesehen, sei er fast mit einem Kollaps zusammengebrochen und habe sich setzen müssen. Ohne von all der Unruhe auch nur im mindesten aufgeschreckt zu werden, habe Ying Chan weitergeschlafen, den hübschen Mund leicht geöffnet, die Wangen unter dem schwarzen Haar verborgen, die langen Wimpern glatt aufgelegt. Die geradezu besorgniserregende Erschöpfung, die sie kaum vier, fünf Stunden zuvor, als sie ins Haus gestürzt war, gezeichnet hatte, sei da längst verschwunden gewesen, auch sei auf ihr Gesicht die unschuldige Glätte zurückgekehrt und ihr Atem ganz ruhig gewesen, als sie sich auf einmal wie in einem schönen Traum und gleichsam liebkosend im Bett herumgedreht habe.«

38

Abermals war Prinzessin Mondglanz für Honda nicht zu erreichen. Die Regenzeit, die den Mond verdunkelte, hielt an.

Seitdem er an jenem Morgen beim Blick auf das Gesicht der schlafenden Ying Chan gezaudert hatte, sie zu wecken, und alles weitere Keiko anvertrauend nach Tōkyō zurückgefahren war, hatte der über sich selbst beschämte Honda sie kein einziges Mal mehr gesehen. Auch nichts von ihr gehört.

In dieser dem äußeren Anschein nach ruhigen und friedlichen Zeit begann Rie eifersüchtig zu werden.

»Neuerdings läßt die thailändische Prinzessin ja gar nichts mehr von sich vernehmen, nicht wahr?« konnte sie wie beiläufig während einer Mahlzeit bemerken. Dabei lag in ihren Worten zwar durchaus etwas Spöttisches, ihre Augen jedoch waren emsig auf der Suche.

Rie stand vor einer weißen Wand, auf der für sie nicht das geringste zu erkennen war, und sie schien sie daher um so freizügiger mit den Bildern ihrer Phantasie zu bemalen.

Honda hatte die Gewohnheit, sich morgens und abends gewissenhaft die Zähne zu putzen. Jetzt fiel ihm auf: seine Zahnbürste wurde überaus häufig und auch dann schon ausgewechselt, wenn die Borsten noch keineswegs beschädigt waren. Offensichtlich handelte Rie mit Überlegung, hatte eine Menge Bürsten von der gleichen Art, der gleichen Farbe des Griffs und der gleichen Härte gekauft und tauschte sie in genau berechneten Abständen aus; und trotzdem, das war zu oft. Nur eine Lappalie, gewiß, doch eines Morgens ließ er hierüber eine Bemerkung fallen.

Worauf ihm Rie, fast stammelnd vor Erregung, erwiderte: »Was bist du so knauserig, so geizig! Ein Millionär, und hält sich über solche Dinge auf! Wenn das nicht komisch ist . . .«

Da er nicht begriff, wieso sie sich eigentlich derart erregte, ließ er es damit bewenden.

Erst später begann ihm ein Licht aufzugehen. Es war nämlich die Zahnbürste stets dann eine neue, wenn er am Abend zuvor spät nach Hause gekommen war; Rie mußte also, nachdem er sich hingelegt hatte, den Austausch heimlich vorgenommen haben. Und wahrscheinlich unterzog sie die alte Zahnbürste tags darauf einer gründlichen Inspektion, bog die schimmernden Borsten eine nach der anderen beiseite und untersuchte die Borstenwurzeln darauf, ob auch ja nicht eine Spur von Lippenstift oder der Duft einer fremden jungen Frau daran haftete, um anschließend die Bürste wegzuwerfen.

Nun war es aber so, daß aus irgendeinem Grund Hondas Zahnfleisch gelegentlich blutete. Daß er, wiewohl noch nicht in dem Alter, um eine volle Zahnprothese zu tragen, über ein Einsinken seiner Kiefer klagte. Was würde Rie an solchen Tagen aus dem hellen Rot herauslesen, das dann die Borstenwurzeln färbte?

Dies alles blieb zwar im Bereich der Vermutungen; doch zu manchen Zeiten mußte Honda den Eindruck haben, als wäre Rie völlig in Gedanken versunken und mit Eifer dabei, den Sauerstoff und Stickstoff aus der Luft zu extrahieren oder an gewissen chemischen Verbindungen zu laborieren. Scheinbar von träger Langeweile geplagt, waren ihre Augen und ihre fünf Sinne nichtsdestoweniger rastlos tätig. Und während sie einerseits über ständige Kopfschmerzen klagte, war sie andererseits flink genug auf den Füßen, um aufs Geratewohl durch das alte Haus mit seinen vielen Korridoren hin und her zu wandern.

Zufällig kam das Gespräch einmal auf das Landhaus, und als Honda meinte, er habe das ja eigentlich vor allem dazu gebaut, damit sie sich dort von ihrem Nierenleiden kuriere, legte Rie ihm das übel aus und rief, während ihr die Tränen herabliefen: »Damit du mich auf dem Berg hilflos meinem Schicksal überlassen kannst, nicht wahr?«

Insofern, als sie aus der Tatsache, daß ihr Mann den Namen Ying Chan mit keiner Silbe mehr erwähnte, seit er bei jener Gelegenheit ohne sie nach Gotemba gefahren war und dort übernachtet hatte, auf Anzeichen eines Verliebtseins bei ihm schloß, urteilte Rie durchaus richtig. Andererseits war es – und dies, weil sie beim besten Willen nicht zu glauben vermochte, er habe Ying Chan seither nicht mehr gesehen – ihr Irrtum, anzunehmen, er werde sich wohl insgeheim mit dem Mädchen treffen und tue deshalb alles, um diesen Namen aus den von Rie kontrollierbaren Bereichen zu verbannen.

Solche Stille kam doch nicht von ungefähr. Das war gewiß

Wenn man eine Schublade schließt, kann es vorkommen, daß dabei der *Kimono*-Ärmel festklemmt; man merkt es nicht, will aufstehen und schafft es nicht, bis schließlich unter der Achsel die Nähte platzen. Von inneren Erfahrungen solcher Art wieder und wieder heimgesucht, war Ries Herz ein einziges Gewirr von geplatzten Nähten. Als würde es von irgend etwas unnachsichtig zurückgehalten; und so war es leer, war es stumpf geworden.

Der Regen fiel weiter Tag und Nacht ohne Unterlaß. Durch das Fenster sah sie auf die triefendnassen Hortensien draußen. Die in mittäglicher Düsternis schwebenden, zartvioletten Blütenbälle erschienen ihr wie ihre eigene umherirrende Seele.

Es gab für sie keinen unerträglicheren Gedanken, als sich vorzustellen, daß irgendwo in dieser Welt eine Prinzessin Mondglanz existierte. Wenn die Welt Risse bekommen hatte, so war es deren Schuld.

Rie hatte all ihre Jahre bisher gelebt, ohne vom Schauder sogenannter Leidenschaften zu wissen; nun war sie darüber entsetzt, daß selbst sie so etwas wie ein wild tobendes Gefühl der Einsamkeit in sich hatte entwickeln können. Endlich war diese unfruchtbare Frau – allerdings mit einer Monstrosität – niedergekommen.

Auf diese Weise lernte Rie, daß auch sie die Fähigkeit zur Phantasie besaß. Was bis jetzt, nie benutzt, im abgelegenen Winkel eines langen, friedlichen Dahinlebens gerostet, war nun auf einmal, da benötigt, blank und geschärft zur Stelle. Freilich, aus Notwendigkeit Geborenes ist stets von der Bitternis des Notwendigen begleitet. Und in Ries Imagination fand sich tatsächlich nicht die Spur von angenehmer Süße.

Mag sein, daß eine auf Wahrheit fußende, von ihr beflügelte Phantasie das Herz freier und weiter macht; eine solche jedenfalls, die allzu nachdrücklich auf der Wahrheit besteht, wird es im Gegenteil erniedrigen, wird es verdorren lassen. Und sollte sich dann noch herausstellen, daß diese »Wahrheit« gar nicht existiert, muß augenblicklich alles in sich zusammenfallen.

Nun, die Einbildungskraft des Kriminalbeamten zum Beispiel, die davon ausgeht, daß unfehlbar irgendwo Wahrheit ist, dürfte einem selbst natürlich kaum gefährlich werden. In Ries Phantasie indessen doppelten sich die Dinge. Das Gefühl, es müsse um jeden Preis etwas Wahres daran sein, war überlagert von dem anderen Gefühl, daß sie lieber sähe, es wäre nicht wahr. Auf diese Weise betrieb die Phantasie aus Eifersucht die Selbstaufhebung. Phantasie als solche duldete keine Phantasie. Und während, wie ein Zuviel an Magensäure den Magen allmählich zerstört, Phantasie die Fundamente der Phantasie durchlöcherte, stieg, gleich einem Schrei der Verzweiflung, das Verlangen nach Erlösung in Rie auf: ›Ach, wäre es wahr, wäre es doch nur wahr – das würde mich retten!‹ Der nach einer solch einseitig geführten Untersuchung laut werdende Wunsch nach Rettung hatte mithin etwas von der Lust an Selbstbestrafung. Wäre doch die Wahrheit (wenn es sie denn gäbe) von der Art, daß sie Rie zu Boden werfen müßte!

Andererseits folgte auf das geforderte und angenommene Urteil, ganz selbstverständlich, die Empfindung von Ungerechtigkeit. Warum sollte der Vertreter der Anklage hingerichtet werden? Hieß das nicht, die Dinge auf den Kopf stellen? So würden schließlich in dem Augenblick, in dem das einträte, was sie erhofft, statt der Lust der Befriedigung vielmehr der Zorn darüber auflodern, daß die Vollstreckung an der Unschuld erfolgte. Ah, schon jetzt spürte ihr Körper die Glut der Flammen auf dem Scheiterhaufen. Aber eine derart ungerechte Behandlung durfte nicht sein. Dieser wahrhaft beispiellosen Tortur durfte sie sich nicht aussetzen. Die Qualen der Zweifel waren groß genug; wozu also noch die tödliche Folter der Gewißheit?

Die Wahrheit zu fordern, und dennoch von dem Wunsch beseelt, sie letztlich zurückzuweisen. Die Wahrheit leugnen zu wollen, und dennoch sich innerlich an sie als die einzige Hoffnung auf Rettung zu klammern. Dergleichen Gefühle haben es an sich, ständig im Kreise zu gehen und zu keinem Ende zu kommen. Wie in den Bergen der vom Weg abgeirrte Wanderer in der Absicht, zurückzufinden, nur wieder und wieder unvermerkt zum Ausgangspunkt zurückkehrt.

Da ist einem eben noch, als sei man vom Nebel ringsum eingeschlossen, und doch tauchen an einer Stelle die Dinge mit einer schon fast unheimlichen Deutlichkeit herauf. Da tappt man einem Lichtstrahl im Nebel nach; aber gerade dort ist kein Mond, der steht einem im Rücken, und sein Schein fällt nach genau der anderen Seite.

Gleichwohl war es nicht so, daß Rie den Sinn für Selbstkontrolle völlig verloren gehabt hätte. Bisweilen, wenn sie solche Stimmungen selbst höchst ärgerlich fand, hätte sie am liebsten vor Scham ihr Gesicht bedecken mögen. Aber nein, das alles war ja nicht ihre Schuld; und wenn sie es recht überlegte, war es im Grunde das Werk ihres Mannes gewesen, daß sie nun die ungeliebte Häßliche geworden war. Wirklich schien ihr, er hätte sie in diese garstige Person verwandelt, um nicht mehr in die Versuchung zu kommen, sie zu lieben. Und der Haß, der in Augenblicken solcher Überlegungen in ihr aufschoß, war wie eine Fontäne.

Dabei lag in einer derartigen Gemütsverfassung zugleich das Bestreben, jener weit herberen Wahrheit aus dem Wege zu gehen, daß es, wäre sie nicht aus Eifersucht häßlich geworden, eine Menge anderer Ursachen gegeben hätte, um häßlich zu werden, zumal sie die Liebenswerte ohnehin nicht mehr war. Auch ergab sie sich der durchaus verzeihlichen Ansicht, ihr Mann, der so sehr ihren Haß verdiente, habe sie gezwungenermaßen und absichtlich als eine nicht mehr liebenswerte Existenz hingestellt, um auf diese Weise die vorsätzliche Abkehr von ihren Reizen notwendig erscheinen zu lassen.

Häufig geschah es, daß Rie sich lange und gründlich im Spiegel betrachtete. Haarsträhnen, die tatsächlich höchst strähnig wirkten, warfen unangenehm düstere Schatten auf ihre Wangen. Nichts in ihrem Gesicht, die Schwellungen eingeschlossen, machte den Eindruck des Zufälligen.

Früher, wenn sie die Schwellungen bemerkte, hatte sie dicke Schichten von Puder aufgelegt, auch die Brauen kräftig nachgezogen und ordentlich Schminkweiß benutzt, da sie ihre schläfrig wirkenden Augen abstoßend gefunden hatte. So hatte ihr Mann sie in seinen jüngeren Jahren neckend »mein Mondgesicht« gerufen. Und wie wütend es sie anfangs auch gemacht hatte, ihrer Krankheit wegen verspottet zu werden – gerade an Abenden, an denen er sie so nannte, hatte sich seine Liebe stets als besonders zärtlich erwiesen, so daß Rie glaubte, ihr Körper habe durch die Krankheit an Liebreiz nur noch gewonnen, und unwillkürlich war sie sogar stolz auf ihr »Mondgesicht« gewesen. Jetzt im nachhinein wollte es ihr freilich scheinen, es müsse in der sinnlichen Leidenschaft eines Ehemannes, der sich seit seinen jungen

Jahren an den Ödemen seiner Frau ergötzte, zugleich eine subtile Grausamkeit gelegen haben. Tatsächlich hatte an solchen Abenden zwar ihr Liebesspiel immer die tiefste Vertrautheit erreicht; doch da er ihr dabei befohlen hatte, sich unter keinen Umständen aktiv zu bewegen, war nicht auszuschließen, daß er ihr Gesicht gewissermaßen für die Vision von einer bereits Tage zuvor Verstorbenen genommen hatte.

Heute allerdings war, was sie im Spiegel erblickte, ein im lebenden Zustand verödetes Gesicht. Unter dem glanzlosen Haar spannten sich wie bei einem Blattfächer von dem runden »Mondgesicht« lediglich noch die strengen Linien des Grolls. Das war fast kein Frauengesicht mehr. Allein in den Schwellungen hielt sich der Rest eines weiblich Weichen; und auch das war wie der Tagmond erfüllt von Gleichgültigkeit, von Blässe und Erschlaffung.

Jetzt ein hübsches Make-up aufzutragen, brachte sie, da es auf eine Niederlage hinausgelaufen wäre, nicht fertig. Aber häßlich zu sein, bedeutete eine ebensolche Niederlage. Der Wille, die immer weiter um sich greifenden Murbrüche irgendwie aufzuhalten, war ihr einfach abhanden gekommen; Geröll blieb Geröll, Häßlichkeit blieb Häßlichkeit, alles blieb unverändert wie am Strand das Auf und Ab der Dünen. Rie überlegte, daß es wahrscheinlich nicht einmal die Schuld ihres Mannes war, wenn sie sich von der Eifersucht nicht losreißen konnte, sondern eher aus jener ungeheuren Müdigkeit kam, die sie umhüllte wie ein überschweres Deckbett. Und ahnend, welche entsetzliche Kraft es sie kosten würde, die Decke beiseite zu schieben, ließ sie es und lag weiter träge unter ihr. Aber Faulheit hin, Faulheit her – wieso fand sie dabei nicht wenigstens einen Augenblick der Ruhe?

Unvermittelt mußte sie an den winterlich schönen Fuji denken, wie sie ihn einmal kurz nach ihrer Hochzeit vom Obergeschoß dieses Hauses aus gesehen hatte. Auf Geheiß der Schwiegermutter war sie hinauf ins Schrankzimmer gegangen, um die Neujahrstischchen zu holen, wobei sie von dort aus den Berg erblickt hatte. Sie selbst hatte damals noch wie ein junges Mädchen ihre *Kimono*-Ärmel mit dem roten Band hochgebunden getragen.

Da der Regen endlich aufgehört hatte und danach der heiterste

Abendhimmel erglänzte, hoffte Rie, der Anblick des Fuji werde sie fröhlich stimmen; und seit wie langem stieg sie wieder einmal die Treppe zu jenem Schrankzimmer hinauf. Sie kletterte über die aufeinandergehäuften Ballen von Bettdecken und öffnete das Milchglasfenster. Der Himmel jetzt in der Nachkriegszeit war nicht mehr der Himmel wie ehedem; zwar leuchtete er hell, doch bedeckte er die Ebene mit einem Dunst wie von Glimmerschiefer. Der Fuji war nicht zu sehen.

39

Honda erwachte vom Drang zum Urinieren.

Splitter eines plötzlich unterbrochenen Traumes zitterten in ihm nach.

Ihm war gewesen, als wanderte er ziellos durch ein Viertel mit kleinen, hinter fortlaufenden Hecken liegenden Einfamilienhäusern. Vor dem einen standen auf Brettern aufgereihte *Bonsai*-Bäumchen, faßten Muschelschalen die Blumenbeete ein; der Garten eines anderen war feucht und dumpf und voller Schnekken; auf der offenen Veranda eines dritten saßen zwei Kinder einander gegenüber, tranken warmes Zuckerwasser und aßen vorsichtig Waffeln dazu, die an den Ecken schon abgekrümelt waren . . . Eine Gegend, wie sie aus diesem Tōkyō längst spurlos ausgetilgt war. Die Straße zwischen den Hecken endete in einer Sackgasse, den Abschluß bildete eine verfallene Reisigpforte.

Sowie er die Pforte geöffnet und einen Schritt hinein getan hatte, befand er sich in einem prächtigen, altmodischen Hotelvorgarten. Auf dem ausgedehnten Gelände war eine Stehparty im Gange, und es erschien der Geschäftsführer, ein Mann mit einem Colman-Bart, um Honda respektvoll zu begrüßen.

Gerade erklang aus dem Festzelt mit strahlendem Pathos eine Trompetenmelodie. Zugleich tat sich vor Hondas Füßen die Erde auf, und in einem goldfarbenen Gewand stieg, auf den Schwingen eines goldenen Pfauen reitend, Prinzessin Mondglanz herauf. Schließlich kreiste der Pfau mit Flügelschlägen, bei denen es wie von Glöckchen klingelte, über der Beifall klatschenden Menge.

Zwischen den über dem Leib des goldenen Pfauen gespreizten, leuchtendbraunen Schenkeln der Prinzessin Mondglanz sah betörend ihre Scham hervor. Und im nächsten Augenblick ließ die Prinzessin den Schauer ihres köstlich duftenden Urins auf die nach oben gewandten Gesichter niederregnen.

Honda fragte sich verwundert, warum sie nicht zur Toilette gegangen war. Ein solch ungewöhnliches Verhalten verdiente allerdings, getadelt zu werden. Und er betrat das Hotel, um die Toilette zu suchen.

Im Gegensatz zu dem Tumult draußen herrschte im Hotel tiefe Stille.

Keines der Gästezimmer war verschlossen, vielmehr standen die Türen einen Spalt offen. Honda schaute in die einzelnen Zimmer und fand, daß nirgends jemand war; auf ausnahmslos jedem Bett aber stand ein Sarg.

Von irgendwoher kam eine Stimme, die ihm bedeutete, da sei ja die Toilette, die er suche.

Unfähig, länger an sich zu halten, lief er zuletzt in eines der Zimmer und wollte in den dort stehenden Sarg urinieren; doch in seiner Furcht, ein Sakrileg zu begehen, war er dazu nicht fähig.

Hier erwachte er.

Dergleichen Träume waren lediglich die erbärmlichen Signale dafür, daß er sich dem Alter mit den immer häufiger auftretenden Urinzwängen näherte. Gleichwohl hatte Honda, nachdem er von der Toilette überwach ins Bett zurückgekehrt war, ausschließlich mit dem Versuch zu tun, die Fäden des Traumes aufs neue zu zwirnen. Denn unstreitig war er dabei in der glücklichsten Stimmung gewesen.

Er sehnte sich danach, dieses strahlende Glücksgefühl in Fortsetzung des Traumes noch einmal zu kosten. Es hatte ihn darin die schimmernde Lauterkeit einer von keinerlei Rücksichten beengten Wonne überspült. Einer Wonne zudem, die durchaus real gewesen war. Gewiß, nur ein Traum, und dennoch: wenn eine solche Lust, die wie wohl nie wieder in Hondas Leben eine bestimmte Stunde ausgefüllt hatte, nicht für real gelten sollte, was dann war Realität?

Jene Gestalt, die, eine Inkarnation des Pfauenkönigs, rittlings auf dem goldenen Vogel über ihm am Himmel geschwebt, hatte es vermocht, Honda das Gefühl vollkommenster, aus gegenseitiger Zuneigung und Sympathie gespeister Versöhnung zu vermitteln. Ying Chan war sein.

Auch am nächsten Morgen nach dem Erwachen überglänzte ihn deutlich dieses Glücksgefühl, und Honda war bester Laune.

Allerdings hatte der folgende Traum, den er nach dem Wiedereinschlafen gehabt, ein Traum, so vage, daß er sich an nichts mit Bestimmtheit erinnerte, nicht die Spur eines vergleichbaren Glücksgefühls erbracht. Um so stärker und aus den wie loser Schnee angewehten Schwaden des zweiten Traumes hervorbrechend, war die blendende Herrlichkeit des ersten in Hondas morgendlicher Erinnerung zurückgeblieben.

Und noch den ganzen Tag über mußte er, gerade weil sie nicht da war, an Ying Chan denken. Daß das jugendliche Gefühl erster Liebe, das er einst nie erfahren hatte, nun seinen achtundfünfzigjährigen Körper zu durchdringen begann, verwirrte ihn.

Wenn er sich jetzt verliebte, war das bei gründlicher Rückschau nicht nur ohne Präzedenzfall, sondern auch komisch. Wußte er doch aus seinem Zusammensein mit Matsugae Kiyoaki sehr gut, für welche Art von Menschen die Liebe geschaffen war.

Sie war das Privileg jener, die, äußerlich von sinnlichem Charme, dabei aber ihrer inneren Unordnung gegenüber ahnungslos, ja, jeder Erkenntnisfähigkeit ermangelnd, über die Köpfe anderer hinweg ihre Visionen auszumalen verstanden. Ein wahrhaft rücksichtsloses Privileg. Daß er als Mensch das genaue Gegenteil war, dessen war sich Honda seit seinen jungen Jahren durchaus bewußt.

Nachdem er immer wieder gesehen hatte, wie leicht es mit dem Menschen anders kam, wie der eine vermöge seiner Ignoranz in die Annalen der Zeitereignisse aufgerückt und der andere, eben weil er es gewollt, daran gescheitert war, hatte Honda die Überzeugung gewonnen, die Hauptursache dafür, daß man ein Gewünschtes nicht erlange, liege darin, daß man es zu erlangen hoffe. Er hatte nie darauf gehofft, und so waren ihm die dreihundertsechzig Millionen Yen zugefallen.

Das war typisch für Hondas Denkweise. Die Tatsache, daß Gewünschtes unerreichbar blieb, nicht etwa als Folge eigenen Versagens oder angeborener Schwäche, geschweige denn als ein über ihm lastendes Verhängnis zu betrachten, sondern sie sofort in eine Gesetzmäßigkeit zu verwandeln, zu generalisieren, entsprach so sehr seinem Naturell, daß es nicht wundernahm, wenn er diese Gesetzmäßigkeit schließlich zu überlisten suchte. Und da er ein Mann war, der alles allein betrieb, fiel es ihm leicht, sowohl Regeln zu setzen wie Regeln zu umgehen. Nämlich das von ihm Gewünschte auf solche Dinge zu beschränken, die unerreichbar waren; den Gegenstand seines Hoffens, weil sich dieser, falls er ihn erlangen sollte, durchaus als wertlos erweisen könnte, von vornherein mit der größtmöglichen Aussichtslosigkeit auszustatten, zumindest aber darum bemüht zu sein, daß ein genügend weiter Abstand zwischen dem Gegenstand und ihm selber gewahrt blieb... Kurzum, Gefühle zu hegen, die am besten wohl mit inbrünstiger Apathie zu umschreiben wären.

Im Falle Ying Chans war die Operation, diese siamesische Rose mit ihren dickfleischigen Blütenblättern in ein Mysterium zu verwandeln, mit jener einen Nacht in Gotemba weitgehend abgeschlossen. Es war das eine Operation gewesen, durch die Ying Chan in eine Ferne rückte, in der sie für seine Hand und – insofern beide zunächst dieselbe Reichweite gehabt hatten – für seine erkennende Wahrnehmung nicht zu fassen war. Der Genuß, der einem durch den Anblick zuteil wird, setzt notwendigerweise eine Sphäre voraus, in der ein Anschauen nicht möglich ist. In dem Glauben, daß ihm seine indischen Erfahrungen die Grenzen dieser Welt gewiesen, gedachte sich Honda durch das Fortrücken der Beute auf ein den Klauen der Erkenntnis nicht mehr erreichbares Gebiet jene Gelüste zu eigen zu machen, wie sie ein untätig in der Sonne liegendes, sich das harzverklebte Fell leckendes Raubtier hat. Stellte er sich aber mit einer solch trägen Bestie auf eine Stufe, hieß das dann nicht, sich mit einem Gott zu vergleichen?

Da es in der Tat einen unerträglichen Zustand bedeutete, daß sich sein fleischliches Verlangen und seine Erkenntnisbegierde so völlig gleichwertig ineinanderschoben, würde, wie Honda sehr wohl wußte, kein Raum für die Entfaltung der Liebe sein, er müßte denn die beiden trennen. Wie hätte zwischen zwei ineinanderverschlungenen, unansehnlichen Baumriesen eine Rose knospen sollen? Nein, die Liebe konnte nicht wie eine schmarotzende Orchidee erblühen. An keinem der beiden, ihre Luftwurzeln schamlos herabstreckenden Bäume. Weder an der abgeschmackten Erkenntnisbegierde noch an der den Fäulnisgeruch seiner achtundfünfzig Jahre verbreitenden Sinnenlust . . . Auf jeden Fall mußte Ying Chan jenseits seiner Erkenntnisbegierde postiert sein, mußte ferner die Beziehung ausschließlich auf der Unerfüllbarkeit seines Verlangens beruhen.

Gerade ihre Abwesenheit war hierfür die beste Materie. Das stand fest. Sie allein bildete den unverfälschten Rohstoff seiner Liebe. Unvermeidlich hätte, ohne diese Abwesenheit, das nächtliche Raubtier Erkenntnis funkelnde Augen bekommen und das Ganze im Nu mit seinen Klauen und Zähnen zerfetzt. Aber Indien hatte ihn ja zugleich von der so schrecklich ermüdenden Krankheit des Erkenntniswillens geheilt, sich in Unbekanntes zu verbeißen, es zu einem Leichnam des Erkannten zu machen und wie alles andere in den Bezirk mit den Totenkammern des Wissens abzuschieben. Hatte ihn, zumal in Benares, gelehrt, die nach der Flucht bis an die äußersten Grenzen der Erkenntnis als einziges übriggebliebene Rose mit der Vorgabe, sie erkannt zu haben, in den hintersten Winkel der verstaubten Ebenholzlade einzuschließen, um sie so den Blicken der Erkenntnis zu entziehen. Genau diese Operation hatte Honda vollzogen. Und da er selber den Schlüssel umgedreht hatte, war es seine eigene Willenskraft, wenn er die Lade nicht wieder öffnete.

Im Gegensatz zu Kiyoaki, der einst, gerade durch die absolute Unmöglichkeit verlockt, den Wohlanstand verletzte, richtete Honda eine Unmöglichkeit auf, um nicht zum Täter zu werden. Denn hätte er sie verführt, hätte die Schönheit keinen Raum mehr gehabt, um in dieser Welt zu existieren.

Er mußte an die Frische jenes Morgens denken. Des Morgens, an dem Ying Chan verschwunden war.

Innerlich zwar beunruhigt, hatte er es doch auch halb genossen. Selbst nachdem er festgestellt, daß Ying Chan nicht in ihrem Zimmer war, hatte er nicht sogleich bestürzt nach Katsumi gerufen. Hatte vielmehr mit heißer Inbrunst dem überall im Raum zurückgebliebenen Duft der Verschwundenen nachgespürt.

Es war ein herrlich klarer Morgen gewesen und das Bett noch

in dem vom Schlaf zerwühlten Zustand, in dem sie es verlassen hatte. Bis in die feinen Falten des Bettuchs erkennbar die Spuren davon, daß sich hier Ying Chan in ihrer Qual und mit fieberndem Leib herumgewälzt hatte. Und unter der welligen Wolldekke hatte Honda ein einzelnes, gekräuseltes Haar gefunden. Wie ein Nest das Ganze, in dem bis eben ein bezaubernd hübsches Tier gelitten. Auch hatte Honda nachgesehen, ob nicht vielleicht in der Grube des Kopfkissens ein Rest von Ying Chans transparentem Speichel zurückgeblieben war. Das Kissen war in den unschuldigsten Formen zerdrückt gewesen.

Erst dann war er hinuntergegangen, um Katsumi Bescheid zu sagen.

Katsumis Gesicht war leichenblaß geworden. Wohingegen Honda keinerlei Mühe gehabt hatte, die Tatsache zu verbergen, daß ihm das durchaus nicht überraschend gekommen war.

Jeder für sich hatten sie sich auf die Suche gemacht.

Zu behaupten, Honda hätte zu dem Zeitpunkt nicht im entferntesten an die Möglichkeit gedacht, Ying Chan könnte tot sein, wäre übertrieben gewesen. So wenig er dergleichen für wahrscheinlich gehalten – selbst in dem würzigen Geruch des inzwischen sinnlosen Kaffees hatte an jenem inmitten der Regenzeit noch einmal heiteren Morgen die Todesahnung gelegen. An einem Morgen, den etwas unbestimmt Tragisches eingefaßt hatte wie ein zierlicher Silberrahmen: Beweis für die von Honda erträumte Gnade.

Ohne freilich ernstlich die Absicht zu haben, hatte er zu Katsumi gemeint, das beste wäre wohl ein Anruf bei der Polizei; um dann belustigt zu beobachten, wie Katsumi daraufhin eine höchst besorgte Miene aufgesetzt hatte.

Zunächst waren sie auf die Terrasse hinausgetreten und hatten einen Blick in den noch leeren Pool mit seinen Regenpfützen geworfen. Nur mit Schaudern vorstellbar: Ying Chans Leichnam hätte in dem gefüllten, den blauen Himmel widerspiegelnden Swimmingpool gelegen. Gleichwohl hatte Honda das Gefühl, als wäre plötzlich eine gläserne Trennscheibe in tausend Scherben zerfallen, so daß er mühelos hätte hinübertreten können aus dieser Welt des Realen in die Welt des Nicht-Realen. Als wäre an diesem Morgen und in dieser Welt auf einmal alles möglich geworden: Tod so gut wie Totschlag oder Selbstmord, ja sogar der Untergang der Welt. Inmitten einer Szenerie, die hell und voll jugendlicher Frische war, so weit das Auge sie zu übersehen vermochte.

Während er mit Katsumi durch das klitschnasse Gras den Abhang in Richtung auf den Bergbach hinabgestiegen war, hatte er sich in wild dahinjagenden Bildern ausgemalt, sein einstiger gesellschaftlicher Ruf werde von dem Skandal um einen zur Zeitungsnachricht gewordenen Selbstmordfall mit lautem Getöse in sich zusammenbrechen. Und dabei hatte er eine unbändige Freude empfunden. Natürlich alles eine närrische Übertreibung. Hätte doch, da sich die Geschichte nur zwischen Katsumi und Ying Chan abgespielt, in der Öffentlichkeit keiner von Hondas Guckloch erfahren.

Geradeaus war, seit wie langem, endlich wieder einmal der Fuji zu sehen gewesen. Schon der Sommer-Fuji. Die Säume des Schneerocks überraschend weit hochgerafft, der blanke Grund im Schein der Morgensonne flammend wie vom Regen vollgesogene Ziegel.

Am Bergbach hatten sie gesucht. Auch im Zypressenhain.

Schließlich aus dem Tor tretend, hatte Honda Katsumi überreden wollen, im Nachbarhaus vorzusprechen: möglich ja, daß Keiko dagewesen wäre. Doch Katsumi hatte hartnäckig abgewehrt und statt dessen die Aufgabe übernommen, mit dem Wagen die Straßen zum Bahnhof hinunter abzufahren. Einfach aus einer maßlosen Furcht, seiner Tante unter die Augen zu kommen.

Keiko zu so früher Stunde aufzusuchen – da mußte man allerdings Bedenken haben; angesichts der Umstände jedoch hatte es Honda für unvermeidlich gehalten und bei ihr geklingelt. Wirklich war, zu seinem Erstaunen, Keiko in voller Toilette erschienen: smaragdgrünes Kleid, darüber eine Strickjacke; und in einem völlig normalen Ton hatte sie ihn begrüßt: »Guten Morgen! Sie wollen vermutlich wissen, was mit Ying Chan ist. Nun, sie kam heute morgen noch im Dunkeln herübergestürzt und schläft im Augenblick in Jacks Bett. Zum Glück war Jack nicht da. Er hätte schön Krach geschlagen ... Sie schien mir ziemlich aufgeregt; also habe ich ihr einen Chartreuse eingeschenkt, damit sie besser schläft. Mich hat das so wach gemacht, daß ich gleich aufgeblieben bin. Ach, Sie sind mir schon ein schrecklicher Mensch! Jedenfalls ist doch etwas passiert, oder? Sie hat kein einziges Wort geredet. Möchten Sie sehen, mit welch hübschem Gesicht sie schläft?«

In der Meinung, daß es besser wäre, wenn er sie nicht, noch nicht wiederträfe, verdoppelte Honda seine Geduld. Von Ying Chan, wie nur verständlich, hatte er seither kein Wort mehr gehört, aber auch von Keiko nicht.

Er wartete, daß in ihm der eigentliche Wahnsinn ausbräche.

Wartete auf den Augenblick, in dem die Vernunft an irgendeinem Punkt die Grenzen der Irritation erreicht; in dem sich wie beim alten Fuchs aus der *Kyōgen*-Komödie »Fuchsfang«, der die Gefahr der Falle wie kein zweiter kennt und am Ende dennoch in wilder Verzückung auf den Köder springt, die Erfahrung und Weisheit, die Schläue und Beschlagenheit, die Klarsicht und Objektivität nicht nur als nutzlos erweisen, sondern im Gegenteil gerade die Anhäufung all dessen den Menschen zwangsläufig zur Unbesonnenheit verleitet.

So wie der Knabe auf seine Reife wartet, mußte auch der Achtundfünfzigjährige darauf warten, daß er reif würde. Reif freilich zum Untergang. Wie ein Wildkürbis, der im novemberlichen Dickicht, zwischen entlaubten Bäumen und vergilbtem Gras als einzige Frucht an trockener Ranke in warmem Rot erstrahlt, während das schwankende Licht des Wintertags alles andere ringsum in ein fahles, verdorrtes Paradies verwandelt: einsam reif zu werden für die endgültige Katastrophe.

Tatsächlich machte es sein Alter Honda schwer zu unterscheiden, ob, was er suchte, flackernde Unbesonnenheit war oder Tod. Irgendwo, er konnte es selbst nicht genau definieren, war etwas dabei, sich langsam und vorsichtig vorzubereiten. Und das einzig Sichere in der Zukunft war nun einmal sein Tod.

Eines Tages, er hatte sein Büro im Maru-Building aufgesucht, hörte Honda, wie einer der jungen Angestellten heimlich ein privates Telefongespräch führte, und dabei überfiel ihn ein Gefühl entsetzlicher Einsamkeit. Der Anruf kam ganz offensichtlich von einer Frau; besorgt um seine Umgebung, tat der junge Mann zwar außerordentlich gleichgültig, doch meinte Honda aus der Ferne deutlich die sanft säuselnde Frauenstimme zu vernehmen.

Die beiden schienen verabredet zu haben, ihre Mitteilungen unter büromäßigen Floskeln zu verbergen. Wirklich sollte er, ging es Honda durch den Kopf, diesen unausgesetzt um sein wohlgepflegtes Haar besorgten Jüngling mit seinen melancholischen Augen und arroganten Lippen, die so wenig in ein Anwaltsbüro passen wollten, nächstens entlassen.

Da Keiko, wenn sie in Tōkyō weilte, ihre Tage und Abende mit Lunch-, Cocktail- und Dinnereinladungen verbrachte, war sie jetzt, vormittags um elf, am besten ans Telefon zu bekommen. Nachdem er jedoch eben das Gespräch jenes Angestellten belauscht hatte, fühlte Honda eine Art Hemmung, in dem engen Büro mit lauter Stimme in privaten Angelegenheiten zu telefonieren. So hinterließ er, er habe etwas einzukaufen, und trat aus dem Büro.

Die Einkaufsarkaden im Erdgeschoß des Maru-Buildings gehörten zu den wenigen Plätzen, die in Tōkyō den Krieg überstanden hatten, und Honda liebte es, sich hier gelegentlich in den Krawattenläden umzusehen oder im Papiergeschäft einige Bogen zum Schreiben mit dem Pinsel auszusuchen. Ältere Herren, noch ganz im Vorkriegshabitus, gingen mit vorsichtigen Schritten über den nach Regen besonders glitschigen Mosaikfußboden und forschten nach Erwerbungen, die ihren Geldbeutel nicht gerade strapazieren würden.

Von einem öffentlichen Telefon aus rief Honda Keiko an.

Wie üblich meldete sie sich nicht sofort. Da er jedoch sicher war, daß sie zu Hause sein mußte, malte sich Honda unterdessen aus, wie sie, dem rasselnden Telefon gelassen den Rücken zugewandt, vorm Spiegel stünde; ja, er meinte, ihre prächtig fülligen Schultern vor sich zu sehen, während sie, nachdem sie das Kleid für die bevorstehende Mittagseinladung bereits ausgewählt hatte, nur im Slip ihr Make-up auflegte.

»Oh, entschuldigen Sie vielmals, daß ich Sie habe warten lassen«, erklärte Keiko, als sie endlich an den Apparat kam, mit ruhiger, geschmeidig voller Stimme. »Ich weiß, ich hätte Sie längst einmal anrufen sollen. Was gibt es?«

»Nichts Besonderes. Ich dachte nur, wir könnten gelegentlich wieder einmal zusammen essen gehen.«

»Zu liebenswürdig! Dabei denken Sie in Wahrheit nicht an mich, sondern an Ying Chan – habe ich recht?«

Für einen Augenblick war Honda um Worte verlegen, hatte das Gefühl, er warte auf Keikos Anweisungen.

»Neulich, fürchte ich, habe ich Ihnen scheußliche Ungelegenheiten bereitet, wie? Übrigens hat sie sich natürlich bei mir seither nie wieder gemeldet. Und Sie, haben Sie sie gesehen?«

»Nein, danach war es wie abgeschnitten. Wer weiß, was sie treibt. Möglich, daß sie irgendwelche Examen hat.«

»So fleißig scheint mir die Kleine nicht zu sein.«

Honda war über sich selbst erstaunt, daß er so ruhig darüber reden konnte.

»Jedenfalls möchten Sie sie gern sehen, nicht wahr?« nahm Keiko den Faden auf und machte dann eine Pause, als ob sie überlegte. Es war keine bedeutsame, keine lastende Pause; vielmehr eine, die ihm vorkam, als tanzte in den zu Keikos Schlafzimmerfenster hereinfallenden Streifen des vormittäglichen Lichts eine Wolke weißen Puders. Weshalb Honda, zumal er ja wußte, daß sie keine gefallsüchtige Frau war, in ruhigem Vertrauen das Weitere abwartete.

»Aber da möchte ich eine Bedingung stellen.«

»Wieso das?«

»Ying Chan ist damals zu mir geflüchtet; also vertraut sie mir in jeder Hinsicht. Das heißt, wenn ich sie unter der Voraussetzung bitte, daß ich dabei bin, wird sie, denke ich, schwerlich nein sagen. Wären Sie damit einverstanden?«

»Was gibt es da noch viel zu entscheiden? Gerade darum hatte ich Sie ja bitten wollen.«

»Im Grunde würde ich es schon gern so einrichten, daß Sie sie allein träfen; doch für den Augenblick... Und wohin soll ich Ihnen Bescheid geben?«

»Am besten in mein Büro. Ich werde künftig jeden Vormittag dort sein«, sagte Honda und legte auf.

Schlagartig hatte sich die Welt verändert. Wie würde er, fragte sich Honda, die Geduld aufbringen, die nächste Stunde, den nächsten Tag zu erwarten? Und insgeheim in seinem Herzen ging er eine kleine Wette ein. Sollte Ying Chan dann den bewußten Smaragdring tragen, wäre dies das Zeichen dafür, daß sie ihm vergab; wo nicht, würde das bedeuten, daß sie sich dazu noch nicht durchgerungen hatte.

40

Keikos Haus lag auf den Anhöhen von Azabu; es war ein Herrensitz, zu dem bis zur Kutschenauffahrt am Eingang ein langer Weg hinaufführte. Einst von Keikos Vater zur Erinnerung an Brighton errichtet, besaß der Bau eine halbrunde Fassade im Régence-Stil. Als Honda an einem schwülen Nachmittag Ende Juni, zum Tee gebeten, auf dieses Haus zuschritt, meinte er, noch einmal in das Japan der Vorkriegszeit zurückzukehren.

Es hatte einen Taifun, hatte außerdem ein Gewitter gegeben; da nun plötzlich an einem der trockenen Tage während der Regenzeit die volle Sommersonne darauffiel, schien der Raum zwischen dem Haus und den stillen Baumreihen im Vorgarten von den Erinnerungen an ein ganzes Zeitalter übersponnen. ›Als ob man‹, dachte Honda, ›eintauchte in eine lang nicht mehr gehörte Musik.‹ Solche inmitten der Brandruinen vereinzelt erhalten gebliebene Gebäude gerieten, eben weil es so gekommen war, nun erst recht in den Geruch des Privilegierten, worin sowohl Vorwurf wie Trauer mitschwangen. Als hätten die aus jenen früheren Tagen erhaltenen Vorstellungen jetzt nach all der Zeit den äußeren Zauber des Ganzen noch gesteigert.

Keikos schriftliche Einladung, rein förmlich und ohne der Tatsache Erwähnung zu tun, daß er sie um ein Treffen mit Ying Chan gebeten, hatte lediglich die Ankündigung enthalten, daß sie zur Feier der Freigabe ihres Hauses eine Teegesellschaft geben werde, worauf sich Honda, ein Blumenbukett in der Hand, mit keinen besonderen Erwartungen auf den Weg machte. Solange das Haus von der Besatzungsmacht beschlagnahmt gewesen war, hatte Keiko zusammen mit ihrer Mutter in einem Nebengebäude, der einstigen Butlerwohnung, gelebt, und nie hatte sie bisher in Tōkyō Gäste zu sich eingeladen.

Ein weißbehandschuhter Diener begrüßte Honda. Die runde Eingangshalle hatte eine hohe, gewölbte Decke und stieß nach der einen Seite auf eine mit Kranichen im Stil der Kanō-Schule bemalte Schiebetür aus Zedernholz, während sich auf der anderen Seite eine ins Obergeschoß führende, marmorne Wendeltreppe anschloß. In einer düsteren Nische auf halber Höhe dieser Treppe stand, den Kopf gesenkt, eine bronzene Venus.

Die beiden Teile der Zedernholztür mit den Kranichen waren ein wenig auseinandergeschoben; es handelte sich um den Eingang zum Salon. Honda trat ein, doch da war niemand.

Der Salon bezog sein Licht von einer Reihe kleiner Fenster; die Scheiben waren sämtlich nach altmodischer Art an den Kanten geschliffen, so daß sie dort in allen Regenbogenfarben schimmerten. An der rückwärtigen, nach Art einer *Tokonoma*-Nische gestalteten Wand, die über und über mit goldenen Wolken bemalt war, hing eine schmale Schriftrolle; unter der Kassettendecke im Stile des japanischen sechzehnten Jahrhunderts schwebte ein Kronleuchter; bei den kleinen Tischen handelte es sich ebenso um herrliche antike Louis-quinze-Stücke wie bei den Stühlen, deren jeweils mit verschiedenen Motiven bestickte Bezüge eine fortlaufende Darstellung von Gelageszenen nach Watteau bildeten.

Da näherte sich dem in Betrachtung versunkenen Honda von hinten her der Duft eines ihm vertrauten Parfüms, und als er sich umdrehte, stand Keiko vor ihm; sie trug ein Nachmittagskleid aus bräunlich-grüner Pongé-Seide mit einem modischen Stufenrock.

»Na, was sagen Sie dazu? Ist das nicht der prächtigste Anachronismus?«

»Jedenfalls eine großartig unbekümmerte Mischung aus Ost und West.«

»Mein Vater hatte nun einmal in allen Dingen einen solchen Geschmack. Aber finden Sie nicht auch, daß es gut bis sehr gut erhalten ist? Gegen die Beschlagnahme damals war natürlich nichts zu machen; immerhin, ich bin herumgelaufen und habe ihnen in den Ohren gelegen: sie möchten nur ja dafür sorgen, daß dieses Haus nicht von irgendwelchen Leuten, die davon nichts verstehen, ruiniert wird. Schließlich taten sie mir den Gefallen und benutzten es als Gästehaus für die von der Armee eingeladenen Prominenten; deshalb habe ich es in solch fabelhaftem Zustand zurückerhalten. Schließlich ist das Haus bis in den letzten Winkel voll mit meinen Kindheitserinnerungen. Ach, was bin ich froh, daß nicht irgendwelche Hinterwäldler aus Ohio oder sonstwoher hier gewütet haben. Das war es, was ich Ihnen heute zeigen wollte.«

»Und Ihre Gäste?«

»Die sind im Garten. Dort weht bei aller Hitze doch wenigstens ein frischer Wind. Kommen Sie nicht mit?«

Von Ying Chan sagte Keiko kein Wort.

Sie öffnete in der einen Ecke des Salons eine Tür, und gemeinsam traten sie hinaus auf einen mit Steinen ausgelegten Weg, der in den Garten führte. Wo auf der Wiese die großen Bäume ihre Schatten warfen, hatte man Korbstühle und kleine Tische verteilt. Die Wolken waren von einer wunderbaren Schönheit; farbenfrohe Damenkleider verbreiteten ihren Glanz über das Grün des Rasens, und auf den Hüten die Blumen schwankten hin und her.

Im Nähertreten bemerkte Honda, daß es sich bei den Gästen durchweg um ältere Damen handelte; tatsächlich war er der einzige Mann. Während er vorgestellt wurde, kam er sich irgendwie fehl am Platze vor, und jedesmal, wenn sich ihm eine der faltigen, rosafarbenen, aber mit Flecken übersäten Hände entgegenstreckte, zögerte er, sie zu ergreifen, hatte er das Gefühl, unter ihrem Ballast würde sich sein Herz verdüstern wie der Laderaum eines Schiffes, den man vollstapelt mit großen getrockneten Früchten.

Die westlichen unter den alten Damen, ohne darauf zu achten, daß ihnen dabei auf dem Rücken die Druckknöpfe aufsprangen, wackelten mit ihren breiten Hüften, sie lachten ihr schrilles Gelächter, sie ließen ihre blauen oder kastanienbraunen Augen, von denen man nicht wußte, wohin sie eigentlich schauten, mit einem scharfen, durchdringenden Ausdruck umherhuschen, sie rissen bei ihrer Art der Artikulation die düsteren Mundhöhlen so weit auf, daß die Rachenmandeln zu sehen waren, und griffen sich, während sie mit einem schon widerwärtigen Eifer Konversation betrieben, wie nebenbei mit ihren rotlackierten Krallen zwei oder drei der kleinen, dünnen Sandwiches. Um sich dann plötzlich an Honda zu wenden und ihn zu fragen, ob sich wohl die Japaner – sie selber hätten schon die dritte Scheidung hinter sich – ebenso häufig scheiden ließen.

Andere ergingen sich, um der Hitze auszuweichen, auf den schattigen, zwischen Bäumen angelegten Wegen, und unter dem Laub hervor schimmerte das Bunt ihrer prachtvollen Gewänder. Eben erschienen einige von ihnen am Ausgang eines Wäldchens. Und wirklich: die sich da, rechts und links von zwei westlichen Damen begleitet, der Gesellschaft näherte, war niemand anderes als Ying Chan.

Hondas Herz begann wie nach einem Versagen rasend zu klopfen. Dies, genau dies war das Entscheidende, dieser Herzschlag! Durch ihn hörte das Leben auf, ein Festkörper zu sein, es ging in den flüssigen, ja schließlich gasförmigen Aggregatzustand über, und das allein schon war für Honda von Gewinn. Im Augenblick dieses Herzschlags löste sich im Tee der Würfelzukker auf, geriet alle Architektur ins Ungewisse, bekamen alle Brücken etwas Gallerthaftes, und das Leben wurde zum Synonym für den Blitz, für das Beben einer Klatschmohnblüte, für das Zittern eines Vorhangs... Höchste egoistische Befriedigung mischte sich mit einem beschämenden Gefühl der Übelkeit wie nach einer durchzechten Nacht, und unvermittelt verfiel Honda in eine unwirklich traumhafte Stimmung.

Eine doppelte Freude bestand für Honda darin, daß ihn das alles, die von den beiden hochgewachsenen alten Damen eingerahmte, scheinbar kindliche Gestalt Ying Chans in ihrem ärmellosen, lachsfarbenen Kleid, dazu ihr schwarzes, bis auf die Schultern herabfallendes Haar, das beim Heraustreten aus dem Schatten der Bäume, nun plötzlich von Sonne übergossen, wie Lavaglas erglänzte, sofort an den Ausflug damals nach Bang Pa In erinnerte: sie noch die kleine Prinzessin, bedient von ihren betagten Hofdamen.

Unvermerkt war Keiko neben Honda getreten. »Nun, habe ich mein Versprechen nicht pünktlich gehalten?« flüsterte sie ihm ins Ohr.

Ein kindliches Anlehnungsbedürfnis stieg in ihm auf, die Furcht, er werde diese Szene ohne die Hilfe Keikos nicht überstehen. Schritt für Schritt und mit einem Lächeln näherte sich Ying Chan dieser schwerbegreiflichen Furcht. Bis sie bei ihm angekommen, würde er, wie er hoffte, seine Furcht bemeistert haben; doch im Gegenteil, mit jedem Schritt, mit dem sich Ying Chan näherte, verstärkte sie sich nur. Die Zunge wurde ihm schwer, noch bevor er überhaupt etwas gesagt hatte.

»Am besten tun Sie, als wäre nichts gewesen«, meinte Keiko, wieder nahe an seinem Ohr. »Und erwähnen die Geschichte in Gotemba mit keinem Wort.«

Zum Glück wurde Ying Chan jetzt mitten auf der Wiese aufgehalten, von anderen Damen ins Gespräch gezogen und blieb stehen. Offensichtlich hatte sie Honda bisher nicht bemerkt. Kaum vier, fünf Meter von ihm entfernt, schwebte sie wie eine schöne Orange an dem der Hand fast erreichbar erscheinenden Zweig der Zeit: reif und dazu verlockend erfüllt von einer schweren, melancholischen Süße. Ihre Brüste, ihre Beine, ihre beim Lächeln weiß aufleuchtenden Zähne – von dem einen zum anderen glitten Hondas musternde Blicke. Alles herangewachsen unter jener wilden Sommersonne. Aber im Innern wahrscheinlich von einer Kühle, daß es einem in die Zähne fahren müßte.

Nachdem Ying Chan endlich zu der Gruppe getreten war, die sich hier um einige Stühle gebildet hatte, dabei aber weiter eine Miene machte, aus der nicht deutlich wurde, ob sie Honda tatsächlich nicht bemerkte oder ob sie nur so tat, redete Keiko sie an und sagte wie auffordernd: »Da ist Herr Honda!«

»Oh!« rief Ying Chan, sich zu ihm umwendend, mit dem schönsten Lächeln, und ohne daß die geringste Spur kalter Formalität darin zu erkennen gewesen wäre. Jetzt in der Helle des Sommers hatte sich ihr Gesicht erholt, ihre Lippen waren weit nachlässiger geöffnet als sonst, ihre Brauen schienen sanfter geworden, und heiter leuchteten die großen schwarzen Augen aus ihren mehr von einem bernsteinfarbenen als braunen Schimmer überglänzten Zügen. Dieses Gesicht bejubelte die ihm angemessene Jahreszeit. Der Sommer machte, daß Ying Chan sich fallen ließ, als rekelte sie sich behaglich in einem luxuriösen Bade. Ihre körperliche Natürlichkeit hatte schon fast etwas Ungeniertes. Sich vorzustellen, daß es zwischen ihren Brüsten und dem Büstenhalter dampfte wie in einem Treibhaus: das konnte nur der in ihren tiefsten Tiefen empfangene Sommer sein.

Ihre Augen jedoch, als sie jetzt Honda die Hand hinstreckte, verrieten keinerlei Gemütsbewegung. Er nahm diese Hand ein wenig zögernd in die seine. Der Smaragdring steckte nicht an ihrem Finger. War es auch eine lediglich mit sich selbst geschlossene Wette – nun, da er dies sah, hatte er den Verdacht, in Wahrheit hätte er sich tatsächlich gewünscht, die Wette zu verlieren und auf eine solche kühle Ablehnung zu stoßen. Erstaunte er doch über sich selber, wie noch diese Ablehnung ihn beglückte und seine verwegenen Träume nicht im mindesten verwirrte.

Da Ying Chan eine leere Teetasse in der Hand hielt, langte Honda auf den Tisch hinüber und griff nach dem Henkel der silbernen antiken Teekanne; aber die Hitze des Silbers ließ ihn zaudern. Vielleicht auch verstellte ihm der Nebel der Unsicherheit den Zielpunkt seines Vorgehens, hatte ihn die Furcht befallen, er könnte – es brauchte ihm ja nur die Hand zu zittern – sich schrecklich ungeschickt aufführen. Sogleich streckte sich jedoch die weißbehandschuhte Rechte des Dieners aus und enthob Honda seiner Sorge.

»Nun, nachdem es Sommer geworden ist, scheinen Sie sich, habe ich den Eindruck, recht wohl zu befinden«, vermochte er endlich zu sagen. Wobei er sich unwillkürlich einer sehr höflichen Ausdrucksweise befleißigte.

»Ja, das ist so, weil ich den Sommer liebe«, gab Ying Chan mit sanftem Lächeln wie aus einem Lehrbuch zur Antwort.

Interessiert baten die umstehenden alten Damen Honda, er möchte ihnen doch das eben Gesagte dolmetschen. Und obwohl der Zitronenduft vom Tisch her und das aus Achselschweiß und Parfüm gemischte aufdringliche Odeur der alten Damen seine Nerven bis zum Zerreißen strapazierte, tat Honda ihnen den Gefallen. Hierauf lachten sie, ohne daß darin ein Sinn erkennbar gewesen wäre, um dann ihre Vermutungen darüber anzustellen, ob das japanische Wort *natsu* für »Sommer« seiner etymologischen Herkunft nach nicht aus südlichen Regionen stamme, erinnere es vom Klang her doch sehr an tropische Hitze.

Ein intuitiv empfundenes Gefühl sagte Honda, daß Ying Chan sich langweile. Er sah sich um, da war Keiko bereits weitergegangen. Und Ying Chans Langeweile wurde heftiger, bedrängender, wie sich im Grasdunst auf der Weide stumme Tiere kummervoll die Rücken scheuern. Nur über jenes unmittelbare Gefühl mit Honda verbunden, bewegte sich Ying Chan zwar mit anscheinender Behendigkeit und beteiligte sich lächelnd an der englisch geführten Unterhaltung; allmählich jedoch gewann Honda den Eindruck, es sei ihr daran gelegen, daß er ihr Gelangweiltsein auch wirklich begreife. Es war das so etwas wie eine typisch sommerliche Erschlaffung, beginnend in Ying Chans schweren Brüsten und hinabreichend bis in ihre schönen, agilen Beine, eine Ermattung, die, sich akkumulierend, ihren ganzen Körper durchdrang: eine dahinwehende Musik, dem schwachen

Flügelsirren vergleichbar, mit dem Insektenschwärme den Sommerhimmel befliegen, und Honda vermeinte, dieses Flügelsirren unausgesetzt bald lauter, bald leiser an seinem Ohr zu hören.

Dabei mußte das keineswegs bedeuten, daß Ying Chan dieser Party überdrüssig geworden wäre. Eher kam, konnte man glauben, gerade in den körperlich bedingten Anzeichen einer solchen gelangweilten Mattheit Ying Chans eigentliches Wesen, wie es der Sommer wiedererweckt hatte, zum Ausdruck. Ja, sie befand sich nun in ihrem wahren Naturzustand, in dem sie mit der größten Freiheit agierte. So trat sie eben jetzt ein wenig in den Schatten der Bäume zurück, und während sie, die Teetasse in der Hand, im Kreis der sie mit »Your Serene Highness« anredenden alten Damen aufs lebhafteste parlierte, fuhr sie plötzlich mit einem Fuß aus dem Schuh und kratzte sich, ohne sich das in ihrer Miene anmerken zu lassen, eine ganze Weile lang mit den spitzen, bestrumpften Zehen die Wade des anderen Beins. Dies mit der bewundernswerten Balance eines Flamingos und die Teetasse in ihrer Hand so in der Horizontale haltend, daß auch nicht ein einziger Tropfen auf die Untertasse schwappte.

Ob sie ihm nun vergeben hatte oder nicht – in dem Augenblick, als er sie dabei beobachtete, war sich Honda sicher, er könnte stracks hineingleiten in ihr Herz.

»Das war aber ein ziemliches Akrobatenstück«, warf er, eine Gesprächspause nutzend, auf japanisch ein.

»Was denn?« erwiderte Ying Chan mit dem unwissendsten Augenaufschlag. Oh, nichts wirkte reizvoller als ihr Mund, wenn sie sich um ein aufgetragenes Rätsel gar nicht erst bemühte, sondern mit einem wie eine Schaumblase plötzlich an die Wasseroberfläche herauftreibenden, raschen »Was denn?« die Gegenfrage stellte. Da ihr durchaus nichts daran gelegen war, das ihr Unverständliche zu ergründen, sollte auch er den gleichen Mut beweisen. Er hielt ein kleines, mit Bleistift beschriebenes Stück Papier bereit, das er zuvor aus einem Notizbuch herausgerissen hatte, und sagte: »Ich muß Sie unbedingt allein sehen. Bitte, meinetwegen auch bei Tage, eine winzige Stunde nur ... Wie wäre es an diesem Datum? Wenn wir uns da treffen könnten ...«

Den Blicken der anderen geschickt ausweichend, ließ Ying

Chan das Stück Papier in der Sonne aufleuchten. Die Art, wie sie sich vor den Umstehenden scheute, machte Honda glücklich.

»Werden Sie an dem Tag frei sein?«

»Ich denke schon.«

»Und Sie kommen?«

»Ja«, erwiderte sie mit einem schönen Lächeln, das ihr fast allzu klares »Ja« sogleich wieder sanft aufzulösen schien. Es war unverkennbar: sie dachte sich nichts dabei.

Wohin flossen Liebe und Haß? Wohin verschwanden die tropischen Wolkenschatten, die wilden, wie Steinhagel prasselnden Regenschauer? Zu erfahren, daß seine Leiden umsonst gewesen, rief in Honda eine weit stärkere Wirkung hervor, als wenn er sich hätte sagen müssen, sein gelegentlich empfundenes Glück sei verworfen worden.

... Keiko, die sich für eine Weile aus dem Kreis entfernt hatte, führte jetzt – wie sie es zuvor bei seinem Eintreffen mit Honda getan – zwei neue Gäste durch den Salon in den Garten. Der beiden in prächtige lichtgrüne und dunkelblaue *Kimonos* gekleideten Gestalten von ferne ansichtig werdend, gab eine der alten Damen neben ihm, um ihre Bewunderung auszudrücken, ein trockenes, hartes Zungenschnalzen nach Art der Papageien von sich, was Honda dazu veranlaßte, sich ebenfalls umzuwenden. Es war Makiko in Begleitung der Tsubakiwara.

Gerade eben war Honda völlig von dem Anblick gefesselt gewesen, wie Ying Chans lackschwarzes Haar von einem plötzlichen Windstoß mit lockerer Geschmeidigkeit aufzufliegen begann; die Ankunft der beiden war ihm also durchaus nicht angenehm. Immerhin begrüßten sie im Näherkommen zunächst ihn, und Makiko, während sie ihren Blick über die anwesenden alten Damen gehen ließ, meinte mit einiger Kühle: »Nun, welch ein Glück für Sie, Herr Honda, heute so der einzige Glanzpunkt erlesenen Geschmacks zu sein.«

Natürlich wurden die beiden auch den westlichen Damen vorgestellt, und es kam zu einem Austausch gesellschaftlicher Höflichkeiten; doch nur allzugern kehrten sie, wie es schien, zu Honda zurück, um sich mit ihm auf japanisch zu unterhalten.

Irgendwann – es waren Wolken aufgezogen, die die Schatten auf ihrem weißen Haar verstärkten – fragte Makiko plötzlich: »Haben Sie am 25. Juni die Demonstrationen gesehen?«

»Nein, nur in den Zeitungen davon gelesen.«

»Ich auch. Es heißt, sie hätten in Shinjuku mit Molotowcocktails nur so um sich geworfen, hätten selbst die Polizeistation niedergebrannt. Ist das nicht entsetzlich? Wenn die Dinge so weitertreiben, haben wir, fürchte ich, demnächst die Kommunisten an der Macht.«

»Das glaube ich nicht.«

»Aber sie haben ja sogar schon selbstgefertigte Pistolen, und es sieht so aus, als sollte es schlimmer werden von Monat zu Monat. Wer weiß, ob eines baldigen Tages nicht ganz Tōkyō, von den Kommunisten und den Koreanern angesteckt, in Flammen steht.«

»Und wenn es dazu käme – wir können daran nichts ändern.«

»Bei dieser Auffassung werden Sie freilich ein langes Leben haben. Ich hingegen frage mich angesichts der heutigen Situation immer wieder: Was würde wohl, wenn er noch lebte, Isao tun? Deshalb habe ich angefangen, eine Gedichtfolge unter dem Titel ›Der 25. Juni‹ zu schreiben. Mir war es darum zu tun, mit dem Gedicht in Abgründe hinabzusteigen, die als Gedicht nicht mehr formulierbar sind, habe etwas gesucht, das sich dagegen sträubt, Gedicht zu werden. Schließlich bin ich darauf gestoßen.«

»Darauf gestoßen? Aber Sie sind doch nicht hingegangen, haben es nicht gesehen.«

»Dichter pflegen weitsichtiger zu sein als Leute Ihres Schlages.«

Es war ungewöhnlich, daß Makiko in solch offener Art über ihre eigenen Gedichte sprach. Indessen war dieser vertrauliche Ton nur eine Art Vorbereitung gewesen; denn gleich darauf, nachdem sie sich noch einmal umgeschaut hatte, blickte sie Honda mit einem Lächeln in die Augen und meinte: »Neulich in Gotemba müssen Sie ja ganz schön die Fassung verloren haben.«

»Wer hat Ihnen das erzählt?« fragte Honda mit der größten Gelassenheit.

»Keiko«, erwiderte Makiko, ebenso gelassen den Namen nennend. »... Immerhin, wenn man es genau überlegt: es gehört schon eine Portion Kaltblütigkeit dazu, wie Ying Chan – und da mag man sich noch so gefährdet fühlen – einfach nachts bei anderen Leuten einzudringen und an die Tür des gemeinsamen Schlafzimmers zu klopfen. Wirklich zu nett von Jack, sie trotzdem mit dieser Freundlichkeit zu behandeln. Er ist ein wahrhaft wohlerzogener, liebenswerter Amerikaner.«

Verwirrt überlegte Honda, ob er sich vielleicht in seiner Erinnerung getäuscht hatte. Aber nein, er war sich völlig sicher; an jenem Morgen hatte Keiko ihm erklärt: »Zum Glück war Jack nicht da. Er hätte schön Krach geschlagen.« Und nun redete Makiko so, als wäre Jack damals die Nacht über dagewesen. Entweder mußte es sich also um einen Hörfehler Makikos handeln, oder Keiko hatte gelogen. Die Entdeckung, daß auch Keiko einer solch sinnlosen Lüge fähig war, gab Honda insgeheim ein leichtes Überlegenheitsgefühl; unschlüssig jedoch, ob er sich über diese Entdeckung freuen und sie mit Makiko teilen sollte, fand er, daß es jedenfalls besser wäre, nicht in das Weibergeschwätz verwickelt zu werden. Zudem hatte er es schließlich mit derselben Makiko zu tun, die schon vor Richtern ganz unverhohlen gelogen hatte. Honda seinerseits pflegte zwar nie zu lügen, besaß hingegen die Angewohnheit, gewisse unerhebliche Wahrheiten wie den Unrat in einem Wassergraben auch einmal an sich vorüberziehen zu lassen, ohne davon Notiz zu nehmen. Eine kleine, unschöne Eigenheit vermutlich noch aus seiner Richterzeit.

Als er eben das Thema zu wechseln versuchte, drängte sich wie Beistand heischend die Tsubakiwara an Makiko heran. Ihr Gesicht, entsetzlich abgemagert, seit er sie zuletzt gesehen, erschreckte ihn. Selbst der Ausdruck ihres Kummers war verödet, die Augen wirkten leer, und die Lippen hatte sie derart wild mit orangefarbenem Lippenstift übermalt, daß sie ihm einen unbeschreiblich merkwürdigen Eindruck machte.

Makiko, noch immer das Lächeln in den Augenwinkeln, legte plötzlich ihren Finger an das dickliche, weiße Kinn ihrer Schülerin, hob es hoch, wie um es Honda zu zeigen, und sagte: »Mit ihr habe ich meine liebe Not. Droht sie mir doch in einem fort, sie wolle sterben.«

Und die Tsubakiwara überließ ihr das Kinn, als wünschte sie, für immer in dieser Haltung zu bleiben; Makiko freilich zog ihren Finger sofort wieder zurück. Woraufhin die Tsubakiwara, den Blick auf die Wiese gerichtet, über die jetzt die abendliche Brise heftiger zu wehen begann, mit dumpfer Stimme und nicht eigentlich an Honda gerichtet meinte: »Aber wenn man kein Talent hat, wie kann man da weiterleben?«

»Hätten alle Unbegabten zu sterben, wäre Japan längst leer und tot«, erwiderte Makiko mit offensichtlichem Genuß.

Honda verfolgte diesen Wortwechsel mit einem Gefühl des Grauens.

41

Zwei Tage später, nachmittags um vier Uhr, zur verabredeten Zeit, wartete Honda in der Lobby des Tōkyō-Kaikan, dem von ihm vorgeschlagenen Ort. Wenn Ying Chan käme, würde er mit ihr hinauf zu dem in diesem Sommer eröffneten Dachrestaurant fahren.

Die Lobby mit ihren zwanglos arrangierten, lederbezogenen Armsesseln bot die vorzüglichste Gelegenheit, etwa hinter dem aufgeschlagenen Zeitungsband den Anschein zu vermeiden, daß man auf jemanden wartete. Honda hatte sich drei der endlich doch wieder verfügbaren handgerollten Montecristo-Havannas in die Innentasche seines Jacketts gesteckt. Bevor er die aufgeraucht haben würde, dürfte Ying Chan gekommen sein. Besorgt war er lediglich darüber, daß sich, seit er in einem der Sessel Platz genommen hatte, die Fenster mehr und mehr von aufziehenden Wolken verdunkelten; ein auf den Dachgarten niederprasselnder Regen würde es unmöglich machen, mit Ying Chan dort zu speisen.

Das war es also wieder: ein wohlhabender achtundfünfzigjähriger Mann wartete auf eine junge Thailänderin. Eine Vorstellung, bei der Honda das Gefühl hatte, er sei, von aller Unruhe befreit, in seinen eigentlichen Normalzustand zurückgekehrt. Nämlich in den, eine Art Hafen zu sein; zum Schiff war er nun einmal nicht geboren. Erneut hatte sich die gewöhnliche Form seiner Existenz – die des Wartens auf Ying Chan – durchgesetzt. Sie war mithin unmittelbare Manifestation seines seelischen Zustands.

Ein über reichliche Finanzmittel verfügender, alternder Mann, der keinerlei Interesse besaß für die einfacheren virilen

Genüsse. Ein lästiger Narr, dieser Mann, der zwar unbekümmert dazu bereit war, für seine Langeweile die ganze Erde hinzugeben, aber dabei doch eine Seele hatte, die sich, nach außen hin die Bescheidenheit selber, am liebsten in kleine und enge Nischen drückte. Und das gegenüber der Geschichte wie dem Zeitalter, gegenüber dem Mysterium wie der Revolution. Da sitzt man am Rande des Abgrunds wie auf einem westlichen Klosett und raucht seine Zigarre, da hat man sich ganz dem Willen des anderen ergeben, um nur einfach zu warten, und plötzlich nehmen die Träume zum ersten Male deutlichere Gestalt an und es gelingt einem ein vager Blick auf die schemenhaft unklare, höchste Glückseligkeit. Wäre so das Sterben: daß man in solchem Zustand eingeht in die Glückseligkeit?... Bedeutete Ying Chan demnach den Tod?

Auf Ungewißheit so gut wie auf Verzweiflung, auf alles waren die Karten in seiner Hand vorbereitet. Lackschwarz grundierte Zeit des Wartens, eingelegt mit zahllosen Splittern der Angst wie mit schimmerndem Perlmutt...

Im kellerartigen »Grill Rossini« auf der gleichen Etage traf man Vorbereitungen für die Abendessenszeit; laut klirrten die Messer und Gabeln gegeneinander. Wie die in der Hand der Kellner noch unsortierten, silberplattierten Bestecke waren auch in Honda Gefühl und Vernunft wirr vermischt, formulierte sich keinerlei Plan (diese üble Angewohnheit der Vernunft!), lag der Wille brach und ungenutzt. Ja, das aufs Ende seines Lebens zu neu entdeckte Vergnügen bestand gerade in dem lässigen Verzicht auf den menschlichen Willen; und indem er darauf verzichtete, hing auch jener »Wille zur Einflußnahme auf die Geschichte«, der ihm seit seinen Jugendjahren so sehr den Kopf beschwert hatte, irgendwo schwebend in der Luft, verschwamm die Geschichte selbst im Ungewissen.

Und durch die schwindelerregende Höhe dieser nichtgeschichtlichen, dunklen Stunde flog, daß das helle, fleischfarbene Trikot aufblitzte, ein Mädchen auf der Zirkusschaukel. Niemand anderes natürlich als Ying Chan.

Draußen vor den Fenstern hatte allmählich die Dämmerung eingesetzt. Unmittelbar neben Honda übte sich eine Gruppe von Gästen samt Familienanhang im Austausch endloser, bis zur Besinnungslosigkeit durchexerzierter Höflichkeiten. Ein junges Paar, offensichtlich Verlobte, stand apathisch schweigend dabei. Durch die Scheiben konnte Honda sehen, wie sich die Alleebäume im Wind heftig hin und her bogen; doch der Regen schien ausgeblieben. Die Heftstange des Zeitungsbandes fühlte sich in seiner Hand wie ein überlanges Schienbein an. Die drei Zigarren hatte er geraucht. Ying Chan war nicht gekommen.

Nachdem er schließlich allein und ohne rechten Appetit gegessen hatte, unternahm Honda etwas, das jeder korrekten Haltung zuwiderlief: er suchte das Wohnheim für ausländische Studenten auf.

Er betrat das in einem Winkel Azabus gelegene schlichte, viergeschossige Gebäude, und in der Eingangshalle, wo einige dunkelhäutige, klug dreinblickende junge Leute in großkarierten, kurzärmeligen Hemden irgendwelche miserabel gedruckten südostasiatischen Zeitschriften lasen, fragte er beim Empfang nach Ying Chan.

»Sie ist ausgegangen«, erwiderte der Angestellte in einer Art, als hätte man eine Glocke angeschlagen. Honda jedoch wollte sich mit dieser allzu raschen Antwort nicht zufriedengeben. Während des nun folgenden Wortgeplänkels wurden die scharfäugigen Jungen aufmerksam und starrten geschlossen zu ihm herüber. Es herrschte zudem eine drückende nächtliche Schwüle, so daß sich Honda vorkam wie auf einem kleinen Flughafen in den Tropen.

»Dürfte ich vielleicht ihre Zimmernummer erfahren?«

»Das verbieten die Regeln. Besuche pflegen mit Zustimmung des Heimbewohners hier in der Lobby stattzufinden.«

Honda gab es auf, und als er sich vom Empfangsschalter entfernte, ließen die Jungen ihre Blicke wieder zurück auf die Zeitschriftenseiten gleiten. Bei übereinandergeschlagenen Beinen traten an ihren nackten Füßen die braunen Knöchel spitz hervor wie Dornen.

Im Vorgarten konnte man sich ungehindert bewegen, doch da war niemand. Aus einem hell erleuchteten Zimmer im zweiten Stock, dessen Fenster der Hitze wegen offenstand, hörte Honda Gitarrenspiel. Freilich klang die Melodie eher nach chinesischen Fiedelweisen, und zudem umschlag eine hohe Stimme mit verhaltenem Gesang diese Musik wie eine vergilbende Ranke. Während er der von Trauer durchdrungenen Stimme lauschte, mußte Honda an die unvergeßlichen Nächte damals kurz vor dem Krieg in Bangkok denken.

Er hätte sich hineinschleichen und Zimmer für Zimmer absuchen mögen, konnte er doch einfach nicht glauben, daß Ying Chan nicht da sein sollte. Alles im Dunkel der von der Regenzeit dampfenden Nacht sprach von Ying Chans Gegenwart. Sie war im Duft der Blumen auf den offensichtlich von den Studenten gepflegten Rabatten im Vorgarten zu ahnen, in dem zarten Arom der nachts um so gelberen Gladiolen, in den ihr Blaßlila mit der Finsternis vermischenden Flockenblumen. Ja, es wollte ihm scheinen, die ihn rings umschwebenden, winzigen Partikel ihres Wesens könnten sich allmählich verfestigen und als Ying Chan Gestalt annehmen. Auch das leise Surren der Insekten erregte in ihm ein solches Vorgefühl.

Aus dem Eckzimmer im zweiten Stock, umgeben von lauter dunklen Fenstern, wehte ein vom Licht der Lampe angestrahlter Tüllvorhang; davon neugierig gemacht, starrte Honda hinauf. Wirklich stand da jemand hinter dem Vorhang, den Blick hinab auf den Vorgarten gerichtet. Jetzt schlug der Wind den Vorhang um, so daß die Gestalt erkennbar wurde. Es war Ying Chan: nur in einem Slip, um sich abzukühlen. Unwillkürlich lief Honda bis unter dieses Fenster, geriet aber dabei in den Lichtschein einer Straßenlaterne. Im selben Augenblick – sie mußte Honda erkannt haben – schien Ying Chan zu erschrecken, und sofort wurde das Licht gelöscht, das Fenster geschlossen.

An die Ecke des Gebäudes gelehnt, wartete er und wartete. Unaufhörlich tropfte die Zeit; in Hondas Schläfen hämmerte das Blut. Ja, auch die in Tropfen fallende Zeit war wie Blut. Er preßte seine Wange auf den von grünem Moos überzogenen Beton; die Kühle des Mooses linderte die Glut in seinen gealterten Wangen.

Endlich ein zischendes Geräusch wie von einer Schlangenzunge oben an dem Fenster: vermutlich, weil es einen Spaltbreit geöffnet wurde. Und dann schlug etwas Helles und Weiches vor Hondas Füßen auf.

Er bückte sich, um es aufzuheben, schälte es aus dem zerknüllten, weißen Papier. Es war ein Wattebausch, gerade eben so groß, daß er in eine Hand paßte, und offenbar fest zusammengepreßt; denn kaum hatte Honda die Hülle entfernt, begann sich die Watte aufzublähen wie etwas Lebendiges. Er nestelte den Bausch auseinander. Aus dem Inneren kam der Ring mit dem von goldenen *Yaksha*-Dämonen bewachten Smaragd zum Vorschein.

Das Fenster, als er hinaufsah, war wieder geschlossen, und nicht der kleinste Lichtschimmer drang hervor.

Als er das Studentenheim hinter sich gelassen hatte und zu sich kam, bemerkte Honda, daß es bis zum Haus Keikos nur ein Fußweg von kaum zweihundert Metern war. Bei seinen Rendezvous pflegte er nie den eigenen Wagen zu benutzen; und natürlich hätte er jetzt einem Taxi winken können, doch machte er es sich trotz der Schmerzen in Rücken und Hüften zur Bußübung, zu Fuß zu gehen. Selbst angenommen, Keiko wäre nicht da – er konnte unmöglich nach Hause zurückkehren, ohne an ihrer Tür wenigstens angeklopft zu haben.

Unterwegs stellte er sich vor: wie er, wenn er jung wäre, jetzt laut heulend dahinmarschieren würde. Wenn er jung wäre! Indessen hatte Honda in seiner Jugendzeit nie geweint. Da war er der hoffnungsvolle junge Mann gewesen, der es um seiner selbst und anderer willen für richtiger gehalten hatte, den Verstand in Bewegung zu setzen als Tränen zu vergießen. Oh, welch süßer Schmerz, welch tief empfundene Verzweiflung! Daß er, sich das vorstellend, die Vorstellungen nur in der hypothetischen Vergangenheit des »Wenn ich jung wäre« gelten ließ, entzog seinen augenblicklichen Empfindungen auch den letzten Rest Kredit. Ja, wäre er imstande gewesen, heute in diesem Alter der Süße nachzugeben! Doch seinem Wesen nach weder jetzt noch früher dazu fähig, brachte er es mit knapper Not zuwege, von sich als von einem mit einer ganz anderen Vergangenheit zu träumen. Was für einem anderen aber denn? Schließlich hatte es für ihn von Anfang an außerhalb jeder Möglichkeit gelegen, ein Kiyoaki oder Isao zu werden.

Einmal als sicher vorausgesetzt, die schwärmerische Vorstellung »Wenn ich jung wäre, wäre ich so und so« hätte ihn vor jedweder Gefährdung durch die dem jeweiligen Alter gemäßen Gefühle bewahrt – seine Scham, sich Gefühle überhaupt als gegenwärtig und in dieser Form existierend einzugestehen, mochte eine ferne Nachwirkung jener von Selbstverleugnung bestimmten Jugend sein. Wie auch immer, weder jetzt noch früher hätte man erwarten dürfen, Honda wäre laut heulend dahinmarschiert. Keiner, der ihn sah, würde diesen einsamen, angejahrten Gentleman in seinem Burberry-Mantel, auf dem Kopf den weichen Borsalino, für etwas anderes gehalten haben als für einen wunderlichen Nachtspaziergänger.

Weil ihn sein mißvergnügtes Selbstbewußtsein viel zu sehr daran gewöhnt hatte, Gefühle nur in indirekten Wendungen zu formulieren, war er heute längst sicher genug, um dabei auch ohne Selbstbewußtsein auszukommen, und damit waren für ihn alle Torheiten und Schamlosigkeiten in den Bereich des Möglichen gerückt. Hätte jemand sein Vorgehen Schritt für Schritt verfolgt, würde er ihn vermutlich als »einen ganz aus seinem Gefühl heraus handelnden Mann« mißdeutet haben. Auch daß er jetzt durch die nächtlichen, von der Ahnung des bevorstehenden Regens erfüllten Straßen eilte, um Keiko aufzusuchen, stellte eine solche Torheit dar. Und im Gehen war ihm plötzlich danach zumute, sich mit der Hand bis tief in den eigenen Schlund zu fahren und das Herz herauszureißen. So als langte einer in seine Westentasche und holte die Taschenuhr hervor.

Was um diese Stunde kaum zu erwarten gewesen: Keiko war zu Hause.

Honda wurde sogleich in den prächtigen Salon von neulich geführt. Die Louis-quinze-Stühle mit ihren geraden Lehnen erlaubten jedoch keine sehr bequeme Haltung, so daß Honda ein Gefühl hatte, als schwänden ihm vor Erschöpfung die Sinne.

Wie damals stand die Zedernholztür halb offen. Doch jetzt in der Nacht machte der Salon mit dem bedrohlichen Glanz des Kronleuchters einen um so verlasseneren Eindruck auf Honda. In den Fenstern sah er hinter den Bäumen im Park den flimmernden Schein von den Straßenlaternen des Viertels; nur hatte er einfach nicht die Kraft, aufzustehen und hinauszuschauen. Da war es schon besser, die deprimierende Schwüle, die seinen Körper mit ätzendem Schweiß überzog, zu ertragen.

Er hörte Keiko die marmorne Wendeltreppe in der Eingangshalle herunterkommen; sie trug einen herrlichen und so langen hawaiischen *Muumuu,* daß der Saum über den Boden schleifte. Sobald sie den Salon betreten hatte, zog sie hinter sich die mit Kranichen bemalte Zedernholztür zu. Ihr schwarzes Haar war wild aufgewühlt wie von einem Sturm. Es blähte sich, dem strengen Zwang entronnen, eigenwillig nach allen Seiten, wodurch das sparsamer als sonst geschminkte Gesicht zugleich kleiner und blasser wirkte. Keiko ging zwischen den Stühlen hindurch, um sich dann, die mit goldenen Wolken ausgemalte *Tokonoma*-Nische im Rücken, so Honda gegenüber niederzulassen, daß sie den kleinen Tisch, auf den sie den Cognac stellte, zwischen sich hatten. Unter dem Saum des Gewandes schauten an ihren nackten Füßen die mit Büscheln getrockneter Tropenkerne verzierten Haussandalen hervor; das Rot ihrer lackierten Zehennägel war dasselbe wie das der großen Hibiskusblüten auf dem schwarzgrundigen *Muumuu*. Demgegenüber ergab das gigantisch aufgeblähte, schwarze Haar vor dem Hintergrund der Goldwolken ein unsäglich düsteres Bild.

»Sie müssen schon entschuldigen, wenn ich mit diesem wahnsinnig anmutenden Wust auf dem Kopf erscheine. Ihr plötzlicher Besuch hat selbst mein Haar durcheinandergebracht. Zu allem Unglück habe ich es mir vorhin gewaschen, um es morgen einzulegen. Nun, das sind so Strapazen, von denen die Männer natürlich keine Ahnung haben... Aber was gibt es? Sie sehen nicht gut aus.«

In kurzen Worten berichtete Honda, was soeben vorgefallen war; dabei ärgerte er sich über sich selbst, daß seine Art zu reden etwas von einem mündlichen Plädoyer an sich hatte. Selbst dann, wenn eine Sache anstand, die ihn in eigener Person betraf, konnte er die Gewohnheit nicht abschütteln, den Fall in streng logischer Abfolge darzustellen. Seine Worte nutzten lediglich der Systematisierung der Dinge. Und es war doch, was er, bevor er hierhergekommen, hatte ausstoßen wollen, ein wortloser Aufschrei gewesen.

»Ja ja, ein Musterbeispiel dafür, daß blinder Eifer immer nur Schaden stiftet. Wo ich Ihnen so eindringlich nahegelegt habe, alles mir zu überlassen... Da weiß ich nun auch nicht... Immerhin, ein ziemlich rüdes Benehmen ist das von Ying Chan schon. Vielleicht dort unten im Süden so üblich. Andererseits begreife ich durchaus, daß dergleichen Sie in Verwirrung setzt«, fand

Keiko, um dann, während sie ihm einen Cognac einschenkte, ohne das geringste Anzeichen eines Überdrusses, vielmehr ganz erfüllt von der ihr eigenen, lässigen Betriebsamkeit, zu fragen: »Und was, meinen Sie, könnte ich tun?«

Spielerisch ließ Honda den Ring, den er hervorgeholt, bald auf seinen kleinen Finger gleiten, bald zog er ihn wieder ab und meinte dabei: »Ich würde Sie liebend gern darum bitten, daß Sie ihr den Ring zurückgeben und sie dazu überreden, ihn unbedingt anzunehmen. Solange sie ihn nicht an sich trägt, ist mir, als wäre das Band zwischen ihr und meiner Vergangenheit auf immer zerschnitten.«

Keiko erwiderte kein Wort und schwieg, so daß Honda fürchtete, er habe sie verärgert. Sie hob ihr Cognacglas bis in Augenhöhe; unverwandt beobachtete sie, wie nach einem Schwenken der Cognac auf der gewölbten Innenfläche des geschliffenen Kristallglases einen durchsichtig zähen, wolkigen Film bildete, der erst ganz allmählich abwärtsglitt. Ihre von der beunruhigenden Masse des schwarzen Haars überschatteten Augen wirkten fast unheimlich groß. Dabei war die Ernsthaftigkeit in ihrem Gesichtsausdruck viel zu natürlich, jedenfalls deutete nichts auf das Bemühen hin, etwa ein sarkastisches Lächeln zu verbergen; ja, Honda hatte den Eindruck, es wären dies Augen wie die eines Kindes, das auf eine zerquetschte Ameise starrt. Und wie um sie zu drängen, wiederholte er: »Dies wäre mein einziger Wunsch. Wenn Sie nur das für mich tun wollten...«

Er setzte auf diese maßlose Übertreibung einer Lappalie. Worin hätte auch sein Vergnügen bestanden, wenn nicht in der Einhaltung einer Art moralischer Tendenz, nämlich noch die größte Torheit nicht geringzuschätzen? Aus der einem Abfallkorb vergleichbaren Welt hatte er sich Ying Chan geholt, er litt an einem Mädchen, das er bisher nie berührt. Und indem er den Wahnsinn mehr und mehr steigerte, suchte er den Punkt, an dem seine sinnliche Begierde und der Kreislauf des Gestirns aufeinanderträfen.

»Wie wäre es, wenn Sie die Kleine allmählich aufgäben?« begann Keiko schließlich. »Neulich, so geht das Gerücht, will man Ying Chan im Thé-dansant ›Mimatsu‹ gesehen haben, wie sie sich dort an die Schulter eines Studenten übelster Sorte schmiegte und Wange an Wange mit ihm tanzte.«

»Sie aufgeben? Damit würde ich ja erlauben, daß sie zur Frau heranreift.«

»Und Sie meinen also, Sie haben das Recht, sie daran zu hindern? Aber wie konnte es Ihnen dann zuvor so unbehaglich sein, daß sie noch unberührt ist?«

»Ich glaubte, wenn ich sie plötzlich in jenen Reifezustand bringen ließe, müßte sie zu einer ganz anderen werden. Nun ja, das war ein Fehlschlag. Dank Ihres schafsköpfigen Neffen.«

»Katsumi ein Schafskopf... oh, wie wahr!« lachte Keiko laut heraus und hielt ihre Fingernägel auf der anderen Seite des Glases so, daß sie im Licht des Kronleuchters schimmerten. Durch das Kristallglas hindurch und von der Innenseite der Finger her gesehen, glühten die langen und spitzen, rotlackierten Nägel wie kleine, geheimnisvolle Sonnenaufgänge. »Sehen Sie nur, da kommt die Sonne herauf!« rief Keiko in seliger Berauschtheit und wollte es Honda zeigen.

»Ein unbarmherziger Sonnenaufgang«, murmelte er uninteressiert, wünschte vielmehr inständig, der Nebel des Widerwärtigen und Abgeschmackten würde diesen überhellen Raum so verdunkeln, daß man nicht mehr die Hand vor Augen sähe.

»Um auf das Gespräch von vorhin zurückzukommen – wenn ich mich Ihrem Wunsch nun mit aller Entschiedenheit versagen sollte, was dann?«

»Der Rest meiner alten Tage wäre in Finsternisse gehüllt.«

»Jetzt übertreiben Sie aber wirklich!«

Keiko stellte ihr Glas auf den Tisch. Sie überlegte. Murmelte dazwischen etwas, das sich anhörte wie: warum eigentlich immer sie anderen aus der Patsche helfen solle. Und schließlich erklärte sie: »Die wahren Probleme in der tiefsten Tiefe des Herzens pflegen im Grunde, wie ich finde, stets recht kindlich zu sein. Wenn es sich einer einmal in den Kopf gesetzt hat, wird er notfalls zu einer Afrikaexpedition aufbrechen, um nach einer einzigen Briefmarke mit Fehldruck zu forschen.«

»Ich glaube, ich liebe Ying Chan.«

»Oh, natürlich!« lachte Keiko voller Heiterkeit und mit einem Augenausdruck, der besagen wollte: alles gelogen! Doch ihre folgenden Worte hatten etwas außerordentlich Bestimmtes: »Ich begreife. Was Sie jetzt brauchten, wäre die Möglichkeit, irgendeine atemberaubende Tollheit zu begehen. Zum Beispiel...«, und dabei hob sie den Saum ihres *Muumuu* ein wenig, »... wie wäre es denn, wenn Sie mir den Fußrücken küßten? Ich bin sicher, das würde Sie aufmuntern. Den Fußrücken einer keineswegs geliebten Frau aus nächster Nähe zu betrachten. Jedenfalls sind die Adern an meinen Beinen von vielgerühmter Schönheit. Nein, seien Sie unbesorgt! Ich komme gerade aus dem Bad und habe sie tüchtig abgerieben; es wird Ihnen also gewiß kein körperliches Unbehagen bereiten.«

»Sollte dies die Bedingung sein, unter der Sie meinen Wunsch von vorhin erhören, will ich es auf der Stelle und mit Freuden tun.«

»Bitte! Einmal wenigstens in Ihrem so selbstgefälligen Leben dürfte Ihnen dergleichen guttun. Ihre Vorzüge werden sich hernach desto prächtiger ausnehmen.«

Keiko war offensichtlich von pädagogischer Leidenschaft ergriffen. Sie stellte sich genau unter den blitzenden Kronleuchter. Und da sie ihr üppiges Haar, als störte es sie, mit beiden Händen zurückgestrichen hatte und hochhielt, flatterte es mächtig zu beiden Seiten wie zwei Elefantenohren.

Honda versuchte zu lächeln, doch es gelang ihm nicht. Er sah sich um; langsam beugte er das Knie. Der Schmerz in der Hüfte nahm rasend zu; vornübergekrümmt ließ er sich entschlossen auf dem Teppich nieder.

Keikos Sandale, wie er sie jetzt vor sich sah, gleichsam ein geweihtes Kultgerät, an dem die dunkel- und hellbraunen, die violetten und weißen Kerne feierlich über die knallrot lackierten Nägel der fest aufgesetzten fünf Zehen hingen, umschlossen einen ein wenig sehnigen, nervösen Fußrücken. Als Honda eben dabei war, seine Lippen dem Fuß in der Sandale zu nähern, glitt dieser verwirrt zurück. Tatsächlich konnte er den Fußrücken erst dann mit seinem Mund erreichen, nachdem er den Saum mit dem Hibiskusmuster hochgestoßen und seinen Kopf daruntergeschoben hatte. Unter dem *Muumuu,* in den er so eingedrungen, war alles von zarten Wohlgerüchen und einer sanften Schwüle erfüllt. Honda befand sich plötzlich in einem anderen, ihm unbekannten Land. Sobald er den Fußrücken geküßt, blickte er auf; da war das Licht ringsum von einem düsteren Scharlachrot, das durch das Hibiskusmuster schien, da erhoben sich, von zarten Adern gezeichnet, zwei helle, schöne Säulen vor ihm, da trafen ihn vom fernen Himmel her die wirren schwarzen Strahlen einer kleinen schwarzen Sonne.

Honda kämpfte sich zurück und stand mit Mühe auf.

»So. Ich habe es getan.«

»Und ich werde mein Versprechen halten«, erwiderte Keiko mit einem ruhigen, ihren Jahren angemessenen Lächeln, während sie den Ring in Empfang nahm.

42

»Was tust du da eigentlich?« rief Rie von drinnen ihrem Mann zu, der noch immer nicht am Frühstückstisch erschienen war.

»Ich schau mir den Fuji an«, antwortete Honda von der Terrasse her; doch drehte er sich auch dabei nicht zum Zimmer um, sondern sagte es mit unverwandtem Blick auf den jenseits der Laube am Westrand des Gartens aufsteigenden Berg.

Um sechs an einem Sommermorgen: der Fuji weinrot berauscht, die Konturen zwar verschwommen, aber etwa in der Gegend der Achten Station – wie der weiße Puder, der am Festtag den Nasenrücken eines Kindes färbt – ein einzelner Pinselstrich Schnee.

Nachdem er gefrühstückt hatte, trat er, lediglich in Shorts und Polohemd, wieder hinaus unter den funkelnden Morgenhimmel, streckte sich am Rand des Swimmingpools aus und schöpfte von dem Wasser verspielt mit der Hand.

»Was soll das nur?« rief Rie abermals, während sie mit dem Abräumen beschäftigt war. Diesmal kam gar keine Antwort.

Durch das Fenster verfolgte sie mit scharfen Blicken das alberne Benehmen ihres achtundfünfzigjährigen Ehemannes. Vor allem mißfiel ihr sein Aufzug. Shorts zum Beispiel dürfe, wie sie fand, ein Mann, der mit den Gesetzen umging, unter keinen Umständen tragen. Welk und kraftlos quollen seine weißen Beine daraus hervor. Auch das Hemd war nicht nach ihrem Geschmack. Wie aus Rache dafür, daß er, ohne das Kraftstrotzende der Jugend zu haben, ein Polohemd trug, hingen Ärmel und Hemdrücken schlaff herab, als hätte er sich mit Seetang drapiert. Ja, neuerdings beobachtete ihn Rie mit der größten Aufmerksamkeit: wie weit wohl würde er es mit diesem Benehmen, das ihm so gar nicht anstand, noch treiben? Daß sich davon der Schuppenpanzer, der ihre eigene Sensibilität überwuchert hatte, zu sträuben begann, verursachte ihr eine Art Lustgefühl.

... Als er in seinem Rücken spürte, daß Rie es aufgegeben und sich in den hinteren Teil des Zimmers zurückgezogen hatte, überließ sich Honda um so unbefangener dem herrlichen Anblick der im morgendlichen Pool gespiegelten Szenerie.

Jetzt fingen im Zypressenhain die Zikaden zu schnarren an. Honda hob die Augen. Der Fuji, der zuvor eine Röte gehabt wie das Gesicht eines Betrunkenen, war jetzt gegen acht Uhr gleichmäßig auberginenfarben, und in hellgrünen Abstufungen zum Fuß des Berges hin tauchten hier und da deutlich Wälder und Dörfer auf. So den sommerlich tiefvioletten Fuji betrachtend, verfiel Honda auf ein hübsches, zur Alleinunterhaltung gut geeignetes Spiel. Auf das Geheimnis nämlich, mitten im Sommer den winterlichen Fuji zu imaginieren. Wenn er den violetten Berg eine Zeitlang fest anstarrte, dann aber den Blick auf den blauen Himmel unmittelbar daneben richtete, verwandelte sich das Nachbild in seinen Augen in ein vollkommenes Weiß, und es schwebte für eine Sekunde ein unbefleckter, reinlich gewandeter Fuji im heiteren Firmament.

Nachdem er das Verfahren begriffen hatte, durch das sich diese Vision erzeugen ließ, setzte sich in Honda allmählich die Überzeugung fest, es gäbe zwei Fujis: seitlich neben dem sommerlichen stets auch den winterlichen Fuji. Neben der realen Erscheinung stets das reinweiße Urbild.

Lenkte er indessen seinen Blick auf den Pool, so war es das Spiegelbild der Hakone-Berge, das den größeren Teil der Wasserfläche einnahm. Der Sommer in diesen von Grün besetzten Buckeln war von drückender Schwüle. Vögel flogen durch den auf dem Wasser flimmernden Himmel, ein alter Buschsänger suchte den Futterplatz auf.

Richtig. Gestern hatte er an der Laube die Schlange erschlagen. Es war eine gestreifte Schlange gewesen, gut einen halben Meter lang; und um es nicht so weit kommen zu lassen, daß sie heute die Gäste erschreckte, hatte er ihr mit einem Stein den Kopf zertrümmert. Dieses kleine Blutbad hatte ihn den ganzen gestrigen Tag über beschäftigt. Als Nachbild des ölig schimmernden, sich windenden Körpers der gegen den Tod ankämpfenden Schlange war eine dunkelblaue Stahlsprungfeder in seinem Herzen zurückgeblieben. Das Gefühl, daß auch er imstande war zu töten, hatte eine düstere Vitalität in ihm genährt.

Nun also der Pool. Von neuem die Hand ausstreckend, rührte Honda die Wasserfläche auf. Die Sommerwolken zerbarsten wie in lauter Milchglassplitter. Noch war in diesem Pool niemand geschwommen, obwohl er seit sechs Tagen fertig dalag. Selbst Honda, der zusammen mit Rie vor drei Tagen nach Gotemba gekommen war, hatte sich unter dem Vorwand, das Wasser sei zu kalt, bisher kein einziges Mal hineinbegeben.

Ein Pool, den er allein zu dem Zwecke hatte anlegen lassen, Ying Chan in ihrer Nacktheit zu sehen. Sonst war damit keinerlei Absicht von Belang verbunden.

Aus der Ferne hallten Hammerschläge herüber. Keikos Haus nebenan wurde umgebaut. Seit der Freigabe ihres Tōkyōer Besitzes erschien sie nur noch selten in Gotemba; einerseits hatte sich ihr Verhältnis zu Jack einigermaßen abgekühlt, andererseits war angesichts von Hondas neuem Haus ihr Wetteifer erwacht, so daß sie Veränderungen in Angriff genommen hatte, die fast auf einen Neubau hinausliefen. Den diesjährigen Sommer werde sie, hatte Keiko erklärt, wohl in Karuizawa verbringen; denn bis dahin würde man kaum so weit sein, daß hier an ein Wohnen zu denken wäre.

Honda erhob sich vom Rand des Pools. Um der allmählich heftiger werdenden Sonne zu entgehen, schlug er mit einiger Mühe den über einem Tisch aufragenden Sonnenschirm auf, und nachdem er sich in dessen Schatten auf einen Stuhl gesetzt hatte, starrte er von dort aus weiter auf die Wasserfläche.

Noch immer dauerte vom Morgenkaffee ein in seinem Hinterkopf wie lähmend wirkendes Gefühl der Ernüchterung an. Auf dem Boden des neun mal fünfundzwanzig Meter großen Pools die weißen Linien inmitten des Geflimmers vom blauen Anstrich schienen ihn an Sportkämpfe in fernen Jugendtagen zu gemahnen, an weiße Kreidelinien und den Pfefferminzgeruch des Saromethyls. Für alles säuberlich weiße, streng geometrisch gezogene Linien: daß hier etwas begann, daß dort etwas endete. Indessen, da trog ihn seine Erinnerung. Hatte doch Hondas Jugend mit Sportplätzen nicht das geringste zu tun gehabt.

Eher mußten ihm die weißen Linien jene Striche vor Augen rufen, wie sie auf nächtlichen Autostraßen die Mitte markierten. Und plötzlich fiel ihm der kleine alte Mann wieder ein, der, stets mit Spazierstock, nachts im Park umherzustreifen pflegte. Einmal waren sie sich auf einem von blendenden Autoscheinwerfern überzuckten Fußweg begegnet. Die Brust herausgereckt, den Stock mit der elfenbeinernen Krücke an den Arm gehängt, den angewinkelten Ellbogen aber unnatürlich weit hinaufgezogen, damit er den an sich gepreßten Stock nicht auf dem Boden schleifen ließe: so war der alte Mann mit der scheinbar steifsten Hochmütigkeit einhergewandelt. Und auf der anderen Seite des Weges der nach Mai duftende Wald. Ja, der kleine alte Mann hatte wie ein pensionierter Militär ausgesehen, hatte ausgesehen, als habe er die jetzt wertlos gewordenen Orden in die Innentasche seines Rockes gesteckt.

Das zweite Mal, daß sie aufeinandergetroffen, war mitten in dem stockdunklen Wald gewesen. Auch hatte Honda nun die Verwendung jenes Stockes aus unmittelbarer Nähe beobachten können.

Normalerweise, wenn ein Pärchen miteinander im Wald schmuste, lehnte sich das Mädchen mit dem Rücken an einen Baum, während der Liebhaber allmählich zur Umarmung überging. Den umgekehrten Fall bekam man selten zu Gesicht. Damals nun hatte wieder ein junges Paar so an einem Baum gestanden und hinter diesem, wie an den Stamm geklebt, der kleine alte Mann. Jedenfalls war in der Dunkelheit und nahe der Stelle, an der Honda zufällig Posten bezogen hatte, hinter dem Baum hervor mit äußerster Behutsamkeit die U-förmige Elfenbeinkrücke jenes Spazierstocks aufgetaucht. Honda, angestrengt beobachtend, hatte plötzlich etwas Weißes durch das Dunkel schweben sehen und, sobald er erst erkannt, daß es sich um eine elfenbeinerne Krücke handelte, gleich auch gewußt, wessen Stock das war. Das Mädchen hatte beide Hände im Nacken des jungen Mannes verschränkt, er seinerseits beide Arme um den Rücken des Mädchens gelegt. Und am Hinterkopf des Mannes hatte das pomadisierte Haar vom Abglanz ferner Autolichter aufgeleuchtet. Eine Weile war die weiße Elfenbeinkrücke im Finstern flach über den Boden geglitten, um dann schließlich wie in einem definitiven Entschluß mit dem U-förmigen Teil am Rocksaum des Mädchens anzuhaken. Danach hatte sie mit geübter Fixigkeit und in einem Schwung den Rock bis zu den Hüften hochgeschoben. So waren die weißen Mädchenschenkel blankgelegt, dabei natürlich der Fehler vermieden worden, daß sich, etwa durch das Berühren der Haut mit dem kühlen Elfenbein, der Urheber verraten hätte.

»Nicht doch, nicht doch!« hatte das Mädchen geflüstert, schließlich gar: »Hu, ist das kalt!« Aber der Liebhaber in seiner Verzückung war mit keinem Wort darauf eingegangen, und das Mädchen selbst offenbar nicht auf den Gedanken gekommen, daß seine beiden Arme ja vollauf damit beschäftigt waren, sie an sich zu pressen.

Diese ironisch-blasphemische Darbietung, diese so überaus devote und selbstlose Mitwirkung des anderen an seinem eigenen Vergnügen, entlockte Honda, sooft er daran dachte, ein Lächeln in den Mundwinkeln. Doch brauchte er sich nur der leibhaftigen Existenz jenes Alten zu erinnern, nämlich daran, wie dieser ihn einmal am hellen Tage vor dem Matsuya-PX angesprochen hatte, und der leichte Anflug der Heiterkeit verlor sich in einer ihn eiskalt überlaufenden Furcht. Zu denken, daß das für ihn so ernsthafte Vergnügen, nur weil es anderen Abscheu erregte, für alle Zeit den Widerschein ihres Ekels würde ertragen müssen, ja, daß der Ekel selbst und von sich aus irgendwann zum unentbehrlichen Element seines Vergnügens werden könnte – nein, wie absurd!

Der frösteln machende Abscheu vor sich selber verschmolz mit der süßesten Verführung; die Ablehnung der eigenen Existenz vereinigte sich mit der Idee von der Unsterblichkeit eines durchaus Irreparablen. Gerade das Unkorrigierbare der Existenz war ja das einzig sinnlich Wahrnehmbare an der Unsterblichkeit.

Er trat wieder an den Rand des Pools, beugte sich nieder und schöpfte eine Handvoll von dem flimmernden Wasser. Wie mit dem Gefühl, hier den Reichtum zu berühren, über den er, auf das Ende seines Lebens hin, plötzlich verfügte. Er spürte die sommerliche Sonne auf seinen gekrümmten Nacken brennen, und ihm war dabei, als träfen ihn die ungezählten Pfeile der Bosheit und des Spotts aus sämtlichen achtundfünfzig Sommern seines Lebens. Es war nicht eben ein unglückliches Leben gewesen;

alles hatte dem Ruder der Vernunft gehorcht, die Klippen des Verderbens waren geschickt umsegelt worden, und gewiß wäre es die reinste Übertreibung gewesen zu behaupten, er hätte keinen einzigen Augenblick des Glücks gehabt. Dennoch: was für eine langweilige Überfahrt! Wirklich entsprach es weit eher seiner wahren Empfindung, wenn er sich in bewußter Übertreibung sagte, sein Leben sei eine Finsternis gewesen.

Das Eingeständnis, sein Leben sei eine Finsternis gewesen, ließ diesem Leben gegenüber sogar eine Art Freundschaft aufkommen: Der Umgang mit dir erbrachte keine Ernte, verhalf zu keinem Jubel; obwohl ich dich nie darum gebeten, hast du mir deine hartnäckige Kameradschaft aufgedrängt und mich genötigt, diesen absurden Gang über das Seil zu tun, den man »Leben« heißt; du warst sparsam mit Berauschung und verschwenderisch mit Besitz, verwandeltest Gerechtigkeit in papierene Fetzen und Vernunft in bewegliche Habe, das Schöne noch wurde in den schmählichsten Zustand versetzt. Mächtig war das Leben wirksam gewesen, um die Rechtgläubigkeit mit Deportation zu bestrafen, die Häresie zu hospitalisieren, die Menschlichkeit in den Stumpfsinn hinabzustoßen. Packen blut- und eiterverschmierter Binden hatten sich auf den Nierenschalen gehäuft. Kurzum, ein täglicher Verbandswechsel für das Herz, bei dem jedesmal die unheilbare Kranken, die Alten wie die Jungen, vor Schmerzen aufgeschrien.

Jetzt irgendwo in diesem leuchtenden Blau des Himmels über den Bergen ringsum waren, so deuchte es Honda, die großen, sanften Hände einer weißgekleideten, prächtigen Pflegerin verborgen, beauftragt mit der rauhen Pflicht der täglichen, so aussichtslosen Wundbehandlung. Indem sie ihn zärtlich berührten, ermutigten sie ihn aufs neue, weiterzuleben. Die weißen Wolken droben über dem Otome-Paß waren ein Gewirr von frischen, blendend hellen und geradezu heuchlerisch hygienischen Binden.

Und mit den Augen anderer gesehen? Nun, Honda wußte, daß er ein Mensch war, der da einen genügend objektiven Blick hatte. Für diese anderen war er der schwerreiche Rechtsanwalt, lebte er in Umständen, die es ihm erlaubten, gemächlich sein Alter zu genießen; und da dies die Folge davon war, daß er in langer Richter- und Anwaltskarriere einen in jeder Hinsicht unparteiischen, durch nichts korrumpierten, klaren Rechtssinn bewiesen hatte, nahm er eine zwar durchaus beneidete, jedoch keineswegs bekrittelte Position ein. Es war das eine der verspäteten Kompensationen, die die bürgerliche Gesellschaft gelegentlich bürgerlichem Stoizismus zugesteht. Selbst den unwahrscheinlichen Fall gesetzt, Hondas kleines Laster käme auf – gewiß würde man es heutzutage bei ihm mit einem Lächeln übergehen als eine harmlose, dumme Angewohnheit, wie sie leicht jeder haben könne. Mit anderen Worten, er war ein Mann, der, gesellschaftlich gesehen, »alles hatte«. Nur keine Kinder.

Früher war zwischen den Eheleuten gelegentlich darüber gesprochen worden, ob man nicht ein Kind adoptieren solle; auch hatten andere ihnen das nahegelegt. Indessen war Rie schon lange nicht mehr geneigt, dieses Thema zu berühren, und seit er reich geworden, verspürte Honda ebenfalls keine Lust mehr dazu. Er fürchtete, Außenstehende könnten es auf sein Geld abgesehen haben.

Vom Haus her waren Stimmen zu hören.

Er lauschte. Jetzt am Morgen schon Gäste? Aber nein, Rie sprach mit Matsudo, dem Chauffeur. Gleich darauf erschienen die beiden auf der Terrasse, und während sie ihren Blick über das wellige Auf und Ab auf der Wiese schweifen ließ, meinte Rie: »Schauen Sie doch nur, wie entsetzlich ungleich es da drüben ist. Mit einem solchen Rasenschnitt müßte ich mich ja schämen, und gerade an dem Abhang zur Laube hin, wo das doch die Stelle ist, die einem beim Anblick des Fuji zuerst in die Augen fällt. Wir erwarten schließlich sogar einen Prinzen.«

»Ja, da werde ich also noch einmal drübergehen.«

»Ich bitte Sie darum.«

Der Chauffeur, ein Jahr älter als Honda, ging zu dem kleinen Schuppen am Ende der Terrasse, in dem sich allerlei Gartenwerkzeug befand, und holte den Rasenmäher heraus. An sich mochte Honda diesen Matsudo nicht besonders. Er hatte ihn nur genommen, weil er im und nach dem Kriege als Fahrer bei einem Ministerium Dienst getan hatte.

Die außerordentliche Behäbigkeit, die ein wenig arrogante Sprechweise, die nie und durch nichts zu erschütternde Haltung dieses Mannes, der bis ins Alltagsleben hinein vom Prinzip des unfallfreien Fahrens durchdrungen war – das alles irritierte Honda. Nein, mein Lieber, mit bloßer Vorsicht wie beim Steuern eines Wagens war im Leben nicht voranzukommen! Bei der Vorstellung, daß Matsudo ihn, seinen Arbeitgeber, wahrscheinlich für einen gleichgearteten Menschen hielt, beschlich Honda das Gefühl, hier werde er ständig aufs unverschämteste karikiert.

»Komm«, rief Honda zu Rie hinüber, »ruh dich aus! Es ist ja noch Zeit.«

»Ja, aber der Koch und die Diener dürften jeden Augenblick eintreffen.«

»Sie werden sich wie üblich verspäten.«

Nachdem sie, wie sich im Wasser ein Faden lockert, eine Weile träge gezaudert hatte, lief Rie erst einmal ins Haus zurück, sich ein Kissen zu holen. Fürchtete sie doch, sie könnte sich auf dem eisernen Stuhl ihre Nieren verkühlen.

»Koch und Diener – ich mag das ja gar nicht, wenn dergleichen Leute im Haus herumtoben«, sagte sie dann, während sie sich auf den Stuhl neben Honda setzte. »Wäre ich eine auf Aufwand versessene Frau wie die Dame Kinkin, würde mich ein solches Leben natürlich wahnsinnig begeistern.«

»Na, da bringst du aber eine uralte Geschichte auf!«

Diese Kinkin, Frau des berühmtesten Rechtsanwalts der Taishō-Zeit und ehemalige *Geisha,* war für ihre Schönheit und Extravaganz bekannt gewesen; nicht nur daß sie, eine geschickte Reiterin, auf einem Schimmel ausgeritten war, sie hatte es sogar fertiggebracht, bei Totenfeiern dadurch die allgemeine Aufmerksamkeit zu erregen, daß sie in einem Trauergewand mit langer Schleppe erschien; und nach dem Tod ihres Mannes, fürchtend, sie könnte sich den gewohnten Luxus nicht mehr leisten, hatte sie Selbstmord begangen.

»Es hieß, meine ich mich zu erinnern, die Dame Kinkin habe mit Schlangen gespielt und immer eine kleine, lebendige Natter in ihrer Handtasche gehabt. Ach, was ich vergaß... Hast du nicht gesagt, du hättest gestern eine Schlange erschlagen? Wenn nun, während der Prinz da ist, eine Schlange auftauchte – nein, das wäre ja entsetzlich. Hören Sie, Matsudo«, rief sie dem Chauffeur nach, der sich mit dem Rasenmäher entfernte, »sollten Sie eine Schlange entdecken, bitte, erledigen Sie die doch auf alle Fälle. Aber so, daß ich nichts davon zu Gesicht bekomme.«

Während Honda beobachtete, wie bei diesem Ausruf das Spiegelbild auf dem Wasser des Pools den gealterten Hals seiner Frau unbarmherzig aufleuchten ließ, mußte er plötzlich an die Tadeshina denken, die er damals im Krieg inmitten der Ruinen von Shibuya getroffen hatte. Erinnerte er sich zugleich der Pfauenkönig-Sutra, die er von ihr bekommen hatte.

»Weißt du, wenn du von einer Schlange gebissen wirst, brauchst du nur den Zauberspruch ›Mayukichirateishaka‹ herzusagen.«

»So?«

Ohne auch nur einen Funken Interesse zu zeigen, setzte sich Rie wieder auf ihren Stuhl. Und das im gleichen Augenblick losbrechende Geknatter vom Motor des Rasenmähers entließ die beiden in ein durch nichts beschränktes Schweigen.

Mochte sich seine altmodische Frau auch darüber freuen, daß ein Prinz erscheinen würde – verwundert hatte Honda die Gelassenheit, mit der sie seine Ankündigung von Ying Chans Auftreten hinnahm. Rie ihrerseits indessen hoffte, es könnte sich, was sie so lange gequält, in nichts auflösen, wenn sie heute die wirkliche Ying Chan an der Seite ihres Mannes sähe.

»Morgen zur Einweihung des Pools«, hatte Honda beiläufig erklärt, »kommt Keiko mit Ying Chan, und beide werden hier übernachten.« Wobei Rie eine Art stechender Freude empfunden hatte. Da ihre Eifersucht allzu tief mit Ungewißheiten durchsetzt gewesen war, hatte sie nun das Gefühl, ihre gleichsam wie zwischen Blitzschlag und Donner mit jedem Augenblick schwächer werdenden Ängste in den Griff zu bekommen. Das Gefürchtete glich auf einmal einem Herbeigesehnten; nicht mehr warten zu müssen, machte sie innerlich froh.

Ries Herz erinnerte an einen Strom, der, nachdem er sich mit selbstzerstörerischer Trägheit durch eine weite und öde Ebene geschlängelt hat, zuletzt und unter großzügiger Ablagerung des mitgeführten Schlamms an seiner Mündung dem unbekannten Meer entgegenfließt. Der an dieser Scheidelinie aufhört, ein Süßgewässer zu sein, und von sich aus die Verwandlung in herbes Meerwasser vollzieht. Verändert sich doch, wenn die Quantität eines Gefühls bis zum äußersten gesteigert wird, automatisch seine Qualität, und die Anhäufung all der Bedrükkungen, von denen zu befürchten stand, daß sie den Menschen zerstören könnten, verwandelt sich schließlich in vitale Energie. In eine ungewöhnlich bittere, ungewöhnlich strenge, aber sich nun plötzlich weithin öffnende, blau schimmernde Kraft, mit anderen Worten: in ein Meer.

Honda hatte bei seiner Ankündigung einfach nicht bemerkt, wie Rie dabei war, sich in eine Frau von einer früher unbekannten Herbheit und Heftigkeit zu verwandeln. Jene Rie, die ihn mit ihren mürrisch und schweigsam unternommenen Nachforschungen gepeinigt hatte, war in der Tat nur die Verpuppung hierzu gewesen.

An diesem heiteren Morgen kam Rie selbst ihr chronisches Nierenleiden weniger bedeutend vor.

Das träge Geknatter des Rasenmähers in der Ferne ließ die Ohrmuscheln des stumm dasitzenden Ehepaars erzittern. Sie saßen in einem Schweigen, das unendlich verschieden war von dem auf gewissen Bildern dargestellten Verhältnis von Mann und Frau, zwischen denen es keiner Worte mehr bedarf. Eher befanden sie sich, dachte sich Honda mit einiger Übertreibung aus, in einem Zustand wie zwei aneinandergelehnte Nervenstränge, die sich stillschweigend nur eben darauf geeinigt hatten, durch eine zeitweilige gegenseitige Stützung zu verhindern, daß sie beim schließlichen Zusammenbrechen auf dem Boden ein allzu lautes, metallisches Geräusch verursachten. Wäre er eines auffälligen Verbrechens schuldig gewesen, so hätte Honda wenigstens das Gefühl haben können, er schwebte über seiner Frau. Die Vorstellung indessen, daß ihre Leiden und seine Freuden letztlich das gleiche Ausmaß besaßen, reichte hin, seinen Stolz zu verletzen.

Die sich im Wasser spiegelnden Fenster der Gästezimmer im Obergeschoß standen zur Durchlüftung offen, die weißen Spitzenvorhänge flatterten. Da war auch das eine Fenster, hinter dem Ying Chan heute nacht schlafen würde und aus dem sie damals um Mitternacht aufs Dach gesprungen war, um sich behende auf die Erde fallen zu lassen. Ein Unternehmen, das einem den Gedanken nahelegen mußte, ihr wären Flügel gewachsen. Vielleicht pflegte sie, wenn Honda nicht hinsah, tatsächlich zu fliegen. Wer konnte schon wissen, ob die von ihm unbeobachtete Ying Chan nicht die Fesseln ihrer Existenz abstreifte und den

Pfau bestieg, ob sie sich dann nicht in eine Erscheinung jenseits von Raum und Zeit verwandelte? Daß das Fehlen, ja, die Unmöglichkeit jedes Beweises Honda erst recht entzückte, war offensichtlich. Und als er mit seinen Überlegungen soweit gekommen war, ging ihm der mystische Charakter seiner Liebe auf.

Die Wasserfläche war wie von einem Wurfnetz aus Licht überzogen. Rie hatte ihre kleine Hand, die in ihrer Aufgedunsenheit wie die einer höfischen Puppe wirkte, auf die Kante des halb vom Sonnenschirm überschatteten Tisches gelegt und schwieg. So konnte Honda ungestört seinen Gedanken nachhängen.

Die reale Ying Chan jedenfalls war diejenige, als die sie Honda sichtbar wurde. War das schöne, schwarzhaarige Mädchen, das immer ein Lächeln auf den Lippen hatte, bei Verabredungen häufig unzuverlässig war, überaus entschieden reagierte, wo man es am wenigsten erwartete, und über dessen wirkliche Gefühle man stets im unklaren blieb. Aber die sichtbare Ying Chan war natürlich nicht die ganze Ying Chan; und so selbstverständlich es für den in die unsichtbare Ying Chan verliebten Honda war, daß diese Liebe auf ein Unbekanntes zielte, die Erkenntnis war nun einmal an das Bekannte geknüpft. Ja, wenn er die Erkenntnis Schritt um Schritt vorantriebe, wenn er mit Hilfe der Erkenntnis plündernd in das Unbekannte einbräche und so den Bereich des Bekannten allmählich erweiterte, würde dann etwa die Erfüllung der Liebe zu erlangen sein? Ausgeschlossen! Hatte seine Liebe sich doch bemüht, Ying Chan allmählich zu entrükken, auf ein den Klauen der Erkenntnis erst gar nicht mehr erreichbares Gebiet.

Hondas Jagdhunde der Erkenntnis waren seit seiner Jugend von einem außerordentlichen Spürsinn gewesen. Mithin durfte angenommen werden, daß jene Ying Chan, wie er sie erfuhr und wie er sie sah, weitgehend seiner Erkenntnisfähigkeit entsprach. Nichts anderes als die Kraft seiner Erkenntnis hatte die innerhalb dieser Grenzen existierende Ying Chan ins Dasein gehoben.

Hondas Verlangen, Ying Chan in ihrer niemandem sonst erfahrbaren Nacktheit zu sehen, wurde daher zu einem Wunsch, bei dem sich Erkenntnis und Liebe in einem unvereinbaren Widerspruch gegenüberstanden. Denn es gehörte ja das Sehen bereits zur Domäne der Erkenntnis; und selbst angenommen, Ying Chan würde es nicht bemerken: mit dem Augenblick, in dem er sie durch das helle Guckloch hinter dem Bücherregal in ihrer Nacktheit erspähte, wäre Ying Chan unweigerlich zur Bewohnerin der von Hondas Erkenntnis erzeugten Welt geworden. In der Welt Ying Chans hingegen, die von einem einzigen seiner Blicke unverzüglich beschmutzt wäre, würde das, was Honda in Wahrheit zu sehen wünschte, keinesfalls aufscheinen. Die Liebe also würde sich nicht erfüllen. Und andererseits: bekäme er sie nie zu Gesicht, wäre die Liebe für immer unerreichbar.

Eine fliegende Ying Chan zu sehen, war sein Wunsch; doch die Ying Chan, die er sehen konnte, flog nicht. Und zwar deshalb nicht, weil eine Ying Chan, die darauf beschränkt war, das Geschöpf seiner Erkenntniswelt zu sein, die irdischen Gesetze der Physik nicht zu durchbrechen vermochte. Vielleicht lag (außer in seinen Träumen) die Welt, in der Ying Chan nackt auf dem Pfauen flog, nur noch einen einzigen Schritt von ihm entfernt, und es war Hondas Erkenntnis selbst, die sie verdeckte und beeinträchtigte, oder ein winziges Zahnrad war defekt, so daß es aus diesem Grunde zu keiner Annäherung kam. Was aber, wenn der Defekt behoben, wenn das Zahnrad ausgewechselt würde? Das allerdings hieße, Honda aus jener Welt auszuschließen, die er jetzt mit Ying Chan gemeinsam besaß, und es wäre, mit anderen Worten, sein Tod.

Soviel war jetzt deutlich: was Honda als das letzte Ziel seines Verlangens ernstlich und aufrichtig und wahrhaftig zu sehen begehrte, konnte nur in einer Welt existieren, in der er sich nicht befand. Um zu sehen, was er in Wahrheit sehen wollte, würde er sterben müssen.

Erkennt der Voyeur irgendwann, daß er seine Hoffnungen nicht anders zu erreichen vermag als durch die Tilgung der Ursache, die ihn zum Voyeur gemacht, so bedeutet dies seinen Tod.

Zum erstenmal in seinem Leben, konnte man sagen, empfand Honda innerlich die ganze Schwere dessen, was der Selbstmord des Erkennenden meint.

Angenommen er würde, indem er sich von der Liebe treiben ließe, die Erkenntnis verleugnen, würde versuchen, die Erkenntnis wieder und wieder zu fliehen und Ying Chan in ein der Erkenntnis unerreichbares Gebiet zu entführen, so mußte der dabei von seiten der Erkenntnis ausgeübte Widerstand den Selbstmord bedeuten. Das wiederum würde heißen: Honda entzöge sich, Ying Chan zurücklassend, der durch diese Erkenntnis befleckten Welt. Freilich war mit der denkbar größten Sicherheit anzunehmen, daß im selben Augenblick eine lichtgleißende Ying Chan vor ihm erscheinen würde.

Da die gegenwärtige Welt eine durch Hondas Erkenntnis geschaffene Welt darstellte, lebte mit ihm auch Ying Chan in ihr. Nach der Lehre vom »Nur-Bewußtsein« war dies die auf Hondas *Alaya*-Bewußtsein gegründete Welt. Wenn es Honda jedoch noch immer nicht fertigbrachte, völlig in die Lehre vom »Nur-Bewußtsein« einzutauchen, so deshalb, weil er an jener Form der Erkenntnis hing und es ablehnte, die Wurzeln seiner Erkenntnis gleichzusetzen eben mit dem *Alaya*-Bewußtsein, das auf ewig existiert und dabei Augenblick um Augenblick mitleidlos die Welt zerstört und wieder erneuert.

Lieber spielte er insgeheim mit dem Gedanken an den Tod, und während er sich an dessen Süße berauschte, malte er es sich als die höchste Glückseligkeit aus, wenn im Augenblick eines von der Erkenntnis provozierten Selbstmords die niemandem sonst sichtbare, bernsteinfarben schimmernde, unschuldige Nacktheit Ying Chans, die er so inbrünstig herbeigesehnt, vor ihm aufginge wie der hell leuchtende Mond.

Und jenes »Der Pfau erfülle sich!« – bedeutete es nicht genau das? Gemäß den Regeln für die bildliche Darstellung des Pfauenkönigs erschien als das Rettung verheißende *Samaya*-Attribut über dem Schweif des Vogels der Halbmond, und über diesem der Vollmond, somit veranschaulichend, daß – wie sich der Halbmond in den Vollmond wandelt – die Anrufung erhört wurde.

Vielleicht war, was Honda ersehnte, tatsächlich ein solches »Der Pfau erfülle sich!«. Wenn denn schon alle Liebe in dieser Welt mit dem Halbmond endet, muß ja doch ein jeder von dem überm Schweif des Pfauen aufgehenden Vollmond träumen.

Das Geknatter des Rasenmähers brach ab, und von ferne kam laut die Frage: »Ist es so genug?«

Wie zwei gelangweilte Papageien auf der Stange sahen sich die beiden mit einer unbeholfenen Körperdrehung um. Matsudo in seinem khakifarbenen Overall stand mit dem Rücken zu dem bereits halb von Wolken verdeckten Fuji.

»Nun ja, wollen wir es damit gut sein lassen, nicht wahr?« meinte Rie mit gedämpfter Stimme.

»Auf jeden Fall. Von dem alten Mann kannst du nicht zuviel verlangen«, erwiderte Honda.

Er machte mit beiden Armen eine Kreisbewegung, was Matsudo sofort verstand. Als er, gemächlich den Rasenmäher vor sich herschiebend, zum Haus zurückkam, fuhr durch das an der Hakone-Seite gelegene Tor mit fauchendem Motor ein Kombiwagen herein. Es war der Wagen aus Tōkyō mit dem Koch, drei Kellnern und einer Menge von Gerichten und Zutaten.

43

Obwohl er der Neuling in der dem Fuji zugewandten Villenkolonie von Ninooka war, hatte Honda die anderen, die hier seit langem Landhäuser besaßen, bisher noch nie eingeladen. Abgeschreckt durch Gerüchte, in der Umgebung von Gotemba hätten Amerikaner-Bars, Prostituierte und Zuhälter oder mit Wolldecken aus Armeebeständen um den Truppenkampfplatz herumstreichende Nachtschwalben die öffentliche Moral erheblich zerrüttet, waren viele all die Jahre hindurch ihren Villen ferngeblieben und erschienen erst in diesem Sommer nach und nach wieder, so daß Honda die Gelegenheit der Einweihung seines Swimmingpools benutzte, sie endlich einmal zu sich zu bitten.

Unter ihnen befanden sich als die ältesten Villenbesitzer Prinz und Prinzessin Kaori-no-miya sowie die betagte Witwe des Mashiba Kanuemon, des Begründers der Mashiba-Bank. Die Witwe hatte erklärt, sie werde ihre drei Enkel mitbringen. Außer ihnen waren zahlreiche weitere Gäste aus der Nachbarschaft geladen; und aus Tōkyō würden neben Keiko und Ying Chan auch Imanishi und die Tsubakiwara kommen, wohingegen Makiko frühzeitig geantwortet hatte, sie könne einer Auslandsreise wegen nicht teilnehmen. Eigentlich wäre wohl die Tsubakiwara mit ihr gefahren, doch hatte Makiko eine andere Schülerin zu ihrer Begleitung bestimmt.

So streng Rie jemanden behandelte, der fest zum Hause gehörte – auswärtigen Hilfskräften gegenüber, ob Koch, ob Kellner, trug sie, wie Honda amüsiert beobachtete, ein ständiges huldvolles Lächeln zur Schau. Höflicher selbst in der Wahl ihrer Worte, rücksichtsvoll noch in Kleinigkeiten, versuchte sie sich und anderen zu beweisen, daß sie die Frau war, die alle Welt einfach liebenswert fand.

»Wie wollen wir es, gnädige Frau, mit der Laube im Garten halten? Meinen Sie, wir sollten dort ebenfalls Getränke bereitstellen?« fragte einer der Kellner, der bereits in seine weiße Livree geschlüpft war.

»O ja, tun Sie das bitte!«

»Allerdings werden wir, da wir nur zu dritt sind, dort unmöglich bedienen können; wäre es Ihnen daher recht, wenn wir auch das Eis und so weiter einfach in Thermoskübeln aufstellten und die Gäste würden sich selbst bedienen?«

»Aber natürlich! Einen so abgelegenen Platz werden ohnehin vor allem die jüngeren Pärchen aufsuchen, und die sollten sogar besser ganz ungestört bleiben. Gerade deshalb dürfen Sie nicht vergessen, mit Einbruch des Abends für Räucherwerk gegen die Mücken zu sorgen.«

Honda war zutiefst verwundert, seine Frau so reden zu hören. Ihre Stimme tönte in den höchsten Lagen, ihre Worte schwebten gleichsam. Die Eitelkeit, die Rie all die Jahre so sehr verachtet hatte, schlug auf eine Weise durch, daß es nach ostentativer Koketterie klang.

Das flinke Hin und Her der Kellner in ihren leuchtenden Livreen ließ den Eindruck entstehen, als würde die Atmosphäre des Hauses plötzlich mit einer Unzahl gerader Linien überzogen. Ihre gestärkten, blütenweißen Jacken, der jugendliche Eifer in ihren Bewegungen, ihre scheinbare Ergebenheit und professionelle Herablassung verwandelten alles in eine Welt kühler Entschiedenheit. Privates wurde beiseite gefegt; Vereinbarungen, Anfragen, Befehle flogen umher wie die Schmetterlinge, nach deren Gestalt die weißen Servietten zusammengefaltet waren.

Am Ende des Pools wurde ein kaltes Büfett vorbereitet, damit sich die Gäste noch in Badeanzügen daran würden delektieren können; hier und da wurden Hinweise darauf angebracht, daß sich im Erdgeschoß des Hauses ein Umkleideraum befinde. So verwandelte sich die Szene ringsum zusehends, und selbst Hondas wohlgehütetes Konsolentischchen bekam ein weißes Tuch übergedeckt und wurde zur Gartenbar. Es geschah das wohl nach seinen Anweisungen, aber nun, da er sah, wie es vor sich ging, war es doch eine Art gewaltsamer Veränderung.

Von der allmählich stärker werdenden Sonne ins Abseits gedrängt, verfolgte er die Dinge mit Erstaunen. Wer eigentlich hatte sich dergleichen ausgedacht? Und vor allem: wozu? Um das viele Geld auszugeben, vornehme Gäste einzuladen, die Rolle des zufriedenen Bourgeois zu spielen, sich mit dem fertiggestellten Pool zu brüsten... Tatsächlich war dies, Vor- und Nachkriegszeit eingerechnet, der erste private Swimmingpool in Ninooka. Außerdem gab es in dieser Welt genügend Leute, die so großzügig waren, den Reichtum anderer gelten zu lassen, wenn sie nur eingeladen wurden.

»Komm, sei so lieb und zieh dich jetzt um.«

Rie brachte ihm eine leichte, dunkelbraune Kammgarnhose, ein weißes Hemd, eine Fliege mit einem feinen, braunen Punktmuster und legte alles auf den Tisch unter dem Sonnenschirm.

»Du meinst: ich soll mich hier umziehen?«

»Warum nicht? Sehen können dich dabei höchstens die Kellner. Außerdem werde ich sie gleich bitten, eine vorverlegte Lunchpause zu machen.«

Honda nahm die sich wie Flaschenkürbisse nach beiden Seiten bauschende Fliege in die Hand. Spielerisch faßte er sie an dem einen Zipfel und hielt sie gegen das Licht vom Pool her. Es war ein doch recht wenig formelles, kümmerlich schlaffes Band. Er mußte an die Formalitäten bei einem sogenannten »abgekürzten Verfahren« vor Gericht denken. »Bekanntgabe der vereinfachten Prozeduren und Einspruch des Angeklagten hiergegen...« Ja, abgesehen von dem einen innersten Kern des Ganzen, dem gleißenden Punkt seiner verzweifelten Hoffnung, war es Honda selbst, der die Sekunde um Sekunde näherrückende Party am meisten verabscheute.

Die Witwe Mashiba, in Begleitung ihrer drei Enkelkinder, traf als erste ein. Die drei, eine schon ältliche, unverheiratete Schwester vorweg, ihr nach die beiden jüngeren Brüder, brave, bebrillte und offensichtlich begabte Studenten im vierten beziehungsweise zweiten Jahr, marschierten sofort in den Umkleideraum, um sich in ihre Badeanzüge zu werfen, während die Großmutter, die einen *Kimono* trug, unter dem Sonnenschirm blieb.

»Solange mein Mann noch lebte, bekamen wir, besonders nach dem Krieg, bei jeder Parlamentswahl Streit miteinander; und nur um ihm eins auszuwischen, habe ich dann für die Kommunisten gestimmt. Wissen Sie, ich schwärmte für Tokuda Kyūichi«, erzählte die Witwe, wobei sie in ständiger nervöser Bewegung war und, wie sich eine Heuschrecke mit eingezogenem Kopf die Flügel reibt, bald ihren Kragen richtete, bald die weiten Ärmel straff zog. Sie stand in dem Ruf, eine außerordentlich amüsante, unterhaltsame Dame zu sein; doch hinter den lila Brillengläsern funkelten Augen, die mit der Unbarmherzigkeit eines Wirtschaftsprüfers jeden der Ihren durchforschten. Und wenn man vor sie trat, diesen kalten Blicken ausgesetzt, hatte man nun einmal, wer auch immer man war, das Gefühl dazuzugehören.

Ihre drei Enkel, die jetzt in ihren Badeanzügen erschienen, waren, typisch gute Familie, von sanftem, geschmeidigem Körperwuchs. Der Reihe nach sprangen sie ins Wasser und schwammen gemächlich los. Nichts bedauerte Honda mehr, als daß es nun doch nicht Ying Chan gewesen war, die zuerst das Wasser im Pool zerteilt hatte.

Gleich darauf kam Rie und geleitete Prinz und Prinzessin Kaori-no-miya, die sich bereits zum Schwimmen umgezogen hatten, in den Garten. Honda entschuldigte sich, daß er, unaufmerksam genug, nicht zu ihrem Empfang ans Tor gekommen sei, und machte deswegen auch Rie Vorwürfe; doch Seine Hoheit winkte nur abwehrend mit der Hand, und schon war er ins Wasser gestiegen. Die Witwe hatte diesen Auftritt mit einem Gesichtsausdruck verfolgt, als wäre sie Zuschauerin eines ein wenig unpassenden Benehmens gewesen. Und sobald sich der Prinz, nachdem er ein Stück geschwommen war, auf den Rand des Beckens setzte, rief sie ihm von weitem und mit schriller

Stimme zu: »Nein, so etwas von Jugendlichkeit und Frische! Wissen Sie, Prinz, wenn ich zehn Jahre jünger wäre, würde ich Sie geradezu zu einem Wettschwimmen herausfordern.«

»Ich fürchte, ich wäre auch heute nicht der richtige Gegner für Sie, Frau Mashiba. Sie sehen doch: kaum fünfzig Meter geschwommen, und ich bin außer Atem. Aber jedenfalls finde ich es prächtig, daß man jetzt in Gotemba schwimmen kann. Nur ist das Wasser ein wenig kalt.« Wobei er sich schüttelte, als wolle er eine Affektiertheit loswerden. In schwarzen Punkten verteilten sich die Tropfen über den Beton.

Allzusehr um ein schlichtes und unzeremonielles Benehmen bemüht, wie es der Nachkriegszeit entsprach, bemerkte der Prinz nicht, daß er von den Leuten gelegentlich für doch recht lau und gleichgültig gehalten wurde. Seit die Notwendigkeit, Würde zu wahren, entfallen war, hatte sich sein Verhältnis zur Umwelt verwirrt. Wenn er aus der elitären Überzeugung, daß er mehr als jeder andere das Recht habe, die Tradition zu verabscheuen, jene Leute verachtete, die auf dergleichen auch heute noch Wert legten, so mochte das hingehen; aber seine Feststellung etwa, jemand sei einfach nicht fortschrittlich genug, war inhaltlich nahezu gleichbedeutend mit dem, was er früher in solchen Fällen geäußert haben würde: »Dieser Mann ist für mich von viel zu geringer Herkunft.« Jeden Fortschrittler dagegen pflegte er als einen zu würdigen, der, wie er selber, »in den Fesseln der Tradition geächzt« hatte. Es war somit nur noch ein einziger Schritt bis zu der – reichlich paradoxen – Vorstellung, er wäre von Geburt ein schlichter Bürger.

Da er, um ins Wasser zu gehen, die Brille abgelegt hatte, fand Honda jetzt zum ersten Mal Gelegenheit, das Gesicht des Prinzen zu betrachten. Die Brille war für den Prinzen eine sehr wichtige Brücke zur Gesellschaft. Fehlte diese Brücke, so erschien auf seinem Gesicht – vielleicht aber auch, weil ihn dann die Sonne blendete – eine unsicher nach dem Schnittpunkt zwischen vergangenem Adel und der Gegenwart tastende, verschwommene Trauer.

Im Vergleich zu ihm war die in ihrem Badeanzug ein wenig füllig wirkende Prinzessin von einer gelösten Anmut. Wie sie, auf dem Rücken schwimmend, den einen Arm hob und mit lachendem Gesicht herübersah, glich sie, vor dem Hintergrund der Hakone-Berge, einem fröhlichen, unschuldig schönen Wasservogel. Man mußte sie wohl zu den seltenen Menschen rechnen, die wissen, was es bedeutet, das Glück.

Die drei Mashiba-Enkel umringten, nachdem sie aus dem Wasser geklettert waren, ihre Großmutter, leisteten auch den beiden Hoheiten mit dem feinsten Anstand Gesellschaft, doch gingen sie Honda einigermaßen auf die Nerven. Thema dieser jungen Leute war ausschließlich Amerika; die ältere Schwester erzählte von dem exklusiven Privat-College, an dem sie ihr Auslandsstudium betrieben hatte, während ihre Brüder von jenen amerikanischen Universitäten sprachen, die sie besuchen wollten, sobald sie ihren akademischen Abschluß in Japan hätten. Bei allem und jedem hieß es: Amerika. Drüben sei das Fernsehen bereits allgemein verbreitet; wie schön, wenn es auch in Japan dahin käme, obwohl es freilich beim gegenwärtigen Stand der Dinge gewiß noch gut ein Jahrzehnt brauchen werde, bevor man sich hier diesen Genuß werde leisten können...

Aber gleich fiel ihnen die alte Frau Mashiba, der alles Zukunftsgeschwätz ein Greuel war, in die Rede und meinte: »Ihr lacht und denkt wohl, ich würde das alles nicht mehr mitbekommen, wie? Und wenn schon. Aber dafür werde ich euch Abend für Abend auf der Fernsehscheibe erscheinen, auf die ihr schaut.«

Die Großmutter führte eine strenge Aufsicht über die Konversation der jungen Leute; andererseits war die Art, in der diese auf ein einziges Wort von ihr verstummten und einmütig zuhörten, so befremdlich, daß sie auf Honda einen Eindruck machten wie drei intelligente Kaninchen.

Allmählich war der Empfang der Gäste, die nacheinander und bereits in ihren Badeanzügen an der Terrassentür erschienen, zur Routine geworden. Da auf einmal traten, eingerahmt von zwei Ehepaaren aus der Villenkolonie und im Gegensatz zu diesen noch in ihren Straßenkleidern, Imanishi und die Tsubakiwara an den jenseitigen Beckenrand und winkten grüßend herüber. Imanishi trug ein für ihn höchst unpassendes, großgemustertes *Aloha*-Hemd, die Tsubakiwara wie gewöhnlich ihren so leicht mit einem Trauergewand zu verwechselnden *Kimono* aus schwarzer Seidengaze: als versuchte sie angesichts des Gefunkels aus dem Swimmingpool der eine, unglückverheißende schwarze Bergkristall zu sein. Honda begriff diesen Effekt sofort, und er vermutete, Imanishi trage deshalb ein solches Hawaii-Hemd, um die Tatsache, daß die gute Dame immer wieder ihren Auftritt haben mußte, aber nicht wußte, wo ihre Grenzen lagen, auf diese Weise erst recht ins Lächerliche zu ziehen.

Von anderen im Badezeug sich tummelnden Gästen aufgehalten, und während ihre schwarzen und gelben Spiegelbilder auf dem Wasser schwankten, kamen die beiden langsam am Becken entlang herüber.

Den Hoheiten waren Imanishi und die Tsubakiwara wohlbekannt. Besonders der Prinz, der seit Kriegsende häufig in den sogenannten kulturellen Kreisen verkehrte, war mit Imanishi so vertraut, daß er sich recht offen mit ihm unterhielt. »Da bekommen wir ja interessanten Besuch«, bemerkte er zu Honda.

Kaum hatte sich Imanishi gesetzt, zog er eine zerknüllte Zigarettenpackung ausländischer Herkunft hervor und warf sie weg, zückte hierauf eine frische, riß sie oben auf, schnippte von unten mit dem Finger dagegen, um so geschickt eine Zigarette herauszustoßen, die er sich in den Mund steckte, und erklärte dabei mit der größten Gleichgültigkeit: »Wissen Sie, neuerdings finde ich einfach keinen Schlaf mehr.«

»Nanu, haben Sie denn irgend etwas, das Sie bedrückt?« fragte der Prinz, indem er den Teller, von dem er gegessen hatte, auf den Tisch zurückstellte.

»Das eigentlich nicht; aber sobald es in die tiefe Nacht geht, brauche ich um jeden Preis einen Gesprächspartner. Dann reden wir und reden, und kurz vor Tagesanbruch sind wir schließlich so weit, daß wir das Gefühl haben: jetzt könnten wir Selbstmord begehen. Feierlich schlucken wir gemeinsam Schlaftabletten und schlummern ein. Und wenn wir aufwachen, ist es ein so wenig überraschender Morgen wie gewöhnlich.«

»Und worüber unterhalten Sie sich ... Nacht für Nacht?«

»Diese Nacht heute, denken wir, ist die letzte, und also gibt es eine Unmenge Stoff. Da wird über einfach alles in diesem Leben diskutiert. Über das, was wir selber und was andere angerichtet, was die Welt erlitten und was die Menschheit ihr angetan; oder auch darüber, wovon ein sich selbst überlassener Kontinent Jahrtausende hindurch so beharrlich hat träumen können. Und so weiter. Jedenfalls Anlässe zum Gespräch die Fülle. Weil dies heute die Nacht ist, nach der die Welt zu Ende geht.«

Mit offensichtlich großem Interesse fragte der Prinz weiter: »Schließlich sind Sie aber doch am nächsten Morgen noch am Leben – worüber unterhalten Sie sich dann? Eigentlich bliebe ja danach nichts mehr zu diskutieren.«

»Kein Problem. Man kann das Ganze ebensogut wiederholen.«

Betroffen über diese ein wenig verächtliche Antwort verstummte der Prinz.

Honda, der zugehört hatte, wußte zwar nicht, inwieweit Imanishi dergleichen ernst meinte; immerhin mußte er dabei an dessen einstige, so exzentrische Geschichte denken, und er fragte: »Aber wie steht's denn im ›Land der Granatäpfel‹?«

»Ja, wenn Sie das unbedingt wissen wollen...« erwiderte Imanishi, indem er ihm einen kalten Blick zuwarf. Sein neuerdings noch verwüsteter wirkendes Gesicht, zusammen mit dem *Aloha*-Hemd und der amerikanischen Zigarette, zeigte einen Imanishi, der, wie Honda fand, dem Typ des Dolmetschers bei der US-Armee entsprach. »Das ›Land der Granatäpfel‹ ist untergegangen. Es existiert nicht mehr.«

So verfuhr Imanishi immer. Nein, die Tatsache selbst hatte nichts Überraschendes an sich. Wenn jedoch das »Tausendjährige Reich des Sexus«, jenes einstige »Land der Granatäpfel«, in Imanishis Phantasie untergegangen war, folgte daraus, daß es gleichzeitig auch im Herzen Hondas, der Imanishis Phantasien stets verabscheut hatte, untergegangen war. Es existierte nirgends mehr. Natürlich war es Imanishi gewesen, der dieses imaginäre Massaker angerichtet, und leicht konnte man sich die Greuel ausmalen, unter denen er, berauscht von gedachtem Blut, das von ihm selbst erst geschaffene Reich in einer einzigen Nacht hatte zusammenbrechen lassen. Mit Worten hatte er es geschaffen, mit Worten hatte er es zerstört. Obgleich immer irreal, war es irgendwo doch vorhanden gewesen, nur damit grausame Eigenwilligkeit es wieder vernichtete. Als Honda die bräunliche, von Medikamenten aufgerauhte Zunge sah, mit der sich Imanishi über die Lippen fuhr, stiegen die vorgestellten Leichenberge und Blutströme wie leibhaftig vor seinen Augen auf.

Im Vergleich zu den Begierden dieses schwächlichen und bleichen Mannes waren die seinen weit sanfter und bescheidener. Darin jedoch, daß sie von Unerfüllbarkeit gezeichnet waren, ähnelten sie einander. Als daher Honda hörte, wie Imanishi ohne die geringste Sentimentalität und in der für ihn so typischen, affektierten Nonchalance das »Land der Granatäpfel« für untergegangen erklärte, traf ihn diese Leichtfertigkeit zutiefst.

Und gewiß würde er solchen Gefühlen noch länger nachgegeben haben, hätte ihn nicht die Stimme der Tsubakiwara dicht an seinem Ohr daran gehindert. Eine absichtlich gedämpfte Stimme, so im voraus ankündigend, daß es sich um nichts Erhebliches handeln konnte.

»Ich sage es nur Ihnen, Herr Honda: Makiko ist doch tatsächlich auf Europareise gegangen...«

»Ich weiß.«

»Ach, es ist nicht die Reise an sich. Aber diesmal hat sie mich gar nicht erst zum Mitkommen eingeladen. Hat eine schon äußerlich unansehnliche, ungebildete und unbegabte Schülerin mitgenommen – obwohl ich natürlich an deren Person beileibe keine Kritik üben möchte, verstehen Sie? Nur daß sie mit mir nicht ein Wort über diese Reise gesprochen hat. Können Sie sich das vorstellen? Ich bin zum Abschied auf den Flughafen gefahren, doch habe ich keine Silbe herausgebracht, so hat es mir die Brust zugeschnürt.«

»Das ist allerdings merkwürdig. Und Sie beide waren sonst so unzertrennlich, nicht wahr?«

»Nicht nur unzertrennlich; Makiko war meine Gottheit. Und nun hat mich die Göttin verlassen... Sehen Sie, es ist eine lange Geschichte; aber damals jedenfalls, als ihre Familie unmittelbar nach dem Kriege in Schwierigkeiten geriet – ihr Vater, ebenso Dichter, war schließlich Offizier gewesen – habe ich ihr als erste eine hilfreiche Hand gereicht, habe mich in all und jedem ihrer Anleitung gefügt und, ohne auch nur das geringste vor ihr zu verheimlichen, völlig im Gehorsam gegen sie gelebt, fest entschlossen, es auch so weit zu bringen, daß ich Gedichte schriebe. Das Gefühl, ein Herz und eine Seele mit einer Gottheit zu sein, mußte einer Frau, die im Krieg ihren Sohn verlor und selber wie die leere Hülle einer Zikade war, freilich eine gewaltige Stütze bedeuten. Noch heute, da sie so berühmt ist, haben sich meine Gefühle ihr gegenüber in keiner Weise verändert – das Schlimme war eben der viel zu große Unterschied zwischen ihrer und meiner Begabung. Oder besser gesagt, und wie mir jetzt, da sie mich verlassen hat, immer deutlicher wird: daß ich überhaupt nicht die Spur von einer Begabung besitze.«

»Das ist ja nun nicht wahr«, versuchte Honda die Situation zu überspielen, während er im Licht vom Pool her die Augen zusammenkniff.

»Doch, doch, darüber bin ich mir inzwischen vollkommen im klaren. Und das ist gut so; aber was ich erst jetzt begreife: sie muß es von Anfang an gewußt haben. Gibt es eine größere Grausamkeit? Obwohl sie von Anfang wußte, daß ich ein Nichts von einer Frau bin, hat sie mich zu sich herangezogen, hat mich ihren Befehlen gefügig gemacht, hat mich – indem sie sich gelegentlich durchaus liebenswürdig gezeigt – in jeder Hinsicht für sich ausgenutzt, um mich nun wie einen ausgetretenen Schuh wegzuwerfen und mit einer anderen reichen und dienstwilligen Schülerin nach Europa zu fliegen.«

»Sehen wir doch einmal von der Frage Ihrer Begabung ab – Makiko, als mit einem herrlichen Genie begnadet, ist eben wie jeder geniale Mensch von Natur aus rücksichtslos.«

»Unbarmherzig wie eine Göttin... Aber wie, Herr Honda, soll ich weiterleben, nachdem mich die Göttin verlassen hat? Was soll ich anfangen, nachdem die Göttin nicht mehr da ist, deren Auge auf allem ruhte, was ich tat und trieb?«

»Wie wäre es mit der Religion?«

»Religion? Ich fürchte, es würde mir nicht helfen, an einen unsichtbaren, um keinen Verrat besorgten Gott zu glauben. Ich brauche eine Gottheit, die ihre Blicke ständig auf mich allein gerichtet hat und all meine Handlungen, meine Schritte mit einem ›Tu dies nicht, tu das nicht‹ begleitet und lenkt. Vor der ich nichts verbergen kann, vor der ich geläutert dastehe und dabei noch nicht einmal irgendwelche Scham empfinden muß... Aber ohne eine solche Gottheit – was soll aus mir werden?«

»Sie bleiben für immer das Kind und sind doch eine Mutter...«

»So ist es, Herr Honda. Oh, wie recht Sie haben!« Und schon hatten sich die Augen der Tsubakiwara mit Tränen gefüllt, die sogleich herabzurollen drohten.

Vor ihnen im Pool waren jetzt die Mashiba-Enkel und zwei eben erst eingetroffene Ehepaare; nun sprang auch Prinz Kaorino-miya hinein, und gemeinsam begannen sie mit einem großen, grün und weiß gestreiften Gummiball zu spielen, wobei das Geplansche, die lauten Zurufe und das fröhliche Lachen die verwirrten Glanzlichter auf dem Wasser nur um so prächtiger aufleuchten ließen. Die zwischen den Mitspielern eine Weile auf und nieder schwankende, bläuliche Fläche wurde plötzlich aufgewühlt und erhob sich in wildem Wellenschlag; das in den Ekken des Pools leise schmatzende Wasser zeigte, wenn die von Sonne überfluteten, vorschießenden Rücken es zerteilten, tiefe und funkelnde Wunden. Sie verheilten augenblicklich, aber nur um sich gleich darauf wieder aufzublähen, so aufs neue die Leiber der Schwimmenden zu umhüllen, während der hinten im Becken unter einem ängstlichen Schrei aufsteigende Wasserstaub dafür sorgte, daß sich vorn die vielen schmierig-öligen Lichtkringel mit schöner Deutlichkeit bald erweiterten, bald zusammenzogen.

Die grün und weißen Streifen des durch die Luft fliegenden Balls waren, solange er flog, auffällig von Licht und Schatten gezeichnet; auch die Farbe des Wassers, das Bunt der Badeanzüge, die Schwimmenden selber: für sich genommen, hatte nichts mit abgründigen Leidenschaften zu tun. Wieso aber, überlegte Honda, riefen dann die Bewegungen dieser beschränkten Wassermenge, diese lachenden und schreienden Stimmen keinen Eindruck wie von irgendeiner tragisch pathetischen Komposition in ihm hervor?

Lag es an der Sonne? Als er wie von ungefähr zu dem vom Licht wabernden blauen Himmel aufschaute und ihn ein plötzliches Niesen ankam, sagte, das Gesicht schon mit dem Taschentuch bedeckt und mit ihrer üblichen tränenerstickten Stimme, die Tsubakiwara neben ihm: »Sie alle sind so fröhlich. Ach, wer hätte sich während des Krieges vorstellen können, daß eine solche Zeit einmal kommen würde! Was gäbe ich darum, wenn mein Akio dies Gefühl wenigstens ein einziges Mal noch miterlebt hätte.«

Es war schon zwei vorbei, als, von Rie geführt, Keiko und Ying Chan in ihren Badeanzügen auf der Terrasse erschienen. Nachdem Honda so voller Ungeduld auf ihren Auftritt gewartet hatte, wirkte dieser nun wie ein ganz und gar selbstverständlicher auf ihn.

Keiko, eingepreßt in einen Badeanzug mit senkrechten schwarzen und weißen Streifen, war, über den Pool hin gesehen, von einer solch außerordentlichen, üppigen Schönheit, daß man ihr die Nähe zur Fünfzig kaum zugetraut hätte; die westlichen Lebensformen von Kind auf hatten, etwa in den langen, schlanken Beinen, ein Ebenmaß herangebildet, mit dem sie sich von anderen Japanerinnen weit abhob, und da sie eine vorzügliche Haltung besaß, flossen an ihrem im Gespräch mit Rie seitwärts geneigten Körper würdevoll die skulpturalen Kurven, verriet die Balance von Brust- und Gesäßwölbung die meisterliche Beherrschung der korpulenteren Partien.

Daneben stellte Ying Chan körperlich das ideale Gegenstück dar. Sie trug einen weißen Badeanzug und in der einen Hand eine weiße Badekappe aus Gummi und hatte, während sie sich mit der anderen Hand das Haar zurückstrich, die Spitze ihres rechten Fußes in einer ausruhenden Pose ein wenig nach außen abgewinkelt. Beobachtete man diese Fußdrehung von ferne, so lag darin eben jene Art einer tropischen Rhythmusverschiebung, mit der Ying Chans Haltung immer den Puls der Umstehenden höher schlagen ließ. Daß die zwar straffen, doch schmalen Glieder einen durchaus fülligen Oberkörper trugen, vermittelte, schwer definierbar, das Gefühl eines kritischen Ungleichgewichts; ein Punkt, in dem sie sich körperlich am augenfälligsten von Keiko unterschied. Im übrigen betonte der weiße Badeanzug die Bräune der Haut nur um so mehr, und die von ihm umschlossenen, kräftig ausgeprägten Schwellungen der Brüste erinnerten Honda plötzlich wieder an die sterbenden Tänzerinnen aus den Wandmalereien in jenem Höhlentempel zu Ajanta. Die lachenden Zahnreihen, weißer noch als der Badeanzug, waren selbst über das Becken herüber gut zu erkennen.

Honda erhob sich von seinem Stuhl, um der so sehnsüchtig Erwarteten, die jetzt Schritt um Schritt auf ihn zukam, entgegenzugehen.

»Damit wären also alle da«, meinte Rie, während sie näher trippelte; doch Honda gab ihr keine Antwort.

Keiko begrüßte die Prinzessin und winkte zum Prinzen im Pool hinüber. »War das ein Abenteuer! Ich bin völlig am Ende«, erklärte sie mit geschmeidiger Stimme, aus der allerdings keinerlei Ermüdung herauszuhören war. »Erst hetze ich ungeschickte Fahrerin von Karuizawa nach Tōkyō, um Ying Chan abzuholen, und dann auch noch hier heraus. Wir haben uns, meine ich, ganz schön durchgequält. Dabei frage ich mich nur, wieso eigentlich, wenn ich am Steuer sitze, sämtliche anderen Autos zur Seite weichen. Es war geradezu, als ob wir durch Niemandsland führen.«

»Das macht die Würde; die bändigt sie«, erwiderte Honda, und Rie brach aus irgendeinem Grunde in ein schrilles Lachen aus.

Ying Chan unterdessen, vom lichtglitzernden Wasser fasziniert, hatte dem Tisch ungeduldig den Rücken gekehrt und spielte mit ihrer weißen Badekappe. Dabei huschte über die schimmernde Innenseite des weißen Gummis, als wäre sie mit Öl bestrichen, gelegentlich ein noch helleres Blitzen. Hondas Sinne waren so ausschließlich von Ying Chans Körper gefesselt, daß er erst verhältnismäßig spät ein grünes Gleißen an ihrer Hand gewahrte. An ihrem Finger steckte der Ring mit dem von den goldenen Wächterdämonen eingefaßten Smaragd.

Die Freude Hondas im Augenblick dieser Entdeckung kannte nicht ihresgleichen. Ying Chan hatte zum Zeichen, daß sie ihm verzieh, den Ring angetan und war nun wieder die Ying Chan von einst; das Rauschen der Bäume am Gakushū-in in Hondas jungen Tagen, die beiden siamesischen Prinzen, die in ihren Augen schimmernde Melancholie, die im sommerlichen Garten der »Südvilla« überbrachte Nachricht vom Tod jener anderen Ying Chan, die lange Zeit des Übergangs, die Audienz bei der kleinen Prinzessin Mondglanz in Bangkok, das Flußbad in Bang Pa In, der nach dem Krieg in Japan wiedergefundene Ring – alles war erneut eingefügt in die goldene Kette, die hinab in Hondas Vergangenheit reichte und die Verbindung herstellte zu seinem Verlangen nach den Tropen. Erst mit diesem Ring bildete Ying Chan jene Abfolge schwermütig funkelnder musikalischer Grundtöne, die hinter verworrenen Erinnerungen wieder und wieder in Honda erklang.

Honda hörte dicht an seinem Ohr das Summen der Bienen; er roch einen mit dem Wind herantreibenden Duft wie von geröstetem Weizen, den unverwechselbaren Duft des Sommermittags. Dieser Garten selber, in dem sich um Blumen keiner besonders gekümmert, besaß nicht die Schönheit der von Nelken und Enzian wild überblühten Sommerhänge am Fuji, und in dem Windhauch hier war das Arom von jenen Wiesen fein vermischt mit dem Geruch des Staubes vom amerikanischen Truppenübungsplatz, der dann und wann den Himmel da drüben gelb verfärbte.

Ying Chans Körper atmete unmittelbar neben Honda. Nein, er atmete nicht nur, er hieß den Sommer willkommen und war bereits wie ein für gewisse Krankheitskeime besonders leicht anfälliger Körper vom Sommer angesteckt bis in die Fingerspitzen. Sein Glanz war wie der von exotischen Früchten Thailands, die dort auf dem Markt im tiefen Schatten der Mimosenbäume angeboten wurden: ein gereifter, seiner Zeit entgegengereifter Leib, Zeichen einer Erfüllung, eines Versprechens.

Tatsächlich hatte Honda, wenn er nachrechnete, diese Nacktheit zuletzt vor elf Jahren gesehen, und damals war sie sieben gewesen. Der ihm bis jetzt im Gedächtnis gebliebene kindliche, ein wenig zu dicke Bauch war flacher geworden; umgekehrt hatte sich die einst so flache, schmale Brust nun voll und weich gerundet. Da Ying Chan, vom Getümmel im Wasser gefesselt, mit dem Rücken zum Tisch dastand, konnte er zwischen den im Nacken verschlungenen, nach rechts und links auf die Hüften geführten Schnüren ihres Badeanzugs die offen liegende, in einer schönen Geraden abwärts bis in die Gesäßfurche fallende Rinne des Rückgrats beobachten, konnte selbst jene wie ein kleines verschwiegenes Becken unter einem Wasserfall geformte Stelle am Steißbein unmittelbar über dem Gesäß erkennen, an der dieses Abwärtsgleiten flüchtig zur Ruhe kam. Die verhüllte Gesäßrundung erinnerte, so schön geformt, an Konturen beim Aufgang des Vollmonds; der sichtbare Teil des Rückens erschien wie von der Kühle der Nacht durchdrungen, wohingegen man den Eindruck hatte, erst aus dem noch Verborgenen werde die Helle steigen. Die außerordentlich feine und glatte Haut war durch den Sonnenschirm in eine Licht- und eine Schattenzone unterteilt. Der eine Arm im Schatten war wie von Bronze, alles übrige, der andere Arm und die Schulter, wie die Oberfläche von polierter Quitte. Diese feine Hautstruktur ließ zudem Luft und Wasser nicht nutzlos abperlen, sog sie vielmehr wie die Blütenblätter einer bernsteinfarbenen Orchidee in sich ein. Auch der von ferne so gebrechlich wirkende Knochenbau war, näher besehen, bei aller Zierlichkeit doch von sehr ausgeglichener Stabilität.

»Wollen wir endlich ein Stück schwimmen?« fragte Keiko.

»O ja!« Behende wandte Ying Chan sich um und lächelte. Auf diese Worte hatte sie gewartet.

Zunächst aber legte sie die weiße Badekappe auf den Tisch, um mit beiden Händen ihr schönes, schwarzes Haar hochzunehmen. Eine rasche, dabei eher sorglose Bewegung, so daß Honda, der dafür genau in der richtigen Position saß, die Gegend unter ihrer linken Achselhöhle gründlich inspizieren konnte. Der Oberteil des Badenanzugs war wie eine Schürze geschnitten: das Mieder hatte oben Träger, die um den Hals führten, dazu seitlich zum Rücken je eine Schlaufe zur Befestigung der Träger, und während sich der Ausschnitt vorn so weit öffnete, daß deutlich die Ansätze der Brüste sichtbar wurden, waren die Seiten lediglich von jenen in den Schlaufen auslaufenden, bandartigen Miederteilen bedeckt. Da diese nun, als sie beide Arme hob, ein wenig hochrutschten, waren jetzt auch die bis dahin verdeckten Partien voll zu überschauen. Die Haut dort unterschied sich, wie Honda nach eingehender Prüfung bestätigt fand, in nichts von der an anderen Stellen; ihre glatte, geschlossene Fläche zeigte keinerlei Schattierung oder Unterbrechung, und selbst wenn die Sonne darauf fiel, ließ sich nicht die leiseste Spur von irgendwelchen Leberflecken ausmachen. Da schoß ein Gefühl des Entzückens in Honda auf.

Schließlich stopfte sie ihr hochgenommenes Haar mit Mühe unter die Badekappe und ging mit Keiko zum Pool hinüber. Als diese, weil sie erst jetzt die Zigarette zwischen ihren Fingern bemerkte, noch einmal zurückkam, war Ying Chan bereits im Wasser. Honda vergewisserte sich, daß Rie gerade nicht in der Nähe war, und während sich Keiko vornüberbeugte, um die Zigarette im Aschenbecher auszudrücken, flüsterte er ihr ins Ohr: » Ying Chan hat also doch den Ring angesteckt!«

Keiko kniff wortlos, aber elegant das eine Auge zu, wobei sich, was sonst nie zu sehen war, im Augenwinkel winzige Fältchen bemerkbar machten.

Verzückt schaute er den beiden Schwimmerinnen zu, als Rie wieder erschien und sich neben ihn setzte. Mit starrem Blick beobachtete sie Ying Chan: wie diese, einem Delphin vergleichbar, aus dem Wasser schnellte und, ohne daß das Lächeln aus ihrem Gesicht verschwunden wäre, zurücksank in die flüchtig aufblitzende Flut; und mit heiserer Stimme meinte sie: »Nun, bei einem solchen Körper wird sie wohl einmal eine Menge Kinder gebären.«

44

Um sich im nächtlichen Arbeitszimmer die Zeit zu vertreiben, reizen die üblichen Bücher am allerwenigsten.

Honda hatte eine normalerweise verschlossene Schublade geöffnet, und als er entdeckte, daß in ihr Kopien von Prozeßdokumenten lagen, begann er aus Langeweile darin zu lesen. Es handelte sich um das im Januar 1950 ergangene Urteil, mit dem ihm sein jetziger Reichtum zugefallen war.

Zu dieser Lektüre schlug er die große Schreibmappe der englischen Maroquingarnitur auf und breitete auf ihr die mit einem schwarzen Faden geheftete Akte aus.

> Urteilstext:
> Die gegenüber dem Kläger unter dem 15. März 1902 vom Ministerium für Landwirtschaft und Handel getroffene Entscheidung, mit der eine Rückerstattung der eingezogenen Waldungen Nr. 5609 aus Staatsbesitz abgelehnt wurde, ist aufgehoben. Der Beklagte hat die in der Anlage spezifizierten Staatswaldungen an den Kläger zurückzugeben. Die Kosten des Verfahrens trägt der Beklagte.

1900 die Einreichung der Klage, 1902 die erste Abweisung, hierauf ein halbes Jahrhundert lang und ungeachtet aller geschichtlichen Veränderungen das hartnäckige Beharren auf dem Widerspruch, bis schließlich der Fall – mehr oder minder zufällig – ausgerechnet durch Honda gewonnen wurde: es gab, genau bedacht, wahrhaftig nichts Seltsameres als die Tatsache, daß ein ursprünglich in keiner Weise mit Hondas Person verknüpftes Waldstück in einer bestimmten Gegend der Präfektur Fukushima heutzutage die Stütze seines Wohlstands und seiner Verderbtheit bildete. Reihen von Zedern, durch die nächtens nie ein Mensch gegangen war, hatten zusammen mit dem schattig dumpfen Untergestrüpp wieder und wieder den natürlichen Zyklus des Werdens durchlaufen, um Honda dieses jetzige Leben zu ermöglichen. Angenommen, der Unbekannte, der zu Ende der Meiji-Zeit über den Berg gewandert war, hätte beim Anblick der wie Lanzenschäfte in das blaue Auge des Himmels aufschießenden Zedern und ergriffen von ihrer Erhabenheit erfahren, daß dies alles einzig dazu bestimmt gewesen wäre, fünfzig Jahre später menschlicher Torheit zu dienen – was würde er wohl davon gehalten haben?

... Honda lauschte. Noch schrillten die Zikaden nicht, und ruhig schlief seine Frau im Zimmer nebenan; die mit Einbruch der Nacht spürbar aufgekommene Kühle erfüllte das Haus.

Eigentlich hätten, nachdem die Party zur Eröffnung des Swimmingpools um fünf zu Ende gewesen war, alle Gäste bis auf Keiko und Ying Chan gehen sollen. Aber Imanishi und die Tsubakiwara waren einfach geblieben. Hatten von Anfang an die Absicht gehabt, hier zu übernachten. Es hatte daher sowohl mit dem Abendessen wie auch mit der Zimmerverteilung Schwierigkeiten gegeben. Und die Tsubakiwara war nicht die Frau, dergleichen zu bemerken.

Um acht hatten die sechs, das Ehepaar Honda sowie Keiko, Ying Chan, Imanishi und die Tsubakiwara, das Abendessen beendet. Und während der Koch und die Kellner die Gelegenheit benutzten, sich auf ihre Rückfahrt vorzubereiten, waren die nach frischer Luft begierigen Gäste hinaus in den Garten getreten. Imanishi und die Tsubakiwara hatten die Laube aufgesucht und waren dort für eine Weile verschwunden geblieben.

Nach Hondas ursprünglichem Plan hätte Keiko das hintere und Ying Chan jenes Gästezimmer erhalten sollen, das Wand an Wand mit dem Arbeitszimmer lag. Da nun auch die beiden anderen übernachteten, mußte Keiko zusammen mit Ying Chan das angrenzende Zimmer beziehen und Imanishi und die Tsubakiwara wurden in das hintere abgeschoben. Immerhin war damit Hondas Vorhaben bereits in sich zusammengefallen, hatte er doch gehofft, sich nach Herzenslust am Anblick der allein schlafenden Ying Chan vergnügen zu können. Mit Keiko in einem Zimmer würde sie gewiß weit sittsamer schlafen.

... An der Gerichtsakte vermochte ihn kein Wort, keine Zeile zu fesseln.

> 6. In den Ausführungsbestimmungen IV, Absatz 15, wird von Grundstücken gesprochen, bei denen »darüber hinaus überzeugend erkenntlich ist, daß unter der Shōgunats- sowie der jeweiligen Clans-Verwaltung der Besitztitel de facto bestand«. Dies ist dahin zu interpretieren, daß in den Fällen, in denen – außer den in den Absätzen 1 bis 14 aufgeführten konkreten Punkten – ein faktisches Eigentum im mehr allgemeinen Sinne als gegeben einzuräumen ist, eine Rückerstattung stattfindet. Ein solches faktisches Eigentum im allgemeinen Sinne...

Als er auf die Uhr schaute, war es bereits fünf oder sechs Minuten nach zwölf. Plötzlich, wie einer im Dunkeln über irgend etwas stolpert, tat sein Herz einen Sprung. Begann dann heiß und mit einer unbeschreiblichen Seligkeit zu pochen.

Er kannte das gut. Wenn er im nächtlichen Park auf der Lauer gestanden hatte und das, worauf er voller Ungeduld gewartet, war vor seinen Augen allmählich in Gang gekommen, hatten die roten Ameisen auf einmal sein Herz angefallen und das gleiche, heftige Pochen ausgelöst.

Es war eine Art Lawine. Eine dunkle Honiglawine, die die Welt so mit ihrer schwindelerregenden Süße überzog, daß darunter die Pfeiler der Vernunft in sich zusammenknickten und jedwede Empfindung von dem maschinenhaft raschen Pulsschlag klein gehäckselt wurde. Alles schmolz dahin. Und hätte er sich dagegen zu wehren versucht, es wäre vergebens gewesen.

Aus welcher Richtung mochte diese Attacke kommen? Nun, irgendwo in tiefer Klause saßen die Sinne, und sobald sie von fern her ihre Befehle erteilten, gerieten auch die schwächsten Fühler in ein nervöses Zittern, mußte alles im Stich gelassen und losgelaufen werden. Erstaunlich dabei, wie sich die Stimmen glichen: die einen, die zur Lust, und die anderen, die zum Tod aufriefen. War aber einmal aufgerufen, so verlor jede augenblickliche Tätigkeit an Bedeutung, hatten beim Davonlaufen die Dinge unvollendet liegenzubleiben wie auf einem Gespensterschiff nach dem Verschwinden der Mannschaft: das mitten im Satz abgebrochene Logbuch, das nur eben angerührte Essen, die lediglich auf der einen Seite gewichsten Stiefel, der gerade vor dem Spiegel abgelegte Kamm, das halb geknüpfte Tau.

Das Herzklopfen war das Symptom dafür, daß dies geschah. Und obwohl durchaus deutlich war, daß hier ein ausgesprochen Häßliches und Gemeines seinen Anfang nahm, war in solchem Herzklopfen unfehlbar auch ein üppig Schönes wie von einem Regenbogen enthalten, blitzte aus ihm ein gewisses Etwas, das vom Erhabenen nicht zu unterscheiden war.

Ein vom Erhabenen nicht Unterscheidbares. Dies war das Schlimme. Tatsächlich gab es keine weniger willkommene Wahrheit als diejenige, daß sie beide, die eine Kraft, die zu höchst edlem Werke, zu höchst nobler Tat begeisterte, und die zu den unzüchtigsten Vergnügungen, zu den schamlosesten Träumen verführende andere Kraft, aus genau der gleichen Quelle stammten, von dem gleichen symptomatischen Herzklopfen begleitet waren. Da indessen gemeine Begierden lediglich gemeine Schatten warfen, wäre der Mensch – hätte in dem anfänglichen Herzklopfen nicht von vornherein die Verführung zu solch Erhabenem aufgeleuchtet – möglicherweise imstande gewesen, in gleichmütigem Stolz dahinzuleben. Nein, die Ursache der Verführung schien eben nicht die Fleischeslust zu sein, sondern diese mystifizierende, undeutliche, wie ein wolkenverhüllter Gipfel silbern schimmernde Vision von einem Erhabenen. Sozusagen die Leimrute »Erhabenheit«, die den Menschen zunächst einfing, um ihn dann in peinigender Ungeduld nach dem unendlichen Licht verlangen zu lassen.

Honda konnte es nicht länger ertragen und stand auf. Er spähte in die Dunkelheit im Zimmer nebenan, um sich zu vergewissern, daß seine Frau ruhig atmend schlief. Und wieder war er im hell erleuchteten Arbeitszimmer allein. Ein Mann, seit Anfang seiner Geschichte allein im Arbeitszimmer. Und würde wohl auch allein im Arbeitszimmer sein, wenn einmal diese seine eigene Geschichte zu Ende ginge.

Er löschte das Licht. Da es eine Mondnacht war, traten die Konturen der Möbel leicht hervor; die aus einer einzigen Zelkova-Platte gefertigte Schreibtischfläche glänzte, als wäre sie mit Wasser angefüllt.

Er stellte sich an das Bücherregal an der Trennwand zum Nachbarzimmer und lauschte auf irgendwelche Geräusche. Wirklich war da etwas; nicht von der Art freilich, als ob sie sich, noch wach und munter, in ein regelrechtes Gespräch vertieften. Eher hätte man meinen können, sie verplauderten von Bett zu Bett eine schlaflose Nacht; doch drang nicht ein einziges deutliches Wort herüber.

Um die Stelle mit dem Guckloch freizulegen, zog Honda zehn europäische Bücher aus dem Regal. Ihre Zahl lag fest. Auch die Titel waren stets dieselben. Alte deutsche Rechtsfolianten, vorsintflutliche Lederbände mit Goldschnitt, die er von seinem Vater geerbt hatte. Seine Finger erkannten Band um Band an der unterschiedlichen Dicke. Selbst die Reihenfolge, in der er sie herausnahm, blieb sich gleich. Er konnte sie abschätzen nach dem Gewicht in seiner Hand. Noch der Geruch des Staubes, der sich auf ihnen abgelagert hatte, war ihm vertraut. Das Berühren, die Schwere dieser würdevoll imposanten Bücher, die Korrektheit ihrer Gruppierung: alles Details, die unerläßlich waren für seinen Genuß. Keine bedeutsamere Zeremonie ließ sich denken, als diese Steinwälle der Ideen mit Respekt aufzubrechen oder, allgemeiner gesagt, die hier gesammelten, streng geistigen Vergnügungen in ein Programm zur Erlangung des schändlichsten Rauschzustands zu verwandeln. Vorsichtig, um kein Geräusch zu machen, legte er jeden Band auf den Boden. Und mit jedem Band nahm sein Herzklopfen zu. Der achte war besonders gewichtig. Als er ihn herauszog, wurde seine Hand taub von der staubig goldenen Schwere der Lust.

Auch bei der Aufgabe, das Auge so an das Guckloch zu bringen, daß er nirgends mit dem Kopf anstieß, gab er sich keine Blöße. Wiederum war die sublimste Gewandtheit vonnöten. Ja, wie sehr kam es darauf an, jede Kleinigkeit achtsam zu erledigen. Wollte er einen Blick in die lichtgleißende andere Welt tun, so durfte er wie bei einem heiligen Ritual kein noch so geringes Detail vernachlässigen. Er war der allein in das Dunkel eingeschlossene Priester. Indem er die über lange Zeit in seinem Kopf erprobten Prozeduren präzise befolgte (würde er auch nur eine einzige vergessen, müßte, malte er sich abergläubisch aus, das Ganze in sich zusammenbrechen), legte er zunächst das rechte Auge behutsam an das Guckloch.

Wie es schien, brannten drüben nur die Nachttischlampen; jedenfalls lag das Zimmer in einem fleckigen Zwielicht. Und da Honda – ein kleiner Trick, mit dessen Ausführung Matsudo beauftragt gewesen war – das Bett unter der Wand ein wenig hatte abrücken lassen, befanden sich jetzt beide Betten in seinem Blickfeld.

In der dämmrigen Beleuchtung bewegten sich auf dem vorderen Bett wirr ineinanderverschlungene Gliedmaßen. Die Köpfe in entgegengesetzter Richtung, schwelgten ein üppig weicher, weißer und ein dunkelhäutiger Körper im Genuß ausschweifendster Selbstaufgabe. Dabei eine Stellung einnehmend, wie sie sich sozusagen auf natürliche Weise dann ergab, wenn der Geist die Verbindung mit dem Körperlichen, wenn das die Liebe auslösende Gehirn das Gleichgewicht dadurch zu erreichen suchte, daß es sich den entferntesten Teilen so weit wie möglich näherte, um den von ihm selbst gegorenen Wein unmittelbar zu kosten. Zwei von Schatten erfüllte Wogen schwarzen Haars schmiegten sich an ebenso durchschattete, schwarzfellige Hügel, vermischten sich mit ihnen; und waren die ins Gesicht fallenden Strähnen sonst lästig, hier hatten sie sich in Embleme der Liebe verwandelt. An heißen, glatten Schenkeln ruhten hingegeben die flammenden Wangen; die geschmeidigen Bäuche schwankten leise wie Meeresbuchten nachts unterm Mond. Verständliche Laute waren nicht zu vernehmen; doch durchlief ein Schluchzen die Leiber, ungewiß, ob aus Lust oder Trauer; und die für den Augenblick aus dem Spiel der beiden entlassenen Brüste, die Warzen arglos aufgerichtet gegen das Licht, erbebten dann und wann wie von Blitzen getroffen. Die Tiefe der Nacht, die die Warzenhöfe erfüllte, die Ferne der Ekstase, von der die Brüste zuckten, zeigten an, daß sich die einzelnen Körperteile noch immer in einer Isolierung befanden, die zum Wahnsinn treiben mußte. All die ungeduldige Begierde, einander noch näherzukommen, sich noch inniger zu verschmelzen, bewirkte nichts; und wenn auch weit drüben Keikos rotlackierte Fußzehen, bald sich spreizend, bald sich schließend, auf- und niederhüpften, als tanzten sie auf einer glühenden Eisenplatte, es blieb letzten Endes doch dabei, daß sie lediglich gegen die dämmrige Leere wüteten.

Obwohl er natürlich wußte, daß dieses andere Zimmer

ebenso angefüllt war mit der Kühle von den Bergen her, hatte Honda den Eindruck, als sähe er durch das Guckloch in das Innere eines Ofens. Eines gleißenden Ofens. Ying Chan hatte ihm, was er bedauerlich fand, den Rücken zugekehrt, und durch die Rückgratfurche, die er bei Tage am Pool so eifrig angeschaut, rann langsam der Schweiß, trat schließlich aus dieser Furche und tropfte zu der Seite fort, auf der sie lag. Er meinte einen Geruch wie von dem eben aufgeplatzten Fleisch einer schweren Tropenfrucht wahrzunehmen.

Keiko drehte sich so, daß es schien, sie käme allmählich oben zu liegen, woraufhin Ying Chan ihren zwischen Keikos schimmernden Schenkeln steckenden Kopf fast in Rückenlage brachte. Wie von selbst wurden dabei ihre Brüste sichtbar, und während sie mit dem rechten Arm Keikos Hüfte umschlang, strich sie ihr mit der linken Hand zärtlich über den Bauch. Das leichte Schmatzen der an der Ufermauer leckenden nächtlichen Wellen setzte bald aus, bald begann es wieder.

Honda vergaß sogar, darüber überrascht zu sein, daß seine Liebe letztlich mit einem solchen Verrat endete. So schön war Ying Chans Ernsthaftigkeit, die er jetzt zum ersten Mal an ihr beobachtete.

Auf dem Rücken liegend, die Augen geschlossen, während Keikos gelegentlich zuckende Schenkel ihre Stirn halb begraben hatten, waren die nun nicht mehr kalten, schmalen, sondern sanft und lieblich atmenden Nasenflügel Ying Chans von Keikos Fellhügel wie von den Laubmassen eines Mimosenbaums tief überbuscht. Ihre bogenförmig angehobene Oberlippe war naß, und die emsig saugende Bewegung ihres Mundes verbreitete über die ganze Partie von dem feinen Kinn bis zu den Wangen ein dunkles Leuchten. Plötzlich bemerkte Honda, daß unter den langen Wimpern ihrer fest geschlossenen Augen hervor eine Träne wie etwas Lebendiges abwärts über die Wange glitt.

Unter unaufhörlichem Gewoge drängte alles einem unbekannten Gipfel entgegen. Offenkundig boten die beiden Frauen gemeinsam ihre letzten Kräfte auf, um jene äußerste, von keinem erträumte noch erhoffte Grenze zu erreichen. Honda war es, als sähe er diesen unbekannten höchsten Gipfel wie eine funkelnde Krone über ihnen in dem dämmrigen Zimmer schweben. Eine auf die beiden ineinanderverschlungenen Frauen herabblickende Königskrone mit dem Vollmond nach siamesischer Art, und nur er, Honda, wäre imstande, sie mit seinen Augen zu erträumen. Wechselweise krümmten sich die Frauen und streckten sich, um wieder zusammenzubrechen und in Seufzern und Schweiß begraben zu werden. Ungerührt schwebte, von ihren Händen nur um eine Winzigkeit verfehlt, die Krone in der Höhe.

Sobald sich der erträumte Gipfel, jene unbekannte, goldene Grenzzone geoffenbart hatte, sah er die Szenerie mit einem Male verändert, konnte er die unter seinen Augen sich umklammernden Frauen nur noch als Gemarterte betrachten. Es schien, die körperliche Unerfülltheit zermalmte sie, die zusammengezogenen Brauen sprächen von unsäglichen Qualen, die heißen Glieder wälzten sich deswegen so, um dem, was die Körper versengte, wenigstens um ein kleines zu entkommen. Flügel besaßen sie keine. Sie setzten ihre vergeblichen Fluchtversuche aus den Fesseln, aus den Leiden zwar fort, doch ihr Fleisch hielt sie erbarmungslos zurück, und erst durch die letzte Ekstase würde dies zu besänftigen sein.

Ying Chans schöne, dunkle Brüste trieften von Schweiß. Während die rechte, unter Keikos Körper zusammengepreßt, aus ihrer Form geraten war, wurde die kräftig atmende linke Brust von dem noch immer Keikos Bauch liebkosenden linken Arm aufs herrlichste eingefaßt. Oben auf diesem unaufhörlich bebenden Rundgrab aus Fleisch schlummerte die Warze; der Schweiß verlieh dem frischen, lehmfarbenen Hügel einen hellen Regenglanz.

Auf einmal, vielleicht weil sie Keiko die ungehinderte Bewegung neidete, reckte Ying Chan ihren linken Arm in die Höhe, umklammerte damit wie im Versuch, sie sich anzueignen, Keikos Schenkel und zog diese fest über ihren Kopf, so als brauchte sie selbst nicht mehr zu atmen. Weiß und würdevoll bedeckten diese Schenkel ihr ganzes Gesicht.

Dabei hatte sich Ying Chans Achselhöhle aufgetan. Und an einer bis dahin vom Arm verborgenen Stelle noch links von ihrer linken Brust, wo die braune Haut wie der im letzten Abglanz der Abendröte dunkelnde Himmel war, erglänzten deutlich drei außerordentlich winzige, an das Sternbild der Plejaden erinnernde Leberflecke.

Honda empfand einen Schlag, als hätte sich ihm ein Pfeil in die Augen gebohrt.

Er senkte den Kopf, wollte eben von dem Bücherregal zurücktreten.

Da fühlte er, daß ihm jemand leicht auf die Schulter klopfte.

Nachdem er den Kopf aus dem Regal gezogen hatte, drehte er sich um und sah Rie im Nachthemd mit strengem Augenausdruck und erschreckend bleichem Gesicht hinter sich stehen.

»Was treibst du denn da? Na, so ungefähr habe ich mir das gedacht.«

Ohne die geringste Beschämung vermochte er seiner Frau die schweißbeperlte Stirn zuzuwenden. Hatte er doch nun die Leberflecke entdeckt. »Schau dir das an! Diese Flecke auf ihrer Haut...«

»Du meinst, ich soll dort hindurchsehen?«

»Ja, schau nur! War es also doch an dem.«

Einige Zeit schwankte Rie zwischen Anstand und Neugier. Honda kümmerte das nicht weiter; er ging zum Erkerfenster und setzte sich auf die dort eingebaute Bank. Dann schob Rie ihren Kopf an das Guckloch. Er hatte sich selbst nie dabei beobachten können, aber nun, da er das Schändliche in der Haltung seiner Frau gewahrte, wollte es ihm unerträglich erscheinen. Andererseits waren sie damit an einen Punkt gelangt, an dem sie die gleiche Tat gemeinsam auf sich luden.

Durch das Fliegengitter im Erkerfenster suchte er den vom Gewölk verdeckten Mond. Hinter einer von seinem Licht geränderten Wolke hervor verbreitete sich der Abglanz der vom Mond ausgesandten Strahlen nach allen Himmelsrichtungen, und eine ganze Reihe von Wolken war auf dieselbe feierliche Weise miteinander verbunden. Sterne waren nur wenige da; einen besonders kräftig funkelnden bemerkte er in einer so geringen Höhe, daß er schon fast den Zypressenhain zu berühren schien.

Nachdem sie durch das Guckloch gesehen hatte, knipste Rie das Licht im Zimmer an. Ihr Gesicht glänzte vor Freude.

Sie kam herüber und setzte sich auf das andere Ende der Erkerbank. Sie war wie umgewandelt. Mit sanfter, gedämpfter Stimme sagte sie: »Ich bin einfach sprachlos... Und das hast du gewußt?«

»Nein, ich habe es eben erst entdeckt.«

»Aber meintest du vorhin nicht: es wäre also doch an dem?«

»Nur nicht in dieser Bedeutung, Rie. Ich sprach von den Leberflecken. Neulich hast du ja wohl mein Arbeitszimmer in Tōkyō durchsucht und dabei Matsugaes Tagebuch gelesen, nicht wahr?«

»Ich hätte dein Arbeitszimmer durchsucht?«

»Bitte, von mir aus... Ich frage lediglich, ob du dabei vielleicht Matsugaes Tagebuch gelesen hast.«

»Geh, was interessieren mich anderer Leute Tagebücher! Nein, ich erinnere mich wirklich nicht.«

Als Honda sie bat, ihm aus dem Schlafzimmer eine Zigarre zu holen, gehorchte ihm Rie mit braver Bereitwilligkeit. Sie gab ihm sogar auch noch Feuer, wobei sie den zum Fliegenfenster hereinstreichenden Wind mit den Händen abhielt.

»In jenem Tagebuch Matsugaes liegt der Schlüssel zur Wiedergeburt. Du wirst sie ja eben gesehen haben, die drei Leberflecke an ihrer linken Seite. Dies waren ursprünglich die Leberflecke Matsugaes.«

Rie, mit ihren Gedanken woanders, ging in keiner Weise auf Hondas Worte ein. Vielleicht hielt sie das für eine Ausrede ihres Mannes. In seinem Bemühen, zu einer gemeinsamen Erinnerung zu gelangen, drängte Honda sie noch einmal: »Nun, hast du sie gesehen, diese Leberflecke?«

»Ach, ich weiß nicht recht. Was ich gesehen habe, war jedenfalls schrecklich genug. Man lernt eben mit Menschen nie aus.«

»Deshalb sage ich ja: Ying Chan ist eine Wiedergeburt Matsugaes...«

Rie bedachte ihren Mann mit einem mitleidigen Blick. Und war es denn nicht natürlich, daß die Frau, die sich geheilt glaubte, diesmal ihrerseits als die Kurierende wirken wollte? Sie, die sich so wild entschlossen der Realität gestellt hatte, machte Anstalten, die wie Salzwasser die Haut durchdringende Wildheit nun ihrem Mann einzuimpfen. Seit sie, obwohl sie es einmal danach verlangt hatte, sich zu vermummen, dahintergekommen war, daß sich die Welt durch bloßes Anschauen veränderte, auch wenn man selber sich nicht veränderte, hielt sie es für klüger, auf die Realität zu bauen. Das heißt: Rie war nicht mehr die Rie von einst. Mit einiger Verachtung sah sie auf die Welt ihres

Mannes hinab. Ohne freilich zu begreifen, daß sie sich mit dem Blick durch das Guckloch in Wahrheit zu seiner Komplizin gemacht hatte.

»Ausgerechnet Wiedergeburt! Das ist doch lächerlich. Ich habe kein Tagebuch oder dergleichen gelesen. Auf jeden Fall aber bin ich jetzt beruhigt. Und dir werden, hoffe ich, auch die Augen aufgegangen sein... Was mich betrifft – gut, ich habe mich mit völlig falschen Vorstellungen gequält. Habe mit einem Phantom gerungen. Schon bei dem Gedanken daran pflegte mich die große Müdigkeit anzukommen... Das ist zum Glück vorbei. Davon ist nichts mehr zu befürchten.«

Das Paar saß auf der Bank, jeder an einem Ende, zwischen sich den Aschenbecher. Aus Besorgnis, Rie könnte sich verkühlen, schloß Honda das Fenster, so daß der Rauch seiner Zigarre allmählich um die Lampe zu schweben begann. Sie schwiegen; indessen war es nicht jenes Schweigen wie am Tage.

Während das Widerliche des Gesehenen ihre Herzen mehr und mehr miteinander verband, überlegte Honda für einen Augenblick, wie schön es wäre, wenn sie sich, wie so viele Eheleute in der Welt, die eigene moralische Rechtschaffenheit gleichsam wie reine weiße Schürzen vor der Brust, dreimal jeden Tag an den Tisch setzen dürften, um dann im stolzen Gefühl der Sättigung das Recht in Anspruch zu nehmen, auf alles geringschätzig herabzusehen, was nicht in ihre Welt gehörte. In Wahrheit freilich waren sie zu einem Voyeurspaar geworden.

Dabei hatten sie beide durchaus nicht dasselbe gesehen. Honda war den Fakten, Rie hingegen den Fiktionen auf die Spur gekommen. Gemeinsam war ihnen, daß die bis dahin zurückgelegte Wegstrecke nicht ausgereicht hatte, die so lange angestaute Müdigkeit gründlich zu beheben. Es blieb ihnen nur noch, sich gegenseitig zu trösten.

Nach einer Weile gähnte Rie so, daß man bis auf den Grund der Hölle hinabsehen konnte, und während sie sich die Haarsträhnen aus dem Gesicht strich, meinte sie in wohlweislicher Berechnung: »Ich finde ja, wir sollten allmählich überlegen, jemanden zu adoptieren.«

Aus Hondas Herzen war seit jenem Augenblick vorhin der Gedanke an den Tod davongeflogen. Nun hatte er Grund zu glauben, daß er möglicherweise unsterblich wäre. Er zupfte sich ein Stück Zigarrendeckblatt, das hängengeblieben war, von der Lippe und erklärte mit Entschiedenheit: »Nein, besser, wir leben allein. Besser, wir haben keinen Erben.«

Kaum waren Honda und Rie von einem heftigen Klopfen an die Tür wach geworden, da rochen sie auch schon den Rauch. »Feuer! Es brennt!« rief eine Frauenstimme; doch als die beiden, einander an den Händen fassend, aus dem Schlafzimmer stürzten, wirbelte der Rauch bereits durch den Gang im Obergeschoß, und von der Person, die sie geweckt hatte, war nichts zu sehen. Sie preßten ihre Ärmel vor den Mund; hustend rannten sie die Treppe hinunter. Ihr einziger Gedanke war: das Wasser im Swimmingpool! Jedenfalls wären sie, je schneller sie das Becken erreichten, desto sicherer gerettet.

Sowie sie auf die Terrasse kamen und den Pool vor sich sahen, schrie, Ying Chan umarmend, Keiko von der anderen Seite des Beckens zu ihnen herüber. Daß ihre Gestalten sich deutlich im Wasser spiegelten, obwohl keine Lampe brannte, bewies nur, wie das Feuer inzwischen durch das Haus tobte. Zu Hondas Verwunderung hatten Keiko und Ying Chan, beide mit verwilderten Frisuren, immerhin noch mit allem Anstand in ihre mitgebrachten Morgenröcke schlüpfen können. Er selbst war im Pyjama, Rie im Nachthemd.

»Ich bin«, rief Keiko, »von einem beißenden Geruch hustend aufgewacht. Es muß aus Imanishis Zimmer gekommen sein.«

»Und wer hat vorhin bei uns geklopft?«

»Ich... Ich habe auch an Imanishis Tür geklopft, aber sie sind nicht wach zu kriegen. Wie schrecklich!«

»Matsudo! Matsudo!« schrie Honda zu dem Chauffeur hinüber, der um das Becken gelaufen kam. »Wir sorgen uns um Herrn Imanishi und Frau Tsubakiwara. Können Sie sie nicht herausholen?«

Aus den Fenstern im Obergeschoß, aus Imanishis wie aus Keikos Zimmer, schlugen weiße Rauchwolken, wieder und wieder von Flammen durchzuckt.

»Ausgeschlossen, Herr Honda«, erwiderte der Chauffeur nach sorgfältigster Überlegung. »Da ist jetzt nichts mehr zu machen. Warum sind sie aber auch nicht herausgelaufen?«

»Bestimmt haben sie zuviel Schlaftabletten genommen«,

warf Keiko ein. Bei diesen Worten legte Ying Chan ihren Kopf an Keikos Brust und begann zu schluchzen.

Gleich darauf schossen die Flammen hoch auf: offensichtlich war das Dach zusammengebrochen. Tanzende Funken erfüllten den Himmel.

»Und was könnten wir mit diesem Wasser tun?« fragte Honda etwas verworren, während er auf das Becken starrte, auf dem sich Flammen und Funken mit solcher Röte spiegelten, daß man den Eindruck hatte, man würde sich die Hand versengen, wenn man es berührte.

»Nun ja, zum Löschen ist es wohl zu spät. Immerhin sollten wir vielleicht im Salon die wertvollen Stücke mit Wasser übergießen. Ob ich einen Eimer hole?« versuchte Matsudo, ohne sich indessen von der Stelle zu rühren, Hondas Absichten zu erraten.

Doch dieser war mit seinen Gedanken schon wieder woanders. »Wo nur die Feuerwehr bleibt? Wie spät ist es jetzt eigentlich?«

Keiner hatte seine Uhr dabei. Sie waren im Haus liegengeblieben.

»Es ist«, sagte Matsudo, »genau drei Minuten nach vier Uhr. Binnen kurzem wird es hell werden.«

»Na, ein Wunder, daß Sie Ihre Uhr gerettet haben, nicht wahr?« bemerkte Honda und hatte dabei das Gefühl, er käme, wenn ihn selbst in einem solchen Augenblick die Ironie nicht verließ, allmählich wieder zu sich.

»Eine langjährige Angewohnheit. Ich pflege nämlich beim Schlafen die Armbanduhr nie abzulegen«, erwiderte der ordentlich mit einer Hose bekleidete Matsudo.

Rie hatte sich benommen auf einen Stuhl neben dem zusammengefalteten Sonnenschirm gesetzt.

Ying Chan hob ihr Gesicht von Keikos Brust und begann, wie Honda beobachtete, hastig in der Brusttasche ihres Morgenrocks zu suchen. Dann zog sie ein Foto hervor. Es glänzte im Schein der Flammen nur um so mehr, und als Honda unwillkürlich einen Blick darauf warf, war es ein Aktfoto, auf dem er in der Gestalt, die da an einem Sessel lehnte, deutlich Keiko erkannte.

»So ein Glück! Daß das nicht verbrannt ist.« Mit einem Lächeln, daß ihre weißen Zähne von den Flammen funkelten, schaute sie zu Keiko auf. Noch mitten im Gewirr der verschiedensten Gedanken durchstöberte Honda sein gründliches Gedächtnis: Natürlich, es mußte dieses Foto gewesen sein, das Ying Chan damals wie einen geheimen Schatz so innig betrachtet hatte, bevor Katsumi zu ihr ins Gästezimmer eindrang.

»Du bist mir ein Närrchen!« meinte Keiko, und während sie den Arm kokettierend um ihre Schultern legte, fragte sie: »Und wo ist der Ring?«

»Der Ring? Oh, den habe ich im Zimmer vergessen«, hörte Honda Ying Chan mit aller Bestimmtheit sagen.

Indessen wurde er von der Furcht geschüttelt, jeden Augenblick könnten an den äußersten Fenstern im Obergeschoß zwei von Flammen umhüllte Gestalten erscheinen und in gellende Schreie ausbrechen. Ohne Zweifel würde jetzt dort oben gestorben. Oder vielmehr, es mochte der Tod bereits eingetreten sein. Vielleicht daß deswegen, trotz dieses Knackens und Fauchens, der Brand einen so tiefen Eindruck der Stille machte.

Die Feuerwehr war noch immer nicht eingetroffen. Honda fiel ein, man könnte das Telefon in dem gerade im Umbau befindlichen Hause Keikos nebenan benutzen, und so schickte er Matsudo los, die Feuerwache Gotemba in Nimaibashi anzurufen.

Die Flammen hatten sich über das ganze Obergeschoß ausgebreitet, das Erdgeschoß war von Rauch erfüllt; da aber der Wind zufällig aus Nordwest vom Fuji-Berg her wehte, trieb von dem Qualm nichts in die Nähe des Pools; dafür fuhr einem freilich die vormorgendliche Kälte in den Rücken.

Das Feuer nahm von Sekunde zu Sekunde ein anderes Aussehen an. In einem Knacken wie von mächtigen Füßen, die durch die Flammen schritten, war dann und wann das Zerbersten von irgendwelchen Dingen zu hören, wobei Honda jedesmal seine Mutmaßungen anstellte: jetzt brannten die Bücher, jetzt der Schreibtisch. Die Bücher, malte er sich aus, verbrannten so, daß sich ihre Blätter rollten und aufblähten wie die einer Rose.

Schon hatten, im Vergleich zum Qualm, die Flammen das größere Volumen. Auch hier auf der anderen Seite des Pools wurde die Glut spürbar; ein heißer Wind erhob sich und ließ die glühenden Aschereste Stück um Stück in die Höhe tanzen. In der kurzen Schlußphase, bevor sie erkalteten, waren sie reines Gold, und da sie gleichsam an das goldene Flügelflattern hurtig auffliegender Jungvögel erinnerten, schien es, als wäre irgend etwas in plötzlichem Aufbruch begriffen. In einem Winkel des von hochstiebenden Funken schimmernden Himmels traten nun deutlich die Umrisse von Wolkenbänken hervor, die selber noch eingeschlossen waren in das Grau der Morgendämmerung.

Im Innern des Hauses erhob sich ein Knirschen, als ob die Dielenbalken des Obergeschosses zusammenbrächen; dann rissen die Flammen ein Stück Außenmauer auf, und ein lodernder Fensterrahmen stürzte in den Swimmingpool. Der feine Flammenzierat ließ den herabfallenden schwarzen Rahmen einen Augenblick lang wie die Vision eines jener Fenster am Marmortempel in Siam erscheinen. Wasser spritzte auf, und gleichzeitig zerriß ein brodelndes Gezisch die Luft. Alle sprangen sie vom Beckenrand zurück.

Das Haus, das nach und nach seine Außenwände verlor, sah aus wie ein riesiger, brennender Vogelkäfig. Aus sämtlichen Ritzen trieben zierliche Flammenzipfel. Das Haus atmete. Es war, als befände sich im Zentrum der Glut die Quelle eines vom wirklichen Wesen des Lebens tief durchdrungenen, wilden Odems. Bisweilen tauchten, schwarze Schemen, Dinge des vertrauten Hausrats inmitten der Flammen auf, sozusagen die Formen einstigen Daseins; doch sobald das Gefunkel sie umhüllt hatte, fielen sie auseinander, wurden selbst zu munter scherzenden Flammen. Da schossen herausschlagende Feuerzungen rasch wie Schlangen dahin, um sich wieder im Qualm zu verbergen; da brachen aus dichtgeballtem, dunklem Rauch plötzlich mit Schwären bedeckte Feuergesichter. Und das alles ging mit einer unvergleichlichen Geschwindigkeit vor sich; Flamme nahm Flamme bei der Hand, Rauchschwaden verband sich mit Rauchschwaden, um unaufhaltsam einem Gipfelpunkt zuzustreben. Dabei ließ das brennende Haus spiegelverkehrt das Gewirr der Flammen bis tief hinab in das Becken fallen, und durchsichtig leuchtete auf den Spitzen der Flammen der Himmel der Morgendämmerung, der von ganz unten hervorsah.

Da sich der Wind gedreht hatte und der Rauch herübertrieb, mußten sie noch weiter vom Pool zurücktreten. Dem Rauch war, wenn auch nicht genau unterscheidbar, so etwas wie der

Geruch von verbranntem Menschenfleisch untergemischt. Zwar sprach es keiner aus, aber jeder dachte es insgeheim und hielt deshalb sich fest mit beiden Händen die Nasenlöcher zu.

Rie meinte, der Nachttau beginne zu fallen, und sie sollten sich wohl besser in die Laube begeben; woraufhin die drei Frauen dem Feuer den Rücken kehrten und über die erst tags zuvor gemähte Wiese hinunter zur Laube gingen. Honda indessen harrte aus.

Tatsächlich war er eben jetzt von der Vorstellung überwältigt, er müsse diese Szene schon irgendwo einmal erlebt haben.

Flammen, Wasser, auf dem sie widerschimmerten... verbrennende Leichname... ja, das war Benares gewesen! Hatte er, nachdem er an jenem heiligen Platz das Äußerste aller Dinge gesehen, wirklich glauben können, dergleichen würde sich nie wiederholen?

Das Haus war zum Holz für den Scheiterhaufen, das Leben zur Flamme geworden. All die Belanglosigkeiten fielen zurück in Asche, nichts mehr war von Bedeutung außer dem Wesenhaften; und jäh erhob sich das riesige, bisher verborgene Antlitz aus den Flammen. Lachen und Schreien und Schluchzen wurden aufgesogen von dem Fauchen des Feuers, von dem Knacken der berstenden Balken, der sich verbiegenden Glasscheiben, von dem Ächzen in den Gelenken des Hauses; und diese Geräusche ihrerseits waren umhüllt von einer noch größeren Stille. Indem die glühenden Dachziegel zersprangen und herabstürzten, die Fesseln sich eine um die andere lösten, stand das Haus schließlich in einer gleißenden Nacktheit da wie nie zuvor. Auf einer bisher noch verschont gebliebenen Mauerecke im Erdgeschoß begann von den Rändern her die gelbliche Farbe runzelig zu werden, verwandelte sich zusehends in ein Dunkelbraun; und das fast unmerklich gleitende Tempo, mit dem sich erst ein dünner Rauch, dann die brutale Faust des Feuers hervorbohrte und den leckenden Flammen einen Ausgang öffnete, war von einer geradezu unvorstellbaren Raffinesse.

Honda wischte sich die auf seine Schulter und seine Ärmel fliegenden Funken ab; die Oberfläche des Pools war von verkohlten Holzstücken und einer wie Entengrütze dichten Aschenschicht bedeckt. Aber dies alles wurde vom Schein des Brandes überstrahlt; und es spiegelte sich auf dieser kleinen, begrenzten Wasserfläche, diesem zum Bad für Ying Chan angelegten, heiligen Becken das reinigende Feuerritual von Mani Karnika, den Verbrennungshöfen zu Benares. Worin hätte denn ein Unterschied zu den lodernden Scheiterhaufen bestanden, deren Widerschein dort der Ganges aufgefangen hatte? Auch hier wurde das Feuer von Holz und Toten gespeist, von zwei Leichnamen, die sich, nur schwer verbrennend, vermutlich wieder und wieder in den Flammen aufbäumten, ihre Arme in die Höhe warfen und so, die Formen körperlichen Leidens nachspielend, obwohl sie längst nicht mehr litten, gegen den Verfall ankämpften bis zuletzt. Es war dies ein Feuer von genau der gleichen Beschaffenheit wie jenes reine Feuer in dem in der Abenddämmerung schwebenden *Ghat*. Alles war, und das in Eile, dabei, in die Vier Elemente zurückzukehren. Der Rauch erfüllte den Himmel bis hoch hinauf.

Nur eines fehlte. Das weiße Gesicht der heiligen Kuh, die sich damals jenseits der Scheiterhaufen umgewandt und starr zu Honda herübergeblickt hatte...

Als die Feuerwehr eintraf, war die Glut bereits in sich zusammengesunken. Trotzdem setzten die Männer das Haus gründlich unter Wasser. Dann wurde ein Bergungsversuch unternommen; dabei fand man im Obergeschoß die beiden verkohlten Leichen. Die Polizei erschien und bat Honda, zur Ortsprüfung mitzukommen. Doch wäre es ihm schwergefallen, die zerstörte Treppe zu erklimmen, und er verzichtete darauf. Über die Gewohnheiten Imanishis und der Tsubakiwara informiert, meinten die Beamten, die Brandursache sei wohl gewesen, daß im Bett geraucht wurde. Wenn die beiden um drei Uhr ihre Schlaftabletten geschluckt hätten, müsse der Zeitpunkt, zu dem das Mittel voll gewirkt habe, entsprechend früherer Äußerungen Imanishis als derjenige betrachtet werden, zu dem die ihm entglittene Zigarette auf der Bettdecke einen Schwelbrand ausgelöst habe. Die Annahme eines Freitods wies Honda zurück. Als gar das Wort vom »Doppelselbstmord aus Liebe« fiel, brach Keiko, die zugehört hatte, in ein unschönes Lachen aus.

Sobald das Wichtigste geregelt wäre, sollte Honda zur Abgabe des Protokolls auf das Polizeirevier kommen. Heute freilich blieb ihm viel zu tun. Um Ersatz für das Frühstück zu beschaffen, mußte er Matsudo zum Einkauf losschicken; doch würden die Geschäfte erst in einigen Stunden öffnen.

Da es sonst keinen ruhigen Platz gab, traf sich schließlich alles in der Laube. Stockend erzählte Ying Chan, wie vorhin beim Rückzug vom Feuer im Gras eine Schlange aufgetaucht und, die braune Schuppenhaut vom fernen Flammenschein gleißend wie von Öl, mit ungewöhnlicher Geschwindigkeit davongeschossen sei. Als sie das hörten, drang vor allem den Frauen die Kälte erst recht in die Glieder.

In diesem Augenblick erschien, mit einem leuchtenden Pinselstrich Schnee nahe am Gipfel, der von der Morgendämmerung ziegelrot verfärbte Fuji vor den in der Laube Versammelten. Selbst jetzt, eine eher unbewußte Angewohnheit, wendete Honda seinen zunächst auf den geröteten Berg gerichteten Blick in den angrenzenden Frühhimmel hinüber. Da tauchte scharf umrissen und strahlend der winterliche Fuji herauf.

45

1967 auf einer Dinnerparty, zu der die US-Botschaft in Tōkyō geladen hatte, begegnete Honda zufällig dem Leiter des amerikanischen Kulturinstituts in Bangkok. Seine Frau war eine Thailänderin, wenig über die Dreißig und, wie es allgemein hieß, eine Prinzessin. Honda zweifelte nicht daran, daß es sich um Ying Chan handelte.

Ying Chan hatte, unmittelbar nach dem Brand in Gotemba 1952 in ihre Heimat zurückgekehrt, seither nie wieder von sich hören lassen. Jetzt in diesem Augenblick war er überzeugt, sie sei, inzwischen mit dem Amerikaner verheiratet, nach fünfzehn Jahren wieder nach Tōkyō gekommen. Das war durchaus nicht unwahrscheinlich; auch daß sie sich bei der Vorstellung und einem ersten kurzen Gespräch ganz so gab, als wäre ihr Honda von früher her nicht bekannt, hatte er im Falle Ying Chans zu erwarten gehabt.

Während des Dinners sah er gelegentlich zu ihr hinüber; indessen sprach sie ostentativ kein Wort Japanisch. Und ihr amerikanisches Englisch unterschied sich in nichts von dem eines

US-Bürgers. In seiner Geistesabwesenheit geschah es, daß er seiner Tischnachbarin mehrmals völlig zusammenhanglose Antworten gab. Nach dem Dinner wurden in einem anderen Raum Likör und Cognac gereicht. Diese Gelegenheit benutzte Honda, auf die in ein Gewand aus rosenfarbener Thaiseide Gekleidete zuzutreten und für eine Weile mit ihr allein zu plaudern.

Ob sie wohl Ying Chan kenne, fragte er.

»Aber natürlich! Sie war meine Zwillingsschwester. Doch sie ist längst gestorben«, erwiderte sie auf englisch und im heitersten Tonfall. Hastig fragte Honda weiter, wieso sie denn gestorben sei und wann.

Nach ihren Worten hatte sich das wie folgt zugetragen.

Ihr Vater habe ihr, sobald er nach ihrer Rückkehr aus Japan erkannte, daß dies ein völlig fruchtloser Aufenthalt gewesen war, zu einem nochmaligen Auslandsstudium in den Staaten verhelfen wollen. Ying Chan jedoch, dergleichen weit von sich weisend, habe es vorgezogen, in ihrer Residenz in Bangkok, von Blumen umgeben, ein Leben des Müßiggangs zu führen. In dem Frühling dann, in dem sie zwanzig geworden, sei sie plötzlich gestorben.

Ying Chan hatte sich – so der Bericht ihrer Hofdame – allein in den Garten begeben. War unter einen über und über mit leuchtend roten Blüten besteckten Phönixbaum getreten. Obwohl dort niemand sonst gewesen sein konnte, hatte die Hofdame Ying Chan lachen gehört. Hatte gedacht: seltsam, daß die Prinzessin so für sich lachen sollte. Ein klares, kindliches Lachen, das unter dem blauen Mittagshimmel hell aufgeklungen. Bis es abgebrochen war und sich gleich darauf in einen schrillen Schrei verwandelt hatte. Als die Hofdame hinzugelaufen, hatte sich Ying Chan, von einer Kobra in den Oberschenkel gebissen, auf dem Boden gewälzt.

Bis der Arzt gekommen, hatte es eine Stunde gebraucht. Mittlerweile war nach und nach die Muskulatur erschlafft und bewegungsunfähig geworden, hatte sie über Müdigkeit und Doppelsichtigkeit geklagt. Rückenmarkslähmung und Speichelfluß waren hinzugetreten, der Atem hatte sich verflacht, der Puls immer unregelmäßiger beschleunigt. Noch vor dem Eintreffen des Arztes war Ying Chan nach letzten konvulsivischen Zuckungen verschieden.

Glossar

Mishimas Tetralogie »Das Meer der Fruchtbarkeit« erreicht mit dem vorliegenden dritten Band die Zeit des Pazifischen Krieges: ein erster Abschnitt, wenige Monate vor dem Angriff auf Pearl Harbor beginnend, endet im Frühsommer 1945 im zerstörten Tōkyō; die übrige Handlung spielt von Frühjahr bis Sommer 1952. In diesem Jahr traten (im April) der Friedensvertrag von San Francisco und der japanisch-amerikanische Sicherheitsvertrag in Kraft; gegen das letztere Abkommen sowie gegen den Versuch einer japanischen Wiederbewaffnung (angesichts des noch andauernden Koreakrieges) kam es zu heftigen Demonstrationen. Bei wiedererlangter staatlicher Souveränität wurde man sich nun erst recht des Zusammenbruchs, der irreversiblen Veränderungen bewußt.

Zentrale Figur ist jetzt endgültig Honda Shigekuni. In »Schnee im Frühling«, dem ersten der vier Bände, war er mit dem Protagonisten, dem schönen, sensiblen Marquissohn Matsugae Kiyoaki, befreundet. Beide Schüler der ehemaligen Adelsschule Gakushū-in, verbrachten sie gemeinsam mit den thailändischen Prinzen Pattanidad und Kridsada einen letzten glücklichen Sommer in der »Südvilla« des Marquis, bevor Kiyoaki neunzehnjährig an seiner leidenschaftlichen, aber verbotenen Liebe zu der Grafentochter Ayakura Satoko Anfang 1914 zugrunde ging. Im 1932 einsetzenden zweiten Band »Unter dem Sturmgott« hatte Honda bereits Karriere gemacht und war Richter. Als jedoch der achtzehnjährige Iinuma Isao, in dem er eine Wiedergeburt jenes Kiyoaki erkannt zu haben glaubte, wegen versuchten Aufruhrs in Haft geriet, verzichtete Honda, um diesmal helfen zu können, auf sein Amt und wurde Strafverteidiger. So bekam er den jungen Mann zwar frei, doch beging dieser kurz darauf ein Attentat und anschließend Selbstmord durch *Seppuku*. Nach solchen Erfahrungen mußte Honda die Überzeugung gewinnen, daß er lediglich zum »erkennenden Zeugen« tauge.

Einige weitere Figuren stehen entweder in bezug zur Zentralhandlung der Tetralogie und reichen aus den vorangegangenen Bänden bis herüber in diesen dritten (aus dem ersten Satokos Kammerfrau, die alte Tadeshina, auch Iinuma, Vater des Isao, der einst Tutor des Matsugae Kiyoaki war; aus dem zweiten Hondas Frau Rie sowie Kitō Makiko, die Dichterin, die Isao zu seiner »hehren Geliebten« auserkoren gehabt); andere verdanken ihre »Fortexistenz« der Technik Mishimas, mit der er den jeweiligen und jeweils veränderten zeitgeschichtlichen Hintergrund wiedergibt: so wenn dieselben Shinkawas, Baron und Baronin, auf detailliert beschriebenen Gesellschaften im April 1913, im Sommer 1932 und jetzt im Vorfrühling 1952 erscheinen.

Abalone: haliotis tuberculata; bis zu 30 cm lange Meeresschnecke der Familie Seeohren.

Abhidharma: im engeren Sinne die von den Schülern Buddhas verfaßten philosophisch-systematischen Schriften; gelegentlich rechnen auch spätere, sogar Traktate des Mahayana (s. d.) dazu.

Agama-Sutren: urspr. die Lehrreden Buddhas; Grundtexte des Hinayana (s. d.).

Alaya-Bewußtsein: in der von Asanga (s. d.) endgültig formulierten buddh. Lehre vom »Nur-Bewußtsein« das achte und unterste Bewußtsein, in dem alle »Samen«, d. h. aus einem Handeln erwachsenen Folgen, bis zu einer künftigen, daraus resultierenden Manifestation gespeichert werden.

Asanga: 310–390, aus Nordindien stammender buddh. Philosoph; nach Übertritt zum Mahayana (s. d.) von großem Einfluß auf dessen weitere Entwicklung (s. auch Alaya-Bewußtsein).

Ashoka: reg. 269–232 v. Chr., dritter König der ind. Maurya-Dynastie; von ihm gefördert, verbreitete sich unter seiner toleranten Herrschaft der Buddhismus bis nach Südostasien.

Ayutthaya-Dynastie: beherrschte von Mitte 14. Jh. an das Gebiet des heutigen Thailand, zeitweise auch Kambodschas; 1767 durch Birma vernichtet.

Banzai: »zehntausend Leben«; im Sinne unserer »Hochrufe«.

Betätigungsverbot: im Zuge der von der Besatzungsmacht 1945/46 erlassenen »Säuberungsbefehle« all denjenigen auferlegt, die seit 1937 wichtige Posten in Politik, Industrie, Finanz, Handel oder Landwirtschaft innegehabt; betroffen waren über 200000 Japaner, auch die meisten Abgeordneten im Unterhaus wie in der (einstigen) Adelskammer. Das Verbot wurde, wo nicht früher, mit Inkrafttreten des Friedensvertrages im April 1952 aufgehoben.

Bodhi-Baum: sog. »indische Feige«; unter ihm sitzend erlangte der historische Buddha die Erleuchtung.

Bodhisattva: einer, der zwar die Buddhaschaft erreicht hat, aber aus Barmherzigkeit den irdisch Leidenden weiter zur Seite steht.

Bonsai: »Topf-Pflanzung«; kunstvoll zwergwüchsig gehaltene Bäume und andere Pflanzen.

Botero: Giovanni B., 1533–1617; italien. Politiker und Schriftsteller, der, entgegen Machiavelli, eine christliche Staatsauffassung vertrat.

Bunraku: nach Uemura Bunrakuken (1737–1810), dem Begründer eines stehenden Puppenspiel(oder Jōruri)-Theaters (in Ōsaka, um 1790), benannte Kunstgattung, die sich, z. T. in Konkurrenz zum Kabuki, seit dem späten 16. Jh. entwickelte. Die dreiviertel lebensgroßen, vielfach beweglichen Puppen werden von bis zu drei Spielern geführt, die sehr literarischen Texte von einer Art Nebenbühne aus rezitativisch gesungen und von dem banjoähnlichen Shamisen begleitet.

Campanella: Tommaso C., 1568–1639; italien. Dominikaner, konnte nach langjähriger Haft wegen Aufruhrs 1634 nach Frankreich entkommen. Als utopischer Philosoph Verfasser von »La città del sole« (»Der Sonnenstaat«, 1602).

Chiang Kai-shek: nach neuer Transkription Jiang Jieshi, 1887–1975; General und Präsident der chin. Republik (ab 1928). Nach anfänglichem Zerwürfnis seit 1936 wieder mit den Kommunisten im Abwehrkampf gegen die eindringenden Japaner; nach dem Sieg der Roten Armee Ende 1949 Flucht nach Taiwan, wo er bis zu seinem Tode Staatspräsident Nationalchinas blieb.

Chinesischer Zwischenfall: nach damaliger jap. Sprachregelung der nichterklärte Feldzug gegen China, der im Juli 1937 nach einer »zufälligen« Schießerei an der Marco-Polo-Brücke bei Peking begann; mit der pazifischen Ausdehnung des Krieges im Dezember 1941 verschwand dieser Begriff: man sprach jetzt im umfassenden Sinne vom »Großen Ostasiatischen Krieg«.

Chrysanthemenorden: 1877 gestiftet; einer der höchsten jap. Orden, wird in verschiedenen Klassen verliehen.

Colman-Bart: Schnurrbart, wie ihn der amerik. Filmschauspieler Ronald C. (1891–1958) trug.

Dharani-Formeln: mystische Silben, oft als Quintessenz eines ganzen Sutra aufgefaßt; auch ähnlich den Mantra-Sprüchen (s. d.).

Dharma: sanskr. »Gesetz«; zugleich als Erscheinungsformen des universellen Weltgesetzes diejenigen Daseinsfaktoren, die, entstehend und wieder vergehend, die Art des Existenten, so beim Menschen die »Persönlichkeit«, bestimmen.

Fuji: mit 3776 Metern der höchste Berg Japans, seit alters für heilig erachtet und seiner Schönheit wegen gerühmt; als Vulkan zuletzt 1707 mit Neubildung des Kraters *Hōei* (2702 Meter) an der Südostflanke ausgebrochen, doch schließen Wissenschaftler künftige Eruptionen nicht aus. Der F. ist auf verschiedenen, in Etappen unterteilten Routen begehbar; die *Achte Station* liegt schon nahe am Gipfel.
Fukushima-Präfektur: stark gebirgige Region in Nordostjapan.
Furoshiki: Vierecktuch, meist gemustert, aus Baumwolle, Seide oder Kunstfaser, zum Handtransport kleiner, aber auch größerer Dinge; die Ecken werden über Kreuz verknotet.

General Headquarters: abgek. GHQ; Sitz des Oberkommandierenden der Alliierten Streitkräfte in Japan von August 1945 bis April 1952.
Go: jap. Brettspiel mit knopfartigen weißen und schwarzen Steinen, mit denen in strategischem Vorgehen das Feld zu »erobern« ist.
Gotemba: Ort zwischen Fuji (s. d.) und dem südöstlich davon gelegenen Hakone-Krater (s. d.), seit 1955 Stadt; beliebt als Sommerfrische, im Winter auch Skisport möglich.

Haiku: jap. Kurzgedicht, bestehend aus drei Zeilen zu 5-7-5 Silben.
Hakone-Krater: durch wiederholten Einbruch der Magmakammer entstandener Ringkrater vom Caldera-Typ (mit Mittelkegel), Ausdehnung 12 Kilometer in Nordsüd-, 7 Kilometer in Ostwestrichtung; vulkanisch erloschen, doch zahlreiche Thermalquellen. Eine sehr vielfältige, auch romantische Landschaft, die, zusammen mit dem benachbarten Fuji-Gebiet, zu den beliebtesten Ausflugszielen gehört. Von dem im Nordwestteil des Kraters gelegenen *Otome-Paß* aus hat man, über Gotemba (s. d.) hinweg, einen »klassischen« Blick auf den Fuji.
Haori: halblanger Überwurf zum Kimono.
Heian-Zeit: 794–1185; klassisch-höfische Epoche mit Hauptstadt Heiankyō (»Residenz des Friedens«; später nur Kyōto, »Residenzstadt«) als kulturellem Zentrum.
Higan-Blume: mit roten, fiedrig-schmalen Blütenblättern, blüht um die herbstliche Tagundnachtgleiche (jap. »higan«, d. i. »die jenseitige Küste«, nämlich des Nirvana); lycoris radiata.
Hinayana: »das kleine Fahrzeug«; Bezeichnung für den Buddhismus der älteren Schulen, im Gegensatz zum Mahayana (s. d.).
Hōei-Krater: s. Fuji.

Izumo-Papier: seit dem 18. Jh. in der alten Landschaft I. (nahe Matsue an der Japansee) produzierte, besonders durch die »Volkskunstbewegung« neuerer Zeit als »eigentliches Japanpapier« herausgestellte Sorten.

Jataka: Slg. von Legenden über 574 frühere Existenzen Buddhas.

Kagura-Halle: Gebäude innerhalb eines Shintō-Schreins; auf der überdachten, an den Seiten offenen Tanzfläche werden die Kagura (»Göttertänze«) aufgeführt.
Kanō-Schule: begründet von K. Masanobu (1434–1530); jap. Malrichtung, die, ausgehend von der chin. Nord-Sung-Malerei, zu einem sehr eigenen, betont dekorativen Kolorit fand.
Karma: sanskr.; die zu verantwortende Tat, die, gut oder böse, die Art und Weise zukünftiger Existenz bestimmt.
Karuizawa: alte Poststation an der »Mittleren Bergstraße«, 900 bis 1000 Meter ü. d. M.; Ende des 19. Jh.s von englischen Diplomaten als Zuflucht während des heißen Tōkyō-Sommers entdeckt. Seither Höhenkurort mit zahllosen Landhäusern vor allem auch der Schriftsteller.
Kemari-Ball: eine Art Fußball aus der höfischen Zeit; acht Spieler schlagen einen hirschledernen Ball mit dem Spann in die Höhe und fangen ihn damit so auf, daß er den Boden nicht berührt.
Kendō: »Weg des Schwertes«; seit etwa 1500 in Fechtschulen organisierte Schwertübung, großenteils mit Holz- oder Bambusschwertern bzw. -stöcken und unter Verwendung von Gesichtsschutzmasken. Nach dem Zweiten Weltkrieg zunächst verboten, hat sich K. in den letzten Jahrzehnten zu einem beliebten Breitensport entwickelt.
Khmer: hinterindisches Volk mit hochstehender, von Indien beeinflußten Kultur (Angkor); größte staatliche Ausdehnung nach dem 12. Jh.: über den ganzen Süden Hinterindiens bis zur Malaiischen Halbinsel. Heute auf Kambodscha beschränkt.
Khorat: heute Nakhon Ratchasima; thailänd. Stadt nahe der Grenze zu Kambodscha, im ausgehenden Mittelalter wiederholt von den Auseinandersetzungen zwischen den frühen Thai-Reichen und dem kambodschanischen Khmer-Staat betroffen.
Kimekomi-Puppen: im 18. Jh. in Kyōto aufgekommen; bestehend aus einem Holzkörper, auf den Brokatstücke aufgeklebt werden.
Kimma: Pfefferpflanze Südostasiens; die aromatischen Blätter werden dazu benutzt, die nach weitverbreiteter Sitte gekauten Betelnüsse einzuwickeln.

Kōbe: bedeutende Hafenstadt an der Bucht von Ōsaka; Sitz der Verwaltung der Präfektur Hyōgo.
Koreakrieg: 1945 nach der Befreiung aus japanischer Gewaltherrschaft führte die Besetzung des Nordens durch die Sowjets, des Südens durch US-Streitkräfte zur Teilung der Halbinsel. Kurz nach Abzug der Besatzungstruppen fielen im Juni 1950 nordkoreanische Einheiten im Süden ein; diesem kamen UN-Truppen unter amerikanischem Kommando zu Hilfe, während sich später auf der Nordseite zahlreiche chinesische Freiwillige beteiligten. 1973 wurde ein Waffenstillstand vereinbart; Grenzlinie blieb der 38. Breitengrad.
Kreppmyrtenbaum: lagerstroemia indica.
Kusha-Schule: buddh. Richtung, derzufolge die Dharma-Daseinsfaktoren real existieren, wohingegen das Ich nicht wesenhaft sei.
Kyōgen: humoristisch-satirische Zwischenspiele zwischen zwei Aufführungen von Stücken des klassischen Nō (s. d.).

Lenäen: im alten Athen Jahresfest mit dramatischen Aufführungen; dem Dionysos geweiht.
Lingam: sanskr. »Phallus«; in Indien Darstellung des männlichen Gliedes als Kultbild, Symbol des Gottes Shiva.
Lombroso: Cesare L., 1836–1909; italienischer Gerichtsmediziner. Schrieb u. a. »Genie und Irrsinn« (1864).

Magadha: histor. Landschaft im heutigen indischen Bundesstaat Bihar; Zentrum der Reiche unter den Maurya- und Gupta-Dynastien.
Mahayana: »das große Fahrzeug«; Bezeichnung der um die Zeitwende aufkommenden neuen Richtung des Buddhismus, die sich – im Gegensatz zum Hinayana (s. d.) – stärker der Philosophie, aber auch dem Rituellen öffnete und durch Verbreitung der Sutren-Texte den Buddhismus über ganz Ostasien ausdehnte.
Mah-Jongg: urspr. chin. Spiel mit 144 dominoähnlichen Steinen; meist von vier Personen gespielt.
Mandala: sanskr. »Kreis«; Diagramm, durch das geistige Zusammenhänge versinnbildlicht werden, so die kosmische Natur der Buddhas, Bodhisattvas u. a. Ein Symbol des Universums, oft als Meditationshilfe benutzt.
Mangostanen: Früchte der in Malakka beheimateten garcinia mangostana, eines Guttiferengewächses.
Mantra-Sprüche: sanskr. »wahre Worte«; aus dem Hinduismus in den

esoterischen Buddhismus übernommene Auffassung, gewisse Silben, Worte, Verse, dem Seher in Meditation geoffenbart, enthielten eine (göttliche) Kraft, geistige Dinge zu bewirken.

Manu: mythischer Verfasser der (hinduistischen) »Gesetzbücher des M.«.

Meiji: jap. Jahresdevise von 1868 bis 1912; M. (»Aufgeklärte Regierung«) wurde zugleich zum postumen Namen des während dieser Zeit herrschenden Tennō.

Menandros: auch (in Pali) Milinda; reg. im 2. Jh. die im Norden Indiens gelegene hellenistische Kolonie Griechisch-Baktrien.

Miwayama: Berg und shintōistisches Heiligtum in der Präf. Nara südl. Kyōtos.

Miyako no Yoshika: um 834–879; jap. Lyriker und China-Gelehrter.

Mompe-Hosen: urspr. von Bauersfrauen bei der Arbeit über den Kimono gezogene, an den Fußknöcheln gebundene Hose; während des Krieges auch sonst übliches (bzw. allgemein »empfohlenes«) Kleidungsstück.

Mudra: bestimmter Gestus, auch Fingerstellung, wodurch auf einen Aspekt der Erleuchtung verwiesen wird (auch um dem Gläubigen durch Nachvollzug den Zutritt zur Buddha-Welt zu ermöglichen).

Muumuu: hawaiianisches Frauengewand aus großgemustertem Baumwollstoff, den Körper locker umhüllend.

Nagasena: vermutl. zweite Hälfte 2. Jh., buddh. Gelehrter.

Nagoya-Obi: um 1600 in der mitteljap. Stadt Nagoya in Gebrauch gekommener Obi-Gürtel zum Kimono; nach korean. Einfluß mit Troddeln an beiden Enden und mehrfach um den Leib geschlungen.

NHK: »Nippon Hōsō-kyōkai«, d. i. »Japanischer Rundfunkverband«; gegr. 1925, seit 1926 unter diesem Namen. Ähnlich unserer öffentlich-rechtlichen Anstalten verfaßt; mit zahlreichen Stationen im ganzen Land, die jeweils mehrere Rundfunk- und Fernsehkanäle beschicken.

Nijūbashi: »Doppelbalkenbrücke«; Brücke am Haupttor des Kaiserpalasts in Tōkyō, die, heute eine Eisenkonstruktion, in früheren Zeiten aus Holz bestand und der Brandgefahr wegen mit jeweils doppelten Balken versehen war.

Ninnaji-Tempel: in Kyōto; gegr. 886. Hauptpriester war bis 1868 stets ein kaiserlicher Prinz.

Nirvana: sanskr. »Auslöschung«; durch die Erleuchtung möglich gewordenes Ausscheiden aus dem Samsara (s. d.), der Kette der Wiedergeburten.

Nō: klassische Theaterform mit lyrischem Gesang und Rezitativ, strenger Pantomime und Tanz unter Verwendung von Chor und Maske; entstanden im späten 14. Jh.

Obi: Gürtelschärpe zum Kimono.
Omeshi-Kimono: verwendet wird dafür aus appretiertem Faden gewebte, meist gestreifte Kreppseide erlesenster Qualität.
Otome-Paß: s. Hakone-Krater.
Ōtsu-e: »Bilder aus (der Stadt) Ōtsu«; zu Anfang des 17. Jh.s in dem am Biwa-See gelegenen Ort entstandene, volkstümlich kräftige Malerei, flugblattartig und mit Motiven aus Religion, Sage und Alltag.
Ōya-Tuffstein: ein in Ōya (heute Ortsteil von Utsunomiya, nördl. Tōkyōs) gebrochener grauer Stein, leicht zu bearbeiten.

Pali: älteste mittelindische Sprache; textlich lediglich überliefert durch Teile des buddhistischen Schrifttums besonders der frühen Zeit.
Pandang-Palmen: sog. Schraubenpalme aus der tropischen Familie der Pandanazeen.
Phönixbäume: Allgemeinbezeichnung für Dattelpalmartige.
Pibul: Luang P. Songgram, 1897–1964, thailänd. Militär; wurde 1938 diktatorisch regierender Ministerpräsident, als der er für den Kriegseintritt des Landes an der Seite Japans sorgte. 1944 abgelöst, kehrte er von 1947 bis 1957 noch einmal in das Amt zurück, bevor er endgültig gestürzt wurde. Starb im jap. Exil.

Ramayana: altindisches Epos in 24 000 Sanskritstrophen, das das heldenhafte Leben des Prinzen Rama schildert; älteste Teile 4./3. Jh. v. Chr., abgeschlossen vermutlich im 2. Jh. n. Chr.
Rigveda: ältester Teil der als Veda (»Wissen«) bezeichneten kanonischen Schriften des Hinduismus; beendet um 1000 v. Chr. Enthält seherische Hymnen an die Götter.

Sakaki: sakakia ochnacea; immergrüner Baum mit glänzendem Blattwerk, der in Japan vor den Haupthallen der Shintō-Schreine steht und für heilig angesehen wird.
Samaya: die Gelübde der Buddhas und Bodhisattvas, alles Lebendige zu erretten.
Sampan: flachkieliges Boot für den Flußverkehr in Südostasien; auch als Hausboot.

Samsara: sanskr. »das Fließen«; die Kette der Wiedergeburten.

Sanskrit: »das Geregelte«; durch die Grammatiker des 1. vorchr. Jahrtausends normierte Gestalt des Altindischen, die bis heute verwendete Literatur- und Gelehrtensprache.

Sari: Wickelgewand der Inderin, bestehend aus einer einen Meter breiten und fünf bis sieben Meter langen Baumwoll- oder Seidenstoffbahn.

Sechsundzwanzigster Februar: jap. »Niniroku-jiken«, d. i. »Zwei-zwei-sechs-Zwischenfall«; an diesem Februartag 1936 revoltierten in Tōkyō Armee-Einheiten unter Führung junger Offiziere mit dem Ziel, dem Tennō die reale Macht zurückzugeben. Mehrere hohe Militärs sowie der Finanzminister Takahashi wurden von den Aufständischen ermordet, die – nach Verhängung des Kriegsrechts – am 29. Februar kapitulierten. In einem Kriegsgerichtsverfahren wurden die meisten der für die Revolte Verantwortlichen zum Tode verurteilt und hingerichtet. Faktisch bekam durch diesen »Zwischenfall« die Armee die entscheidenden Machtpositionen in die Hand.

Sengen-Schrein: Shintō-Heiligtum in Fuji-Yoshida am nordöstlichen Fuße des Fuji; nach der Überlieferung 699 gegründet, ältester Schrein an einer der Aufstiegsrouten auf den Berg.

Seppuku: »den Bauch aufschlitzen«; seit dem 12. Jh. aufkommende Art des Selbstmords in der Niederlage, zur Übernahme einer Verantwortung oder aus Protest gegen die Haltung eines Höherstehenden. Mit der Verbreitung der Samurai-Kultur seit dem 16. Jh. endgültig ritualisiert, nun auch als ehrenvolle »Selbstrichtung« nach gefällter Todesstrafe. Im Ausland zumeist als Harakiri (in derselben Bedeutung) bekannt.

Shankara: um 700–750; Philosoph der indischen Vedanda-Schule.

Shintō: »Weg der Götter«; die urspr. Religion der Japaner, basierend auf einer eigenen Mythologie, auf Natur- und Seelenkult sowie auf Ahnenverehrung mit starker Betonung des Reinigungsgedankens; Heiligtümer sind die Schreine (im Gegensatz zu den buddhistischen Tempeln).

Shōgunat: die vom Shōgun, dem »Militärbefehlshaber«, geleitete Regierungsbehörde, die mit Unterbrechung seit Ende des 12. Jh.s anstelle des Kaiserhofs die Politik bestimmte; 1867 vom letzten der seit 1603 herrschenden Tokugawa-Shōgune aufgelöst. Unter den Tokugawas waren die *Clans* (die den Daimyō-Lehnsfürsten unterstanden) im Sinne von »unteren Einheiten« Teil der Reichsverwaltung.

Shōsō-in: Schatzhaus des Tōdaiji-Tempels in Nara (südl. Kyōtos); erhielt 756 die Hinterlassenschaft des gläubigen Kaisers Shōmu, danach noch öfter Opfergaben. Die auf die heutige Zeit gekommene Sammlung umfaßt Geräte des Alltags wie des Ritus, Waffen, Musikinstrumente, Schmuck, Schriftstücke, Malereien, Stoffe u. v. a. m.; insgesamt zählt man über 5000 Artikel. Da manches als Geschenk aus China nach Japan gelangte und oft ursprünglich Handelsgut aus dem »fernen Westen« war, hat man es hier mit dem wohl ältesten Museum solchen Umfangs zu tun.

Sisley: Alfred S., 1839–1899; franz. Maler engl. Abkunft.

Stupa: buddh. Monument, errichtet über Buddha-Reliquien oder einem heiligen Ort; vom Begräbnishügel ausgehend, entwickelten sich halb kugelförmige, glockenartige, auch zylindrische Bauten von zunehmender Größe. In China, dann vor allem in Japan, entspricht dem die vieldachige Pagode.

Südliche Sung: chin. Dynastie, 1127–1278.

Tabi: eng anliegende Fußbekleidung aus Baumwolle oder Seide, die einen gesonderten Großzehteil hat und am Fußgelenk gebunden oder geknöpft wird.

Taishō: jap. Jahresdevise von 1912 bis 1926; T. (»Große Gerechtigkeit«) wurde zugleich zum postumen Namen des während dieser Zeit herrschenden Tennō.

Tatami: dicke Bodenmatten aus Reisstroh mit einer Bedeckung aus Binsengeflecht; wird als eine Art Modulor in der japanischen Wohnbauarchitektur verwendet (Standardmaß ca. 80 mal 180 Zentimeter).

Teigeki: Abkürzung von Teikoku-gekijō (»Kaiserreichstheater«); Japans größtes Theater westlichen Stils; gegründet 1911 als Aktiengesellschaft. Doch werden neben westlichen und modernen japanischen Stücken (bis zu Musicals) auch Kabuki-Vorstellungen und Konzerte verschiedener Art gegeben.

Tōji-Tempel: in Kyōto; gegr. 769, ab 824 offiziell Kyōōgokokuji-Tempel benannt, d. i. »des weisen Herrschers, der das Reich beschützt«. Erfreute sich lange der besonderen Gunst der Kaiser.

Tokonoma: Schmucknische, meist im Empfangszimmer; mit einem aufgehängten, nach der Jahreszeit wechselnden Rollbild und einem Ikebana.

Tokuda Kyūichi: 1894–1953, jap. Politiker; 1922 Mitbegründer der (illegalen) KPJ, wurde 1928 verhaftet und blieb, da er zum Widerruf nicht bereit war, bis Kriegsende in Haft. Nach 1945 Sekretär der (nun legalen) KPJ, wurde er 1950 Opfer der von der Besatzungsmacht angeordneten

»roten Säuberung«. T. ging nach China, wo er bis zu seinem Tode als Gast Maos lebte.

Tōkyō-Kaikan: »Klubhaus Tōkyō«; beliebter Treffplatz im Stadtzentrum nahe dem Kaiserpalast.

Torii: torartig, aus zwei aufstrebenden Säulen gebildet, die oben von einem Querbalken durchstoßen und von einem oft dachförmigen Abschlußbalken bekrönt werden; T. befinden sich an den Zufahrtswegen zu Shintō-Schreinen bzw. am Beginn des heiligen Bezirks oder vor Grabanlagen, sie können aus Holz oder aus Stein sein.

Tripitaka: sanskr. »die drei Körbe«; Gesamtheit der buddhistischen Schriften: die Lehren Buddhas (in den Sutren), seine Vorschriften und Gebote sowie schließlich die Kommentare.

Upanishaden: philosophisch-theologische Abhandlungen zum hinduistischen Veda (s. d.).

Veda: sanskr. »Wissen«; Gesamtheit der ältesten heiligen Schriften des Hinduismus (s. auch Rigveda).

Vico: Giovanni Battista V., 1668–1744, italien. Philosoph; Begründer der neueren Geschichtsphilosophie und Völkerpsychologie.

Waka: »japanisches Gedicht« (im Unterschied zu dem in Japan ebenfalls gepflegten chinesischen); bestehend aus fünf Zeilen im Schema 5-7-5/7-7 Silben.

Weiße Birke: jap. »Shirakaba«, lit. Zeitschrift (1910–23) und um diese versammelte Gruppe von Autoren, die sich an einem Weltbild wie dem des Idealismus orientierten und für Humanität eintraten.

Yaksha: Dämonen, oft mit Schutz- und Abwehrfunktion.

Yi-Dynastie: korean. Herrscherhaus, seit 1392; 1897 unter russ. Einfluß Annahme des Kaisertitels, 1910 beim Anschluß des Landes an Japan erloschen (der letzte Sproß wurde nach Tōkyō exiliert).

Yoshida: Y. Shigeru, 1878–1967; jap. Politiker. Nach diplomatischer Karriere 1946–54 Vorsitzender der Liberalen Partei; 1946–47 und 1948–54 Ministerpräsident.

Yūgao: »Abendgesichtchen«; lagenaria leucantha Rusby var. clavata Makino, Kürbisgewächs mit einer schönen weißen Blüte, die auf den Abend zu aufgeht und am Vormittag des folgenden Tages verwelkt. In Japan beliebt als lyrisches Bild.

Zaibatsu: »Finanzclique«; im Sinne von »Plutokraten«, aber auch konkret als die »Bank- und Wirtschaftsimperien«, die dann nach 1945 durch alliierte Verfügung entflochten wurden.
Zelkova: z. serrata, großwüchsiger Laubbaum; ulmenartig.